A ESPERANÇA DE UMA MÃE

A Esperança de uma Mãe

FRANCINE RIVERS

Tradução
Alyda Sauer

3ª edição

Rio de Janeiro-RJ / Campinas-SP, 2022

VERUS EDITORA

Editora: Raïssa Castro
Coordenadora editorial: Ana Paula Gomes
Copidesque: Maria Lúcia A. Maier
Revisão: Tássia Carvalho
Projeto gráfico: André S. Tavares da Silva

Título original: *Her Mother's Hope*

Copyright © Francine Rivers, 2010
Edição publicada mediante acordo com Browne & Miller Literary Associates, LLC.
Todos os direitos reservados.

Tradução © Verus Editora, 2012

ISBN: 978-85-7686-133-1

Direitos reservados em língua portuguesa, no Brasil, por Verus Editora. Nenhuma parte desta obra pode ser reproduzida ou transmitida por qualquer forma e/ou quaisquer meios (eletrônico ou mecânico, incluindo fotocópia e gravação) ou arquivada em qualquer sistema ou banco de dados sem permissão escrita da editora.

Verus Editora Ltda. Rua Benedicto Aristides Ribeiro, 41, Jd. Santa Genebra II, Campinas/SP 13084-753 | Fone/Fax: (19) 3249-0001 | www.veruseditora.com.br

CIP-BRASIL. CATALOGAÇÃO NA FONTE
SINDICATO NACIONAL DOS EDITORES DE LIVROS, RJ

R522e

Rivers, Francine, 1947-
 A esperança de uma mãe / Francine Rivers ; tradução Alyda Sauer. - 3. ed. - Campinas, SP : Verus, 2022.

 Tradução de: Her Mother's Hope
 ISBN 978-85-7686-133-1

 1. Ficção cristã. 2. Ficção americana. I. Sauer, Alyda Christina. II. Título.

11-7705   CDD: 813
                                          CDU: 821.111(73)-3

Revisado conforme o novo acordo ortográfico

Impresso no Brasil pelo Sistema Digital Instant Duplex da Divisão Gráfica da DISTRIBUIDORA RECORD DE SERVIÇOS DE IMPRENSA S.A.

Para Shannon e Andrea

Agradecimentos

Grande parte do romance que você vai ler é ficção, mas há trechos e partes de histórias pessoais da minha família entremeados. O manuscrito assumiu diversas formas nos últimos dois anos, e afinal se transformou em uma saga. Muita gente me ajudou no processo de escrever as histórias de Marta e Hildemara neste primeiro volume, e de Carolyn e May Flower Dawn no segundo. Quero agradecer a todas essas pessoas.

Antes de mais nada, agradeço a meu marido, Rick, que cavalgou pela tempestade com este livro, ouvindo cada variação das histórias à medida que os personagens iam tomando forma na minha imaginação, e que atuou como meu primeiro editor.

Toda família precisa de um historiador, e meu irmão, Everett, desempenhou esse papel com perfeição. Enviou-me centenas de fotografias da família, que ajudaram a dar corpo à história. Também recebi ajuda valiosíssima de minha prima Maureen Rosiere, que descreveu com detalhes o rancho de amendoeiras e vinhedos de nossos avós, cenário que usei neste romance. Meu marido e meu irmão também compartilharam comigo suas experiências no Vietnã.

Kitty Briggs, Shannon Coibion (nossa filha) e Holly Harder contaram suas experiências de esposa de militar. Holly tem sido uma ajuda constante. Não conheço nenhuma outra pessoa no planeta capaz de encontrar informações na internet com maior rapidez! Sempre que eu me deparava com um obstáculo, Holly o derrubava. Obrigada, Holly!

O filho de Holly, Daniel Harder, tenente do Exército dos Estados Unidos, informou-me sobre os programas de engenharia e sobre o Corpo de Treinamento de Oficiais da Reserva da Politécnica da Califórnia. Ele agora está na ativa. E nossas orações vão para ele.

Ida Vordenbrueggan, enfermeira e amiga de minha mãe, ajudou-me a completar as informações sobre os cuidados com pacientes internados por longos períodos no Sanatório de Arroyo del Valle. Nossa correspondência foi muito prazerosa.

Kurt Thiel e Robert Schwinn responderam a perguntas sobre a Associação Cristã Interuniversitária. Continuem com o bom trabalho, cavalheiros!

A guia de turismo da Globus, Joppy Wissink, mudou o itinerário de um ônibus para que Rick e eu tivéssemos a oportunidade de passear pela cidade natal de minha avó, Steffisburg, na Suíça.

Durante todo este projeto, tive parceiros para minhas ideias sempre que precisei. Colleen Phillips levantou questões e me encorajou desde o início. Robin Lee Hatcher e Sunni Jeffers participavam com ideias e perguntas quando eu não sabia para que lado ir. Minha agente, Danielle Egan-Miller, e sua sócia, Joanna MacKenzie, ajudaram-me a ver de que maneira eu podia reestruturar o livro para mostrar a história que eu queria contar.

Também quero agradecer a Karen Watson, da editora Tyndale House, por suas ideias, seu apoio e seu estímulo. Ela me ajudou a enxergar os personagens com maior clareza. E, obviamente, todo escritor precisa de um bom editor. Sou abençoada por ter uma das melhores, Kathy Olson. Ela torna o trabalho de revisão interessante e desafiador, em vez de doloroso.

Para terminar, agradeço a Deus por minha mãe e minha avó. A vida das duas e os diários de minha mãe foram minha primeira inspiração para escrever sobre o relacionamento entre mães e filhas. Ambas foram mulheres de fé e trabalhadoras. Faleceram há alguns anos, mas me apego à promessa de que ainda estão bem vivas e sem dúvida curtindo a companhia uma da outra. Um dia, hei de vê-las novamente.

Marta

1

STEFFISBURG, SUÍÇA, 1901

Marta costumava gostar dos domingos. Era o único dia da semana em que o pai fechava a alfaiataria, e a mãe descansava. A família vestia suas melhores roupas e ia à igreja, o pai e a mãe na frente, o irmão mais velho de Marta, Hermann, atrás dos dois, e Marta e a irmã mais nova, Elise, fechando a fila. Era comum outras famílias juntarem--se a eles no caminho. Marta ficava sempre à espera de sua melhor amiga, Rosie Gilgan, que descia a ladeira correndo para andar a seu lado o resto do caminho até a velha igreja de arquitetura romana, com seus arcos fechados com reboco e a torre branca do relógio.

Hoje Marta ia cabisbaixa, desejando poder fugir e se esconder entre os pinheiros e amieiros, quando os habitantes da cidade se reuniam para o culto. Podia sentar em sua árvore caída preferida e perguntar a Deus por que o pai a desprezava tanto e parecia determinado a fazê-la sofrer. Hoje não teria reclamado se ele tivesse dito para ela ficar em casa, trabalhar sozinha na loja e não pôr os pés para fora por uma semana, só que levaria mais tempo que isso para as marcas desaparecerem.

Apesar das evidências de que ele tinha lhe dado uma surra, o pai insistiu para que todos comparecessem ao culto. Ela usava uma touca de malha e mantinha o queixo encostado no peito, torcendo para que ninguém notasse. Não era a primeira vez que exibia as marcas da fúria dele. Quando as pessoas se aproximavam, Marta arrumava o cachecol de lã ou virava o rosto.

Ao chegarem ao pátio da igreja, o pai mandou a mãe entrar na frente, com Elise e Hermann. Agarrou Marta pelo cotovelo e cochichou em seu ouvido:

– Você vai sentar atrás.

– As pessoas vão querer saber por quê.

– E eu direi a verdade a elas. Você está sendo punida por me desafiar.

E apertou o braço dela com força, mas Marta se recusou a demonstrar qualquer sinal de dor.

– Fique de cabeça baixa. Ninguém quer ver sua cara feia.

Então a soltou e entrou na igreja.

Marta lutou contra as lágrimas, entrou sozinha e se dirigiu à última fileira de cadeiras de espaldar reto.

Viu o pai indo juntar-se à mãe. Quando ele olhou para trás, ela abaixou a cabeça rapidamente e só a levantou de novo depois que ele se sentou. Sua irmã, Elise, virou-se para trás com o rosto pálido e aflito demais para uma criança. A mãe debruçou-se sobre ela, disse alguma coisa baixinho, e ela se virou para frente de novo. Hermann estava sentado entre a mãe e o pai e virava a cabeça para os lados. Certamente procurava os amigos e desapareceria assim que o culto terminasse.

Rosie passou por ela e foi se sentar lá na frente. Os Gilgan tinham oito filhos e ocupavam uma fileira inteira. Rosie olhou para a mãe e para o pai de Marta, depois para trás. Marta se escondeu atrás de Herr Becker, sentado bem à sua frente. Esperou um pouco e espiou, protegida pelo padeiro.

Os murmúrios pararam quando o pastor subiu ao púlpito. Ele abriu o culto com uma oração. Fazendo coro com a congregação, Marta proferiu a oração da confissão e ouviu o pastor garantir a misericórdia e o perdão divinos. Enquanto eram lidos o credo e as escrituras, Marta deixou os pensamentos voarem como a neve que soprava nos prados dos Alpes, sobre Steffisburg. Imaginou que abria os braços feito asas, deixando os flocos brancos que rodopiavam carregá-la para onde Deus quisesse.

E para onde seria?, pensou ela.

A voz do pastor se elevou enquanto pregava. Ele sempre dizia a mesma coisa, mas usando palavras diferentes, exemplos diferentes da Bíblia.

– *Esforcem-se mais. A fé morre sem boas obras. Não sejam complacentes. Aqueles que dão as costas a Deus vão para o inferno.*

Será que Deus era como papai, nunca ficava satisfeito, por mais que ela se esforçasse? Papai acreditava em Deus, mas nunca fora misericordioso com ela. E, se ele acreditava que Deus criara todas as pessoas, então que direito tinha de reclamar que ela era alta e magra, que sua pele era branca e suas mãos e pés, grandes? O pai a amaldiçoava por ter passado nas provas, na escola, "e por ter feito Hermann parecer um idiota!".

Ela tentou se defender, mesmo sabendo que não devia.

– Hermann não é aplicado. Ele prefere caminhar nas montanhas a estudar.

O pai foi para cima dela. A mãe tentou ficar entre os dois, mas ele a empurrou com violência para o lado.

– Você pensa que pode falar comigo assim, sem mais nem menos?

Marta levantou o braço para se proteger, mas não adiantou.

– Johann, não faça isso! – gritou a mãe.

Ele agarrou o braço de Marta e se virou para a mãe.

– Não me diga...

– Quantas vezes temos de dar a outra face, papai?

Um calor intenso cresceu dentro de Marta quando ele ameaçou a mãe.

Foi então que ele desferiu os socos. Largou-a de repente e ficou ali, parado.

– Ela me provocou. Você ouviu o que ela disse! Um pai não pode tolerar insolência em sua própria casa!

Marta não sabia que tinha desmaiado até a mãe afastar o cabelo de seu rosto.

– Não se mexa, Marta. Elise foi pegar um pano molhado.

Marta ouviu Elise chorando.

– Papai foi ao curtume. Não vai voltar tão cedo.

A mãe pegou o pano que Elise levou para ela. Marta prendeu a respiração quando a mãe limpou o corte em seu lábio.

– Você não devia provocar seu pai.
– Então a culpa é minha.
– Não foi isso que eu disse.
– Eu passo nos exames com as notas mais altas da escola e levo uma surra por isso. Onde está Hermann? Passeando em alguma trilha na montanha?

A mãe segurou-lhe o queixo.

– Você precisa perdoar seu pai. Ele perdeu o controle. Não sabia o que estava fazendo.

Mamãe sempre inventava desculpas para ele, assim como papai inventava desculpas para Hermann. Ninguém inventava desculpas para ela.

– *Perdoe* – disse a mãe –, *setenta vezes sete. Perdoe!*

Marta fez uma careta quando o pastor falou de Deus Pai. Desejou que Deus fosse como a mãe, em vez do pai.

Quando o culto acabou, ela esperou até o pai fazer sinal para que se juntasse à família. De cabeça baixa, acertou o passo ao lado de Elise.

– Johann Schneider!

O pai virou-se para trás ao ouvir a voz de Herr Gilgan. Os dois apertaram-se as mãos e conversaram. Hermann aproveitou aquela distração para se juntar a alguns amigos que iam subindo o morro. A mãe segurou a mão de Elise quando Frau Gilgan se aproximou.

– Onde você andou a semana toda? – Rosie perguntou baixinho, e Marta se virou para ela.

Rosie deu um grito abafado.

– Ah, Marta – ela gemeu em solidariedade. – De novo? Qual foi o motivo dessa vez?

– A escola.
– Mas você passou na prova!
– Hermann não passou.
– Mas isso não é justo.

Marta sacudiu o ombro e deu um sorriso desolado para Rosie.

– Não adianta dizer isso a ele.

Rosie jamais entenderia. O pai *dela* a adorava. Herr Gilgan adorava todos os filhos. Trabalhavam juntos no Hotel Edelweiss e colaboravam uns com os outros em tudo. Faziam brincadeiras entre eles, sempre de bom humor, mas nunca zombavam nem desprezavam ninguém. Se um deles tinha alguma dificuldade, os outros carinhosamente se uniam para ajudar.

Às vezes Marta sentia inveja da amiga. Todos os membros da família Gilgan iam completar os estudos. Os meninos serviriam os dois anos no Exército suíço e depois iriam para a universidade em Berna ou Zurique. Rosie e as irmãs aprenderiam culinária e a arte de administrar uma enorme estalagem que abrigava até trinta forasteiros. Ela aprenderia francês, inglês e italiano. Se Rosie tivesse outras aspirações, seu pai não as negaria apenas por ela ser menina. Ele a mandaria para a universidade com os irmãos.

– Você já frequentou demais a escola – declarou o pai, quando voltou do curtume. – Já tem idade suficiente para trabalhar.

Implorar por mais um ano na escola não adiantou nada.

Marta ficou com os olhos cheios d'água.

– Papai disse que saber ler, escrever e fazer contas já é o bastante.

– Mas você só tem doze anos e, se alguém de sua turma deveria ir à universidade, seria você.

– Não haverá universidade para mim. Papai disse que não vou mais para a escola.

– Mas por quê?

– Ele diz que estudo demais enche a cabeça das meninas de bobagens.

Quando falava *bobagens*, o pai queria dizer ambição. Marta ardia de tanta ambição. Esperava que, com bastante estudo, tivesse melhores oportunidades na vida. O pai lhe dizia que a escola a tornara abusada e que ela precisava se colocar novamente em seu devido lugar.

Rosie segurou a mão de Marta.

– Talvez ele mude de ideia e deixe você voltar para a escola. Tenho certeza que Herr Scholz vai querer conversar com ele sobre isso.

Herr Scholz poderia até tentar, mas o pai não lhe daria ouvidos. Quando metia uma coisa na cabeça, nem mesmo uma avalanche o fazia mudar de ideia.

– Não vai dar certo, Rosie.

– O que você vai fazer agora?

– Papai quer que eu trabalhe.

– *Marta!*

Marta deu um pulo com o grito do pai. De cara feia, ele fez sinal para ela ir com ele. Rosie não soltou a mão dela quando as duas foram para onde estavam suas famílias.

Frau Gilgan olhou espantada para Marta.

– O que aconteceu com seu rosto?

Ela olhou zangada para o pai de Marta.

O pai olhou firme para Frau Gilgan.

– Ela caiu da escada.

Ele fez Marta se calar com o olhar.

– Ela sempre foi desajeitada. Olhe só o tamanho dessas mãos e desses pés.

Frau Gilgan piscou os olhos escuros.

– Ela vai crescer e ficarão proporcionais.

Seu marido pôs a mão no cotovelo dela.

A mãe estendeu a mão para Marta.

– Venha. Elise está com frio. Temos que ir para casa.

Elise se aconchegou ao lado da mãe, sem olhar para ninguém.

Rosie abraçou Marta e sussurrou:

– Vou pedir para papai contratar você!

Marta não esperava que seu pai concordasse – ele sabia que ela gostaria muito de trabalhar para os Gilgan.

Aquela tarde, seu pai saiu e só voltou quando já havia anoitecido. Cheirava a cerveja e parecia bem satisfeito.

– Marta! – ele deu um tapa na mesa. – Encontrei um emprego para você.

O trabalho era na padaria dos Becker, todas as manhãs.

– Você precisa estar lá às quatro da manhã.

Três tardes na semana, ela trabalharia para os Zimmer. O médico achou que a mulher dele precisava descansar dos cuidados com o bebê rebelde do casal.

– E Frau Fuchs disse que você pode ajudá-la com as colmeias. Já está esfriando e ela vai colher o mel em breve. Você trabalhará à noite lá, o tempo que ela precisar.

Ele se recostou na cadeira.

– E vai trabalhar no Hotel Edelweiss dois dias por semana – disse, olhando bem para ela. – Não pense que é para tomar chá com biscoitos com a sua amiguinha. É para trabalhar, entendeu?

– Sim, papai.

Marta juntou as mãos no colo e procurou não demonstrar seu prazer.

– E não peça nada. Para nenhum deles. Herr Becker lhe pagará com pão, Frau Fuchs, com mel, quando chegar a hora. Quanto aos outros, eles acertarão comigo, e não com você.

Um calor se espalhou pelos braços e pernas de Marta, subiu pelo pescoço e queimou-lhe a face feito lava sob a terra pálida.

– Não vou receber nada, papai? Nada mesmo?

– Você recebe um teto e comida no prato. Recebe as roupas que usa. Enquanto viver na minha casa, tudo o que fizer pertence a mim, por direito. – Ele se virou para o outro lado. – Anna! – gritou para a mãe. – Já acabou aquele vestido para Frau Keller?

– Estou trabalhando nele agora, Johann.

Ele franziu a testa e gritou novamente:

– Ela quer o vestido pronto no fim da semana! Se você não terminar até lá, ela vai procurar outra costureira! – O pai virou a cabeça e olhou para Marta. – Vá ajudar sua mãe.

Marta foi ajudá-la, perto do fogo. Havia uma caixa com linha colorida sobre a mesa ao lado dela e um tecido de lã preta com bordado apoiado em seu colo. Ela tossiu violentamente num lenço, dobrou-o e colocou-o no bolso do avental antes de recomeçar a costura. Qualquer um podia ver a palidez e as olheiras profundas e saber que a mãe não estava bem novamente. Seus pulmões eram fracos. Naquela noite seus lábios estavam um pouco azulados.

– Ajude sua irmã, Marta. Ela está tendo dor de cabeça de novo.

Elise passara a noite toda concentrada no manequim, franzindo a testa de dor a cada ponto que dava. Marta ajudou Elise até o pai voltar. A única coisa que Elise sabia fazer bem eram as bainhas. O trabalho de bordado fino era a mãe e Marta que faziam. Elise tinha muita dificuldade na escola, como Hermann, mas não pelos mesmos motivos. Aos dez anos, ela mal sabia ler e escrever. Mas o que lhe faltava em inteligência e destreza era compensado por sua rara e delicada beleza. O maior prazer da mãe era escovar e trançar todas as manhãs o cabelo louro-branco de Elise, que batia na cintura. A pele era perfeita, como alabastro, e os olhos, grandes, de um azul angelical. O pai não cobrava nada dela, tinha orgulho de sua beleza e às vezes agia como se possuísse uma obra de arte valiosíssima.

Marta se preocupava com a irmã. O pai podia ter razão quanto aos pretendentes, mas não compreendia o medo profundo que Elise sentia. Ela dependia desesperadamente da mãe e ficava histérica quando o pai tinha um de seus acessos de fúria, apesar de ele jamais ter encostado a mão nela, em toda sua vida. O pai escolheria um homem bem estabelecido, com dinheiro e posição, para Elise.

Marta rezava toda noite para que Deus abençoasse a irmã com um marido carinhoso, que a protegesse – e que fosse suficientemente rico para pagar empregados para cozinhar, limpar e criar os filhos. Elise jamais aguentaria arcar com todas essas responsabilidades.

Marta pegou um banquinho e pôs ao lado da cadeira da mãe.

– Frau Keller sempre quer as coisas para ontem.

– Ela é uma boa freguesa.

A mãe estendeu uma parte da saia no colo de Marta para que as duas pudessem trabalhar nela juntas.

– Eu não usaria esta palavra, "boa", mamãe. A mulher é uma tirana.

– Não é errado saber o que quer.

– Se você está disposta a pagar por isso – disse Marta, furiosa.

Sim, Johann pedia para Frau Keller pagar o trabalho extra, mas ela se recusava. Se o pai insistisse, ela ficava indignada "com tal tratamento" e ameaçava contratar "alguém que dê mais valor à minha generosidade". Ela o fazia lembrar que encomendava seis vestidos por ano, e ele ficava grato por isso naqueles tempos difíceis. O pai se desculpava profusamente e acrescentava tudo o que podia à quantia que Herr Keller lhe devia pelos ternos que fazia para ele. E Johann muitas vezes tinha de esperar seis meses para receber parte do pagamento. Não era de admirar que os Keller fossem ricos. Eles se agarravam ao dinheiro feito limo na pedra.

– Se eu fosse o papai, exigiria uma parte do dinheiro adiantado, antes de começar a trabalhar, e pagamento integral antes de qualquer peça de roupa sair da alfaiataria.

A mãe riu baixinho.

– É muito fogo para uma menina de doze anos.

Marta não sabia como a mãe terminaria a saia a tempo. Ela enfiou um fio de seda rosa na agulha e começou a bordar pétalas de flor.

– O papai arrumou trabalho para mim, mamãe.

A mãe suspirou.

– Eu sei, *Liebling*.

Ela tirou rapidamente o lenço do bolso do avental e cobriu a boca. Quando passou a crise, ficou ofegante e guardou-o outra vez.

– Sua tosse está piorando.

– Eu sei. É resultado de todos os anos de trabalho na fábrica de charutos. Vai melhorar quando chegar o verão.

No verão, a mãe sentava fora de casa para trabalhar, em vez de ficar perto da fumaça que saía do fogo.

– Nunca melhora de vez, mamãe. Você devia ir ao médico.

Quando Marta fosse trabalhar para Frau Zimmer, talvez pudesse conversar com o médico para saber o que era possível fazer para ajudar a mãe.

– Não vamos nos preocupar com isso agora. Frau Keller precisa do vestido pronto!

Marta logo se acostumou com seu horário de trabalho. Levantava-se da cama quando ainda estava escuro, vestia-se rapidamente e subia a rua até a padaria. Quando Frau Becker abria a porta da frente para ela, sentia o cheiro do pão fresquinho. Marta ia para a cozinha e picava nozes para as *Nusstorten*, enquanto Frau Becker misturava a massa de bolo para os *Schokoladenkuchen*.

– Hoje vamos fazer *Magenbrot* – anunciou Herr Becker, esticando uma longa tripa de massa e cortando-a em pedaços pequenos. – Marta, mergulhe esses pedaços na manteiga e enrole com canela e passas, depois ponha-os nas formas de pudim.

Marta trabalhou rápido, sabendo que os Becker a observavam. Frau Becker derramou a massa escura do bolo de chocolate nas formas e deu a colher de pau para Marta.

– Tome, pode lamber tudo.

Herr Becker deu risada.

– Ah, veja como a menina sorri, Fanny – ele socou a massa. – Você aprende rápido, Marta – e piscou para a mulher. – Vamos ter de ensinar para ela como se faz bolo da Epifania no próximo Natal. *Ja?*

– E *Lebkuchen*.

Frau Becker piscou para Marta. Mamãe adorava o pão de gengibre.

– E marzipã – concluiu Frau Becker, pegando a colher de pau e jogando-a dentro da pia. – Vou lhe ensinar como se faz *Butterplätzchen*.

Ela pôs manteiga, farinha de trigo e açúcar na bancada.

– E amanhã, biscoitos de anis.

Quando a padaria abriu, Frau Becker deu duas bisnagas para Marta como pagamento.

– Você trabalha bem.

Marta levou os pães para a mãe e comeu um prato de *Müsli*. Quando terminou os afazeres, depois de almoçar, saiu, passou pelos prédios da escola e foi à casa do médico.

Ao abrir a porta, Frau Zimmer estava muito aflita.

– Tome! Segure-o!

Jogou o bebê aos berros nos braços de Marta e pegou o xale.

– Vou visitar uma amiga.

Frau Zimmer passou por ela e foi embora, sem olhar para trás.

Marta entrou e fechou a porta para as pessoas não ouvirem o choro do bebê. Ficou andando de um lado para o outro com ele no colo, cantando hinos religiosos. O pequeno Evrard não se acalmou, então ela tentou embalá-lo. Examinou a fralda. Por fim, exasperada, o pôs no tapete.

– Então grite, até cansar.

O bebê parou de chorar e virou de bruços. Arqueou as costas, estendeu os braços para frente e agitou os pés. Marta deu risada.

– Você só queria um pouco de liberdade, não é?

Ela recolheu os brinquedos espalhados e colocou-os na frente dele. O pequeno bateu as pernas com mais força e fez barulhinhos de prazer. Dava gritinhos, abria e fechava as mãos.

– Vá pegar! Eu não vou dar para você.

Ele conseguiu se arrastar alguns centímetros e agarrou um chocalho. Marta bateu palmas.

– Muito bem, Evrard!

O bebê rolou de costas. Quando ele se cansou, Marta o pegou no colo e o embalou para dormir. Frau Zimmer voltou uma hora depois, mais calma. Parada, ficou só ouvindo e pareceu assustada.

– Ele está bem? – e correu para o berço para vê-lo. – Está dormindo! Ele nunca dorme à tarde. O que você fez?

– Deixei que brincasse no tapete. Ele tentou engatinhar.

Na tarde seguinte, Marta subiu a ladeira até o Hotel Edelweiss. Frau Gilgan encarregou-a de tirar as roupas de cama e botar lençóis limpos e colchas de penas. Ela afofou as colchas, enrolou-as nos pés das camas e levou a roupa suja para a lavanderia, no andar de baixo. Frau Gilgan a acompanhou nas tarefas, contando histórias divertidas de antigos hóspedes.

– É claro que há alguns que não ficam satisfeitos com nada que se faça, e aqueles que quebram as pernas esquiando.

Duas irmãs mais velhas de Rosie cuidavam das tinas e dos panelões de água fervendo no fogão. Marta ficou com dor nos braços de mexer a roupa de cama nas tinas. De empurrar os lençóis e as colchas para o fundo, girar e revirar tudo, esticar as dobras e mexer de novo. Kristen, a mais velha, pescava um lençol, dobrava-o e torcia-o com força, deixando a água cair de volta na tina. Depois o enxaguava numa tina de água fervente.

Os flocos de neve se prendiam nos caixilhos das janelas, mas o suor pingava do rosto de Marta. Ela o secava com a manga do vestido.

– Ah!

Frau Gilgan se aproximou e estendeu as mãos, fortes e quadradas, vermelhas e cheias de calos, de anos a fio lavando roupa.

– Deixe-me ver suas mãos, Marta.

A mulher virou a palma das mãos de Marta para cima e estalou a língua.

– Bolhas. Não devia ter exigido tanto de você no primeiro dia, mas você não reclamou. Suas mãos vão doer tanto que não poderá dar um ponto de bordado.

– Mas ainda tem uma pilha de lençóis para lavar.

Frau Gilgan pôs as mãos grandes na cintura e deu risada.

– *Ja*, e é para isso que tenho filhas – disse, pondo o braço nos ombros de Marta. – Vá lá para cima. Rosie já deve ter voltado da escola. Ela vai querer tomar um chá com você antes que vá embora. E, se tiver tempo, ela está precisando de ajuda em geografia.

Marta disse que seria um prazer.

Rosie pulou da cadeira.

– Marta! Esqueci que ia começar a trabalhar hoje. Estou muito contente por estar aqui! Senti sua falta na escola. Não é a mesma coisa sem você. Ninguém responde às perguntas difíceis de Herr Scholz.

– Sua mãe disse que você está precisando de ajuda em geografia.

– Ah, agora não. Tenho muita coisa para contar. Vamos dar uma volta.

Marta sabia que ouviria as últimas aventuras de Arik Brechtwald. Rosie havia se apaixonado por ele no dia em que ele a salvara em um riacho. Não adiantou nada lembrar que tinha caído por culpa de Arik. Ele a desafiou a atravessar o Zulg. Ela chegou até a metade, escorregou numa pedra e despencou de uma pequena queda-d'água antes de Arik conseguir agarrá-la. Ele a tirou do rio e a carregou até a margem. Desde então, Arik passou a ser o cavaleiro andante de Rosie.

A neve caía suavemente das nuvens, aumentando o manto branco sobre Steffisburg. Fumaça subia das chaminés, feito dedos fantasmagóricos, e se dissipava no vento gelado da tarde. Rosie tagarelava alegremente, e Marta, já exausta, caminhava ao lado dela. Rajadas brancas cobriam a relva alpina que, em poucos meses, estaria verdejante, com explosões de flores vermelhas, amarelas e azuis, que atraíam e alimentavam as abelhas de Frau Fuchs. Rosie limpou a neve de uma tora e se sentou. Dali podiam ver o Hotel Edelweiss e Steffisburg mais abaixo. Se o dia estivesse claro, daria para ver o castelo Schloss Thun e o lago Thunersee como uma lâmina de vidro cinza.

Hoje as nuvens baixas faziam o sol parecer uma bola branca e indefinida, pronta para quicar nas montanhas além de Interlaken.

A respiração de Marta virava vapor. Seus olhos se encheram de lágrimas enquanto ouvia as opiniões de Rosie sobre Arik. A amiga não se preocupava com nada, a não ser se Arik gostava dela ou não. Marta apertou os lábios e tentou não sentir inveja. Talvez o pai dela tivesse razão. Rosie e ela seriam amigas ainda por algum tempo, e então as diferenças da vida criariam um muro entre as duas. Agora Marta estava trabalhando para os Gilgan. Não era a amiga que ia visitar, ou tomar chá e bater papo, enquanto a mãe de Rosie servia biscoitos de anis numa bandeja de prata e chocolate quente em belas xícaras de porcelana. Tudo mudaria, e Marta não suportava isso.

Agora que o pai a tirara da escola, só teria qualificação para ser empregada ou babá. Podia ajudar a mãe na costura, mas ela ganhava pouquíssimo, se se levasse em conta o tanto de horas que trabalhava para mulheres como Frau Keller, que esperava perfeição por uma ninharia. E a mãe jamais via um franco do pagamento por seu trabalho. O pai controlava os gastos e reclamava muito que eles tinham pouco dinheiro, embora sempre conseguisse arrumar o suficiente para a cerveja.

Rosie pôs o braço nos ombros de Marta.

– Não fique tão triste.

Marta levantou abruptamente e se afastou.

– Herr Scholz ia me ensinar francês. Eu podia ter continuado a aprender latim. Se eu soubesse ao menos mais uma língua, talvez encontrasse algum trabalho decente um dia, numa boa loja em Interlaken. Se for como meu pai quer, nunca serei nada além de uma empregada.

Assim que essas amargas palavras escaparam, Marta ficou cheia de vergonha. Como podia dizer tal coisa à Rosie?

– Não estou sendo ingrata com seus pais. Sua mãe foi muito bondosa comigo hoje...

– Eles gostam de você como se fosse uma filha.

– Porque você sempre gostou de mim como uma irmã.

– Isso não vai mudar só porque você não está mais na escola. Eu gostaria de parar de estudar. Preferia ficar em casa e ajudar minha mãe a encher minha cabeça de informações.

– Ah, Rosie – Marta cobriu o rosto. – Eu daria qualquer coisa para ficar na escola, pelo menos até completar o segundo grau.

– Eu poderia dar livros para você.

– Agora não tenho tempo. Papai fez questão disso.

Marta olhou para as montanhas cobertas de nuvens, que pareciam muros de uma prisão. Seu pai pretendia mantê-la presa. Ela era mais forte e mais saudável que a mãe. Aprendia mais rápido que Hermann e Elise. Hermann iria para a universidade. Elise se casaria. Marta ficaria em casa. Afinal, alguém tinha de fazer o trabalho quando a mãe não pudesse mais.

– Preciso ir para casa. Tenho de ajudar mamãe.

Quando desciam a pé a ladeira, Rosie segurou a mão de Marta.

– Quem sabe, quando Hermann chegar ao segundo grau, seu pai deixe você voltar para a escola.

– Hermann vai perder o ano de novo. Ele não tem cabeça para livros.

Pelo menos, na próxima vez, o pai não poderia responsabilizá-la.

2

Marta passou dois anos trabalhando para os Becker, os Zimmer e os Gilgan. Sempre que chegava o inverno, ela trabalhava para Frau Fuchs também, fumegava as abelhas até ficarem zonzas para poder roubar-lhes o mel da colmeia. Virava a alavanca e o tirava por centrifugação. Depois de dias e dias de trabalho duro, Frau Fuchs lhe pagava com mel, apenas dois vidros pequenos. Quando seu pai viu os vidros, ficou furioso e jogou um contra a parede.

Pelo menos a mãe e Elise gostavam dos pães quentinhos que Marta levava da padaria. Às vezes, ela também recebia biscoitos. No Natal, os Becker lhe deram marzipã e *Schokoladenkuchen*. O dr. Zimmer ia visitar a mãe de Marta a cada duas ou três semanas, só que o pai preferia francos nos bolsos aos cataplasmas e elixires que o médico dava para a mãe. Na primavera e no verão, Frau Zimmer pagava com legumes, verduras frescas e flores do seu jardim. A mãe não precisava comprar nada no mercado.

Só os Gilgan pagavam em francos, mas Marta jamais via um tostão desse dinheiro.

– Herr Gilgan disse que você é inteligente o bastante para ter o seu hotel um dia. – O pai deu uma risada de deboche enquanto mergulhava o pão no queijo derretido. – Já que você é tão inteligente, pode fazer com que Hermann passe nas próximas provas.

– E como é que vou fazer isso, papai? – disse Marta, irritada. – Hermann tem de querer aprender.

Ele ficou com o rosto vermelho de raiva.

– Olhe só para ela, Hermann. Pensa que você é burro. Acha que não consegue aprender. Ela ainda pensa que é melhor que você.

– Eu nunca disse que era melhor! – Marta empurrou a cadeira para trás. – É que eu sempre me interessei mais!

O pai se levantou e falou com ar ameaçador:

– Faça Hermann se interessar e talvez eu a mande de volta para a escola. Se ele fracassar de novo, você vai se ver comigo! – Ele se inclinou sobre a mesa e empurrou Marta, que caiu sentada na cadeira de novo. – Está entendendo?

Lágrimas de raiva encheram os olhos dela.

– Sim, papai.

Ela entendia bem demais.

Ele pegou o casaco e saiu. Elise não levantou a cabeça, e a mãe não perguntou aonde ele ia.

– Sinto muito, Marta – disse Hermann acabrunhado, do outro lado da mesa.

Marta estudava todas as noites com Hermann, mas não adiantava.

– Tudo isso é muito chato! – ele reclamava. – E a noite está agradável lá fora.

Marta deu-lhe um tapa na nuca.

– Isso não é nada comparado com o que vai acontecer comigo se você não se concentrar.

Ele empurrou a cadeira para trás.

– Assim que tiver idade, vou largar a escola e entrar para o exército.

Marta foi falar com a mãe.

– Por favor, fale com ele, mamãe. Ele não ouve o que eu digo.

Talvez, se a mãe pedisse, Hermann se esforçasse mais.

– Que esperança eu tenho de voltar a estudar se aquele idiota se recusa a usar o cérebro que Deus lhe deu?

Os cataplasmas e elixires do dr. Zimmer não serviram para aliviar a tosse da mãe. Ela estava emaciada e pálida. As roupas pendiam largas e soltas no corpo muito magro. Os ossos do pulso pareciam frágeis como as asas de um passarinho.

— Não há nada que eu possa fazer, Marta. Não se transforma um cão num gato.

Marta se jogou numa poltrona e apoiou a cabeça nas mãos.

— Ele é um inútil e por isso eu não tenho esperança.

A mãe deixou a agulha enfiada num ponto de bordado e estendeu o braço para segurar a mão da filha.

— Você está aprendendo coisas novas todos os dias com os Becker e os Gilgan. Precisa esperar para ver o que Deus vai fazer.

Marta suspirou e enfiou linha na agulha para ajudar a mãe.

— Cada franco que eu ganhar será usado para pagar as despesas de Hermann na escola. E ele não liga, mamãe, nem um pouco — a voz dela falhou. — Não é justo!

— Deus tem planos para você também, Marta.

— É papai que faz os planos. — A menina espetou a agulha na lã.

— Deus diz que devemos confiar e obedecer.

— Então eu devo me submeter a alguém que me despreza e destrói todas as minhas esperanças?

— Deus não despreza você.

— Estou falando do papai.

A mãe não discordou. Marta parou de bordar e ficou observando os dedos finos da mãe enfiando e puxando a agulha na lã preta. Uma delicada edelvais branca começou a se formar. A mãe deu um nó, cortou a linha com os dentes e pegou outra linha, amarela, para fazer minúsculos nós franceses no miolo da flor. Quando terminou, sorriu para Marta.

— Você pode ter prazer com o trabalho benfeito.

Marta sentiu um aperto no peito que chegou a doer.

— Não sou como você, mamãe. Você vê o mundo com olhos diferentes.

A mãe via bênçãos em toda parte, porque as procurava, diligentemente. Quantas vezes Marta viu a mãe encostada na bancada da cozinha, curvada pela exaustão, com suor escorrendo na testa, observando os pardaizinhos saltitando de galho em galho na tília que crescia embaixo da janela? Uma palavra suave do pai provocava-lhe um doce sorriso. Apesar de toda a crueldade dele, de todo aquele egoísmo, ela encontrava alguma coisa para amar nele. Às vezes, Marta via um olhar de pena na expressão dela, quando olhava para o pai.

– Você sabe o que quer?

– Quero fazer alguma coisa da minha vida. Ser mais do que a empregada de alguém. – Os olhos dela arderam como se tivessem areia. – Eu sabia que era demais sonhar com a universidade, mamãe, mas eu gostaria muito de terminar o segundo grau.

– E agora?

– Agora? Eu queria aprender francês. Gostaria de aprender inglês e italiano também. – Ela espetou a agulha na lã preta. – Qualquer pessoa que saiba falar várias línguas consegue um bom emprego. – Ela puxou rápido demais a linha, que acabou enrolando e dando um nó. – Mas eu nunca terei essa...

– Pare, Marta – a mãe estendeu a mão, tocando-a suavemente. – Você só está piorando as coisas.

Marta virou a lã preta e começou a puxar os pontos, para afrouxá-los.

– E se surgisse a oportunidade de aprender mais? – a mãe perguntou.

– Eu arrumaria um bom emprego e economizaria até ter o suficiente para comprar um chalé.

– Você quer um lugar como o Hotel Edelweiss, não é?

A mãe começou a bordar outra flor.

– Nunca vou sonhar com um lugar tão grandioso como aquele. Ficaria satisfeita com uma pensão. – Marta deu uma risada triste. – Ficaria contente de trabalhar numa boa loja em Interlaken, vendendo *Dirndln* para os turistas! – disse, arrancando o fio do tecido. – Mas isso não vai acontecer, não é? De que adianta sonhar?

Ela jogou a lã de lado e se levantou. Se ficasse mais um minuto ali, sentada, iria sufocar.

– Talvez Deus tenha posto o sonho na sua cabeça.

– Por quê?

– Para ensiná-la a ter paciência.

– Ah, mamãe... – gemeu Marta. – Eu não provo que tenho paciência tentando ensinar para aquela mula do meu irmão? Não provei que tenho paciência esperando que papai talvez mudasse de ideia e me deixasse voltar para a escola? Já faz dois anos, mamãe! Fiz tudo o que ele me mandou fazer. Estou com catorze anos! Rosie não me pede mais para ajudá-la com os estudos. Fico mais ignorante a cada ano que passa! De que vale a paciência, se nada vai mudar nunca?

– Bobagem. Venha sentar aqui, *Bärchen*.

A mãe largou o bordado e segurou as mãos de Marta com firmeza.

– Veja o que você ganhou com os Becker, com a Frau Fuchs, com a Frau Zimmer e com os Gilgan. Você aprendeu a fazer pães e bolos, a cuidar de abelhas e de crianças, e viu como é administrar um bom hotel. Isso não indica que Deus a está preparando?

Ela apertou mais as mãos quando Marta abriu a boca para protestar.

– Não diga nada, Marta, ouça o que estou lhe dizendo. Preste muita atenção. Não importa o que seu pai planeja nem os motivos que ele possa ter. É Deus quem manda. Deus usará tudo em prol dos seus bons propósitos se você tiver fé e amá-lo.

Marta ficou gelada. Viu alguma coisa na expressão da mãe que soou como um aviso.

– Papai tem planos para mim, não tem? Quais são esses planos, mamãe?

Os olhos azuis da mãe ficaram marejados de lágrimas.

– Você deve procurar o lado bom das coisas.

Marta puxou as mãos com um tranco.

– Conte para mim, mamãe.

– Não posso. Cabe a seu pai explicar.

Ela retomou o bordado e não disse mais nada.

O pai contou o que havia planejado para Marta na manhã seguinte.

– Você vai gostar de saber que vou mandá-la de volta para a escola. Teria mandado antes, mas a Haushaltungsschule Bern só aceita meninas com catorze anos ou mais. O conde e a condessa Saintonge são os instrutores. A realeza! Você devia ficar feliz! Garantiram-me que qualquer menina que se forma nessa escola de prendas domésticas não tem dificuldade para conseguir uma boa posição. Você ficará seis meses em Berna. Pode me pagar quando voltar para casa e conseguir um emprego.

– Pagar a você?

O olhar dele ficou frio.

– A taxa é de cento e vinte francos, e tem outros trinta dos livros. Você devia ficar satisfeita. Você queria ir para a escola – a voz dele ficou áspera –, então você vai!

– Não era esse tipo de escola que eu tinha em mente, papai.

E ele sabia muito bem!

– Você é muito inteligente, então vamos ver se aproveita ao máximo a oportunidade que estou lhe dando. É a minha forma de lhe agradecer por Hermann ter passado nas provas. E quem sabe? Se você se sair bem em Berna, pode acabar trabalhando no Schloss Thun! – Ele parecia gostar da ideia. – Isso seria algo para se vangloriar! Você vai partir em três dias.

– Mas e os Becker, papai? E os Zimmer, e os Gilgan?

– Disse ontem a eles que ia mandá-la para a escola. Eles pediram para lhe desejar boa sorte.

Escola!, Marta pensou, furiosa. Aquilo era aprender a ser uma empregada mais qualificada, isso sim.

A mãe ficou em silêncio, sentada na outra ponta da mesa, com as mãos no colo.

Furiosa, Marta olhou para ela. Como é que a mãe podia ficar tão calma? Lembrou-se do conselho dela: "Procure o lado bom das coisas... Reconheça suas bênçãos..."

Ela ficaria longe de casa pela primeira vez. Moraria em Berna. Não teria de ver o pai nem ouvir suas constantes reclamações.

– Obrigada, papai. Estou ansiosa para ir.

Elise deu um grito baixinho e se levantou da mesa.

– O que houve com aquela menina agora? – resmungou o pai.

– Marta vai embora de casa, Johann.

– Mas ela vai voltar! – ele abanou a mão, exasperado. – Ela não vai embora de vez. Ficará longe só seis meses e depois passará o resto da vida em casa.

Os pelos da nuca de Marta se arrepiaram. *O resto da vida.*

Assim que o pai se levantou da mesa, a mãe pediu para Marta ir procurar Elise.

– Ela deve estar lá embaixo, no riacho. Você sabe que ela adora ouvir o som da água.

Marta encontrou a irmã onde o riacho encontrava o Zulg e sentou-se ao lado dela.

– Um dia eu tenho de ir, Elise.

A irmã abraçou os joelhos dobrados contra o peito e olhou fixo para as marolas cintilantes lá embaixo.

– Mas Berna é muito longe. – Os olhos azuis se encheram de lágrimas. – Você quer ir?

– Eu preferia ir para a universidade, mas terei de me contentar com a escola de prendas domésticas.

– O que eu vou fazer sem você?

Lágrimas escorreram pela face pálida de Elise.

– O que sempre faz – disse Marta, secando-lhe as lágrimas. – Ajudar a mamãe.

– Mas à noite ficarei sozinha em nosso quarto. Você sabe que tenho medo do escuro.

– Deixe o gato dormir com você.

Elise começou a chorar.

– Por que as coisas não podem ficar como estão? Por que o papai não pode deixar você ficar aqui?

– As coisas não podem ser sempre iguais – disse Marta, prendendo um cacho de cabelo louro atrás da orelha de Elise. – Um dia você vai se casar, Elise. Terá um marido que vai amá-la muito. Terá sua própria casa, terá filhos – e deu um sorriso triste para a irmã. – Quando você for embora, Elise, como é que eu vou ficar?

O pai dissera que nenhum homem ia querer uma menina tão sem graça e mal-humorada como Marta.

Elise ficou confusa, como uma criança que acorda de um pesadelo.

– Pensei que você fosse ficar sempre aqui.

Em Steffisburg, na alfaiataria do pai, sob o jugo do pai, fazendo a vontade do pai.

– É isso que o papai pensa. É o que você deseja para mim, Elise?

– Não está com medo de ir embora? – Lágrimas escorreram no rosto branco de Elise. – Eu quero ficar em casa com a mamãe.

– Você não vai a lugar nenhum, Elise. – Marta se deitou na grama e pôs o braço sobre a cabeça. – Ficarei fora apenas seis meses.

Elise se deitou também e apoiou a cabeça no ombro de Marta.

– Gostaria que você ficasse aqui, que não fosse para lugar nenhum.

Marta abraçou a irmã e ficou olhando para o céu, que começava a ficar escuro.

– Toda vez que pensar em mim, Elise, reze. Reze para que eu aprenda algo de útil. Reze para que eu aprenda lá em Berna mais do que o que é preciso para ser a empregada de alguém.

Marta passou na casa dos Becker e dos Zimmer para agradecer-lhes e se despedir. Um dia antes de partir, foi à casa dos Gilgan. Frau Gilgan serviu-lhe chá e biscoitos. Herr Gilgan deu-lhe vinte francos.

– Isto é para você, Marta.

E fechou a mão dela sobre o dinheiro. A menina não conseguiu falar; ficou com um nó na garganta.

Frau Gilgan sugeriu que Marta e Rosie saíssem para passear no campo. Rosie segurou a mão dela.

– Mamãe acha que você não vai voltar. Ela diz que você vai arrumar um emprego em Berna e ficará por lá, que terei de esperar até a nossa família viajar para lá para poder vê-la de novo.

Os Gilgan viajavam algumas vezes por ano para comprar coisas para o hotel. Às vezes, Rosie e as irmãs voltavam com vestidos prontos de uma das lojas ao longo da Marktgasse.

Quando as duas se sentaram no tronco preferido, Rosie levantou o avental branco e procurou alguma coisa no grande bolso da saia.

– Tenho uma coisa para você.

– Um livro! – Marta o pegou com prazer. Não viu nada escrito na lombada e o abriu. – Páginas em branco.

– Para você escrever todas as suas aventuras – disse Rosie, dando um sorriso de orelha a orelha. – Espero que me deixe ler quando nos encontrarmos. Quero saber tudo sobre os belos rapazes que você vai conhecer na cidade, os lugares que vai ver, todas as coisas maravilhosas que vai fazer.

Marta piscou para conter as lágrimas e passou a mão no couro de boa qualidade.

– Nunca tive nada tão bom assim.

– Eu queria ir com você. Há tanta coisa para ver e para fazer... Nós íamos nos divertir muito! Quando terminar seu curso, vai ser contratada por um belo aristocrata, que vai se apaixonar por você e...

– Não seja boba. Ninguém jamais vai querer se casar comigo.

Rosie pegou a mão de Marta e entrelaçou seus dedos nos dela.

– Você pode não ser tão bonita como Elise, mas tem ótimas qualidades. Todos pensam assim. Minha mãe e meu pai acham que você é capaz de fazer tudo o que quiser.

– Você contou meu sonho para eles? – Marta puxou a mão.

– Num momento de fraqueza, e pode fazer cara feia para mim, mas não estou arrependida do que fiz. Por que acha que mamãe falou tanto de tudo que é preciso para administrar um hotel?

Quando estavam descendo para Steffisburg, Rosie segurou a mão de Marta de novo.

– Prometa que vai escrever e me contar tudo.

Marta entrelaçou os dedos nos da amiga.

– Só se você prometer escrever de volta e não encher cada linha com bobagens sobre Arik Brechtwald.

As duas deram risada.

3

A mãe foi acordá-la antes do amanhecer no dia seguinte. O pai deu a Marta dinheiro suficiente apenas para comprar uma passagem de ida no trem para Berna.
– Quando você se formar, mando o dinheiro para você voltar para casa. – E lhe deu a carta de admissão, o recibo do pagamento do curso e um mapa de Berna com o endereço da escola de prendas domésticas. – É melhor ir agora. O trem parte de Thun em duas horas.
– Pensei que vocês fossem comigo.
– Por quê? Você pode ir sozinha. – Ele foi à alfaiataria para começar a trabalhar logo.
– Não fique tão preocupada.
– Nunca andei de trem, mamãe.
A mãe deu um sorriso provocante.
– É mais rápido que uma carruagem.
E abraçou a filha com força, dando-lhe o saco de viagem que tinha arrumado, com mais uma saia, duas blusas, roupas de baixo, uma escova de cabelo e artigos de toalete.
Marta procurou não demonstrar que estava nervosa por ter de viajar sozinha. Ainda bem que Elise não tinha acordado, porque, se a irmã

começasse a chorar, ela teria caído no choro também. Beijou o rosto frio da mãe e lhe agradeceu.

– Adeus, papai! – gritou para ele.

– É melhor você se apressar! – ele respondeu.

A mãe saiu de casa com ela. Tirou uma pequena carteira do bolso e a entregou para a filha.

– Alguns francos para você comprar papel, envelopes e selos. – Segurou o rosto de Marta com as duas mãos, deu-lhe dois beijos e sussurrou em seu ouvido: – Compre uma xícara de chocolate quente para você. Depois encontre a Fonte de Sansão. Era a minha preferida. – Ficou com o braço em torno de Marta e foi caminhando um pouco com ela. – Todos os dias, quando você acordar, saberá que estou rezando por você. E todas as noites, quando for dormir, eu também estarei rezando.

Se Deus ouvia as preces de alguém da família, esse alguém certamente era a mãe, que o amava muito.

– Tudo o que fizer, Marta, dedique ao Senhor.

– Sim, mamãe.

A mãe a soltou. Marta olhou para trás e viu lágrimas nos olhos dela. Parecia muito frágil.

– Não se esqueça de nós.

– Nunca.

Marta teve vontade de voltar correndo e abraçá-la.

– Vá logo – a mãe acenou.

Com medo de perder a coragem, Marta deu meia-volta e desceu a rua rapidamente. Quanto mais se afastava, mais animada ficava. Correu parte do caminho e chegou à estação de trem bem na hora em que começavam a vender as passagens. Seu coração deu um pulo quando o trem parou na plataforma. Ficou observando para ver o que os outros passageiros faziam, então entregou a passagem para o condutor e embarcou. Foi andando pelo corredor estreito, passou por um homem que usava um terno de loja e mexia em alguns papéis dentro de uma pasta. Havia outro sentado duas fileiras atrás dele, lendo um livro. Uma mulher disse para os filhos pararem de implicar um com o outro.

Marta se sentou na parte de trás do vagão. Botou o saco de viagem entre os pés e espiou pela janela. Assustou-se quando o trem deu um tranco. Segurou o banco da frente para se apoiar e lutou contra o pânico. Será que aquele trem andava muito rápido? Será que ia descarrilar? Será que daria tempo para ela chegar até a porta e saltar antes de o trem deixar a estação? O pensamento do que o pai diria se ela aparecesse na porta de casa a impediu de se levantar. Olhou para os outros passageiros e viu que ninguém mais parecia alarmado com os trancos e os rangidos nem com o apito escandaloso. Recostou-se no assento e viu Thun passar pela janela.

O trem foi ganhando velocidade, e o coração dela foi junto. Cada minuto a levava para mais longe da mãe, de Rosie e de Elise. Quando vieram as lágrimas, silenciosas e quentes, ela as secou com a mão.

O rio Aar corria ao lado do trilho. Marta espiou pela janela o caminho por colinas com grandes casas quadradas de fazenda e telhados que chegavam quase até o chão. O trem parava em todas as cidades, e ela se inclinava para os lados para poder ver o máximo possível das praças e dos mercados. Viu velhas pontes cobertas que ainda não tinham sido substituídas pelas pontes de pedra. Todas as aldeias tinham uma torre do relógio, mesmo sem estação de trem.

As rodas faziam um barulho ritmado nos trilhos, e o trem ia célere na direção de Berna. Quando deu para ver a periferia da cidade, Marta pegou o saco de viagem e segurou-o no colo. Podia ver grandes construções de pedra e uma ponte atravessando o verde Aar, que serpenteava pela cidade velha. As casas enfileiravam-se do outro lado do rio. Ela examinou o mapa e espiou pela janela de novo, sem saber para que direção ir para encontrar a escola de prendas domésticas dos Saintonge. Teria de perguntar o caminho.

O trem parou na estação, e Marta seguiu os outros passageiros que desembarcavam. Teve a sensação de estar entrando numa das colmeias de Frau Fuchs, com aquele movimento constante de corpos e o ruído do vozerio. Os condutores gritavam os números dos trens. O vapor sibilava no ar. Alguém esbarrou nela e se desculpou rapidamente, correndo para pegar o trem. Ela avistou um homem alto de uniforme preto e quepe vermelho e foi falar com ele. Quando lhe mostrou o mapa, ele indicou o caminho que ela deveria tomar, informando-lhe o tempo que levaria para percorrer a curta distância.

— Você pode pegar o bonde.

Marta resolveu ir andando. Queria ver um pouco da cidade e não sabia quantos dias se passariam até ter tempo livre para fazer o que quisesse. Será que a escola funcionava aos sábados? Ela não sabia. Com o saco de viagem no ombro, saiu apressada da estação e foi andando por uma rua de paralelepípedos, olhando para cima, para um prédio alto, de pedra, com bandeiras desfraldadas. Parou para ver os bonecos animados da torre do relógio marcando a hora. Passou por praças e passeou por um emaranhado de galerias com cafés, joalherias, butiques, confeitarias e lojas com chocolates expostos na vitrine.

O sol já estava se pondo, e Marta apressou o passo para uma ponte que atravessava o rio Aar. Subiu uma ladeira e viu a placa com o nome da rua. Quando finalmente encontrou o endereço, estava cansada, mas muito animada. Nenhuma placa indicava que tinha chegado ao lugar certo, e a casa diante dela parecia uma grandiosa mansão, não uma escola.

Uma mulher de vestido preto, com avental e touca brancos, atendeu a porta. Marta fez uma mesura sem jeito.

— Sou Marta Schneider, de Steffisburg — e lhe entregou os papéis.

— Nunca faça mesura para a criadagem — disse a mulher, quando pegou os documentos. Ao examiná-los, fez sinal para que Marta entrasse. — Bem-vinda à Haushaltungsschule Bern.

Depois que Marta entrou, a mulher fechou a porta.

— Sou Frau Yoder. Você foi a última a chegar, Fräulein Schneider. Parece cansada. Não veio andando, veio?

— Desde a estação de trem.

Marta ficou boquiaberta diante da imensa escadaria e das paredes com retratos em molduras douradas, dos tapetes finos, das estatuetas de porcelana. Aquilo era uma escola de prendas domésticas?

— As pessoas costumam vir de condução para cá.

— Eu queria ver um pouco da cidade. — Marta admirou o teto, com anjos pintados. — Não sabia quando teria um dia livre para apreciar a vista e os pontos turísticos.

— Você terá os domingos de folga. Venha. Vou lhe explicar como funciona tudo por aqui. No andar térreo, ficam a sala de visitas, a sala de estar, o escritório do conde e o conservatório da condessa. A cozinha é do outro lado, perto da sala de jantar. No segundo andar, temos um salão de baile e alguns quartos grandes. No terceiro andar, ficam quase todos os quartos de hóspedes. Você e as outras meninas ficarão no dormitório do quarto andar. A sala de aula também é lá.

Frau Yoder andava de cabeça erguida, com as mãos juntas na frente do corpo. Estendia a mão cada vez que identificava um cômodo e dava alguns segundos para Marta examinar o luxuoso interior.

– A condessa recebe seus convidados nesta sala de visitas. Mandou pintar as paredes de amarelo real depois de visitar o Schloss Schönbrunn em Viena no ano passado.

Frau Yoder levantou uma mão depois de juntar as duas na frente do corpo de novo.

– Aquele é o retrato da condessa, em cima da lareira. Ela é linda, não é?

Uma jovem de olhos escuros e cabelo preto, comprido e solto, sobre os ombros nus, parecia olhar diretamente para ela. Usava um colar de diamantes e esmeraldas no pescoço fino, e o vestido parecia saído de um livro de história que Marta tinha lido.

– Ela parece Maria Antonieta.

– Vamos torcer para que não termine do mesmo jeito.

Essa observação foi surpreendente, ainda mais naquele tom tão seco. Frau Yoder seguiu em frente. Marta foi com ela, cada vez mais curiosa.

– O conde e a condessa dão as aulas?

– Eles falarão com vocês de vez em quando, mas quem dá as aulas sou eu.

– Saintonge. Eles são franceses?

– É falta de educação perguntar, Fräulein.

Marta enrubesceu.

– Ah.

Mas por quê? Teve vontade de perguntar, mas Frau Yoder foi andando pelo corredor. Marta se sentiu feito um patinho correndo atrás da mãe.

– Quantas alunas vão fazer o curso, Frau Yoder?

– Sete.

– Só sete?

Frau Yoder parou e virou para trás. Olhou para Marta de nariz em pé.

– Só as mais promissoras são aceitas. – Ela examinou Marta de acima a baixo. – O seu casaco é feito sob medida, não é?

Ela mesma o fizera, mas não quis contar isso para a mulher.

– Minha mãe é costureira e meu pai é alfaiate.

Frau Yoder chegou mais perto e examinou o bordado.

– Belo trabalho – e sorriu para Marta. – Estou surpresa por seus pais a terem mandado para cá. Venha comigo. – A mulher deu-lhe as costas de novo. – Quero lhe mostrar o resto da casa. Se estiver com fome, há sopa de repolho e pão na cozinha. O conde e a condessa passarão esta noite fora. Você vai conhecê-los amanhã de manhã, às dez horas, na sala de aula no andar de cima. Mas espero você aqui às oito, para receber as instruções.

A curiosidade de Marta aumentou ainda mais quando viu pela primeira vez a condessa Saintonge parada no corredor, diante da sala de aula. Ela era jovem demais para ser diretora de qualquer coisa e estava vestida de maneira nada modesta. Tinha as sobrancelhas inclinadas sobre olhos escuros e maliciosos. Abriu um pouco a boca numa risada silenciosa e exibiu dentes pequenos e retos, bem brancos. Murmurou alguma coisa com a mão na frente da boca, e um homem apareceu. Ele tinha cabelos grisalhos, olhos claros e um rosto fino e anguloso. Parecia ter idade para ser pai dela! Ele inclinou o corpo para frente, e Marta achou que beijaria a condessa bem ali, no corredor. Disse alguma coisa em voz baixa e desapareceu. A condessa ficou irritada, mas levantou a cabeça e entrou na sala com ar de nobreza.

– Bom dia, alunas.

Todas ficaram imediatamente de pé e fizeram-lhe uma mesura, como tinham aprendido.

– Condessa.

Frau Yoder fez uma graciosa mesura. E cada menina fez uma segunda, quando seu nome foi mencionado.

A condessa juntou as mãos delicadamente na altura da cintura e começou a falar da boa reputação da Haushaltungsschule Bern e dos elogios que ela e o conde haviam recebido de patrões satisfeitos.

– Selecionamos apenas as melhores.

Marta ficou pensando nisso, tendo passado a noite com as outras e visto que a maioria tinha menos estudo que ela. *Nós somos as melhores?*

– Aquelas que chegarem bem ao final dos primeiros três meses tirarão medidas para um de nossos uniformes.

A condessa levantou a mão, e Frau Yoder virou-se lentamente para exibir a saia preta de lã até os tornozelos, a blusa branca de gola alta, mangas compridas e punhos abotoados, o avental branco comprido com HB bordado no bolso do lado direito e uma touca branca com borda de renda.

– Só as que se formarem terão a honra de usar nosso uniforme.

A condessa continuou falando, enquanto Marta analisava o vestido informal de linho transparente com minúsculas nervuras, apliques de renda, flores e folhas bordadas em branco e miolos de passamanaria. Sabia quantas horas e quanto custava para fazer um vestido assim.

– Fräulein Schneider, levante-se.

Marta ficou de pé sem saber por que a condessa a chamara em meio às outras.

– Quero que preste atenção quando estou falando.

– Sim, madame.

– Sim, *condessa*. E fará uma mesura na próxima vez em que se levantar, e outra antes de falar.

Marta sentiu o calor invadir as bochechas. Cento e cinquenta francos para aprender a ser tratada como escrava! Cento e cinquenta francos que o pai esperava de volta, quer ela completasse o curso ou não. Apertando os dentes, Marta fez uma mesura.

– Sim, condessa. – E mais uma mesura.

A condessa Saintonge examinou-a friamente com os olhos escuros.

– Você ouviu alguma coisa do que eu disse, ou terei de repetir tudo?

Marta fez nova mesura.

– Sim, condessa, eu ouvi.

E começou a falar palavra por palavra o que tinha sido dito, até que a condessa ergueu uma das mãos delicadas para interromper a enxurrada, meneando discretamente a cabeça para Marta se sentar. Mas ela continuou de pé. A condessa abaixou mais a cabeça na segunda vez. Marta olhou fixo para ela. O rosto da condessa ficou vermelho.

– Por que ainda está de pé, Fräulein Schneider?

Marta fez uma mesura mais lenta e abaixou-se um pouco mais.

– Estava aguardando suas ordens, condessa Saintonge.

Ela ouviu as meninas nervosas e agitadas à sua volta. Com mais uma mesura, Marta se sentou.

Quando a preleção terminou, a condessa Saintonge disse para Marta ficar na sala.

– Marta Schneider, de Steffisburg, correto? O que seu pai faz?

– Meu pai é alfaiate, e minha mãe, costureira.

– Ah! – ela sorriu. – É por isso que você olhava tanto para... – e olhou para a blusa e a saia preta de Marta. – Foi você que fez essa roupa que está vestindo?

Marta ficou intrigada com a mudança de comportamento da mulher e fez uma mesura por medida de segurança.

– Sim, condessa.

Os lábios da condessa se curvaram num sorriso estranho de satisfação.

– Maravilhoso. Você pode fazer os uniformes.

Marta ficou tensa.

– Eu terei algum tempo livre?

– A maior parte das noites será de folga.

As noites podiam ser livres, mas ela não era.

– Se tiver o material, podemos tratar do preço.

A condessa arregalou os olhos escuros, surpresa.

– Quanto cobraria?

Marta fez um rápido cálculo mental e deu um valor elevado para a confecção dos uniformes.

– Isso é um absurdo!

A condessa sugeriu um preço mais baixo.

Marta aumentou.

– E, se o material ficar por minha conta, precisarei de um adiantamento, e o restante deverá ser pago antes de eu entregar os uniformes.

– Você levou algum calote, não é?

– Eu não, mas meu pai e minha mãe, sim.

– É por isso que não confia em mim?

– Estamos tratando de negócios, condessa.

A condessa achou graça e seus olhos brilharam. Depois de mais algumas rodadas pechinchando, ela concordou com um preço um pouco acima do que Marta resolveu que era justo. Tudo acertado entre as duas, a condessa deu risada.

– Fräulein Schneider, você é diferente de todas as meninas que tivemos aqui – e balançou a cabeça, com os olhos cintilando. – Duvido que um dia seja uma boa doméstica.

Marta escreveu para Rosie e logo recebeu a resposta.

Por que você duvida que a condessa Saintonge seja realmente uma condessa?

Elas trocavam cartas com a velocidade dos trens.

Num dia a condessa fala com sotaque alemão, no outro, com sotaque francês. Escutei C e C falando inglês na sala de visitas ontem, mas pararam de falar bem depressa quando me viram na porta. Atores, talvez? Frau Yoder diz que é falta de educação perguntar. O casal pode até ser suíço! Pretendo seguir o bom conselho da mamãe e aprender tudo o que puder...

Talvez eles apenas tenham facilidade para línguas, por isso incorporaram os sotaques...

Contei para você que C e C dão festas toda sexta-feira e que muitas vezes recebem hóspedes nos fins de semana? Eles dizem que é tudo planejado para o nosso treinamento. Se isso for verdade, eu sou filha de um queijeiro. Não comentei nada sobre as minhas suspeitas nas cartas que mando para casa, mas para você eu conto. Esta casa é suficientemente grande para precisar de oito empregadas em tempo integral para mantê-la limpa e arrumada! C e C nos ensinaram a lavar janelas, pisos e candelabros. Frau Yoder nos ensinou a passar cera e a dar polimento aos corrimões, às balaustradas e aos pisos de madeira. Tiramos o pó de objetos de decoração, das cortinas, limpamos os tapetes. Trocamos as roupas de cama. Este lugar vira um hotel de sexta-feira à noite até a tarde de domingo. Não posso deixar de admirar tal audácia. C e C descobriram uma maneira de fazer jovens empregadas pagarem pelo privilégio de cuidar da mansão deles!

Você está escrevendo tudo isso no seu diário?

Estou guardando o diário para coisas melhores.

Marta havia usado apenas uma página, para anotar as melhores receitas da padaria dos Becker.

Marta nunca trabalhava aos domingos. Ela descia a ladeira, atravessava a ponte e ia à cidade velha, assistir aos cultos da Berner Münster, a catedral gótica mais famosa da Suíça. Gostava de ficar perto do portal, estudando as figuras esculpidas e pintadas. Diabos verdes de goela vermelha caindo no inferno e anjos brancos e dourados voando para o céu. Depois do culto, Marta passeava pela Marktgasse, com suas galerias cheias de lojas apinhadas de fregueses. Comprava chocolate e doce e sentava-se perto da Fonte de Sansão, pensando na mãe e em Elise. Já fora conhecer a Bundeshaus e a Rathaus. Comprava cenouras e dava aos ursos pardos no Bärengraben, acompanhada de uma dezena de outros turistas, que iam ver os mascotes da cidade. Gostava de comprar uma xícara de chocolate quente e ir ao portão ocidental e à torre do relógio, à espera do espetáculo apresentado de hora em hora. Ao fim de dois meses, já conhecia todas as ruas de paralelepípedos e todas as fontes da cidade velha.

A mãe e Elise mandavam uma carta por semana. Nada havia mudado. A mãe estava fazendo outro vestido para Frau Keller, e Elise costurava a bainha. O pai trabalhava com afinco na alfaiataria. Todos estavam bem.

Sentimos sua falta, Marta, e contamos os dias para você voltar para casa...

Todo domingo, antes de pegar a ladeira de volta para a escola, Marta sentava-se perto da fonte e imaginava Sansão quebrando as mandíbulas de um leão. Então escrevia para a mãe e para Elise. Contava-lhes o que estava aprendendo sobre o trabalho doméstico e omitia suas suspeitas dos supostos conde e condessa. Ela descrevia a cidade.

Eu adoro Berna. Quando estou na Marktgasse, é como se entrasse em uma das colmeias da Frau Fuchs...

Rosie sugeriu que ela ficasse.

Já pensou em morar em Berna? Pense também em morar em Zurique! Para onde quer que vá, tem de escrever e me contar tudo!

Perto do fim do curso de seis meses, o pai escreveu.

Quero que volte para casa assim que receber seu certificado. Peça uma carta de recomendação para o conde e a condessa.

E enviou junto francos suficientes para comprar a passagem para Steffisburg e um anúncio: o Schloss Thun abrira uma vaga de empregada.

4

No dia da formatura na Haushaltungsschule Bern, Marta recebeu um diploma chique, uma carta de recomendação assinada pelo conde e pela condessa de Saintonge e um uniforme com HB bordado em seda preta no bolso do avental branco. Também tinha, guardados na carteira que a mãe lhe dera, os francos que recebera. Pegou o trem da manhã para casa. Quando chegou a Thun, foi direto para o castelo e pediu para falar com a governanta.

Frau Schmidt entrou na sala, e Marta sentiu no mesmo instante uma aversão instintiva pela mulher, que olhou para ela com desdém.

– Queria falar comigo, Fräulein?

Marta lhe entregou os documentos. A mulher botou os óculos com armação de metal para ler.

– Terá de servir – disse, devolvendo os papéis para Marta. – Poderá começar agora mesmo.

– Qual é o pagamento que oferecem?

Frau Schmidt pareceu ofendida. Tirou os óculos e os guardou num pequeno estojo preso a uma corrente que usava pendurada no pescoço.

– Vinte francos.

– Por semana?

– Por mês.

Marta esqueceu tudo o que Frau Yoder havia ensinado sobre diplomacia.

– Uma lavadora de pratos sem experiência recebe mais do que vinte francos por mês!

Frau Schmidt pigarreou.

– Todos sabem que é uma grande honra trabalhar no Schloss Thun, Fräulein!

– Grande honra como trabalhar na Haushaltungsschule Bern, imagino – e guardou os documentos na bolsa de viagem. – Não é de admirar que a vaga continue aberta. Só uma idiota aceitaria isso!

Marta chegou em casa e, antes que a mãe a alcançasse, Elise deu um grito de felicidade, voando para os braços dela. Marta abraçou a irmã e viu as mudanças que a mãe sofrera durante aqueles seis meses em que ela estivera em Berna. Desconsolada, largou Elise. A mãe deu-lhe um tapinha no rosto em vez de abraçá-la, e Marta beijou-lhe a mão.

O pai mal levantou a cabeça da peça de roupa que costurava na máquina.

– Quando planeja se candidatar ao emprego no castelo? É melhor ir logo, senão vão ocupar a vaga.

Marta olhou para trás.

– Você podia dizer que sou bem-vinda de volta, papai.

Ele levantou a cabeça e olhou para ela com frieza.

– Passei no castelo antes de vir para cá. Recusei a oferta deles.

O pai ficou vermelho de raiva.

– Você fez o quê?

– Suponho que tenha me mandado para a escola para eu poder ganhar mais do que vinte francos por mês, papai.

– Vinte francos! – Ele ficou chocado. – É só isso que o castelo paga?

– Frau Schmidt parecia irmã gêmea de Frau Keller. Disse que a grande honra de trabalhar ali vale o salário baixo.

O pai balançou a cabeça e pedalou na máquina de costura.

– Quanto mais cedo encontrar trabalho, mais rápido poderá pagar o que me deve.

Ela esperava que ele a parabenizasse pela formatura, que sentisse algum prazer de ter a filha mais velha em casa novamente. Ela já deveria saber.

– Vou começar a procurar amanhã bem cedo, papai.

Ele ia receber o pagamento da escola e o dinheiro dos livros, apesar de não ter havido livro nenhum! Marta teve vontade de lhe dizer que ele havia sido enganado, mas o pai só descontaria nela. E também não teve coragem de contar que recebera o dobro do que ele havia pagado àqueles dois larápios, quando exigira um pagamento justo.

A mãe parecia cansada, mas feliz.

– É muito bom tê-la de volta em casa.

E começou a tossir sem parar. Então caiu sentada numa poltrona, cobrindo a boca com um pedaço de pano sujo. Quando a crise terminou, estava exausta e muito pálida.

Elise olhou para Marta.

– Está pior neste último mês.

– O que o médico diz?

– Ela não vai ao médico – disse o pai, tirando a roupa da máquina com cuidado. – Médicos custam dinheiro.

Marta levantou-se cedo na manhã seguinte e preparou café e Birchermüsli, para a mãe não ter trabalho.

A mãe entrou na cozinha, abatida e pálida.

– Você acordou muito cedo.

– Queria conversar com você antes de sair.

Marta segurou a mão dela e lhe deu os francos que recebera.

A mãe deu um grito sufocado de espanto.

– Como conseguiu tanto dinheiro?

– Fiz os uniformes da escola. – Ela beijou a face fria da mãe e sussurrou: – Gastei alguns francos com chocolate e doces, mamãe. Quero que você vá ao médico. Por favor...

– Não adianta, Marta. Eu sei qual é o problema. – Ela tentou devolver o dinheiro para a filha. – Tenho tuberculose.

– Ah, mamãe... – Marta começou a chorar. – Mas certamente ele pode fazer alguma coisa.

– Dizem que o ar da montanha ajuda. Você deve guardar isso para o seu futuro.

– Não! – Marta enfiou o dinheiro no fundo do bolso do avental da mãe. – Vá ver o dr. Zimmer. Por favor, mamãe.

– O que seu pai vai dizer se eu for?
– Papai não precisa saber de tudo. E não se preocupe com o dinheiro dele. Ele vai recebê-lo.
Um pouco de cada vez.

Marta conseguiu emprego na cozinha do Hotel auf dem Nissau, famoso pela magnífica vista das montanhas. O restaurante fora construído sobre uma plataforma acima do hotel, e os hóspedes subiam todas as manhãs para usufruir do suntuoso café da manhã e do nascer do sol.

Em menos de um mês, a *chef* Fischer disse para Marta se apresentar ao supervisor para mudar de função. Herr Lang instruiu que ela servisse as refeições e descesse com a louça suja. Seu salário também seria reduzido, e ela receberia apenas uma pequena porcentagem das gorjetas.

– O que eu fiz de errado, Herr Lang?
– Eu não sei, mas a *chef* Fischer estava furiosa. Queria que eu a demitisse. O que você fez ontem?
– Pesei e separei as carnes e os temperos para o salsichão dela. Fiz tudo... – Marta ficou indignada. – Por que está rindo?
– Você foi prestativa demais, Fräulein. – Ele estalou os dedos e indicou uma mulher que usava um *Dirndl* azul, o uniforme do restaurante. – Guida vai lhe mostrar o que fazer. Você precisa trocar de roupa para servir no restaurante.

Enquanto Guida vasculhava o cabide de uniformes num pequeno vestiário, Marta resmungava sobre ter sido expulsa da cozinha:

– Eu podia fazer os salsichões, se ela quisesse tirar um dia de folga.
– Você é afiada, hein? Tem sorte de a *chef* Fischer não ter enfiado um garfo nas suas costas! A velha bruxa guarda as receitas dela como um banqueiro guarda o cofre. Ninguém pode saber o que ela põe nas salsichas. É famosa por isso.

– Fiquei intrigada quando percebi que ela sempre se irritava com as minhas perguntas. Achei que queria que eu aprendesse por minha conta.

Marta levou três semanas observando para finalmente conhecer todos os ingredientes e as medidas das porções. Registrou tudo no diário que Rosie lhe dera.

A caminho de casa, encomendou no açougue carne de boi, porco e vitela, pediu para o açougueiro moer e ter tudo pronto no sábado. Comprou os condimentos de que ia precisar e ficou trabalhando até tarde da noite para sua família poder experimentar os salsichões Fischer, as batatas *Rösti*, os tomates ao estilo Friburgo e o pudim de pão e cerejas de sobremesa.

Separou uma porção para dar à Rosie.

Satisfeita, ficou vendo a família devorar a refeição. A mãe e Elise elogiaram os pratos. Até Hermann falou bem da comida. O pai não disse nada, mas, quando Hermann ia pegar o último salsichão, enfiou seu garfo primeiro.

— Espero que goste, Rosie — ela mordeu o lábio, vendo a amiga experimentar o salsichão. — Não usei todos os temperos que Frau Fischer usa, mas acrescentei um pouco de pimenta-da-jamaica.

Rosie levantou a cabeça, com os olhos brilhando.

— Está maravilhoso! — disse, de boca cheia. — Mamãe morreria por esta receita.

— Vou copiar para ela — disse Marta, deitando-se na grama, com as mãos atrás da cabeça. — Tenho outras também, de *Streusel, Jägerschnitzel* e *Züricher Geschnetzeltes*.

Rosie lambeu os dedos.

— Você vai abrir um restaurante?

Marta deu uma risada debochada.

— Para Frau Fischer vir atrás de mim com o facão de carne? — e olhou para o céu azul e sem nuvens, permitindo-se sonhar. — Não. Estou só juntando o que há de melhor para um dia, quando tiver um hotel ou uma pensão, saber cozinhar bem e manter meus hóspedes satisfeitos.

— Eles ficarão satisfeitos e gordos! — Rosie deu risada e caiu deitada ao lado de Marta. — É bom tê-la de volta, e não só porque aprendeu a fazer os melhores salsichões que eu já comi na vida!

— Não vou ficar muito tempo.

— O que quer dizer?

— Todos os músculos do meu corpo doem. Não sou mais do que uma mula de carga que leva bandejas montanha acima e montanha abaixo.

Preciso encontrar outro emprego onde possa aprender mais. E não existe nenhum em Steffisburg ou em Thun.

Rosie sorriu de orelha a orelha.

– Pense só na honra que seria trabalhar dentro dos muros do Schloss Thun!

– Muito engraçado.

– Então vá para Interlaken. Não é tão longe assim, e daria para você vir para cá umas duas vezes por mês. Podíamos continuar a fazer nossas caminhadas pelas montanhas. Meu pai pode ajudá-la. Ele conhece o gerente do Hotel Germânia.

Herr Gilgan foi muito prestativo e escreveu uma carta de recomendação para Marta.

– Derry Weib sempre precisa de bons empregados. Vou mandar um telegrama para ele.

Poucos dias depois, ele disse a Marta que Herr Weib precisava de uma ajudante de cozinha.

– Ele paga cinquenta francos por mês, e você terá um quarto ao lado da cozinha.

A mãe de Marta felicitou-a pela sorte. O pai não se importava com onde ela trabalharia, desde que lhe pagasse vinte francos por mês. Elise não gostou da notícia.

– Quanto tempo você vai ficar longe desta vez? E não me diga para dormir com a gata. Ela ronrona e não me deixa dormir.

– Cresça, Elise!

A irmã começou a chorar e procurou a mãe para consolá-la, depois passou tão mal que não foi à igreja no dia seguinte.

– Mamãe, você tem de parar de tratá-la como um bebê.

– Ela tem o coração muito sensível. Fica magoada com facilidade.

Quando o culto terminou, o pai de Marta foi conversar com alguns comerciantes, que falavam dos tempos difíceis. Hermann saiu com os amigos. A mãe pôs a mão de Marta na dobra do braço dela.

– Vamos dar uma volta. Faz tempo que não subo a montanha. Lembra como costumávamos passear lá quando você era pequena?

Elas pararam algumas vezes no caminho.

– Você andou agitada a semana toda, Marta. Deve estar tramando alguma coisa.

— Estou preocupada com você, mamãe. Você trabalha demais.
Ela deu uns tapinhas na mão da filha.
— Faço o que precisa ser feito e tenho prazer com isso. — Ela suspirou. — Então você vai para Interlaken. Acho que esse será o começo de uma longa jornada para você.

Ela caminhava cada vez mais devagar, com a respiração cada vez mais difícil. Quando chegaram ao banco à beira da estrada para o Hotel Edelweiss, ela não aguentou.

— Quando eu era menina, passava o dia inteiro nas montanhas.

Seus lábios estavam meio azulados, apesar do calor que fazia aquela tarde.

— É melhor voltarmos, mamãe.
— Ainda não. Quero ficar um pouco aqui, tomando sol.

Ela não olhava para baixo, para Steffisburg, e sim para o céu. Uma dúzia de tentilhões passou voando. Os pássaros fizeram uma algazarra quando pousaram nos galhos de uma árvore próxima. Um corvo havia se aproximado demais de um ninho, e os passarinhos menores atacaram-no violentamente, até enxotá-lo. Os olhos da mãe de Marta se encheram de lágrimas.

— Um dia seu pai chamou você de cuco.
— Eu lembro.

Marta tinha cinco ou seis anos na época, e o pai estava em uma de suas crises de fúria por causa da bebida. Ele a agarrou pelos cabelos e a arrastou até o espelho.

— Olhe só para você! Não é nada parecida com a sua mãe! Nada parecida comigo! Cabelos escuros e olhos cor de terra. É como se algum cuco tivesse deixado seu ovo no nosso ninho e tivéssemos de criar seu filhote feio. Quem será idiota a ponto de tirá-la dos meus cuidados? — O pai a soltou tão de repente que Marta bateu no espelho, que acabou rachando. — E agora azar, ainda por cima!

As lágrimas escorreram no rosto da mãe.

— Você chorou horas a fio. Eu procurei lhe explicar que ele havia bebido e que não sabia o que estava dizendo.

— Mas ele sabia, mamãe. Foi por isso que doeu tanto.

A mãe suspirou e segurou firme a mão da filha.

– Você tem os olhos da minha mãe. Ela não gostava do seu pai. Não queria que eu me casasse com ele.

– Talvez você devesse ter seguido o conselho dela.

– E eu não teria Hermann, você e Elise. Vocês três são as maiores bênçãos da minha vida. Nunca me arrependi.

– Nunca?

– Deus permite o sofrimento e a injustiça. Eu sei que seu pai pode ser cruel e egoísta às vezes. Mas no começo tivemos momentos de ternura. Ele convive com uma amarga decepção. Jamais aprendeu a contar suas bênçãos. Para superar as dificuldades, você precisa aprender isso, *Liebling*.

Ela pegou a mão de Marta outra vez.

– Não se preocupe tanto comigo. Eu aprendi muito tempo atrás a dedicar meu sofrimento a Cristo, que entende muito mais de sofrimento que eu – disse, fechando os olhos. – Imagino Jesus levantando-me e pondo-me no colo, abraçado comigo, como se eu fosse uma criança no regaço da mãe. As palavras dele são de consolo. Ele dá força para a minha fraqueza.

Ela abriu os olhos e sorriu para Marta.

– Você não vai aceitar isto, Marta. Mas você é muito mais parecida com o seu pai do que comigo. Você tem a paixão e a ambição dele. Vocês querem mais do que a vida lhes deu. – Ela suspirou profundamente. – Eu amo seu pai. Sempre o amei e sempre o amarei, apesar de seus defeitos e fraquezas.

– Eu sei, mamãe. Só queria que sua vida não fosse tão difícil.

– Se fosse mais fácil, será que eu teria dado meu coração tão completamente a Deus? Para onde quer que você vá, deixe Cristo ser seu refúgio. Deposite suas esperanças nele e não ficará desapontada com o que a vida lhe oferecer.

A mãe levantou a cabeça.

– Olhe só os passarinhos, *Liebling*.

Tremendo, embora a tarde estivesse quente, a mãe cobriu melhor os ombros com o xale.

– A maior parte das espécies voa em bando – e uma lágrima escorreu em sua face branca. – A águia voa sozinha.

Marta sentiu um nó na garganta. Apertou os lábios e fechou os olhos. A mãe pôs as duas mãos nas mãos de Marta.

– Você tem a minha bênção, Marta. Dou-lhe de todo o coração e sem reservas. Você tem o meu amor. Vou rezar por você todos os dias da minha vida. Não tenha medo de partir.

– E o que será de Elise, mamãe?

Ela sorriu.

– Elise é nossa adorável andorinha de celeiro. Nunca voa para muito longe de casa.

As duas desceram a montanha juntas, a mãe apoiada na filha.

– Não venha muitas vezes para casa. Pode chegar o dia em que seu pai não a deixará ir embora.

5

1904

Marta se esgueirou para o quarto colado à cozinha e conseguiu por um momento escapar do calor infernal dos fogões. Caiu murcha na cama e secou o suor da testa com a toalha que mantinha pendurada no ombro. Recostou-se na parede de pedra e deu um suspiro de alívio. Do lado de fora da parede, corria o rio Aar, do lago Thunersee até o Brienzersee. A umidade constante penetrava na argamassa, criava pingentes de gelo no inverno e cogumelos no verão.

– Marta! – gritou o *chef*, Warner Brennholtz, da cozinha. – *Marta!*
– Dê-me um minuto, senão derreto mais rápido que seu chocolate!

Marta não parara a noite inteira, e Herr Weib havia lhe trazido uma carta da mãe. Ela a tirou do bolso do avental, rasgou o envelope e começou a ler.

Minha querida Marta,
   Espero que esteja bem e feliz. Você mora no meu coração e rezo por você o tempo todo. As notícias que tenho não são boas. Seu pai teve de ir a Berna pegar Elise na escola de prendas domésticas para trazê-la de volta para casa. A condessa Saintonge disse que ela não presta para o serviço.

Seu pai não foi da primeira vez em que escreveram. Achou que Elise se adaptaria. Mas teve de ir quando o conde enviou um telegrama para ele ir apanhá-la, ou pagar as despesas de ter de mandá-la de volta para casa com uma acompanhante.

O conde se recusou a devolver um franco sequer. Disse que Elise ocupara um espaço que deveria ter sido dado a outra menina e que ele não aceitaria esse prejuízo. Como se não bastasse, ele tornou as coisas ainda piores quando disse que um pai devia saber se a filha suportaria viver longe da família. Eu sei que Deus quis que isso fosse uma lição para todos nós.

– Ah, mamãe...

Sem perceber, a mãe encorajara a dependência de Elise, mas não podia assumir toda a responsabilidade por isso. Marta se sentia culpada por ter dado ao pai o dinheiro para mandar Elise para Berna. Ele a fez se sentir muito culpada quando ela recusou na primeira vez que ele pediu.

"Se amasse sua irmã... Se não fosse tão mesquinha e egoísta... Você não liga para a sua família... Guarda seus francos quando eles podiam ser úteis..."

Ela devia ter dito ao pai que ele fora enganado por aqueles dois bandidos em Berna. Em vez disso, acabou se convencendo de que talvez fosse bom para Elise se afastar. Podia ser que ela amadurecesse na companhia das outras meninas da idade dela e aproveitasse Berna tanto quanto ela. Marta enviou alguns francos para a irmã, para ela passear na Marktgasse e comprar chocolates e doces no Café Français.

Agora a única coisa que podia fazer era rezar para o pai não descontar a raiva em Elise.

Marta levantou a carta e continuou lendo.

Por favor, não fique zangada com ela. Eu sei que o dinheiro desperdiçado era seu, mas Elise tentou. Conseguiu ficar lá três semanas e só escreveu para nós depois desse tempo. E agora está sofrendo. Seu pai não fala com ela desde que a trouxe para casa.

Elise me ajuda como pode. Os pontos dela já estão tão bons quanto os meus. Ela vai aprender mais depressa com a experiência. E também ajuda Frau Zimmer com o pequeno Evrard. Ele é um amor, mas está naquela idade em que apronta o tempo todo. Outro dia ele escapou dela por alguns minutos. Agora ela está mais atenta.

Escreva logo, Liebling. Suas cartas são um grande consolo para todos nós. Que Deus a guarde e a abençoe. Que esteja sempre com você. Com amor,

Mamãe

Marta dobrou a carta e a guardou de novo no bolso do avental. Ia escrever dizendo para a mãe fazer Elise ir ao mercado. Ela precisava aprender a conversar com as pessoas. Ela podia comprar pão nos Becker e convencer Frau Fuchs a lhe dar mais mel. Elise precisava aprender a se cuidar sozinha. Não teria mamãe para sempre.

O barulho da louça continuou no cômodo ao lado. Warner Brennholtz gritou uma ordem impaciente para alguém. A porta se abriu violentamente e o *chef* entrou no quarto dela. Marta tinha aprendido havia muito tempo a não se surpreender nem se ofender quando alguém invadia seu espaço assim. O calor da cozinha era tão grande que tornava necessário dar umas escapadas de vez em quando, e o quarto dela era bem conveniente. O dia inteiro, do café da manhã até o jantar, os empregados não paravam, zanzando uns em volta dos outros, havendo sempre alguém que escapulia por alguns minutos de alívio no ar fresco antes de encarar os fogões e os fornos novamente. Só depois que o último cliente ia embora e os últimos pratos eram lavados e guardados é que Marta conseguia alguma privacidade.

Brennholtz era mais alto que o pai dela e bem mais gordo. Ele também gostava de cerveja, mas ficava engraçado quando exagerava, e não emburrado e violento como seu pai.

– O que há com você? Está com cara de quem comeu *Sauerkraut* estragado.

O *chef* secou o suor do rosto e do pescoço vermelhos.

– Minha irmã não conseguiu terminar o curso na escola de prendas domésticas.

– Ela está doente?

– Ela está bem, agora que voltou para casa, para o lado de nossa mãe.
– Ah. Ela trabalha bem? Podia vir para cá e morar neste quarto com você. Bem que precisamos de mais uma lavadora de pratos.
– Você a deixaria apavorada.

Brennholtz gritava mais alto que o pai delas. Até a risada dele reverberava tanto que fazia estremecer os utensílios da cozinha. Elise provavelmente quebraria metade dos pratos antes de chegar ao fim da primeira semana ali.

– Uma pena que Derry não precise de outra empregada.
– Ele precisaria, se alugasse quartos para os ingleses.

Warner passou a toalha no cabelo louro, que já estava rareando.

– Ele fez isso alguns anos atrás, mas os ingleses e os alemães são como água e óleo, e Derry não fala tão bem inglês para resolver as coisas. Quando não conseguia impor a paz, os hóspedes não queriam pagar. Por isso agora ele só atende suíços e alemães.

– E ganha menos dinheiro.
– E tem menos dor de cabeça.

Warner jogou a toalha sobre o ombro.

– Dinheiro não é tudo.
– As pessoas que o têm sempre dizem isso.

Ele deu risada.

– Você saberia como apartar uma briga, *ja*? Batendo uma cabeça na outra. Derry devia treiná-la para administrar isso aqui e tirar umas longas férias.

Ela sabia que ele estava brincando, mas ficou de pé e encarou Warner.

– Se eu falasse francês e inglês, descobriria um jeito de ocupar todos os quartos deste hotel.

Ele riu.

– Então aprenda, Fräulein.
– Numa cozinha no subsolo? – Ela botou as mãos na cintura. – Você fala francês?
– *Nein.*
– Inglês?
– Nem uma palavra.
– Então eu devia sair daqui; ir para Genebra ou Londres.

Ela passou por ele.

— Não gostei da sua piada!

Ele a seguiu.

— Acha que pretendo ser ajudante de cozinha pelo resto da vida?

Warner tirou uma panela do gancho e bateu com ela na mesa. Todos pularam assustados, menos Marta.

— É essa a gratidão que recebo por treiná-la!

Quantas vezes ela tinha de dizer aquilo? Marta cerrou os dentes com um sorriso e fez uma mesura exagerada.

— *Vielen Dank*, Herr Brennholtz — falou com doçura e malícia. — *Danke. Danke. Danke.*

Ele deu risada.

— Assim está melhor.

A raiva dela evaporou. Por que descarregar suas frustrações em Warner, se ele era bondoso o tempo todo?

— Eu disse que não ficaria aqui para sempre.

— *Ja*. Eu sei. Você tem grandes sonhos! Grandes demais, se quer saber.

— Não quero.

As mãos dele trabalharam rápido, passando a carne na farinha com temperos.

— São muitos anos para se tornar um *chef*.

Ela espalhou farinha na bancada de trabalho e pegou um pedaço de massa de um pote.

— Eu não preciso me tornar uma *chef*, Herr Brennholtz, apenas uma boa cozinheira.

— Ah! Então não é tão ambiciosa como pensei!

Ela sentiu uma agitação por dentro.

— Sou mais ambiciosa do que você pode imaginar.

A mãe dela escreveu novamente. O pai encontrara um emprego para Elise em Thun.

A família é rica. Eles vêm de Zurique e passam o verão em Thun. Elise tem casa e comida e pode vir para cá em seu dia de folga.

Quando é que poderei vê-la? Você não vem para casa desde que Elise voltou de Berna. Seu pai disse a ela que você deve estar aborrecida por ter perdido o dinheiro.

Marta respondeu na mesma hora.

Mamãe, por favor, diga para Elise não ficar preocupada. Eu trabalho catorze horas por dia, seis dias por semana, e passo as manhãs de domingo na igreja. Quando o verão terminar, o Germânia terá menos hóspedes. Então irei para casa. Nesse meio-tempo, mande o meu amor para nossa pequena andorinha de celeiro.

A carta seguinte da mãe deu alguma esperança para Marta de que Elise se daria bem.

Parece que Elise está bem instalada. Não vem para casa há duas semanas. Herr Meyer disse a um amigo que ela é uma menina adorável. O filho deles, Derrick, mudou seus planos de voltar para Zurique...

Marta ficou pensando se Derrick era o motivo de Elise não sentir vontade de ir para casa.

Rosie escreveu também e cobriu duas folhas falando de como Arik Brechtwald dançou com ela num festival de verão e que seu pai a trancaria em casa de castigo se soubesse que ela dera seu primeiro beijo! Encheu outra folha com notícias sobre as irmãs e os irmãos, o pai e a mãe, e fofocas da cidade.

Marta respondeu e perguntou à Rosie se o pai dela conhecia algum gerente de hotel em Genebra.

Warner fala o alemão castiço, mas nem uma palavra de francês...

Rosie respondeu rapidamente.

Papai tem apenas conhecidos em Genebra, e infelizmente nenhum a quem possa pedir um favor. Mamãe tem uma prima de segundo grau mais velha em Montreux. Luisa von Olman é viúva e tem seis filhos, mas só restam dois em casa. O filho mais velho é comandante de um forte, mas esqueci em que lugar fica. Mamãe diz que ele se casou com uma linda menina meio suíça, meio italiana e que eles têm dez filhos, mas, como uma escola no vale era longe demais para eles, o governo construiu uma bem na montanha onde vivem. Mamãe vai escrever para a prima Luisa...

Marta escreveu para Frau Gilgan para lhe agradecer e depois para Rosie.

Planejo passar uma semana em casa em meados de setembro, depois ir para Montreux. Se a prima Luisa não puder ajudar, vou percorrer os hotéis à margem do lago. Vou encontrar alguma coisa. Gostaria de saber falar um pouco de francês antes de completar dezoito anos! Algo além de bonjour e merci beaucoup!

Quase no fim do verão, Marta recebeu uma carta de Elise. Surpresa e satisfeita, ela a abriu imediatamente, não esperou sequer um momento tranquilo, a sós.

Queridíssima Marta,
Por favor, me ajude. Tenho medo de Herr Meyer. Ele não me deixa em paz. Papai ficará zangado se eu voltar para casa sem dinheiro, mas não recebi nem um tostão e morro de medo da Frau Meyer. Ela me detesta por causa do filho horrível dela. Dei graças a Deus quando ele partiu para Zurique. Eu pediria para mamãe vir, mas ela não está muito bem. Por favor. Eu lhe imploro, Marta, venha me ajudar a sair daqui.
Com amor, da sua irmãzinha,
Elise

— O que aconteceu? — Warner perguntou enquanto cortava bifes de vitela. — Parece que você está doente.

– Minha irmã precisa de mim – Marta enfiou a carta no bolso da saia. – Preciso ir.

– Mas *agora*?

Ela correu para seu pequeno quarto e jogou algumas coisas dentro da bolsa.

– Volto o mais rápido que puder.

– Vá amanhã – Warner bloqueou a passagem. – Preciso de você aqui.

– Elise precisa mais de mim do que você. Além disso, você pode contar com Della e Arlene.

– Eu podia demiti-la!

– Então demita! Isso me daria a desculpa de que preciso para ir para Montreux! Agora saia do meu caminho!

Ele a segurou pelos ombros quando ela tentou passar.

– Não será a última vez que sua irmã vai precisar de você. Quando sua mãe não estiver mais por aqui, ela vai depender de você...

– Preciso ir.

Warner suspirou e a deixou partir.

Ela subiu correndo a escada, saiu do hotel e embarcou numa carruagem coletiva para Thun.

Depois de pedir informação, encontrou o caminho para o enorme chalé no fim de uma rua na periferia da cidade. Um homem que podava roseiras no jardim da frente se ergueu quando Marta se aproximou.

– Posso ajudá-la, Fräulein?

– Vim ver minha irmã, Elise Schneider.

– Dê a volta até os fundos, onde fica a cozinha. Frau Hoffman a atenderá.

Uma senhora de idade com uma coroa de tranças brancas atendeu a porta. Marta logo se apresentou e disse o que queria. A mulher pareceu aliviada.

– Entre, Fräulein. Vou chamar Elise para você.

A cozinha tinha cheiro de pão recém-saído do forno. Maçãs, nozes, passas e aveia sobre a bancada. Parecia que tinham acabado de lavar o chão, as panelas de cobre estavam muito bem polidas, tudo muito limpo. Marta andava de um lado para o outro, nervosa.

Elise entrou correndo na cozinha.

– Marta! – Jogou-se nos braços da irmã e desatou a chorar. – Você veio. Tive tanto medo de que não viesse...

Marta sentiu que Elise estava magra demais.

– Eles não lhe dão comida aqui?

– Ela estava transtornada demais para comer – disse a cozinheira, fechando a porta da cozinha e dirigindo-se para a mesa.

Marta viu uma mancha roxa no rosto da irmã e sentiu um calor de fúria pelo corpo todo.

– Quem bateu em você?

Elise engasgou com os soluços e quem acabou respondendo foi Frau Hoffman, revoltada.

– Frau Meyer. – A cozinheira pegou outra maçã e a fatiou com perfeição. – E ela não é a única dessa família que abusou de sua pobre irmã.

Marta ficou com o corpo todo gelado. Empurrou Elise e a segurou pelos braços.

– Conte-me o que está acontecendo, Elise.

Ela falou gentilmente, mas Elise chorou ainda mais, abrindo e fechando a boca como um peixe morrendo sufocado. Parecia incapaz de pronunciar uma palavra sequer.

Frau Hoffman cortou uma maçã em quatro pedaços e começou a tirar o miolo de cada parte com colheradas rápidas.

– Um pai não tem nada que botar uma menina bonita como Elise nesta casa. Não com o rapaz e o pai dele. Eu podia ter dito isso ao pai de vocês!

Marta olhou atônita para ela, com o estômago revirado.

Frau Hoffman picou as maçãs dentro de um pote.

– Corro o risco de perder meu emprego se disser mais alguma coisa. – Ela olhou para Elise com pena antes de voltar ao trabalho. – Mas você deve levá-la embora desta casa imediatamente se não quiser que façam mais mal a ela.

Marta levantou o queixo de Elise com a ponta dos dedos.

– Vamos embora assim que pegarmos suas coisas e o salário que lhe devem.

– Bem, boa sorte nessa empreitada, Fräulein – debochou Frau Hoffman. – A patroa não paga ninguém desde o início do verão. Ela nunca paga, só no último dia, e raramente a quantia total.

Lágrimas escorriam pelo rosto pálido de Elise, deixando a mancha roxa ainda mais visível.

– Não podemos ir agora, Marta? – disse, tremendo violentamente. – Por favor.

Frau Hoffman jogou a faca dentro do pote e pegou uma toalha.

– Vou pegar as coisas de sua irmã. Vocês duas, esperem aqui.

Marta procurou acalmar Elise.

– Conte-me o que aconteceu, *Liebling*.

– Eu quero morrer.

Elise cobriu o rosto, com os ombros tremendo. Ela cambaleou, e Marta a fez sentar. Soluçando, Elise levantou o avental, cobriu a cabeça com ele e ficou balançando para frente e para trás. Marta a segurou com firmeza, apertando o rosto em cima da cabeça da irmã. A raiva aumentou dentro dela até não distinguir quem tremia mais, ela ou a irmã.

– Vamos embora logo, Elise. Olhe, Frau Hoffman está chegando.

– Peguei tudo.

Tudo menos o salário de Elise.

– Onde está Frau Meyer?

– Na sala de estar, mas não quer falar com você.

– Você, fique sentada aqui.

Marta se levantou.

– Aonde você vai? – Elise agarrou a saia de Marta. – Não me deixe!

Ela segurou o rosto da irmã com as duas mãos.

– Fique aqui na cozinha com Frau Hoffman. Volto em dois minutos e vamos para casa. Agora me solte para eu poder pegar seu pagamento.

– Eu não iria lá, Fräulein.

– As coisas não vão ficar assim!

Marta abriu a porta da cozinha com força, atravessou a sala de jantar e o hall de entrada a passos largos. Quando entrou na sala de estar, viu uma mulher grandalhona, de vestido verde, meio reclinada num sofá perto das janelas que davam para o jardim. A mulher levou um susto e deixou cair a xícara de porcelana delicada sobre o pires. Derramou chá na parte da frente do vestido, e a xícara se espatifou. Deu um grito sufocado, levantou-se e passou a mão aflita sobre a mancha.

– Eu não conheço você! O que está fazendo na minha casa?

– Sou Marta, a irmã mais velha de Elise – e foi entrando. – Vim aqui pegar o pagamento dela.

– Eginhardt! – gritou Frau Meyer bem alto, furiosa. – Vou mandar botá-la daqui para fora! Como ousa entrar aqui e exigir qualquer coisa?

Ao ver que Marta continuava avançando, a mulher arregalou os olhos azul-claros e foi rapidamente para trás de uma mesa larga, cheia de livros.

– *Eginhardt!* – berrou, histérica, olhando feio para Marta. – Vou mandar prendê-la.

– Chame o delegado! Quero contar a ele como você explora seus empregados! Só imagino quantos donos de loja esperam para receber o que lhes deve.

Frau Meyer empalideceu e fez um sinal.

– Fique perto da porta que eu vou pegar o salário dela!

– Vou ficar aqui mesmo!

Frau Meyer deu a volta na mesa com cuidado e se apressou até uma mesa no outro canto da sala. Tirou um molho de chaves do bolso, soltando fumaça pelas ventas, até encontrar a chave certa para destrancar a gaveta da escrivaninha. Tirou alguns francos dali de dentro e a trancou de novo, antes de estender a mão com o dinheiro.

– Pegue! – gritou, jogando as moedas em cima da mesa. – Pegue isso e tire aquela menina inútil da minha casa!

Marta recolheu as moedas e as contou. Levantou a cabeça e olhou furiosa para a mulher.

– Elise ficou aqui três meses. Isso mal dá para pagar dois.

O rosto de Frau Meyer ficou vermelho. Ela destrancou a gaveta de novo, abriu-a com violência, tirou mais francos e trancou-a outra vez.

– Aqui está o dinheiro! Agora dê o fora! – ordenou, atirando as moedas na direção de Marta.

O orgulho fez Marta ter vontade de sair dali sem o dinheiro, mas o ódio pelo abuso que Elise sofrera a fez ficar na sala, recolher todas as moedas e contá-las. Frau Meyer chamou Eginhardt de novo. Marta se endireitou e deu um sorriso debochado.

– Talvez o seu Eginhardt não venha porque você não pagou o salário dele também.

Frau Meyer ficou tensa e empinou o queixo, soltando faíscas pelos olhos.

– Sua irmã é uma vagabunda que não vale nada.

Marta guardou as moedas no bolso da saia e deu a volta na mesa.

– Preciso de mais uma coisa antes de ir embora, Frau Meyer – e deu um tapa com força na cara da mulher. – Isso é pela marca que deixou no rosto da minha irmã.

A mulher gritou e recuou até as cortinas, então Marta bateu no outro lado do rosto dela.

– E isso é por insultá-la. – Marta ergueu o punho novamente e Frau Meyer se encolheu. – Mais uma palavra contra a minha irmã e farei com que todos os pais de Thun e Steffisburg saibam o que seu filho e seu marido fizeram com a minha irmã. O que acabei de fazer não é nada comparado ao que vai acontecer com eles!

Marta ainda tremia de raiva quando saiu com Elise, segurando a mão dela e a bagagem das duas. Não precisava perguntar mais nada. Elise caminhava de cabeça baixa, a mão molhada de suor. Marta deu graças a Deus porque a irmã pelo menos tinha parado de chorar.

– Sorria e cumprimente as pessoas, Elise.

– Não consigo.

Quando se aproximaram de casa, Elise largou a mão de Marta e correu como se demônios a perseguissem. No momento em que Marta entrou, a mãe abraçava Elise, e o pai estava chegando da alfaiataria nos fundos. Ele parou no meio da sala, olhando feio para Marta.

– O que está acontecendo aqui? Por que você a trouxe para casa?

– Porque ela escreveu e implorou para que eu fosse buscá-la.

– Isso não era problema seu!

– Você sempre põe a culpa em mim! Mas dessa vez tem razão, papai! Isso é problema *seu*! Você a pôs naquela casa com aquela gente horrível!

– Venha, *Engel* – disse a mãe, pondo a mão no ombro de Elise e a ajudando a se levantar. – Vamos subir.

– Ela não pode largar o emprego sem aviso-prévio, Anna! – gritou o pai, quando as duas subiram a escada. – Ela tem de voltar para lá!

Marta largou as sacolas no chão e fechou a porta.

– Você não vai mandá-la de volta, papai.

Ele se virou para ela.

– Quem você pensa que é para dizer se ela vai ou fica? Eu sou o pai dela! Ela vai fazer o que eu mandar!

– Ela não vai voltar!

– Já é hora de Elise crescer!

– Isso pode até ser, papai, mas da próxima vez cheque as referências dos patrões! Certifique-se de que pagam o salário dos empregados! Eles não deram um mísero franco para ela! Pior ainda, eles a violentaram.

– Violentaram... – disse ele com um sorriso zombeteiro, abanando a mão e descartando a acusação. – Elise chora sobre leite derramado.

Marta odiou o pai naquele momento.

– Você viu a mancha roxa no rosto dela? – Marta avançou, com os punhos cerrados. – Frau Meyer chamou *a sua filha* de vagabunda porque Herr Meyer não conseguia tirar as mãos de cima da Elise! E o filho fez pior antes de voltar para Zurique!

– Bobagem! Isso é tudo besteira! Você estragou tudo tirando Elise daquela casa!

– Não estraguei nada. Você é que ajudou aquela gente a estragar *Elise*!

– Herr Meyer me disse que Elise é exatamente o tipo de menina que ele quer para o filho dele.

Será que o pai dela podia ser tão tolo assim?

– E você pensou que ele estava falando de casamento? – berrou Marta, furiosa. – A filha de um alfaiate e o filho de um aristocrata?

– A beleza dela vale alguma coisa.

Enojada, Marta passou por ele e foi em direção à escada.

– Não dê as costas para mim! – berrou o pai.

– Que Deus lhe perdoe, papai!

Marta subiu correndo. Um segundo depois ouviu a porta bater lá embaixo. A mãe dela estava sentada na cama que Marta dividia com Elise. A irmã estava com a cabeça no colo da mãe, que a acariciava como se fosse um cachorro de estimação.

– Você está em casa agora, querida. Vai ficar tudo bem.

Marta entrou no quarto e fechou a porta sem fazer barulho.

– Não vai não, mamãe. Nada nunca mais vai ficar bem.

– Psiu, Marta!

Psiu? Marta tirou as moedas do bolso.

– Esse dinheiro é da Elise.

Elise se levantou, arregalando os olhos.

– Eu não quero esse dinheiro! Não quero nada que tenha sido tocado por *ele*!

A mãe parecia chocada e amedrontada.

– De quem ela está falando?

– Herr Meyer. E ele não foi o único.

Marta contou o que a cozinheira dissera e a mãe ficou atordoada.

– Ah, Deus... – e abraçou Elise. – Meu Deus, meu Deus! Sinto muitíssimo, *Engel*. – Ela embalou Elise, soluçando no cabelo da filha. – Jogue esse dinheiro fora, Marta. É dinheiro imundo!

– Não posso dispor dele porque não é meu – disse Marta, deixando as moedas na cama. – Elise que faça isso.

Talvez desse à irmã um pouquinho de satisfação depois do que haviam feito com ela.

– Pelo menos papai não vai lucrar com o erro dele.

A mãe levantou a cabeça.

– Faça por ela. Elise está muito nervosa.

– Ah, mamãe! – chorou Marta. – Papai tem razão em uma coisa. Você mutilou Elise. Ela não é capaz nem de se defender!

A mãe ficou magoada.

Sem suportar mais, Marta se virou para sair.

– Aonde você vai? – disse a mãe, com a voz entrecortada.

– Vou voltar para Interlaken. Tenho de cumprir minha responsabilidade lá.

– Não há carruagens até o amanhecer.

– Haverá menos problema por aqui se eu for embora. Parece que provoco o que há de pior no papai.

Sem a presença dela, talvez ele conseguisse pensar no que ela lhe contara e lamentasse o papel que tivera nessa tragédia.

– Vou pedir aos Gilgan para passar a noite na casa deles.

– Talvez tenha razão – disse a mãe, alisando a cabeça de Elise, pousada no colo dela. – Sinto muito, Marta.

– Eu também sinto, mamãe. Muito mais do que sou capaz de expressar.
Elise se sentou na cama.
– Diga para ela ficar!
A mãe segurou o rosto da filha.
– Você não pode pedir que ela faça mais do que já fez, Elise. Ela a trouxe para casa, *Engel*. Mas aqui não é mais o lugar dela. Deus tem outros planos para sua irmã – disse a mãe, puxando Elise para perto e olhando para Marta. – Ela precisa ir.

Os Gilgan receberam Marta sem fazer perguntas. Talvez achassem que ela brigara com o pai mais uma vez. Ela não podia contar para eles o que tinha acontecido com Elise, mas os rumores se espalhariam logo. Contou para Rosie quando foram dormir, pois sabia que Elise teria dias terríveis pela frente.
– Não aguento ficar aqui. Não posso ficar de lado, vendo papai de mau humor, praguejando sobre seus planos que não deram certo, nem ver mamãe superprotegendo Elise. Minha irmã vai precisar de uma amiga.
Marta chorou.
Rosie pôs o braço em volta dela.
– Não precisa dizer mais nada. Vou oferecer minha amizade a ela, Marta. Vou convidá-la para vir tomar chá comigo, para caminhar nas montanhas. Se ela quiser falar, vou ouvi-la e nunca repetirei uma palavra do que ela disser. Juro pela minha vida.
– Vou tentar não ficar com ciúme.
O luar entrava pela janela, deixando o rosto de Rosie branco e angelical.
– Farei isso por você. – Lágrimas brilharam nos olhos dela. – Vou fazer o melhor possível. Você sabe que vou. Mas Elise precisa querer uma amiga.
– Eu sei. O que eu não sei é o que vai acontecer com ela agora. Teria sido melhor se mamãe não a protegesse tanto. – Marta secou as lágrimas com raiva. – Se alguém tentasse me estuprar, eu iria berrar, arranhar e espernear!
– Talvez ela tenha feito isso.

Marta duvidava.

– Juro por Deus, Rosie, que, se algum dia eu tiver a felicidade de ter uma filha, vou criá-la forte o bastante para saber se defender sozinha!

Quando Rosie adormeceu, Marta continuou acordada, olhando para as vigas do teto. O que seria de Elise? Quanto tempo levaria para a cozinheira dos Meyer contar para alguém o que acontecera naquela casa? Os rumores se espalhariam como o mofo na parede úmida do quarto de Marta no porão do Germânia. E se Herr Meyer, ou o filho dele, Derrick, se vangloriassem com os amigos sobre a bela menina que tinham usado naquele verão? O pai dela não teria coragem de enfrentar Herr Meyer!

Se ao menos sua irmãzinha pudesse ir ao mercado de cabeça erguida, sabendo que não tinha culpa de nada daquilo... Mas isso não aconteceria nunca. O mais provável é que bastasse uma palavra do pai para Elise assumir toda a culpa e ser perseguida por ela. E a mãe, cheia de pena, deixaria que Elise se escondesse, enfurnada em casa. Se Elise não mostrasse a cara ao mundo, as pessoas poderiam imaginar se a responsabilidade não teria sido dela, o que a perturbaria ainda mais. Sua irmã acabaria se escondendo, ajudando a mãe a costurar bainhas e pregas. Com o tempo, Elise ficaria mais fechada, mais medrosa e mais dependente. As paredes lhe dariam a ilusão de segurança, assim como os braços da mãe pareciam lhe dar. O pai talvez deixasse isso acontecer só para facilitar as coisas para si mesmo. Afinal, duas mulheres trabalhando dia e noite, sem pedir ou esperar qualquer coisa, seria bom para ele!

Marta apertou os olhos com os punhos cerrados e rezou. *O Senhor diz abençoados os humildes. Por favor, abençoe a minha irmã. O Senhor diz abençoados os mansos e de coração puro. Por favor, abençoe mamãe. O Senhor diz abençoados os que promovem a paz. Por favor, abençoe Rosie. Não peço nada para mim, porque sou uma pecadora. O Senhor me conhece melhor do que eu mesma. O Senhor me fez no ventre de minha mãe. O Senhor sabe como queimo por dentro. Minha cabeça lateja. Minhas mãos transpiram querendo vingança. Oh, Deus, se eu tivesse força e meios, mandaria Herr Meyer e o filho dele para as profundezas do inferno pelo que fizeram com a minha irmã, e papai logo atrás deles, por ter permitido que isso acontecesse!*

Marta virou-se de costas para Rosie, cobriu a cabeça com o cobertor e chorou em silêncio.

Levantou-se na manhã seguinte e agradeceu aos Gilgan a hospitalidade. Rosie desceu a ladeira com ela.

– Vai ver sua família antes de ir?
– Não. E não vou voltar.

Sua mãe já havia lhe dado permissão para abandonar o ninho e voar.

6

Marta recebeu uma carta de Rosie dez dias depois.

Vi sua mãe e seu pai na igreja. Hermann também foi. Elise, não. Muita gente acha que ela voltou para Thun. Mas é claro que não voltou. Perguntei para sua mãe se eu podia ir visitar Elise. Ela quis saber quanto você tinha contado, e eu disse que você tinha contado tudo. Ela ficou perturbada, mas eu a tranquilizei. Ela disse que Elise não está preparada para ver ninguém. Vou tentar de novo na semana que vem...

E sua mãe escreveu uma semana mais tarde.

Rosie disse que você contou a ela e a ninguém mais. Rosie é uma boa menina, capaz de guardar uma confidência. Ela é generosa. Seu pai foi a Thun. Os Meyer tinham fechado a casa e voltado para Zurique. Um homem perguntou se ele tinha ido ver a casa. Os Meyer querem vendê-la.

Marta enviou uma breve resposta.

Talvez agora que os Meyer fugiram, você ajude Elise a sair do exílio. Rosie quer ser amiga dela, mamãe. Por favor, incentive Elise quanto a isso.

A mãe escreveu de volta.

Elise está melhorando. Ela me ajuda na loja. Seu pai acha que o melhor lugar para ela é aqui comigo. Ela chora com muita facilidade.

Marta procurou tirar tudo aquilo da cabeça, mas não conseguiu. Sonhava com Elise; sonhava que queimava a casa dos Meyer, com eles dentro.

– Vá andar um pouco lá fora – Warner empurrou-a para o lado. – Se amassar mais essa massa, teremos tijolos em vez de pães!

– Desculpe.

– Você não é mais a mesma desde que voltou de Steffisburg. Ajudou sua irmã, *ja*? Já faz um mês. Está pronta para me contar o que aconteceu?

– Não – disse Marta, tomando a decisão numa fração de segundo. – Acabou para mim aqui. Vou para Montreux.

Warner levantou a cabeça de estalo.

– Só porque não deixo você amassar a massa?

– A massa não tem nada a ver.

– Então por quê?

– Preciso ir embora!

Ela caiu no choro.

O único som na cozinha era o da sopa borbulhando. Todos olharam para ela.

– Voltem ao trabalho! – berrou Warner, empurrando Marta para o quarto frio ao lado da cozinha. – Você está indo embora ou fugindo?

Ela se sentou na beirada da cama, com a cabeça apoiada nas mãos.

– Que diferença faz?

Marta secou o rosto. Pensou em Elise, no mesmo lugar, permanecendo criança pelo resto da vida.

– Eu sei o que quero da vida e vou atrás disso. Não vou deixar que as coisas aconteçam comigo. Eu é que vou fazer com que elas aconteçam!

Warner sentou-se ao lado dela.

– Por que tanta pressa? Você tem só dezesseis anos. Tem muito tempo.

– Você não entende, Warner.

Às vezes nem *ela* entendia. Um dia queria correr para o mais longe possível, o mais depressa possível, e então vinha a culpa e ela pensava se não deveria voltar para casa, cuidar da mãe e de Elise e esquecer todos os seus sonhos de conquistar uma vida melhor.

– Você quer ser dona de um hotel, *ja*? – ele zombou. – Pensa que assim vai ter uma vida boa. Trabalho, trabalho e mais trabalho. É tudo o que vai ter se conseguir o que quer.

– Trabalho, trabalho e mais trabalho é o que eu tenho agora.

Se ela fosse para casa, o pai dominaria sua vida para sempre.

– Prefiro trabalhar para mim mesma a botar dinheiro no bolso dos outros!

– Garota teimosa.

Quando ela tentou se levantar, ele a segurou pelo pulso e a puxou para baixo.

– Você ainda tem muito que aprender comigo sobre a cozinha alemã.

– Você já me ensinou bastante, Warner. – Ela lhe deu um sorriso choroso. – Sou muito grata por isso. Mas vou para Montreux.

– O que sua família vai achar disso?

– Nada.

Hermann fora atrás do sonho dele e entrara para o exército. A mãe sempre teria Elise, e esta, a mãe. Que seu pai assumisse a responsabilidade por aqueles que Deus pôs aos seus cuidados.

– Vejo sofrimento em você, Marta.

Ela se desvencilhou dele e voltou para trabalhar na cozinha.

Warner Brennholtz foi à estação de trem quando Marta partiu. Ela não esperava vê-lo de novo. Quando quis agradecer a presença dele ali, para se despedir dela, não conseguiu pronunciar nem uma palavra.

– Você não contou para sua família, não é?

Ela balançou a cabeça.

Warner chegou mais perto, botou algumas moedas na palma da mão de Marta e dobrou os dedos dela sobre o dinheiro.

– Marta, não chore. Aproveite esse dinheiro. Não guarde.

Ele pôs as mãos com firmeza nos ombros dela.

– Vou falar como se fosse seu pai. Você é jovem. Divirta-se quando chegar a Montreux. Vá dançar! Dê risada! Cante!

Ele a beijou nos dois lados do rosto e a soltou.

Marta subiu atrás do último homem que embarcava no trem.

Warner gritou antes que ela entrasse no vagão de passageiros:

– Quando tiver aquele hotel, me escreva – e deu um largo sorriso. – Talvez eu vá cozinhar para você!

Luisa von Olman convidou Marta para ficar na casa dela enquanto não encontrasse emprego em um dos hotéis ou restaurantes de Montreux. Marta pensou que seria fácil. Montreux ficava pendurada na encosta da montanha, com casas no estilo de Berna, mansões e hotéis grandiosos enfiados como ninhos elaborados nas estradas sinuosas, entre rochedos e penhascos. Hóspedes ricos passeavam pelos caminhos de pedra ladeados por tílias, com perfume de lavanda e lilases, ou sentavam-se em cadeiras ao ar livre para admirar a vista do cerúleo lago Genebra. Os empregados ofereciam bolo e chocolate derretido de cobertura.

Marta caminhou durante muitos dias pelas ruas íngremes. Descobriu que todos os hotéis e restaurantes finos não estavam interessados em uma menina que só falava alemão. Ampliou a busca para bairros menos chiques e viu uma oferta de emprego em um cartaz na janela do Restaurante do Ludwig. Pelo exterior mal conservado, Marta entendeu o motivo.

A proprietária, Frau Gunnel, cumprimentou Marta com um breve aceno de cabeça.

– Você terá uma semana para mostrar o que sabe. Casa e comida, e trinta francos por mês.

Marta mordeu a língua para não reclamar do parco salário.

– Hedda! – chamou Frau Gunnel.

Uma loura bonita, que arrumava canecas de cerveja de estanho numa bandeja, olhou para elas. Outras duas meninas mais velhas do que Marta trabalhavam de cabeça baixa, em silêncio.

– Leve essa menina lá para cima. Rápido! Temos muito o que fazer antes que os fregueses cheguem para jantar.

Frau Gunnel olhou para Marta de novo e balançou a cabeça.

– Espero que você corresponda ao que dizem todas as suas referências.

Ela segurava uma tigela embaixo do braço e batia uma receita furiosamente.

Hedda levou Marta para o segundo andar. Virou-se e arqueou as sobrancelhas.

– Estou surpresa que tenha vindo parar aqui, com todas as suas qualificações, Fräulein.

Marta viu as paredes maltratadas na escada.

– Infelizmente não falo francês nem inglês.

– Eu também não – Hedda abriu uma porta e chegou para o lado. – É aqui que dormimos. É pequeno, mas confortável. Espero que não tenha medo de ratos. Há um ninho de camundongos em algum lugar da parede. Dá para ouvir o barulho deles à noite. Você fica naquela cama ali.

Marta viu uma fileira de plataformas de tábuas com colchões cinza de pena enrolados numa ponta, nada convidativos. O quarto era frio. As janelas, pequenas e estreitas, davam para o leste e deixavam o quarto escuro à tarde. Não havia cortinas para impedir a entrada da luz do sol pela manhã. Marta espiou por uma janela e viu apenas floreiras vazias nas janelas e a rua lá embaixo.

– Vou embora em breve – anunciou Hedda da porta. – Vou me casar com Arnalt Falken. Já ouviu falar dele?

– Sou nova em Montreux.

– O pai dele é muito rico. Eles moram numa mansão subindo essa rua. Arnalt veio sozinho uma noite, pediu cerveja e salsichão. Ele diz que bastou olhar para mim para se apaixonar.

Marta pensou em Elise. Hedda também tinha olhos meio azuis, meio violeta e cabelo louro e comprido. Torceu para que a menina tivesse bom--senso.

Hedda indicou a janela com a cabeça.

– Frau Gunnel vai querer que você plante flores logo. Ela me fez pagar por elas no ano passado.

– Por que uma de nós teria de pagar pelas flores?

Ela deu de ombros.

– Frau Gunnel diz que somos nós que as aproveitamos.

Marta largou o saco de viagem na cama.

– Se Frau Gunnel quer enfeitar o lado de fora do prédio, ela terá de pagar, senão não haverá flores.

– Eu não discutiria com ela, Fräulein, se é que quer manter seu emprego. Flores não custam muito, e os fregueses dão boas gorjetas. – Ela deu risada. – Arnalt deixou uma moeda de dez francos dentro do meu corpete na primeira vez em que veio.

Marta se afastou da janela.

– Ninguém vai enfiar nada no meu corpete.

– Eles farão isso se você for simpática.

O brilho nos olhos de Hedda indicou para Marta que a menina dava mais valor ao dinheiro que à reputação.

Depois de uma semana, Marta descobriu maneiras de aprimorar o restaurante. Quando ouviu Frau Gunnel reclamar que os negócios iam mal, ela comentou as ideias que tinha.

– Com algumas mudanças, seu negócio vai melhorar.

Frau Gunnel se virou para ela.

– Mudanças? Que mudanças?

– Não custaria muito pintar as floreiras da janela da frente com cores vivas e enchê-las de flores. Isso chamaria a atenção. Os cardápios que está usando agora estão ensebados. Você poderia mandar imprimir novos e colocá-los dentro de capas resistentes. E deveria variar o menu de vez em quando.

A mulher enrubesceu e botou as mãos nas largas cadeiras. Olhou para Marta com desprezo, de cima a baixo.

– Você tem dezesseis anos e acha que sabe muita coisa, com seu lindo certificado e suas referências. Mas você não sabe de nada! – disse, movendo a cabeça furiosamente. – Volte para a cozinha!

Marta obedeceu. Não era sua intenção insultar a mulher.

Frau Gunnel foi à cozinha minutos depois e retomou a preparação de um pedaço de carne, com um malho, como se quisesse matar um animal vivo.

– Eu sei por que os fregueses não aparecem. Tenho uma garçonete bonita que costumava atrair os fregueses, antes de resolver se casar com um deles. E tenho a pequena Fräulein Marta, sem graça como pão e simpática como *Sauerkraut*!

Ninguém na cozinha levantou a cabeça. Marta sentiu um calor subir-lhe pelo rosto.

— Ninguém quer comer num restaurante sujo.

Ela quase não conseguiu se esquivar do malho. Tirou o avental, arremessou-o feito uma mortalha sobre a carne e foi para a escada. Jogou as poucas coisas que tinha numa mala, desceu pisando firme e saiu. As pessoas dos dois lados da rua se viraram para ver Frau Gunnel parada na porta xingando Marta.

Quando finalmente a mulher bateu a porta, Marta sentiu o corpo tão quente que teve certeza de que soltava fumaça. Subiu a ladeira, em vez de descê-la. Bateu em todas as portas, perguntando se precisavam de alguém. No início, as pessoas abriam, olhavam para ela e fechavam a porta rapidamente. Ainda furiosa, percebeu que devia estar toda desgrenhada e procurou se acalmar.

E agora? Sem emprego. Sem ter onde morar. Suas perspectivas eram piores do que quando chegara a Montreux, um mês antes. Não queria voltar para a casa de Luisa von Olman e se tornar um fardo. Não queria ir para casa e admitir a derrota. Curvou-se e cobriu o rosto com as mãos.

— Meu Deus, sei que sou terrível, mas eu trabalho duro! — admitiu, tentando conter as lágrimas. — O que eu faço agora?

Alguém se dirigiu a ela.

— Mademoiselle?

Ela explodiu em lágrimas de frustração.

— Eu vim para cá para aprender francês!

O homem mudou para alemão com muita facilidade, como se tirasse uma luva e a deixasse num canto.

— Está passando mal, Fräulein?

— Não. Estou desempregada. Procurando trabalho.

Ela se desculpou e secou o rosto. O homem diante dela parecia ter mais de oitenta anos. Usava um terno caro e se apoiava pesadamente numa bengala.

— Eu estava caminhando. Importa-se se eu me sentar aqui, Fräulein?

– Não, claro que não.

Marta se afastou para lhe dar espaço, imaginando se ele esperava que ela fosse embora.

– Passei por uma casa com um cartaz na janela, em alemão, francês e italiano. – O homem afundou aliviado no banco, levantou a bengala e apontou com ela. – Se subir por ali, depois de três ou quatro ruas, acho que encontrará essa casa.

Marta lhe agradeceu e iniciou uma busca que durou o resto da tarde. Quando estava quase desistindo, viu o cartaz na janela de uma casa de três andares. Ali não havia pintura lascada e os beirais eram pintados de vermelho. Ouviu risos abafados quando se aproximou da porta da frente. Alisou a saia, afastou as mechas de cabelo úmido do rosto e fez uma rápida e desesperada prece antes de bater à porta. Juntou as mãos na frente do corpo e deu um sorriso forçado enquanto esperava, torcendo para parecer apresentável, e não uma mendiga desgrenhada que passara a tarde toda subindo e descendo a montanha.

Alguém disse alguma coisa em francês atrás dela. Marta pulou de susto quando um homem passou por ela e abriu a porta.

– Com licença?

Dessa vez, ele falou em alemão.

– Vá entrando. Não vão ouvir você. Já estão servindo.

Marta entrou atrás dele.

– O senhor poderia fazer o favor de dizer ao proprietário que estou aqui por causa do cartaz na janela?

Ele atravessou o hall de entrada rapidamente e desapareceu em outro cômodo.

Os cheiros dentro daquela casa fizeram o estômago de Marta roncar de fome. Não comia nada desde aquela manhã, e seu desjejum fora apenas um pequeno pote de *Müsli*. Risadas de homens ficaram mais altas, e Marta se assustou. Ouviu conversa em voz baixa e mais risadas, menos escandalosas dessa vez.

Uma mulher jovem, atraente e de cabelo preto apareceu no hall. Usava um vestido azul de gola alta e mangas compridas, coberto por um avental branco que acentuava sua adiantada gravidez. Com o rosto vermelho, ela secou a testa com as costas da mão e se aproximou de Marta.

— Mademoiselle?

— Fräulein Marta Schneider, madame — Marta fez uma mesura. — Vim me candidatar ao emprego — disse, pegando seus documentos.

— Estou servindo o jantar agora.

Ela falava alemão fluentemente e olhou para trás quando alguém a chamou.

— Posso ajudá-la agora, se permitir. Trabalhei na cozinha do Hotel Germânia, em Interlaken. Podemos falar do emprego depois.

— *Merci!* Deixe suas coisas ali perto da porta. Temos uma sala cheia de leões famintos para alimentar.

O salão tinha uma mesa comprida e cadeiras de espaldar reto ocupadas por homens dos dois lados, a maioria jovens profissionais, pela aparência das roupas. A sala reverberava com conversas em voz alta e risadas, com o tilintar das taças de vinho e os pedidos de pão, que era distribuído num cesto grande. Jarras de vinho passavam de mão em mão.

— Solange! — gritou o homem bonito sentado à cabeceira da mesa.

Solange foi atendê-lo e pôs o braço no ombro dele, sussurrando alguma coisa em seu ouvido. Ele olhou para Marta e fez que sim com a cabeça.

Solange bateu palmas. Os homens em volta da mesa fizeram silêncio. Ela indicou Marta com um aceno de mão e falou rapidamente em francês. Os homens olharam para Marta sem interesse, depois retomaram suas conversas. Solange apontou para uma grande terrina na ponta da mesa. Marta se apressou e tentou levantar o pesado recipiente.

— Não, mademoiselle — Solange protestou na mesma hora. — É pesado demais. Os homens vão passar os pratos para você.

Marta encheu cada prato com um ensopado que tinha um cheiro delicioso, e seu estômago doeu de tanta fome. A terrina continha a medida certa para que cada homem recebesse um prato cheio. Ela seguiu Solange até a cozinha e botou a terrina vazia na bancada. Solange despencou num banquinho.

— Trabalhou bem, mademoiselle! Não derramou uma gota.

Solange levantou a barra do avental e secou as gotas de suor na testa.

— Graças a Deus você chegou bem na hora. Aqueles homens... — disse, dando risada e balançando a cabeça — comem feito cavalos.

O estômago de Marta roncou alto. Solange franziu a testa. Murmurou alguma coisa em francês, atravessou a cozinha, abriu um armário e tirou um prato de sopa.

– Agora coma. Temos alguns minutos antes que comecem a gritar que querem mais.

Solange esfregou as costas e se sentou no banquinho novamente.

– Está delicioso, madame...?

– Fournier. Solange Fournier. Meu marido, Hervé, é o que está sentado à cabeceira da mesa.

Marta terminou de comer o ensopado e raspou o restinho de caldo com um pedaço de pão. Deixou o prato na pia e pegou a panela no fogão.

– Devo encher a terrina?

Solange fez que sim com a cabeça.

– Preciso de alguém que me ajude a limpar a casa, trocar os lençóis, lavar a roupa e trabalhar na cozinha.

Marta derramou o ensopado na terrina.

– E eu preciso de casa, comida e sessenta francos por mês.

Assim que disse isso, Marta prendeu a respiração. Talvez tivesse falado rápido demais e pedido um salário alto demais.

– Você é uma moça que sabe o que quer e está disposta a trabalhar. – A mulher botou as mãos nas coxas e se levantou. – Combinado. Quando pode vir para cá?

– A única coisa que preciso fazer é levar o saco de viagem que deixei no hall de entrada lá para cima.

– *Magnifique!*

– Todos aqueles homens moram aqui, madame Fournier?

– Chame-me de Solange, *s'il vous plaît*. – Ela deu um sorriso satisfeito. – E eu vou chamá-la de Marta. – Solange pôs mais pão no cesto. – Só doze moram aqui. Os outros vêm jantar quando estão na cidade a trabalho. Um amigo os convida a primeira vez e eles sempre voltam. Às vezes temos de mandá-los embora. Por falta de espaço.

Gargalhadas fizeram a parede tremer.

– Eles são barulhentos, *oui?* – Solange deu risada quando um homem a chamou. – Meu marido tem a voz mais grossa de todas – e jogou os últimos pedaços de pão no cesto. – Ele não fala alemão. Você fala francês?

– Não, mas quero muito aprender.
– *Je pense que vous allez apprendre rapidement.*
Sorrindo, Solange abriu a porta e ficou segurando para Marta passar com a terrina cheia.

Marta escreveu para Rosie.

Finalmente vou aprender francês. Encontrei emprego numa pensão cheia de homens solteiros. A casa é de um casal muito simpático: Hervé e Solange Fournier. Madame Fournier insiste para que eu a chame de Solange. Ela fala alemão, mas sua língua é o francês. Também fala italiano e romeno. É ótima cozinheira. Vou ter de aprender francês bem depressa para poder ajudá-la. Ela está grávida. O bebê chegará em meados de janeiro.

Marta mandou para a mãe o endereço dos Fournier e perguntou como ela e Elise estavam.

Querida Marta,
    Estou contente por você ter encontrado um emprego melhor. Frau Gunnel é uma mulher que merece pena, não desprezo. Nunca sabemos quanto as pessoas sofrem nesta vida.
    Não se preocupe tanto com Elise. Ela me ajuda na costura. Agora faz todo o corte de tecido e os alinhavos. Minha prima Felda Braun veio me visitar. Ela perdeu o marido, Reynard, no ano passado, e está muito sozinha. Levei você a Grindelwald quando era pequena. Você adorou as vacas de Reynard. Lembra-se disso? Deus nunca abençoou Felda e Reynard com filhos. Se acontecer alguma coisa comigo, Elise vai para Grindelwald para morar com Felda. Este é o endereço dela...

Marta respondeu imediatamente.

Você está muito mal, mamãe? Devo ir para casa?

A caligrafia da mãe havia mudado. As letras, que eram perfeitas, agora tinham traços tremidos.

Não tema por mim, Liebling. Estou nas mãos de Deus, assim como você. Lembre-se do que conversamos na montanha antes de você ir para Interlaken. Voe, Liebling. Eu voo com você. Não abandone as reuniões dos que têm fé, Marta. Foi o amor dos irmãos e irmãs que me deu força nestes anos todos. Nós somos um só em Cristo Jesus. Que seja assim para você também. Você é muito preciosa para mim. Eu te amo. Para onde quer que vá, saiba que meu coração está com você.

Mamãe

Marta escreveu para Rosie.

Temo por mamãe. Sua última carta me fez acreditar que ela está morrendo, mas ela diz para eu voar. Você tem visto Elise?

Todos os dias Marta se levantava antes do nascer do sol e acendia o fogo no fogão da cozinha. Assava pão sovado lambuzado com manteiga, passado em canela e passas. Preparava dois pratos com frutas fatiadas, enchia um grande pote de *Müsli* e uma jarra de leite. Preparava bules de café e chocolate quente.

Nesse dia, quando Solange desceu, Marta, como sempre, estava com tudo pronto e arrumado no aparador para o bufê do café da manhã. Ela lhe serviu uma xícara de chocolate quente, e as duas se sentaram nos banquinhos da cozinha.

– Descansei mais nesse último mês do que no ano inteiro antes. Quando o bebê nascer, você vai ter de cozinhar todas as refeições.

– Tenho umas receitas maravilhosas do Hotel Germânia e sei fazer o melhor salsichão da Suíça.

– Hervé não gosta de comida alemã. Vou lhe dar as minhas melhores receitas – disse Solange, piscando um olho e bebendo o chocolate. – Mais algumas para você escrever naquele seu livro.

Marta bateu com a mão no bolso do avental.

– *Un jour, quand j'aurai une pension à moi.*

– Você está aprendendo francês *très rapidement*, mas vamos ter de trabalhar mais seu sotaque. – Solange fez uma careta de brincadeira.

Uma carta de Rosie chegou.

Fui à sua casa três vezes esta semana. Conheci a prima de sua mãe, Felda Braun. É uma mulher bondosa. Não vi Elise. Dessa vez sua mãe não inventou desculpas. Disse que Elise não quer ver ninguém. Seu irmão foi à igreja domingo passado. Perguntei sobre sua mãe e sua irmã. Ele disse que Elise tinha ficado em casa para cuidar da mãe. Ele e seu pai vão para Berna. As coisas não devem estar tão ruins assim, para acharem que podem se ausentar...

Marta sentiu a tensão crescer por dentro. Queria desesperadamente ir para casa ver a mãe e Elise com os próprios olhos, mas as nevascas de inverno haviam chegado, e o bebê de Solange podia nascer a qualquer momento. Marta não podia deixá-la sozinha com a pensão cheia de hóspedes. Dividida entre o medo e a culpa, ela rezou pela misericórdia divina.

Todos os dias em que Hervé chegava com a correspondência, Marta ficava aguardando, aflita.

– *Rien pour vous aujourd'hui*, Marta.

Todos os dias ouvia as mesmas palavras: nada para ela hoje.

O silêncio fazia o medo aumentar.

7

Marta acordou assustada e ouviu Hervé gritando. Ele socou a porta do quarto dela e ela respondeu. Vestiu o casaco e abriu um pouco a porta.

– É a Solange?
– *Oui! Oui!*

Ele falava francês tão rápido que Marta não conseguia entender. Fez sinal para ele sair e disse que desceria em um minuto. Vestiu a roupa e desceu ainda abotoando a blusa. Os homens estavam no corredor. Marta fez sinal para que entrassem de novo no quarto e seguiu apressada pelo corredor do segundo andar até o espaçoso quarto dos Fournier. Hervé pusera uma cadeira ao lado da cama e segurava a mão de Solange. Ele ainda estava de pijama. Marta parou no pé da cama, sem saber o que fazer.

– Ah, Marta... – disse Solange, mas o alívio dela durou pouco, pois logo soltou um grito abafado de dor.

Hervé se levantou e começou a resmungar em francês outra vez, andando de um lado para o outro e passando as mãos nos cabelos pretos.

Marta recolheu as roupas do chão e as jogou no colo dele.

– Vista-se e vá chamar a... – disse Marta, tentando lembrar a palavra em francês para *parteira*.

Solange a ensinara. Como era mesmo?

– *Sage-femme! Maintenant,* Hervé. *Vite. Vite*! Não esqueça seus sapatos.

Ela ouviu os homens conversando no corredor. Torcendo para que não tivessem atrasado Hervé, Marta foi ver.

– Alguém aí é médico? – Os homens se entreolharam e balançaram a cabeça. – Então, a menos que queiram ajudar a fazer um parto, voltem para seus quartos.

Eles desapareceram como um rebanho barulhento de bodes monteses e fecharam rapidamente as portas.

Meu Deus, o que eu faço agora? Marta fingiu uma calma que não sentia e voltou para o quarto. Exceto por uma tarde de aula sobre assistência ao parto na Haushaltungsschule Bern, Marta não sabia nada daquilo, mas achou que podia fazer melhor do que um marido em pânico.

– Vai dar tudo certo, Solange. A parteira vai chegar logo.

Uma hora depois, ouviu o barulho da porta batendo e de passos na escada. Hervé falou tão depressa que Marta não entendeu uma palavra do que ele disse. Só compreendeu a expressão triste de Solange.

– A parteira não vem.

– Hervé disse que ela está fazendo o parto de outro bebê. *Mon Dieu*! O que vamos fazer? – gemeu Solange, com outra contração poucos minutos depois da anterior.

Hervé parecia alucinado. Ele gemia ao lado da mulher, olhava alternadamente para Solange e para Marta. Quando começou a falar de novo, Marta o interrompeu e disse para ele ferver bastante água numa panela grande, pegar toalhas limpas e uma faca. Ele ficou lá parado, de boca aberta. Marta repetiu as orientações, com calma e firmeza.

– Vá, Hervé! Vai dar tudo certo.

Solange começou a soluçar e a falar em francês tão rápido quanto o marido. Marta segurou a mão dela.

– Fale em alemão, Solange, ou em francês, só que mais devagar.

– Mantenha Hervé longe daqui. Ele me deixa nervosa. Ele fica perturbado quando eu me corto, e isso é... – Veio outra contração e ela parou de falar. – Você sabe o que tem de fazer?

Marta não queria mentir e afirmar que sabia uma coisa que ignorava.

– Deus fez as mulheres para terem bebês, Solange. Ele sabe o que está fazendo. – Ela pôs a mão na testa molhada de Solange. – Você vai resolver isso tão bem como resolve tudo o mais, *ma chère*.

Hervé apareceu com uma pilha de toalhas. Desapareceu de novo e voltou com um balde e uma chaleira fumegante. Quando chegou perto da cama, Solange levantou a cabeça.

– *Partez*! *Sortez*!

Chocado, Hervé saiu do quarto e fechou a porta sem fazer barulho.

Solange se recostou nos travesseiros que Marta pusera atrás dela e relaxou pelo menos alguns minutos, até a contração seguinte deixá-la sem ar. Marta trabalhou a noite inteira, molhando a testa de Solange, segurando-lhe a mão e dizendo-lhe palavras de estímulo. Solange deu um grito quando o bebê forçou sua chegada ao mundo, na hora em que o sol apareceu no horizonte. Marta amarrou dois barbantes no cordão umbilical e o cortou com as mãos trêmulas. Enrolou o menininho num cobertor macio e o botou nos braços de Solange.

– Ele é lindo.

Solange olhava embevecida para o rostinho do filho. Ela estava pálida e esgotada. Os cabelos pretos, molhados de suor, emolduravam-lhe o rosto.

– Onde está Hervé?

– Acho que ele está lá embaixo, esperando para saber se você e o bebê estão bem.

Ela deu risada.

– Diga que ele pode vir agora. Não vou mordê-lo.

A porta se abriu, e uma mulher corpulenta e de cabelos grisalhos entrou apressada. Parecia exausta.

– Madame DuBois! – sorriu Solange. – Ele já chegou.

– Estou vendo.

A parteira tirou o xale, jogou-o num canto e se aproximou da cama.

– Dois bebês numa mesma noite – disse, puxando o cobertor para examinar o bebê. – Hervé vai trazer água quente e sal. Temos de lavar vocês para evitar infecção. – Ela afastou as cobertas, encorajando Solange a dar de mamar para o bebê. – Isso fará a placenta sair.

A parteira endireitou as costas e se virou para Marta.

— Temos de trocar os lençóis sujos.

Marta seguiu as instruções da mulher.

Hervé chegou com mais uma panela de água quente e um saco de sal.

— Você tem um menino, Hervé.

Lágrimas de felicidade rolaram pelo rosto de Solange. A parteira pediu que ele lavasse as mãos antes de tocar no bebê ou na mãe. Hervé derramou água numa bacia e esfregou as mãos até o antebraço, depois secou-as numa toalha. Quando se sentou na beirada da cama, Solange deu um grito abafado. Ele caiu de joelhos, murmurando palavras de carinho, beijando Solange e olhando para o filho.

Marta viu que estava sobrando ali e tratou de recolher os lençóis sujos.

— É melhor botar isso de molho agora mesmo.

Ninguém notou quando ela saiu. Lá embaixo, encontrou alguns homens vestidos para o trabalho, sentados na sala de jantar vazia. Marta não tivera tempo de preparar o costumeiro bufê do café da manhã.

— Esta manhã teremos *Müsli*, cavalheiros. E não haverá almoço. Vão ter de procurar um bom restaurante. Tivemos uma noite muito agitada. Os Fournier têm um filho saudável. Tudo voltará ao normal amanhã de manhã.

A parteira desceu e foi até a cozinha.

— Solange e o bebê estão dormindo. Hervé adormeceu no sofá. Você trabalhou bem, mademoiselle. Solange a elogiou muito.

— Foi Solange que teve todo o trabalho, madame DuBois. A única coisa que fiz foi molhar a testa dela, segurar sua mão e... *rezar*. — Madame DuBois riu com Marta. — A senhora precisa comer alguma coisa antes de ir.

Marta preparou-lhe um omelete, pão frito e chocolate quente.

Madame DuBois foi embora assim que terminou o café da manhã, e Marta subiu para seu quarto, no sótão, para descansar algumas horas antes de começar os preparativos para o jantar.

Ela sentiu uma emoção inesperada. Nunca vira nada tão belo como o olhar de Solange e Hervé um para o outro e para o bebê perfeito que tinham feito juntos. Será que um dia um homem olharia para ela com tanto amor assim? Será que teria um filho? Talvez seu pai tivesse razão quando dizia que ela não tinha beleza nenhuma para oferecer e lhe faltava o espírito dócil da mãe. Quantas vezes o pai dissera que nenhum homem olharia para ela? E, realmente, nenhum dos homens solteiros na casa tinha olhado para ela duas vezes, a não ser para pedir algum serviço de que precisavam. "Mademoiselle, importa-se de passar minha camisa?"; "Quanto quer para lavar minha roupa, mademoiselle?"; "Mais salsichão, mademoiselle."

Marta tampou os olhos e combateu as lágrimas de carência e decepção. Tinha de se concentrar no que podia conseguir trabalhando muito e perseverando, e não desejar coisas que estavam fora de seu alcance. Solange tinha seu Hervé. Rosie teria seu Arik. Marta teria sua liberdade.

Podia agradecer a Deus por jamais ter de viver sob o mesmo teto que o pai novamente. Nunca mais teria as manchas roxas de uma surra. Nunca mais ficaria calada quando um homem dissesse que ela era feia, mal--humorada e egoísta.

"Voe", a mãe lhe dissera. "Seja como a águia." Com essas palavras, a mãe havia reconhecido que Marta não teria o consolo de um marido amoroso nem seus próprios filhos. "A águia voa sozinha."

Quando estava quase dormindo, Marta pensou ter ouvido uma voz.

– Mamãe?

Ela sonhou que a mãe voava sobre ela com o rosto radiante e os braços abertos como as asas de um anjo. Elise estava embaixo, com as mãos levantadas e a neve rodopiando em volta, até desaparecer.

Nas semanas que se seguiram, Marta trabalhou tanto que não teve tempo de pensar em mais nada, a não ser no que precisava ser feito. Hervé contratou outra servente, Edmée, que assumiu as tarefas da casa. Marta preparava todas as refeições para os Fournier e os doze pensionistas, e cuidou de Solange nas primeiras semanas de recuperação. O bebê Jean exigia muito tempo da mãe. Depois de alguns dias, Hervé foi dormir na sala de estar.

Uma tarde ele foi até a cozinha.

– Duas cartas, Marta! – exclamou, jogando a correspondência em cima da mesa. – Ah, *ragoût de boeuf*.

Ele levantou a tampa do ensopado de carne borbulhante para apreciar o aroma, enquanto Marta tirava o pão do forno e o deixava na bancada para esfriar. Ela pegou as duas cartas, uma de Elise, outra de Felda Braun.

Com o coração aos pulos de medo, Marta pegou uma faca de carne e abriu os dois envelopes. Sentiu que havia alguma coisa dentro da carta de Elise e desdobrou a folha de papel com cuidado. Dentro estavam os brincos de ouro da mãe.

Mamãe me deu estes brincos antes de morrer. Eu amo você, Marta. Pedi a Deus para me perdoar. Espero que você também me perdoe.

Elise

Marta desabou no banquinho.
– *Est-ce qu'il y a quelque chose de mal?* – Hervé ficou olhando para ela.

O que havia de errado? Marta se lembrou do sonho e sentiu a garganta apertar de tanta dor. Com as mãos trêmulas, pôs os brincos sobre o papel, dobrou-o e enfiou-o no envelope. Guardou a carta no bolso do avental e abriu a de Felda Braun.

Querida Marta,
É com grande pesar que escrevo esta carta...

– Mademoiselle?
Marta não enxergava nada por causa das lágrimas. Enquanto estava ali, ajudando Solange a trazer um bebê ao mundo, sua mãe estava morrendo. Deixou cair a carta de Felda e cobriu o rosto.
– *Ma mère est morte.*
Hervé falou baixo. Ela não entendeu nada do que ele disse. Ele deu a volta na mesa e pôs a mão no ombro dela.
– Eu devia ter ido para casa.
Marta balançava para frente e para trás e abafava os soluços com o avental. Hervé apertou-lhe o ombro delicadamente e saiu da cozinha.

– Sinto muito, mamãe. Ah, meu Deus, como eu sinto...
Tremendo violentamente, pegou a carta de Felda Braun esperando saber mais detalhes da morte da mãe e da mudança de Elise para Grindelwald.

Sua mãe me escreveu meses atrás sobre a doença dela e perguntou se eu podia levar Elise para morar comigo quando sua hora chegasse. Fui imediatamente para Steffisburg, para conversar com ela pessoalmente. Mal reconheci Anna. O médico confirmou o que ela pensava, que estava com tuberculose. Ela não queria que você soubesse que estava morrendo, porque sabia que você iria para casa. Ela disse que, se você voltasse, seu pai jamais a deixaria sair dali outra vez. Disse também que o pastor me escreveria quando chegasse o momento de pegar Elise.

Voltei para casa e comecei a preparar tudo para a vinda de Elise. Contei para minhas amigas que sua mãe estava doente e que sua irmã perdera o marido num trágico acidente. Dessa forma, garanti que Elise pudesse criar seu filho sem medo de escândalos.

Marta ficou gelada. *Seu filho?* Leu mais depressa.

Quando recebi a notícia do pastor, fui na mesma hora para Steffisburg, mas Elise já havia desaparecido. Seu pai pensou que a encontraria em Thun. Todos procuraram por ela, mas lamento dizer que não a encontramos a tempo. Sua amiga Rosie descobriu o corpo dela num riacho perto da casa de vocês.

Marta chorou até ficar nauseada. Compôs-se apenas para pôr a mesa e servir o jantar. Estava claro que Hervé contara para os homens sobre a mãe dela, porque eles lhe deram os pêsames e conversaram baixo. Marta não mencionou Elise. Edmée ficou para ajudar a lavar a louça e arrumar a cozinha, e insistiu para que Marta fosse para o quarto e tentasse descansar. Encolhida de lado na cama, Marta chorou ao se lembrar do sonho com Elise parada na neve com os braços estendidos para o céu.

Poucos dias depois, Marta recebeu um telegrama do pai:

Volte imediatamente. Preciso de você na loja.

Lágrimas de ódio encheram os olhos de Marta. Ela tremia com a raiva que sentia. O pai não escrevera nem uma palavra sobre a mãe ou sobre Elise. Amassou o bilhete, jogou-o no fogão e ficou vendo-o queimar.

Solange estava sentada na cozinha com Marta e o bebê, que dormia satisfeito num cesto sobre a mesa.
– *Je comprends.* – Ela segurou a mão de Marta. – Deus a trouxe para nós quando mais precisávamos de você, e agora você precisa partir. *C'est la vie, n'est-ce pas?*
Marta não se sentiu muito culpada de ir embora. Solange se recuperara bem rápido e queria reassumir suas tarefas. Edmée concordara em ficar em tempo integral. Ela era esforçada como Marta e ajudaria com o bebê enquanto Solange retomava a cozinha.
Solange tirou o bebê de seu ninho quentinho.
– Quer segurar o Jean mais uma vez antes de partir?
– Sim, por favor.
Marta segurou o menino bem forte, fingindo por um segundo que era seu filho. Cantou uma canção de ninar em alemão enquanto andava pela cozinha. Depois o colocou nos braços da mãe.
– *Danke.*
Lágrimas escorreram pelo rosto de Solange.
– Escreva para nós, Marta. Hervé e eu gostaríamos de ter notícias suas.
Marta fez que sim com a cabeça, sem conseguir falar. Quando saiu da cozinha para o corredor, Hervé e os hóspedes estavam à sua espera para lhe desejar felicidades. Chegando à porta, Hervé lhe deu um beijo fraternal nos dois lados do rosto e lhe entregou um envelope.
– Um presente de todos nós.
Ela olhou para ele e para os outros homens. Apertou os lábios para não chorar, fez uma profunda e respeitosa mesura e deixou a casa. Foi

dominada pelo desespero quando caminhava para a estação de trem. Verificou os horários de partida. Uma filha zelosa deveria voltar para Steffisburg, trabalhar na loja sem reclamar e cuidar do pai na velhice. *Honrem pai e mãe*, era o mandamento de Deus, *e seus dias serão longos na terra que o Senhor seu Deus lhes dará.*

Marta pegou uma carruagem para Lausanne e lá embarcou num trem para Paris.

8

1906

$\mathcal{B}$erna foi revigorante para Marta, mas Paris era muito mais que isso. Ela procurou o consulado da Suíça.

– Esta semana não há nenhuma oferta de emprego, Fräulein.

O funcionário do consulado indicou uma pensão barata numa das ruas movimentadas da Rive Droite. Marta pagou por uma semana de hospedagem.

Bem cedo, todas as manhãs, ela voltava ao consulado e depois passava o dia explorando a cidade e praticando o francês. Pedia orientações e visitava palácios e museus. Ficava andando até o anoitecer ao longo do Sena, misturada à multidão que curtia a Cidade Luz. Foi ao Musée du Louvre e passeou pelo Jardin des Tuileries. Sentou-se num banco da catedral de Notre Dame e rezou pela alma da irmã.

As orações não serviam de alento para a dor que a consumia.

A mãe sussurrava em seus sonhos. "Voe, Marta. Não tenha medo, *mein kleiner Adler...*" E Marta acordava chorando. Também sonhava com Elise, sonhos perturbadores em que a irmã estava perdida, procurando o caminho de casa. Marta ouvia o eco da voz dela. "Marta, onde você está? Marta, ajude-me!", ela gritava enquanto a neve a cobria.

Depois de sete dias, Marta desistiu de arrumar emprego em Paris e comprou uma passagem de carruagem até Calais. Pegou um barco para atravessar o Canal da Mancha e passou quase toda a viagem debruçada na amurada.

Chovia a cântaros em Dover. Cansada, Marta seguiu de carruagem para Canterbury, desejando ter viajado para o sudeste, para o clima quente da Itália, e não para a Inglaterra. Consolou-se com o fato de que aprender inglês a levaria para mais perto de seu objetivo. Depois de passar uma noite numa hospedaria barata, pegou outra carruagem para Londres.

Ao chegar, seu casaco de lã cheirava a carneiro molhado, as botas e a barra da saia pareciam empedradas com quilos de lama, e ainda por cima havia pegado um resfriado. Bateu com os pés no chão para soltar a lama das botas antes de entrar no consulado da Suíça e se informar sobre vagas e hospedagem.

— Ponha seu nome na lista e preencha este formulário. — O atarefado funcionário pôs uma folha de papel na frente dela e voltou-se para uma pilha de papéis.

Dez moças já haviam colocado o nome ali. Marta acrescentou o dela no final e preencheu o formulário cuidadosamente. O funcionário examinou as informações.

— Tem boa caligrafia, Fräulein. Fala inglês?
— Vim aqui para aprender.
— Planeja voltar para a Suíça?
Ela não sabia.
— Algum dia.
— Muitos dos nossos jovens estão indo para a América. A terra das oportunidades, como chamam.
— Sinto falta da neve. Tenho saudade das montanhas.
— *Ja*. O ar não é tão puro aqui — ele comentou, e continuou lendo o formulário. — Ah! Você trabalhou com Warner Brennholtz no Hotel Germânia! — Ele sorriu, balançou a cabeça em sinal de aprovação e tirou os óculos com armação de metal. — Passei uma semana em Interlaken três anos atrás. A melhor comida que já comi.

– O *chef* Brennholtz me treinou.
– Por que saiu de lá?
– Queria aprender francês. Estou aqui para aprender inglês. Há mais oportunidades de emprego para pessoas que falam várias línguas.
– É verdade. Você fala francês?
Ela meneou a cabeça educadamente.
– *Assez de servir*.
O bastante para servir, não muito mais que isso.
– Você conquistou bastante coisa para alguém tão jovem, Fräulein Schneider – disse ele, examinando o formulário outra vez. – Costura, formada na Haushaltungsschule Bern, treinada por Frau Fischer e Warner Brennholtz, fez um parto e administrou uma pensão em Montreux...
– Ainda falta muito para alcançar o que quero, Herr Reinhard.
O funcionário pôs a ficha dela no topo da pilha.
– Vou ver o que posso fazer.
Marta se hospedou na Swiss Home for Girls e esperou. Tinha passado mais tempo do que pretendia conhecendo Paris. As outras meninas iam e vinham, mas Marta ficava o tempo todo na casa, tentando curar o resfriado que contraíra na viagem para Londres e ajudando a encarregada do dormitório, Frau Alger, a manter os cômodos comunitários limpos e arrumados. Ficava pensando se tinha sido um erro ir para a Inglaterra. A chuva constante e os nevoeiros pesados de Londres, que cheiravam a fuligem, eram deprimentes para ela, e Frau Alger dizia que lá havia falta de bons empregos.
Chegou uma mensagem do consulado, assinada por Kurt Reinhard. A mulher do cônsul suíço precisava de uma auxiliar de cozinha para um jantar que daria aquela noite. Marta se aprontou, vestiu o uniforme, arrumou suas coisas e foi para a mansão do cônsul de táxi.
Na entrada de serviço, foi recebida por uma empregada aflita.
– Graças a Deus! – e fez sinal para Marta entrar. – Frau Schmitz está histérica. Vinte convidados chegarão para jantar em menos de duas horas, e a mulher do *chef* Adalrik adoeceu esta tarde, tendo de ser levada para o hospital. Uma outra empregada se demitiu esta manhã. Estamos só uma arrumadeira e eu.
Depois do tempo frio e úmido lá de fora, o calor da cozinha foi uma maravilha. O cheiro familiar da boa cozinha germânica fez Marta se

lembrar do Hotel Germânia e de Warner Brennholtz. Outras coisas também chamaram sua atenção, mas resolveu que era melhor estar numa cozinha fumacenta e sem janelas do que lá fora no frio, procurando emprego. Deixou a mala num canto, tirou o casaco, e a empregada a apresentou ao *chef*, grisalho e carrancudo. Adalrik Kohler mal olhou para ela.

– Vá com Wilda. Ajude-a a pôr a mesa para vinte pessoas.

– Quantos pratos?

– Quatro. Frau Schmitz queria seis, mas não dou conta de mais sem minha mulher. Quando terminar, volte para a cozinha. Ah, Fräulein, este emprego é temporário. Assim que Nadine se recuperar, você será dispensada.

– Eu vim para aprender inglês. É mais provável que consiga isso numa casa de ingleses.

– Ótimo. Então não ficará desapontada.

Com a ajuda de Wilda, Marta cobriu a mesa com uma toalha branca e arrumou os pratos Royal Albert Regency Blue com as taças de cristal e os talheres de prata. Dois candelabros de prata e um arranjo de lilases roxas e brancas enfeitavam o centro da mesa. Marta dobrou os guardanapos brancos em forma de cauda de pavão e os colocou no centro de cada prato. Frau Schmitz, uma linda loura de quarenta e poucos anos, apareceu com um vestido de cetim azul. Com o brilho de diamantes no pescoço, rodeou a mesa e inspecionou cada conjunto.

– Você vai precisar servir.

Marta fez uma rápida mesura e foi para a cozinha.

Ao fim da noite, suas pernas doíam de tanto subir e descer as escadas do porão até a sala de jantar, no segundo andar. Depois que os convidados foram embora e a cozinha foi limpa de cima a baixo, Wilda levou-a para os aposentos dos empregados, no quarto andar.

Na semana seguinte, Marta trabalhou na cozinha abafada e enfumaçada e levou bandejas com café da manhã até o quarto de Frau Schmitz, no terceiro andar. Levou bandejas para o quarto das crianças, serviu a babá e os três filhos dos Schmitz, bem-educados, mas bagunceiros. Carregou bandejas lotadas de pães de minuto, sanduíches de pepino e bolinhos para a sala de estar, no segundo andar, onde a dona da casa gostava de fazer um lanche reforçado com sua louça Royal Albert Regency Blue e seu aparelho de chá, de prata. Marta levou mais bandejas para a sala de jantar todas as noites, quando Herr Schmitz chegava em casa para jantar com a esposa, e mais bandejas para a sala de jantar das crianças, no terceiro andar, onde imperava a babá.

Nadine voltou e, apesar das reclamações de Frau Schmitz sobre dinheiro, Adalrik insistiu para que Marta ficasse, caso contrário ele pediria demissão.

– Nadine não está totalmente recuperada. Não tem disposição para ficar subindo e descendo as escadas vinte vezes por dia. Marta é mais jovem e mais forte. Ela consegue.

Depois de um mês, Marta pegou outro resfriado, que se instalou nos pulmões. Ao fim de cada dia, as pernas lhe doíam tanto que ela mal conseguia se arrastar até o quarto andar, onde ficava o frio quarto que dividia com Wilda. Desabava na cama e sonhava com escadas que iam até o céu, como a escada de Jacó. Lances de escada viravam à direita e à esquerda até desaparecerem nas nuvens. Mesmo depois de uma noite de sono, Marta acordava esgotada.

– Sua tosse está piorando – observou Nadine, oferecendo-lhe um fumegante chá com limão. – Isso a fará se sentir melhor.

Adalrik parecia preocupado.

– Vá consultar um médico antes que piore. Senão vai acabar no hospital, como Nadine.

Marta não se deixou enganar. Adalrik não estava preocupado com a saúde dela, e sim com a possibilidade de Nadine ter de retomar as tarefas nos andares de cima.

– O médico só vai recomendar repouso e ingestão de muito líquido.

Nadine cuidou para que Marta tomasse bastante caldo de carne e chá com leite, mas, como não era possível repousar, os pulmões de Marta ficaram mais comprometidos.

– Ela está chamando de novo – Adalrik disse a Marta.

Uma reunião tinha avançado noite adentro, e Marta ficara de prontidão até a saída do último convidado, para depois lavar e guardar tudo.

– Ela vai querer o café servido na cama.

Marta preparou a bandeja para Frau Schmitz. Subiu o primeiro lance de escada e então teve uma crise de tosse. Largou a bandeja e tossiu até a crise passar. Pegou a bandeja de novo e subiu o restante dos degraus.

– Este café está frio. – Frau Schmitz fez sinal com a mão. – Leve-o de volta e traga outra bandeja. E mais rápido da próxima vez.

Marta chegou à metade da escada e teve outro ataque de tosse. Sem poder respirar direito, sentou-se num degrau com a bandeja no colo. Frau Schmitz foi até o topo da escada, viu Marta e voltou para o quarto. Um minuto depois, Nadine subiu. Marta conseguiu ficar de pé e desceu para a cozinha.

Nadine chegou logo depois dela. Olhou para Marta com pena.

– Sinto muito, Marta, mas Frau Schmitz disse que você tem de ir embora.

– Ir embora?

– Ela quer que você saia da casa. Hoje.

– Por quê?

– Ela tem medo do contágio. Diz que não quer que os filhos peguem crupe.

Marta deu uma risada desanimada. Por incrível que pareça, ficou aliviada. Se tivesse de subir aquela escada mais uma vez, certamente cairia.

– Vou assim que receber meu pagamento. Quer pedir para Wilda fazer o favor de pegar minhas coisas? Acho que não consigo subir essas escadas de novo.

Com dor no peito, ela tossiu violentamente no avental.

Quando Nadine saiu, Adalrik encostou o dorso da mão na testa de Marta.

– Você está ardendo em febre.

– Só preciso descansar.

– Frau Schmitz teme que seja tuberculose.

Marta ficou alarmada. Será que estava fadada a morrer como a mãe? Nada que o dr. Zimmer fez impediu que a mãe dela se afogasse no próprio sangue.

– Você conhece um bom médico que fale alemão?

A enfermeira ajudou Marta a se vestir depois do exame, levando-a para a sala do dr. Smythe. Ele se levantou quando Marta entrou e disse para ela se sentar.

– Já vi isso inúmeras vezes, Fräulein. As meninas suíças estão acostumadas com o ar saudável e puro das montanhas, e não com essa névoa úmida de fuligem. Você deve voltar para a Suíça. Vá para casa e descanse.

Lutando contra as lágrimas, Marta imaginou como o pai a receberia.

– Posso descansar melhor na Inglaterra.

Se o coração do pai não amolecera com a doença da mãe, certamente não seria nada bondoso com ela. Ela tossiu no lenço e ficou aliviada de não ver manchas vermelhas no tecido branco.

– O que eu preciso é trabalhar numa casa menor, com menos escadas, e em uma cozinha que tenha ventilação.

A dor no peito aumentou e ela não resistiu a outro ataque de tosse. Quando acalmou, levantou a cabeça.

– Você precisa de repouso, não de trabalho.

Marta tomou coragem e encarou o médico.

– O que eu tenho é tuberculose?

– Você está magra e pálida como uma tuberculosa, mas não, não é tuberculose. Sinceramente, Fräulein, se não se cuidar melhor, isso poderá matá-la ainda mais rápido que a tuberculose. Está me entendendo?

Desconsolada, Marta cedeu.

– De quanto tempo de repouso eu preciso?

– Um mês, no mínimo.

– Um mês?

– Seis semanas seria melhor.

– Seis semanas?

Marta tossiu até ficar zonza.

O médico lhe deu um vidro de elixir e receitou que tomasse uma colher a cada quatro horas.

– Repouso é o melhor remédio, Fräulein. Seu corpo não pode combater a infecção se estiver exausto.

Doente e deprimida, Marta voltou para a Swiss Home for Girls. Ao ver como Marta estava, Frau Alger ofereceu uma cama num canto mais tranquilo do dormitório no térreo. Cansada demais para se despir, Marta desabou na cama, ainda de casaco.

Frau Alger apareceu com uma jarra de água quente e um pote.

– Isto não pode ficar assim.

Marta tremeu quando a mulher a ajudou a se despir e a vestir a camisola. Sentiu uma saudade enorme da mãe. Começou a chorar, e Frau Alger a ajudou a se deitar na cama. Pegou o vidro com o elixir e leu a dosagem. Pegou uma colher e deu a primeira dose de láudano para Marta, depois a cobriu com cobertores grossos bem junto ao corpo. Pôs a mão na testa de Marta.

– *Schlaf, Kind.*

Marta murmurou um triste muito obrigada. As pálpebras já estavam pesadas.

Acordou com um toque de Frau Alger.

– Beba.

A mulher ajudou Marta a se sentar para poder tomar a sopa espessa numa caneca, mais uma dose do remédio e depois afundar na cama de novo. Sonhou que subia uma escada que virava para a direita e para a esquerda e desaparecia nas nuvens. Equilibrava uma bandeja pesada no ombro e então parava para descansar. Suas pernas doíam demais e ela sabia que não conseguiria chegar ao céu.

– Não consigo.

"Consegue sim." A mãe pairava sobre ela, vestida de branco. "Não desista, *Liebling*."

Acordou com o som de sinos de igreja e adormeceu novamente; sonhou que a mãe a segurava e que as duas seguiam a rua até a Igreja de São Estevão. Rosie a chamou e Marta se viu no prado alpino sobre Steffisburg, colhendo flores primaveris com a amiga.

A chuva tamborilou na janela e fez Marta acordar. Tremendo de frio, puxou as cobertas. Queria sonhar com a mãe e com Rosie, mas em vez disso sonhou que estava perdida na neve. Ouviu Elise gritar seu nome sem parar. Marta tentou correr até ela, mas seus pés afundavam na neve. Foi se arrastando de quatro, olhou para baixo, para as corredeiras do Zulg, e viu Elise dormindo com um bebê nos braços, sob um manto de neve.

– Não – gemeu Marta. – Não. Não.

Frau Alger punha-lhe panos molhados com água fria na testa e conversava com Marta. A mãe estava sentada no cemitério, bordando outro vestido. Levantou a cabeça, com os olhos fundos. "Não volte, Marta. Alce voo, *Liebling*. Voe para longe e viva."

Marta acordou com o barulho das rodas de uma carruagem passando na rua. Chorou com medo de sonhar de novo, se voltasse a dormir. Ouviu meninas entrando e saindo e fingiu estar dormindo. Frau Alger chegou com uma bandeja.

– Está acordada. – Ela largou a bandeja e pôs a mão na testa de Marta. – Que bom. A febre passou – e ajudou Marta a se sentar.

– Desculpe dar tanto trabalho.

Marta sentiu os olhos cheios de lágrimas e não conseguiu evitar o choro.

Frau Alger lhe deu tapinhas no ombro.

– Acalme-se, Marta. Você não dá trabalho nenhum. Logo estará boa. É difícil estar longe de casa, *ja*?

Marta cobriu o rosto e sentiu muito a falta da mãe e de Elise. Mais do que nunca.

– Não tenho casa.

Frau Alger se sentou na cama e a abraçou, murmurando carinhosamente como faria com uma criança que chora. Marta cedeu à dor e abraçou Frau Alger, fingindo por um momento que aquela mulher bondosa era sua mãe.

Depois de uma semana de cama, Marta conseguiu se levantar. A casa estava vazia, então ela preparou um prato de mingau de aveia. Por que fora para a Inglaterra? Sentia-se perdida e revoltada consigo mesma. Talvez devesse ter ficado em Steffisburg e ajudado a mãe. Podia ter cuidado de Elise. Agora era tarde demais para pensar nessas coisas. Que futuro teria se obedecesse ao pai e voltasse para casa? Sua mãe sabia. Tinha avisado para ela ficar longe.

Marta tomou coragem e escreveu para Rosie.

Estou na Inglaterra. Papai mandou um telegrama dizendo para eu voltar para casa. Não disse nada sobre Elise nem mamãe, e tive certeza de que esperava que eu passasse o resto da vida na loja. Se não tivesse recebido uma carta da prima da mamãe, Felda Braun, não saberia que Elise morreu.

Fugi, Rosie. Nunca mais vou voltar para Steffisburg. A última vez que vi mamãe, ela disse que eu tinha de ir embora. A verdade é que prefiro morrer como estrangeira numa terra estranha a passar mais um dia sob o teto de meu pai.

Prima Felda disse que foi você quem encontrou Elise. Sonho com ela todas as noites. Ela me chama e desaparece antes de eu poder alcançá-la. Peço a Deus que me perdoe por não ter sido uma boa irmã. Peço a Deus que a perdoe pelo que ela fez com ela e com o filho. E rezo para que você também nos perdoe. Serei eternamente grata a você.

Marta

Após mais uma semana convalescendo, Marta estava inquieta e insatisfeita. Sua mãe lhe dissera para voar, e não para ficar empoleirada dentro das quatro paredes da Swiss Home for Girls. "Repouse", disse o médico, mas repousar não era só ficar deitada na cama, enfiada embaixo de um monte de cobertas. Marta encostou a testa no vidro da janela e sentiu as paredes daquela prisão se fechando em torno dela. Imaginou o que a mãe diria se estivesse no quarto com ela, naquele momento.

"Deus é minha força, Marta. Ele me ajuda nos piores momentos... Deus tem um plano para a sua vida... Talvez tenha sido ele que pôs esse sonho no seu coração... É ele quem leva você para longe... A águia voa sozinha..."

Também pensou em Elise. A pequena andorinha de celeiro da mãe falou com ela. "Eu me entreguei ao desespero, Marta. Se você desistir, estará se entregando também."

Marta se vestiu e abotoou o casaco de lã.

Frau Alger a interceptou na porta para a rua.

– Aonde você pensa que vai?

– Vou sair para caminhar um pouco.

Determinada a recuperar as forças, cada dia Marta ia um pouco mais longe, fazia um esforço um pouco maior. No início, mal conseguia andar mais de um quarteirão sem ter de encontrar um lugar para se sentar e descansar. Aos poucos, passou a percorrer dois, depois três. Descobriu um pequeno parque e se sentava lá, rodeada de árvores e grama, com as flores da primavera despontando e os raios de sol atravessando as nuvens. Às vezes se levantava e ficava parada num daqueles raios de luz, fechava os olhos e imaginava que estava nos Alpes com a mãe ou com Rosie.

Em pouco tempo já conseguia caminhar quase dois quilômetros sem se sentir exausta. Certo dia choveu, e ela foi se abrigar no pub Hare and Toad. Três homens que bebiam cerveja em canecas olharam para ela rapidamente, e então ela se sentou em uma mesa num canto menos iluminado. Sentiu-se deslocada e pouco à vontade, mas resolveu ficar. Ali, pelo menos, ouviria pessoas falando inglês.

Os homens ficaram conversando em voz baixa, mas, depois de um tempo, esqueceram-se dela e passaram a falar mais naturalmente. Chegou mais um, os três o cumprimentaram e deram-lhe lugar. Ele conversou com o proprietário, deu-lhe algumas moedas e levou uma caneca de cerveja para a mesa. Poucos minutos depois, o corpulento proprietário saiu com pratos empilhados no braço. Devia ser peixe, a julgar pelo cheiro, e frito em alguma espécie de farinha. Marta ficou escutando, tentando entender uma palavra aqui, outra ali. Algumas soavam conhecidas, sem dúvida tinham origem alemã.

Marta tomou coragem, foi até o balcão e procurou entender as palavras escritas em inglês no menu na parede. Entendeu muito bem os preços. O proprietário estava atrás do balcão, secando uma caneca de cerveja. Marta apontou para o cardápio, tirou algumas moedas do bolso e enfileirou-as no balcão. Juntou as palmas das mãos e fez o movimento de um peixe nadando.

– Peixe com batata frita?

– Peixe com batata frita – repetiu ela. – *Danke*.

Ele trouxe o prato e um copo com água. Pegou uma garrafa de vinagre de malte de outra mesa e a botou na frente dela.

– Para o peixe – o homem apontou.

Marta comeu bem devagar, sem saber se o estômago aguentaria peixe frito empanado com farinha. Outros fregueses chegaram em seguida, e o pub começou a se encher de homens e mulheres. Alguns estavam com os filhos. Marta achou que não devia ocupar uma mesa só para ela e saiu. O sol já havia se posto e a névoa se transformara em chuva. Levou uma hora para caminhar de volta para a Swiss Home for Girls.

– Olhe só para você, Marta! – Frau Alger balançou a cabeça. – Quer adoecer e morrer desta vez?

Ela fez Marta se sentar perto do fogão e beber um chá bem quente.

– Tome. Chegou uma carta para você.

Com o coração aos pulos, Marta abriu a carta de Rosie.

Minha querida amiga,

Temi que você me culpasse por não ter vigiado Elise melhor. Fui visitá-la um dia depois do enterro de sua mãe. Não devia ter esperado. Se tivesse ido logo após a cerimônia, talvez Elise ainda estivesse viva. Mas esperei um dia e vou lamentar isso para sempre. Minha mãe foi comigo.

Seu pai disse que não sabia para onde Elise tinha ido. Disse que ela não havia saído do quarto no dia do enterro. Só foi procurá-la no dia seguinte. Então ele saiu e deu o alarme.

Lembrei que Elise adorava se sentar à beira do riacho e ficar ouvindo o barulho da água. Quando a encontrei, ela parecia um anjo adormecido embaixo de um edredom branco.

Não sei o que Felda Braun lhe contou, mas eu descobri por que Elise estava se escondendo. Ela estava grávida. Que Deus tenha piedade dos Meyer pelo que fizeram com sua pobre irmã.

Encontrei Elise encolhida deitada de lado, como se abraçasse o bebê dentro dela, para aquecê-lo. Meu pai me disse que as pessoas que morrem congeladas não sentem dor. Rezo para isso ser verdade.

Você me pediu para perdoá-la. Agora sou eu que peço seu perdão. Por favor, não pare de escrever. Amo você como se fôssemos irmãs. Estou morrendo de saudade.

Sua amiga sempre,
Rosie

Marta respondeu e perguntou onde o pai enterrara Elise. Chorou de pensar que ela podia estar enterrada em outro lugar, e não ao lado da mãe, mas sabia que a igreja não permitiria que alguém que havia cometido suicídio fosse enterrado em solo consagrado.

Marta arrumou uma trouxa na manhã seguinte, foi andando até um ponto de carruagem e pegou uma até a Abadia de Westminster. Sentou-se num banco e ficou imaginando o que sua mãe acharia daquela magnífica igreja da coroação. Imensas colunas acinzentadas se erguiam como enormes troncos que sustentavam o teto escuro. Um arco-íris de cores se derramava nos mosaicos do chão quando o sol brilhava através dos vitrais nas janelas. Mas a luz logo se apagou. Ela ouviu pessoas andando entre os santuários para os mortos, paradas de pé e sussurrando nas naves, com várias criptas que guardavam os ossos de grandes poetas e políticos, ou admirando alguma efígie de bronze num túmulo ou sarcófago.

Oh, Deus, onde é que minha irmã descansa? O Senhor poderá ser misericordioso e levá-la para sua morada no céu? Ou será que ela terá de sofrer as agonias do inferno porque perdeu a esperança?

Uma mulher tocou no ombro de Marta e disse alguma coisa. Espantada, Marta secou as lágrimas rapidamente. A mulher falou em inglês. Marta não entendeu as palavras, mas se consolou com o sorriso e com o tom de voz gentis da mulher. Sua mãe teria consolado uma estranha do mesmo modo.

No dia seguinte, Marta foi conhecer o Hyde Park e se sentou na grama para ver os barcos deslizando no azul do Serpentine. Mesmo ao ar livre e sob o sol, ela sofria com suas perdas. A mãe lhe dissera que Deus lhe oferecia um futuro e uma esperança. Mas o que significava isso? Será que deveria esperar até que Deus falasse com ela, lá do céu? "Vá", a mãe dissera, mas Marta não sabia mais para onde ir.

A única coisa que sabia era que não podia continuar daquele jeito, afundando no sofrimento e vivendo cheia de remorso. Precisava se lembrar do que a fizera se afastar de casa. Queria liberdade para realizar seus sonhos. Queria alguma coisa que fosse só dela. E não teria nada disso se ficasse ali, sentada, sentindo pena de si mesma.

Antes de voltar para a Swiss Home for Girls, Marta foi até o consulado suíço.

– Fräulein Schneider! – Kurt Reinhard recebeu Marta carinhosamente. – Que bom vê-la. Soube que deixou a casa do cônsul.

Surpresa pelo fato de o funcionário ter se lembrado dela, ela lhe contou o que havia acontecido.

– Gostaria de pôr meu nome na lista outra vez, Herr Reinhard. Mas, desta vez, posso pedir que indique uma casa de ingleses, de preferência longe da fuligem e da fumaça de Londres?

– Claro que sim. Em quanto tempo poderá começar a trabalhar?

– Quanto mais cedo, melhor.

– Então acho que tenho o lugar certo para você.

9

Marta foi de trem até a estação Kew e a pé o restante do caminho para a casa de três andares em estilo Tudor de Lady Daisy Stockhard, perto do Jardim Botânico Real, conhecido como Kew Gardens. Esperava encontrar a governanta, mas, em vez disso, foi um mordomo encurvado que a recebeu numa sala com sofás-cama, poltronas com orelhas e uma grande mesa baixa e redonda, coberta de livros. Todas as paredes tinham quadros com paisagens em moldura dourada. O chão era coberto por um tapete persa. Mesas com pernas curvas esculpidas e tampo de mármore sustentavam abajures de estanho, e havia um piano em um canto com um busto de mármore da rainha Elizabeth. Sobre a lareira, havia o retrato de um oficial com uniforme do exército inglês.

Marta levou alguns segundos para notar tudo isso e voltar a atenção para uma senhora de cabelos brancos, elegantemente vestida de preto, sentada numa cadeira de espaldar reto, e uma outra bem mais jovem, gorducha, com um vestido de babados rosa, numa espreguiçadeira, de costas para a janela, com um livro no colo.

– Obrigada, Welton.

A mulher mais velha pegou os documentos de Marta que o mordomo levou para ela e botou um par de óculos minúsculos com armação de metal para ler.

A mais jovem, que Marta achou que devia ser filha da senhora, falou alguma coisa em inglês e suspirou. A mãe respondeu bem-humorada, a filha pegou o livro e fez um comentário que soou conformado. A única parte da conversa que Marta tinha quase certeza de ter entendido foi que o nome da mais jovem era Millicent.

Lady Stockhard tirou os óculos com cuidado e levantou a cabeça. Dirigiu-se a Marta num alemão aceitável.

– Não fique aí parada na porta, Fräulein Schneider. – E fez sinal para Marta entrar. – Venha e deixe-me vê-la direito.

Marta avançou alguns passos na sala e ficou parada diante da senhora, com as mãos juntas na frente do corpo.

– O sr. Reinhard disse que você não fala inglês. O meu alemão é limitado. Enid, minha cozinheira, lhe ensinará inglês. Honoré e Welton também podem ajudar. Ele cuida dos jardins. Eu adorava jardinagem. Faz bem para a alma.

Millicent suspirou, irritada. Disse alguma coisa que Marta não entendeu.

Lady Stockhard respondeu tranquilamente e depois indicou que Marta deveria se sentar numa cadeira perto dela.

– Gosto de conhecer as pessoas que vêm se juntar à minha criadagem.

A filha fez uma careta e falou de novo, em inglês. Marta não teve dificuldade de entender o tom condescendente e o olhar de desprezo.

Lady Stockhard disse alguma coisa para a filha, depois sorriu e falou com Marta:

– Eu disse a ela que você sabe costurar. Ela vai gostar disso.

Millicent fechou o livro com força e se levantou. O farfalhar das saias anunciou sua saída da sala.

– Gosta de jardins, Fräulein?

– Sim, madame.

Marta não estava entendendo Lady Stockhard e aquela sua atitude hospitaleira.

– Kew Gardens fica perto daqui. Eu costumava passar horas caminhando por lá. Agora só consigo dar uma volta na casa. Alguém precisa me levar para Kew Gardens numa cadeira de rodas. Welton está velho demais, pobrezinho, e Ingrid conheceu seu belo cocheiro. Tenho Melena, mas ela sente muita saudade da Grécia e da família, por isso acho que não ficará aqui por muito tempo. Você sente saudade de sua família?

Marta não conseguiu disfarçar a surpresa por ver uma dama inglesa conversando com ela como se passasse o tempo com uma amiga.

– Estou longe de casa há quase dois anos, madame.

– E sua mãe não sente sua falta?

Marta sentiu uma pontada de dor.

– Minha mãe morreu em janeiro, madame.

– Oh. – Lady Stockhard ficou desconcertada. – Por favor, aceite minhas condolências. Não pretendia me intrometer. – E olhou para os documentos no colo. – Marta. Um bom nome cristão. O sr. Reinhard escreveu que você é trabalhadora, mas moças suíças sempre são. – Lady Stockhard levantou a cabeça e sorriu. – Tive três trabalhando para mim e nenhuma delas me decepcionou. Tenho certeza que você também não vai me desapontar.

Ela pegou uma sineta de prata na mesinha a seu lado e a tocou.

Uma empregada de cabelos e olhos pretos apareceu.

– Sim, Lady Daisy?

– Honoré, por favor, mostre à Marta onde ela vai ficar e depois a apresente para Enid e Melena. – Ela inclinou o corpo para frente e pôs a mão no joelho de Marta. – Inglês de agora em diante, querida. No início será difícil, mas aprenderá mais depressa assim.

Enid, a rotunda e loquaz cozinheira, falava alemão, inglês e francês. Quando Marta disse que nunca conhecera ninguém como Lady Stockhard, que tratasse os criados com tanta bondade, Enid meneou a cabeça.

– Ah, nossa madame é muito especial. Não é como tantas outras que olham de cima para os que as servem. Não é como a filha dela, que se dá ares de importância. Lady Daisy sempre contrata empregados estrangeiros. Ela diz que é uma maneira econômica de visitar outro país. Melena é da Grécia, Honoré vem da França e eu sou escocesa. Agora temos você, nossa pequena empregada suíça. Lady Daisy diz que, se as pessoas podem se dar bem, os países também podem.

– E o Welton?

– Britânico, é claro. Ele serviu na Índia com Sir Clive. Quando Welton voltou de lá, veio procurar a nossa madame. Tinha se aposentado e precisava trabalhar. Claro que Lady Daisy o contratou imediatamente e lhe deu o quarto sobre a garagem das carruagens. Welton e meu falecido marido, Ronald, tornaram-se bons amigos. Mas chega de falar em alemão. Acho muito cansativo, e temos muito o que fazer.

Enquanto trabalhavam lado a lado, Enid ia apontando para os objetos e dizendo o nome deles em inglês, para Marta repetir.

Na manhã seguinte, Honoré, que era mais reticente, ensinou à Marta frases em inglês enquanto as duas arrumavam as camas, abriam as cortinas e as janelas dos quartos e dobravam as roupas que a srta. Millicent jogara nas cadeiras e no chão aquela tarde, antes de ir visitar uma amiga.

– Bom dia, srta. Stockhard – Marta repetiu a frase. – Quer que eu abra as cortinas, srta. Stockhard? Posso trazer seu café na cama, srta. Stockhard?

Mesmo o taciturno Welton virou instrutor de Marta. Quando Enid pediu que ela fosse à horta pegar legumes e verduras frescos, Welton foi dizendo os nomes nas plaquinhas dos canteiros.

– Alface, pepino, barbante, estaca, feijões, portão – e então gritou: – Coelho!

E depois disse uma série de palavras que Marta sabia que não deveria repetir.

Todas as tardes, Lady Stockhard tocava a sineta de prata, sentava-se em sua cadeira de rodas e esperava Melena chegar para levá-la para passear em Kew Gardens. Marta ajudava Enid a preparar salgados e doces para o chá completo. Assim que Lady Stockhard e Melena chegavam do passeio, Marta empurrava o carrinho de chá para o conservatório. Punha a mesa com um bule de prata com chá do Ceilão ou da Índia, temperado com canela, gengibre e cravo, e pratos com sanduíches de pepino, ovos escoceses e brioches com groselha.

– O que você quer, Melena?

Lady Stockhard não cessava de surpreender Marta.

– Ela está servindo chá para Melena, como se ela fosse uma convidada, e não uma empregada – Marta disse à Enid.

– Ela sempre faz isso, quando a srta. Millicent não está em casa. Às vezes, quando a filha vai viajar, Lady Daisy até lancha conosco na cozinha.

Enid, como Warner Brennholtz, compartilhava seu conhecimento de culinária abertamente. Não se importava quando Marta escrevia as receitas em seu livro. Chegava ao ponto de ler o que ela escrevera para acrescentar dicas. Marta encheu páginas e páginas com receitas de bolinhos assados, biscoitos escoceses amanteigados, pãezinhos, bolinhos Yorkshire, torta de carne e rim de carneiro e cozido de carneiro e batata de Lancashire.

– Tenho mais uma dúzia destas para lhe dar – disse Enid. – Torta de carne com legumes e purê de batata, salsichas com a massa dos bolinhos Yorkshire e rabada são alguns dos pratos favoritos da madame, mas a srta. Millicent prefere costela de carneiro e bife Wellington. Quando a mocinha partir em sua próxima viagem, teremos a simples cozinha inglesa de novo.

Enid esfregou temperos num pedaço de carne.

– A srta. Millicent deve adorar viajar – disse Marta.

Enid bufou com desprezo: – Ela tem seus motivos.

A cozinheira deu de ombros, rolou o assado e passou mais tempero na parte de baixo.

Marta recebeu uma carta de Rosie.

Elise está enterrada em nossa campina favorita. As flores estão brotando. Não fui à igreja desde a morte dela, mas me sento em nossa tora e rezo pela alma dela todos os dias.

Padre John veio nos visitar ontem à tarde. Ele me disse que preferia descansar sob um manto de flores com a vista do Thunersee e das montanhas a ficar sob dois metros de terra, confinado entre paredes de pedra, dentro da cidade. Quando chorei, ele me abraçou.

Ele disse que a igreja precisa ter leis, mas que Deus é o Criador de Elise e é justo e misericordioso. Disse também que Deus prometeu não perder nenhum de seus filhos. As palavras dele me ajudaram, Marta. Espero que ajudem você também.

Marta desejou sentir alguma paz, mas não conseguia se livrar da culpa. Se tivesse ido para casa, a mãe podia ter morrido, mas Elise certamente estaria viva. Como ousava fazer planos para sua vida, se fora seu sonho que a fizera deixá-las para trás, vulneráveis, sem amor, desprotegidas? Embora desprezasse o pai, talvez ele tivesse razão, afinal. Ela realmente pensava primeiro em si mesma. Achou que podia fazer melhor do que o irmão. Era ambiciosa e desobediente. Talvez ele também tivesse razão quando disse que ela não merecia nada além de servir na casa de alguém. Mas diante de Deus ela jurou que não seria na dele.

Quando Melena voltou para a Grécia, Marta ficou encarregada de novas responsabilidades.

Querida Rosie,

Agora sou acompanhante de Lady Daisy. Ela é uma senhora muito incomum. Nunca conheci ninguém que conversasse sobre assuntos tão variados e interessantes. Ela não trata os empregados como escravos; tem interesse sincero em nossa vida. Fez-me sentar com ela na igreja domingo passado.

Nos passeios em Kew Gardens, Lady Stockhard frequentemente falava sobre livros.

– Fique à vontade para usar minha biblioteca, Marta. Eu só leio um de cada vez, e os livros não deveriam juntar poeira. É lindo aqui na primavera, não é? Claro que os jardins são sempre lindos, mesmo no inverno. As folhas de azevinho ficam mais verdes, e as frutinhas vermelhas, mais vermelhas em contraste com a neve. Você deve estar precisando descansar agora. Vamos parar um pouco perto do laguinho.

Lírios roxos e amarelos despontavam em talos grossos sobre as enormes folhas verdes e arredondadas, que flutuavam na superfície escura da água. A mãe dela teria adorado Kew Gardens, com toda aquela beleza e variedade, os passarinhos voando e saltitando de árvore em árvore, o arco-íris na chuva nevoenta da primavera.

Marta empurrou a cadeira de rodas pelo caminho em meio a um bosque. Aquilo a fez se lembrar do exuberante verde da Suíça. Flores exibiam-se, coloridas, por entre o mato verde. Marta de repente sentiu saudade dos prados alpinos, cobertos de flores na primavera. Sofreu de pensar em Elise dormindo sob um manto de flores e verde, e Rosie sentada na árvore caída, rezando pela alma dela. Secou as lágrimas e seguiu empurrando Lady Stockhard na cadeira de rodas.

– Sente falta de sua mãe?

– Sinto, madame.

E de Elise, mas nunca falava dela.

– Eu sei o que significa uma perda assim. Perdi meu marido para a febre na Índia vinte anos atrás, e não há um dia que passe sem que eu sinta saudade dele. Millicent tinha seis anos quando a trouxe para casa. Às vezes fico imaginando se ela se lembra do pai, ou da Índia, com todos aqueles perfumes e sons exóticos. – Ela deu uma risada triste. – Passeamos juntas de elefante mais de uma vez, e ela adorava ver os encantadores de serpente.

– Ninguém esqueceria esse tipo de coisa, Lady Daisy.

– A não ser que quisesse esquecer. – Lady Stockhard alisou o cobertor que lhe cobria as pernas. – Lamentamos e sofremos por aqueles que perdemos, mas são os vivos que provocam mais dor. Pobre Millicent, não sei o que será dela.

Marta não sabia como animar Lady Daisy.

– Não se preocupe com Lady Daisy – Enid disse para Marta aquela noite. – Ela fica assim às vezes, depois que Millicent viaja. Mas isso passa em poucos dias.

– Por que ela não viaja com a filha?

– Por um tempo ela fez isso, mas não dava certo quando madame ia junto. A srta. Millicent prefere ir sozinha. Ela vê o mundo de maneira diferente da madame. E não dá para definir quem tem razão. O mundo é o que é.

Ninguém da criadagem gostava da srta. Millicent, especialmente Welton, que ficava no jardim o tempo todo sempre que a filha de Lady Daisy estava em casa. O clima ficava gelado na casa quando a srta. Millicent estava presente. Toda vez que era chamada, Marta corria para onde a srta. Millicent estava, fazia uma mesura, recebia as ordens, fazia outra mesura e ia cuidar de suas tarefas. Diferentemente de Lady Stockhard, a srta. Millicent jamais chamava um empregado pelo nome, não perguntava como estava nem conversava sobre assunto algum.

Depois de seis meses trabalhando para Lady Daisy, Marta tinha aprendido inglês o bastante para seguir quaisquer instruções que lhe dessem.

Detestava a srta. Millicent quase tanto quanto gostava de Lady Daisy. A jovem tratava a mãe com desprezo.

— Parece até que você prefere a companhia dos criados à de seus amigos, mamãe.

— Eu gosto de todos.

— Nem todos têm valor. Você precisava conversar com o jardineiro no jardim da frente?

— O nome dele é Welton, Millicent, e ele faz parte da família.

— Já não era sem tempo de o chá ser servido! — ela reclamou. — A questão é que todos os vizinhos viram vocês. O que vão pensar?

— Que estou conversando com meu jardineiro.

— Isso é inacreditável.

A srta. Millicent tratava a mãe como uma criança rebelde. Inclinou-se para frente, examinou os pratos e gemeu.

— Sanduíches de ovo e agrião de novo, mamãe. A cozinheira sabe que prefiro frango apimentado e brioches de framboesa. E seria bom ter bomba de chocolate mais de uma vez por mês.

Marta posicionou o carrinho, pôs o aparelho de chá de prata na mesa, mais perto de Lady Stockhard do que da filha, com as alças viradas para que ela o pegasse com facilidade. Sentiu o olhar frio da srta. Millicent. Marta colocou os pratos também ao alcance de Lady Daisy, e a senhora sorriu para ela.

— Obrigada, Marta.

— Essa menina não sabe pôr a mesa.

A srta. Millicent se ergueu para alcançar o bule de chá. Serviu-se de uma xícara e o voltou ao lugar onde Marta o deixara. Então encheu o prato de sanduíches, broas de milho com geleia e suspiros de morango com creme.

— Ninguém precisa falar com um jardineiro mais do que alguns minutos, mamãe, e você ficou lá fora quase uma hora. Tem ideia do que as pessoas vão falar?

E se sentou, enfiando uma broa inteira na boca, as bochechas estufadas enquanto mastigava.

Lady Stockhard serviu-se de chá.

— As pessoas sempre falam, Millicent. — Pôs creme e duas colheres de açúcar no chá. — Quando não têm nada para comentar, elas inventam.

– Não vão ter de inventar nada. Você nem pensa em como eu me sinto, não é? Como posso mostrar a cara lá fora se minha mãe é o escândalo da vizinhança?

Fumegando de raiva, Marta voltou para a cozinha.

– A srta. Millicent quer sanduíches de frango apimentado amanhã.

– Se eu fizer frango apimentado, ela vai querer outra coisa. Nunca está satisfeita.

– Fico admirada de a srta. Millicent receber tantos convites.

– Ela sabe ser bem simpática quando tem motivo. Soube que ela é bem agradável com os rapazes. – Enid sacudiu os ombros. – Vou precisar de mais cenouras e de mais uma cebola. Por que não vai até a horta para mim? Está com cara de quem precisa de ar puro. Mas não demore. Sua Alteza vai querer que tire a mesa do chá na sala de estar. Ela terá convidados para o jantar.

A srta. Millicent ficou em casa dois meses, depois viajou novamente.

– Ela deve adorar viajar.

Enid bufou e fez careta.

– Ela foi caçar. E não estou falando de raposas.

– Do quê, então?

– A srta. Millicent partiu em mais uma expedição à caça de marido. Desta vez foi a Brighton, porque soube que uma amiga tem um irmão solteiro. Voltará para casa dentro de algumas semanas, decepcionada. Ficará de mau humor, será desagradável e vai se entupir de pãezinhos com geleia de laranja, bolos e sanduíches de frango apimentado. Depois começará a escrever cartas outra vez, e só vai parar quando alguém a convidar para passar um tempo no continente, ou em Stratford-upon--Avon, ou na Cornualha. Ela conhece pessoas em todos os lugares, anota seus nomes e endereços.

A profecia de Enid se cumpriu. A srta. Millicent voltou para casa depois de duas semanas e ficou outro tanto fechada no quarto, exigindo que todas as refeições fossem servidas ali. Marta a encontrava recostada na cama, lendo romances de Jane Austen. Depois de esgotar os empregados com pedidos constantes, ela partiu para Dover para visitar uma amiga doente.

– Escutei a srta. Millicent dizer para Lady Daisy que a amiga deve estar à beira da morte – Marta contou para Enid. – O vigário vai visitá-la várias vezes por semana.

– Você disse o vigário? Ora, talvez a srta. Millicent esteja começando a clarear as ideias e baixando seus padrões. Mas, se o homem tiver um pingo de bom-senso, atenderá ao conselho do apóstolo Paulo e continuará celibatário!

A srta. Millicent voltou de péssimo humor.

Lady Daisy pediu bife Wellington. Enid estalou a língua enquanto botava cobertura num bolo de chocolate.

– As coisas não devem ter dado certo em Dover. Não é surpresa nenhuma. A srta. Millicent vai partir logo outra vez, para Brighton ou Cambridge.

Dessa vez Millicent não passou uma semana no quarto. Ficava no conservatório, cobrindo a mãe de reclamações.

– É um lugar horroroso, mamãe. Não sei por que alguém ia querer morar naquele lugar triste e frio.

– Você foi à igreja com a Susanna?

– Claro que fui, mas não gostei nada do vigário. Apesar de toda a sua amabilidade com Susanna, ele era muito sem graça.

Na cozinha, Enid deu um suspiro.

– O mais provável é que ela tenha jogado a isca e ele não mordeu.

Chegou outra carta de Rosie. Ela tinha se casado com Arik e esperava ser muito feliz pelo resto da vida. Desejava o mesmo para Marta, que teve uma sensação de perda e de inveja. Envergonhada de sentir isso pela felicidade da amiga, Marta rezou para Deus abençoar o casal e gastou um salário inteiro com linho branco, renda irlandesa, fitas de cetim, fios de seda para bordar, agulhas e um bastidor. Enquanto os outros dormiam, foi se sentar num canto com uma vela acesa e fez um vestido digno de princesa. Levou dois meses para terminá-lo.

Nunca usei nada tão lindo em toda minha vida! Nem meu vestido de noiva se compara a esse. Tenho notícias maravilhosas para lhe dar. Arik e eu estamos esperando um filho para logo antes de nosso primeiro aniversário de casamento.

Não sei nem como explicar a felicidade que estou sentindo. Peço a Deus que a abençoe com essa felicidade também, Marta. Rezo para você conhecer alguém a quem possa amar como eu amo Arik.

Marta dobrou a carta e a guardou com as outras. O amor podia ser uma faca de dois gumes. Que garantia se tinha de que seria correspondido? Solange e Rosie tinham sido abençoadas pelos homens que amavam. Sua mãe não tivera tanta sorte. Marta começou a confeccionar um vestido de batizado e uma touquinha.

10

Uma tensa ambivalência dominou Marta. Continuava a economizar, mas parou de fazer planos grandiosos de ter a própria pensão. Procurou seguir o conselho da mãe e contar suas bênçãos. Tinha se afeiçoado muito a Lady Daisy e gostava de ser acompanhante dela. Respeitava Enid e gostava muito dela. Gostava de Welton e fizera amizade com Gabriella, a menina nova, que viera da Itália. Marta resolveu aprender italiano enquanto ensinava inglês para ela. A vida era boa na casa de Lady Stockhard. Para que mudar?

Marta reunira as melhores receitas de Enid e as guardara no livro que Rosie lhe dera. Não escrevia mais para a amiga com a mesma frequência dos três primeiros anos que passara longe de Steffisburg. As cartas dela ainda chegavam com regularidade, cheias de elogios a Arik, e ela não parava de falar sobre cada pequena mudança no bebê, Henrik. Agora estava esperando outro filho. Rosie sempre fora uma amiga maravilhosa, mas havia uma falta de sensibilidade inconsciente no modo como externava sua alegria. Toda vez que Marta lia uma das cartas, tinha a sensação de que estavam pondo sal em suas feridas.

Marta quase simpatizava com a crescente frustração da srta. Millicent de não encontrar um marido adequado.

Todos os domingos, quando ia à igreja, Marta imaginava a mãe sentada a seu lado. Rezava para Deus ter misericórdia da alma de Elise. Os sonhos cessaram depois de um ano, mas ela às vezes desejava que voltassem, com medo de esquecer o rosto da mãe e de Elise. A dor permanecia como uma pedra pesada dentro dela. Às vezes, de uma hora para outra, o sofrimento aumentava, e ela sentia um nó na garganta que a sufocava. Jamais chorava na frente de ninguém. Marta esperava e procurava desesperadamente algo para fazer, para manter a mente ocupada. À noite, não tinha defesa. No escuro, sentia-se livre para desabafar a dor presa dentro de si.

Quando não conseguia dormir, pegava emprestado outro livro da biblioteca de Lady Daisy.

Os dias eram agradáveis quando a srta. Millicent estava fora em uma de suas expedições de caça, mas bem menos tranquilos quando ela ficava em casa. Marta gostava de ter Lady Daisy só para ela. Achava que a srta. Millicent era a moça mais idiota que conhecera, por não dar valor à mãe que tinha. Restavam poucos anos de vida a Lady Daisy. Algum dia, ela não estaria mais lá. E, então, quem amaria a srta. Millicent?

Passou-se um ano, e mais outro. Marta se consolava com sua rotina de trabalho. Levantava-se cedo todos os dias e ajudava Enid a preparar o café da manhã, depois arrumava a casa com Gabriella. Todas as tardes, fizesse chuva ou sol, levava Lady Daisy para um passeio em Kew Gardens. Se a srta. Millicent estava em casa, era Gabriella quem corria para lá e para cá para atendê-la. Marta escrevia uma vez por mês para Rosie, embora tivesse cada vez menos o que contar à amiga.

Frequentemente, depois que todos se deitavam, Marta ficava lendo na biblioteca. Certa noite, Lady Daisy a encontrou parada perto das estantes.

– O que você anda lendo?

Lady Daisy estendeu a mão e Marta lhe entregou o livro que pretendia botar de volta na estante.

– *A conquista da Gália*, de Júlio César – e deu uma risadinha. – Leitura bastante pesada, não acha? Certamente não é um livro que eu escolheria. – Ela sorriu para Marta. – Era um dos preferidos de Clive.

Lady Daisy devolveu-lhe o livro, e Marta o guardou no lugar. Então, a senhora retirou um fino volume de outra prateleira.

— Prefiro a poesia de Lorde Tennyson — e o estendeu para Marta. — Por que não leva este com você quando formos passear?

Depois de Tennyson, Lady Daisy disse para Marta escolher alguma coisa. A senhora passou uma tarde ouvindo *A origem das espécies*, de Charles Darwin, e então levou *Um conto de duas cidades*, de Dickens, no passeio seguinte. Às vezes Marta lia para ela à noite. Lady Daisy escolheu *Ivanhoé*, de Sir Walter Scott, e, em seguida, *O castelo de Rackrent*, de Maria Edgeworth. Às vezes a srta. Millicent ficava tão entediada, ou irritada, que ia junto para ouvir.

Marta continuou lendo sempre que tinha um minuto sozinha e costumava levar um livro no bolso do avental.

Rosie lhe escreveu, contando novidades surpreendentes.

Seu pai se casou com uma mulher de Thun, no verão seguinte à morte de sua mãe. Eu não sabia como lhe contar.

Ela administra a loja de seu pai, e posso até dizer que administra seu pai também. Parece que a mulher tem contatos. Ela providenciou para que ele contratasse dois homens para ajudá-lo.

Passado o choque inicial, Marta ficou meio atordoada com a notícia de que tinha uma madrasta. O que a mãe dela pensaria se soubesse que fora substituída tão rapidamente? Será que o pai algum dia lamentara a morte da mulher e da filha? Pensou em escrever para ele para dar os parabéns pelo casamento, mas desistiu. Não tinha nada contra a mulher, mas não queria estender o cumprimento ao pai. Ao contrário, esperava que aquela nova mulher fosse uma provação tão dura para ele quanto ele tinha sido para a mãe.

Marta continuou a levar Lady Daisy para Kew Gardens todos os dias. A senhora sabia o nome de cada planta, quando floresciam e quais tinham propriedades medicinais. Às vezes, ela se perdia em pensamentos e ficava em silêncio. Iam muito até a Palm House, com a vista do Pagode e do Syon, e o vapor que subia das caldeiras subterrâneas para o ornamentado campanário. O calor do vapor aliviava a dor nas articulações de Lady Daisy e a fazia se lembrar da Índia. Marta preferia o caminho pelo bosque, com a abóboda formada pelas árvores, os arbustos floridos e heléboros e as prímulas e papoulas vermelhas.

Cada estação tinha suas maravilhas. O inverno, com suas hamamélis e seus canteiros ordenados de folhados ao longo do lago da Palm House e o gramado branco, coberto de neve. Fevereiro trazia milhares de pés de açafrão, que espiavam atrás do vidro entre o Templo de Bellona e o Portão Victoria, e os narcisos amarelo-ovo ao longo do Broad Walk. Em março, as cerejeiras ficavam floridas e deixavam um tapete cor-de-rosa no caminho. Abril enchia o pequeno vale de rododendros vermelhos e roxos e de carnudas magnólias brancas, grandes como pratos, seguidas em maio pelas azaleias que se cobriam com xales brancos e rosa-pêssego. O perfume dos lilases enchia o ar. Rosas trepadeiras subiam na pérgola, e lírios aquáticos gigantes se espalhavam pelo lago, enquanto correntes douradas de laburno derramavam suas cascatas amarelo-sol, comemorando a primavera. As tulipas e as falsas laranjeiras exalavam perfumes do céu, antes que o outono chegasse, com uma explosão de cores que desbotavam em novembro, com o avanço do inverno.

— É uma pena eu não poder ser enterrada aqui – disse Lady Daisy um dia.

A morte parecia estar na cabeça de todos por aqueles dias, desde que o "inafundável" *Titanic* batera em um iceberg, afundando em sua viagem inaugural. Mais de mil e quatrocentas vidas perdidas nas águas gélidas do Atlântico.

— É claro que eu preferia ser enterrada na Índia, ao lado do Clive. A Índia era um outro mundo, com sua estranha arquitetura e suas florestas. Cheirava a especiarias. A maioria das senhoras que conheci lá queria voltar para a Inglaterra, mas eu gostaria de ficar lá para sempre. Acho que era por causa do Clive. Eu seria feliz numa tenda de beduíno, no meio do Saara.

Lady Daisy não disse uma palavra na tarde seguinte, quando Marta empurrou sua cadeira de rodas pelo Broad Walk, em Kew Gardens.

— Está se sentindo bem, Lady Daisy?

— Estou abalada. Vamos descansar perto do lago dos lírios.

Ela tirou um pequeno livro debaixo do cobertor e o estendeu para Marta.

– Lord Byron era o poeta predileto de Millicent. Ela não lê mais os poemas dele. Leia "O primeiro beijo de amor". – Quando Marta terminou, Lady Daisy suspirou com tristeza. – Outra vez, só que com mais sentimento agora.

Marta leu o poema novamente.

– Você já se apaixonou alguma vez, Marta?

– Não, madame.

– Por que não?

Era uma pergunta estranha.

– Isso não é uma coisa que se pode encomendar, madame.

– Você precisa estar aberta para isso.

Marta sentiu o rosto esquentar. Esperou que seu silêncio acabasse com aquelas perguntas pessoais.

– Uma mulher não deve passar pela vida sem amor. – Os olhos de Lady Daisy se encheram de lágrimas. – É por isso que Millicent está tão desesperada e amarga agora. Acha que todas as oportunidades se acabaram para ela. Ela ainda poderia se casar, se tivesse coragem – disse Lady Daisy, suspirando profundamente. – Ela tem boa formação. Ainda é bonita e sabe ser charmosa. Tem amigos, mas sempre teve um nível muito alto de expectativas. Talvez se tivesse a mãe de Clive para ajudar... Mas, sabe, a mãe dele não queria saber de mim. Eu era filha de um dono de bar, só isso. Millicent pensou que o coração da avó amoleceria pela única neta. Eu avisei, mas Millicent foi procurá-la de qualquer maneira. É claro que não foi recebida.

Lady Daisy ficou muito tempo em silêncio. Marta não sabia o que dizer para consolá-la. A senhora alisou o cobertor sobre as pernas.

– É uma pena. Millicent é igual à avó em algumas coisas – e deu um sorriso triste para Marta. – Ela também não me aceita. – Lady Daisy endireitou os ombros. – E, para dizer a verdade, ninguém conhece isso melhor que eu. Mas Clive viu alguma coisa em mim e não aceitou "não" como resposta.

– Sinto muito pela Millicent, madame – Marta não podia negar o que vira com os próprios olhos. – A senhora é uma mãe extraordinária.

– Menos do que eu deveria ser. A culpa é minha de as coisas terem acabado dessa maneira, mas, se tivesse de viver minha vida de novo, não mudaria nada. Eu o desejava. Fui egoísta. Além do mais, se tivesse feito alguma coisa diferente, Millicent nem existiria. Meu consolo é lembrar como Clive me amava. Digo a mim mesma que ele não seria feliz atrás de uma mesa, supervisionando as propriedades do pai, nem em uma cadeira do Parlamento.

Ela balançou a cabeça com tristeza.

– Millicent conheceu um jovem bom quando tinha dezesseis anos. Ele era louco por ela. Aconselhei-a a se casar com ele. Ela disse que ele não tinha contato com pessoas influentes, por isso nunca seria nada na vida. Hoje ele está no Parlamento e é casado, é claro. Ela o viu com a mulher e os filhos em Brighton no último verão. Por isso voltou para casa tão cedo. Uma decisão errada pode mudar todo o curso da sua vida.

Marta pensou na mãe e em Elise.

– Eu sei, Lady Daisy. Tomei uma decisão uma vez da qual vou me arrepender pelo resto da vida, apesar de não saber o que eu podia fazer para mudar qualquer coisa.

Lady Daisy estava pálida e parecia aflita.

– Clive sempre me chamou de Milady Daisy, e Welton começou a me chamar de Lady Daisy quando veio para cá. Não sou lady, Marta. Sou apenas Daisy. Não conheci meu pai. Fui criada em Liverpool e trabalhei no teatro. Fui amante de Clive por um ano antes de ele me levar para Gretna Green para me transformar numa mulher honesta. Millicent conhece o suficiente do meu passado para achar que não tenho nada de bom para ensinar. Posso não passar de uma vagabunda por baixo dessas belas roupas, mas pelo menos sabia reconhecer qualidade quando a via, e não tive medo de agarrá-la. Eu sabia o que queria, e o que eu queria era Clive Reginald Stockhard! – Ela deu um soluço entrecortado.

– A senhora é uma dama. Uma lady como minha mãe era, madame.

Lady Daisy chegou para frente e segurou o pulso de Marta com força.

– O que você está esperando, Marta Schneider?

Marta se assustou com a pergunta.

– Não entendi o que a senhora está querendo dizer, madame.

– Claro que entendeu. – Ela apertou mais o pulso de Marta, os olhos azuis cintilando com lágrimas de raiva. – Você não veio para a Inglaterra para ser uma empregada o resto da vida, veio? Podia ter feito isso na

Suíça. Foi um sonho que a trouxe para cá. Percebi isso logo que vi suas referências. Vi em você uma menina movida por alguma coisa. Pensei que só ficaria um ou dois anos e que depois partiria para conseguir o que queria.

O coração de Marta batia acelerado.

– Estou satisfeita, madame.

– *Satisfeita*. Ah, minha querida – a voz de Lady Daisy ficou mais suave e soou como um lamento. – Tenho visto você sofrer e se castigar por quase seis anos.

Marta sentiu aquelas palavras.

– Eu devia ter ido para casa.

– E por que não foi?

Porque Solange precisava dela. Porque a neve estava alta na porta de casa. Porque teve medo de jamais poder escapar de lá, se voltasse.

"Não volte mais para casa." As palavras da mãe sussurraram na cabeça de Marta. Ela soltou o pulso e cobriu o rosto.

Lady Daisy se sentou ao lado dela no banco do parque.

– Você me serviu lealmente por cinco anos. Logo serão seis. Mesmo tendo me contado pouco sobre sua mãe, duvido que ela quisesse que você passasse o resto da vida como empregada. – Ela pôs a mão no joelho de Marta. – Gosto muito de você, minha querida, e vou lhe dar um conselho, porque não quero que acabe como a Millicent. Ela se cobre com um xale de orgulho, e a vida vai passar por ela.

– Não estou procurando um marido, madame.

– Bem, e como poderia, se passa seis dias da semana trabalhando na cozinha ou me levando para passear, e a maior parte da noite lendo? Você nunca vai a lugar nenhum além da igreja, e jamais fica lá tempo suficiente para conhecer um rapaz por quem talvez se interesse.

– Ninguém jamais se interessou por mim. Os homens querem mulheres bonitas.

– O charme é uma coisa ilusória, e a beleza não dura para sempre. Um homem de bom-senso sabe disso. Você tem caráter. Você é bondosa. Você é honesta. Trabalha duro e aprende com facilidade. Você saiu de casa para se aprimorar. Pode não ter educação formal, mas leu os melhores livros da minha biblioteca. Um homem sábio dá valor a essas qualidades.

— Se meu pai não via nada para amar em mim, Lady Daisy, duvido que outro homem veja.

— Sinto muito, Marta, mas seu pai é um tolo. Talvez você não seja bonita, mas é atraente. O cabelo de uma mulher é sua glória, minha menina, e além disso você tem um belo corpo. Já vi homens olhando para você. Você fica envergonhada, mas é verdade.

Marta não sabia o que dizer.

Lady Daisy deu risada.

— Millicent ficaria chocada de me ouvir falar com tanta franqueza, mas, se eu não fizer isso, você pode acabar passando mais cinco anos sem recuperar o juízo — disse Lady Daisy, juntando as mãos. — Se quer casar e ter filhos, vá para alguma colônia inglesa onde haja mais homens que mulheres. Num lugar como o Canadá, os homens reconhecem o valor de uma boa mulher e não se importam se o sangue que corre em suas veias é azul ou vermelho. Eu disse essas coisas para a minha filha, mas ela não me deu ouvidos. Ela ainda sonha em conhecer o sr. Darcy.* — Ela balançou a cabeça. — Seja esperta, Marta. Não espere. Vá para Liverpool e compre uma passagem para o primeiro navio que zarpar para o Canadá.

— E se o meu navio bater num iceberg?

— Bem, reze para isso não acontecer. Mas, se acontecer, entre num bote salva-vidas e comece a remar.

Marta deu risada. Estava empolgada e com medo ao mesmo tempo. Canadá! Nunca tinha sequer pensado em ir para lá. Sempre achou que voltaria para a Suíça.

— Vou partir no fim do mês.

— Que bom — disse Lady Daisy, quase chorando. — Sentirei muito sua falta, é claro, mas é para o seu bem. — Ela pegou um lenço e secou o nariz e os olhos. — Pena que Millicent não tem o bom-senso de fazer o mesmo.

---

* Personagem masculino principal de *Orgulho e preconceito*, de Jane Austen. (N. do E.)

11

1912

Marta passou quatro dias péssima, mareada, mas aos poucos foi adquirindo o equilíbrio de marinheiro e sentindo-se disposta a sair de seu beliche na terceira classe e aventurar-se pelo convés do vapor *Laurentic*. Ficou apavorada com a primeira visão que teve do mar, com as ondas refletindo o sol. O navio, que lhe parecera imenso em Liverpool, agora parecia pequeno e vulnerável, navegando para o oeste, na direção do Canadá.

Ela pensou no *Titanic*, tão maior que aquela humilde nau e que tinha ido parar no fundo do oceano. Os proprietários do *Titanic* vangloriavam-se de que o navio era invencível, "inafundável". Quem, em sã consciência, contaria uma bravata dessas? Foi um tapa no rosto de Deus, como os tolos que construíram a Torre de Babel, achando que podiam subir ao céu com suas próprias realizações.

Marta espiou por cima do guarda-mancebo; havia passageiros enfileirados dos dois lados dela, como gaivotas no cais. Fazia tanto frio que o ar seria capaz de congelar-lhe os pulmões. Ela flutuava numa rolha que boiava na superfície do mar imenso, de profundezas inimagináveis. Será que aquele navio passaria perto de algum iceberg? Tinha lido que o que se via acima da superfície do mar era mera fração do perigo que se escondia por baixo.

Ainda enjoada, Marta fechou os olhos para não ver o horizonte subindo e descendo. Não queria voltar para a cabine. As acomodações eram muito piores do que imaginara. A cacofonia das vozes, que falavam alemão, húngaro, grego e italiano, dava-lhe dor de cabeça. Pessoas vindas de fazendas e de pequenas aldeias se submetiam com a docilidade da ignorância, sendo tratadas feito gado. Mas para Marta isso não era justo. Se duzentos passageiros pagaram passagem na terceira classe, então duzentos passageiros deveriam ter lugar para sentar e comer na terceira classe, e não em um disputado espaço no chão do convés, açoitado pelo vento. Em vez de ser servidos, escolhiam um "capitão" para pegar a comida para oito ou dez deles. E depois cada um tinha de lavar sua "tralha" – o prato de lata, a caneca, o garfo, a colher que ela encontrara em seu beliche no dia em que subira a bordo da embarcação.

Ela respirou a maresia. Mesmo tendo feito de tudo para se manter limpa, sua blusa cheirava um pouco a vômito. Se chovesse, seria capaz de pegar uma barra de sabão e lavar tudo ali mesmo, no convés, com a roupa no corpo!

O navio levantou a proa e mergulhou, fazendo seu estômago revirar. Ela cerrou os dentes, não queria enjoar de novo. Suas roupas estavam muito largas. Não podia continuar comendo tão pouco e ainda assim chegar com saúde a Montreal. Depois de passar uma hora na fila de espera para usar uma das bacias para lavar seus utensílios e de encontrar a bacia fétida e imunda, quase devolveu o mingau frio que tinha conseguido engolir naquela manhã. Em vez disso, perdeu a paciência. Abriu caminho aos trancos no meio de um grupo de croatas e dálmatas e marchou para o passadiço, determinada a levar sua reclamação pessoalmente ao capitão. Um oficial do navio bloqueou sua passagem. Ela gritou para ele se afastar, mas ele a empurrou para trás. Com um sorriso debochado, disse que ela deveria escrever uma carta para a administração e botá-la no correio quando chegasse ao Canadá.

Pelo menos a fúria ajudou Marta a esquecer as agruras do *mal de mer*.

Agarrada ao guarda-mancebo, Marta rezou para Deus mantê-la de pé e fazer com que a pouca comida que ingerira ficasse dentro dela. *Por favor, Senhor Jesus, leve-nos em segurança na travessia do Atlântico.*

Afastou qualquer ideia de um dia embarcar em outro navio no mar agitado. Jamais veria a Suíça de novo. Lágrimas escorreram-lhe pelo rosto quando chegou a essa conclusão.

No momento em que o navio chegou à via marítima do rio São Lourenço, ela já estava descansada e ansiosa para explorar Montreal. Entregou seus papéis e falou com o policial da alfândega em francês. Ele lhe indicou o caminho para o International Quarter, o bairro internacional. Com o saco de viagem no ombro, Marta foi a pé até o consulado da Suíça. O funcionário acrescentou o nome dela à lista de registro de empregos e lhe explicou como chegar a um lar para moças imigrantes. Na manhã seguinte, Marta comprou um jornal e começou a procurar oportunidades de emprego. Comprou um mapa de Montreal e passou a explorar a cidade sistematicamente. Conversava com proprietários e preenchia fichas de pedido de emprego. Acabou encontrando um trabalho de meio período numa loja de roupas no centro de Montreal, a poucas quadras do Teatro Orpheum.

Marta ampliou a área explorada e viu uma grande casa à venda na Union Street, perto da linha do trem. Bateu à porta, e ninguém atendeu. Espiou pelas janelas sujas e viu uma sala vazia. Anotou as informações sobre o corretor e então subiu e desceu a rua, batendo às portas e perguntando sobre a casa para os vizinhos. O lugar tinha sido uma pensão para mulheres, daquelas que não seriam bem-vindas em qualquer lar decente. Os ferroviários entravam e saíam de lá. O telhado fora trocado havia quatro anos, e a casa tinha alicerces sólidos, até onde se sabia. Uma mulher fora assassinada em um dos quartos. A casa fora fechada pouco tempo depois e já estava vazia havia um ano e meio.

Marta foi ao cartório de registros e descobriu o nome do proprietário, que vivia em Tadoussac. Passou o sábado caminhando e pensando. Ficou muito animada só de imaginar que seu objetivo estava a seu alcance. No domingo, foi à igreja e pediu que Deus abrisse seu caminho para comprar a casa na Union Street. Na manhã seguinte, foi à imobiliária, que ficava na mesma rua da loja de roupas, e marcou uma hora com monsieur Sherbrooke para ver a casa por dentro naquela tarde. Ele parecia desconfiado das intenções dela e disse-lhe que não tinha tempo para satisfazer a curiosidade de ninguém. Marta garantiu que tinha recursos para lhe fazer uma oferta, se a casa fosse do seu gosto.

Então pegou um táxi até a Union Street e encontrou monsieur Sherbrooke à sua espera, na frente da casa. Assim que ele abriu a porta e ela entrou, Marta pensou na mãe. Foi a primeira que acreditou nela. "Você decidiu chegar ao topo da montanha, Marta, e eu a vi escalar. Você usará muito bem tudo o que está aprendendo. Eu sei disso. Acredito em você e tenho fé de que Deus a levará para onde for a vontade dele." Anna então deu risada e segurou o rosto da filha carinhosamente. "Talvez você administre uma loja ou um hotel em Interlaken."

Monsieur Sherbrooke começou a falar. Marta o ignorou e foi andando pela grande sala de estar, depois pela sala de jantar e pela cozinha, que tinha uma despensa espaçosa, com prateleiras vazias. Então mostrou ao corretor fezes de ratos.

– Vamos lá para cima? – disse monsieur Sherbrooke, voltando para o hall de entrada e subindo a escada.

Marta não foi atrás dele, mas enveredou pelo corredor, atrás da escada.

– Deve haver um cômodo aqui nos fundos.

Ele desceu rapidamente os degraus.

– É só um depósito, mademoiselle.

Marta abriu a porta do cômodo que dividia a parede com a sala de estar. Espantou-se com o papel de parede estampado de vermelho, verde e amarelo que cobria as quatro paredes. O corretor apressou-se e passou por ela.

– O quarto da empregada.

Com banheiro privativo? Marta viu as paredes e o piso de ladrilhos rosa, verde e preto, a banheira com pés em forma de garras e a privada.

– O dono desta casa devia tratar os empregados muito bem.

O homem parou no meio do quarto e mostrou os candelabros de estanho nas paredes e o lustre elegante que pendia do teto.

Marta olhou para o chão.

– Que mancha é essa onde o senhor está pisando?

– Água – ele respondeu, chegando-se para o lado. – Mas, como pode ver, não há nenhum dano sério.

Marta estremeceu por dentro.

Monsieur Sherbrooke foi para a porta.

– Há quatro quartos no segundo andar e mais dois no terceiro.

Marta o acompanhou, entrou em cada quarto, abriu e fechou as janelas. Os dois quartos no terceiro andar eram muito pequenos, tinham o teto inclinado, janelas em águas-furtadas, e no inverno seriam gelados.

Monsieur Sherbrooke levou-a para o térreo.

– É uma casa maravilhosa, bem localizada, perto da ferroviária, e está bem em conta.

Marta olhou indecisa para ele.

– Mas vai precisar de uma boa reforma.

Ela enumerou o que teria de gastar para que a casa ficasse habitável antes de fazer sua oferta, consideravelmente menor do que o preço pedido.

– Mademoiselle! – ele suspirou, exasperado. – Não pode esperar que eu leve essa oferta a sério!

– Espero sim, monsieur. E, além do mais, o senhor tem a obrigação moral de informar minha oferta ao monsieur Charpentier.

Ele piscou, surpreso, depois apertou os olhos, reavaliando Marta de cima a baixo.

– Será que entendi direito, mademoiselle? A senhorita conhece o proprietário, monsieur Charpentier?

– Não, senhor, mas sei tudo o que aconteceu dentro desta casa e por que está vazia há um ano e meio. A mancha sobre a qual o senhor estava naquele quarto dos fundos não é de água, mas de sangue, como bem sabe. Diga a monsieur Charpentier que posso pagar a quantia que lhe ofereci à vista. Duvido que ele receba oferta melhor.

Marta deu para o corretor um pedaço de papel com o endereço da loja de roupas.

– Posso ser encontrada neste endereço – disse, e resolveu pressioná-lo. – Se eu não receber notícias do senhor até o fim da semana, vou ver outra propriedade que também me interessou. Infelizmente não faz parte da sua lista de imóveis. Bom dia, monsieur.

E deixou o homem parado no hall de entrada.

Na quarta-feira, um mensageiro a procurou na loja.

– Monsieur Charpentier aceitou sua oferta.

Assim que os papéis foram assinados e a escritura lhe foi entregue, Marta largou o emprego na loja de roupas e se mudou para a casa na

Union Street. Comprou potes, panelas, pratos, talheres e deixou tudo nas caixas até terminar de fazer uma faxina no fogão, nas bancadas, na mesa, nos armários e na despensa. Depois esfregou o chão, os peitoris e os vidros das janelas. Descobriu um atacadista de tecidos e comprou material para fazer as cortinas. Pesquisou anúncios no jornal e mobiliou os quartos com camas, cômodas e armários de baixo custo. A sala recebeu dois sofás, dois pares de poltronas com orelhas e algumas mesinhas de canto. Comprou num leilão uma mesa de jantar grande com doze cadeiras, instalou luminárias e estendeu alguns tapetes.

Foram necessárias seis semanas e tudo que Marta tinha para arrumar a casa. Então colocou um pequeno anúncio no jornal:

Quartos para alugar. Espaçosos. Bairro tranquilo, perto da ferroviária.

Pôs um aviso no quadro da igreja e pendurou um cartaz de "Temos vagas" na janela da frente da casa. Mandou emoldurar e pendurou no hall de entrada as regras da pensão:

Pagamento do aluguel todo dia primeiro de cada mês
Roupa de cama trocada toda semana
Café da manhã servido às seis horas
Jantar servido às dezoito horas
Aos domingos não servimos refeições

Com os últimos trocados, convidou os vizinhos para um chá no sábado à tarde. Serviu chá do Ceilão, torta de maça, bombas de chocolate, sanduíches de frango apimentado e anunciou que sua pensão estava aberta aos hóspedes.

No dia em que saiu o anúncio no jornal, à noite, Howard Basler, ferroviário, apareceu.

– Não preciso de muito espaço.

E alugou um quarto no sótão.

A mulher de outro ferroviário, Carleen Kildare, foi até lá com os dois filhos pequenos para perguntar se Marta poderia acomodar uma família.

Ela mostrou dois quartos contíguos no segundo andar, com um banheiro no meio. Aquela noite Carleen levou o marido, Nally, e os dois anunciaram que se mudariam para a pensão no fim do mês. Quatro homens solteiros, todos ferroviários, se dividiram entre os dois últimos quartos vagos, no terceiro andar. Com a mancha de sangue coberta por um tapete, Marta dormia com bastante conforto no quarto do térreo.

Sobrou apenas um pequeno quarto no terceiro andar.

Uma das vizinhas mencionou para Carleen o chá que Marta oferecera, e os pensionistas perguntaram quando seriam servidos como lordes e damas ingleses. Marta disse que serviria chá para todos no sábado, e que então poderiam decidir se o lanche passaria a ser o programa oficial de todos os sábados. Enquanto servia sanduíches de ovo e pepinos, torradas galesas com pasta de queijo cheddar e cerveja, bolo de mel e tortinhas de morango, Marta lhes informou qual seria o acréscimo no aluguel para oferecer mais esse serviço. Depois de algumas mordidas, todos concordaram.

A renda obtida ultrapassou as expectativas de Marta.

E o trabalho também.

Querida Rosie,

Warner disse a verdade quando avisou que eu trabalharia mais do que nunca quando tivesse minha pensão. Levanto-me antes do nascer do sol e caio na cama bem depois de todos estarem dormindo.

Carleen Kildare se ofereceu para lavar a roupa se eu desse a ela e ao marido, Nally, um desconto no aluguel. Concordei. Ela trabalha quando Gilley e Ryan estão dormindo, à tarde. Ela também me ajuda a preparar o lanche de sábado. O bolo de frutas, de Enid, é sempre o maior sucesso, assim como o Schokoladenkuchen, de Herr Becker. Tenho de esconder o segundo bolo, senão fico sem nada para levar para a confraternização na igreja depois do culto aos domingos.

Recebi uma segunda proposta de casamento do sr. Michaelson esta manhã. Ele é um dos cinco solteiros que moram na minha casa. Tem quarenta e dois anos e é um cavalheiro bastante simpático, mas estou satisfeita com a minha vida do jeito que está. Se ele insistir, terei de aumentar o aluguel.

Marta tirava um dia de folga por semana e passava metade dele na Igreja Luterana Alemã. Gostava de se sentar nos bancos de trás e ficar observando as pessoas que entravam. Um homem alto e bem-vestido ia todos os domingos e sentava-se duas fileiras na frente dela. Tinha ombros largos e cabelo louro. Nunca ficava para a confraternização depois do culto. Um dia, ao sair da igreja depois do culto, ela o viu apertando a mão de Howard Basler. Viu o cavalheiro novamente poucos dias depois, andando na Union Street.

Lady Daisy escreveu para ela.

Estou encantada de saber que alcançou seu objetivo de possuir uma pensão. Contei para Millicent que você já recebeu uma proposta de casamento, mas ela não quer acreditar.

Uma manhã, depois que uma tempestade de inverno depositou um metro de neve em Montreal e congelou a lama do outono, alguém bateu à porta da frente da casa de Marta. Como os pensionistas tinham a chave, ela ignorou a interrupção e continuou fazendo suas contas. Bateram outra vez, com mais força, então Marta largou os livros contábeis e foi atender, esperando ver algum pobre vendedor ambulante meio congelado. Um redemoinho de flocos de neve entrou quando ela abriu a porta.

Viu um homem alto parado na varanda, com um sobretudo pesado, um cachecol que cobria metade do rosto e um chapéu enterrado na testa. Não carregava uma maleta de amostras.

– *Ich heisse* Niclas Waltert.

Quando ele tocou na aba do chapéu, derrubou um pouco da neve que tinha se acumulado ali.

– *Mir würde gesagt, Sie haben ein Zimmer zu vermieten.*

Ele falava o alemão erudito com sotaque do norte e tinha a postura de um cavalheiro bem-educado.

– Sim, tenho um quarto vago. Sou Marta Schneider – ela se afastou. – Entre, por favor – e fez sinal com a mão quando o homem hesitou. – *Schnell*!

Lenha e carvão eram caros demais, e Marta não queria que o calor da casa escapasse todo pela porta aberta.

Ele tirou o casaco e o chapéu, sacudiu a neve e bateu os pés antes de entrar. Marta desejou que seus pensionistas fossem corteses assim.

O coração dela deu um pulo no peito quando viu olhos azuis tão claros como o Thunersee na primavera.

– Costumo vê-lo na igreja todos os domingos – ela disse e ficou ruborizada assim que pronunciou essas palavras.

Ele se desculpou em alemão e disse que não falava bem inglês.

Constrangida, ela lhe informou que tinha um pequeno quarto vago no sótão e perguntou se ele gostaria de vê-lo, ao que ele aceitou.

Com o coração acelerado, Marta achou que, se ele visse as salas de estar e de jantar primeiro e soubesse do chá servido todos os sábados, ficaria mais animado. Ele não disse nada. Ela o levou para cima e abriu a porta do quarto vago. Tinha uma cama de solteiro, uma cômoda e um lampião a querosene. Não havia espaço para uma poltrona, mas tinha um banco sob a janela da água-furtada que dava para a Union Street. Quando Niclas Waltert entrou no quarto, bateu com a cabeça no teto inclinado. Ele riu baixinho e abriu a cortina para espiar pela janela.

– Onde trabalha, Herr Waltert?

Quando ele deu meia-volta e olhou para ela, Marta sentiu um frio no estômago.

– Sou engenheiro da Baldwin Locomotive Works. Quanto quer pelo quarto?

Marta lhe disse o valor.

– Sinto muito não ter melhores acomodações para lhe oferecer. Acho que o quarto é pequeno demais para o senhor.

Ele olhou em volta mais uma vez e voltou para a porta. Tirou o passaporte do bolso, pegou algumas notas que tinha escondido ali dentro e deu-as para Marta. Seus dedos eram compridos como os de um artista.

– Voltarei no início da noite, se lhe convier.

As mãos de Marta tremiam quando guardou as notas no bolso do avental.

– O jantar é servido às seis, Herr Waltert.

Ela desceu na frente e parou no hall de entrada. Ele pegou o cachecol no cabide, enrolou-o no pescoço, vestiu o casaco e o abotoou. Tudo o que fazia parecia metódico, dotado de uma elegância máscula. Quando tirou o chapéu do cabide, ela abriu a porta. Ele saiu para a varanda e se virou, batendo com o dedo na aba do chapéu.

– Serei apresentado ao seu marido esta noite?

Uma sensação estranha e trêmula se espalhou pelas pernas e braços de Marta.

– É *Fräulein*, Herr Waltert. Não tenho marido.

Ele fez uma reverência educada com a cabeça.

– Fräulein.

Botou o chapéu e desceu para a rua.

Ao fechar a porta, Marta percebeu que estava tremendo.

Niclas chegou a tempo para o jantar e se sentou na cabeceira da mesa. Prestou atenção, mas não participou da conversa. Nally e Carleen estavam ocupados aquela noite com Gilley e Ryan, e Marta ficou preocupada, pensando que Herr Waltert iria achá-los irritantes. Mas ele se dirigiu aos dois pelo primeiro nome e fez um truque com duas colheres que encantou os meninos.

– Faça de novo! – eles gritaram.

Quando seus olhos se encontravam, o coração de Marta dava uma cambalhota.

Depois do jantar, os homens foram para a sala jogar cartas. Os Kildare subiram para botar os meninos na cama. Marta pegou a bandeja de carne vazia, consciente o tempo todo da presença de Niclas Waltert, que continuava sentado à mesa.

– Não tem uma criada para ajudá-la, Fräulein?

Ela riu um pouco.

– Sou a única criada nesta casa, Herr Waltert – disse, empilhando o prato de legumes também vazio em cima da bandeja e estendendo a mão para pegar mais um. – Carleen me ajuda lavando a roupa. Fora isso, eu consigo dar conta.

– Você é uma ótima cozinheira.

– *Danke*.

Quando Marta voltou da cozinha, encontrou Niclas empilhando os outros pratos na ponta oposta da mesa, mais perto da cozinha.

– Não precisava fazer isso!

Ele recuou.

– Achei que devia fazer algo útil antes de lhe pedir um favor, Fräulein Schneider.

– Que favor? – Ela pegou os pratos.

– Preciso aprender inglês. Entendo o suficiente para o meu trabalho, mas não o bastante para ter uma conversa com os outros moradores da pensão. Quer me dar aulas? Eu pago, é claro.

A ideia de passar algum tempo com ele era muito tentadora, mas Marta esperava não demonstrar isso abertamente.

– É claro. E não precisa pagar. Várias pessoas me ajudaram a aprender e nunca pediram nada por isso. Quando gostaria de começar?

– Esta noite?

– Venho para a sala de estar quando terminar de lavar os pratos.

– Estarei à sua espera.

Marta parou na porta da cozinha e viu Niclas sair da sala de jantar.

Levou uma hora para lavar as panelas, as travessas e os pratos e guardar tudo. Imaginou se Niclas Waltert não tinha desistido de esperar e subido para o quarto. Ouviu os homens conversando enquanto jogavam cartas quando estava no corredor. Ao entrar na sala de estar, Niclas se levantou e largou o livro que estava lendo. Marta se aproximou e viu que era uma Bíblia. Tinha o nome *Niclas Bernhard Waltert* gravado em dourado no couro preto da capa.

– É um homem religioso, Herr Waltert?

Ele sorriu.

– Meu pai queria que eu me dedicasse à igreja, mas logo cedo descobri que não fui feito para levar a vida de um pastor. Por favor.

Niclas Waltert estendeu a mão, convidando-a a se sentar. Marta percebeu que ele não se sentaria enquanto ela não estivesse confortavelmente instalada numa poltrona. Nenhum homem a tratara com tanto respeito em toda sua vida.

– Como assim, não foi feito para a vida de pastor?
– A vida de um pastor pertence ao seu rebanho.
– Nossa vida pertence a Deus, estejamos dentro ou fora da igreja, Herr Waltert. Pelo menos foi isso que minha mãe ensinou.
– Alguns são convocados para um sacrifício maior, e não estou disposto a abandonar certas coisas.
– O quê, por exemplo?
– Uma esposa, Fräulein, e filhos.
O coração dela disparou.
– Quem não pode casar é o padre católico, não um pastor luterano.
– Sim, mas a família fica sacrificada, em prol dos outros.
Ele ficou em silêncio. Quando os olhos dos dois se encontraram, Marta ficou assustada com as sensações que ele provocava nela. *Era isso que Rosie sentia quando olhava para Arik? Ou que Lady Daisy sentia pelo seu Clive?* Marta virou para o outro lado, ergueu o queixo e voltou a olhar para ele.
– Vamos começar nossa aula?
– Quando quiser, Fräulein.
Todas as noites, depois do jantar, Marta encontrava Niclas à sua espera na sala de estar. Enquanto os outros rapazes canadenses jogavam cartas, ela ensinava inglês para Niclas.
– O sr. Waltert parece caído por você – disse Carleen certo dia, quando pegava os lençóis para lavar.
– Ele pediu para eu lhe ensinar inglês.
A mulher deu risada e empilhou os lençóis nos braços.
– Ora, essa foi uma ótima desculpa.
– Assim que Herr Waltert aprender o bastante para conseguir conversar, vai jogar cartas com os outros homens.
– Não se entendi bem o jeito que ele olha para você.
– Ele não me olha desse jeito, Carleen.
– Está querendo dizer que você não gosta dele?
Encabulada, Marta pegou o resto da roupa de cama e a enfiou em um cesto.
– Gosto dele do mesmo modo que gosto dos meus outros hóspedes.
Carleen sorriu de orelha a orelha.
– Você nunca corou quando Davy Michaelson olhava para você.

– Não tenho jeito para línguas, Fräulein. Não sei se vou aprender um dia.

– Nada de alemão, não esqueça – insistiu Marta. – Só inglês.

– Inglês é uma língua difícil.

– Tudo que vale a pena aprender é difícil.

– Por que não podemos conversar em alemão, só um pouco?

– Porque assim você não vai aprender inglês.

– Quero... aprender mais... você – disse Niclas num inglês capenga. Evidentemente frustrado, mudou para alemão.

– Quero saber se nós combinamos.

Ele não poderia ter dito nada mais chocante. Marta abriu a boca e a fechou de novo.

– Estou vendo que ficou surpresa. Vamos deixar o inglês de lado por enquanto, para eu poder falar com clareza. Quero lhe fazer a corte.

Marta levantou as mãos para cobrir o rosto, que pegava fogo. Davy Michaelson olhou para os dois e os outros falavam baixinho. Ela logo se recuperou, abaixou as mãos, cerrou os punhos e os apoiou no colo.

– Por que um homem como você ia querer namorar alguém como eu?

Niclas ficou espantado.

– Por quê? Porque você é uma jovem extraordinária. Porque eu a admiro. Porque...

Ele acariciou o rosto dela com o olhar e examinou tudo o mais de uma forma que fez o corpo de Marta esquentar por inteiro.

– Eu gosto de tudo que vejo e de tudo que sei sobre você.

Era isso que o amor fazia com as pessoas? Virava-as do avesso e de cabeça para baixo?

– Eu sou sua senhoria.

Ele fez bico.

– Preciso mudar daqui para namorá-la?

– Não – Marta respondeu tão depressa que sentiu o calor inundar-lhe o rosto. – Eu quis dizer... – ela não conseguiu pensar em nada coerente para dizer.

– Quer ir à igreja comigo este domingo, Marta?

Era a primeira vez que ele usava o primeiro nome dela. Alvoroçada, Marta deu um breve suspiro.

— Estamos juntos na igreja toda semana.

A expressão dele ficou mais suave.

— Eu vou, você vai, mas não vamos juntos. Quero que caminhe comigo até lá. Quero que se sente ao meu lado.

Marta sentiu-se vulnerável demais e procurou uma saída. Sabia que, se dissesse não, ele jamais pediria novamente. Acabaria como a srta. Millicent, arrependida pelo resto da vida. Não tinha ido para o Canadá com a remota esperança de encontrar um bom marido? Niclas Waltert era mais do que bom.

Ele vasculhou os olhos dela.

— O que a perturba?

Que ele acabasse achando que ela não valia a pena; que, depois de um tempo, visse que ela não era adequada para ele. Não tinha nem cursado o colegial... e ele era engenheiro. Era bonito, e ela era sem graça. Era culto, e ela era filha de um alfaiate.

Marta procurou freneticamente e acabou soltando a primeira desculpa que lhe veio à cabeça.

— Eu nem sei qual é a sua idade.

— Trinta e sete. Espero que são seja velho demais para você.

Ela ficou olhando para o latejar acelerado no pescoço dele.

— Não. Não é velho demais.

Ela levantou a cabeça e viu os olhos dele brilharem quando ele sorriu.

— Então virá comigo este domingo, *ja*?

— Sim.

Marta meneou a cabeça, encabulada. Olhou para o relógio sobre a lareira.

— Está ficando tarde. Acho que podemos dispensar nossa aula de inglês.

Niclas se levantou e lhe estendeu a mão. Marta também se levantou. Com a mão envolta na dele, soube que iria com aquele homem para qualquer lugar, até para uma tenda de beduíno no meio do Saara.

12

1913

Querida Rosie,

Eu me casei!

Nunca pensei que alguém fosse me querer, e certamente não um homem como Niclas Bernhard Waltert. Ele veio para o Canadá um ano antes de mim e é engenheiro da Baldwin Locomotive Works. É alto e muito bonito.

Nós nos casamos no domingo de Páscoa na Igreja Luterana Alemã. Fiz uma saia azul para usar com a minha melhor blusa branca. Não vi motivo para gastar dinheiro com um vestido de noiva que nunca mais usaria. Meus hóspedes da pensão compareceram, até Davy Michaelson, e alguns vizinhos da Union Street que são membros da congregação.

Pensei que estava feliz quando comprei minha pensão, mas nunca fui tão verdadeiramente feliz como agora. Às vezes tenho até medo. Namoramos durante três meses apenas. Sei pouca coisa sobre a vida de Niclas na Alemanha, ou sobre o que o fez vir para o Canadá. Mas não tenho coragem de perguntar, porque há coisas que não lhe contei também. Não lhe contei que transformei um bordel em uma pensão. Não lhe contei que uma mulher foi assassinada no quarto onde agora dormimos. Ele também nunca saberá que tive uma irmã que se suicidou.

1914

Niclas nunca falava muito de seu trabalho, mas Marta escutou os outros quatro homens comentando sobre demissões e tempos difíceis na oficina de locomotivas. Niclas levantava-se cedo todas as manhãs e ia à sala de estar, ler sua Bíblia. Dava graças antes de todos começarem a tomar o café da manhã. Deixava seu prato na ponta da mesa quando terminava e saía para trabalhar. Quando estava quase na hora de ele voltar para casa, Marta ia para a sala e ficava espiando pela janela. Ele parecia cansado e triste subindo a rua, mas dava sempre um sorriso alegre quando a via esperando. Depois do jantar, ia para a sala com os outros homens. Enquanto eles jogavam cartas, Niclas lia a Bíblia. Ela parava na porta antes de ir para a cama. Ele sempre lhe dava alguns minutos para vestir a camisola e entrar embaixo das cobertas, antes de se juntar a ela.

Certa vez, ele só foi para o quarto quando era quase meia-noite. Ela ficou acordada, cheia de preocupação. Ouviu o barulho do cinto dele. Niclas dobrou a roupa e a colocou na cadeira antes de se deitar. Passou o braço em volta dela e a puxou para que se encaixasse ao corpo dele.

— Eu sei que você não está dormindo.

— Estou vendo que você está muito infeliz – disse ela, esforçando-se para não chorar. – Está arrependido de ter se casado comigo, Niclas?

— Não. – Ele a fez rolar e ficar deitada de costas. – É claro que não! Você é a melhor coisa que me aconteceu.

— Então qual é o problema?

— Vão fechar a oficina da ferrovia.

Ela sentiu uma onda de alívio. Passou os dedos no cabelo dele e puxou a cabeça dele para baixo.

— Você vai encontrar outro emprego.

— Estão falando em guerra, Marta. Kaiser Wilhelm não para de atiçar a Marinha Imperial Alemã para tirar a supremacia da Grã-Bretanha. Eu sou alemão. Isso já basta para criar hostilidade agora.

– Você acha que vai haver uma guerra?

– Não vai precisar muita coisa para começar uma, não com essa corrida armamentista se espalhando pelo continente. E agora as manobras políticas dos russos estão transformando o Reino da Sérvia num barril de pólvora na Europa.

Conforme os dias foram se passando, Marta percebeu o peso que as conversas sobre a guerra representavam para Niclas quando ele saía todos os dias para procurar emprego e voltava para casa trazendo apenas más notícias.

Ela teve medo de contar sua novidade.

– Você pode me ajudar na pensão.

Os olhos dele cintilaram de raiva.

– O homem deve sustentar a mulher! E o que há para eu fazer por aqui? Você mantém tudo funcionando como um relógio suíço!

Magoada, Marta empurrou a cadeira para trás e ficou de pé.

– Bem, não poderei fazer muita coisa quando o bebê chegar!

Niclas pareceu tão chocado e consternado que ela caiu no choro e fugiu para a cozinha. Socou a mesa e se virou rapidamente para a pia quando ele entrou pela porta de mola.

– Vá embora – ela disse.

Ele a agarrou e a fez dar meia-volta. Enfiou os dedos no cabelo dela.

– Solte-me!

Ele a beijou. Ela lutou, mas ele não a soltava.

– *Es tut mir leid*, Marta. Desculpe. – Niclas secou o rosto dela e a beijou de novo, dessa vez com mais suavidade. – Não chore. – Ele a abraçou e Marta sentiu seu coração batendo com força contra o dele. – Estou feliz com a notícia do bebê. Vai dar tudo certo.

Marta pensou que com isso ele queria dizer que ia ajudá-la na pensão, mas Niclas saiu na manhã seguinte. Quando não voltou para almoçar, ela ficou preocupada. Ele chegou logo antes do jantar, pendurou o casaco e o chapéu e entrou na sala de jantar. Parecia que tinha notícias animadoras, mas era preciso aguardar a chegada dos outros para a refeição noturna. Ele deu graças, e os pratos começaram a passar de mão em mão. Niclas olhava para Marta na outra ponta da mesa, com os olhos brilhando.

Em vez de ir para a sala de estar depois do jantar, ele a ajudou a tirar a mesa e a seguiu até a cozinha.

– Estão contratando colhedores em Manitoba.

– Colhedores? Manitoba? O que isso tem a ver com você? Você é engenheiro.

– Sou um engenheiro desempregado. Não há trabalho para mim aqui. Se abrisse uma vaga, não seria minha. Eles teriam medo de que eu fosse um espião alemão. Preciso encontrar outra maneira de ganhar nosso sustento. – Ela fechou a torneira e se virou para ele, mas Niclas levantou a mão. – Não diga nada. Apenas escute o que vou dizer. Enquanto morarmos nesta casa, você não vai me considerar o chefe desta família.

Marta finalmente compreendeu.

– Você já aceitou ir para lá, não é? – Ele nem teve de responder. Marta ficou gelada. Achou que ia desmaiar e desabou no banquinho. – O que você entende de colheita?

– Vou aprender.

– E espera que eu vá com você?

– Sim. Você é minha mulher.

– E a pensão?

– Venda.

Marta sentiu que tudo pelo que havia lutado estava escapando-lhe entre os dedos.

– Não posso.

– O que é mais importante para você, Marta? Eu? Ou esta pensão?

– Isso não é justo! – Ela fechou os olhos. – Você não sabe quanto eu me sacrifiquei.

– Você me ama?

Ela pulou do banquinho e olhou para ele, furiosa.

– Eu poderia perguntar a mesma coisa! Você nem sequer mencionou isso para mim antes de sair e começar a fazer planos! – Marta estava muito zangada. – Por que estudou engenharia?

– Porque meu pai exigiu. Porque eu era um filho zeloso. A verdade é que nunca gostei de engenharia. Era algo que eu fazia porque tinha estudado, mas nunca tive prazer nenhum com isso.

– E você acha que ser um trabalhador rural em Manitoba vai fazê-lo feliz?

A voz de Marta soou estridente até para ela mesma.

– Eu tinha uma horta na Alemanha. Sempre gostei de ver as coisas crescendo.

Niclas falava com tanta calma e de modo tão sincero que Marta só pôde ficar olhando para ele. Será que conhecia aquele homem? Tinha se casado com um completo desconhecido.

– Você tem de se decidir – ele afirmou e a deixou a sós na cozinha.

Marta se sentou na sala de estar, depois que todos subiram para seus quartos. Esperava que Niclas aparecesse para conversar com ela, mas ele não fez isso. Quando finalmente foi para a cama, ele a fez se virar de frente para ele e a manteve acordada até tarde da noite. Quando ela relaxou, ele afastou-lhe o cabelo da testa.

– Vou partir depois de amanhã.

Marta deu um grito sufocado e se desvencilhou dos braços dele. Ficou de costas e chorou. Niclas não tentou puxá-la para perto novamente. A cama balançou quando ele rolou de costas, suspirando.

– Você pode ficar aqui e agarrar-se a tudo que construiu para você, Marta, ou pode arriscar tudo e vir comigo para Manitoba. Deixo por sua conta.

Marta não falou com ele no dia seguinte.

Niclas não encostou nela aquela noite.

Quando ele se levantou no outro dia e fez as malas, ela ficou na cama, de costas para ele.

– Adeus, Marta.

Niclas fechou a porta devagar ao sair do quarto. Ela se sentou na cama. Quando vestiu o robe e foi para o corredor, ele já tinha ido. Ela voltou para o quarto, caiu ajoelhada e chorou.

Um tempo depois, alguém bateu à porta.

– Aconteceu alguma coisa, Marta? Não tem café da manhã.

– Faça você mesmo!

Marta puxou o cobertor, cobriu a cabeça e ficou na cama chorando grande parte do dia. Quando serviu o jantar aquela noite, Nally perguntou, perplexo:

– Onde está Niclas?

– Foi embora.

Marta voltou para a cozinha e não saiu mais de lá.

Querida Rosie,
 Niclas me deixou e foi trabalhar numa plantação de trigo em Manitoba. Ele partiu há três semanas e não sei dele desde então. Estou começando a entender o que Elise sentiu quando saiu andando na neve...

Marta trabalhava febrilmente todos os dias, passava quase o tempo todo na cozinha. Não se sentava mais à mesa de jantar com os hóspedes e dava a desculpa de estar nauseada por causa da gravidez. A verdade era que tinha medo de explodir em lágrimas se alguém lhe perguntasse se já havia recebido notícias de Niclas. Ele contara seus planos para todos na véspera da viagem, por isso eles sabiam que tinha ido para Manitoba sem ela. Não precisavam saber que ela achava que ele nunca mais voltaria.

O reverendo Rudiger foi visitá-la. Ela lhe serviu chá com bolo na sala de estar, depois se sentou, muito tensa, esperando para saber o motivo daquela visita, com medo do que o pastor teria para lhe dizer.

– Niclas me escreveu, Marta.

Ela sentiu uma mágoa muito grande.

– Escreveu? – perguntou, apertando-se nas costas na poltrona e se sentindo encurralada. – Para mim ele não escreve. O senhor veio aqui hoje para dizer que eu tenho de ir para Manitoba? Para dizer que sou uma esposa desobediente, que devo me submeter a Niclas e atender aos seus desejos?

A expressão do reverendo era de profunda tristeza. Ele largou a xícara, inclinou o corpo para frente, entrelaçou os dedos e olhou fixamente para ela.

– Eu vim porque sei que essa separação deve ser muito difícil para vocês dois. Vim para dizer que Deus ama você e que ele não lhe deu um coração medroso.

– Deus me ama.

O tom de sarcasmo fez Marta desviar o olhar, incapaz de encarar o gentil pastor.

– Sim, Marta. Deus a ama. Ele tem um plano para você.

– Minha mãe costumava dizer a mesma coisa. Eu sei que ele tem um plano para mim – ela olhou para ele, revoltada – e outro para Niclas.

– Um plano para vocês dois, juntos. Deus não poderia separar o que ele mesmo uniu.

Marta não conseguia mais falar, porque estava com um nó na garganta. O reverendo Rudiger não perguntou nada nem disse o que ela deveria fazer. Ele se levantou e ela o acompanhou até a porta. Ele vestiu o casaco, pôs o chapéu, e Marta o seguiu até a varanda.

– Por favor, perdoe-me, reverendo Rudiger.

Ao dizer essas palavras, ela se lembrou de Elise caída na neve.

O reverendo se virou para ela, e Marta não viu nenhuma condenação em sua expressão gentil.

– Minha mulher e eu estamos rezando por você. Gostamos muito de você. Se precisar de qualquer coisa, é só pedir.

Marta piscou para evitar as lágrimas.

– Rezem para que Niclas mude de ideia e volte para casa.

– Todos rezaremos para que Deus faça a vontade dele com cada um de nós.

Aquela noite Marta sonhou com a mãe. "Voe, Marta." Estava sentada no tronco caído, no meio da relva alpina, com uma pequena cruz marcando o lugar onde Elise estava enterrada. "Voe!"

Marta chorava, balançando o corpo para frente e para trás.

– Eu voei, mamãe! Voei sim!

O vento soprou e açoitou as árvores.

– Eu construí meu ninho.

Então sua mãe desapareceu, e Marta de repente estava em um deserto. Seus pés afundavam na areia. Assustada e sozinha, ela lutava, mas não conseguia se soltar. Soluçando, começou a se debater, mas isso só fazia com que afundasse mais.

– Marta.

Com o coração aos pulos ao som da voz suave de Niclas, ela levantou a cabeça. Ele usava um manto igual ao de Jesus. Estendeu as mãos, e ela as segurou. A areia rodopiou para longe com o vento e ela estava de novo em terreno firme. Ele a abraçou e a beijou. Quando a soltou, Marta chorou. Ele lhe estendeu a mão outra vez.

– Venha, Marta.

Ela se viu diante de uma tenda beduína.
Na tarde do dia seguinte, chegou uma carta.

Querida Marta,
Robert Madson me deu quarenta acres de terra para cultivar. Também me prometeu sementes, seis cavalos de carga, uma vaca e algumas galinhas. Uma casa e uma carroça vieram com o trabalho. Vou dividir os lucros com ele no fim de cada colheita.
Se você vier, preciso saber da sua chegada com alguns dias de antecedência. Você pode me encontrar neste endereço...
Venha, por favor. Sinto falta de tê-la em meus braços.

Chorando, Marta leu e releu a carta várias vezes, arrasada de saudade, mas paralisada de medo pela responsabilidade. Para ele era fácil dizer *venha*. Não era dono de nada. Ela não podia simplesmente ir embora e deixar tudo para trás.

Será que conseguiria viver em Manitoba, com um frio de quarenta graus negativos no inverno e um calor de rachar no verão? Será que poderia viver no meio do nada, com o vizinho mais próximo a dois quilômetros de distância, a meio dia de viagem do pequeno vilarejo rural onde vendiam suprimentos?

E como um homem que tinha estudado numa universidade de Berlim podia se satisfazer arando a terra? Como podia desistir de montar locomotivas, ou construir pontes, para se tornar um meeiro? Ele certamente mudaria de ideia. E então, o que aconteceria?

Ela sabia o que a mãe diria. "Vá, Marta!" Mas a vida da mãe fora toda de trabalho servil e sofrimento, tristeza e doença. Marta pensou em Daisy Stockhard, sentada em sua cadeira de rodas no meio de Kew Gardens, dizendo que teria vivido com o marido em qualquer lugar.

Tudo se resumia a uma pergunta: ela poderia ser feliz sem Niclas?

Marta leu o jornal e ficou gelada. O arquiduque Franz Ferdinand, da Áustria, fora assassinado por um sérvio. Niclas estava certo. O crime deu aos austríacos a desculpa que estavam procurando para declarar guerra à Sérvia. Logo todos os países do continente seriam arrastados para o confronto.

A Rússia, aliada da Áustria, mobilizou seu exército para ajudar os austríacos e exigiu que a França, também aliada, entrasse na guerra. Consequentemente, a Alemanha declarou guerra à Rússia e à França. Quando as tropas alemãs invadiram a Bélgica, Sir Edward Grey, ministro das Relações Exteriores da Grã-Bretanha, enviou um ultimato ordenando que a Alemanha retirasse suas tropas. A Alemanha se recusou, e a Inglaterra declarou guerra, levando o Canadá para a batalha também.

No fim de agosto, milhares de russos haviam morrido na Batalha de Tannenberg, e cento e vinte e cinco mil feitos prisioneiros. O Japão, aliado da Grã-Bretanha, declarou guerra à Alemanha. Os alemães perseguiram os russos nos lagos Masurianos e fizeram mais quarenta e cinco mil prisioneiros. O Império Otomano entrou na guerra ao lado da Alemanha, que continuou avançando em território belga.

Marta lamentou.

– O mundo enlouqueceu.

Chegou uma carta de Rosie.

A Europa toda está envolvida nessa turbulência. É como uma discussão que começa entre dois meninos, depois aparecem outros para ajudar um lado ou outro, e logo tudo se transforma numa turba. Ah, Marta, temo que milhares de pessoas morram se isso tomar o curso que meu pai e meus irmãos dizem que vai tomar. Agradeço a Deus por estar aqui, protegida, nas montanhas da Suíça, e por nossos homens não terem de se envolver na guerra...

Você sabe como eu a amo. Você é minha amiga mais querida. Por isso acho que tenho o direito de perguntar: O que está esperando? O que importa uma casa, se o homem que ama não mora mais nela? Você já escreveu bastante sobre seu querido Niclas para eu saber que ele não é como seu pai. Vá ao encontro dele. Você nunca será feliz se não fizer isso.

Marta amassou a carta e chorou. Teria sido melhor se nunca tivesse se apaixonado. Morria de vontade de estar com Niclas. Sua vida era uma desgraça sem ele. Mas não podia simplesmente ir embora. Tinha de pensar no bebê também. O filho de Niclas.

Passou a mão na barriga proeminente. Lembrou-se dos gritos de Solange enquanto sua carne se rasgava. Lembrou-se do sangue. Será que haveria uma parteira no meio daquela planície, a quilômetros de qualquer cidade? E se alguma coisa desse errado?

Carleen chegou com a correspondência. Balançou a cabeça, e Marta soube que não havia carta de Niclas. Parecia que todos na casa esperavam notícias dele.

Querido Niclas,

Por favor, me perdoe por não ter ido me despedir na estação de trem, por não ter lhe desejado uma boa viagem. Você deve me desprezar por ter sido uma esposa tão obstinada.

Estou com medo de ir para Manitoba neste momento. Eu ajudei a fazer o parto de um bebê em Montreux e sei como é. Ainda faltam três meses para o nosso bebê nascer, e depois precisarei de tempo para ficar de resguardo.

Não quero vender a pensão ainda. Levei anos economizando para poder comprar a casa e vou perder tudo o que investi na reforma, na pintura e na mobília. Não se trata apenas de dinheiro. Depois de uma temporada na planície, você pode mudar de ideia em relação à agricultura. E se aparecerem gafanhotos e não sobrar nada? Ou uma praga qualquer? Temos uma casa aqui em Montreal. Temos como ganhar nosso sustento.

Promessas saem com facilidade da boca dos ricos, Niclas. Fora Boaz, nunca soube de homem tão generoso com seus empregados como Herr Madson. Se você não tem o contrato por escrito, talvez ele acabe com as mãos cheias depois da colheita, e você, com as suas calejadas e vazias.

Ela recebeu a resposta dele duas semanas depois.

Minha querida esposa,

Dou graças a Deus. Rezei muito para que seu coração se suavizasse em relação a mim.

Um homem vale tanto quanto a sua palavra. O meu sim quer dizer sim. Deus diz que não devemos nos preocupar. Olhe para os passarinhos voando, para os lírios no campo, e veja que ele os alimenta e abriga. Deus cuidará de nós também. Espere só até ver a beleza desta terra, o mar de trigo que se agita como as ondas. Você nunca está sozinha. Deus está com você, Marta, e eu também estaria.

Mas entendo o seu medo. Você é uma dádiva de Deus para mim, minha mulher sempre prática. Por mais que sinta saudade de você, acho que está certa de ficar em Montreal até o nosso bebê nascer. Assim que estiver bem recuperada e que vocês dois possam viajar, venham ao meu encontro. Avise-me com bastante antecedência quando chegarão para que eu possa estar em Winnipeg para recebê-los.

Marta leu nas entrelinhas que Niclas assinara um contrato que garantia seu trabalho na terra, mas não recebera nenhuma promessa por escrito do proprietário. Alisou a carta na mesa e esfregou as têmporas, que doíam. O bebê deu um chute forte, e ela se recostou na cadeira, com as mãos na barriga.

Suspirou e fechou os olhos, cansada daquele conflito. *Meu Deus, eu desisto. O que eu faço?* Naquele momento de quietude e silêncio, chegou a uma conclusão. Sentiu-se leve, empurrou a cadeira para trás, dobrou a carta e a guardou no bolso do avental. Encontrou Carleen na lavanderia.

– Vou para Manitoba assim que o bebê nascer e pudermos viajar.
Carleen ficou desapontada.
– Então vai vender a casa.
– Não. Vou treinar você para administrá-la.
– Eu? Ah, não! Eu não conseguiria fazer isso!
– Bobagem.
Marta pegou um lençol que Carleen enfiara na secadora e o sacudiu quando saiu do outro lado.
– Você é cinco anos mais velha que eu e completou o colegial. Se eu consigo, é claro que você também vai conseguir. – Marta deu risada. – O mais importante é manter os leões bem alimentados.

13

1915

Marta se encheu de alegria ao ver Niclas à sua espera. Ele estava bronzeado e magro, olhando aflito para cada vagão. Quando a viu, deu um sorriso largo. Marta riu e levantou o filho deles, que estava enrolado num cobertor dado por Carleen, para Niclas poder vê-lo pela janela do trem.

A raiva que a dominara nas horas de trabalho de parto, quando se sentiu abandonada por Niclas, não existia mais. Mesmo assim, aquela raiva a ajudara a suportar a dor. Ela só gritou uma vez, quando seu corpo expulsou Bernhard para o mundo e ele reclamou chorando. Carleen lavou e enrolou o bebê em cobertores, depois o entregou para Marta. Foi uma alegria que a fez dar risada. Marta nunca pensara que teria um marido, muito menos um filho, e agora Deus lhe dava os dois. Houve um momento de tristeza quando pensou em Elise e no filho morrendo de frio, mas afastou a lembrança e ficou embevecida com a visão do filho mamando, com a mãozinha apoiada nela.

Niclas saiu correndo e alcançou o vagão de passageiros. Então seguiu caminhando a passos largos ao lado do trem, até ele parar. Marta pagou para um carregador pegar suas coisas e seu baú no vagão de carga e foi para a porta.

– Marta!

Niclas esperava por ela na frente dos degraus, com os olhos azuis cheios de lágrimas. Ajudou-a com a mão firme no cotovelo dela.

– Pensei que não chegariam mais.

Ele beijou rapidamente o rosto dela e abaixou o cobertor para ver melhor o filho.

– Ele é lindo, não é? – ela disse, com a voz trêmula.

Niclas olhou para ela.

– *Ja. Wunderschön.* – E passou o braço na cintura dela. – Venha. Vamos pôr suas coisas na carroça. Passaremos a noite em um hotel e seguiremos para a fazenda amanhã de manhã.

Marta se virou para ele.

– Inglês, Niclas, ou será que já esqueceu?

Ele riu.

– Deixe-me segurá-lo.

Marta pôs o bebê com todo o cuidado nos braços dele. Niclas o embalou junto ao peito, olhando para o filho, deslumbrado. O bebê acordou.

– Bernhard Niclas Waltert, sou seu papai. *Mein Sohn.* – Lágrimas escorreram-lhe pelo rosto bronzeado quando beijou o menino. – *Mein Sohn.*

Marta sentiu uma espécie de aperto por dentro.

– E se fosse uma filha, você a amaria tanto assim?

Niclas levantou a cabeça, com uma expressão confusa. Marta não repetiu a pergunta.

Quando chegaram ao quarto do hotel, Niclas tirou Bernhard do cesto em que Marta o pusera.

– Quero vê-lo.

Ele colocou o bebê na cama e abriu o cobertor. Marta reclamou.

– Ele ficou agitado a noite inteira. Mal consegui dormir.

– Eu o pego no colo se ele ficar agitado.

– E vai dar de mamar também?

Niclas olhou sério para ela.

– Que rispidez, Marta.

E voltou a se concentrar no filho, que estava acordado, esperneando e chorando. Niclas pegou-o no colo.

– Não a vejo há quase um ano e hoje é o primeiro dia que vejo meu filho. Está aborrecida porque estou louco para segurá-lo?

A reprimenda dele lhe calou fundo. Eles podiam ter ficado juntos todo aquele tempo. Ela podia ter ido para Winnipeg nas últimas semanas e contratado os serviços de uma parteira. Ela era mulher dele, e seu lugar era ao lado do marido. Marta viu Niclas andar pelo quarto com Bernhard nos braços. Deu as costas para os dois e tirou da mala as fraldas, as roupinhas e as mantas de que ia precisar naquela noite, com medo de chorar. Mas foi Bernhard quem chorou, e Marta sentiu o leite espirrar. Apertou os braços contra os seios e tentou evitar que o líquido escorresse. Bernhard chorou ainda mais.

– O que ele tem? – Niclas parecia assustado.

Marta deu meia-volta e estendeu os braços.

– Ele está com fome.

Niclas lhe entregou o filho e ficou observando-a se sentar no outro lado da cama, de frente para a parede. De cabeça baixa, de costas para o marido, ela abriu a blusa e estremeceu um pouco quando Bernhard abocanhou o mamilo para sugar. Niclas sentou-se a seu lado, então ela enrubesceu e puxou a manta sobre o ombro. Ele a tirou.

– Não se esconda de mim – disse, com ar de completo deslumbramento.

Marta se levantou e se afastou, pondo Bernhard no outro seio. Niclas a observava. O bebê de repente fez um barulhão e ele deu risada. Marta também riu.

– Entra por um lado e sai pelo outro – brincou.

Quando terminou de dar de mamar, Marta estendeu um cueiro na cama e trocou a fralda do filho.

Admirado, Niclas acompanhava tudo.

– Ele é perfeito. Uma grande dádiva de Deus. – Ele passou o dedo na mãozinha estrelada de Bernhard, que o agarrou. – E forte também. *Unser kleiner Bärenjunge.*

– Sim, e esse nosso pequeno filhote de urso provavelmente nos deixará acordados a noite inteira.

Niclas pegou o filho no colo.

– Você não vai fazer isso com o papai, vai? – perguntou, esfregando o nariz no bebê e sussurrando em seu ouvido.

Alguém bateu à porta, distraindo Marta do filho. Era o empregado do hotel, que trazia a bandeja do jantar. Marta o pagou e fechou a porta quando ele saiu. Niclas pôs Bernhard no meio da cama de casal para que os dois pudessem comer. O bebê fazia barulhinhos, chutava, cerrava os punhos e mexia os bracinhos.

— Ele está bem acordado, não está?

— Infelizmente — suspirou Marta.

Niclas pegou o bebê e o embalou. Depois de um tempo, colocou-o de novo no meio da cama e se deitou ao lado dele, sacudindo um chocalho no ar para o menino ver. Marta se sentou na poltrona, mal conseguindo manter os olhos abertos. Exausta, fechou os olhos, ouvindo os barulhinhos do bebê e o riso suave de Niclas. Acordou quando o marido a pegou no colo.

— E o Bernhard?

Niclas a pôs gentilmente na cama.

— Está dormindo no cesto.

Quando ele começou a desabotoar a blusa dela, Marta despertou completamente. Olhos nos olhos, ele passou os dedos no pescoço dela e se abaixou para beijá-la. Marta sentiu tudo se abrindo e esquentando por dentro. Ele tirou a camisa, e ela viu que os meses de trabalho braçal tinham tonificado os músculos do peito e dos braços do marido. Ele afastou o rosto, e Marta se afogou no olhar dele.

— Serei gentil.

E no início foi mesmo, até que a reação dela deu aos dois a liberdade de que precisavam.

Niclas puxou o cobertor para cobri-los e aninhou Marta contra seu corpo. Deu um longo suspiro de contentamento.

— Tive medo que não viesse. Você tinha tudo que queria em Montreal.

— Não tinha você.

— Sentiu saudade?

Marta pegou a mão dele, calejada e cheia de bolhas, e beijou a palma. Ele esfregou o rosto no pescoço dela.

— Deus atendeu às minhas preces.

— Por enquanto. É melhor nós dois começarmos a rezar para que a semente que você plantou germine e que o tempo...

Niclas botou o dedo nos lábios da mulher.

— Não vamos nos preocupar com o amanhã.

Os dois ficaram imóveis quando Bernhard choramingou baixinho no cesto. Niclas deu risada.

– Um dia de cada vez.

Afastou a coberta, atravessou nu o quarto e tirou o filho do cesto.

Marta ficava mais desolada a cada quilômetro. Niclas batia as rédeas sobre os cavalos e estalava a língua, enquanto ela não tirava os olhos da terra plana que se estendia à sua frente. Não via uma colina sequer, de nenhum lado – apenas uma planície infinita que a fez lembrar a travessia do mar. Ficou meio nauseada.

– Tem árvores nesse lugar para onde estamos indo? – perguntou, tirando o casaco e desejando poder desabotoar a blusa.

– Temos uma árvore no jardim – disse Niclas, olhando para ela.

– Uma árvore?

– Bem onde precisamos.

Marta secou gotas de suor da testa. A poeira irritava-lhe a pele por baixo da roupa. Espiou por cima do banco e viu Bernhard no cesto, atrás dela, dormindo satisfeito na carroça, que chacoalhava pela estrada de terra. Ela se lembrou do desfiladeiro de prédios no coração de Montreal, dos bondes e daqueles modelos novos de automóveis.

– Lá está! – apontou Niclas, com expressão de felicidade.

Ela viu uma pequena casa ao longe, baixa e sólida, sob a sombra de uma única árvore. Perto dela havia um celeiro e um barracão. Quatro cavalos pastavam num campo cercado, e havia uma vaca magra, de cabeça baixa, dentro do curral ao lado do celeiro.

– Aquela vaca está doente, Niclas.

– Madson disse que ela dava leite.

– Já deu alguma vez?

– Nada até agora. – Ele sacudiu os ombros. – Não entendo grande coisa sobre vacas.

Ah, que Deus nos ajude.

– Você não sabia nada sobre plantar trigo também e disse que plantou muito. Eu sei alguma coisa sobre vacas.

Ela podia escrever e pedir conselhos a Arik Brechtwald. Ele fora criado no meio de vacas leiteiras.

– Você disse que Madson também lhe deu galinhas.
– Um galo e quatro galinhas.
– Onde estão?
– Por aí, ciscando atrás de alimento, eu acho.
Ele achava?
– Estão botando ovos?
– Não tive tempo de ver. Lá está o galo – apontou.

O galo saiu todo empinado de trás do celeiro, com duas galinhas. Ela esperou, mas as outras não apareceram. Aborrecida, Marta imaginou uma raposa muito satisfeita dormindo ali por perto. As galinhas debandaram de novo quando Niclas entrou com a carroça no terreno da casa. O galo correu batendo as asas, e as galinhas o acompanharam.

Niclas saltou da carroça e deu a volta para ajudar Marta. Ela pôs as mãos nos ombros dele e ele a levantou para depois colocá-la no chão.

– A primeira coisa que temos de fazer é construir um galinheiro, senão vamos perder todas as galinhas.

Niclas entregou-lhe o cesto.

– Por que não entra enquanto eu descarrego tudo?

Marta olhou em volta e tentou controlar a náusea que sentia. Nenhuma montanha de lado nenhum, até onde a vista alcançava. E Niclas não mentiu. Tinham uma árvore, que era pequena demais para fazer sombra na casa. *Ah, Deus, ah, Deus...*

– Faz muito frio aqui?

– Ah, bastante – respondeu Niclas, pondo o baú no ombro. – O riacho congela tanto que é preciso fazer um buraco no gelo para os animais poderem beber água. Liam Helgerson, nosso vizinho, me mostrou como se faz. Ele cria gado.

Marta olhou em volta de novo e entrou na casa com o marido.

– O que vamos usar como lenha?

– Não precisamos de lenha. Temos os nacos da pradaria!

– Nacos da pradaria?

– Excremento de vaca seco – disse, colocando o baú no chão. – Helgerson tem um rebanho. Disse que eu podia pegar quanto quisesse. Eu pego uma carroça cheia de cada vez e estoco em uma das baias do celeiro. Os nacos alimentam o fogão também. Fazem a carne ficar com um gosto apimentado.

– Apimentado?
– O que tem nesse baú que está tão pesado?
– Livros.

Marta tinha gastado o dinheiro que ganhara com sacrifício para se preparar para qualquer eventualidade.

– Livros?
– Sobre produção agrícola, medicina caseira, acasalamento de animais.

Ela seguiu Niclas lá para fora quando ele voltou para a carroça. Pôs as mãos na cintura.

– Você não me escreveu nada a respeito desses nacos. Tem mais alguma boa notícia para me dar?

Administrar uma pensão era fácil, se comparado a uma fazenda. Marta carregava Bernhard num xale amarrado em volta dela enquanto plantava a horta e cuidava das galinhas. Niclas trabalhava nas plantações o dia inteiro, só aparecia para almoçar ao meio-dia e saía de novo. As mãos dele sangravam, cheias de bolhas. Ele não reclamava, mas Marta via a cara de dor quando ele tirava as luvas de trabalho à noite. Ela lhe dava uma panela com água quente e sal para mergulhar as mãos, depois as enrolava com tiras de pano. Após o jantar, ela amamentava Bernhard, e Niclas lia a Bíblia em voz alta.

Liam Helgerson foi até lá para conhecer Marta. Era um homem grande, magro e castigado pelo tempo que passava sobre uma sela supervisionando suas terras. Tinha dado grande parte da propriedade para meeiros como Niclas, mas ainda sobrava o bastante para ter um pequeno rebanho de gado de qualidade. Sua esposa falecera cinco anos antes de Niclas chegar. Solitários os dois, fizeram amizade. Depois de algumas semanas, Marta ficou sabendo que Niclas não teria uma plantação para colher se não fossem os bons conselhos de Liam Helgerson.

– Niclas abateu um faisão esta manhã, sr. Helgerson. Gostaria de ficar para jantar conosco?

O rosto desgastado pelo tempo se enrugou com um largo sorriso.

– Estava torcendo para que me convidasse, sra. Waltert. Niclas contou que a senhora cozinha muito bem.

Depois disso, ele passou a visitá-los uma vez por semana, geralmente aos domingos. Exceto cuidar da alimentação dos animais e das galinhas, era nesse dia que Niclas descansava. Marta servia o jantar no meio da tarde, para Liam não ter de voltar para casa no escuro. Enquanto Bernhard brincava no tapete, Niclas lia partes da Bíblia em voz alta, Marta costurava ou tricotava e Liam ficava ouvindo, sentado, com a cabeça para trás e os olhos quase fechados.

– Tenho a sensação de ter estado na igreja quando venho aqui. Margaret e eu íamos umas duas vezes por ano, quando estávamos em Winnipeg. Ela teve uma espécie de câncer. É uma forma demorada e cruel de morrer. Eu... – Liam balançou a cabeça e olhou para os campos. – Faz muito tempo que não tenho paz.

Ele passou a mão na cabeça grisalha e botou o chapéu. Parecia uma alma velha e solitária.

Aquela noite Marta comentou com Niclas o que tinha observado, enquanto ele segurava Bernhard no colo.

– Liam parece muito sozinho.

– E é, exceto pelos homens que trabalham para ele.

– Ele e a mulher nunca tiveram filhos?

– Tiveram três, mas todos morreram antes de chegar à idade adulta. Perderam dois numa mesma semana, com sarampo. O outro levou um coice de um cavalo na cabeça. – Niclas pôs Bernhard no chão com uma pilha de blocos de madeira. – É melhor eu ir cuidar dos animais.

Marta imaginou o sofrimento que devia ter sido aquilo tudo para Liam e estremeceu de pensar em perder Bernhard. Como poderia suportar? Se Bernhard ficasse doente, quanto tempo levariam para encontrar um médico? Ela precisava aprender bastante para medicá-lo sozinha. Sua mãe tinha lhe mostrado as ervas medicinais que cresciam nos Alpes, mas teria de encomendar um livro sobre o que crescia ali, naquela pradaria varrida pelo vento.

Abaixou-se e passou a mão carinhosamente na cabeça loura de Bernhard. *Por favor, meu Deus, dê-lhe saúde. Faça-o forte como o pai.*

Querida Marta,

Dou graças a Deus por você ter cruzado o Atlântico. Você só teve de se preocupar com os icebergs, mas agora o perigo é uma criação humana e se estende por toda a terra. Papai leu para nós esta manhã que uma embarcação de guerra alemã afundou o Lusitania ao largo de Old Head of Kinsale, na Irlanda. Mais de mil e cem pessoas afundaram com o navio. Algumas centenas eram cidadãos americanos, e papai acredita que isso levará os Estados Unidos para o conflito.

A guerra se avoluma, sem nenhum final à vista. Os homens estão morrendo aos milhares nas trincheiras. Arik, Hermann e meus irmãos estão todos na ativa. Ouvi rumores de que, se for preciso, nossos homens vão explodir as estradas.

O país inteiro está em alerta. Rezo para que os nossos líderes consigam nos manter fora disso...

Marta rezava sempre por Rosie e Arik, pelo irmão, Hermann, e para que a Suíça ficasse fora da guerra.

As galinhas estavam botando mais ovos do que a família podia consumir. Marta pegava só o que ia precisar e deixava que elas chocassem o resto. Logo tinha uma dúzia de galinhas e dois galos lutando pela liderança. Tendo visto Niclas construir o primeiro galinheiro, Marta levantou o segundo e separou os machos, dando metade das galinhas para cada um. Socou e moeu grãos suficientes para servirem de ração.

A saúde da vaca melhorou sob os cuidados atentos de Marta. Um domingo, quando Liam Helgerson apareceu para o jantar, ela perguntou se podia botar a vaca para pastar com um dos melhores touros dele.

— Pode ficar com o bezerro depois que desmamar, ou com uma parte do queijo que espero fazer — ela propôs.

— Fico com o queijo. A sua mulher é empreendedora, Waltert.

— Tinha uma pensão quando a conheci em Montreal.

— Então o que vocês estão fazendo aqui na planície?

Marta riu.

– Fiz a mesma pergunta para ele.

Niclas fechou a cara, e ela mudou de assunto.

– Pode mudar de ideia sobre o bezerro, sr. Helgerson. O fato de ser suíça não significa que sei fazer queijo.

Ele deu risada.

– Pode ser que não saiba, mas não tenho dúvida nenhuma de que vai aprender.

Niclas arou a terra e plantou o trigo do inverno. Enquanto esperava a plantação crescer, trabalhou limpando poços. Às vezes ficava fora vários dias. Marta procurava se acostumar com o silêncio e a solidão da pradaria, mas isso lhe atacava os nervos.

– Helgerson disse que tem uma mina de carvão betuminoso a menos de dez quilômetros daqui – disse Niclas certa noite. – Posso tirar tudo que vamos usar e vender o resto em Brandon.

Ele guardou o carvão no porão. Marta o cobriu com uma lona para evitar que a poeira preta escapasse pelas tábuas do assoalho.

Quando chegou o frio, Niclas mudou os galinheiros para dentro do celeiro e empilhou fardos de feno em volta, nos três lados, para manter as galinhas aquecidas. Então veio a neve e Marta só via em volta um imenso deserto gelado.

Niclas e o sr. Helgerson saíram com machados para abrir buracos na água congelada do rio, para os cavalos e o gado poderem beber. Niclas voltou para casa tão enregelado que precisou da ajuda de Marta para andar. Ela passou o resto da noite cuidando do marido, com medo de que ele perdesse as orelhas, os dedos dos pés e das mãos.

– Nós vamos voltar para Montreal quando chegar o degelo!

– Não, não podemos. Assinei um contrato de quatro anos.

Quatro anos? Marta chorou.

– Eu odeio este lugar! O que vai acontecer quando os buracos que vocês fizeram se encherem de neve e gelo? E se você acabar no meio de uma tempestade de neve e não conseguir encontrar o caminho para casa? E se...?

– Eu estou bem. – Niclas segurou a cabeça de Marta com as mãos enfaixadas e deu-lhe um beijo. – Não assuste o nosso filho.

Bernhard estava sentado no berço, chorando muito.

Marta pôs as mãos sobre as de Niclas.

– E o que o nosso filho vai fazer sem pai?

Ela se levantou e pegou Bernhard no colo.

Niclas mexeu os dedos para os dois.

– Está vendo? Estão esquentando muito bem.

Marta o encarou, furiosa, e ele suspirou.

– Traga Bernhard aqui.

O menino costumava parar de chorar nos braços do pai.

Ela jogou mais nacos da pradaria no fogão à lenha, e Niclas ficou brincando com o filho.

– Não dá para impedir que o frio entre nesta casa!

Ela deixou a porta do fogão aberta, enrolou trapos e botou na fresta embaixo da porta para vedar a passagem do ar.

– Se temos de ficar mais três anos neste lugar desgraçado, então vamos represar o riacho para você não ter de arriscar a vida abrindo buracos naquele rio congelado.

Logo depois de iniciarem esse projeto, apareceu um vizinho do sul, a cavalo. Niclas tinha ido caçar com o sr. Helgerson e deixara Marta sozinha para preencher os espaços entre as pedras maiores que ele havia empilhado. Ao ver o cavaleiro aproximar-se, Marta saiu da água e desamarrou a saia que estava acima dos joelhos. Pegou Bernhard e encaixou-o na cintura quando o homem chegou.

– Então é por isso que a água baixou tanto... O que pensa que está fazendo? Não pode represar esse riacho. Os Estados Unidos possuem os direitos da água.

– Ninguém me avisou.

– Considere-se avisada.

Ele fez o cavalo dar meia-volta e voltou por onde tinha vindo.

Marta largou Bernhard, botou as mãos na cintura e ficou observando o homem até ele desaparecer de vista. Então recomeçou a empilhar as pedras. Quando Niclas chegou aquela tarde, ela contou o que havia acontecido. Ele esfregou a nuca.

– Bem, se é lei, vamos respeitá-la.

– Se é lei, é injusta! O riacho atravessa esta terra, que é canadense! Nossos animais precisam de água no inverno. Por que você tem de andar quatro quilômetros para fazer um buraco no rio, se podemos formar um açude a oitocentos metros de casa?

– Vou conversar com Helgerson sobre isso.

O sr. Helgerson foi lá para ajudá-los a desmanchar a represa.

– Sinto muito, sra. Waltert – disse ele, enquanto jogava as pedras na margem.

– Não sente nem a metade do que Niclas vai sentir quando terminar de cavar um poço para nós!

Marta pegou Bernhard no colo e foi para casa.

Robert Madson apareceu depois da segunda colheita. Marta sentiu uma imediata e intensa aversão pelo homem, com sua barriga proeminente e seu belo carro novo em folha.

– É um prazer conhecê-la, sra. Waltert. Estou vendo que espera outro filho. – Ele se abaixou e apertou a bochecha de Bernhard. – Esse seu rapazinho aqui é muito bonito.

Marta serviu o jantar e notou que Madson não fez cerimônia, pegou o prato de frango primeiro e serviu-se do melhor pedaço, sem deixar partes iguais para todos. Quando os homens foram para a nova varanda que Niclas havia construído, ela ouviu Madson dizer que os preços tinham caído aquele ano e que ele não obtivera o lucro que esperava. Marta foi até a porta, Niclas viu a expressão dela e sugeriu para Madson que fossem andar pela propriedade, para ver as benfeitorias que Marta e ele haviam feito.

Furiosa, ela deixou os pratos empilhados e levou uma cadeira lá para fora. Deixou Bernhard brincar na terra e ficou observando os dois. Eles não foram longe, ficaram conversando na frente do celeiro. Niclas seguiu para a plantação e Madson voltou para a casa. Marta notou que o marido tinha os ombros caídos. Ela se empertigou quando Madson se aproximou.

– Já vai, tão cedo? – disse, sem se esforçar para evitar o gelo na voz.

– Vou mandar alguém vir pegar a vaca.

– Não vai não.

Ele ficou surpreso.

– Mas essa vaca é minha.

– Essa vaca é parte do contrato, sr. Madson.

Marta tinha visto o suficiente para saber que o homem não dava a mínima para as pessoas que trabalhavam para ele, e se importava menos ainda em saber se tinham o que comer.

– Precisamos de leite para nossos filhos. – Ela botou a mão na barriga para enfatizar o que dizia.

– Darei outra vaca para vocês.

– Eu passei meses cuidando da saúde daquela vaca. Nosso filho não vai ficar sem leite enquanto eu tiver que cuidar de outra de suas vacas doentes. – Ela apontou para o campo. – Aquela vaca vai ficar exatamente onde está.

Madson ficou vermelho.

– Então levarei o bezerro.

– Só se for filho seu.

Ele fechou a cara.

– É uma mulher dura, sra. Waltert.

Ela se manteve firme, sem se intimidar. Ele a fazia lembrar Herr Keller.

– Dura sim, mas não tenho um coração de pedra como o seu.

Niclas cumpriria o prometido para aquele homem, mas será que Madson honraria sua palavra com Niclas? Ela duvidava.

Ele desviou o olhar. Examinou tudo em volta. Quando avistou os galinheiros que Niclas levara para fora do celeiro, seus olhos brilharam.

– Se não posso levar o bezerro, então levarei as galinhas.

– Claro que sim. Terá seu galo e suas quatro galinhas de volta. Isso é o que lhe pertence. E vou pegá-los agora mesmo.

Marta desceu da varanda e foi para o galinheiro menor. Parou no caminho e se virou para Madson.

– Quer as aves mortas e depenadas, ou vivas mesmo? – e indicou com os olhos o belo automóvel novinho. – Elas costumam fazer uma sujeira daquelas.

– Ponha-as num caixote.

– Trouxe algum no banco de trás do seu carro?

– Ah, deixa para lá! – Ele bateu a poeira do chapéu e foi para o carro preto, também empoeirado. – Acertaremos tudo no fim do contrato!

Marta não arredou pé, com as mãos nos quadris.

— Eu sei qual é o preço do trigo. Eu me informei em Brandon. Não pense que sou idiota!

— O seu marido assinou um contrato! — Ele entrou no carro e bateu a porta. — Tudo aqui me pertence!

— Não somos escravos. E trabalhadores têm de receber salário! Deus está vendo o que o senhor está fazendo, sr. Madson! E vai julgar, o senhor e o meu marido!

Ele partiu, levantando poeira.

Marta passou o resto da tarde irritada. Quando Niclas chegou para jantar, ela desabafou a raiva acumulada.

— Espere só para ver, Niclas. — Marta tirou outra galinha assada do forno. — Aquele homem não vai lhe pagar nada quando terminar o contrato. — Ela chutou a porta do forno. — Ele pensa que somos seus empregados! — exclamou, pegando a tampa da panela e jogando-a ruidosamente dentro da pia. — Você construiu uma varanda na casa e cavou um poço, e como foi que ele agradeceu? Ele queria roubar nossa vaca e todas as nossas galinhas! O homem é um mentiroso e um ladrão. E agora você sabe. E você também sabe, tão bem quanto eu, que não receberá nada depois de quatro anos de trabalho duro. Nós devíamos pegar nossas coisas e sair daqui agora mesmo.

Niclas respondeu baixinho.

— Dei a minha palavra.

— E a palavra *dele*?

— É a minha palavra que importa. O meu sim quer dizer sim. — Ele parecia muito cansado. — Essa galinha está com um cheiro ótimo.

Marta cortou o assado em dois pedaços e o botou na travessa.

— Da próxima vez que for para a cidade, Niclas, compre outra arma.

Ele levantou a cabeça, alarmado.

— Não está planejando atirar no homem, está?

— Bem que eu gostaria! — disse ela, pondo a travessa de galinha na mesa e sentando-se, abatida. — Os coelhos estão atacando a horta, e ontem vi um veado. Acho que eles sabem quando você está fora caçando e vêm aqui para almoçar. Se eu tiver de comer mais uma galinha, vou acabar criando penas. Arrume uma espingarda para mim e teremos cozido de veado e coelho!

Querida Rosie,

Está acontecendo o que eu temia. Niclas está sendo enganado pelo Madson e vou ter nosso segundo filho no meio do inverno, a cinquenta quilômetros da cidade e da parteira mais próximas.

Da última vez, Niclas foi à cidade sem mim. Este bebê não está tão bem encaixado como Bernhard, e eu não quis me arriscar viajando para tão longe balançando numa carroça. Ele levou três engradados de galinhas, manteiga e ovos para vender, mas voltou para casa de bolsos vazios. O sr. Ingersoll deu-lhe crédito no armazém. Eu disse para Niclas que crédito é bom, mas dinheiro é melhor.

Nunca vi um homem trabalhar tanto. Só que no fim do contrato, com aquele ladrão do Madson, não terá nada em troca, além de músculos e calos.

14

1917

Niclas e o sr. Helgerson tinham ido procurar umas cabeças de gado que haviam sumido quando Marta entrou em trabalho de parto. A bolsa estourou e ela começou a chorar, o que assustou o pobre Bernhard. Ela fez um esforço para se acalmar e disse a ele que estava bem. Então procurou lembrar o que precisava preparar para o nascimento do filho.

Alimentou o fogão com nacos da pradaria. Botou blocos de madeira no chão para distrair Bernhard. Felizmente ele pegou os blocos e ficou brincando, todo contente, enquanto ela andava de um lado para o outro, esfregando a barriga dolorida.

As contrações vieram rápidas e fortes. O suor despontou-lhe na testa. Quando a dor chegava, muito forte, ela se sentava e fechava os olhos. *Ah, meu Deus, ah, meu Deus... Traga meu marido logo para casa. Este bebê não vai demorar um dia inteiro e metade da noite, como Bernhard.*

Bernhard não quis mais brincar. Levantou-se do chão e foi até ela.

– Mamãe, mamãe – ele não parava de chamar, com os bracinhos levantados.

Ele queria colo.

– Agora não. Mamãe está ocupada.

Ele se agarrou na mãe, tentando escalá-la, mas Marta não tinha espaço no colo para acomodá-lo. A barriga crescida estava dura como pedra. Ela gemeu e Bernhard chorou. A dor diminuiu, Marta ficou de pé e tentou pegar o filho, mas outra contração já estava começando. Deixou Bernhard no chão de novo e ele gritou.

Marta pegou o menino pela mão e puxou-o para o berço. A dor cedeu mais uma vez e ela o levantou para pô-lo deitado.

– Durma agora. Mamãe está bem. Em breve você terá um irmãozinho ou uma irmãzinha...

Esfregando as costas, ela foi até a janela e espiou, com lágrimas escorrendo pelo rosto.

– Papai vai chegar logo. Tire uma soneca, Bernhard.

Ela secou as lágrimas e encostou-se pesadamente no parapeito, contando os segundos que durava cada contração. Dessa vez demorou mais para passar.

Nenhum sinal de Niclas ainda.

– Meu Deus – ela gemeu, com vontade de dobrar os joelhos e deitar-se no chão. – Socorro, Jesus, ajude-me...

Marta estendeu um cobertor por cima do tapete. Foi para fora, encheu uma panela de neve e botou-a no fogão para derreter. As contrações estavam vindo a intervalos menores e duravam mais. Ela cortou um pedaço de barbante e o jogou dentro da água fervente. Abriu uma gaveta e pegou uma faca, que também jogou na panela. Tremendo violentamente, esperou um pouco antes de pescar o barbante e a faca na água quente. Não dava mais para esperar.

Felizmente Bernhard dormira, depois de tanto chorar.

Veio a necessidade de empurrar, de fazer força. Enrolou um pano limpo e o mordeu, para abafar o gemido. Ajoelhou-se de frente para o calor do fogão, levantou a saia e cortou a roupa de baixo, feita de saco de farinha.

Uma contração emendava-se à outra. Ela mordeu o pano para abafar os gritos. O suor escorria-lhe pelo rosto. Sua carne rasgou quando a cabeça do bebê saiu. Marta fez força de novo e o bebê deslizou do corpo dela para suas mãos. Tremendo sem parar, ela se sentou sobre os calcanhares.

O bebê não chorou. Envolto em seu manto uterino branco e vermelho, ele estava encolhido, de lado, com o cordão umbilical ainda ligado a Marta.

– Respire.

Marta inclinou-se para frente, cerrando os dentes de tanta dor. Pegou uma das fraldas que tinha separado e limpou o rosto e o corpo do bebê. Era uma menininha.

– Respire!

Ela virou o bebê meio de bruços, dando um tapinha suave na bundinha minúscula.

– Ah, Jesus, dê-lhe a vida, faça com que respire. Por favor. Por favor!

Ela esfregava o bebê suavemente e rezava sem parar. Então ouviu um miado baixinho e soluçou, dando graças a Deus. Veio mais uma contração e seu corpo expeliu a placenta.

A porta se abriu e encheu a cabana com uma rajada de vento gelado. Ela ouviu Niclas gritar seu nome. Ele fechou a porta rapidamente, tirou o casaco e foi até ela.

– Marta. Ah, *mein Liebling*! O que posso fazer por você?

– Ela mal consegue respirar – Marta soluçou mais alto. – Traga água quente daquela panela. E neve! Rápido, Niclas.

Marta misturou a água fervente com a neve e testou a temperatura. Então colocou lentamente a filha dentro da panela, apoiando-a com uma das mãos e lavando-a delicadamente com a outra. A bebê agitou os braços e as pernas, abriu a boquinha e engasgou com um choro fraco.

Bernhard nascera grande e gorducho, com a pele rosada. Quando chegou, chorou tão alto que o rosto ficou vermelho como um pimentão. Aquela menininha tinha perninhas muito finas e um tufo de cabelo preto. O corpinho minúsculo estremeceu, como se estivesse com frio. Apiedada, Marta a secou carinhosamente e a enrolou num pano que Niclas aquecera perto do fogo.

– Preciso de outra panela de água quente e sal.

Ela sentiu o sangue escorrer pelas pernas e se lembrou do aviso da parteira sobre infecção.

Niclas rapidamente atendeu ao seu pedido.

– O que eu posso fazer?

– Pegue-a. Segure-a bem junto do corpo, dentro de sua camisa. Mantenha-a aquecida, senão ela vai morrer.
– Mas e você?
– Eu sei me cuidar sozinha!
A dor foi terrível, mas Marta fez tudo o que era necessário.
– Preciso da sua mão.
Niclas ajudou-a a ficar de pé enquanto segurava a filha. Marta despencou na cama.
– Agora pode me dá-la.
Deitada de lado, ela aninhou a bebê junto ao corpo.
Ficou alguns minutos tentando, e a pequenina finalmente pegou o peito.
Bernhard acordou e viu Niclas.
– Papai! Papai! – gritou, estendendo-lhe os braços.
Marta sentiu a ardência das lágrimas.
– Ele deve estar com fome.
– Eu não devia ter saído daqui.
Niclas cortou um pedaço de pão que Marta havia feito naquela manhã e o deu para o filho.
– Eu devia ter ficado aqui.
– Nós não sabíamos que ela viria duas semanas antes.
– Ela é tão pequena. É parecida com a mãe.
Marta olhou para a menininha, tão imóvel, tão quieta, com o punho cerrado apoiado nela. De repente sentiu um amor avassalador por aquela filha, um laço tão forte que foi como se seu coração se rasgasse. *Ah, mamãe, foi isso que você sentiu quando segurou Elise pela primeira vez?*
– Temos de dar-lhe um nome agora.
Marta entendeu o que havia por trás das palavras suaves e entrecortadas de Niclas. Ele achava que a filha não viveria muito tempo. *Por favor, meu Deus, não a tire de mim! Ela é tão pequena, tão fraca e indefesa... Dê-lhe uma chance, Senhor.*
Marta passou o dedo de leve na bochecha sedosa e pálida do bebê e viu a boquinha sugando novamente seu sustento no seio dela.
– O nome da sua mãe era Ada.
– Sim, mas não vamos dar esse nome para ela. Que tal Elise?

Marta olhou para ele espantada e Niclas franziu a testa.

– O que há de errado?

Ela nunca contara nada sobre a irmã para o marido.

– Nada. Mas é um nome que eu não daria para nenhuma filha minha.

Ele examinou o rosto dela, sem entender. Marta abaixou a cabeça e fechou os olhos. Sentiu a mão do marido pousar-lhe suavemente nos cabelos.

– Você resolve.

– O nome dela será Hildemara Rose.

– É um nome forte para um bebê tão frágil.

– É, mas, se Deus quiser, ela vai crescer e ficar forte como o nome.

Enquanto Marta se recuperava, Niclas foi à cidade e levou Bernhard com ele. Voltou com suprimentos e uma carta de Rosie que Marta esperava fazia muito tempo.

Querida Marta,

Mesmo aí no meio do nada, você tem sorte de estar no Canadá, bem longe dessa guerra que parece nunca ter fim. Deve ser estranho ter apenas um vizinho a menos de dez quilômetros de distância. Liam Helgerson parece ser um homem admirável.

As notícias que recebemos nunca são boas. A Alemanha está arrasando a França. Duzentos mil franceses morreram em Somme, com meio milhão de meninos alemães.

Londres está sendo bombardeada pelos novos aviões alemães. O seu irmão continua de prontidão na fronteira com a França. Seu pai foi reconvocado, assim como meu pai e os outros homens de nossa cidade. Só ficaram em Steffisburg os meninos e os idosos. Mas ninguém cruzou nossas fronteiras, graças a Deus.

Herr Madson deve ser um homem desprezível, mas admiro Niclas cada vez mais. Quantos homens mantêm a palavra, por pior que seja a provocação para quebrá-la? Você pode contar com um homem como esse para amá-la e honrá-la, na saúde e na doença, enquanto viverem.

Marta respondeu, mas teve de esperar um mês até Niclas levá-la até Brandon para colocar a carta no correio.

Minha querida amiga,
 Acabei de ter uma filha, à qual dei o nome de Hildemara. O segundo nome dela é Rose, por sua causa. Ela é muito pequena e delicada. Quase não chorou quando nasceu nem chora muito agora. Bernhard sempre foi grande e robusto.
 Temo por esta pequenina. Agora entendo como o coração de mamãe se partia cada vez que segurava Elise. Ela também era pequena e frágil. Bernhard começou a ganhar peso logo depois do nascimento, mas minha filhinha não cresceu muito se comparada ao que era um mês atrás. Bernhard berra quando quer alguma coisa. Minha pequena Hildemara se satisfaz dormindo quentinha no meu peito.
 Bernhard está fascinado pela irmãzinha. Deixamos que ele a segure no colo enquanto Niclas lê a Bíblia.
 Reze por sua xará, Rosie. Uma brisa do céu poderia levá-la embora, mas Deus queira que eu não a proteja demais e que não a faça crescer fraca como Elise.

1918

Quando o contrato de trabalho de Niclas chegou ao fim, Madson foi procurá-lo.

Marta viu o carro chegando e foi para a varanda, com Hildemara no colo. Niclas, coberto de poeira, chegou da plantação para receber Madson, que vestia um terno e um chapéu feitos sob medida. Ele tocou a aba do chapéu para Marta. Ela meneou a cabeça friamente, entrou em casa e ficou espiando pela janela. Não pretendia de jeito nenhum convidar o homem para jantar.

Madson ficou pouco tempo. Depois que ele entrou no carro e foi embora, Niclas ficou lá, parado, com as mãos nos bolsos do macacão, de ombros caídos. Em vez de ir para casa, foi ao campo e parou, olhando para o horizonte. Marta sabia o motivo daquele desespero e ficou dividida entre raiva e pena.

Quando finalmente Niclas voltou, ela lhe serviu o jantar.

Ele suspirou profundamente, apoiou os cotovelos na mesa e cobriu o rosto com as mãos.

– Quatro anos de trabalho duro, tudo isso por nada. – Ele chorou. – Sinto muito, Marta.

Ela pôs a mão no ombro dele, apertou os lábios e não disse nada.

– Todos nós aprendemos lições árduas nessa vida.

– Ele quer que eu assine um novo contrato, por mais quatro anos. Disse que as coisas estão melhorando...

Os pelos da nuca de Marta se eriçaram. Ela ergueu as mãos e se afastou.

– Você não assinou nada, não é?

– Eu disse que ia pensar.

– Pensar? Você sabe que o homem é um farsante, um mentiroso!

Bernhard olhava da mãe para o pai e vice-versa. Hildemara começou a chorar.

– Não vou assinar.

Niclas tirou a filha do cadeirão.

– Ainda bem que você não disse isso a ele. Ele teria amarrado nossas duas vacas e levado embora todas as nossas galinhas!

Niclas se sentou novamente e balançou Hildemara no colo, procurando acalmá-la. Virou-se para Marta, com um olhar desolado.

– Fale baixo. Está assustando nossa filha.

– O susto dela nem se compara ao meu, só de pensar que você pode nos manter aqui por mais quatro anos!

– Preciso pensar no que vamos fazer.

Ela botou as mãos na cintura.

– Vamos vender o que nos pertence e voltar para Montreal. É isso que vamos fazer!

Niclas levantou a cabeça, sério e irritado.

– Nós não vamos voltar para Montreal. Disso eu tenho certeza! Não há trabalho para mim lá, e não vou viver à custa da minha mulher!

– Winnipeg, então. É outro centro de malha ferroviária. Deve haver trabalho para você lá. Mando um telegrama para Carleen oferecendo-

-lhe a pensão por um bom preço. Se ela não puder comprá-la, eu a porei à venda. Assim que receber o dinheiro, vou comprar outra casa para transformar em pensão.

– Não vai não! Você não pode cuidar de uma pensão com dois filhos e mais um a caminho.

– Espere só para ver!

Niclas se levantou e botou Hildemara nos braços da mãe.

– Você vai tomar conta dos nossos filhos e cuidar da casa que conseguirmos alugar. É isso o que vai fazer! Eu vou arrumar trabalho. Eu é que vou sustentar minha família!

Marta virou de costas para não correr o risco de lembrá-lo de que até então ele não conseguira fazer isso direito.

– Até quando Madson quer uma resposta?

Niclas bufou.

– Ele disse que volta daqui a dez dias.

– Então temos dez dias para fazer engradados suficientes para duzentas galinhas. Levaremos a vaca e o bezerro para o sr. Helgerson. Ele pagará bem, porá o bezerro no meio de seu rebanho e pedirá para um de seus homens cuidar da vaca até Madson voltar.

– Acho que o sr. Ingersoll não vai querer duzentas galinhas.

– Não planejo vendê-las em Brandon. Vamos colocá-las na carroça e levá-las para Winnipeg. Os mercados da cidade pagam melhor.

– Não podemos levar a carroça, Marta. Não é nossa. E os cavalos também não.

– Não vamos roubá-los, Niclas, apenas pegá-los emprestados. Ou você acha que vamos andando até Winnipeg, arrastando nossos baús? Quando chegarmos lá, mandaremos avisar ao sr. Madson que ele pode enviar um de seus outros escravos para pegar tudo.

Marta agradeceu a Deus por ter ido a Brandon com Niclas pela última vez. Ciente de que o contrato estava chegando ao fim, ela dissera ao sr. Ingersoll que ele tinha de fechar sua conta. Ele não gostou nada, mas Marta agora tinha dinheiro suficiente para pagar aluguel e comprar o que era preciso para que se instalassem em Winnipeg.

Querida Rosie,

Niclas conseguiu trabalho na oficina de locomotivas. Seu antigo supervisor, Rob MacPherson, foi transferido para Winnipeg. Quando viu que Niclas tinha se candidatado, contratou-o. E foi bem a tempo. Nosso terceiro filho, uma menina chamada Clotilde Anna, nasceu um mês depois que Niclas começou a trabalhar. Ela é robusta como Bernhard e fluente como ele em suas exigências. Pense só, Rosie, dois milagres num mesmo mês! Nós finalmente vimos o fim dessa guerra e fomos abençoados com a pequena Clotilde.

Hildemara Rose não tem nada do ciúme entre irmãos que você menciona sobre seus filhos. Ela adora o irmão e a irmã e desiste de qualquer coisa se um deles pedir, seja um brinquedo ou até a comida que tem no prato. Os dois se aproveitam disso, e ela deixa. Terei de ensiná-la a se defender.

Carleen e Nally Kildare compraram a minha pensão em Montreal. Não podiam pagar o valor todo, mas conseguiram um empréstimo do Banco de Montreal. Eu não pretendo tocar nesse dinheiro, a menos que Niclas perca o emprego de novo. Deus queira que isso não aconteça! Uma vez mencionei que poderíamos comprar esta casa, mas ele foi irredutível, disse que devíamos esperar para ver como as coisas iam caminhar. Até onde eu sei, está tudo indo muito bem.

Eram muitos os rumores quando os soldados voltaram da Europa. A oficina de locomotivas demitiu alguns trabalhadores estrangeiros para recontratar os que tinham servido na guerra. Marta perguntava e Niclas só dizia que seu emprego estava garantido enquanto MacPherson fosse o supervisor. Fora isso, ele não comentava quase nada, sobre qualquer coisa. Chegava do trabalho todos os dias e se sentava na sala de estar, com a cabeça para trás, de olhos fechados. Só se levantava para brincar com Bernhard e Clotilde. Hildemara sempre ficava meio afastada, esperando a sua vez.

Depois do jantar, Niclas lia histórias da Bíblia para as crianças, antes que Marta as colocasse para dormir. Então ele ficava em silêncio outra vez, sentado na poltrona, espiando pela janela. Sempre parecia exausto ao chegar do trabalho. Marta não imaginava por que ele se cansava tanto, o tempo todo, se não precisava mais levantar tão cedo e trabalhar até o pôr do sol. Certamente trabalhar sentado a uma prancheta desenhando projetos era preferível ao duríssimo trabalho braçal de arar quarenta acres de terra.

Marta esperou até estarem sozinhos na cama, com a luz apagada, para perguntar.

– Vai ficar com raiva de mim para sempre, Niclas?

Ele se virou de frente para ela no escuro.

– Por que eu estaria com raiva?

– Porque eu insisti para você trabalhar na ferroviária.

Ela sabia que ele tinha adorado trabalhar a terra, vendo o trigo e a cevada crescerem. Tinha muito orgulho de suas plantações. Será que ele ficaria como o pai dela e a culparia por tê-lo feito desistir de um sonho impossível, e com o tempo acabaria descontando sua insatisfação nela e nos filhos?

– Eu peguei o emprego que apareceu.

– Mas você está muito infeliz – Marta disse, com a voz entrecortada.

Ele a pegou nos braços.

– Um marido faz de tudo para deixar a esposa feliz.

Quando ele a beijou, Marta teve vontade de chorar. Não via alegria nele desde a mudança para Winnipeg, e a sensação de culpa a dilacerava por dentro. E se ele se cansasse dela? E se começasse a vê-la como seu pai sempre a vira? Uma menina sem graça, agressiva, egoísta, que não valia nada?

– Como uma esposa pode ficar feliz se o marido está infeliz?

– Você detestava a fazenda de trigo, e eu odeio meu trabalho. – Ele virou o queixo e pôs a mão no rosto dela. – Juro que não vou levá-la de volta para lá, mas não sei quanto tempo vou aguentar ficar aqui.

– Um dia você vai me deixar.

– Nunca.

– Promete?

Ele a fez se deitar de costas.

– Prometo.

Marta se lembrou do que Rosie dissera sobre Niclas e puxou a cabeça dele em direção à dela.

Depois de muito tempo, ela se viu deitada de frente para ele novamente. Passou os dedos no cabelo do marido e perguntou:

— O que vamos fazer?

— Esperar. — Ele pegou a mão dela e a beijou. — Deus nos mostrará o caminho.

O expediente de Niclas foi reduzido no dia seguinte.

Marta soube que alguma coisa havia acontecido quando Niclas passou pela porta. Aquela tarde ele não parecia cansado. Os olhos dele brilhavam.

— MacPherson vai embora.

O coração dela ficou apertado.

— Ele vai voltar para Montreal?

— Vai para a Califórnia. Tem um emprego acertado em Sacramento. — Ele pendurou o casaco e o chapéu. — Ele disse que meu expediente será reduzido mais uma vez.

Bernhard e Clotilde exigiam a atenção dele.

Marta os fez calar e mandou-os ir brincar na sala de estar. Hildemara ficou parada na porta, olhando para eles com os enormes olhos castanhos.

— Vá com Bernhard e Clotilde, Hildemara. Ande logo!

— Como podem reduzir seu tempo de novo?

Niclas só ganhava setenta e cinco dólares por mês, e isso mal dava para pagar o aluguel e pôr comida na mesa.

— Pode ficar pior.

Marta sabia que ele poderia perder o emprego, afinal.

— Vou começar a procurar uma casa. Podemos abrir outra pensão. Nós dois podemos administrá-la.

— Os homens da ferrovia estão indo embora. A companhia está dando passagens para a Califórnia de graça.

Califórnia? Marta tentou absorver o choque.

— O que você faria na Califórnia?

— MacPherson disse que fará de tudo para me ajudar a encontrar um emprego lá. Se não der, a terra é boa na Califórnia.

– Você não pode estar querendo dizer que vai voltar para uma fazenda!

– Sinto falta de arar e plantar. Tenho saudade de colher o que plantei com as minhas próprias mãos. Saudade do espaço aberto e do ar puro.

Marta procurou ficar calma.

– E eu só me lembro dos invernos gelados, das tempestades com trovoadas e relâmpagos que nos enchiam de medo, porque bastaria um para incendiar em minutos um ano de trabalho!

– O clima é temperado na Califórnia. Não há gelo nem neve no Central Valley.

Marta começou a tremer.

– Por favor, não me diga que assinou outro contrato.

– Não, mas entrei na fila dos candidatos às passagens. Vai ser um milagre se conseguir. Estão dando as passagens para os homens que trabalharam cinco anos ou mais na companhia. Mas tive de tentar. Elas vão acabar em uma semana.

Mesmo estando de sobreaviso de que isso poderia acontecer, Marta não estava preparada quando Niclas chegou em casa com as passagens de trem para a Califórnia.

– Aqui está a resposta às minhas preces – ele disse, com as passagens na mão.

Marta não via aquele brilho no olhar desde que deixaram os campos de trigo.

Ela se lembrou do que eles tinham conseguido no fim de quatro anos plantando. Nada! Sabia que ele não daria ouvidos a esse raciocínio e procurou desculpas para atrasar a partida.

– Podíamos esperar passar o Natal, pelo menos.

Ele deu risada.

– Vamos passar o Natal na Califórnia!

Marta explodiu em lágrimas e fugiu para a cozinha. Pensava que Niclas iria atrás dela, mas ele não foi. Enquanto punha a mesa, ouviu o marido falando da Califórnia para os filhos, a terra dourada das oportunidades, o lugar onde o sol sempre brilhava. Mesmo depois de chamar todos eles para jantar, ele continuou falando. Marta mexeu a comida no prato e se esforçou para não olhar feio para o marido, para não perturbar as crianças. Hildemara não parava de olhar para a mãe.

– Coma! – Marta lhe disse.

Clotilde já parecia a irmã mais velha, pois era mais alta e mais robusta.

– Quando é que nós vamos, papai? – Parecia que Bernhard tinha sido convidado para um parque de diversões.

– No fim da semana. Só vamos levar o que realmente precisamos. – Niclas olhou para Marta. – Vamos vender a mobília e comprar outra quando chegarmos à Califórnia.

– A mobília toda? – Marta perguntou baixinho. – E o novo dormitório que compramos no ano passado, e o sofá, e...?

– Sairia mais caro pagar o transporte de tudo do que comprar tudo novo quando chegarmos lá.

Marta perdeu completamente o apetite. Niclas serviu-se duas vezes.

– Dizem que se pode colher laranja no pé o ano inteiro lá.

Bernhard arregalou os olhos. Tinha provado sua primeira laranja no Natal do ano anterior.

– Quantas a gente quiser?

– Se tivermos uma laranjeira na nossa propriedade.

– Que propriedade? – disse Marta, furiosa.

Niclas despenteou o cabelo de Bernhard.

– Não temos nenhuma propriedade ainda, *Sohn*. Temos de passar um tempo conhecendo o lugar primeiro.

Marta tirou a mesa e lavou os pratos. Niclas levou os filhos para a sala de estar para ler histórias da Bíblia.

– Já para a cama.

Marta enxotou todos para cima e foi prepará-los para dormir. Niclas subiu e deu um beijo de boa-noite em cada um. Quando foi para o quarto do casal, viu Marta indo em direção à escada.

– Aonde você vai?

– Não estou com sono ainda – ela respondeu, o coração batendo descompassado.

Ele a seguiu até a sala de estar. Ela cruzou os braços e se recusou a olhar para ele. Dava para sentir que Niclas estava parado atrás dela, olhando-a. Marta ouviu o marido dar um profundo suspiro.

– Fale comigo, Marta.

– Não há nada para falar. Você já resolveu tudo.

– Que melhor presente posso dar aos nossos filhos do que a chance de terem uma vida melhor? Não foi isso que você sempre quis? Não foi por isso que saiu de casa tão jovem?

– Eu saí porque queria fazer minhas próprias escolhas!

Ele pôs as mãos na cintura dela.

– Você me escolheu.

Na saúde e na doença, na riqueza e na pobreza...

Niclas a puxou para perto. A sensação que ele provocava com um simples toque era sempre a derrota de Marta. Ela quis resistir, mas acabou se rendendo a ele novamente. Quando ela cedeu, Niclas a fez dar meia-volta e a abraçou. Eles se beijaram e ela encostou a cabeça no peito dele. O coração dele batia rápido e com força.

– Confie em mim.

Marta fechou os olhos e não disse nada.

– Se não consegue confiar em mim, confie em Deus. Foi ele quem abriu o caminho.

Marta desejou poder acreditar naquilo.

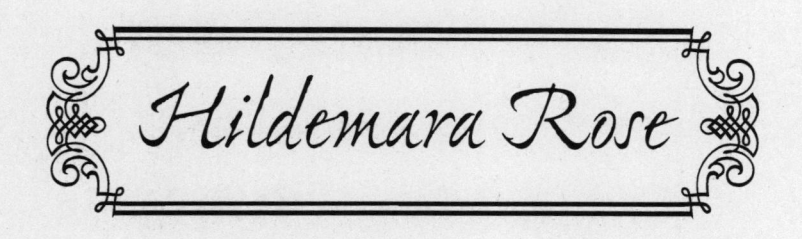

Hildemara Rose

15

1921

O vagão de passageiros sacolejava e dava solavancos, seguindo lentamente pelos trilhos. De joelhos, Hildemara espiava pela janela e via as casas passando enquanto o trem ganhava velocidade. Ela deslizou para o banco de novo, sentindo-se tonta e enjoada. A mãe a obrigara a tomar café da manhã, apesar de seu apetite ter diminuído com a excitação da viagem para o sul dos Estados Unidos da América. Agora sentia o estômago cheio, rolando com as rodas do trem que estalavam nos trilhos.

– Você está pálida, Marta – o pai dela disse, franzindo a testa. – Está se sentindo bem?

– Do mesmo jeito que me senti quando atravessei o Atlântico para vir para cá – observou a mãe, apoiando a cabeça nas costas do banco. – Vigie as crianças.

Bernhard e Clotilde corriam de um lado para o outro no corredor, e então o pai ordenou que se sentassem e ficassem quietos. A mãe deu uma olhada para Hildemara e chamou o pai de volta.

– É melhor levar essa menina ao banheiro, e rápido.

Quase não deu tempo de Hildemara entrar no cubículo na traseira do vagão. Ela chorou mesmo depois de vomitar muito, porque não estava se sentindo melhor. O pai a levou de volta para a mãe.

– Ela devolveu o café da manhã. Está gelada e suando muito.

– Deite-se, Hildemara. – A mãe afastou os cabelos do rosto dela. – Durma um pouco.

Os dias se passavam e eles seguiam viagem. Hildemara estava enjoada demais para se importar quando enfim passaram pela polícia na fronteira e quando trocaram de trem. Bernhard e Clotilde tagarelavam sobre qualquer coisinha que viam pela janela, mas Hildemara não conseguia nem levantar a cabeça do banco. Marta, irritada, pediu ao marido:

– Fique de olho neles, Niclas. Eu não posso. Não estou me sentindo muito melhor do que Hildemara. Não consigo me levantar para tomar conta de Bernhard e Clotilde.

– O que devo fazer com eles?

– Não deixe que incomodem os outros passageiros. E não os perca de vista.

– Eles não podem ir a lugar nenhum.

– Eles podem cair entre os vagões! Podem descer do trem quando ele parar! Se for para o vagão-restaurante para conversar com aqueles homens de novo, leve-os com você, por favor. Eu não posso correr atrás deles.

– Está bem, Marta. Deite e descanse. Você está com a cara pior que a da Hildemara.

– Eu odeio trens!

O pai chamou Bernhard e Clotilde de volta, mandou os dois se sentarem e ficarem olhando pela janela.

– Sejam bonzinhos com a mamãe. Ela não está se sentindo bem. Eu volto logo.

– Niclas!

Marta ergueu-se um pouco do banco, mas teve de se deitar novamente, com a mão sobre os olhos. Inquieto depois de alguns minutos, Bernhard quis saber quanto faltava para o trem chegar à Califórnia.

– Vamos chegar quando tivermos de chegar, e pare de fazer essa mesma pergunta milhões de vezes. Não estou tão mal que não possa deitá-lo nos joelhos e dar-lhe umas boas palmadas!

Clotilde cutucou Hildemara, querendo brincar, mas ela não conseguia abrir os olhos sem sentir que estava tudo girando.

– Deixe sua irmã em paz, Clotilde.

O pai voltou com pão, queijo e uma garrafa de água. Hildemara bebeu um pouco, mas o cheiro do queijo revirou seu estômago outra vez.

– Ela só vai melhorar quando descermos do trem, Niclas.

– Como vai ser lá na Califórnia?

– O papai já falou para você, Bernhard.

– Fala de novo!

– A Califórnia tem muitos laranjais. Você vai poder comer quantas laranjas quiser. Faz sol o ano inteiro. Por isso eles podem plantar qualquer coisa lá. Vamos achar uma boa casa, uma terra, e você e suas irmãs terão bastante espaço também. Poderão correr e brincar nos pomares. Nada mais de ter que ficar dentro de casa o tempo todo.

A mãe semicerrou os olhos.

– Você disse que o sr. MacPherson tinha um emprego à sua espera em Sacramento.

– Ele disse que faria o que pudesse por mim, se eu fosse.

O pai passou a mão no cabelo louro de Bernhard e pôs Clotilde sentada no colo.

– Primeiro vamos para Sacramento. Se não tiver emprego lá, papai sabe onde encontrar uma boa terra para cultivar. Onde vocês preferem morar, meus filhos? Numa casa perto da linha do trem, cheia de sujeira e fumaça, ou numa bela casa ensolarada, no meio de um pomar de laranjeiras?

Hildemara ouviu a mãe dizer alguma coisa em alemão. O pai a ignorou e ficou prestando atenção nos gritos de Bernhard e Clotilde dizendo quantas laranjas comeriam quando chegassem à Califórnia.

O pai deu risada.

– O cultivo da terra é trabalhoso, *Sohn*. Você vai precisar me ajudar.

– Fiquem quietos! – rosnou a mãe. – Há outras pessoas à nossa volta. – Ela olhou furiosa para o pai. – Você está enchendo a cabeça deles com contos de fadas!

– Só estou dizendo o que me disseram, Marta.

– *Ja*! E Robert Madson também disse para você que plantar trigo era lucrativo, não disse?

O pai pôs Clotilde sentada ao lado da mãe e se levantou. Foi andando pelo corredor para a porta que dava para o vagão-restaurante, então a mãe enxotou Bernhard e Clotilde.

– Vão com o papai. Corram, senão não vão alcançá-lo.

Os dois saíram correndo ruidosamente pelo corredor e alcançaram o pai antes que ele passasse para o outro vagão.

Hildemara desejou estar melhor para poder correr de um vagão ao outro. Queria que o mundo parasse de girar. Tinha medo quando o pai e a mãe conversavam em alemão. Será que o trem nunca ia parar mais do que alguns minutos?

– Na Califórnia tem mesmo laranjais, mamãe?

A mãe suspirou e pôs a mão na testa de Hildemara.

– Vamos descobrir quando chegarmos lá.

Hildemara gostou da frescura da mão da mãe.

– Procure se sentar um pouco. Você precisa tentar comer alguma coisa. Pelo menos um pedaço de pão. Suas pernas estão muito fininhas.

– Vou vomitar.

– Só vai saber se tentar. Vamos lá, sente-se.

Quando a menina se sentou, a tontura voltou. Ela engasgou quando tentou engolir um pedaço de pão.

– Então fique quieta, Hildemara. Não chore. Pelo menos você tentou. Isso já é alguma coisa.

A mãe ajeitou o cobertor em volta dela novamente.

– Eu passei vários dias enjoada na travessia do Atlântico. Isso vai passar logo. Você só precisa se concentrar e ter força de vontade.

A concentração e a força de vontade não a ajudaram nem um pouco. Quando chegaram a Sacramento, Hildemara estava fraca demais para ficar de pé, que dirá para sair andando do trem. A mãe teve de carregá-la, enquanto o pai foi pegar os dois baús.

Ficaram num hotel perto da estação de trem. Hildemara comeu sua primeira refeição em vários dias, no restaurante do hotel. Um prato de sopa e alguns biscoitos.

Choveu a noite toda. O pai saiu cedo na manhã seguinte e ainda não tinha voltado quando a mãe disse que era hora de irem para a cama.

Hildemara acordou com a voz da mãe.

– Não encoste em mim! – Marta gritou para Niclas.

O pai falava baixinho em alemão, mas a mãe respondia furiosa em inglês.

– Você mentiu para mim, Niclas. Essa é a verdade.

O pai falou alguma coisa, baixinho de novo.

– Em inglês, Niclas, senão não vou responder. – A mãe baixou a voz. – Os americanos não gostam dos alemães, exatamente como os canadenses.

Não fez sol por vários dias. Não viram nenhuma laranjeira, até a mãe levá-los para passear no prédio da prefeitura. A mãe conversou com um jardineiro e perguntou se os filhos podiam pegar uma laranja cada um. As crianças lhe agradeceram educadamente e descascaram as frutas. O jardineiro se apoiou no ancinho e franziu a testa.

– Ainda estão meio verdes, madame.

– Que isso lhes sirva de lição.

A mãe e o pai discutiam o tempo todo. Ele queria procurar terras para comprar, e ela não concordava.

– Você não tem muita experiência com fazendas para desperdiçar o dinheiro com terra.

– O que você quer que eu faça? Estamos gastando nesse hotel. Eu preciso encontrar um trabalho.

– Se eu comprar alguma coisa, será outra pensão.

– E aí, o que eu vou fazer? Trocar a roupa de cama? Lavar roupa? Isso não! Sou o chefe desta família!

Ele falou em alemão outra vez, rápida e furiosamente.

– O dinheiro está no meu nome, Niclas, não no seu! Não foi você quem o ganhou, fui eu!

Um vizinho bateu na parede e gritou para eles calarem a boca. A mãe chorou.

O pai voltou para o hotel aquela tarde com passagens de trem. Quando falou em viajar de novo, Hildemara começou a chorar.

– Não se preocupe, *Liebling,* vai ser uma viagem curta dessa vez. São só cento e trinta quilômetros.

A mãe se abaixou e segurou-a pelos ombros.

– Pare com isso! Se eu posso aguentar, você também pode – disse para a filha, pegando-a pela mão e arrastando-a para a estação de trem.

Quando o pai se sentou no vagão, a mãe levantou Hildemara e a colocou sentada no colo dele.

— Se ela vomitar, que seja em cima de você desta vez!

Marta se acomodou do outro lado do corredor, de costas para eles, virada para a janela.

— *Schlaf, Kleine* — disse o pai.

Um homem na frente deles se virou e o observou de cara feia. O pai falou em inglês:

— Durma, pequena.

— São alemães?

A mãe se levantou e foi se sentar ao lado do pai.

— Suíços! Viemos do Canadá. Ele ainda não fala bem o inglês. Meu marido é engenheiro. Infelizmente o supervisor que prometeu um emprego para ele foi para o sul da Califórnia.

O homem olhou para os dois.

— Bem, então boa sorte para vocês — disse ele.

O pai botou Hildemara sentada na poltrona com Bernhard e Clotilde.

— Tome conta das suas irmãs, *Sohn*.

Ele pegou a mão de Marta e a beijou. Ela continuou olhando fixo para frente, pálida e irredutível.

Hildemara acordou quando um homem passou pelo corredor anunciando Murietta.

Bernhard a empurrou, Clotilde se esgueirou e correu para a porta, até que a mãe a mandasse parar e esperar. Hildemara sentiu o ar frio no rosto quando desceu os degraus do trem. O pai a pôs na plataforma e deu-lhe um tapinha de leve. A mãe ficou esperando embaixo de uma grande placa. Viu uma rua comprida e poeirenta. Deu um longo suspiro.

— Deixamos Winnipeg por isso?

— Não está chovendo.

O pai botou um baú no ombro e arrastou o outro para uma sala. Hildemara olhou para a expressão pétrea da mãe.

— Aonde o papai está indo?

— Ele vai guardar os baús até encontrarmos um lugar para morar.

O pai voltou de mãos vazias.

— O gerente da estação disse que só há um lugar para ficar na cidade.

Bernhard e Clotilde foram saltitando na frente, e Hildemara esticou o braço para pegar a mão da mãe, mas ela não deixou, dando um tapinha nas costas da filha.

— Vá com seu irmão e sua irmã.
— Mas eu quero ficar com você.
— Eu disse para ir!

O pai abaixou e segurou o queixo de Hildemara, que tremia.

— Não precisa chorar, *Liebling*. Estamos logo atrás de vocês.

Hildemara foi andando na frente, mas ficava olhando para trás. A mãe estava irritada. O pai, à vontade e contente. Hildemara estava perto deles e deu para ouvir o pai dizer.

— É uma boa cidade, Marta, toda enfeitada para o Natal.

Bernhard a chamou e Hildemara correu para juntar-se aos irmãos diante de uma grande vitrine. Ficou encantada com os lindos enfeites de vidro que havia em caixas.

— Venham, crianças — a mãe conduziu os três.

Do outro lado da rua havia um teatro. Passaram por um armazém, um sapateiro e uma loja de arreios e selas, por uma padaria, um salão de sinuca e um café. Chegaram a uma casa marrom de dois andares, com janelas brancas e uma longa varanda de madeira com quatro cadeiras de balanço, e a mãe pediu que ficassem com o pai.

— Você pode levar as crianças para um passeio enquanto eu cuido dos negócios.

Ela levantou a saia comprida e subiu os degraus da casa.

O pai disse para Bernhard correr até o primeiro cruzamento e voltar. Ele fez isso duas vezes e só então se aquietou, caminhando normalmente e parando de fazer perguntas. O pai virou a esquina e os levou para outra rua, com árvores grandes dos dois lados.

— Essa aqui é a Rua dos Olmos. Que tipo de árvore vocês acham que são essas?

— Olmos! — disseram Bernhard e Hildemara ao mesmo tempo.

— Eu disse primeiro! — teimou o garoto.

Todas as casas tinham um gramado na frente. Chegaram a outra rua, e o pai retomou a rua principal.

— Olhem lá aquela casa grande, de tijolos cor-de-rosa. É uma biblioteca. Acho que faria sua mãe sorrir.

Então atravessaram a Main Street e continuaram em frente. Não tinham andado muito e chegaram a um lugar onde havia pomares e vinhedos. Exausta, Hildemara ficou para trás e gritou para o pai esperar. Ele voltou e a pôs nos ombros.

Bernhard parecia não se cansar nunca.

– Essas são laranjeiras, papai?

– Não. Eu não sei o que são. Vamos perguntar?

Ele pôs Hildemara no chão e disse para ela tomar conta de Clotilde enquanto ele conversava com o fazendeiro, que cavava uma vala entre duas fileiras de vinhas. O homem disse que aquelas eram amendoeiras e que, do outro lado da rua, eram videiras.

– Estou com sede – disse Clotilde.

Hildemara segurou a mão da irmã e a levou para a sombra de uma das árvores. Bernhard perguntou ao fazendeiro se podia cavar, e então o homem lhe deu a pá. Os dois homens continuaram conversando enquanto Bernhard tentava tirar mais terra arenosa da vala. Clotilde se levantou e foi puxar a calça do pai.

– Estou com fome, papai.

Ele deu um tapinha na cabeça dela e continuou conversando. Clotilde puxou a calça dele de novo, com mais força. O pai a ignorou, e ela começou a chorar. Então ele apertou a mão do homem e perguntou se podia voltar no dia seguinte para continuar a conversa.

Preocupada, a mãe se levantou de uma cadeira de balanço na varanda.

– Onde vocês estavam?

– Encontramos um fazendeiro! – disse Bernhard, subindo os degraus da varanda. – Ele me deixou cavar uma vala!

O pai pôs Clotilde no chão, e ela puxou a saia da mãe.

– Estou com fome, mamãe.

Hildemara estava cansada e sedenta demais para dizer qualquer coisa.

– Você nem imaginou que Hildemara está fraca demais depois daquela terrível viagem de trem de Winnipeg para cá? Parece que ela vai desmaiar.

– Você me disse para levá-los para passear.

A mãe deu a mão para Hildemara e atravessou a rua.

– Uma volta no quarteirão, não uma caminhada até o campo. Já passa das três horas! Eles não comeram nada desde o café da manhã.

— Perdi a noção do tempo.

A mãe entrou no café. Eles se sentaram perto da janela que dava para a rua principal. O pai perguntou o que queriam comer, e a mãe disse para a garçonete que todos iam querer o "especial do dia". E juntou as mãos sobre a mesa.

— Vai ter uma apresentação de Natal na cidade esta noite. Já é alguma coisa, pelo menos.

— Tem uma biblioteca a uma rua daqui, descendo dois quarteirões.

A mãe se animou, mas ficou séria de novo num instante.

— A sra. Cavanaugh só reduziu vinte e cinco centavos por noite porque adiantei uma semana.

— Pare de se preocupar. Deus vai me encaminhar para um emprego.

Quando a garçonete serviu os pratos, o pai deu graças.

Hildemara não gostou do ensopado, espesso e gorduroso. Comeu um pouco e largou a colher.

— Você precisa comer, Hildemara — disse-lhe a mãe.

— Há dias ela não come quase nada. Talvez o estômago dela não aguente. Quer outra coisa, Hildemara? Uma sopa?

— Não a trate como um bebê! — A mãe inclinou o corpo para frente. — Você está que é só pele e osso. Coma essa comida, senão vai ficar no quarto do hotel enquanto todos nós vamos para a apresentação de Natal.

De cabeça baixa, brigando com as lágrimas, Hildemara pegou a colher.

Bernhard e Clotilde terminaram de comer rapidamente e queriam brincar. Hildemara ainda tinha de comer metade do prato. O pai levou Bernhard e Clotilde para fora. A mãe ficou com ela.

— Pelo menos a carne, Hildemara.

Ela mexeu com a colher no prato de ensopado da filha, separou pedaços de carne e de legumes.

— Coma isso aqui e beba todo o leite.

Outras famílias entraram no café e pediram refeições.

— Vai escurecer e você ainda não terminou — disse-lhe a mãe, irritada. — Mas não vamos sair desta mesa enquanto você não comer. Sem isso, não ficará mais forte.

A mãe recostou-se na cadeira e fez uma careta.

— Está zangada, mamãe?

Ela ficou olhando para a rua.

– Não com você.

Quando Hildemara finalmente conseguiu engolir o último pedaço de cenoura, a mãe tirou da bolsa algumas moedas e as deu à garçonete. As pernas de Hildemara doíam depois da longa caminhada que fizera com o pai, mas ela não reclamou. Agarrou com mais força a mão da mãe quando se aproximaram de uma multidão reunida no centro da cidade. Havia outras crianças com seus pais, e todos olhavam quando elas passavam. Hildemara ficou o mais perto que pôde da mãe, que esticava o pescoço à procura de Niclas.

– Lá está o papai.

Ele conversava com o homem que estava cavando a vala aquela tarde, e alguns outros tinham se juntado aos dois.

– Onde está Bernhard? E Clotilde? – a mãe perguntou, olhando em volta.

– Estão lá – o pai apontou para um grupo de crianças perto de uma plataforma, dando um largo sorriso. – Papai Noel está chegando – e retomou a conversa com os homens.

– Vá lá, Hildemara.

– Não quero.

Ela não queria largar a mão da mãe.

Marta se abaixou.

– Clotilde é quase dois anos mais nova que você e não tem medo. Agora vá. – Ela olhou nos olhos de Hildemara e sua expressão ficou mais suave. – Eu estarei aqui. Posso vê-la daqui, e você poderá me ver também.

Ela fez Hildemara dar meia-volta e deu-lhe um pequeno empurrão.

Hildemara procurou o irmão e a irmã. Dava para vê-los lá na frente, perto da plataforma. Mordendo o lábio, ela ficou atrás, com medo de abrir caminho no meio das outras crianças.

Um homem subiu na plataforma e fez um discurso.

Então quatro homens de colete vieram pela rua, um com uma sanfona, e começaram a cantar. Todos bateram palmas com tanto entusiasmo que eles cantaram outra música. Uma menininha com um vestido curto de cetim verde e vermelho, meias pretas e um colete bordado subiu na plataforma. Alguém tocou um violino e a menina sapateou, seus cachos ruivos subiam e desciam. Hildemara ficou fascinada. Quando a música acabou, a menina segurou a saia e fez uma mesura, depois desceu os degraus correndo, para os braços da mãe, que a esperava orgulhosa.

– Papai Noel está vindo! – alguém gritou, e sinos tocaram quando um homem corpulento de roupa vermelha com barras brancas apareceu.

Ele usava botas pretas de cano alto e carregava um grande saco nas costas, dizendo "Ho! Ho! Ho!" diante das risadas animadas das crianças.

Apavorada, Hildemara olhou para trás. A mãe estava rindo. O pai pôs o braço na cintura dela, e ela não se afastou. Hildemara se virou para a plataforma e viu o irmão e a irmã subindo no palco com as outras crianças, mas ela não se mexeu.

O homem de vermelho levantou a cabeça e disse com a voz retumbante:

– É o estouro da boiada!

Rindo com a plateia, ele se abaixou, pegou um saco pequeno e o deu para a menininha de vestido verde e vermelho e sapatos pretos brilhantes. Apareceram mais sacos, que eram agarrados por mãos afoitas.

Quando Bernhard desceu da plataforma, já tinha aberto o dele. Estava cheio de balas com desenhos floridos, amendoins cobertos de chocolate e amêndoas confeitadas. Clotilde também tinha um saquinho de papel daqueles.

– Me dá uma? – pediu Hildemara.

Clotilde puxou o saquinho e se virou de costas.

– Hildemara! – chamou a mãe, abanando a mão.

A menina entendeu. Era para ela subir na plataforma e pegar um daqueles também. Só que ela não conseguiu. Quando olhou para o homenzarrão e para todas aquelas crianças em volta, ficou paralisada.

– Você não vai? – perguntou Bernhard, apontando para o palco com o queixo.

Hildemara balançou a cabeça, então o irmão pôs os doces na mão dela e subiu correndo os degraus.

– Você de novo? – Papai Noel balançou a cabeça. – É um presente para cada um, filho.

– É para a minha irmã – explicou Bernhard, apontando para ela.
Papai Noel olhou para Hildemara.

– Suba aqui, menina. Eu não mordo.

As pessoas riram à sua volta. Algumas a empurraram. Hildemara fincou o pé e começou a chorar. Olhou para trás e viu a mãe franzir o cenho e fechar os olhos.

Bernhard voltou para o lado da irmã.

– Pare de chorar que nem um bebê! – rosnou ele, pondo o saquinho de balas na mão dela.

Clotilde gritou e foi para perto da mãe e do pai, apertando seu saquinho de confeitos com força.

De cabeça baixa, Hildemara seguiu Bernhard para onde a mãe e o pai estavam.

A mãe olhou séria para ela. Não era a primeira vez que Hildemara via aquele olhar desapontado da mãe.

16

O pai saía todos os dias para procurar emprego. Conheceu outro homem bondoso que lhes ofereceu a propriedade dele, perto de um canal de irrigação, para que morassem por um tempo. A mãe e o pai discutiram a respeito, então ela comprou lona para fazer uma barraca. Antes de terminar, seus dedos já estavam sangrando, mas ela continuou, retesando o maxilar.

– Eu costumava sonhar que vivia com você numa tenda de beduíno, Niclas. Agora sei que isso é uma bobagem romântica!

O pai disse que a mãe sabia fazer de tudo.

– O pai dela era alfaiate.

Mais tarde, naquela noite, Hildemara acordou ouvindo gritos. A mãe já tinha falado em voz alta muitas vezes desde que saíram do Canadá, mas dessa vez o pai revidava aos berros também. Hildemara chegou mais perto de Bernhard e os dois se abraçaram no escuro, enquanto o pai e a mãe discutiam alto, em alemão.

– Basta! – o pai agarrou a mãe e a sacudiu. – *Basta!*

Ele falou baixo e com intensidade, mas Hildemara não entendia as palavras. Gritando, a mãe tentou se libertar, mas ele não a soltava. Falou outras coisas e ela começou a chorar, não um choro suave e triste de derrota, mas soluços agudos que assustaram Hildemara mais do que a fúria da mãe. Então o pai a soltou, disse mais alguma coisa e se afastou.

Bernhard levantou-se de um pulo e correu atrás dele.

– Papai, papai! Não vá!

– Fique com a sua mãe! – o pai lhe disse.

– Não! Quero ficar com você, papai!

O pai se ajoelhou no solo arenoso e falou com o filho.

– Vou voltar, *Sohn*. – Ele se endireitou, olhando para a mãe. – Deus me disse para trazer minha família para cá e ele vai cuidar de nós. – Pôs a mão na cabeça de Bernhard e olhou para baixo. – Você acredita em mim?

– Acredito, papai.

– Então ajude sua mãe a acreditar. Obedeça-lhe enquanto eu estiver fora.

E desapareceu na escuridão da noite.

A mãe disse para Bernhard entrar na barraca e dormir. Ficou sentada lá fora um longo tempo, com a cabeça apoiada nas mãos. Então entrou e se deitou ao lado de Hildemara e Clotilde. Hildemara se virou de frente para ela.

– Eu te amo, mamãe.

– Psiu.

A mãe deu um suspiro trêmulo e virou de costas. Os ombros dela tremeram por muito tempo, e Hildemara ouviu soluços baixinhos e abafados no escuro.

A menina acordou sendo sacudida e viu a mãe de pé, ao seu lado.

– Levante-se. Tem água na tina. Lave-se e vista-se. Vamos para a cidade.

– O papai voltou?

– Não, e não vamos esperar por ele. – Ela bateu palmas. – Vamos, apresse-se! Não dormiremos no chão nem mais uma noite.

Quando chegaram à cidade, a mãe os levou para a maior loja. Tinham todo tipo de mercadoria empilhada em prateleiras que iam até o teto e sobre mesas dispostas por todo o espaçoso salão.

– Podem olhar, mas não ponham a mão – disse-lhes a mãe, entregando uma lista para o homem atrás do balcão.

Bernhard foi espiar um trem montado na vitrine. Clotilde ficou parada na frente de uma fileira de vidros cheios de balas, e Hildemara foi andando entre as mesas. Viu uma boneca de olhos azuis com um belo vestido e fitas no cabelo louro encaracolado. Quis tocar a boneca, mas ficou com as mãos para trás.

– Gosta dela?

Hildemara olhou rapidamente para a sorridente senhora de vestido azul e de novo para a boneca.

– É muito bonita.

– Quem sabe o Papai Noel dará uma linda boneca como essa para você no Natal.

– Papai disse que já tivemos nosso Natal.

– Ah, é? E o que você ganhou?

– Nossa viagem para a América.

Choveu novamente aquela tarde. A mãe ficou sentada dentro da barraca, espiando lá fora, enquanto Bernhard e Clotilde brincavam com uma bola que ela havia comprado. Hildemara roía as unhas e observava a mãe. Quando ficavam com fome, a mãe lhes dava pedaços de pão comprado na padaria.

O pai voltou aquela tarde, a mãe se levantou depressa e saiu da barraca para recebê-lo. Ficaram muito tempo conversando. Quando entraram, a mãe abriu duas latas de sopa Campbell's para o jantar.

– Vou tentar de novo amanhã – disse o pai, com a voz cansada.

Não parecia alegre quando sorriu para Hildie.

Já era quase noite quando ouviram uma mulher chamar.

– Olá!

A mãe resmungou alguma coisa em alemão, e o pai foi lá para fora. Quando ele a chamou, ela se levantou.

– Fiquem aqui dentro! Está chuviscando outra vez.

Bernhard e Clotilde foram engatinhando até a porta da barraca e espiaram o anoitecer nevoento. Hildemara juntou-se aos irmãos.

Havia duas mulheres sentadas numa carruagem. Hildemara reconheceu a senhora de azul que tinha conversado com ela aquela manhã. Elas deram caixas para a mãe e o pai. Ele levou duas para dentro da barraca, e a mãe ficou conversando com as senhoras. Quando voltou, tinha lágrimas nos olhos. Hildemara chegou para frente e inspirou profundamente. Alguma coisa ali tinha um perfume delicioso. Olhou de novo para fora, e a senhora acenou para ela. Hildemara retribuiu o aceno.

– O que elas trouxeram para nós, mamãe?

Bernhard se ajoelhou quando a mãe abriu a primeira caixa.

– Feche a barraca, Hildemara – disse a mãe, com a voz rouca. – Está entrando um vento gelado.

O pai pegou com cuidado uma grande caçarola. Abriu a tampa e ficou contente.

– Olhem só a providência divina. Peru recheado e inhame assado.

– É providência daquelas mulheres – disse a mãe, irritada.

– É Deus que opera nos corações. Olhem só para este banquete, meus filhos.

A mãe pegou um vidro de molho de oxicoco, duas latas de biscoito, dois pães fresquinhos, uma dúzia de ovos, dois vidros de geleia caseira e algumas latas de leite. Virou o rosto de lado, fungando, e assoou o nariz.

– O que tem nesse saco, papai?

– Bem, eu não sei. Vamos ver.

O pai o abriu e tirou de dentro a linda boneca de olhos azuis e cabelo louro.

– É muito parecida com você, Clotilde.

– É minha! É minha! – Clotilde bateu palmas e estendeu a mão.

O coração de Hildemara se partiu quando o pai deu a boneca à irmã mais nova. Mordeu o lábio, mas não contou para o pai que sabia que a boneca era para ela. Viu Clotilde abraçando-a com força contra o peito e soube que nunca mais a teria. Hildemara se sentou sobre os calcanhares e piscou para secar as lágrimas. Levantou a cabeça de novo e viu a mãe olhando fixo para ela. A mãe vira quando ela ficou conversando com a senhora na loja e depois admirando a boneca.

– Você não vai dizer nada, Hildemara?

A menina olhou para a boneca e de novo para a mãe.

– É melhor aprender desde já a se defender e a falar as coisas.

– O que houve? – perguntou o pai, olhando para as duas.

A mãe continuava olhando para Hildemara.

– Algum problema?

Hildemara viu a irmã brincando com a boneca. Sabia que, se contasse que a tinham mandado para ela, Clotilde ia gritar e chorar. Talvez, com o tempo, a irmã se cansasse da boneca, e então Hildemara poderia brincar com ela.

– E eu, papai? – adiantou-se Bernhard. – Tem alguma coisa aí para mim?

– Bem, vamos ver.

O pai enfiou a mão no saco e tirou um avião de madeira. Bernhard o pegou e logo começou a brincar que voava pela barraca. O pai continuou mexendo no saco.

– Mais um brinquedo.

E tirou uma boneca de pano com um vestidinho suíço azul de bolinhas brancas, cabelo castanho trançado e grandes olhos feitos de botões marrons.

– E este é para você, Hildemara – o pai jogou-lhe a boneca.

Bernhard se manifestou.

– Hildie gostou da outra, mamãe. Ela viu na loja. Ela estava conversando com aquela senhora...

– Ora, ela não disse nada, não é? Então fica com o que recebeu.

O pai olhou para a mãe.

– Por que você não me disse?

– Ela precisa aprender a se defender!

– Ela é só uma menininha.

– Já tem quase cinco anos! Clotilde só tem três e sabe dizer o que quer.

– Marta – o pai disse baixinho, em tom de repreensão.

Bernhard se enfiou entre os dois.

– Tem mais alguma coisa no saco, papai.

As bondosas senhoras não haviam se esquecido de ninguém. O pai ganhou luvas de couro, e a mãe, um lindo xale branco de crochê.

O pai rezou, fatiou o peru, e a mãe serviu os pratos de comida. Depois que todos terminaram de comer aquele banquete, Bernhard foi brincar com o aviãozinho de novo, e Clotilde, com a boneca.

Hildemara sentiu um aperto desconfortável no peito ao ver a irmã brincar com a boneca loura de olhos azuis. Notou que a mãe olhava para ela, sentiu o calor da vergonha subindo pelo rosto e abaixou a cabeça.

A mãe botou o xale nos ombros e foi para fora. O pai pôs a mão na cabeça de Hildie.

– Sinto muito, *Liebling* – disse, levantando-se e saindo da barraca.

Hildemara ouviu os pais conversando em voz baixa.

A mãe parecia nervosa. O pai falava alemão. Hildemara se sentiu pior ainda, por saber que estavam falando dela.

Sentou a boneca sobre os joelhos e examinou-a outra vez. Pensou na senhora de azul que tinha levado as caixas. Talvez ela mesmo tivesse feito a boneca de pano. Então era especial. Hildemara tocou os olhos de botão de novo e passou o dedo no sorriso costurado com linha cor--de-rosa.

– Eu adoro você, não importa a sua aparência.

E abraçou a boneca, deitou-se no saco de dormir e puxou o cobertor.

A mãe levantava todas as manhãs antes do nascer do sol, acendia o fogo e preparava o café da manhã para o pai. Hildemara sempre acordava com as vozes baixas dos dois. Ficava mais tranquila quando conversavam assim. Quando a mãe berrava, a menina passava mal.

– Inglês, Niclas. Não pode ficar falando alemão o tempo todo. Vão pensar que você apoiou o *Kaiser*.

– O sr. Musashi está me ensinando a podar ameixeiras e videiras, e o sr. Pimentel me ensinou muita coisa sobre o solo.

– E de que serve isso se você não tem um lugar seu... Não é isso que quer dizer?

– Marta...

– Ainda não. Não estou disposta a arriscar.

A mãe embrulhou queijo, pão e duas maçãs para o pai levar para o trabalho. Ela não comia nada antes que ele saísse, e na maioria das vezes o café da manhã não lhe parava no estômago.

– Está doente, mamãe?

– Vai passar, em um ou dois meses – ela afirmou, secando a testa com as costas da mão. – Não conte nada disso para o seu pai. Ele saberá logo.

A mãe costumava se sentir melhor por volta do meio-dia, mas não tinha paciência com Bernhard nem com Clotilde, e menos ainda com

Hildemara. Todos faziam de tudo para ficar fora do caminho dela. Ela mandava Bernhard pegar água e Hildemara arrumar os sacos de dormir que ela fizera com cobertores velhos. Clotilde brincava com a boneca. Bernhard ia pescar no canal de irrigação, mas nunca pegava nada. Hildemara descascava batatas enquanto a mãe lavava roupa numa grande bacia e a pendurava numa corda que amarrara entre duas árvores.

Quando o pai voltou para casa sujo e coberto de poeira, a mãe providenciou-lhe água quente e sabão. Hildemara estava perto e ouviu a conversa.

— Vou levar as crianças para a escola amanhã, para matriculá-las. Seria melhor para elas se tivessem um endereço permanente.

— Sim. E quando você resolver abrir a bolsa, teremos um endereço permanente.

— Encontre um lugar para trabalhar como meeiro. Quando me provar que sabe o bastante para ganhar a vida como agricultor, vou lhe dar o que precisa.

— Tenho direito a esse dinheiro, Marta. O que é seu passou a ser meu quando nos casamos.

Ela ficou tensa.

— Agora nós estamos na América, não na Alemanha. O que é meu continua meu, a não ser que eu resolva outra coisa. Não pense que pode mandar em mim e que ficarei quieta como se fosse sua escrava!

Ele parecia triste, mas não zangado.

— Eu não sou seu pai.

Ela fez uma careta.

— Não, não é. Mas já não quis me escutar uma vez e olhe só o que aconteceu.

Ele tirou o sabão da nuca.

— Não precisa ficar lembrando.

— Você preferiu esquecer.

Ele jogou a toalha no chão.

— Eu preferi tentar de novo!

Ela deu um passo para frente, de queixo erguido.

— E eu preferi esperar para ver se é vontade de Deus ou capricho de homem! – e voltou para a banheira.

– Você está cada dia mais mal-humorada!

A mãe levantou a cabeça, e os olhos se encheram de lágrimas.

– Talvez tenha alguma relação com atravessar um continente e vir para este fim de mundo. Talvez tenha relação com o inverno, com estar sentindo frio, com o fato de não termos um teto sobre nossa cabeça, e porque estou esperando outro filho!

Ela embolou a camisa dele e a jogou no chão de terra.

– Lave suas próprias roupas! – disse, dirigindo-se para o canal de irrigação e sentando-se de costas para ele.

O pai terminou de se lavar, saiu e foi se sentar ao lado dela. Pôs o braço sobre o ombro da mulher e a puxou para perto.

Todos vestiram suas melhores roupas e a mãe os levou para a cidade na manhã seguinte.

– Fiquem longe das poças e procurem não se sujar!

Bernhard saiu correndo na frente, mas Clotilde e Hildemara foram andando atrás da mãe, como dois gansinhos seguindo a mamãe ganso. Caminharam por salgueiros perfumados na Rua Principal, com sua fila de prédios, atravessaram a Rodovia Estadual 99 e passaram por um pequeno armazém, até chegar a um prédio branco e pequeno, com uma torre de sino e o telhado de madeira vermelha.

A mãe passou a mão no cabelo louro, grosso e espetado de Bernhard e alisou o vestido de algodão de Hildemara. Pegou Clotilde no colo para botá-la num banco.

– Fiquem sentados aí, os três, e não se mexam. – Ela se virou para Bernhard de cara feia. – Se você sair por aí, Bernhard, vou usar o cinto do seu pai em você quando chegarmos em casa.

Ela jamais usara o cinto em nenhum deles, mas seu olhar indicava que estava falando sério dessa vez.

Bernhard ficou inquieto. Olhava para as gangorras e os balanços, para o trepa-trepa e para a caixa de areia, morto de vontade de ir brincar. Clotilde se sentou na beirada do banco e ficou balançando as pernas. Hildemara ficou imóvel, com as mãos juntas no colo, rezando para não ser aceita, rezando para poder ficar em casa com a mãe.

A mãe deles voltou.

– As férias de Natal vão acabar depois do Ano Novo. Bernhard, você e Hildemara começam as aulas na próxima segunda-feira.

O lábio de Hildemara começou a tremer.

Clotilde fez bico.

– Eu também quero ir!

– Você vai ter de esperar. Precisa ter cinco anos para ir à escola.

– Eu não tenho cinco, mamãe.

– Mas terá antes do fim de janeiro. Está bem perto.

17

1922

Hildemara não conseguiu dormir na véspera do dia de ir para a escola. Fingiu que estava dormindo quando a mãe acordou para fazer o café do pai. A mãe chamou Bernhard primeiro e puxou a coberta de Hildemara.

– Eu sei que está acordada. Levante-se e vista-se.

Então, a mãe lhe deu um pote de *Müsli*, mas ela não aguentou comer. Parecia que alguma coisa tinha entrado em seu estômago e ficava adejando lá dentro, tentando sair. Ela olhou para a mãe.

– Estou doente. Não posso ir à escola.

– Você não está doente e vai à escola sim.

– Ela está meio pálida – disse o pai, pondo a palma da mão na testa de Hildemara.

Hildie torceu para ele dizer que ela estava com febre.

– Ela está fria.

– Está assustada, só isso. Assim que chegar lá, vai saber que não precisa ter medo.

A mãe se virou para ela.

— Se não comer alguma coisa, todos na sua sala vão ouvir seu estômago roncar lá pelas dez da manhã.

Hildemara olhou para Clotilde, ainda encolhida dentro do saco de dormir.

O pai se virou para Hildemara.

— Posso levá-los para a escola.

— Não, eles precisam aprender a se virar. Podem muito bem ir sozinhos.

O pai despenteou o cabelo de Bernhard, alisado para trás. A mãe passou-lhe o pente de novo, e o pai beijou Hildemara.

— Você vai conhecer um monte de meninas da sua idade — disse, dando-lhe um tapinha no rosto.

A mãe o acompanhou até a saída e entrou na barraca novamente, sem olhar para Hildemara. Pegou as marmitas com o almoço deles e disse que era hora de irem. Antes que Bernhard saísse, ela o segurou pelos ombros.

— Trate de andar com a sua irmã. Não a perca de vista.

Tinham andado uns quatrocentos metros e Bernhard chutou a terra, zangado.

— Vamos logo, Hildie! Pare de arrastar os pés!

Ela não apressou o passo, e ele começou a correr. Ela o chamou, mas Bernhard gritou que tinha de alcançá-lo ou andar sozinha.

Hildemara correu o mais depressa que pôde, mas sabia que não conseguiria alcançá-lo. Sentiu uma pontada do lado e reduziu a marcha. Gritou de novo, com lágrimas escorrendo pelo rosto.

Ele olhou para trás, parou, botou as mãos na cintura e esperou até que ela chegasse.

— É melhor parar de chorar agora, senão vão chamá-la de bebê chorão — e seguiu ao lado dela o resto do caminho.

Havia crianças brincando no pátio. Algumas pararam para observar quando Bernhard e Hildemara se aproximaram. Ele abriu o portão. Algumas crianças foram até eles, e só Bernhard falou com elas. Hildemara ficou ao lado do irmão, olhando para todo mundo com a garganta seca. Um dos meninos olhou para ela.

— A sua irmã é boba ou alguma coisa assim?

Bernhard ficou vermelho.

– Ela não é boba.

O sino tocou, as crianças formaram fila e entraram no prédio. Uma mulher magra, de cabelos escuros, saia azul-marinho, blusa branca de manga comprida e suéter de lã azul-escuro disse para Hildemara dividir a carteira com Elizabeth Kenney, a menina bonita que usava o vestido de cetim verde e vermelho e os sapatos pretos brilhantes na noite da apresentação de Natal. Ela estava com um belo vestido verde agora. Uma fita também verde prendia as duas marias-chiquinhas ruivas e compridas atrás da cabeça. Elizabeth deu um sorriso simpático. Hildemara tentou retribuir, sorrindo também.

Bernhard fez amigos imediatamente. Um grupo de meninos cercou-o no pátio. Tony Reboli entrou na roda.

– Vamos brincar.

Ele empurrou Bernhard, que deu risada e o empurrou de volta. Tony o empurrou novamente, com mais força. Bernhard revidou com tanta força que o menino caiu. Bernhard avançou e lhe estendeu a mão, e Tony aceitou a ajuda para se levantar. Espanou a terra da roupa e sugeriu que apostassem corrida. Tony saiu correndo, seguido por Tom Hughes, Eddie Rinckel e Wallie Engles. Bernhard os alcançou e passou Tony com facilidade, chegando ao fim do pátio antes dos outros.

Sentada num banco embaixo de um grande olmo, Hildemara observava o irmão brincar com os novos amigos. Ele corria mais, pulava mais alto e era mais forte que qualquer outro menino da escola. No fim do dia, só as meninas o chamavam de Bernhard – todos os meninos o chamavam de Bernie. Depois de uma semana, todos queriam ser seu melhor amigo. Até as meninas andavam atrás dele, rindo e cochichando, querendo sua atenção. Hildemara achava graça de ver como o irmão ficava encabulado com isso.

Depois de duas semanas, Hildie ainda não havia feito nenhuma amizade. Ninguém a provocava nem implicava com ela – Bernie não deixava. Mas também ninguém prestava atenção nela. Ela passou a ser a Irmãzinha, porque era assim que Bernie a chamava, e ninguém se lembrava do nome dela. No recreio, todos brincavam, e ela ficava sozinha, sentada num banco, só observando. Não sabia como participar, e a simples ideia de abordar alguém e pedir que a deixasse fazer parte da brincadeira revirava-lhe o estômago. Só a professora notava Hildemara.

A sra. Ransom mantinha um quadro na parede em que punha estrelas douradas e prateadas, ou bolas azuis e vermelhas. Todas as manhãs, Hildie corria para o banheiro das meninas para se lavar, mas não adiantava. Depois do juramento à bandeira e de cantar "My Country, 'Tis of Thee", que Hildemara confundia com "God Save the King", a sra. Ransom examinava cada criança para ver se o cabelo estava penteado, o rosto e as mãos bem lavados, as unhas limpas e os sapatos engraxados. Hildemara não passou nenhuma vez na inspeção.

Certo dia, a sra. Ransom chegou a repartir o cabelo dela em uma dezena de lugares à procura de piolhos. As crianças riram, e Hildemara ficou lá, sentada, com o rosto vermelho, passando mal de tanta humilhação.

— Bem, pelo menos você não tem piolho. Mas não está limpa o bastante para merecer nem uma bola vermelha. Poderia ganhar uma estrela prateada se ao menos engraxasse os sapatos.

Quando Hildemara contou à mãe que precisava de graxa para os sapatos, ela deu meia-volta e botou as mãos na cintura.

— Graxa? Com toda aquela areia e terra no caminho da escola? Não vamos desperdiçar dinheiro com graxa!

Então Hildemara molhava a bainha do vestido para limpar os sapatos, mas aí a sra. Ransom dizia que o vestido dela parecia sujo.

— Deixe-me ver suas mãos, Hildemara Waltert. Continua roendo as unhas também. É um vício nojento. Vai ficar com vermes.

As crianças em volta de Hildie riram.

— Levante os braços e não abaixe até eu mandar.

Hildemara ficou com os braços para cima e com o rosto vermelho de vergonha quando a sra. Ransom apontou para ela.

— Olhem só, crianças. Quando lavarem as mãos, lavem os braços também. Não quero ver rios de terra escorrendo até os cotovelos — e balançou a cabeça olhando para Hildemara. — Pode abaixar os braços agora. Da próxima vez, não se molhe no banheiro das meninas para depois dizer que tomou banho!

— Os Waltert moram numa barraca perto do canal de irrigação, sra. Ransom.

— Eu sei onde eles moram, Elizabeth, mas isso não é desculpa para andar sujo. Se ela usasse um pouco de água e sabão, talvez ganhasse uma estrela prateada.

A sra. Ransom foi examinar outra criança. Betty Jane Marrow ganhava uma estrela dourada todos os dias.

Lágrimas ardentes brotaram nos olhos de Hildemara, e ela fez força para não chorar. Mordeu o lábio e apertou as mãos no colo. Sentia o olhar de Elizabeth Kenney, mas não queria olhar para ela. Um menino sentado atrás das duas se inclinou para frente e deu um puxão forte no cabelo de Hildemara. Elizabeth se virou.

— Pare com isso!

E então a sra. Ransom olhou feio para Hildemara.

— Vá se sentar no banquinho lá no canto!

Elizabeth deu um grito sufocado.

— Mas ela não fez nada!

— Está bem. Já chega. Vamos trabalhar.

Na hora do recreio, Hildemara foi se sentar no banco. Elizabeth Kenney se afastou das amigas e foi falar com ela.

— Posso me sentar aqui com você, Hildemara?

Ela sacudiu os ombros, dividida entre o ressentimento e a admiração. Elizabeth tinha uma linha inteira de estrelas douradas no painel da sala de aula. A única que tinha mais era Betty Jane Marrow. Elizabeth era gordinha e bonita. Ninguém dizia que ela era magra como um palito e branca como um fantasma.

— Eu moro na Rua Olmo. Não é longe, é só atravessar a rua e descer alguns quarteirões. Você passou na frente da minha casa uma vez. Vi você pela janela. Minha casa fica bem perto da biblioteca. Sabe onde fica? Então, você pode ir para a minha casa antes de vir para a escola, se quiser. Temos água quente e...

O rosto de Hildemara pegou fogo.

— Eu me lavo todas as manhãs. Eu me limpo antes de vir para a escola.

— É uma longa caminhada da sua casa até aqui. Eu também ficaria coberta de poeira, se tivesse que vir andando por essas ruas todos os dias.

— Como sabe onde eu moro? O Bernie contou para você?

— Minha mãe levou uma ceia de Natal para a sua família. E bonecas para você e para a sua irmã.

— Foi ela quem fez a boneca de pano?

– Não. Ela pegou na caixa de doações da igreja.

As amigas de Elizabeth a chamaram, e ela disse que já ia.

– Minha mãe diz que a sra. Ransom trata você mal porque o irmão dela morreu na guerra. O seu pai é alemão, não é? Então você também é.

As meninas chamaram Elizabeth de novo e então ela se levantou.

– Acho melhor eu ir. Quer brincar conosco, Hildemara?

– Elizabeth!

Hildemara olhou para as outras meninas. Elas estavam chamando por Elizabeth, não por ela. Será que elas pensavam como a sra. Ransom? Com um nó na garganta, Hildie balançou a cabeça. Elizabeth se afastou e Hildie ficou observando Bernie jogar bolinha de gude com os amigos do outro lado do pátio. Por que ninguém se importava se ele era alemão? Todos gostavam do irmão dela. A sra. Ransom provavelmente gostaria dele também, se fosse um de seus alunos.

Todos os dias, quando voltavam, a mãe ordenava que fizessem o dever de casa.

– Precisam fazer a lição logo, antes que escureça e não dê para ver mais nada. Quanto mais cedo terminarem, mais cedo poderão brincar. Agora leiam de novo.

Bernie reclamou.

– Você não vai chegar a lugar nenhum no mundo se não aprender a ler melhor do que isso, Bernhard. Leia de novo.

Passados dois meses, a sra. Ransom prendeu um bilhete no suéter de Hildemara. A mãe o pegou e leu.

– Sua professora diz que você lê muito devagar. Você não lê devagar. Por que este bilhete? Ela acha que você é burra. Nenhum filho meu é burro! Traga seu livro para casa amanhã.

No dia seguinte, quando as aulas terminaram, Hildemara pegou o livro de leitura na estante.

– Aonde você pensa que vai com esse livro? – A sra. Ransom ficou parada na porta.

– Mamãe quer que eu o leve para casa.

– Roubando! É isso que está fazendo!

– Não! – Gaguejando, Hildemara tentou explicar.

– Não me importa o que sua mãe quer, Hildemara – disse a professora, arrancando o livro da mão da menina. – Diga a ela para levar você à biblioteca. Esses livros são caros e pagos pelos *americanos* que pagam impostos. Você não tem direito a eles.

Hildemara entrou na barraca sem o livro, e a mãe quis saber o motivo.

– A sra. Ransom não deixou que eu o trouxesse. Disse que é para você me levar à biblioteca.

Os olhos da mãe flamejaram, mas ela ficou mais calma depois do jantar.

– Vamos à biblioteca no sábado – disse, pondo dois dedos embaixo do queixo de Hildemara e fazendo-a levantar a cabeça. – Procure fazer amizade com uma menina. Uma amiga pode fazer toda a diferença para você ser feliz ou infeliz neste mundo. Rosie Gilgan é minha amiga desde o primeiro dia na escola. Ela vem de uma família rica, dona de um hotel. Eu era filha de alfaiate. Ela morava numa casa grande. Nossa família morava em cima da alfaiataria. Eu podia compartilhar meus pensamentos e o que eu sentia com a Rosie, sem nunca temer que ela fizesse fofoca ou zombasse de mim. Rosie era sempre bondosa, generosa, uma verdadeira cristã, e eu sabia que podia confiar nela. Encontre alguém assim, Hildemara Rose, e será uma menina muito mais feliz do que é agora.

– Você me deu esse nome por causa da sua amiga, mamãe?

– Sim, dei. Espero que, quando crescer, tenha as qualidades dela.

Hildemara imaginava que Rosie Gilgan era destemida como sua mãe e querida como Elizabeth Kenney, e que não se preocupava como os outros a tratavam. Ela chorou até adormecer aquela noite. Desejou ficar doente como ficara no trem. Talvez assim a mãe a deixasse ficar em casa, sem precisar mais ir à escola. Talvez assim jamais tivesse de voltar lá e encarar a sra. Ransom.

O choro e as súplicas não adiantaram para fazer a mãe mudar de ideia, nem no sábado, quando a mãe descobriu que não podia pegar livros emprestados até a família ter um endereço permanente.

Toda noite, o pai se sentava perto do lampião e traduzia uma história de sua Bíblia alemã. Um dia, escolhia uma passagem do Antigo Testamento; no dia seguinte, uma do Novo. Bernie gostava das histórias de guerreiros, como Gideão, Davi e Golias, ou do profeta Elias invocando o fogo no altar e depois matando todos os sacerdotes de Baal. Clotilde não ligava para o que o pai lia. Subia no colo dele e adormecia em poucos minutos.

Hildemara gostava das histórias de Rute e de Ester, mas aquela noite não queria discutir com o irmão e a irmã depois de ter sido criticada o dia inteiro pela sra. Ransom. Tinha ouvido o pai e a mãe discutindo mais cedo e não queria pôr mais lenha na fogueira do mau humor da mãe reclamando de qualquer coisa.

— Nada de histórias de guerreiros nem de guerras esta noite, Bernhard — disse o pai, apertando o nariz de Clotilde. — E nada de histórias de amor. Vocês vão ouvir o Sermão da Montanha de Jesus.

O pai ficou lendo um bom tempo. Bernie costumava se sentar de pernas cruzadas, sempre atento, mas aquela noite ele se deitou na cama, com as mãos atrás da cabeça, meio sonolento. Quando Clotilde adormeceu, a mãe a botou no saco de dormir. Hildemara enfiou a agulha na amostra que a mãe lhe dera. Por mais que se esforçasse, os pontos que dava saíam embaraçados. A mãe pegou o trabalho da mão dela, puxou o fio que estava com o nó e o devolveu para a filha.

— Faça outra vez.

Hildie abaixou a cabeça e teve vontade de chorar. Nem a mãe incentivava seus esforços para fazer as coisas direito.

O pai continuou lendo.

Hildemara não entendeu quase nada. O que significava ser o sal e a luz? Por que alguém esconderia um lampião embaixo de um cesto? Queriam provocar um incêndio? O que queria dizer adultério? Quando ele começou a ler sobre os inimigos, Hildemara começou a costurar mais devagar, com mais cuidado. *Amem seus inimigos*, disse Jesus. Isso queria dizer que ela deveria amar a sra. Ransom? A professora a odiava. Isso certamente fazia dela uma inimiga. *Rezem por aqueles que os perseguem*, disse Jesus.

— O que quer dizer *perseguir*?

A mãe enfiou a agulha em uma das camisas de trabalho do pai.

— É quando alguém trata você com crueldade, quando a maltratam, com desprezo.

O pai deixou a Bíblia aberta no colo.

— Algumas pessoas foram muito cruéis com Jesus, Hildemara. Quando o pregaram na cruz, ele rezou por aqueles que o puseram ali. Pediu a Deus para perdoá-los, porque eles não sabiam o que estavam fazendo.

— E nós também devemos fazer isso?

A mãe olhou zangada para o pai.

— Ninguém pode ser perfeito como Jesus.

O pai não olhou para ela, mas para Hildemara.

— Deus diz que, se amarmos só aqueles que nos amam, não seremos melhores do que os que são cruéis conosco. Se formos bondosos só com os amigos, seremos iguais aos nossos inimigos.

A mãe deu um nó na linha e a arrebentou com um puxão.

— Mas isso não quer dizer que você tem de deixar que pisem em você. Você precisa enfrentar...

— Marta — A voz baixa do pai tinha um tom de aviso, que fez a mãe se calar.

Então ele pôs a mão na cabeça de Hildemara e lhe disse:

— É preciso ser alguém muito especial para amar o inimigo e rezar por alguém que é perverso.

— Ela não é Jesus, Niclas. — A mãe jogou a camisa do pai na cama. — E, se fosse, acabaria como ele, pregada numa cruz! — e saiu da barraca de braços cruzados, por causa do frio que fazia aquela noite.

O pai fechou a Bíblia.

— Hora de dormir.

Deitada na cama, Hildemara ouviu o pai e a mãe conversando em voz baixa do lado de fora.

— Um de nós devia ir falar com aquela...

— Isso só ia piorar as coisas, e você sabe disso.

— Ela já está passando por uma provação danada, e ainda vem você e lhe diz que ela precisa aceitar que as pessoas pisem nela! Ela precisa aprender a se defender.

— Há várias maneiras de se defender — argumentou o pai, em voz mais baixa ainda.

Hildemara abafou o choro no cobertor. Não queria que a mãe e o pai discutissem por causa dela. Rezou para que a sra. Ransom parasse de persegui-la. Rezou para que a sra. Ransom fosse boa com ela no dia seguinte. Pensou no que Elizabeth Kenney havia dito sobre o irmão da professora. Hildemara sabia que ficaria muito triste se acontecesse alguma coisa de ruim com Bernie. Só de pensar na morte dele, ela sofria ainda mais. Não tinha feito nada para merecer o ódio da sra. Ransom. Talvez ela fosse como aquelas pessoas que mataram Jesus. E talvez ela também não soubesse o que estava fazendo.

Na manhã seguinte, no caminho de casa para a escola, Hildemara rezou baixinho. Bernie pediu que ela parasse de resmungar.

— Se começar a murmurar sozinha, as pessoas vão pensar que é louca!

No resto do caminho, Hildemara só pensou nas orações, em vez de dizê-las baixinho. Quando a sra. Ransom levou as crianças para a sala de aula, Hildie pensou uma oração para ela. *Jesus, perdoe a sra. Ransom por ser tão má comigo. Ela não sabe o que faz.*

A súplica não mudou nada. Aliás, tudo piorou muito. Quando terminou a inspeção higiênica, a sra. Ransom segurou Hildemara pela orelha e a arrastou da cadeira.

— Venha aqui, Hildemara Waltert, e deixe que as outras crianças deem uma boa olhada em você!

Com o coração disparado, Hildemara se esforçou para não chorar. A sra. Ransom largou sua orelha, mas logo segurou seus ombros, fazendo-a girar para que ficasse de frente para a turma.

— Levante as mãos, Hildemara. Mostre para essas crianças o que eu tenho de ver todas as manhãs.

Hildemara fechou os olhos com força e desejou se tornar invisível, então a sra. Ransom lhe deu um tapa na nuca.

— Faça o que estou mandando!

Tremendo e com o rosto pegando fogo, Hildemara levantou as mãos.

— Vejam, crianças! Alguma vez já viram unhas tão nojentas? Ela as rói até o talo.

Dessa vez ninguém riu nem fez piadinha.

— Vá para o seu lugar, Hildemara Waltert.

Aquela noite, quando o pai terminou a leitura da Bíblia, Hildemara perguntou se ele havia lutado na guerra. Ele franziu a testa.

— Por que pergunta isso?

– O irmão da sra. Ransom morreu na guerra.

– Eu estava no Canadá quando tudo começou.

A mãe interrompeu antes de o pai recomeçar a ler.

– Se seu pai estivesse na Alemanha, poderia ter morrido também, Hildemara. Centenas de milhares de soldados morreram, franceses, ingleses, canadenses, americanos *e* também alemães.

Bernie perguntou quem dera início à guerra.

O pai fechou a Bíblia.

– É muito complicado explicar, *Sohn*. Um homem raivoso atirou num nobre e dois países entraram em guerra. Depois os amigos desses dois países escolheram os lados e logo o mundo inteiro estava em guerra.

– Exceto a Suíça – a mãe disse enquanto costurava. – Foram inteligentes o bastante para ficar fora dela.

O pai abriu a Bíblia novamente.

– É, mas ganharam muito dinheiro com a guerra.

Hildemara não conseguia entender.

– Morreu alguém que você conhecia, papai?

– Meu pai e meus irmãos.

A mãe arregalou os olhos.

– É a primeira vez que ouço falar deles.

O pai deu um sorriso triste.

– Eu não nasci de chocadeira, Marta. Tive mãe, pai, irmãos e irmãs. Minha mãe morreu quando eu tinha a idade da Hildemara. Minhas irmãs eram bem mais velhas e já estavam casadas. Não sei o que aconteceu com nenhuma delas. Escrevi cartas... – Ele balançou a cabeça, com os olhos cheios de lágrimas. – Só Deus sabe o que aconteceu com elas.

Quando Hildemara acordou na manhã seguinte, perguntou para a mãe se haveria outra guerra.

– Não sei, Hildemara. – A mãe parecia brava e impaciente. Terminou de trançar o cabelo da filha e a fez dar meia-volta. – Por que todas essas perguntas sobre a guerra? A guerra acabou!

Para algumas pessoas, ela não acabou, pensou a menina. Não queria contar para a mãe o que a sra. Ransom havia feito com ela aquele dia, porque a mãe ficaria louca de raiva, e, se a mãe ficasse com raiva, a sra. Ransom teria mais motivo ainda para detestar os alemães.

Hildemara sentia pena da sra. Ransom. Devia ser muito triste sentir raiva o tempo todo. Rezou para que a professora descobrisse outra maneira de superar a morte do irmão, sem jogar tudo em cima dela.

A mãe levantou o queixo da filha.

– Quem contou para você que o irmão da sra. Ransom morreu na guerra?

– Elizabeth Kenney.

– Bem, isso não é desculpa. Deus diz para não guardar rancor. Você entende o que estou dizendo?

Os olhos da mãe ficaram rasos d'água, então ela se levantou de repente e se afastou.

– Não se esqueça de pegar o seu almoço. É melhor se apressar, senão Bernhard vai estar na metade do caminho para a escola quando conseguir alcançá-lo.

Quando Hildemara olhou para trás, viu a mãe de pé fora da barraca, com os braços em volta do corpo, observando-a. A menina correu pelo caminho.

18

Poucos dias depois, o pai chegou em casa com os olhos azuis brilhando de satisfação.

– Achei um lugar para nós.

A mãe parou de mexer o ensopado sobre o fogo ao ar livre e endireitou as costas.

– Onde?

– A oeste de Murietta, a pouco mais de três quilômetros do limite da cidade, do outro lado do grande canal. A sra. Miller perdeu o marido no ano passado. Ela precisa de alguém para trabalhar lá até a filha terminar o colegial, e disse que depois talvez venda as terras.

– Quanto tempo falta para a menina terminar o colegial, Niclas?

– Quatro anos, eu acho.

– Você não assinou nenhum contrato, assinou?

– Bem, eu...

– Não me diga que assinou.

– É só de dois anos. Você disse que eu precisava de experiência! Essa é a melhor forma de conseguir isso!

A mãe saiu rumo ao canal de irrigação. O pai foi atrás dela, pôs a mão no seu ombro, mas ela o afastou. Ele continuou falando, mas ela permaneceu de costas.

Bernie ficou ao lado de Hildemara observando os dois.

– Espero que o papai vença. Pelo menos teremos um teto, em vez de morar numa barraca com goteiras.

A única casa na propriedade era a da sra. Miller e de sua filha, Charlotte, mas a sra. Miller dera permissão ao pai para construir um abrigo temporário na terra, sob certas condições. Ela não queria um barraco. A mãe quis conversar pessoalmente com a mulher quando soube que o pai teria de pagar o custo da construção, mas ele a proibiu de chegar perto da "casa grande".

Dias depois, ele já havia armado uma plataforma de madeira, erguido metade das paredes e uma estrutura sobre a qual, com a ajuda da mãe, estendeu uma lona de barraca. As laterais da lona podiam ser enroladas nos dias mais quentes e abaixadas para proteger da chuva e do vento. Só que, mesmo assim, era impossível impedir que o vento gelado e a chuva entrassem. O pai empilhou tijolos e fez um abrigo de uma água só, onde a mãe podia cozinhar sem pôr em risco a casa de lona.

A sra. Miller e a filha tinham água corrente dentro da casa, mas a mãe tinha de usar uma mangueira perto do celeiro e carregar a água em baldes para usar na casa de lona. A sra. Miller também tinha um banheiro interno, mas o pai teve de cavar um buraco bem fundo e construir uma casinha sobre ele. A sra. Miller avisou ao pai que as crianças não podiam chegar perto de seu jardim de flores.

– Ela tem roseiras premiadas, que exibe na feira todos os anos.

A viúva não queria as crianças perto da casa.

– Ela não gosta de barulho.

– Misericórdia, Niclas, o que ela esperava?

– Paz e sossego.

– Por que não pergunta para ela onde nossos filhos podem brincar?

O pai piscou para as crianças.

– Em qualquer lugar fora da vista da casa.

Bernie subia nas árvores, caçava rãs no canal de irrigação e sapos no vinhedo. Clotilde brincava com a linda boneca de louça. Hildemara ficava perto de casa e da mãe.

A amoreira dava sombra, mas as frutinhas caíam no telhado de lona, que ficava manchado de vermelho e roxo. A mãe resmungava que eles viviam como mendigos. Parecia que, quanto mais a barriga crescia, mais mal-humorada ela ficava. Não tinha paciência com ninguém. Nem o pai conseguia aplacar seu gênio.

O verão chegou mais cedo. A mãe deu a vassoura para Hildemara e disse para ela varrer a casa. Já estava incômodo demais o esforço de se inclinar, então ela mostrou para a filha como descascar e cortar legumes, fritar carne, fazer biscoitos. O verão estava quente demais, e a terra ficou completamente seca.

A mãe reforçou a costura das bainhas da lona. Por causa do calor, as laterais da barraca ficavam enroladas até em cima o dia inteiro, mas então a poeira e a areia entravam. Moscas zumbiam em volta da mãe, que ficava sentada com um mata-moscas na mão, esperando que pousassem. Nas noites quentes de agosto, todos transpiravam muito.

Quando o bebê deu sinal de que nasceria, o pai já tinha ido trabalhar na colheita. A mãe chamou baixinho:

– Hildemara, vá dizer para a sra. Miller que vou ter o bebê. Talvez ela mostre alguma compaixão.

A menina saiu correndo e foi bater à porta dos fundos da casa.

– Pare com essa barulheira! – a sra. Miller gritou, abrindo a porta e espiando através da tela, sem destrancar. – Se seu pai está precisando de alguma coisa, diga que terá de esperar até o tempo esfriar, porque eu não vou sair neste calorão.

– A mamãe vai ter o bebê!

– Ah. Bem, parabéns. Vá procurar seu pai e conte para ele. Ele terá de botar um dos homens da equipe no comando enquanto estiver cuidando de sua mãe.

E fechou a porta.

Hildemara saiu correndo pela propriedade à procura do pai e finalmente o encontrou carregando um caminhão no extremo mais remoto das terras. Quando soube que a mulher estava dando à luz, disse alguma coisa para um dos italianos que trabalhavam ali e correu para a casa de lona. A mãe estava deitada na plataforma de madeira, e o suor escorria-lhe pelo rosto, muito vermelho. Hildemara parou na porta, sem saber o que fazer. A mãe perguntou:

— Você falou com a sra. Miller?
— Falei, mamãe.
— O que ela disse, Hildemara?
— Parabéns.
A mãe deu uma gargalhada.
— O que foi que eu disse sobre aquela mulher, Niclas? — Ela gemeu. — Não teremos nenhuma ajuda dela nem daquela filha preguiçosa...
A mãe gritou de dor, e Hildemara começou a chorar.
— Não morra, mamãe — soluçou, tremendo. — Por favor, não morra!
— Eu não vou morrer! — A mãe agarrou a camisa do pai com tanta força que os dedos ficaram brancos. — Jesus, meu Deus de misericórdia...
Depois de um momento, ela soltou um suspiro áspero e caiu para trás, arfando.
— Vá lá para fora, Hildemara. Não precisamos de você aqui.
O pai olhou em volta.
— Onde está Clotilde?
A mãe deu um grito sufocado, apavorada.
— Ai, meu Deus. Eu não sei!
— Estou aqui, mamãe.
Clotilde deu a volta em Hildemara e estendeu para a mãe um punhado das rosas amarelas e perfeitas da sra. Miller.

O parto da bebê Rikka acabou sendo o mais fácil, pelo menos foi o que o pai disse. Puxando gentilmente a maria-chiquinha de Hildemara, ele falou:
— Você era tão magricela que sua mãe pensou que você ia morrer antes de completar um mês de vida. Mas você resistiu como uma macaquinha.
— Ela continua magricela. — Bernie olhou para a irmã com expressão de pena. — Tony diz que ela é magra que nem um varapau.
Rikka era tão rechonchuda e doce que até Hildemara se apaixonou por ela. Clotilde gostou da bebê nos primeiros dois dias, mas, quando Rikka passou a consumir toda a atenção da mãe, ela perguntou se a cegonha poderia voltar e levá-la embora. O pai deu boas risadas com isso.

— Ela é linda, Niclas — disse a mãe, sorrindo para Rikka enquanto amamentava. — É loura de olhos azuis como você. Vai ser ainda mais bonita que a Clotilde.

Hildemara pegou o espelho de mão da mãe e correu para o celeiro. Sentou-se numa baia vazia e analisou o rosto. Era parecida com um macaco? Tinha o cabelo e os olhos castanhos, iguais aos da mãe, e o nariz reto e a pele clara do pai. Por algum motivo, mesmo com esses traços, não era nada bonita. Ficava toda queimada, em vez de bronzeada, como Bernie. O pescoço parecia o de uma garça saindo do vestido florido de algodão.

Hildemara desejou ter nascido com os longos cachos ruivos e os olhos verdes de Elizabeth Kenney. Talvez assim a mãe sentisse orgulho dela. Talvez assim falasse com ela com aquele tom de voz doce que usava com Rikka, ou olhasse para ela com aquele sorriso suave e coruja. Em vez disso, a mãe muitas vezes a olhava com a testa franzida. Bufava, impaciente. Abanava a mão para Hildemara e dizia: "Vá brincar em outro lugar, Hildemara". Ou ainda: "Não fique pendurada no meu avental o tempo todo!" Ela nunca dizia coisas como: "Olhem como Hildemara Rose é meiga... Vejam como é bonita e doce..."

Talvez a mãe não gostasse de ver seu cabelo liso e castanho, sem graça, e seus olhos também castanhos, apesar de serem iguais aos dela. Às vezes Hildemara desejava que a mãe escondesse seu desapontamento e inventasse desculpas para ela, como fazia com os outros filhos. Talvez a mãe se arrependesse de ter desperdiçado com ela o nome Rose. Não era elegante, bonita ou popular como imaginava que a amiga da mãe, Rosie Gilgan, havia sido. Não tinha a bela voz do pai para cantar nem a inteligência da mãe. Fazia um "barulho que alegrava o Senhor", dizia o pai, e precisava estudar muito para enfiar as coisas na cabeça.

Sempre que Hildie ficava dentro da casa de lona e se oferecia para ajudar, a mãe ficava impaciente.

— Se precisar de ajuda, eu peço. Agora, saia daqui! Descubra alguma coisa para fazer! Há um mundo inteiro do lado de fora daquela porta. Pare de se esconder aqui dentro.

Mas ela não estava se escondendo.

— Quero ajudar, mamãe.

– Não ajuda nada ter você aqui o dia inteiro! Vá! Voe, Hildemara. Pelo amor de Deus, voe!

Ela não sabia o que a mãe queria dizer. Ela não era um passarinho. O que fizera de errado? Talvez a mãe nunca a tivesse amado. Se amava bebês gorduchos, brancos e rosados, então ter uma filha magricela e doente só poderia ser uma enorme decepção. Hildemara tentava ganhar peso, mas, por mais que comesse, continuava com as pernas magras, os joelhos ossudos e as clavículas protuberantes. Clotilde, por outro lado, crescia gorducha, rosada e ganhava altura.

– Clotilde vai ficar mais alta do que Hildemara daqui a um ano – disse o pai certa noite, e Hildie sentiu-se ainda pior.

Às vezes sentia que a mãe ficava olhando para ela. E, quando olhava de volta, a mãe adotava aquela expressão preocupada de novo. Hildemara queria perguntar o que tinha feito de errado, o que podia fazer para sua mãe sorrir e dar risada, do jeito que fazia todos os dias com a bebê Rikka. Outras vezes, quando a mãe sorria para ela, parecia que não era um sorriso de orgulho ou de prazer, mas de tristeza, como se Hildemara não parasse de desapontá-la.

Como hoje.

– Por que está tão quieta, Hildemara?

Ela olhou para a mãe amamentando a bebê. Será que um dia a mãe a segurara assim, com tanta ternura?

– Estava pensando na escola. Quando começa?

– Só em meados de setembro. Pode parar de se preocupar. Tem mais um tempo para brincar e aproveitar o verão.

Hildemara começou a rezar pela sra. Ransom. Ela dava aulas para o jardim de infância e para o primeiro ano, por isso Hildie só tinha mais um ano de sofrimento.

Ao terminar a colheita, o pai recebeu sua parte do dinheiro da venda. Não era tanto quanto esperava, mas alguns fazendeiros ganharam até menos. "Outros ganharam mais também", disse a mãe. Ela tinha ido à cidade e conversado com as pessoas. O pai disse a ela que a sra. Miller se referiu a circunstâncias atenuantes. De cara amarrada, a mãe mandou as crianças para a cama mais cedo. Bernie e Clotilde, que haviam brincado o dia inteiro, adormeceram logo. Mas Hildemara ficou acordada, escutando, sem saber o que pensar.

O pai suspirou.

— As coisas vão melhorar no ano que vem.

— Aqui não vão mesmo. A sra. Miller me disse esta manhã que quer que eu cozinhe e faça faxina para ela. Só para ficarmos quites, disse. Ela acha que devíamos agradecer por ela ter nos dado este lugar. — Ela deu uma risada áspera. — Ela que cozinhe e faça a faxina dela, ou que contrate outra pessoa para fazer.

— Vou falar com ela.

— Quando for, diga-lhe para encontrar outro para ser meeiro dela. Deviam saber que não terão metade de nada.

— Não temos para onde ir.

— Vamos começar a perguntar por aí. Olhe o que você fez neste lugar, Niclas. E pense em quanto aprendeu!

— Não recebi nenhum dinheiro.

— Porque a sra. Miller não é diferente de Robert Madson. Você é trabalhador, Niclas. Vi como comanda uma equipe de trabalho. Os homens o respeitam. Você sabe ouvir as pessoas, aceita conselhos, pelo menos dos homens. E, com tudo que sabe de engenharia, foi capaz de consertar o equipamento da sra. Miller e fez aquela bomba do poço funcionar de novo. Vamos encontrar um lugar só nosso.

— E como vou pagar por ele?

— *Nós* vamos pagar com o dinheiro que consegui com a venda da pensão.

O pai não disse nada.

— Não olhe para mim desse jeito. Eu expliquei por que não queria lhe dar esse dinheiro antes. Madson se aproveitou de você. E a sra. Miller também. — Ela riu baixinho. — Bem, resolvi que, se alguém vai se aproveitar do meu marido, serei eu.

Hildemara ficou lá, deitada no escuro, observando e ouvindo, prendendo a respiração até o pai responder, calmamente.

— Eu posso perder tudo que você economizou.

— Não se me ouvir. Conversei com um monte de gente na cidade. Passei um tempo na biblioteca. Li os jornais. Tinha de me certificar de que este é o nosso lugar. Deus talvez fale com você, Niclas, mas não disse nada para mim. Se a escolha fosse minha, você seria engenheiro novamente. Estaríamos morando em Sacramento ou San Francisco. Eu teria um hotel com um restaurante! Mas você odiava trabalhar na ferrovia. Se voltasse a trabalhar lá, acabaria me odiando também.

– Isso nunca.

– Meu pai descarregou o sofrimento dele em todos à sua volta.

– Talvez seja apenas um sonho.

A voz da mãe ficou mais suave.

– Eu tive sonhos ainda maiores que os seus. E ainda não desisti deles. Por que você deveria? – Ela continuou, com a voz mais firme. – Mas é melhor decidir o que quer agora mesmo. Posso começar a empacotar as coisas esta noite. Podemos voltar para Sacramento. Você pode trabalhar para a ferrovia.

Bernie se mexeu na cama.

– Eles estão brigando de novo?

– Psiu... – Hildemara roía as unhas.

– Não vou voltar para a ferrovia, Marta. Nem agora nem nunca.

– Muito bem. Então, enquanto termina seu contrato aqui, vamos começar a procurar uma terra com uma casa. Nesta época no ano que vem, podemos começar a trabalhar para nós mesmos.

O pai não respondeu, e a mãe elevou a voz.

– As coisas podem ficar piores do que já estão aqui? Quantas vezes as crianças ficaram doentes nos meses mais frios? E no verão assamos como pães no forno. Por mais que eu varra, não consigo manter este lugar limpo! E as moscas? Tive sorte de não ter morrido de infecção quando Rikka chegou.

O pai saiu andando no escuro.

A mãe bufou e se sentou na cadeira de vime que o pai fizera para ela. Ela esperou, com as mãos cruzadas no colo. Hildemara adormeceu e acordou com as vozes deles conversando outra vez, mais baixas.

– Vamos fazer o que você sugere, Marta. Peço a Deus que não me odeie se eu perder todo o seu dinheiro.

– *Nós* não vamos perdê-lo. Ficaremos juntos e lutaremos. Faremos o que for preciso para dar certo.– Ela riu um pouco. – Pense só, Niclas. Com um endereço permanente, poderei ter um cartão da biblioteca.

Niclas a abraçou e a beijou. Enfiou os dedos no cabelo dela, segurou-lhe a cabeça para trás e olhou-a fixamente.

– Não deixe esse fogo se apagar, Marta. O mundo ficaria frio demais, e eu não suportaria.

Ele se inclinou, disse-lhe alguma coisa com a voz rouca e baixa, deu um passo e estendeu-lhe a mão. A mãe hesitou e inclinou um pouco a cabeça, como se procurasse ouvir algum ruído de Rikka. Então deu a mão para o pai e os dois sumiram na noite.

19

1923

No último dia de aula, Hildemara saltitava pela estrada, de coração leve. Tinha o verão inteiro para esquecer como odiava ir à escola. Ficara arrasada com a notícia da sra. Ransom de que, no ano seguinte, o segundo ano seria combinado com o jardim de infância e com o primeiro ano, e que ela daria aula para os três. Hildemara esperava que, no ano seguinte, tivesse uma nova professora, mas depois resolveu que o significado disso era que Deus ainda não queria que ela parasse de rezar pela sra. Ransom.

Hildemara aprendera a não reclamar da professora. Só deixava a mãe mais zangada e não mudava nada. Rezava todos os dias a caminho da escola e muitas vezes durante as aulas, especialmente quando a sra. Ransom olhava para ela como um gavião olha para um rato. Quando ela empurrava Hildemara para a frente da classe, para servir de exemplo de aluna mal-arrumada, despenteada, de sapatos sujos e unhas roídas, Hildemara rezava para que aquelas palavras flutuassem janela afora e se perdessem no ar, para nunca mais ser lembradas. A sala mergulhava num silêncio tão grande que as palavras da sra. Ransom pareciam ecoar, então ela se cansava de falar e dizia para a menina voltar para o lugar dela.

Agora, na estrada, Hildemara cantava orações dando graças, até que Bernie disse que seu canto era tão ruim que seria capaz de rachar o céu. E daí se tinha mais um ano na turma da sra. Ransom antes de passar para outra professora? Ela podia ser corajosa mais um ano. Não deixaria nenhuma lágrima escorrer pelo rosto. As crianças cantavam: "Paus e pedras podem quebrar seus ossos, mas palavras nunca lhe farão mal". Ela imaginava quem teria inventado aquilo, porque não era verdade. Às vezes, a sra. Ransom falava coisas que arrebentavam o coração de Hildemara, e ela ficava dias magoada.

O pai dizia para perdoá-la, mas isso não era fácil – não quando a mesma coisa acontecia repetidas vezes.

O verão passou em uma bruma de calor. Hildemara cumpria as tarefas domésticas. Alimentava as galinhas, recolhia os ovos, lavava os pratos e ajudava a arrancar as ervas daninhas da horta. Levava o almoço para o pai, enquanto a mãe abaixava as laterais da lona da barraca para evitar que a poeira caísse sobre Rikka, que dormia.

A volta às aulas se aproximava, então Hildemara ficava preocupada e rezava sempre para que a sra. Ransom não fosse tão má com Clotilde, que entraria no jardim de infância aquele ano. Talvez a professora não gostasse só de crianças feias, assim como a mãe dela. Hildemara rezava para que os belos olhos azuis e o cabelo louro de sua irmã suavizassem o coração da sra. Ransom de uma forma que seu silêncio respeitoso e sua obediência nunca conseguiram.

Resolveu não prevenir Clotilde sobre a sra. Ransom. Não queria que a menina tivesse pesadelos e começasse a roer as unhas também. Quando tomaram banho juntas na grande banheira na véspera do primeiro dia de aula, ela disse para Clotilde lavar bem o pescoço e atrás das orelhas. Clotilde jogou água com sabão no rosto.

Na manhã seguinte, Hildemara ficou com dor de estômago, mas não disse nada. Sabia que a mãe a mandaria para a escola de qualquer jeito, e não queria ter de responder às suas perguntas. Bernie saiu correndo na frente para encontrar os amigos. A mãe a encarregara de cuidar de Clotilde, por isso Hildie deixou a irmã menor determinar o passo.

– Fique na estrada, Clotilde! Não se encha de poeira.

– Quer que uma carroça me atropele?

– Você tem de manter seus sapatos limpos!

– Posso me sujar, se eu quiser!

Clotilde mostrou a língua e chutou poeira em cima de Hildemara.

– Pare com isso!

Então saiu correndo e Hildemara correu atrás. A mais nova deu risada, gritou e correu mais rápido. Hildie tropeçou e caiu de cabeça no macadame, arranhou as mãos, os cotovelos e os joelhos. Chocada com a dor, levantou-se. Olhou para as mãos e viu pedrinhas minúsculas debaixo da pele, que sangrava. E agora, o que faria?

Clotilde voltou correndo e gritou quando viu os joelhos e os cotovelos de Hildie.

Ainda chorando, Hildemara espanou a poeira.

– Vamos nos atrasar – e saiu mancando ao lado da irmã. – Quando nos chamarem para formar a fila, temos de ficar em ordem alfabética. Não há ninguém depois de Waltert, por isso somos as últimas.

Quando chegaram à escola, Hildie foi ao banheiro das meninas para se lavar. As mãos ardiam feito fogo. Passou água fria nos joelhos e ficou arrasada ao ver que o sangue já tinha escorrido pelas pernas e manchado as meias. O sangue dos arranhões nos cotovelos tinha manchado o vestido também. O que a sra. Ransom acharia disso? O que a mãe dela diria?

Desistiu da limpeza e saiu do banheiro, preocupada porque Clotilde podia estar assustada no primeiro dia de escola. Mas a irmã já havia conhecido uma menina da idade dela e estavam pulando amarelinha juntas.

A sra. Ransom apareceu.

– Jardim de infância, primeiro e segundo anos, façam fila aqui!

As crianças correram para formar duas filas, uma de meninos e outra de meninas. Hildemara foi mancando para o seu lugar no fim da fila, atrás de Clotilde, que ficou perfilada de cabeça erguida e marchou até a sala de aula.

A sra. Ransom olhou para as duas quando entraram na sala.

– Mais uma Waltert.

– Sim, senhora.

Hildemara deu um sorriso radiante que pareceu desarmar a sra. Ransom.

– E esta é bonitinha.

Este ano tinham pregado o nome de Hildemara numa carteira na primeira fila. Com o coração disparado de medo, ela pôs a mão no peito, recitou o juramento à bandeira com a turma, cantou "My Country, 'Tis of Thee" e se sentou com todo o cuidado para não bater os joelhos doloridos. Rezou para que a sra. Ransom não dissesse nada perverso para Clotilde.

Ficou olhando para trás enquanto a professora examinava as mãos de cada criança. Clotilde estendeu as mãos com os pulsos dobrados, virou as palmas para cima e para baixo para a sra. Ransom ver. Ela não pareceu satisfeita, mas não disse nada. Hildemara deu um suspiro de alívio e se virou para frente.

– Hildemara. – A sra. Ransom parou ao lado da carteira dela. Hildemara abaixou a cabeça e estendeu as mãos com as palmas viradas para baixo. – Vire.

A menina virou as mãos, e a sra. Ransom deu um grito sufocado.

– Suas mãos estão uma miséria. Vá lavá-las.

– Já lavei.

– Não retruque.

A sra. Ransom agarrou Hildemara pelo cabelo e a arrancou do assento. A menina bateu o joelho machucado no pé da mesa e gritou de dor.

Clotilde correu em direção à sra. Ransom, gritando:

– Deixe minha irmã em paz!

Ela agarrou a saia da professora e a puxou. A sra. Ransom largou Hildemara e se virou para a pequena, então Clotilde chutou-lhe a canela com toda a força.

– A senhora está machucando a minha irmã!

Clotilde pisou nos dedos do pé da sra. Ransom.

A turma explodiu em risos e gritos.

Apavorada com o que a professora poderia fazer com Clotilde, Hildemara segurou a mão da irmã e correu para a porta. A sra. Ransom gritou. Hildemara não parou de correr até darem a volta no prédio.

– Por que fez isso, Clotilde? Por quê?

– Ela machucou você! Ela é má. Eu odeio ela!

– Não diga isso! O papai diz que não devemos odiar ninguém. – Ela tentou acalmar a irmã. – O papai disse que as pessoas foram más com Jesus também, e ele não chutou ninguém.

Clotilde começou a choramingar.

– Eu não quero ser crucificada. – Os olhos azuis ficaram vidrados de lágrimas. – A sra. Ransom vai colocar pregos em nossas mãos e pés?

– Temos que ser bondosas com a sra. Ransom, não importa o que ela faça. O irmão dela morreu na guerra, Clotilde. Ela nos odeia porque o papai é alemão. Temos que rezar por ela.

O queixo de Clotilde tremia.

– Papai não matou ninguém.

– Ela não sabe disso, Clotilde. Está muito triste e com raiva. Jesus rezou pelas pessoas que o maltrataram. Tenho rezado pela sra. Ransom há dois anos. Precisamos continuar rezando por ela. Ela é como aquelas pessoas que mataram Jesus: não sabe o que faz.

Hildemara ouviu um som abafado atrás dela e seu coração disparou de medo. Olhou para cima e viu a sra. Ransom parada perto do prédio da escola, com a mão na boca e os olhos cheios de dor.

Hildemara ficou entre Clotilde e ela.

– Ela não quis fazer isso, sra. Ransom.

A professora emitiu aquele som horrível de novo. Quando estendeu a mão, Hildemara puxou a irmã e correu.

– Hildemara! – a sra. Ransom chamou. – Espere!

Hildemara e Clotilde não pararam de correr.

– Temos que ir para a escola amanhã?

Clotilde estava sentada ao lado de Hildemara. Tinham se escondido no primeiro pomar depois de sair da cidade. Hildemara disse que não podiam ir para casa. Tinham de voltar quando as aulas terminassem, senão Bernie ia ficar procurando as duas.

– Não sei o que vamos fazer – ela disse, secando as lágrimas com as costas da mão.

– A mamãe vai ficar zangada comigo?

— A mamãe disse que eu devia tomar conta de você, lembra? Ela vai ficar furiosa *comigo*.

— Vou contar para ela por que eu chutei a sra. Ransom.

Hildemara fungou.

— Isso só vai piorar tudo.

Ela dobrou as pernas, e os joelhos latejaram de dor. Hildemara soluçava, não sabia o que fazer nem para onde ir.

Clotilde se aconchegou ao lado da irmã.

— Não chore, Hildie. Desculpe.

Elas passaram a manhã toda naquele pomar e voltaram para a escola no início da tarde. Ficaram de longe, escondidas atrás do tronco de um velho olmo. As crianças saíram para o último recreio. O sr. Loyola, diretor da escola, estava no pátio. A sra. Ransom não apareceu. Sempre que o diretor olhava para o lado delas, Hildemara e Clotilde se encolhiam atrás da árvore. Finalmente o sino tocou e Bernie saiu pelo portão.

— Estamos aqui, Bernie — Hildemara acenou de trás do esconderijo.

Ele correu para perto das duas.

— Caramba, vocês estão encrencadas! Ficaram procurando vocês duas o dia inteiro. Onde se meteram?

Hildemara sacudiu os ombros.

Bernie olhou para Clotilde.

— Eu soube que você agrediu a sra. Ransom.

As duas se entreolharam e não disseram nada. Tinham feito um pacto de silêncio.

— Bem, vamos então. É melhor irmos para casa.

Os três partiram apressados pela estrada e atravessaram a cidade. Hildemara tinha medo a cada passo, imaginando o que a mãe e o pai diriam quando Bernie contasse o que sabia. Tinham acabado de pegar a estrada quando o sr. Loyola parou o carro ao lado deles.

— Subam, crianças, vou levá-los para casa.

Bernie subiu logo.

— É a primeira vez que entro num automóvel!

Clotilde subiu atrás dele com o mesmo entusiasmo. Hildemara não queria entrar no carro e também não queria voltar para casa. Não sabia o que fazer.

O sr. Loyola inclinou o corpo para frente e espiou por cima de Bernie e Clotilde.

– Você também, Hildemara.

Ela se sentiu como uma condenada e se sentou atrás, ao lado de Clotilde. Bernie fez milhões de perguntas sobre o carro no caminho para casa. Clotilde quicava feliz no banco, já tinha se esquecido da sra. Ransom.

A mãe saiu da casa de lona quando o sr. Loyola parou o carro no jardim da sra. Miller. Ficou surpresa quando Bernie saltou do carro, e depois Clotilde. Hildemara desceu por último, tonta e nauseada. Tomou coragem e olhou para a mãe.

O diretor tirou o chapéu e o segurou com as duas mãos.

– Podemos conversar, sra. Waltert?

Bernie já tinha corrido para o pomar para encontrar o pai, sem dúvida louco para contar do passeio de carro e do que tinha acontecido na escola. Clotilde ficou ao lado de Hildemara, olhando para o sr. Loyola e para a mãe o tempo todo.

– Vão brincar, vocês duas.

Clotilde não precisou de um segundo convite. Saiu correndo atrás de Bernie e deixou Hildemara ali, sozinha e exposta. A mãe olhou para ela de um jeito estranho e deu um sorriso forçado para o sr. Loyola.

– Vamos entrar, sr. Loyola? O senhor terá de se sentar num catre. Não temos mobília. Aceita um café?

– Não, senhora. Não vou me demorar.

Hildemara se sentou encostada na parede da casa da bomba de água. A mãe e o sr. Loyola conversaram um bom tempo. Quando o diretor saiu, olhou tudo em volta. Passou a mão no cabelo, botou o chapéu, subiu no carro e foi embora.

A mãe ainda ficou um longo tempo dentro de casa. Hildemara se levantou e atravessou o jardim. A mãe estava sentada no catre, com as mãos no rosto.

– Desculpe, mamãe.

– Do que *você* está se desculpando?

Ela parecia zangada. Deixou as mãos caírem no colo e levantou a cabeça. Com os olhos vermelhos e o rosto inchado, fez uma careta.

– O que aconteceu com seus joelhos, Hildemara?

— Eu caí na estrada.

— Onde mais está doendo?

Hildie mostrou os cotovelos e as mãos.

— Só isso?

Ela não sabia o que a mãe queria que dissesse.

— Vamos ter de limpar esses ferimentos, senão vão infeccionar.

A mãe pegou o balde e foi enchê-lo de água. Hildemara achou que o dia não poderia ficar pior, até a mãe voltar.

— Vai doer, Hildemara, e não há nada que possamos fazer para evitar.

Ela deu para a filha a correia de afiar a navalha do pai.

— Precisamos tirar as pedrinhas e a terra, depois esfregar com sabão, para então aplicar o antisséptico. Morda com força essa correia quando tiver vontade de gritar, senão a sra. Miller vai pensar que estou dando uma surra nos meus filhos.

Quando acabou, Hildemara ficou deitada na cama, sem lágrimas para chorar. As mãos, os joelhos e os cotovelos ardiam demais.

— Vamos fazer curativos quando os ferimentos secarem.

O pai chegou minutos depois, com Bernie e Clotilde.

— Como está Hildemara?

— Um horror! — a mãe disse, com a voz entrecortada. Ela levantou a cabeça de Clotilde e abaixou para beijá-la. — Pelo menos temos uma menina que sabe como revidar!

Deu meia-volta e foi para fora. O pai também saiu e foi conversar com ela. Quando voltou, a mãe não estava com ele.

Hildemara continuou deitada, vendo a mãe se afastar. Estava decepcionada com ela mais uma vez.

Clotilde espiou pela porta de lona.

— Aonde a mamãe vai?

— Vai andar um pouco. Não a incomode. Vão lá para fora um pouco. Está tudo bem. Bernhard, cuide para Clotilde não chegar perto das rosas da sra. Miller.

O pai botou Hildemara no colo com todo o cuidado. Afastou-lhe o cabelo do rosto e beijou-lhe as bochechas.

— A sra. Ransom não vai mais ser sua professora. Ela procurou o sr. Loyola depois que você e a Clotilde fugiram. Ela pediu demissão, *Liebling*.

– Ela me odeia, papai. Sempre me odiou.

– Acho que ela não odeia mais você.

Os lábios de Hildie tremeram e ela começou a chorar de novo.

– Eu rezei por ela, papai. Eu queria que a sra. Ransom gostasse de mim. Rezei, rezei e rezei, e minhas orações não mudaram nada.

O pai apertou a cabeça dela carinhosamente contra o peito.

– As orações fizeram você mudar, Hildemara. Você aprendeu a amar seus inimigos.

20

1924

O pai soube que havia uma fazenda à venda na Hopper Road, três quilômetros a noroeste de Murietta. Quando foi à cidade comprar suprimentos, voltou pelo caminho mais longo para ver a propriedade. Conversou com a mãe sobre isso. Depois de ir lá ver também, a mãe foi negociar o preço da propriedade com o banco, mas...

— Eles não quiseram baixar o preço, então vim embora.

— Bem, então é isso – disse o pai, desanimado.

— Estamos só começando, Niclas. Aquele lugar está abandonado há dois anos. Ninguém fez nenhuma oferta. Vamos esperar que eles acabarão cedendo.

Enquanto aguardavam, a mãe pediu que o pai fizesse uma lista de tudo o que ia precisar de máquinas e ferramentas para arrumar a fazenda. Ela também fez sua própria lista de coisas necessárias. Foi à cidade três vezes na semana seguinte, mas não pôs os pés no banco. Foi de novo na outra semana, e o banqueiro saiu para conversar com ela.

— Ele queria negociar – a mãe deu risada. – Eu disse que a minha proposta já havia sido feita e que aquela terra não valia mais do que oferecemos.

— E então? O que ele respondeu?

— Que podemos ficar com ela.

Eles foram assinar os papéis dois dias depois e voltaram para casa discutindo.

— Nós podíamos ter pagado à vista, não precisávamos ter feito o financiamento.

— É preciso gastar dinheiro para fazer dinheiro, Niclas. Não vamos abrir uma conta na loja de material de construção, nem no armazém, nem na loja de ração. Deixe que o banco seja nosso credor alguns anos, não gente comum que trabalha duro para pôr comida na mesa e ter um teto para morar.

O pai comprou um alazão de tração e uma carroça bem resistente. Estava começando a desmontar a casa de lona quando a sra. Miller apareceu dizendo que ele a abandonara numa hora ruim e que um homem decente não deixaria uma viúva com a filha sozinhas. Disse ainda que o pai não tinha o direito de levar o que pertencia a ela, que era melhor ele deixar a casa de lona exatamente onde estava ou ela poria o xerife atrás dele.

A mãe controlou a raiva até a última exigência, então se pôs entre os dois.

— Agora que já falou o que tinha para falar, é a minha vez.

O pai se encolheu quando a mãe ficou cara a cara com a sra. Miller. Quando a senhora recuou, a mãe avançou.

— Chame o xerife, sra. Miller. *Faça esse favor!* Eu gostaria de mostrar a ele todos os recibos de tudo que tivemos de comprar nos últimos dois anos, só para manter um teto de lona sobre a nossa cabeça. As pessoas têm de saber que a senhora e aquela sua filha preguiçosa ficam o dia inteiro sentadas sem fazer nada além de se empanturrar de comida.

A cada passo que a sra. Miller dava para trás, a mãe dava um para frente, de punhos cerrados. Quando a senhora deu meia-volta e fugiu, a mãe gritou:

— Talvez eu ponha um aviso na cidade: "Procurando trabalho? Não vá à propriedade da sra. Miller!"

Hildemara tremeu de medo.

— Ela vai chamar o xerife agora, papai? Ele vem para levar você e a mamãe para a cadeia?

A mãe se virou para ela com *aquele* olhar.

– Nós estamos certos, Hildemara Rose. – Depois olhou feio para o pai também. – As Escrituras dizem que o trabalhador tem o direito de receber seu salário. Não é verdade? Já está mais do que na hora de a onça beber água!

Ela pegou uma pilha de recibos em uma das caixas.

– Tenho os recibos para provar que não roubamos nada – disse, batendo com o pé no chão. – Nem mesmo a terra!

A mãe enfiou os recibos no bolso e recomeçou a empacotar as coisas.

Quando tudo estava pronto para partirem, o pai e a mãe subiram no banco da carroça, com Rikka no colo da mãe. Hildemara subiu atrás, com Bernie e Clotilde. Gritaram como indiozinhos quando se afastaram das terras da sra. Miller. A mãe deu risada. Pararam na cidade, na loja de material de construção, e o pai comprou pás, ancinhos, enxadas, podadeiras, escadas menores e maiores, serrotes grandes e pequenos, uma caixa de pregos e um pano de vela. Encomendou mourões de cerca, fardos de arame e madeira, que enviariam depois. A mãe foi até a loja Hardesty para comprar os itens de sua lista: uma máquina de costura, latas de tinta, pincéis e uma peça de tecido de algodão amarelo e verde.

A caminho do novo lar, na carroça abarrotada de compras, Clotilde se espremeu no banco alto entre o pai e a mãe, que carregava Rikka no colo. Hildie seguiu a pé com Bernie. Quando o pai entrou com a carroça no sítio, Hildemara agradeceu a Deus por não ter de andar mais. Ficou muito animada ao ver um celeiro, um barracão aberto com um velho arado, um moinho de vento e uma casa com um cinamomo gigante na frente. Uma enorme agave crescia do outro lado da entrada.

– Tudo isso é nosso?

– Nosso e do banco – respondeu o pai.

Hildie subiu os degraus correndo, mas tinha um cadeado na porta da frente. As janelas estavam cobertas com madeira compensada para protegê-las de vândalos, por isso não dava para espiar dentro da casa. Ela correu para o canto da varanda.

– Uma laranjeira! Nós temos uma laranjeira!

Ela não se importou com as frutas podres caídas no chão.

– Hildemara! – chamou a mãe, quando o pai levou a carroça para o celeiro. – Ajude a descarregar a carroça!

O pai passava as ferramentas, e a mãe, Bernie e Hildemara empilhavam tudo encostado na parede. Clotilde se sentou no chão, com Rikka no colo. O pai pegou o berço da bebê e o levou para a porta dos fundos da casa, onde a mãe e Bernie tinham posto os catres dobrados. Havia um loureiro a cem metros dos fundos da casa, e os pesados galhos cheios de folhas se estendiam em todas as direções.

A mãe estava com a chave do cadeado. O pai a pegou e levou Rikka para Hildemara segurar.

– Fique com seu irmão, Clotilde.

Ele abriu o cadeado e o guardou no bolso, com a chave. Com um sorriso de orelha a orelha, pegou a mãe no colo, empurrou a porta com o ombro e a levou para dentro. Hildemara subiu os degraus dos fundos carregando Rikka, atrás de Bernie e Clotilde.

O pai botou a mãe no chão. Deu-lhe um beijo rápido e cochichou em seu ouvido. Foi para a porta dos fundos, e a mãe ficou muito vermelha.

Hildemara estava deslumbrada. A casa tinha um quarto de frente, uma grande sala de estar retangular, uma cozinha e um fogão.

– É enorme.

A mãe olhou em volta e suspirou.

– Eu tinha uma pensão de três andares, com uma sala de jantar e uma de estar imensas. – Ela balançou a cabeça e começou a organizar as coisas. Pegou Rikka dos braços de Hildemara e apontou para Bernie com o queixo. – Ajude o papai a trazer os catres. Hildemara, você pode começar a varrer o quarto. Comece perto da parede do fundo e venha varrendo até a porta, depois para a porta da frente, para não voltar toda a poeira com o vento.

Assim que o pai colocou o berço no chão, a mãe acomodou Rikka para dormir. Depois abriu a porta do fogareiro, deu uma espiada lá dentro e saiu correndo pela porta dos fundos.

– Niclas! Preciso de um martelo para tirar o compensado das janelas. Você tem que desmontar a chaminé do fogareiro. Está precisando de uma boa limpeza, senão vamos incendiar a casa!

O pai entrou com um balde de carvão – tinha encontrado um barril cheio no celeiro. Quando a mãe terminou de limpar o fogão, acendeu o fogo. Deixou a porta aberta para esquentar a casa e avisou Clotilde para ficar longe do fogo. Depois foi fazer uma faxina na cozinha.

— Não vamos fazer tudo em um dia, mas podemos adiantar bastante coisa.

Começou a chover antes que o pai voltasse da vistoria da propriedade com Bernie. Logo depois do almoço, eles saíram de novo. Rikka acordou, começou a resmungar, a mãe lhe deu de mamar e disse para Clotilde brincar com a boneca e entreter a irmãzinha. A mãe se ajoelhou, raspou as crostas de gordura que estavam grudadas nas paredes internas do forno e as jogou dentro de um balde.

— Como alguém podia cozinhar num forno como este? *Porcos!*

Ela terminou a limpeza e acendeu o fogo outra vez. A essa altura, Hildemara já tinha acabado de varrer e estava esfregando o chão.

— Do fundo do quarto para a porta, Hildemara. Não comece no meio. Use as duas mãos nesse escovão e ponha força nisso!

Finalmente eles puderam bombear a água para a pia da cozinha, sem precisar mais pegar baldes no poço. E a casa estava deliciosamente quente, com duas fogueiras acesas. Nada de vento e chuva passando por paredes de lona.

O pai e Bernie voltaram ao anoitecer e penduraram os casacos em cabides perto da porta dos fundos. O pai bombeou água em um balde e o levou lá para fora, para Bernie e ele se lavarem no vento frio de janeiro. A mãe abriu latas de carne de porco e feijão.

— Encontre os pratos no baú, Hildemara. Estenda o cobertor azul e arrume os pratos e os talheres para nós. Quando terminar, ponha mais uma pá de carvão no forno.

Exausto, Bernie se esparramou na frente do fogareiro. O pai ficou andando de um lado para o outro, nervoso. A mãe olhou para ele.

— Como estão as coisas?

— Nada é podado há anos.

— Ainda bem que é inverno. Você pode começar agora.

— Algumas árvores estão doentes, outras mortas.

— Alguma coisa que possa afetar o resto do pomar?

— Não sei — ele esfregou a nuca. — Vou descobrir.

— Se tiver de arrancar algumas árvores, podemos plantar alfafa.

– Vinte árvores no máximo, mas alfafa é uma boa ideia. Há espaço suficiente para plantar o que precisamos para dois cavalos na faixa de terra que margeia a estrada.

Bernie se sentou.

– Vamos comprar outro cavalo, papai? – perguntou, com os olhos brilhando.

– Não – disse a mãe, antes que o pai tivesse tempo de responder. – Não vamos comprar outro cavalo. Ainda não. Vamos comprar uma vaca, e você e suas irmãs vão aprender a tirar leite. – Ela olhou para o pai. – A primeira coisa que você precisa fazer é construir um galinheiro. Vou comprar um galo e meia dúzia de galinhas.

– Não podemos fazer tudo ao mesmo tempo. O moinho precisa de conserto. Vou construir um banheiro na primavera. Podemos botar uma caixa-d'água em cima. Vai ser bom para guardar água, e o sol vai aquecê-la.

– Banhos quentes podem esperar. A vaca e as galinhas vêm primeiro. Leite, ovos e carne, Niclas. Todos nós temos de ficar fortes para trabalhar. Vou começar a preparar uma horta amanhã.

O pai e a mãe ficaram com o quarto. A bebê Rikka, no berço, Hildemara, Bernie e Clotilde dormiam na sala de estar, em seus catres. Hildemara se encolheu satisfeita como uma gata na frente do fogo, mesmo com a chuva batendo no telhado e nas janelas.

A mãe saiu do quarto assim que o sol iluminou o horizonte. Pôs o xale nos ombros e saiu pela porta dos fundos, para a casinha. O pai apareceu minutos depois, botando os suspensórios. Tirou o casaco do cabide e foi lá para fora. Hildemara ouviu a mãe e o pai conversando perto da porta dos fundos. A mãe entrou sozinha e trouxe uma rajada de vento frio com ela. Acendeu o fogo no fogão e bombeou água no bule. Abriu o fogareiro e atiçou o fogo.

– Sei que está acordada, Hildemara. Vista-se, dobre seu catre e coloque-o na varanda da frente.

A mãe sacudiu Bernie para que ele acordasse.

– Onde está o papai?

– Trabalhando.

E todos também trabalhariam quando o pai terminasse de construir o galinheiro e a casinha para os coelhos que a mãe queria comprar.

Era uma longa e fria caminhada de três quilômetros até a escola, e choveu quase todo o mês de janeiro. Bernie não se importava com as pernas da calça duras de lama, mas Hildie entrou mortificada na fila com seus colegas, esperando para ver o que a srta. Hinkle, a nova professora, diria sobre os sapatos e as meias cobertos de lama e a bainha suja do casaco e do vestido.

— Soube que vocês têm um novo lar, Hildemara.

— Sim, senhora. É na Hopper Road.

— Parabéns! É bem longe para andar de lá até aqui na chuva. Tire os sapatos e as meias e ponha-os perto do aquecedor.

Algumas crianças, como Elizabeth Kenney, estavam com os sapatos limpinhos, protegidos pelas belas galochas amarelas que tinham deixado perto da porta. Aliviada, Hildemara viu que não era a única aluna que precisava botar os sapatos e as meias para secar.

Continuava chovendo quando as aulas terminaram. Hildemara se sentia molhada até os ossos, apesar de estar vestindo uma capa impermeável. A mãe balançou a cabeça quando eles chegaram em casa.

— Vocês estão parecendo ratos afogados.

Hildemara ficou em silêncio durante o jantar, cansada demais para comer. A mãe se inclinou e botou a mão na testa dela.

— Acabe de comer o que tem no prato e arrume sua cama. É melhor você se deitar logo depois do jantar.

A mãe serviu mais sopa de batata e alho-poró para o pai.

— Precisamos de uma mesa e de cadeiras.

— Não temos dinheiro para comprar móveis.

— Você é engenheiro. Pode descobrir como se constrói uma mesa, cadeiras e uma cama. Já encomendei um colchão pelo catálogo da Hardesty's General Store e também um sofá e duas poltronas.

O pai olhou espantado para ela.

— Mais alguma coisa?

— Dois lampiões de leitura.

O pai empalideceu.

— Quanto custou tudo isso?

— O chão está limpo, Niclas, mas prefiro comer numa mesa. Você não? Seria bom ter um lugar confortável para sentar e ler à noite depois de um longo e duro dia de trabalho no vinhedo e no pomar. – Ela cortou um pedaço de pão fresquinho, espalhou geleia de damasco e o estendeu para ele como uma oferta de paz. – Não basta morar dentro de uma caixa com um fogareiro.

O pai aceitou o pão com geleia.

– Parece que tem muito dinheiro saindo e nenhum entrando.

Houve um momento de tensão quando a mãe olhou para ele com os lábios apertados, mas ela não disse mais nada.

Por algum motivo, a mãe sempre ficava pensativa e irritadiça no inverno. Às vezes se sentava sem fazer nada, só olhando para o vazio. O pai se sentava ao seu lado e tentava puxar conversa, mas ela balançava a cabeça e se recusava a falar, a não ser para dizer que janeiro trazia lembranças que ela preferia esquecer.

O aniversário de Hildemara era em janeiro. Às vezes a mãe se esquecia disso também. Mas o pai lhe lembrava, e ela então comemorava. Dias longos e nublados faziam-na ficar quieta e fria, assim como o tempo.

Um mês depois da mudança para o sítio, o pai montou um grande sino de bronze perto da porta dos fundos. Clotilde esticou o braço para puxar a corda, e a mãe lhe deu um tapa na mão, alertando-a para que ouvisse o que o pai dizia.

– Isso é só para emergências – ele disse em tom sério. – Não é um brinquedo. Só devem tocar se alguém se machucar ou se a casa estiver pegando fogo. Quando eu ouvir o sino, virei correndo. Mas, se chegar aqui e souber que alguém deu um alarme falso, esse alguém ficará com o traseiro muito ardido – e beliscou de leve o nariz de Clotilde, olhando para Hildemara e Bernie. – *Versteht ihr das*?

– *Ja*, papai.

Hildemara ficou imaginando na cama aquela noite todas as coisas terríveis que poderiam acontecer. E se o fogareiro pegasse fogo? E se Clotilde tentasse pôr mais carvão e caísse lá dentro, de cabeça? Ela sentiu cheiro de fumaça. Viu chamas saindo pelas janelas e lambendo a casa por fora. Tentou pegar a corda do sino, mas era alta demais. Pulou, mas não conseguiu alcançá-la. Ouviu os gritos da mãe, de Clotilde e de Rikka.

A mãe sacudiu Hildie.

– Hildemara! – gritou, botando a mão fria na testa da filha. – É só um sonho – disse ela, arrumando o xale nos ombros e se sentando no chão. – Você estava chorando de novo. Com o que sonhou dessa vez?

Hildemara lembrava, mas não queria dizer. E se falar aquilo em voz alta fizesse acontecer de verdade?

A mãe acariciou o cabelo dela e suspirou.

– O que vou fazer com você, Hildemara Rose? O que eu vou fazer? – Ela se levantou e deu um beijo na testa da filha. Puxou o cobertor e o arrumou apertado em volta da menina. – Peça a Deus para que você tenha bons sonhos.

Então atravessou a sala, entrou no quarto e fechou a porta sem fazer barulho.

O pai contratou quatro homens para ajudá-lo a podar as amendoeiras e a empilhar os galhos e folhas para queimá-los nas alas entre as árvores. Depois, tiraram os mourões velhos e puseram novos, com fios de arame farpado. Podaram as vinhas, amarraram e embrulharam os brotos saudáveis, para que não congelassem.

Enquanto o pai e os diaristas italianos trabalhavam no pomar e no vinhedo, a mãe trabalhava na casa. Todos os cômodos receberam uma nova camada de tinta amarela. As janelas ganharam cortinas de algodão florido. Os colchões, o sofá, as poltronas e as luminárias de pé chegaram. O baú da mãe virou mesinha de centro. O pai construiu uma cama. Quando disse que estava ocupado demais para fazer a mesa e as cadeiras, a mãe foi a pé até a cidade e as encomendou do catálogo da Hardesty.

Ele apoiou a cabeça nas mãos quando ela contou o que tinha feito. Ela pôs a mão no ombro dele.

– Custa menos do que se você comprar o material e fizer você mesmo.

Ele se levantou e foi lá para fora.

A mãe não falou mais nada nos dias que se seguiram. Nem o pai.

– Devíamos construir um quarto grande com varanda nos fundos – disse a mãe durante um jantar.

– Não vamos gastar mais nenhum centavo. Vai demorar meses para este lugar produzir qualquer coisa que não sejam ervas daninhas. Além do mais, temos de pagar os impostos.

Nem Bernie falou mais depois disso.

Hildemara ouvia a mãe e o pai conversando em voz baixa e tensa dentro do quarto, de porta fechada.

– Ora, o que você esperava? Que seria mais fácil sendo dona da terra?

A voz do pai era sempre grave, irreconhecível.

Na noite seguinte, a mãe virou o mundo deles de cabeça para baixo. Depois de dar graças, ela serviu bolo de carne, purê de batata e cenouras numa travessa e a deu para Bernie passar para o pai. Quando todos estavam servidos, ela preparou o próprio prato.

– Arrumei um emprego na Padaria Herkner. Começo amanhã de manhã.

O pai engasgou. Tossindo, largou o garfo e a faca e bebeu um gole de água.

– Um emprego! – Ele tossiu de novo. – O que está dizendo? Um emprego?

– Podemos falar sobre isso mais tarde.

A mãe picou o bolo de carne para Rikka.

O pai passou o jantar todo olhando feio para a mãe. Ela tirou os pratos e disse para Hildemara não ficar por perto.

– Vá se sentar lá com seu pai. Ele quer ler para vocês.

Ele sempre lia a Bíblia depois do jantar. Aquela noite, pediu aos filhos que fossem dormir. Hildie ficou observando e ouvindo da cama.

– Deixe que eu lavo, você vai acabar quebrando alguma coisa.

– Você não vai trabalhar – ele disse em voz baixa, com raiva.

– Já estou trabalhando. Assim pelo menos me pagam!

Ele tirou o prato da mão dela, secou-o e guardou-o no armário.

– Precisamos conversar. Agora!

Ela tirou o avental, jogou-o na bancada e foi para o quarto. O pai a acompanhou e fechou a porta.

Clotilde começou a chorar.

– Nunca vi o papai tão bravo.

Bernie virou de lado na cama.

– Cale a boca, Cloe – e cobriu a cabeça com o travesseiro.

Hildemara ficou prestando atenção.

– E a Rikka? Você ainda está amamentando!

– Ela irá comigo. Posso amamentá-la tão bem numa padaria quanto em casa. Hedda Herkner tem um cercado que usou para o filho dela, Fritz.

– Você não me pediu.

– Pedir para você? – a mãe elevou a voz. – Não pedi porque sabia o que você ia dizer. Conversei com Hedda um dia depois que a sra. Miller disse que queria que eu cozinhasse e fizesse faxina para ela. Eu disse que tinha trabalhado numa confeitaria em Steffisburg. Que sei fazer tortas e *beignets* e...

– Então faça isso para a sua família!

– Vou receber por hora, e teremos todo o pão de que precisarmos.

– Não, Marta. Você é minha mulher! Você nem me consultou antes de sair por aí e...

– Consultar você? Ah, da mesma forma que você me consultou antes de partir para o campo de trigo? – A voz da mãe ficava cada vez mais alta. – Você nunca deu valor à minha opinião, tanto é que nunca a pediu! Nunca hesitou em assinar a minha vida num contrato, primeiro com Madson, depois com a sra. Miller e a imprestável da filha dela!

– Fale baixo! Vai acordar as crianças.

A mãe abaixou a voz.

– Precisamos de outra forma de fazer dinheiro, além da produção da fazenda. Todos temos de nos sacrificar.

– Quem é que vai lavar a roupa, cozinhar, costurar...?

– Não se preocupe. Esse trabalho será feito. As crianças vão aprender a ajudar. Bernhard também! Só porque ele é menino, não quer dizer que pode se safar e fazer o que quiser, enquanto as meninas ficam com todo o trabalho. Um dia ele ficará por conta própria. Até encontrar uma esposa para cuidar dele, vai ter de cozinhar as próprias refeições, lavar as camisas, as cuecas, as calças e pregar botões!

– Meu filho não vai fazer tarefas domésticas! Trate de deixar Bernhard comigo. Faça o que quiser com as meninas.

– Não é sempre assim? – A voz da mãe adquiriu um tom estridente, que Hildemara nunca ouvira antes. – O filho vem sempre primeiro. Ora, que seja então, desde que Bernhard aprenda a ser um homem, e não um senhor!

A mãe saiu correndo do quarto, arrumando o xale nos ombros. Saiu da casa e fechou a porta com firmeza.

Hildemara se sentou na cama.

– Volte a dormir, Hildemara.

O pai saiu e foi atrás da mulher.

A menina mordeu o lábio e ficou escutando. Não ouviu passos descendo a escada, mas ouviu vozes de novo. O pai falava baixinho. Não estava mais zangado. Ela saiu sorrateiramente da cama e foi até a janela da frente. Ele estava sentado ao lado da mãe num degrau da escada da varanda.

Hildemara voltou para a cama e rezou até adormecer.

Quando acordou, o pai estava sentado à mesa, lendo a Bíblia. Ele se levantou e se serviu de mais uma xícara de café. Hildie tremeu de frio quando se sentou.

– Onde está a mamãe?

– Ela teve de ir para a padaria antes de o sol nascer. Levou Rikka. Na hora do almoço, a mamãe quer que vocês vão à padaria. Disse que tem uma coisa para vocês três.

As crianças chegaram, e a sra. Herkner chamou a mãe.

Hildemara viu Rikka dormindo num cercado atrás do balcão. A mãe saiu dos fundos da padaria usando um avental branco com as letras HB bordadas no bolso.

– Meu Deus, Hildemara! Você se esqueceu de escovar o cabelo esta manhã?

A mãe fez sinal para eles passarem para trás do balcão e entrarem no salão dos fundos.

– Fiquem sentados aí.

Ela deu uma fatia grossa de pão fresco para cada um, uma fatia de queijo, uma maçã e pegou uma escova de cabelo na bolsa. Segurou firme a cabeça de Hildemara com uma das mãos e escovou o cabelo dela rápido e com força, enquanto a menina tentava comer seu almoço.

– Fique quieta.

O couro cabeludo de Hildemara ficou ardendo, mas, quando ela levantou a mão, a mãe bateu nela com a escova.

– Como é que consegue ficar com tantos nós no cabelo?
– Amanhã vou escovar melhor, mamãe.
– Vai mesmo.
Quando Hildemara voltou da escola, a mãe pegou uma tesoura e botou uma cadeira na varanda.
– Sente-se aí. Vou cortar seu cabelo curtinho. Você não pode ir à escola do jeito que foi essa manhã.
– Não, mamãe... Por favor...
O que as outras crianças iam pensar se ela aparecesse de cabelo curto?
– Sente-se aí!
A mãe começou a cortar o cabelo de Hildemara, enquanto ela chorava.
– Pare de choramingar, Hildemara. Fique quieta! Não quero deixar pior do que já estava.
Tufos de cabelo castanho caíam no chão. A mãe examinou a obra com a testa franzida e resolveu cortar uma franja.
– Tenho de igualar esse lado.
Depois de mais umas tesouradas, a mãe apertou a boca com a mão e afofou o cabelo de Hildemara dos lados.
– É o melhor que posso fazer.
Então se virou para guardar a tesoura na caixa de costura, e Hildemara pôs as mãos no cabelo. A mãe os cortara na altura das orelhas! Soluçando, a menina fugiu para o celeiro e só voltou para casa quando a mãe a chamou para jantar.
Bernie ficou horrorizado quando Hildie entrou pelos fundos.
– Caramba! O que você fez com o seu cabelo?
A mãe fez cara feia.
– Já chega, Bernhard.
Clotilde deu uma risadinha. Hildemara olhou para ela, magoada. A irmã mais nova ainda tinha o cabelo comprido, louro e cacheado. Ninguém riria dela na escola.
O pai se sentou à cabeceira da mesa e olhou fixo para a filha.
– O que aconteceu com seu cabelo, Hildemara?
Ela não conseguiu controlar o choro.
– A mamãe cortou.

– Pelo amor de Deus, Marta, por que fez isso?

A mãe ficou vermelha.

– Não está tão curto assim.

Clotilde deu outra risadinha.

– Ela parece aquele menininho das latas de tinta.

A mãe serviu Hildemara depois do pai.

– Vai crescer logo.

Hildemara sabia que aquilo era o mais parecido com um pedido de desculpas que teria da mãe. Não que servisse de consolo – o cabelo dela não cresceria a tempo para ir à escola no dia seguinte.

Exatamente como Hildemara temia, os colegas riram quando a viram. Tony Reboli perguntou se ela tinha enfiado a cabeça num cortador de grama. Bernie deu um soco nele. Tony quis revidar, mas errou. Os dois começaram a se empurrar pelo pátio. A srta. Hinkle apareceu e ordenou que parassem com aquilo imediatamente.

– Como foi que começou?

Tony apontou.

– O cabelo da Irmãzinha!

Ele deu risada, e as outras crianças também.

A srta. Hinkle se virou para Hildie. Levou um susto, mas depois sorriu.

– Acho que ficou muito bonito, Hildemara – disse, abaixando-se e cochichando. – Minha mãe costumava cortar meu cabelo bem curtinho também.

Hildemara foi para o último lugar da fila das meninas. Elizabeth saiu da fila e esperou por ela.

– Eu gostei, Hildie. Gostei muito.

Ela sentiu uma onda de alívio. Qualquer coisa que Elizabeth dizia que gostava, as outras gostavam também.

Na hora do recreio, Clotilde foi brincar no trepa-trepa com as amigas. Hildemara se sentou no banco e ficou vendo Elizabeth brincar de amarelinha com as outras meninas. Ela reuniu coragem e atravessou o pátio. Com o coração aos pulos, apertou as mãos nas costas.

– Posso brincar também?

Elizabeth deu um largo sorriso.

– Pode ficar no meu grupo.

Aquela noite, Hildemara ficou acordada na cama, sentindo-se eufórica. A mãe estava sentada à mesa da cozinha, com o lampião aceso e uma pilha de livros sobre a história da América que pegara emprestado na biblioteca. Estava escrevendo uma carta. O pai fora dormir uma hora antes. Bernie roncava baixinho. Clotilde estava deitada e encolhida de lado, de costas para o lampião. Enquanto escrevia, a mãe parecia triste.

Hildemara se levantou e foi na ponta dos pés até a luz do lampião. A mãe ergueu a cabeça.

– Como foi na escola hoje? Você não falou muito no jantar.

Bernie e Clotilde costumavam dominar a conversa à mesa.

– Fiz uma amiga.

A mãe endireitou as costas.

– É mesmo?

– Elizabeth Kenney é a menina mais bonita e mais querida da turma. Pode perguntar para a Clotilde.

– Acredito em você, Hildemara – a mãe disse, com os olhos brilhando.

– Elizabeth disse que sempre gostou de mim. Ela quer que eu vá à igreja com ela um dia. Eu posso?

– Depende da igreja.

– Eu disse a ela que somos luteranos. Ela não sabia o que era e eu não soube explicar. A família dela frequenta a igreja metodista da Rua Olmo.

– Eles devem pensar que somos pagãos. Acho que é melhor você ir.

– Vou dizer para ela amanhã.

Hildemara voltou para a cama. A mãe pegou a caneta-tinteiro e começou a escrever de novo, mais depressa agora.

– Mamãe?

– Hummmmm?

– A Elizabeth disse que gostou do meu cabelo.

Os olhos da mãe cintilaram de emoção à luz do lampião.

– Às vezes, só precisamos de uma amiga de verdade, Hildemara Rose, apenas uma, em quem possamos confiar para nos amar incondicionalmente. Você fez muito bem de encontrar uma.

Hildemara se aninhou sob as cobertas e pela primeira vez sentiu a aprovação da mãe.

Querida Rosie,

Depois de dois anos de trabalho duro, vivendo numa barraca poeirenta, finalmente temos um lugar que é nosso. A sra. Miller não conseguiu deixar de nos pagar os lucros, porque eu estava lá quando a colheita era vendida e exigia a parte de Niclas antes que ela inventasse um modo de gastá-la com sua filha inútil.

Nossa casa fica a três quilômetros de Murietta, não é muito longe da escola, dá para as crianças irem a pé. Temos vinte acres de amendoeiras e vinte acres de videiras, com um canal de irrigação que corre ao longo do limite da propriedade. A casa e o celeiro precisam de reforma, mas Niclas já está trabalhando e consertando o telhado. Ele consertou o moinho ontem. Não consegui assistir, porque fiquei com medo de a coisa ruir com ele dentro.

Hildemara está muito animada com a água corrente dentro de casa. Não terá mais de ir buscar água no poço. Ela encorpou um pouco com o trabalho, o que é bom. Nunca reclama de nada. Eu pressiono e ela sempre cede, diferente de Clotilde, que empina o queixo e discute absolutamente tudo. Até Rikka sabe como conseguir o que quer. Espero que Hildemara aprenda a lutar por si mesma, a se defender, senão todos vão pisar nela. Niclas acha que sou mais dura com ela do que com os outros, mas é pelo bem dela. Tenho de agir assim. Você sabe o que eu mais temo...

Hildemara aprendeu que sua mãe nunca deixava uma oportunidade passar. Seis meses depois de começar a trabalhar na Padaria Herkner, ela já conhecia quase todos da cidade. Mesmo assim, demorava-se no longo caminho até Murietta para conhecer as pessoas que moravam na Hopper Road.

— Essas pessoas são nossos vizinhos, Hildemara. E a boa vizinhança compensa. Preste atenção você também, Clotilde. Mantenha os olhos e os ouvidos sempre bem abertos para aprender e saber tudo que puderem. Se eles precisarem de ajuda, estenderemos a mão. Esse favor voltará algum dia, se estivermos em apuros.

Clotilde parou de chutar a terra.

– Que tipo de apuros, mamãe?

– Nunca se sabe. E nunca vão à casa de alguém de mãos vazias. Lembrem-se disso acima de tudo.

Um dia ela deixava um pão para a viúva Cullen; no dia seguinte, um saco de pãezinhos para o solteirão austríaco Abrecan Macy, ou um vidro de compota de morango para os Johnson.

– Você precisa conhecer as pessoas, Hildemara. Não pode ficar pendurada na barra da minha saia para sempre. Você também, Clotilde. Faça-se conhecer aos vizinhos.

– Eles conhecem o Bernie! – disse Clotilde, sorrindo de orelha a orelha.

– Bem, você e suas irmãs não vão ser atletas. Rikka, fique aqui conosco.

Rikka estava abaixada, observando uma flor. Ela a colheu e foi andando atrás das outras.

– Todos têm alguma coisa para ensinar.

A mãe fazia amizade com todos, especialmente com os imigrantes. Gregos, suecos, portugueses e dinamarqueses; até o velho e mal-humorado Abrecan parava para conversar quando ela passava. Depois dos primeiros encontros, ela começava a negociar com todos eles. Trocava galinhas por queijo com os dinamarqueses e gregos. Com o austríaco, trocava amêndoas sem casca e passas por cordeiro. Quando a vaca leiteira secou, ela trocou legumes e verduras por leite na pequena loja de laticínios dos portugueses ali perto, descendo a rua, depois trocou a vaca com o açougueiro por crédito de carne.

De todos os vizinhos, a mãe gostava mais dos Johnson. Suecos de Dalarna, eram muito hospitaleiros, sempre ofereciam uma xícara de café e um doce enquanto conversavam. Ela gostava da aconchegante casa vermelha deles, com suas bordas brancas. Clotilde e Rikka gostavam da profusão de azuis, vermelhos, amarelos e rosas em volta. Hildemara gostava de se sentar ao lado da mãe e escutar a conversa das duas mulheres. Carl Johnson e os dois filhos, Daniel e Edwin, cuidavam do pomar de pessegueiros. A mãe trocava geleia de marmelo por compota de pêssego. Um vidro da geleia da mãe dava quatro vidros dos pêssegos de Anna Johnson.

Hildemara sempre diminuía o passo quando passava pela casa dos Johnson, sorvendo o perfume das rosas. A sra. Johnson era tão exigente com a poda das flores mortas como o pai era com a limpeza das ervas daninhas em sua propriedade.

– Olá, Hildemara. – A sra. Johnson olhou para ela de onde estava podando os cravos e espanou a saia. – Sua mãe já passou por aqui hoje de manhã. Eu estava acabando de pôr a mesa do café quando ela apontou na estrada.

– Sim, senhora. Ela vai bem cedo, às terças e quintas, para fazer os *beignets* e as *Torten*.

– Acabam todos ao meio-dia. Ela trouxe o pão de cardamomo na semana passada. Sua mamãe é boa confeiteira. Ela está ensinando para você?

– Eu nunca serei tão boa confeiteira como ela.

– A mamãe está me ensinando a costurar. – Clotilde se debruçou na cerca e apontou para o jardim. – Que flores são aquelas, sra. Johnson? São tão lindas.

– São cravinas. – Ela cortou o talo de um punhado das flores brancas e rosa forte e as deu à Cloe. – Esperem só um minuto que vou pegar uns envelopes de sementes. Vocês podem começar um belo canteiro de flores para sua mãe, *ja*? Se plantarem estas sementes agora, terão um lindo jardim de verão. No outono, darei mudas a vocês.

A mãe fez Bernie revirar a terra em volta da varanda da frente e prepará-la para o plantio.

– Não use muito esterco. Pode queimar os brotinhos.

Clotilde e ela plantaram áster, cravos brancos e cor-de-rosa, cravo-de-defunto, álcea, equinácea e escovinha em toda a volta da casa na Hopper Road.

Rikka gostava de seguir a mãe pela casa, segurando as flores que ela cortava. A mãe enchia um vidro de compota com água e deixava a menina arrumar as flores. A mãe dizia que os arranjos dela tinham simetria, seja lá o que isso quisesse dizer.

– Acho que a Rikka pode ser uma artista – a mãe dizia para todo mundo.

Um dia, chegou em casa com uma caixa de lápis de cera coloridos e deixou Rikka desenhar nos jornais velhos.

Bernie queria ser fazendeiro, igual ao pai. Clotilde queria ser costureira. Aos três anos, Rikka já conseguia desenhar vacas, cavalos, casas e flores.

Todos supunham que Hildemara seria uma esposa trabalhadora e calada quando crescesse. Ninguém achava que ela tinha qualquer ambição além disso, especialmente a mãe.

Os dias se passavam entre inúmeras tarefas, escola, estudo e lição de casa, mas todos os domingos o pai atrelava o cavalo na carroça e a família ia à cidade, para o culto na igreja metodista. A maior parte dos paroquianos se conhecia a vida inteira. Alguns não gostavam da mãe porque ela trabalhava para os Herkner, que tinham tirado o negócio dos Smith, padeiros que estavam em Murietta fazia anos.

— Eu não trabalharia na padaria dos Smith nem que me pagassem o dobro do que me pagam Hedda e Wilhelm. Fui lá uma vez e nunca mais voltei. O lugar é imundo, tem moscas por toda parte. Quem ia querer os doces daquele lugar?

Muitos homens também não gostavam do pai. Alguns o chamavam de huno pelas costas. Mas os que o contrataram no primeiro ano como diarista gostavam dele. Homem calado, o pai não insistia com as pessoas que desconfiavam dele. A mãe, em contrapartida, ficava por lá depois do culto e conversava com o maior número de membros da congregação que podia.

O pai não era tão sociável como a mãe. Não gostava de responder a perguntas pessoais nem de se misturar com pessoas que gostavam de fazer essas perguntas. Depois de alguns meses tentando entrar nos grupos fechados, ele desistiu.

— Não vou impedi-la de ir à igreja, mas eu não vou mais, Marta. Tenho mais o que fazer do que ficar lá conversando. Além disso, posso estar com o Senhor no pomar ou no vinhedo.

O pai estalou as rédeas.

— Até Deus tirou folga um dia da semana, Niclas. Por que não pode fazer a mesma coisa?

— Eu descanso aos domingos, mas não lá. Não gosto do jeito que as pessoas me olham.

– Nem todos acham que você é um huno, e os que acham mudariam de ideia se você fizesse um esforço e conversasse com eles. Você conhece a Bíblia melhor que o pastor.

– Você é muito melhor que eu para fazer amigos, Marta.

– Precisamos conhecer pessoas. Elas precisam nos conhecer. Se você ao menos...

– Eu fico em casa com você, papai – Bernie ofereceu, meio alegre demais.

– Não fica não. Você vai à igreja com a sua mãe.

Aquele dia, no almoço, Clotilde franziu a testa.

– O que é um huno, papai?

A mãe botou mais panquecas na mesa.

– É um nome feio para um alemão.

Bernie espetou duas panquecas antes dos outros.

– Quem ia querer insultar o papai? Ele ajuda todo mundo que precisa.

– Idiotas e hipócritas, é o que são. – A mãe se debruçou sobre a mesa, espetou uma panqueca de Bernie e a pôs no prato de Hildemara. – Experimente dividir de vez em quando, Bernhard. Você não é o rei do galinheiro. E ponha o guardanapo no colo. Não quero que as pessoas pensem que meu filho é um completo bárbaro.

Bernie fez o que a mãe pediu.

– Há quanto tempo a guerra acabou, papai?

– Terminou em 1918. Diga você.

– Seis anos – respondeu Hildemara, quase sem precisar pensar. – Fico imaginando o que aconteceu com a sra. Ransom.

A mãe olhou impaciente para ela.

– Por que se importa com o que aconteceu com aquela mulher?

A menina percebeu a raiva na voz da mãe, deu de ombros e não disse mais nada. Mas a sra. Ransom continuou na cabeça dela pelo resto do dia. Hildie rezou para que o sofrimento da professora tivesse diminuído. Toda vez que se lembrava dela, rezava novamente.

21

1927

Com três anos de trabalho na fazenda, o pai ganhou dinheiro suficiente com a colheita para construir um grande quarto nos fundos, anexo à casa. Pôs tela nas janelas e uma divisória, além de um armário de cada lado. Construiu um beliche para Hildemara, com dez anos, e Clotilde, com oito, e uma cama dobrável para Rikka, com cinco e ainda a bebê da família. Do outro lado da divisória, Bernie tinha um quarto só para ele, com uma cama de verdade e um armário encomendado pelo catálogo. A mãe comprou colchões.

Hildemara adorou o novo quarto, até o tempo esfriar. Nem os forros de inverno conseguiam evitar que o ar gelado entrasse. O pai pendurou lona por fora e a deixou presa nos meses de dezembro e janeiro inteiros, por isso o quarto ficou escuro e frio. A mãe saía pela porta dos fundos todas as manhãs depois de atiçar o fogo do fogareiro. As meninas desciam da cama, pegavam suas roupas e davam um pique louco até a casa para se amontoar em volta do fogareiro e se aquecer. Hildemara dormia na cama de cima e sempre acabava chegando por último, portanto fora do círculo de calor. Clotilde e Rikka ficavam se empurrando, mas Hildemara se enfiava até o mais perto que podia e tremia muito antes de o calor penetrar-lhe os braços e as pernas finas.

– Vou visitar os Musashi essa tarde – anunciou a mãe certa manhã.

– Desista, Marta. Eles são muito fechados.

– Não fará mal nenhum tentar outra vez.

A família Musashi possuía sessenta acres do outro lado da estrada, vinte de amendoeiras, dez de videiras e o restante de legumes e verduras que se alternavam conforme a estação, sem uma única erva daninha. O celeiro, os barracões e as benfeitorias eram sólidos e bem pintados, assim como a casa, construída no estilo pilar e viga, com portas de correr. Hildemara ficava imaginando onde dormiam os sete filhos, até que Bernie disse que Andrew contou para ele que o pai havia construído um dormitório para os meninos e outro para as meninas, os dois com portas de correr que davam para a sala de estar e a cozinha.

Bernie, Hildemara e Clotilde viam os filhos dos Musashi todos os dias na escola. Tinham nomes americanos: Andrew Jackson, Patrick Henry, Ulysses Grant, George Washington, Betsy Ross, Dolly Madison e Abigail Adams. Todos eram bons alunos, e Bernie ficava impressionado com a habilidade dos meninos no jogo. Teve de se esforçar mais para ser o melhor desde que os meninos Musashi começaram a participar. As meninas eram quietas, estudiosas e educadas. Não falavam muito, e Hildemara ficava meio incomodada com isso. Ela preferia ouvir a ter de pensar no que dizer. Gostava mais de estar com Elizabeth, que sempre tinha assunto, falava do último filme que vira no cinema, da visita aos primos em Merced, do passeio no carro novo do pai até Fresno.

O pai finalmente conseguira quebrar o gelo quando o caminhão do sr. Musashi enguiçou no caminho de Murietta para a fazenda. Ele reduziu a marcha da carroça ao ver o vizinho mexendo no motor, aborrecido. A carroça estava carregada de madeira e ainda tinha uma caixa-d'água para o banheiro que planejava construir, mas ele resolveu parar para ver se podia ajudar. Então conseguiu fazer o motor pegar, pelo menos para seguir engasgando pela Hopper Road e chegar ao quintal dos Musashi, onde morreu de novo. O pai chamou Bernie para cuidar do cavalo e guardar o carregamento, e atravessou a estrada para terminar o conserto do caminhão na propriedade dos Musashi. Levou o dia inteiro, mas acabou consertando. O sr. Musashi quis pagar, mas o pai não deixou.

Na época de podar as árvores frutíferas, o sr. Musashi veio com os filhos e com o equipamento para ajudar.

Determinada a derrubar as barreiras que restavam, a mãe fez *Streusel* de maçã e foi visitar os vizinhos. Voltou para casa resignada.

— Eu desisto. Ela não fala inglês, e eu não tenho tempo para aprender japonês. De qualquer modo, acho que ela tem medo de mim, por isso não vai dizer nada mesmo.

Só as "crianças da cidade" tinham tempo para brincar durante a semana, e, quando chegava o sábado, os Musashi passavam o dia inteiro na escola japonesa.

— Eu aprendo a ler e a escrever em japonês — Betsy contou para Hildemara a caminho da escola. — Aprendo os antigos costumes do país, boas maneiras e jogos.

— Posso ir com você qualquer dia?

— Ah, não — Betsy ficou sem jeito. — Sinto muito. É só para japoneses.

Bernie não teve melhor sorte quando pediu para os meninos lhe ensinarem luta de espada japonesa.

O sr. Musashi se esforçava muito para vender seus legumes e verduras no vale. Certa manhã, ele carregou o caminhão com caixotes de brócolis, abóbora, feijão e cebola e então partiu, mas não voltou para casa aquela noite. A mãe pediu para Hildemara perguntar a Betsy se a família precisava de alguma ajuda.

— Não, obrigada. Meu pai vai levar a produção para os mercados de Monterey. Só vai voltar daqui a dois dias. Meus irmãos dão conta das coisas por aqui.

O sr. Musashi deixou Andrew encarregado de cuidar de Patrick, Ulysses e George. Os problemas despontaram com a rapidez das ervas daninhas. Houve um incêndio no capim da estrada que ameaçou os pomares deles. O pai e Bernie correram para lá com pás para ajudar a apagá-lo. No dia seguinte, a bomba-d'água quebrou, e Andrew pediu ajuda a Niclas. Enquanto o pai trabalhava na bomba, Bernie pediu para Andrew mostrar como o sr. Musashi fazia enxertos nas árvores frutíferas.

— Você precisava ver, papai. Eles têm três tipos de maçãs numa mesma árvore! Aposto que podemos fazer a mesma coisa com as laranjeiras. Enxertar limão e ter uma limonada!

A caminho da escola, Hildemara viu a mãe descendo a estrada de Murietta. Ela nunca voltava para casa tão cedo, trabalhava sempre até as duas da tarde.

– Algum problema, mamãe?

De cara amarrada, a mãe passou por Hildemara e pelos outros filhos sem dizer nada. A menina correu atrás dela.

– Mamãe? Você está bem?

– Se eu quisesse falar sobre isso, já teria respondido. Vá para a escola, Hildemara! Vai saber o que eu tenho quando passar pela cidade!

Ela estava certa.

– Caramba! – exclamou Bernie e sussurrou para Hildemara: – Acha que a mamãe fez isso?

A padaria dos Herkner havia pegado fogo.

– Por que faria? A sra. Herkner é amiga dela.

As crianças ficaram olhando para a pilha de vigas carbonizadas, para as janelas quebradas e as cinzas.

Nem mesmo as crianças da cidade sabiam o que havia acontecido, a não ser que o incêndio começara na noite anterior. Hildemara passou o dia todo pensando naquilo. Voltou para casa correndo e encontrou a mãe na lavanderia.

– O que aconteceu na padaria dos Herkner, mamãe?

– Você viu o que aconteceu. Alguém pôs fogo nela!

– Quem?

– Vá alimentar as galinhas.

– Mamãe!

– Ponha ração para os cavalos. E se fizer mais uma pergunta, Hildemara, vai acabar limpando as baias.

Aquela noite, quando todos se sentaram à mesa para jantar, a mãe finalmente estava preparada para falar.

– Hedda disse que alguém jogou alguma coisa pela vitrine da frente e que em pouco tempo o lugar estava em chamas. Tiveram sorte de descer pela escada dos fundos a salvo. Wilhelm desconfia de alguém, mas o xerife precisa de provas.

O pai não citou nenhum nome, mas parecia que sabia tão bem quanto a mãe quem queria tirar os Herkner do negócio.

– Hedda disse que eles não aguentam mais, que estão indo embora.

– Eles estão bem?

– Tão bem quanto podem estar, depois de ver tudo pelo qual trabalharam desaparecer no incêndio.

A mãe serviu ensopado de carne em potes. Deu um para o pai primeiro, depois para Bernie, Hildemara, Clotilde e finalmente para Rikka. Serviu-se por último e sentou-se na outra ponta da mesa.

O pai deu graças e olhou para a mãe.

– Há uma bênção até nas coisas mais difíceis, Marta. A última colheita rendeu muito bem. Temos o suficiente de reserva agora, de forma que você não precisa mais trabalhar. Temos o bastante para pagar todas as contas e os impostos. – Ele pôs uma colherada de carne suculenta na boca. – Hummm – sorriu. – Dá para sentir quando você teve mais tempo para cozinhar.

– Os homens só pensam nisso, no estômago.

O pai deu risada, mas não acrescentou mais nada ao comentário da mãe.

Ela enfiou a colher no ensopado.

– Hedda e Wilhelm vão para San Francisco. Têm amigos lá que podem ajudá-los a recomeçar. Ela está preocupada porque Fritz vai perder mais tempo de escola.

Hildie sabia que a sra. Ransom perseguira Fritz também. Diferentemente da mãe dela, a sra. Herkner deixava o filho ficar em casa e não ir à escola sempre que ele se sentia mal.

O pai parou de mastigar e levantou a cabeça, sentindo alguma coisa no ar. Hildie continuou comendo e fingiu que não prestava muita atenção quando a mãe continuou falando, como quem não quer nada.

– Ele faltou às aulas quase um mês quando teve pneumonia. Está começando a repor a matéria. Se o levarem embora agora, vai perder o ano inteiro. Eu disse para ela que ficaríamos com ele aqui.

O pai engoliu em seco.

– Ficaríamos com ele?

– Bernhard tem um quarto bem grande.

– Mamãe! Ele não vai dormir comigo, vai?

A mãe ignorou o protesto de Bernie e falou com o pai.

– Você vai ter de construir um beliche, como o do quarto das meninas. Temos bastante madeira de sobra, não temos? Já encomendei um colchão. Vão entregar em poucos dias. Até lá, ele pode dormir no sofá.

Ela pegou um pedaço de pão e passou um pouco de manteiga.

O pai fechou a cara.

– Não me lembro de ter aceitado essa ideia.

– Você, cuide do pomar e do vinhedo. Eu cuido das crianças, da casa e dos animais, exceto do cavalo.

Hildemara sentiu que a harmonia familiar estava sendo ameaçada por uma tempestade.

– Seria uma boa ação, não seria, papai? Ajudaria os Herkner.

Bernie ficou vermelho de raiva.

– O quarto é meu! Não deviam me consultar se alguém vai morar nele?

Hildemara olhou para ele, espantada.

– A casa dele acabou de pegar fogo, Bernie.

– Não fui eu que provoquei o incêndio!

– Eles perderam tudo!

– Fritz Herkner não consegue ganhar nem uma base rebatendo! A última vez que jogou basquete, torceu o tornozelo. Ele tem menos coordenação que você! Vai ser tão útil na fazenda quanto Clotilde e Rikka!

– Chega, Bernhard! – a mãe socou a mesa e fez todo mundo pular, menos o pai. – Quem você pensa que é? Se não receber bem Fritz Herkner na *minha* casa, ele vai dormir sozinho no seu quarto e você vai se mudar para o celeiro!

Bernie empinou o queixo.

– A casa é do papai também.

– Já chega, *Sohn* – disse o pai em voz baixa.

Bernie deu a impressão de que havia concordado, mas Hildemara sentiu um aperto no estômago ao ver a expressão do pai. Ela sabia que tinham comprado a fazenda com o dinheiro da mãe, mas o pai trabalhava duro e produzia as colheitas que a tornavam bem-sucedida. A mãe falava como se ele não tivesse contribuído com nada. A menina sentiu as lágrimas se formando diante do olhar magoado dele. Olhou para a mãe e viu a vergonha que ela procurava esconder.

— *Nossa* casa — corrigiu a mãe, mas era tarde demais. O estrago estava feito. Quando o pai empurrou o prato na mesa, os olhos dela cintilaram, molhados. — Ela não era só minha patroa, Niclas.

O pai disse alguma coisa em alemão, e a dor passou pelo rosto dela. Lágrimas escorreram pelas bochechas de Hildemara. Detestava quando os pais brigavam. Detestava ver aquela mágoa nos olhos do pai e a inclinação obstinada do queixo da mãe.

— Quando é que ele chega? — perguntou o pai.

— Amanhã.

A mãe parecia se preparar para dizer mais.

— Hedda vai nos pagar. Ele ficará conosco até o fim do verão.

Os olhos do pai faiscaram.

— Tudo é uma questão de dinheiro para você, Marta? Só se importa com isso?

— Eu não pedi nada! Foi Hedda quem insistiu! Perdi meu emprego quando a padaria pegou fogo, e ela achou que eu não devia gastar para cuidar do filho dela. Se não fosse assim, ela não deixaria Fritz aqui!

Bernie espetou um pedaço de carne.

— Cinco meses — resmungou, afundando-se na cadeira e comendo de cara feia.

A mãe se virou para ele.

— Eles não vão se rebaixar a ponto de morar numa barraca e trabalhar como escravos para alguma viúva preguiçosa. Preste atenção, Bernhard. Os Herkner terão um apartamento na cidade e um negócio funcionando de vento em popa antes de o verão terminar!

O pai empurrou a cadeira para trás e saiu da mesa.

A mãe empalideceu.

— Niclas...

Hildemara viu o pai sair pela porta da frente. Ela sabia que ele trabalhava muito, que se esforçava para deixar a mãe feliz. E então a mãe dizia alguma coisa impensada que o destruía. O sofrimento de Hildie deu lugar a uma raiva surda. Olhou furiosa para a mãe através das lágrimas, sem saber por que Marta não conseguia sentir gratidão em vez de ressentimento. Hildie sabia o que era tentar agradar à mãe e nunca satisfazer suas expectativas. Pela primeira vez, não se importou.

– Por que tem de ser tão cruel com ele?

A mãe deu-lhe um tapa na cara. Hildemara foi jogada para trás e pôs a mão no rosto em chamas, chocada demais para emitir qualquer som. A mãe nunca batera nela antes. Lívida, Marta estendeu a mão na direção da filha, mas Hildemara se afastou. Bernie pulou da cadeira.

– Não bata nela de novo! Ela não fez nada de errado!

A mãe se levantou também.

– Saia desta casa agora mesmo, Bernhard Waltert!

Ele saiu batendo a porta e pisando firme nos degraus.

Clotilde arregalou os olhos para a mãe, abismada. Rikka chorava baixinho, cobrindo o rosto com o guardanapo. Hildemara piscou para evitar as lágrimas e abaixou a cabeça.

– Desculpe, mamãe.

– Não peça desculpas, Hildemara! Por que sempre pede desculpas, não importa o que as pessoas façam com você? – A voz dela soava entrecortada. – Tire a mesa, lave os pratos e guarde tudo. E pode ir se acostumando que as pessoas pisem em você pelo resto da vida!

A mãe soluçou e foi para o quarto, batendo a porta.

Clotilde pegou as travessas na mesa.

– Vou ajudar você, Hildie.

– A mamãe pode não gostar.

– Ela se arrependeu de ter batido em você.

– Então brinque com a Rikki. Dê lápis de cera para ela. Faça qualquer coisa para ela parar de chorar.

Engolindo as lágrimas, Hildemara tirou a mesa.

O pai ainda não tinha voltado quando Hildemara terminou de lavar, secar e guardar os pratos. Bernie entrou em casa.

– Ele está sentado aí fora, na varanda.

Hildemara tentou aliviar a tensão na casa.

– Se fosse de dia, ele estaria escovando o cavalo.

O pai sempre escovava o cavalo quando queria se concentrar em alguma coisa.

Estamos vivendo uma época ruim, Rosie. Alguém botou fogo na Padaria Herkner e estou sem trabalho. Niclas trabalha muito, mas ainda faltam meses para vermos a cor do dinheiro da colheita deste ano. Assim é a vida de um fazendeiro. Trabalhar pesado e manter a esperança.

Mas o pior não é isso. Depois de todo esse tempo, minha menina me enfrenta, e o que eu faço? Dou-lhe um tapa na cara. Fiz isso sem pensar. Eu tinha dito uma coisa que magoou Niclas, ele se afastou da mesa de jantar, e então Hildemara Rose me acusou.

Eu nunca dei um tapa em nenhum dos meus filhos dessa maneira, e o fato de ter feito isso com Hildemara me deixou atônita. Tive vontade de arrancar minha mão, mas o estrago já estava feito. Quando estendi a mão na direção dela, Bernhard disse para eu não bater nela de novo, como se eu fosse fazer isso, e então eu o mandei para fora de casa. Clotilde me olhou como se eu fosse o demônio encarnado. E talvez eu seja mesmo. Rikka chorou como se estivesse com o coração partido. O meu se partiu de verdade.

E tudo que Hildemara fez foi ficar lá, sentada, com a marca da minha mão no rosto. Ela não disse nada, mas vi o sofrimento em seus olhos. Eu queria sacudi-la. Queria dizer que ela tinha todo o direito de gritar comigo, que não precisava ficar lá, parada, e aceitar aquilo! Ela teria dado a outra face se eu levantasse a mão para ela de novo.

Não choro assim há anos, Rosie. Desde que mamãe e Elise morreram. Pude ouvir Hildemara trabalhando na cozinha, como uma boa escrava.

Fracassei com ela em todos os sentidos.

22

A mãe foi à cidade na manhã seguinte, empurrando Rikka na carriola. Fritz Herkner não apareceu na escola. Quando Hildemara voltou para casa aquela tarde, encontrou-o sentado à mesa da cozinha, com um copo de leite e um prato de biscoitos. Parecia abatido e triste, com o cabelo castanho comprido demais e carne demais sobre os ossos. Hildemara sentiu pena dele, mas não o bastante para se sentar à mesa e ficar ao alcance do braço da mãe.

— Sinto muito que sua casa tenha pegado fogo, Fritz.

Ele não levantou a cabeça. Os lábios tremeram e as lágrimas escorreram pelo rosto. A mãe deu um tapinha na mão dele e fez um sinal com a cabeça para Hildemara, indicando que a presença dela não era bem-vinda. Ela foi para o quarto e fez o dever de casa na parte de cima do beliche.

A mãe chamou Bernie e pediu que ele levasse Fritz para dar um passeio, para conhecer a propriedade.

— Mostre o pomar e o vinhedo para ele. Leve-o até o canal de irrigação. Você gosta de galinhas, Fritz? Não? Que tal coelhos?

Bernie levou-o pela porta de tela da varanda, que deixou bater depois que os dois passaram. Clotilde saiu atrás deles.

Hildie ouviu a mãe conversando com o pai na cozinha mais tarde.
– Hedda disse que ele é muito inteligente.
– E é?
– Ainda não sei. Ele disse que gosta de livros, então peguei alguns na biblioteca. Não consegui fazê-lo falar sobre nada no caminho para cá. Ele chorou o tempo todo. É pior que Hildemara com as lágrimas. Claro que Hedda não se saiu muito melhor. Ela chorou mais ainda do que ele quando se despediu de nós na estação. Temos de endurecer esse menino.
– Se Hedda estava sofrendo tanto, provavelmente voltam para buscá-lo em uma semana.

Nos primeiros três dias, Fritz não comeu quase nada, apesar de a mãe ter preparado *Hasenpfeffer*, *Sauerbraten* e *Wiener Schnitzel*. Bernie disse que Fritz chorava todas as noites, até dormir.
– Espero que ele pare logo com isso, senão vou estrangulá-lo!
Hildemara defendeu o menino.
– Como você se sentiria se a nossa casa pegasse fogo e a mamãe e o papai tivessem de deixá-lo aqui e fossem para San Francisco?
– Deixe-me pensar – disse Bernie com um largo sorriso. – Eu ficaria livre das tarefas e poderia fazer o que quisesse!
– Eu sei como é não ter um amigo, Bernie. É pior ainda do que ter alguém que sempre implica com você. Ele é nosso irmão de verão. Temos que ser bons com ele.

Uma semana depois que os Herkner partiram, chegou uma carta de San Francisco. Fritz chorou quando a abriu e chorou o jantar inteiro. Bernie revirava os olhos, debochando do menino o tempo todo, e acabou comendo a porção dele de bolinhos de batata.

Hildemara se inclinou para dizer algumas palavras de consolo, mas a mãe balançou a cabeça e fez uma cara tão feia que Hildie o deixou em paz. O pai chamou todos para a sala de estar e leu a Bíblia. Fritz sentou-se no sofá e ficou espiando pela janela até o sol se pôr.

Cartas iam e vinham em intervalos de poucos dias. Todas elas faziam Fritz ficar deprimido de novo.
– Ele precisa se ocupar, para se distrair dos problemas.

A mãe o mandou alimentar as galinhas com Hildemara. Quando o galo avançou para cima dele, Fritz correu e saiu berrando do galinheiro. Como deixou a porta aberta, o galo e três galinhas fugiram. Hildemara levou uma hora para apanhá-los, depois teve de ir sozinha à escola e explicar para a srta. Hinkle o que havia acontecido.

– Ele pode recolher o esterco do estábulo – Bernie sugeriu para a mãe.
– Talvez se livre daquela banha que carrega por aí.

Em vez disso, a mãe o incumbiu de cuidar dos coelhos. Fritz parou de chorar. Parou de ficar esperando ao lado da caixa de correio pelas cartas de sua mãe. Hildemara ficou preocupada pensando no que aconteceria quando a mãe resolvesse fazer *Hasenpfeffer* de novo, mas parecia que ela já tinha pensado nisso também.

– Nós só temos uma regra para os coelhos, Fritz. Você não pode dar nomes para eles.

– Nem para um só?

– Não. Nem para um só.

Por sorte eram todos brancos. Se sumisse um, não importaria tanto, se ele não o conhecesse pessoalmente.

As cartas da sra. Herkner continuavam chegando a cada poucos dias, mas Fritz só respondia uma vez por semana. Às vezes, ficava mais tempo sem escrever, e então a mãe recebia uma carta de Hedda.

– É hora de escrever uma carta para a sua mãe, Fritz.

Hildemara invejava a mãe atenciosa de Fritz. Ela sabia que sua mãe jamais sentiria tanta saudade dela assim. Ao contrário, vivia lhe perguntando o que ela queria fazer da vida, como se mal pudesse esperar para que Hildie crescesse e saísse logo de casa.

Quando terminaram as aulas, Fritz já estava muito bem ambientado. Tinha começado a influenciar Bernie com novas ideias que tirava dos livros que lia.

– Podemos construir uma casa na árvore, papai? Igual à que tem em *Os Robinsons suíços*?

A mãe não gostou muito da ideia.

– O papai já tem bastante coisa para fazer. Se alguém vai construir alguma coisa, serão vocês, meninos.

Mas o pai não confiou de dar madeira de boa qualidade para eles.

– Só iriam desperdiçá-la.

Pediu que Bernie e Fritz desenhassem a planta. Ele faria as medições e marcações, e os meninos podiam serrar a madeira. No fim do primeiro dia de trabalho duro, eles entraram em casa com a palma das mãos em carne viva e um enorme sorriso no rosto.

— Precisamos de uma porta para o alçapão, para impedir que os inimigos entrem.

Os "inimigos" eram Hildemara, Clotilde e Rikka, é claro.

— Podemos usar uma escada de corda e puxá-la para cima quando estivermos na casa.

O pai aderiu ao divertimento da construção e montou uma segunda plataforma menor, uma espécie de vigia, com escada e portinhola, além de fazer um banco que corria pelas paredes da plataforma maior, a três metros do chão.

— Para que vocês não durmam e corram o risco de cair lá de cima. Não queremos que quebrem o pescoço.

Tony Reboli, Wallie Engles e Eddie Rinckel apareceram para ajudar. Hildemara se sentou nos degraus dos fundos e ficou observando. Pareciam um bando de macacos, subindo no grande loureiro. Ela gostaria de fazer parte da brincadeira também, mas Bernie havia dito que era proibida para meninas. Clotilde não ligou. Estava ocupada demais cortando um novo vestido e aprendendo a usar a máquina de costura da mãe. E Rikka gostava de ficar dentro de casa, sentada à mesa da cozinha, desenhando e colorindo com lápis de cera. Hildemara queria que Elizabeth a visitasse para brincar, mas sua única amiga tinha ido para Merced, passar o verão com os primos.

— Abrecan Macy vendeu a propriedade dele — a mãe contou para o pai durante o jantar. — Para outro solteiro, eu acho. Ele é do leste. Abrecan não sabe nada sobre ele, a não ser que tinha dinheiro suficiente para comprar o lugar. Não disse o que o homem planeja fazer lá.

— Isso é problema dele, não é?

— A terra dele faz divisa com a nossa. Temos de saber alguma coisa sobre ele. Parece estranho, não acha? Vir lá de longe para comprar uma terra e não ter nada planejado... O nome dele é Kimball. Abrecan não conseguiu lembrar o primeiro nome.

A mãe levou para o novo vizinho uma bisnaga de pão com passas e canela.

– Ele não é nada amigável. Pegou o pão e fechou a porta na minha cara.

– Talvez queira ser deixado em paz.

– Não gostei dos olhos dele.

Julho chegou quente, derretendo o macadame. Os meninos se desafiavam a ficar parados no piche quente para ver quanto tempo aguentavam, queimando a sola dos pés. Depois de algumas semanas correndo por lá descalços, aquilo nem era mais um desafio, e Fritz inventou uma nova brincadeira: ficar parado em cima de um formigueiro de saúvas, com alguém por perto preparado com uma mangueira. Fritz mal aguentou dez segundos e tinha picadas de saúva até os tornozelos. Eddie, Tony e Wallie se saíram melhor, mas ninguém foi tão bem quanto Bernie, determinado a ganhar qualquer tipo de jogo. Cerrando os dentes para suportar as picadas dolorosas, ficou lá até as formigas morderem tudo até as coxas, então pulou do formigueiro e gritou para Eddie molhá-lo com a mangueira. Algumas tenazes sobreviventes conseguiram subir e entraram na cueca dele. Bernie começou a berrar e a pular. A mãe saiu correndo pela porta da frente. Bernie acabou pegando a mangueira da mão de Eddie e cuidou daquilo sozinho, enquanto a mãe observava tudo da varanda, rindo, com as mãos na cintura.

– Acho bem feito por ter sido tão tolo!

Hildemara foi com os meninos até o canal de irrigação, onde eles nadavam. Bernie tinha ensinado Fritz a nadar, e ela queria aprender também.

– É só entrar na água! – gritou Bernie para ela. – Mexa os braços e os pés e fique longe de nós. Não queremos nenhuma garota idiota por perto!

Hildemara entrou na água com todo cuidado. Estava deliciosamente fresca naquele dia tão quente. Quando encostou no fundo, o lodo cobriu seus pés, e plantas gosmentas rodearam seus tornozelos, como cobras na correnteza fraca. Ela foi pisando com cuidado pela borda, com os braços para cima. Alguma coisa grande e escura moveu-se no bambu do outro lado da represa e ela se assustou. Quando gritou e apontou, Bernie zombou dela de novo.

– Ooooh, Hildie viu um bicho-papão! – Os outros meninos fizeram coro. – Venham! – Com suas pernas compridas, Bernie saiu do canal com facilidade. – Vamos para o Grand Junction, lá é mais fundo. Esse canal é para bebês!

Grand Junction era o grande canal de irrigação feito de cimento, que levava água para os canais menores entre as fazendas e ficava a quatrocentos metros da terra deles.

– Bernie, espere!

– É proibido para meninas! – ele gritou e saiu correndo ao longo do canal, com os outros meninos atrás.

Hildemara continuou andando na água com cuidado, tentando se sentir mais segura. Viu alguma coisa se mexer de novo atrás dos pés de bambu e saiu rapidamente do canal. Com o coração disparado, olhou para o outro lado para ver se distinguia o que havia lá. Não viu movimento algum. As gotas de água na pele secaram rápido. Dava para ouvir Bernie e os meninos rindo e gritando ali perto, mas as vozes iam ficando mais baixas conforme a distância aumentava. Hildemara não estava pronta para experimentar nada mais fundo que aquele canal e, de qualquer maneira, os meninos não deixariam que ela os acompanhasse.

Ainda ressabiada, ela se sentou na margem do canal, com os pés dentro d'água. Sua pele formigava com a sensação de estar sendo observada, mas não via movimento em lugar nenhum. Bernie e os outros já tinham atravessado a estrada. Não podia mais ouvi-los. Estava tudo muito quieto.

O sol queimava-lhe as costas e os ombros. A roupa secou rapidamente. As pernas ardiam de calor. Ela entrou na água de novo, que estava fria em contraste com o calor do lado de fora, e afundou até o pescoço. Moveu os braços para frente e para trás, logo abaixo da superfície. Tomou coragem, levantou os pés e afundou na mesma hora. Pegou pé rapidamente, cuspindo e secando a água dos olhos.

– Cuidado aí. Você pode se afogar.

O coração deu um pulo no peito e ela olhou para o homem parado na margem. Parecia mais alto que o pai, vendo-o assim de baixo, mas não estava de macacão. Lembrava o sr. Hardesty, que trabalhava no balcão do Armazém de Murietta.

– Você não devia nadar sozinha. É perigoso.

– Estou bem.

O homem balançou a cabeça devagar. O sorriso dele era zombeteiro, como se a tivesse pegado numa mentira.

— Você não sabe nadar.
— Estou aprendendo.
— Aqueles meninos deixaram você sozinha aqui. Fizeram mal.

Ele falava com calma, com uma voz profunda. Hildemara ficava arrepiada só de ouvir. Seu sotaque era diferente daquele do pai, dos gregos, dos suecos, de qualquer pessoa que ela conhecia. Ele não tirava os olhos dela. A água foi ficando mais fria. Tremendo, Hildemara cruzou os braços e deu um passo na direção da margem do canal.

— Cuidado! Cágados selvagens podem arrancar seus dedos.
— Cágados selvagens?

Hildemara olhou para a água barrenta. Não dava para ver o fundo.

— Eles ficam no fundo e abrem bem a boca. Mexem a língua para atrair os peixes. Quando um passa por perto, *créu*! Conheci um homem que pegou um e o botou no barco dele. Ele arrancou quatro dedos do homem.

O coração de Hildie batia descompassado. Bernie não tinha dito nada sobre cágados selvagens nem sobre peixes. Será que ele nadaria naquele canal se soubesse? A margem parecia muito distante, mais perto do homem do que dela. Ele se agachou e lhe estendeu a mão.

— Deixe-me ajudá-la a sair daí.

Os olhos escuros tinham um brilho estranho. Hildemara quase se esqueceu das tartarugas escondidas no lodo sob seus pés. O estômago estava embrulhado de medo.

— Não vou machucar você, menininha.

A voz dele ficou sedosa e macia.

Ofegante, Hildie sentiu o medo aumentar rapidamente. A mão dele parecia enorme. Ele mexeu os dedos como a língua do cágado de que falara, querendo que ela se aproximasse. Ele não tinha calos como o pai – suas mãos eram fortes e lisas. Hildemara se afastou.

— Cuidado, você vai afundar de novo.

Ela se lembrou do gato observando a toca do texugo, esperando a oportunidade perfeita para dar o bote.

— Como é seu nome?

A mãe dizia para nunca ser mal-educada com os vizinhos. Ele devia ser o sr. Kimball, o homem que comprara a propriedade de Abrecan Macy. A mãe não tinha medo de vizinhos. Ela conversava com todo mundo.

– Hildemara.

– Hil-de-mara – o homem pronunciou o nome dela devagar, como se o saboreasse. – É um nome bonito para uma menininha bonita.

Bonita? Ninguém jamais lhe dissera que ela era bonita, nem mesmo o pai. Hildie sentiu o rosto pegar fogo. O sr. Kimball fez um bico. Gotas de suor escorreram pelo rosto dele. Olhou em volta furtivamente.

De repente, Hildie se sentiu incomodada com o silêncio. Não ouvia nenhum passarinho. Deslizou o pé cuidadosamente no fundo do canal, prendendo a respiração toda vez que alguma coisa encostava em seus tornozelos. O sr. Kimball se levantou e algo dentro dela avisou: *Fuja deste homem!*

Engasgada e em pânico, Hildemara balançou os braços para percorrer o espaço que havia entre ela e a outra margem do canal. Esticou os braços, agarrou um tufo de capim e o puxou, batendo as pernas.

Então ouviu um grande barulho de algo caindo na água.

Hildemara tinha acabado de chegar ao topo da margem quando sentiu uma mão agarrar seu tornozelo e puxá-la para baixo. Outra mão agarrou a parte de trás da blusa. Os botões saltaram e a blusa ficou na mão dele, enquanto ela esperneava. Hildie pulava como um peixe fora d'água, deu um chute com a perna que estava livre que pegou bem no nariz dele. Ele gemeu de dor e a soltou.

Ela ficou de pé e correu. Olhou para trás uma vez, tropeçou e caiu rolando no chão, espalhando terra para todo lado. Levantou-se de novo e não olhou mais para trás. As pernas finas subiam e desciam, a respiração soava como soluços frenéticos, ela corria como louca pela margem do canal, na direção da última fileira de parreiras perto de casa. Avistou o grande loureiro bem à sua frente.

A mãe estava no quintal dos fundos, pendurando roupas no varal. Rikka estava sentada no chão da lavanderia, desenhando na terra molhada. Hildemara passou correndo pela mãe, subiu a escada, abriu a porta de tela e deixou que batesse depois que passou. Foi até o quarto, pisou na parte de baixo do beliche e se jogou na de cima. O corpo todo começou a tremer. Com os dentes batendo, ela se encolheu junto à parede, com as pernas dobradas contra o peito.

23

— Hildemara? – perguntou a mãe, parada na porta do quarto. – O que aconteceu? – Ela olhou em volta. – Onde está sua blusa?

O homem tinha ficado com a blusa dela.

– Você a deixou lá no canal?

Hildemara ainda respirava com dificuldade. Ela espiou por trás da mãe, com medo de o homem estar lá fora.

A mãe olhou para o quintal através da tela.

– Onde estão os meninos?

– No Grand Junction.

– O que aconteceu com a sua perna? Onde arrumou esses arranhões?

Hildemara não sentia nada na perna e não queria olhar. A mãe entrou no quarto e subiu na parte de baixo do beliche.

– Desça daí.

– Não.

– Hildemara...

– Não!

– O que aconteceu com você?

Dessa vez a mãe exigiu uma resposta, com a voz mais firme.

– Ele... ele... ele estava atrás dos bambus.

– Ele quem?

Hildemara começou a chorar.

– Acho que era o sr. Kimball. Eu não sei.

A mãe estendeu a mão e Hildemara gritou:

– Não! Eu não vou descer!

– Hildemara!

A menina se debateu, mas a mãe a segurou firme nos braços. Clotilde apareceu na porta.

– O que aconteceu com a Hildie?

– Vá cuidar da Rikka. Ela está na lavanderia.

– Mas...

– *Agora!*

Clotilde passou correndo e bateu a porta de tela. Hildemara pulou de susto. A porta bateu mais duas vezes, devagar. A mãe a pegou no colo e a carregou pelo corredor.

– Venham, meninas!

Clotilde entrou correndo com Rikka.

– Para dentro de casa. Vão logo.

Então trancou a porta e disse para Clotilde e Rikka irem brincar na sala de estar enquanto ela conversava com Hildemara no quarto da frente. Ela se sentou na beirada da cama, com a menina no colo.

– Agora me conte o que aconteceu.

Hildie contou tudo, entre soluços e gaguejos.

– Você está zangada comigo? Não quero voltar lá para pegar minha blusa. Por favor, mamãe, não me obrigue a ir...

– Não estou nem um pouco preocupada com a blusa. Você vai ficar aqui mesmo, dentro de casa. – Ela pôs Hildemara sentada na cama, segurando o rosto da filha com firmeza e olhando bem fundo nos olhos dela. – Preste muita atenção no que vou lhe dizer agora. Aquele homem *nunca mais* vai encostar em você, Hildemara. Ele *nunca mais* vai chegar perto de você. Nunca mais. Está me entendendo?

– Sim, mamãe.

Hildemara nunca tinha visto aquele olhar da mãe antes. Ficou apavorada de novo.

A mãe a soltou e endireitou as costas.

— Fique aqui dentro.

E saiu do quarto. Hildemara ouviu uma gaveta se abrindo. Trêmula, correu para a porta e viu a mãe parada com um facão de açougueiro na mão.

— Meninas, fiquem dentro de casa.

— Mamãe! — Hildemara saiu correndo do quarto. — Não vá. Ele é maior que você.

— Não será por muito tempo. Tranque a porta! — ordenou a mãe, saindo e batendo a porta de tela.

E se o homem tirasse a faca da mãe e a atacasse?

— Não! — gritou Hildemara, abrindo a porta de tela. — Mamãe, volte!

A mãe correu ao longo da fileira de videiras e desapareceu na curva.

— Papai! — berrou Hildemara. — *Papai!*

— Toque o sino! — disse Clotilde atrás da irmã.

Hildemara agarrou a corda e a puxou várias vezes. O sino soou estridente. Ela continuou puxando a corda e soluçando. Cloe segurou Rikka pelos ombros, as duas com os olhos azuis muito arregalados.

O pai atravessou o quintal correndo.

— O que houve?

Hildemara desceu os degraus em disparada.

— A mamãe foi por ali! Ela está com um facão! *Vai acabar sendo morta!*

O pai não ficou para fazer perguntas. Correu na direção em que Hildemara havia apontado.

— Marta!

Bernie e Fritz, com os outros logo atrás, chegaram voando pela frente da casa.

— O que aconteceu? — perguntou Bernie, ofegante. — Nós ouvimos o sino!

Hildemara despencou nos degraus dos fundos, cobriu a cabeça e soluçou.

— Caramba! — Tony riu. — A Irmãzinha está seminua.

Mortificada, Hildemara levantou-se de um pulo e correu para dentro de casa. Engolindo os soluços, deitou-se no beliche e se cobriu com um cobertor.

— Deixem ela em paz! — berrou Cloe, correndo atrás da irmã.

Ela subiu no beliche com Hildie, seguida por Rikka. Quando Bernie entrou no quarto, Cloe gritou:

– Meninos não podem entrar!

Para Hildemara, passou-se uma eternidade até ouvir a voz de Bernie de novo.

– Estou vendo o papai. A mamãe está com ele. O que o papai está fazendo com um facão de cozinha?

Hildie soltou a respiração, mas continuou debaixo do cobertor. Então ouviu a voz do pai:

– Tony, Wallie, Eddie, vão para casa.

– Fizemos alguma coisa errada, sr. Waltert?

– Não, mas Bernie tem um trabalho para fazer. Vão agora. Está tudo bem.

O pai disse isso como se nada tivesse acontecido. Os meninos se despediram e foram embora. Daí a voz do pai mudou.

– Vá para dentro de casa, *Sohn*. Fique lá com as crianças até eu voltar.

– Aonde ele vai, mamãe?

– Vai falar com o xerife.

O xerife Brunner foi à casa deles no fim da tarde. Bernie e Fritz tiveram de ir para a casa da árvore, Clotilde e Rikka, para o quarto da varanda. Hildemara teve de ficar sentada à mesa e contar para o xerife o que havia acontecido no canal de irrigação. Ele examinou os arranhões na perna esquerda de Hildie, de cara fechada.

– Passei na casa de Kimball no caminho para cá. Ele não estava.

A mãe deu uma risada agressiva.

– Não quer dizer que não vai voltar.

O coração de Hildie perdeu uma batida. O pai a pôs sentada no colo e a abraçou.

– Vou expedir um mandado de prisão para ele, mas não posso prometer nada. Ele tem carro. Já deve estar a quilômetros daqui.

Aquela noite, Hildemara acordou sentindo cheiro de fumaça. Um sino de incêndio soou ao longe. A mãe e o pai estavam no quintal, conversando em voz baixa.

– Talvez um raio tenha queimado a casa – disse a mãe, parecendo esperançosa.

– Não teve nenhum raio – afirmou o pai, muito sério.

– Que queime, e com ele dentro – retrucou a mãe, voltando para dentro de casa.

O xerife chegou na manhã seguinte para falar com a mãe e o pai.

– A casa e o celeiro de Kimball pegaram fogo ontem à noite. – Ele não parecia nada satisfeito. – Vocês viram alguma coisa?

O pai respondeu simplesmente:

– Não.

A mãe disse o que pensava, como sempre:

– Eu fui atrás dele com um facão, xerife Brunner, com toda a intenção de matá-lo. Vi quando ele saiu em seu belo carro preto. Posso desejar que o homem morra e que arda no inferno, mas não teria nenhum motivo para incendiar uma casa e um celeiro em perfeito estado. A menos que ele estivesse lá dentro. Ele estava?

– Não.

– Bem, isso é realmente uma lástima.

O xerife Brunner ficou calado um tempo, depois disse:

– Deve ter sido providência divina, então.

Bernie e Fritz só desceram da casa da árvore quando a mãe os chamou para jantar.

– O que o xerife queria?

Ela olhou bem para os dois antes de responder.

– Ele perguntou se sabíamos alguma coisa sobre o incêndio da noite passada. Se ele encontrar os incendiários, vai prendê-los. E, antes que você pergunte o que são incendiários, Clotilde, são pessoas que põem fogo em casas e celeiros.

Bernie e Fritz se afundaram na cadeira. O pai olhou feio para os dois.

– Quem quer que tenha ateado aquele fogo a noite passada, é bom não sair por aí se vangloriando. É melhor não dizer uma palavra a respeito, senão pode ter de crescer atrás das grades, vivendo a pão e água.

A mãe encheu o prato deles de bolinhos de batata.

– A propósito, teremos bolo de chocolate de sobremesa hoje.

Querida Rosie,

Um de nossos vizinhos tentou violentar Hildemara. Se eu tivesse conseguido pôr as mãos nele, ele estaria morto. Niclas me impediu. Chamamos o xerife. Claro que, quando ele chegou lá, Kimball já tinha fugido. Se eu pudesse atear fogo na casa com ele dentro, ficaria vendo-o morrer, muito satisfeita. Só que, em vez disso, ele anda solto por aí, como um cão raivoso, e vai fazer mal a alguma outra criança.

Hildemara é uma ratinha assustada, que fica pelos cantos da casa. Engulo as lágrimas cada vez que olho para ela, lembrando como a vida foi difícil para Elise. Mamãe a protegia e minha irmã se tornou prisioneira dos próprios medos.

Eu podia ter dado uma surra no Bernhard por tê-la deixado sozinha no canal, mas o que Kimball fez não é culpa do meu filho, e não vou botar a culpa em quem não merece.

Mas o que eu faço agora? O que aconteceu, aconteceu, e não há como desfazer. A vida prossegue. De alguma forma, preciso descobrir um jeito de fazer Hildemara sair de casa de novo e não ficar com medo de qualquer sombra.

Hildemara não queria mais sair do quarto, menos ainda da casa, mas a mãe insistiu para que ela fizesse as tarefas habituais.

– Você não vai deixar aquele homem transformá-la em prisioneira dos seus medos.

Quando Hildie saiu, ficou tonta e nauseada. Olhava para todos os lados enquanto alimentava as galinhas. Sentiu-se um pouco melhor arrancando as ervas daninhas. A horta ficava mais perto de casa. Bernie se aproximou e ficou de cócoras ao lado dela.

– Quer ir nadar de novo? Não vou deixá-la sozinha. Juro sobre uma pilha de Bíblias.

Ela balançou a cabeça.

– Vamos ver um filme amanhã – anunciou a mãe no jantar aquela noite.

Todos pularam e gritaram animados, menos Hildemara. Ela não queria passar pela propriedade de Kimball.

– Talvez até tomemos um sorvete depois, se vocês se comportarem.

Hildemara foi andando ao lado da mãe, enquanto os outros corriam até lá na frente e voltavam. Ela foi para o outro lado de Marta quando atravessaram o canal com a touceira de bambu ao sul.

– Ah, não vai mudar de lado, não – disse a mãe, fazendo com que ela andasse daquele lado da estrada. – Dê uma boa olhada quando passarmos pela casa dele, Hildemara.

Havia duas pilhas escuras de entulho onde antes ficavam a casa e o celeiro.

– Abrecan Macy era um bom homem. Lembra dos carneiros? Você adorava os carneirinhos, não é? Abrecan Macy era nosso amigo. E era um cavalheiro. – A mãe pegou a mão da filha e a apertou. – Deixe sua mente vagar pelas coisas que são corretas, verdadeiras e belas – aconselhou, apertando a mão de Hildemara novamente e depois a soltando. – Pense em Abrecan Macy da próxima vez que passar pela propriedade dele.

Depois disso, a mãe passou a levar o bando de crianças à matinê na cidade toda semana. Os meninos saíam em disparada pelo corredor central do cinema para pegar lugares na primeira fila. Hildemara e Cloe se sentavam algumas fileiras atrás. A mãe, mais atrás, com Rikka no colo, cochichava com as outras mães, que vigiavam os filhos.

Os meninos conversavam durante o breve filme com notícias e riam às gargalhadas com a comédia-pastelão, com cenas de pessoas jogando tortas na cara umas das outras, ou com as travessuras de *Os batutinhas*, com Buster Brown. Quando começava o filme principal, eles assobiavam e gritavam, e passavam a hora seguinte vaiando os bandidos e aplaudindo o herói. Batiam os pés no chão nas cenas de perseguição e gritavam: "Peguem eles, peguem eles, peguem eles!", enquanto o cavalo galopava na tela. Hildemara teve sua primeira paixão: o caubói de Hollywood Tom Mix.

O pai resolveu que eles precisavam ter um cão na fazenda. Todos gostaram da ideia, menos a mãe.

– Eu prefiro ter uma arma – ela bufou.

O pai deu risada.

— Um cachorro grande e bravo é mais seguro do que sua mãe com uma arma!

Todos deram risada.

Bernie e Fritz foram à Leiteria Portola na manhã seguinte. Bernie voltou carregando um balde de leite com tampa, seguido por um vira-lata. A mãe estava na varanda.

— Onde foi que encontrou esse projeto horroroso de bicho?

Fritz deu um largo sorriso e tapinhas na cabeça do cachorro.

— Foi ele que nos encontrou. Ouvimos o que o sr. Waltert disse ontem à noite. Deus deve tê-lo ouvido também.

— Deus uma ova! — ela exclamou, descendo da varanda. — Sem mais nem menos, um cachorro grande seguiu vocês da leiteria? É mais provável que vocês o tenham chamado. Deixaram que ele enfiasse o focinho no nosso leite também?

— Ele vai latir se alguém entrar aqui, mamãe.

A mãe parou no gramado.

— Ele não é um cão de guarda. Olhe só para ele, levantando uma nuvem de poeira quando abana o rabo.

— Por enquanto é só um filhote. Ainda vai crescer.

— Quem disse isso? Aldo Portola?

— Ele é inteligente. Podemos treiná-lo. Ele estava com muita fome.

— *Estava?* — Ela pegou o balde de leite da mão de Bernie. — Ah, pelo amor de Deus!

Hildemara estava sentada na varanda, rindo. O cachorro foi andando e se sentou na frente da mãe. Olhou para ela com os olhos grandes, límpidos e castanhos, a língua rosa saindo pelo lado do sorriso canino. Ele chegou mais perto, esticou o pescoço e abanou o rabo mais rápido.

— Olhe, mamãe! — Hildemara desceu da varanda. — Ele está tentando lamber a sua mão.

— Baboseira! — A mãe olhou para ele com mais simpatia. — Ele está é querendo mais leite.

— Baboseira! — os dois meninos gritaram. — Esse vai ser o nome dele!

A mãe balançou a cabeça e torceu a boca.

— Duvido que possamos nos livrar dele, agora que vocês o alimentaram.

Ela foi para os degraus da varanda, e o cachorro foi atrás. Então parou e apontou para ele.

– Não invente nada.

Hildemara acariciou o cachorro.

– Ele pode dormir dentro de casa, mamãe?

– Ele pode dormir na árvore com os meninos, se conseguirem levá-lo para cima pela escada.

O cachorro não cooperou.

No restante daquele verão, a família foi colecionando animais. O pai comprou um segundo cavalo. A mãe comprou mais um galo, para "melhorar o aviário". Fritz pegou um lagarto, que mantinha dentro de uma caixa na casa da árvore. Uma gata vira-lata apareceu por lá e deu cria no celeiro.

O pai queria se livrar dos gatinhos.

– Não quero que meu celeiro se transforme num bordel.

A mãe riu tanto que chegou a chorar.

– Você precisa melhorar seu inglês, Niclas.

Ele perguntou o que tinha dito e, quando ela explicou, ficou muito vermelho.

Por fim, a mãe levou uma vaca para casa.

– As crianças estão crescendo tão rápido que é melhor termos leite aqui mesmo, em vez de precisar caminhar dois quilômetros para comprá-lo.

Babo, o cão, plantou-se ao lado da vaca, ofegando e sorrindo.

– Não se preocupe, você terá a sua parte.

A mãe botou um sino no pescoço da vaca.

– Isso me faz lembrar da Suíça, onde todas as vacas usavam sinos.

O verão passou com uma onda de calor muito forte. No fim de agosto, começou a colheita das amêndoas. O pai e os meninos estendiam uma lona embaixo das amendoeiras e usavam varas de bambu para derrubar os frutos teimosos, que insistiam em não cair mesmo depois de sacudir os galhos.

A mãe recebeu uma carta dos Herkner.

— Eles vêm na sexta-feira.

Chegaram num novo Ford Modelo A preto, com estribos. Hedda saltou do carro e correu direto para Fritz, abraçando e beijando o menino até que ele reclamasse.

Bernie ficou hipnotizado pelo carro.

— Caramba! Olhem só para isso! — exclamou, dando a volta no Modelo A. — Posso sentar nele, sr. Herkner?

Wilhelm deu risada.

— Vá em frente.

Ele separou Hedda do filho e o segurou com os braços estendidos.

— Vejam como ele está bronzeado e em forma!

Hedda agarrou Fritz e o apertou de novo, com lágrimas escorrendo pelo rosto.

O menino ficou vermelho como um pimentão.

— Ah, mamãe, não me chame de Fritzie.

Bernie deu risada.

— Fritzie! Ei, Fritzie!

A mãe levou os Herkner para dentro, para tomar café com pão de ló. Tinha usado uma dúzia de claras de ovo para fazer o bolo. O pai quis uma fatia, mas a mãe o fez esperar.

— É falta de educação servir o bolo já cortado para as visitas.

Ela havia feito um pudim para ele com as gemas.

Os Herkner não ficaram muito tempo. Fritz estava triste como no primeiro dia na fazenda, mas pelo menos não derramou nenhuma lágrima. Bernie ficava provocando-o o tempo todo.

— Fritzie. Oh, Fritzie.

— Você vai ver se eu vou voltar.

— Para começo de conversa, quem convidou você?

— Sua mãe.

Cloe juntou-se à implicância.

— Pobre mamãe, não sabia no que estava se metendo.

Hildemara deu risada.

— Você não passa de um chato.

— E você não passa de uma *menina*.

O sr. Herkner engatou a marcha.

– É melhor sairmos daqui!
– Bebê chorão! – gritou Bernie, correndo ao lado do carro.
– Girino cara de sapo! – Fritz gritou de dentro.

O carro preto parou brevemente no portão e entrou na estrada, ganhando velocidade. Fritz se debruçou na janela e acenou.

Bernie enfiou os dedos do pé na terra.

– O verão acabou.

De ombros curvados, foi cumprir suas tarefas.

24

Às vezes, a mãe convidava um vendedor cansado e coberto de poeira para entrar. Ela fazia sanduíche e café e se sentava com ele para ouvir sua história triste. Hildemara também ouvia enquanto estudava os livros de história americana que a mãe pegara na biblioteca. Marta e Niclas tinham de fazer um teste de cidadania, e a mãe resolveu que os filhos aprenderiam tudo também.

Todos, exceto Rikka, foram obrigados a decorar a Declaração de Direitos e o Discurso de Gettysburg, de Lincoln. A mãe tomava deles a Constituição e as emendas.

– Rikka não precisa se naturalizar. Ela já é cidadã por nascimento. – E apertou o nariz da menina. – Mas não pense que vai se livrar assim, não. Vai aprender tudo isso quando estiver mais velha. Não será como a maioria dos americanos, que acham que a liberdade é garantida, não se dão ao trabalho de votar e depois ficam reclamando de tudo.

Para se livrar das exigências da mãe, Hildemara às vezes subia na árvore no jardim da frente e se escondia atrás das folhas. Com quase doze anos, ela gostava de ficar lá em cima, de onde podia ver o mundo.

A mãe abriu a janela, e Hildemara ouviu o ruído rápido da máquina de costura. Cloe começara a fazer um vestido para Rikka, que estava sentada nos degraus da frente, segurando um vidro com uma borboleta dentro. Ela estudava o inseto com muita atenção e tinha ao lado um bloco de desenho e um lápis. Hildemara sabia que a irmã abriria o vidro quando terminasse de desenhar e soltaria a borboleta. Não deixou nenhuma delas presa mais do que algumas horas depois que o pai lhe dissera que elas só viviam alguns dias. O pai levou os cavalos para o celeiro. Bernie foi para a lavanderia. Do outro lado da estrada, as meninas Musashi arrancavam ervas daninhas dos canteiros de morangos.

Recostada no tronco, Hildemara ouvia o zumbido dos insetos, o farfalhar das folhas e o canto dos passarinhos. Todos pareciam ter seu lugar na vida. O pai adorava cuidar da fazenda. A mãe cuidava da casa, das contas, dos filhos. Bernie sonhava fazer enxertos nas árvores para aprimorar a produção, como Luther Burbank. A mãe dizia que Clotilde tinha talento para ser melhor costureira que a avó. Rikka seria artista.

Hildie ficava satisfeita sentada no alto da árvore, na casa da fazenda, perto da mãe e do pai, mesmo quando a mãe se aborrecia e a mandava arrumar alguma coisa para fazer.

A mãe abriu a porta da frente.

– Desça daí, Hildemara. É hora de parar de sonhar acordada. Tem trabalho para fazer.

Lucas Kutchner, outro imigrante alemão, vinha jantar com eles de novo aquela noite. O pai o conhecera na cidade, onde ele ganhava a vida como mecânico. Trabalhava com bicicletas, carros e o que mais quebrasse ou enguiçasse, inclusive bombas e relógios.

– Ele conserta qualquer coisa – o pai disse para a mãe quando os apresentou.

O sr. Kutchner não tinha mulher e não conhecia muita gente na cidade.

O pai e ele se sentavam à mesa da cozinha e conversavam sobre política e religião, estradas de ferro e automóveis que substituíam carroças, enquanto a mãe fazia o jantar. Às vezes, o sr. Kutchner levava roupas que precisavam de conserto e deixava Clotilde costurar um botão ou refazer uma bainha.

Ele acreditava nas mesmas regras da mãe e nunca chegava de mãos vazias. A primeira vez, levou uma caixa de chocolates, e a mãe se encantou com ele por isso. Na visita seguinte, levou um saco de balas de alcaçuz. Ele tinha um automóvel igual ao dos Herkner e deixava Bernie se sentar ao volante, fingindo que dirigia. Uma vez o sr. Kutchner levou o pai para um passeio. Quando desceu do carro, o pai secou o suor e limpou a poeira da testa.

— O que acha, Niclas? Está pronto para comprar um? Posso arrumar um bom negócio para você.

— Tenho dois bons cavalos e dois bons pés também. Não preciso de um carro.

O pai disse isso com tanta convicção que o sr. Kutchner não tocou mais no assunto.

Um dia, a mãe foi até a cidade e voltou no banco da frente do carro de Lucas Kutchner, com Rikka no colo. Ela abriu a porta, desceu e botou a filha no chão. Hildemara se ergueu de onde estava trabalhando, no jardim. A mãe estava animada, com os olhos brilhando.

— Hildemara! Venha tomar conta de sua irmã.

Bernie parou de cavar o buraco para o reservatório de água perto do jardim, enfiou a pá na terra e foi espiar.

O motor do carro engasgou algumas vezes, resfolegou e morreu.

O sr. Kutchner desceu com um sorriso de orelha a orelha.

— E então, o que acha dele, Marta?

A expressão da mãe mudou. Ela deu de ombros quando se virou para ele.

— Nada de mais. Essa coisa espirra e bufa mais que qualquer animal doente de que já cuidei.

O sr. Kutchner ficou surpreso.

— Ele precisa de regulagem, mas eu posso consertar isso. Farei um bom preço para vocês.

Hildie levou Rikka para dentro de casa, para pegar o bloco de desenho dela, depois foi juntar-se a Bernie no jardim.

— Você vai comprar esse carro, mamãe?

— Um cavalo funciona melhor!

— O carro corre mais rápido e vai mais longe!

A mãe olhou para Bernie com uma expressão que dizia para ele calar a boca, mas o menino só tinha olhos para o brilhante carro preto.

– Eu pedi a sua opinião, Bernhard Waltert?
– Não, mamãe.
– Então volte para o seu trabalho.

Bernie deu um suspiro profundo e sofrido e voltou a cavar o buraco. Rikka e Cloe saíram pela porta dos fundos e se sentaram num degrau.

A mãe pôs as mãos na cintura.

– Também não estou gostando da aparência desses pneus.
– Só precisam ser calibrados.
– Eu não compraria um carro sem pneus novos.
– Pneus custam caro.
– Costura e consertos também. E jantares com rosbife. Não que você não seja sempre bem-vindo, é claro.

O sr. Kutchner coçou a cabeça e pareceu confuso. A mãe deu uma risadinha, mas logo disfarçou. Foi até o carro e passou a mão no capô, como se fosse uma vaca doente. Hildie sabia que a mãe já tinha resolvido. Só precisava acertar o preço. O sr. Kutchner viu o jeito como ela alisava o carro e soube que tinha uma compradora.

– Vou deixá-lo ronronando que nem um gatinho.

A mãe tirou a mão do carro e olhou bem nos olhos dele.

– Faça com que funcione como um relógio suíço e então voltamos a conversar. E outra coisa, Lucas. Nós dois sabemos que este carro não vale o que você está pedindo. Talvez devesse tentar vendê-lo para o Niclas outra vez, para ver o que ele diz da sua oferta – e foi se dirigindo para a casa. – Obrigada pela carona, Lucas. Foi ótimo você ter me visto na estrada, andando para casa. Bem providencial, não acha?

– Está certo! – disse o sr. Kutchner. – Espere um minuto! – e foi atrás dela. – Vamos conversar já.

A mãe parou, virou-se lentamente e inclinou a cabeça.

– Vá pegar batatas e cenouras para o jantar, Hildemara.

A menina colheu os legumes bem devagar, enquanto ficava de olho na mãe e imaginava o que o pai teria a dizer sobre a conversa dela com Lucas Kutchner. Quando os dois apertaram as mãos, Hildemara entendeu o que aquilo queria dizer. O sr. Kutchner voltou para o carro, bateu os pés para tirar a poeira, subiu e ligou o motor. A mãe acenou para ele. Quando o carro virou na estrada, a mãe dançou e deu risada.

Hildemara pegou o cesto com as batatas e as cenouras cheias de terra e encontrou a mãe na porta dos fundos. Cloe se levantou do degrau em que estava sentada.

– O papai vai matar você.

– Não se eu me matar primeiro.

– Fechou o negócio? – berrou Bernie.

Ele simplesmente não conseguiu ficar calado. Assim que o pai se sentou à mesa, o menino deu um sorriso de orelha a orelha.

– Já contou sobre o carro para o papai?

O pai levantou a cabeça.

– Que carro?

– Lucas Kutchner deu uma carona para a mamãe no carro dele hoje. Estava querendo vender o carro para ela. – Ele se serviu de uma porção de batatas gratinadas. – Ele chega a fazer quarenta quilômetros por hora!

– Acho que Lucas não chegou nem perto dessa velocidade quando nos trouxe, Rikka e eu, para casa.

O sangue subiu do pescoço para o rosto do pai. Ele largou a faca e o garfo e encarou a mãe enquanto ela separava a carne do osso de uma coxa de frango. Hildemara mordeu o lábio e ficou olhando para os dois.

– Não precisamos de um carro, Marta. Não temos dinheiro para comprar um.

– Você disse que não precisávamos de uma máquina de lavar. Eu ainda estaria usando um balde se não tivesse economizado aqueles dois dólares.

– A máquina de lavar não precisa de gasolina e pneus!

– Só de graxa.

– A máquina de lavar não precisa de um mecânico para fazê-la funcionar.

– Você sabe consertar locomotivas.

O pai foi aumentando a voz.

– A máquina de lavar não bate em árvores, não cai em buracos, não capota e não mata você esmagada embaixo de uma pilha de metal retorcido!

Rikka começou a chorar.

– Mamãe, não compre aquele carro.

A mãe pediu para Bernie passar a cenoura.

– Não botei nem um dólar na mão do Lucas.

– Fico contente de saber disso.

O pai pareceu aliviado, mas não completamente convencido. Ficou olhando para a mãe, desconfiado, enquanto ela comia.

Ela botou uma garfada de batata gratinada na boca e mastigou olhando para o teto. O pai franziu a testa.

– Dei uma volta naquela engenhoca dele e vi minha vida passar diante dos meus olhos.

A mãe fungou.

– Posso garantir que o Lucas não dirige bem. Talvez se olhasse mais para a estrada e não falasse tanto...

O pai ficou tenso.

– O que você sabe de direção?

– Nada. Absolutamente nada – ela admitiu, pegando um pedaço de pão e passando manteiga. – Ainda – continuou, levando o pão à boca. – Não parece tão difícil assim.

– Ouvi dizer que é como voar com o vento! – exclamou Bernie, sem conseguir se conter.

O pai bufou com desprezo.

– É mais como o bafo da morte na cara.

A mãe deu risada.

– Quanto o sr. Kutchner queria pelo carro, mamãe?

O pai olhou feio para Bernie.

– Coma o seu jantar! Não importa quanto o Lucas quer pelo carro. Nós não vamos comprá-lo! Temos dois bons cavalos e uma carroça! É tudo que precisamos.

Ele estava zangado.

A mãe levantou as mãos com um gesto suave.

– Por que não votamos?

– Eu voto sim! – exclamou Bernie.

Cloe e Rikka levantaram as mãos sem olhar para o pai.

– E você, Hildemara?

Ela olhou para o pai.

– Eu me abstenho.

– Já imaginava – respondeu a mãe, fechando a cara para ela. Marta cortou outro pedaço de carne da coxa de frango e levantou o garfo. – Não faz mal. O sim vence sem você.

– Aqui só há democracia quando você sabe para que lado os votos vão – resmungou o pai. – Espero que não se mate nem mate nenhum dos nossos filhos dirigindo aquela coisa.

Lucas Kutchner foi até a fazenda depois da escola na sexta-feira, com a mãe no banco do passageiro. Rikka desceu do banco da frente. Bernie e Hildemara correram para o quintal para ver o que a mãe ia dizer. O pai saiu do celeiro e ficou observando, com as mãos na cintura. O sr. Kutchner gritou olá, mas o pai deu meia-volta e entrou no celeiro novamente. O sr. Kutchner se encolheu e se virou para a mãe, que dava a volta no carro.

– E então? O que achou?

– Niclas disse que você era um bom mecânico.

– Os pneus estão novos também – observou o sr. Kutchner, chutando um deles.

– Estou vendo.

– O preço está bom.

– O preço é justo.

– É mais que justo. Esse é o melhor negócio que fará em toda sua vida.

– Disso eu duvido. Só mais uma coisa, Lucas.

O sr. Kutchner ficou ressabiado e fez cara de desapontado.

– O que é agora?

– Você precisa me ensinar a dirigir.

– Ah! – Ele deu uma gargalhada. – Ora, sente-se ao volante! É muito simples.

O pai saiu do celeiro outra vez.

– Marta! – gritou, chamando a atenção da mulher.

Ela se sentou no banco do motorista e botou as mãos no volante, com Lucas ao lado.

– Cuide da sua irmã, Hildemara, e afastem-se. Não quero atropelar ninguém.

— Marta!
— Vá escovar seus cavalos!
A mãe deu partida no motor. Cloe saiu correndo pela porta dos fundos.
— Ela vai fazer isso? Vai?
— Afaste-se! — berrou o pai.
A lata-velha reclamou guinchando. Rikka se assustou, cobriu os ouvidos com as mãos e gritou. O sr. Kutchner berrou alguma coisa. O carro deu dois pulos para frente e o motor morreu. O pai deu risada.
— Espero que não o tenha comprado!
A mãe ficou vermelha e ligou o motor de novo. Mais guinchos e ruído de metal arranhando. O sr. Kutchner lhe deu mais instruções.
— Calma agora. Solte o pé da embreagem e aperte o acelerador!
O carro avançou aos trancos e foi na direção da estrada, saltitando como um coelho.
— O freio!
O carro derrapou e parou no fim da entrada da fazenda.
Hildemara nunca tinha visto o pai xingar antes.
— Marta! Pare! Você vai se matar!
A mãe estendeu o braço para fora da janela, acenou e virou à direita. O carro seguiu pela estrada. O pai, Bernie, Clotilde e Rikka correram até a entrada. Hildemara subiu no cinamomo para ver tudo lá de cima. O carro ganhou velocidade.
— Ela está indo bem, papai! Estão subindo o morro agora. E continuam na estrada.
O pai passou as duas mãos na cabeça. Ficou andando em círculos, resmungando em alemão.
— Rezem para a sua mãe não se matar!
E voltou para o celeiro.
Bernie e as meninas se sentaram nos degraus da frente e ficaram esperando.
— Aí vêm eles! — berrou Hildemara de cima da árvore.
Bernie e as meninas correram para o gramado. Hildemara desceu depressa da árvore e foi para perto deles.
A mãe passou voando, abanando a mão pela janela. O sr. Kutchner só gritava.

– Devagar! Devagar!

E lá foram eles na direção oposta.

Hildemara subiu na árvore outra vez. Bernie e Cloe pulavam e aplaudiam, gritando.

– Nós temos um carro! Nós temos um carro!

Babo latia desesperadamente, muito confuso.

Na pontinha dos pés num galho lá no alto, Hildemara esticou o pescoço para continuar avistando o carro, com medo de que a mãe saísse da estrada e a profecia do pai se cumprisse.

– Ela está vindo de novo!

Hildemara desceu da árvore e correu com os outros para o final do gramado.

O carro vinha a mil na direção deles. O sr. Kutchner, branco como um fantasma, berrava instruções. A mãe diminuiu a marcha e entrou na estradinha da fazenda, com um largo sorriso. Hildemara correu para o quintal atrás de Bernie e das meninas.

– Não fiquem no caminho dela! – gritou o pai. – Afastem-se bem!

Babo seguiu o carro até a mãe tocar a buzina. Ele ganiu e correu para o celeiro, com o rabo entre as pernas. As galinhas cacarejaram e esvoaçaram loucamente no galinheiro.

– O freio! – berrou o sr. Kutchner. – *Aperte o freio!*

O carro parou com um tranco e tremeu violentamente, como um animal que tivesse corrido muito e acabasse esgotado. Engasgou, tossiu uma vez e morreu.

A mãe desceu sorrindo de orelha a orelha, um sorriso maior que o de Bernie. O sr. Kutchner desceu com as pernas bambas, secou o suor do rosto com um lenço e balançou a cabeça, xingando em alemão.

A mãe deu risada.

– Ora, até que é bem simples, não é? Depois que se aprende a usar a embreagem, o resto é fácil. É só pisar fundo no acelerador.

O sr. Kutchner encostou-se no carro.

– E no freio. Não se esqueça do freio.

– Vou lhe dar uma carona até a cidade.

Ele fez uma careta.

– Dê-me só um minuto.

E saiu correndo para a casinha.

Bernie subiu no carro.

– Quando vou poder aprender a dirigir?

A mãe pegou o menino pela orelha e o puxou para fora do carro.

– Quando tiver dezesseis anos, nem um minuto antes.

Hildemara ficou nervosa só de pensar em andar de carro. O pai saiu do celeiro, passou as mãos na cabeça e entrou de novo.

O sr. Kutchner voltou e sorriu, meio tenso.

– Acho que vou andando, Marta. Não quero que atrase o jantar da família.

– Suba aí, seu covarde. Levo você para Murietta em poucos minutos.

– É disso que eu tenho medo.

O pai reapareceu, e o sr. Kutchner gritou para ele com um sorriso amarelo.

– Reze por mim, Niclas.

– Você tinha de fazer isso, não é? – e disse alguma coisa em alemão.

– Isso não é jeito de falar com um amigo, Niclas.

A mãe ligou o motor, dessa vez sem trancos. Foi dirigindo lentamente até a entrada, parou e pegou a estrada.

Hildemara contou os minutos e rezou para a mãe não sofrer um acidente. Ouviu o carro voltando. A mãe fez uma grande volta no quintal, mais outra para a direita e foi direto para o celeiro. O pai soltou uma ladainha em alemão. Os cavalos relincharam e escoicearam nas baias. O pai gritou outra vez. O carro resfolegou e morreu. Uma porta bateu e a mãe saiu do celeiro pisando firme, em direção à casa.

– Você não vai deixar essa coisa no celeiro, Marta!

– Tudo bem, então tire-a daí!

A mãe cantarolava enquanto fazia o jantar.

– Bernhard, avise a seu pai que o jantar está pronto.

O pai entrou em casa, lavou as mãos e o rosto e se sentou à mesa de cara amarrada. Abaixou a cabeça, fez uma oração curta, depois cortou a carne assada como um açougueiro atormentado.

A mãe serviu leite para todos, deu um tapinha no ombro do pai e se sentou. O pai passou o prato de carne cortada para Bernie.

– Quero aquele carro fora do celeiro.

– Vai sair de lá assim que você construir uma garagem.

– Mais despesa – ele olhou furioso para ela. – E mais trabalho.

– Os meninos Musashi terão muito prazer em ajudar. É só dizer para eles que vou levá-los para passear e teremos uma garagem pronta sábado à tarde.

Hildemara viu as veias saltarem nas têmporas do pai.

– Conversaremos sobre isso mais tarde.

Ele leu o salmo vinte e três aquela noite e depois disse que era hora de irem dormir. Ele costumava ler meia hora, no mínimo.

Bernie foi o último a ir para o quarto, resmungando.

– Toquem o gongo. O primeiro *round* já começou.

Hildemara ficou escutando a briga da mãe e do pai, deitada no beliche.

– Quanto você pagou por aquele lixo?

– Menos do que você pagou pelo segundo cavalo!

– O carro fede!

– E cavalos têm perfume de rosas!

– O esterco é útil.

– E tem demais por aqui!

O pai explodiu em alemão.

– Fale inglês! – retrucou a mãe, aos berros. – Estamos na América, lembra?

– Vou dizer para o Lucas vir aqui, pegar aquele carro e...

– Só passando por cima do meu cadáver!

– É isso que estou tentando evitar!

– Onde foi parar sua fé, Niclas?

– Isso não tem nada a ver com fé!

– Deus já determinou nossos dias. Não é isso que dizem as Escrituras? Vou morrer quando Deus quiser que eu morra, não antes. Você está é com medo de dirigir!

– Não vejo sentido em correr riscos desnecessários. As pessoas viveram muito bem sem carro esse tempo todo...

– É, e as pessoas morriam mais jovens esse tempo todo também. Passo a maior parte do tempo exausta, indo e voltando a pé da cidade. De carro, posso voltar para casa em poucos minutos. E talvez, só talvez, eu tenha tempo um dia desses para ler um livro pelo simples prazer de ler!

A mãe ficou com a voz entrecortada. Disse alguma coisa em alemão, frustrada e nervosa.

O pai falou com mais calma, com a voz suave, palavras quase sussurradas e ininteligíveis.

Hildemara soltou o ar lentamente ao ver que a guerra havia terminado e que os dois estavam negociando a trégua. Cloe roncou ruidosamente no beliche de baixo. Rikka estava encolhida de lado e parecia um anjinho com seu pijama de flanela azul. As duas nunca se preocupavam com nada.

A mãe e o pai conversaram bastante tempo, num tom abafado. Acabara o tinir das espadas, silenciaram os tiros de canhão. O único ruído na casa era o zumbido de duas pessoas acertando suas diferenças.

O carro realmente facilitou a vida da família. Abriu o mundo para Hildemara. Todos os domingos, depois do culto, a mãe levava as crianças para um passeio, organizava um piquenique e, às vezes, ia até o rio Merced.

O pai nunca ia junto, mas parou de se preocupar. Ou pelo menos disse que tinha parado.

– Tome cuidado – ele acariciava o rosto da mãe. – E traga todos de volta inteiros.

Ele gostava de ficar sozinho. Às vezes ia para o pomar, sentava-se embaixo de uma das amendoeiras e lia sua Bíblia a tarde inteira. Hildemara o entendia. Ela gostava de se esconder no cinamomo e ficar escutando o zumbido das abelhas entre as folhas.

O carro foi muito útil quando Cloe adoeceu. A mãe a pôs no carro e a levou para a cidade.

– Ela está com caxumba.

Hildemara e Rikka se mudaram do quarto, mas não a tempo. As duas pegaram a doença, e Bernie também, poucos dias depois. A dele foi a pior de todas. O rosto inchou tanto que não parecia mais o mesmo. Quando a dor foi lá para baixo do corpo dele, fazendo com que inchasse em lugares que a mãe não queria mencionar, ele berrava de dor toda vez que se mexia ou tomava banho. Então implorava para que a mãe fizesse alguma coisa, qualquer coisa, para acabar com aquilo.

– Mamãe... Mamãe...

Ele chorava, e Hildie chorava mais ainda, desejando que o sofrimento dele passasse para ela. Ela descia do beliche à noite e rezava ao lado do irmão.

– Pare com isso! – rosnou a mãe, quando a encontrou lá uma noite. – Quer que ele acorde e veja você debruçada em cima dele como o anjo da morte? Deixe seu irmão em paz e volte para a sua cama!

Bernie melhorou, e Hildemara pegou um resfriado. Foi piorando, passou de coriza e garganta inflamada para uma pneumonia. A mãe mudou Hildemara para o quarto de Bernie, que foi para a sala. Ela fazia cataplasmas, mas não adiantavam. Fazia canja de galinha, mas Hildemara não tinha apetite para nada.

– Você precisa tentar, Hildemara. Vai definhar se não comer alguma coisa.

Respirar doía.

O pai conversou com a mãe no corredor.

– Acho que isso não é resfriado. Ela já estaria melhor se fosse.

Hildemara cobriu a cabeça com o travesseiro. Quando a mãe entrou no quarto, ela estava soluçando.

– Sinto muito, mamãe.

A menina não queria ser o motivo de uma discussão. Começou a tossir sem parar. Uma tosse profunda, barulhenta, devastadora.

A mãe ficou assustada. Quando finalmente a tosse amenizou, Hildemara ficou sem forças, ofegante, sem conseguir respirar. A mãe pôs a mão nela.

– Suores noturnos – disse, com a voz trêmula. – Niclas!

O pai chegou correndo.

– Ajude-me a botá-la no carro. Vou levá-la ao médico imediatamente.

A mãe embrulhou Hildemara como um bebê, e o pai a carregou até o carro.

– Ela está mais leve que uma saca de farinha.

– Espero que não seja o que estou pensando.

Deitada no banco de trás, Hildemara foi sacolejando para a cidade, no carro da mãe.

– Agora vamos. Ajude-me. – A mãe puxou Hildemara para botá-la sentada e a pegou no colo. – Ponha os braços em volta do meu pescoço e as pernas em volta da minha cintura. Tente, Hildemara Rose.

Mas a menina não tinha forças.

Acordou numa maca, com o dr. Whiting debruçado sobre ela e uma coisa gelada encostada no peito. Exausta, não conseguia manter os olhos abertos. Achou que poderia parar de respirar e nem se importaria com isso. Seria muito fácil.

Alguém segurou sua mão, dando-lhe uns tapinhas. Hildemara abriu os olhos e viu uma mulher de branco a seu lado. Ela secou a testa da menina com um pano úmido e falou com uma voz suave:

– Estou tomando seu pulso, querida.

E continuou falando, baixinho. Tinha uma voz muito agradável. Hildemara teve a impressão de ouvi-la ao longe.

– Agora descanse.

A menina se sentiu melhor só de ouvir a mulher falar.

– A senhora é um anjo?

– Sou enfermeira. Meu nome é sra. King.

Hildemara fechou os olhos e sorriu. Finalmente descobrira o que queria ser quando crescesse.

25

—O médico disse para mantê-la aquecida e fazê-la tomar muita sopa. Ela está magra que nem um palito. – A mãe parecia desolada. – Vou botar uma cama na sala, perto do forno a lenha. Vamos deixar a porta do quarto aberta.

Ela arejou os quartos dos fundos, trocou toda a roupa de cama e pôs Cloe e Rikka de volta no quarto menor. Bernie voltou para seu quarto. A mãe fez um mingau ralo com leite, açúcar e um pouco de farinha.

– Tome isso, Hildemara. Não interessa se não está com vontade. Não se entregue!

A menina tentou, mas tossiu tanto que acabou vomitando o pouco que conseguira engolir.

A mãe e o pai conversaram baixinho no quarto.

– Eu fiz tudo o que o médico disse, e ela continua se afogando nos próprios líquidos.

– A única coisa que podemos fazer é rezar, Marta.

– *Rezar?!* E acha que já não rezei?

– Não pare.

A mãe suspirou e soluçou ao mesmo tempo.

– Se ela não fosse tão tímida e fraca, talvez tivesse uma chance. Eu teria alguma esperança. Mas ela não tem coragem para *lutar*!

— Ela não é fraca. Simplesmente não enfrenta a vida, como você faz.

— Ela fica lá, prostrada, como um cisne moribundo. Tenho vontade de sacudi-la.

Bernie, Clotilde e Rikka foram para a escola. O pai não trabalhou fora de casa o dia inteiro, como costumava fazer, mas a mãe saiu mais. Às vezes ficava fora muito tempo. O pai, sempre sentado em sua poltrona, lia a Bíblia.

— Onde está a mamãe?

— Caminhando. E rezando.

— Eu vou morrer, papai?

— É Deus quem decide, Hildemara.

Ele se levantou e tirou Hildie da cama. Sentou-se na poltrona de novo, com a filha confortavelmente instalada no colo, com a cabeça encostada no peito dele. Hildemara ouviu as batidas firmes do coração do pai.

— Está com medo, *Liebling?*

— Não, papai.

Ela se sentia aquecida e protegida nos braços dele. Queria que a mãe a amasse tanto quanto ele.

A sra. King foi visitá-la duas vezes. Hildemara perguntou como havia se tornado enfermeira.

— Estudei no Hospital Merritt, em Oakland. Morei lá e trabalhei enquanto estudava.

Ela contou sobre as enfermeiras que conheceu e os pacientes dos quais cuidou.

— Você é a melhor paciente que já tive, Hildie. Não reclama de nada, e eu sei que pneumonia dói. Continua difícil respirar, não é, querida?

— Estou melhorando.

A sra. Carlson, professora da sétima série, foi visitar Hildemara e levou um cartão de melhoras assinado por todos os alunos da turma.

— Seus amigos sentem sua falta, Hildemara. Trate de voltar o mais depressa possível.

Até a professora da catequese, a srta. Jenson, e o pastor Michaelson apareceram para vê-la. A srta. Jenson disse que todas as crianças estavam rezando por ela. O pastor botou a mão na cabeça de Hildie e rezou, com a mãe e o pai ao lado, de mãos dadas e cabeça baixa, depois deu um tapinha no ombro da mãe.

– Não perca a esperança.

– Não vou perder. É com *ela* que estou preocupada.

Hildemara não sabia quantos dias haviam se passado, mas certa noite tudo mudou. Uma pequena fagulha se acendeu dentro dela. A mãe estava sentada na poltrona do pai lendo um livro sobre a história americana, apesar de já ter passado no teste de cidadania e recebido um certificado e uma pequena bandeira americana para provar.

– Mamãe, eu não vou morrer.

Surpresa, a mãe levantou a cabeça. Fechou o livro e o pôs de lado. Inclinou-se para frente, pôs a mão na testa de Hildemara e a deixou pousada assim um tempo, fresca e firme, como uma bênção.

– Já estava mais do que na hora de você decidir isso!

Hildemara levou dois meses para se recuperar totalmente, e a mãe não deixou que ela desperdiçasse um minuto sequer.

– Você pode não estar suficientemente forte para fazer as tarefas de casa ou para correr e brincar como os outros, mas pode ler e estudar.

A srta. Carlson havia levado uma lista de trabalhos e provas que Hildemara havia perdido, e a mãe se sentou com ela para fazer o planejamento.

– Você não vai só pôr a matéria em dia. Vai ficar mais adiantada do que a sua turma antes de voltar para a escola.

A mãe não se empenhava apenas em obter as respostas certas. Ela queria uma caligrafia que parecesse uma obra de arte. Queria que Hildemara soletrasse palavras escritas vinte vezes. Queria frases feitas com cada uma delas e uma redação completa com todas as palavras incluídas. Ela inventava problemas de matemática que deixavam a cabeça de Hildemara rodando.

– Que tipo de matemática é essa, mamãe?

– Álgebra. Faz você raciocinar.

Hildemara odiou ficar doente. Clotilde passou a ler revistas e a recortar imagens de vestidos. Rikka cochilava ao lado do rádio, ouvindo música clássica. Hildemara tinha de ficar sentada lendo história mundial, americana e antiga. Quando adormecia lendo, a mãe a chamava.

– Sente-se à mesa da cozinha, lá você não vai dormir. Leia esse capítulo de novo, desta vez em voz alta.

A mãe descascava batatas enquanto Hildemara lia. A mãe arrumou um mapa-múndi e o pendurou na parede, para tomar lições de geografia de Hildemara.

– Com os carros e os aviões, o mundo está ficando menor. É melhor conhecer seus vizinhos. Onde fica a Suíça? Não, esta é a Áustria! Você precisa de óculos? Onde é a Alemanha? Mostre-me a Inglaterra... A Inglaterra, não a Austrália!

Ela não desistiu até Hildemara conseguir apontar todos os países sem hesitar um segundo.

Clotilde reclamou de ter muito dever de casa, e Hildemara debochou dela.

– Mal posso esperar para voltar para a escola! Será como tirar férias, depois de ter a mamãe como professora.

A mãe mantinha Hildemara num regime muito rígido – supervisionava o que ela comia, o tempo que dormia e, acima de tudo, o que aprendia. A menina só falhou uma vez e mereceu a ira da mãe.

– Não me importa se a história da Europa não está na lista de trabalhos. E daí se ela não consta de seu livro? Você precisa aprender sobre o mundo. Se não conhecermos a história, estaremos condenados a repeti-la.

O dr. Whiting disse que Hildemara podia voltar para a escola, mas a mãe resolveu mantê-la em casa mais um mês.

– Ela precisa ganhar pelo menos três quilos, senão vai pegar o próximo vírus que aparecer.

Marta deixou Hildemara voltar para a escola a tempo de fazer as provas. Quando chegaram as notas, a menina foi a primeira da turma. A mãe deu os parabéns.

– Aproveitamos bem todo aquele tempo de convalescência, não é? Agora nós duas sabemos que você é inteligente o bastante para fazer qualquer coisa.

Poucas semanas antes do término das aulas, chegou uma carta de Hedda Herkner.

– Boas ou más notícias? – o pai perguntou, erguendo as sobrancelhas.

– Depende – a mãe dobrou a carta. – Diz que o Fritz falou tanto do verão que passou conosco que agora alguns amigos dele querem vir junto.

– Ele vai voltar?

– Eu não contei para você? Bom, de qualquer modo, a Hedda disse que os pais acham que seria bom para os filhos que eles aprendessem como é a vida numa fazenda. Vivendo na cidade, esses meninos não têm a menor ideia. O que você acha, Niclas?

– Você só me pergunta isso agora!

– Mais meninos! – gemeu Clotilde.

O pai suspirou.

– Quantos?

– Contando com Bernhard e Fritz, seriam seis.

– Seis? Você acha que consegue controlar tantos de uma vez?

– Eu não faria isso sozinha. A Hildemara pode ajudar.

Hildemara fechou os olhos e respirou bem devagar.

A mãe largou a carta como se tivesse tirado as luvas e feito um desafio para que alguém ousasse ir contra ela.

– Posso ganhar um bom dinheiro administrando uma colônia de férias. É o mais parecido que existe com um hotel e um restaurante. Os pais querem que esses meninos aprendam sobre a vida numa fazenda. Então vamos ensinar a eles o que é a vida numa fazenda.

– Caramba – resmungou Bernie. – Parece tão divertido.

Hildemara podia ver a cabeça da mãe funcionando. Marta manifestou suas ideias em voz alta:

– Ninguém vai trabalhar mais do que meio período. Com seis meninos, o papai terá seus canais de irrigação cavados em tempo recorde. Eles podem ajudar a colher as uvas e as amêndoas. Vão aprender a cuidar dos cavalos, das galinhas, dos coelhos, a ordenhar a vaca... – Ela tamborilou na mesa. Hildemara ficou imaginando que parte de tudo aquilo ficaria encarregada de administrar. – E talvez não seja má ideia fazer com que eles construam alguma coisa.

O pai abaixou o jornal que estava lendo.

– Construir o quê?

– Que tal acrescentar um banheiro à casa? O quarto do Bernhard é tão grande que um metro e meio ou dois não fariam falta.

Bernie levantou a cabeça dos livros de estudo.

– Mamãe!

– Você vai dormir na casa da árvore o verão inteiro com os outros meninos, cuidando para que eles não se metam em encrenca.

– Um banheiro aqui dentro? – Clotilde deu um enorme sorriso, com expressão de sonho. – Com uma privada de verdade? Para nunca mais usar a casinha?

– Uma privada, uma banheira com pés e uma pia, eu acho. – A mãe não se perturbou com a cara que o pai fez para ela. – Já não é sem tempo. Todos em Murietta têm um banheiro dentro de casa.

– Deus, tenha piedade de mim – disse o pai baixinho, levantando o jornal de novo.

– Niclas?

– O quê, Marta?

– É sim ou não?

– É você quem administra o dinheiro.

– E um telefone, bem aqui nessa parede.

– Um telefone! – Clotilde repetiu, exultante.

– Só para emergências – acrescentou a mãe, olhando séria para ela. O pai sacudiu o jornal e virou a página.

– Para mim, isso está parecendo um hospício.

Junho chegou e trouxe muita poeira para soprar sobre Jimmy, Ralph, Gordon, Billie e Fritz. Fritz tinha crescido quinze centímetros no último ano e adorou estar mais alto que Hildemara, que crescera menos de cinco. Mas Clotilde já podia olhar nos olhos dele. Fritz já sabia que só precisava levar uma pequena mala. Os outros meninos chegaram cheios de bagagem, tirada do porta-malas dos carros das famílias.

– Meninos ricos – Clotilde cochichou com Hildemara.

Hildemara suspirou. Só de ver a animação dos meninos, já tinha uma ideia do trabalho que teria pela frente.

– Isso não vai ser tão fácil como a mamãe pensa.

A mãe convidou os pais para se sentarem na sala enquanto o pai, Bernie e Fritz levaram os meninos numa visita pela propriedade.

Hildie serviu chá, café e bolo, enquanto a mãe explicava as tarefas, os projetos e as atividades recreativas planejadas para a "colônia de férias" dos meninos.

Uma mãe ficou meio desconfiada.

– Parece que vocês esperam que os meninos trabalhem muito.

– É, esperamos sim. E, se vocês concordarem, tenho um contrato que quero que assinem. Os meninos não vão poder se esquivar se souberem que vocês me apoiam. Cuidar de uma fazenda é trabalho duro. Eles vão aprender a respeitar as pessoas que fornecem alimentos para o mercado. E, no fim do verão, todos vão querer ser médicos e advogados.

Os pais assinaram sorrindo, deram beijos de despedida nos filhos, disseram que voltariam no fim de agosto e foram embora.

Ninguém chorou.

Não no primeiro dia.

A mãe mandou os meninos levarem as coisas para a casa da árvore.

– Empilhem suas roupas embaixo do banco e ponham as malas no barracão que serve de depósito.

Ela deixou os meninos brincarem a tarde toda. Hildemara ficou ouvindo os garotos berrando e gritando e pensou quanto tempo levaria para aqueles sons se transformarem em protestos petulantes e choramingos. Quando a mãe tocou o sino para o jantar, eles se lavaram, correram para a casa e se sentaram nos lugares designados à mesa. A mãe serviu um banquete de bife Wellington e legumes cozidos com muita manteiga. Depois anunciou que a sobremesa seria bolo de chocolate.

– Uau! – Ralph sussurrou para Fritz. – Você disse que ela cozinhava bem. Tinha razão!

Enquanto todos comiam, a mãe explicou as regras e os horários diários das tarefas e atividades.

– Botei um cartaz com os horários na porta dos fundos, para o caso de esquecerem.

Hildemara sabia que eles esqueceriam. Nenhum dos meninos novos tinha prestado atenção. Fritz olhou para Bernie e deu um largo sorriso malicioso.

Na manhã seguinte, a mãe chamou Hildemara antes do nascer do sol. Resignada, Hildie se levantou sem reclamar, vestiu-se e saiu para alimentar as galinhas e recolher ovos suficientes para alimentar o pequeno exército deles. O pai tomou café bem cedo e saiu "antes de o pandemônio começar". A mãe tocou o triângulo às seis.

Os meninos se mexeram na cama, mas ninguém se levantou. A mãe desceu a escada, encostou seis pás no tronco da árvore e chamou os meninos.

– Desçam. Vocês têm tarefas a cumprir.

Só Bernie e Fritz desceram.

Ela tocou o sino do café da manhã às oito. Bernie e Fritz chegaram correndo. Os meninos novos desceram logo pela escada de corda e correram para a casa. Quando chegaram, encontraram a porta dos fundos trancada. Jimmy tentou abri-la, empurrando-a várias vezes.

– Ei, acho que está trancada.

Deram a volta na casa correndo, mas a porta da frente também estava trancada. Ficaram parados na varanda, espiando pela janela enquanto Bernie e Fritz comiam um suntuoso café da manhã, com ovos mexidos, *bacon* crocante e bolinhos de mirtilo.

– Ei! – gritou Ralph, espiando pelo vidro. – E o nosso café da manhã?

A mãe serviu chocolate quente na caneca de Fritz.

– Leiam o cartaz na porta dos fundos, meninos.

Ouviu-se o barulho dos pés nos degraus de madeira. Hildemara viu as cabeças subindo e descendo enquanto corriam pela lateral da casa. Ela sabia o que eles encontrariam: "Aqueles que não trabalham não comem".

A rebeldia não demorou.

– Meus pais pagaram para eu me divertir! Não para trabalhar!

– Vou escrever para os meus pais e contar que ela está nos fazendo trabalhar!

– Você não pode fazer isso.

Hildemara se encolhia com os pedidos deles, mas a mãe não prestava a menor atenção.

– Eles vão aprender.

Satisfeitíssimos e com um sorriso maldoso, Bernie e Fritz saíram pela porta dos fundos. Hildemara foi para o quarto descansar antes do próximo turno de trabalho que a mãe determinaria. Os meninos discutiam do lado de fora das janelas com tela.

– Vocês ainda estão aí choramingando? – Bernie disse, passando a mão na barriga. – Perderam um excelente café da manhã!

– Não viemos aqui para trabalhar!

– Então não trabalhem e morram de fome. A escolha é de vocês.

– Vou ligar para a minha mãe – Gordon disse com a voz trêmula, à beira do choro.

– Então vá, pode ligar, mas vai ter de ir andando até a cidade para usar o telefone. O que temos dentro de casa é só para emergências.

– Que tipo de lugar é este? – berrou Ralph, furioso. – Não somos mão de obra escrava.

Bernie deu risada.

– Seus pais assinaram um contrato com a mamãe. Ela é dona de vocês o verão inteiro. É melhor irem se acostumando, rapazes.

– Ei! – Jimmy deu um empurrão em Fritz. – Você disse que a gente ia se divertir!

– Eu disse que *eu* me diverti – Fritz empurrou o menino com mais força. – Que bebê chorão! São só algumas horas por dia, e no resto do tempo a gente pode fazer o que quiser.

Bernie não resistiu.

– Desde que não taque fogo em nenhuma casa ou celeiro.

Hildemara se empertigou e espiou pela tela.

– Bernie!

– Está bem! Está bem!

– Você não contou nada sobre essas tarefas, Fritz! Não tenho que fazer nada em casa. Por que teria que fazer aqui?

Hildemara caiu deitada no beliche de cima e fechou os olhos, desejando que eles parassem de discutir. Cloe pedalava a máquina de costura no outro extremo do corredor, na sala de estar. Rikka tinha uma capacidade tão grande de se concentrar, sabe-se lá como, que nem escutava o caos lá fora, deitada na cama, vendo um livro da biblioteca sobre Rembrandt.

Impiedoso, Bernie continuou debochando dos meninos da cidade enquanto se dirigia ao pomar para ajudar o pai a cavar os canais de irrigação.

– É melhor vocês virem, se quiserem almoçar.

– Eu não sou cavador de vala! – Ralph berrou para ele.

– Mas será! – Fritz gritou, olhando para trás.

– Hildemara! – chamou a mãe. – Tem um cesto de roupa suja aqui. Leve-o para a lavanderia e cuide disso.

Ela se levantou, pegou o cesto, apoiou-o no quadril e abriu a porta de tela. Jimmy, Ralph, Gordon e Billie andavam a esmo por ali, feito almas perdidas, procurando alguma coisa para fazer.

Bernie e Fritz chegaram do pomar pouco antes de a mãe tocar o sino do almoço. Entraram pelos fundos e trancaram a porta antes que os outros pudessem abri-la.

– Leiam o cartaz, rapazes!

Deram risada e foram para a sala, enquanto os outros ficavam para lá e para cá do lado de fora, com a rebeldia murchando ao calor do verão do Vale Central.

Depois do almoço, os dois partiram correndo para o grande canal de irrigação nos fundos da propriedade.

– Venham, meninos!

Os outros não correram tão depressa, mas se esqueceram da fome por algum tempo e puderam se divertir. Hildemara ouviu os berros, as risadas e a gritaria deles enquanto arrancava as ervas daninhas da horta. Sabia como seria o seu verão, e não seria todo de brincadeiras. Quando a mãe tocou o sino do jantar, todos os meninos chegaram correndo. Bernie e Fritz passaram por baixo do braço da mãe, que fechou a porta e a trancou de novo. Jimmy, Ralph, Gordon e Billie ficaram boquiabertos, desesperados.

– Vamos morrer de fome.

Jimmy secou as lágrimas rapidamente.

– Expliquei as regras para vocês ontem à noite, meninos. Não costumo ficar repetindo as coisas. Amanhã pode ser um recomeço. Depende de vocês.

A mãe deu as costas para eles e entrou na casa.

Fritz balançou a cabeça quando se sentou no seu lugar à mesa.

– Nunca ouvi tantas lamentações e tanto choro.

Hildemara olhou feio para ele.

– Exatamente como você no verão passado.

Ela estava com pena do bando faminto lá fora.

O pai não estava satisfeito.

— Esses meninos vão fugir.

— Deixe que fujam — disse a mãe, passando um prato de bolinhos de batata para Fritz. — Vão descobrir bem depressa que não têm para onde ir.

Hildemara se preocupava de qualquer jeito.

— E se eles não trabalharem amanhã, mamãe?

Será que a mãe acabaria dando uma pá para *ela*? Teria de cuidar das galinhas, dos coelhos e dos cavalos sozinha?

— Então não vão comer.

A mãe saiu de casa às seis horas da manhã do dia seguinte e tocou o sino embaixo da casa da árvore.

— O que me dizem, meninos? Estão prontos para fazer sua parte do trabalho por aqui? Para os que estão, *waffles* com manteiga e calda quente de bordo, *bacon* crocante e chocolate quente. Para os que não estão, tem água na mangueira e ar para comer.

Os seis meninos desceram pela escada de corda e pegaram as pás.

Uma hora depois, Hildemara serviu chocolate quente e ficou vendo os meninos novos comerem como lobinhos esfaimados. A mãe segurou um prato com *waffles* numa das mãos e um garfo na outra.

— Alguém quer repetir?

Quatro mãos subiram no ar.

— Quando terminarem o café da manhã, peguem as pás e se apresentem para o papai no pomar. Ele vai dizer o que vocês devem fazer depois.

O pai chegou para o almoço e deu um enorme sorriso para a mãe.

— Parece que você domou os meninos.

Os seis entraram em fila, lavaram as mãos na pia da cozinha e se sentaram nos lugares marcados à mesa de jantar.

A mãe segurava dois pratos com sanduíches de queijo e presunto.

— Mostrem-me as mãos, meninos.

Eles as estenderam.

— Bolhas! Bom para vocês! Terão calos para mostrar antes de irem para casa. Ninguém jamais os chamará de maricas.

Ela pôs os pratos na mesa. Quando Hildemara serviu uma tigela com uvas e maçãs, não havia mais nenhum sanduíche. A mãe assumiu seu lugar numa ponta da mesa.

– Quando terminarem, têm o resto do dia livre.

Hildemara sabia que não teria tanta sorte. Voltou para a cozinha e fez meio sanduíche para si.

26

1930

Os verões significavam ainda mais trabalho para Hildemara. Ela ajudava a mãe a cozinhar, mantinha a casa livre da poeira e da areia trazidas pelo vento, lavava roupa. À tarde, enquanto Clotilde via revistas de estrelas de cinema e sonhava com novos modelos de vestido, e Rikka sentava no balanço da varanda sonhando acordada e desenhando, Hildemara limpava a horta e os canteiros de flores das ervas daninhas. Ela não entendia por que a mãe esperava tanto dela e tão pouco das irmãs.

Clotilde consertava camisas, calças e sacos de dormir. Ela adorava costurar e era boa nisso. A mãe trazia tecido para fazer camisas para o pai e para Bernie e vestidos para Hildemara, Clotilde e Rikka, duas peças de roupa novas por ano. Quando Cloe terminava, a mãe lhe dava dinheiro para que comprasse sobras de tecido para juntar e fazer o que quisesse. Cloe desenhava roupas, fazia desenhos com o papel de embrulho do açougue e sabia fazer vestidos que não pareciam os que todas usavam aquele ano.

Rikka andava pela fazenda sempre sonhando, sempre procurando um lugar para se sentar e desenhar tudo que atraísse sua atenção, concentradíssima. Quando não aparecia para jantar, a mãe mandava Hildemara sair e procurar por ela. A mãe nunca pedia para Rikka fazer as tarefas de casa.

— Ela tem outras coisas para fazer.

E Rikka desenhava pássaros, borboletas ou as meninas Musashi trabalhando nos canteiros de tomate.

Às vezes, Hildemara se ressentia com isso. Especialmente num dia quente, quando sentia a poeira grudando na pele úmida e o suor escorrendo entre os seios, que começavam a crescer. Hildemara trabalhava de joelhos, arrancando as ervas daninhas dos canteiros de flores na frente da casa. Rikka ficava deitada no balanço da varanda, com as mãos atrás da cabeça, olhando para as nuvens. Hildemara se sentou nos calcanhares e secou o suor da testa.

— Quer me ajudar, Rikki?

— Você já observou as nuvens, Hildie? — ela apontou. — Crianças brincando. Um pássaro voando. Uma pipa.

— Não tenho tempo para ficar vendo as nuvens.

A mãe saiu de casa e perguntou se Rikka queria um copo de limonada. Hildemara se sentou nos calcanhares de novo.

— A Rikki não pode vir arrancar as ervas daninhas de vez em quando, revezar comigo, mamãe?

— Ela sabe quem é e o que quer da vida. Além disso, a pele dela é tão clara que ficaria toda queimada arrancando as ervas daninhas do jardim. Você faz isso. Não tem nada melhor para fazer, tem?

— Não, mamãe.

— Então acho que é melhor ir se acostumando a fazer o que mandam.

E voltou para dentro de casa.

Rikka foi até a balaustrada da varanda, se sentou encostada numa coluna e começou a desenhar no bloco de desenho que tinha nas mãos.

— Você podia dizer não, Hildemara.

— Alguém precisa fazer isso, Rikki.

— O que você quer ser quando crescer, Hildie?

Ela arrancou mais uma erva daninha e a jogou dentro do balde.

— Enfermeira.

— O quê?

– Deixe para lá. De que adianta ficar sonhando?

Ela pegou o balde com as ervas daninhas e foi para um canteiro de cenouras.

– Nunca haverá dinheiro suficiente para que eu possa fazer um curso.

– Você pode pedir.

Para a mãe dizer que não?

– O dinheiro que o papai e a mamãe ganham com a fazenda e com o Pandemônio de Verão é para pagar o financiamento, os impostos, os equipamentos para a fazenda e as contas do veterinário para o cavalo.

– Eles estão se saindo bem, não estão? O papai acabou de ampliar o abrigo ao lado do celeiro.

– Para o trator dele não enferrujar com as chuvas de inverno.

Rikka foi andando pelos canteiros de legumes da horta.

– A mamãe compra artigos de costura para a Clotilde.

Hildemara se debruçou e arrancou mais uma plantinha daninha.

Rikka estendeu os braços como um passarinho e ficou se inclinando para um lado e para o outro.

– Ela compra artigos de arte para mim.

Hildemara jogou as ervas no balde.

– Eu sei.

Rikka se virou para ela.

– Porque nós pedimos.

Hildemara deu um suspiro.

– A escola de enfermagem e os livros são muito mais caros que os artigos de costura e de arte, Rikki.

– Se você não pedir, nunca terá nada.

– Talvez Deus tenha outro plano para mim.

– Ah, eu já sei qual é.

– Qual?

– Continuar sendo a mártir.

Magoada, Hildemara sentou-se sobre os calcanhares e ficou abrindo e fechando a boca, enquanto Rikka subia saltitando os degraus da porta dos fundos e entrava na casa.

A mãe continuava pressionando Hildemara sobre o futuro, só que ela achava que não tinha nenhum.

– Você já vai entrar no colegial. Precisa começar a fazer planos.

– Planos para quê?

– Para a universidade. Para seguir uma carreira.

– O Bernie vai para a universidade. Ouvi você conversando com o papai sobre como é caro.

– Talvez ele consiga uma bolsa.

Talvez não queria dizer que ele conseguiria.

– Espero que consiga.

Hildemara ficou imaginando como se fazia para conseguir uma bolsa e se ela tinha qualificação para isso.

– E então? – A mãe parecia aborrecida. – Você não vai dizer nada?

– O que quer que eu diga, mamãe?

– O que tem em mente.

A menina mordeu o lábio por dentro, mas perdeu a coragem.

– Nada.

A mãe balançou a cabeça, pegou a bolsa e saiu pela porta dos fundos.

– Tenho de fazer umas compras na cidade. Precisa de alguma coisa, Clotilde?

– Linha vermelha.

– Rikka?

– Uma caixa de lápis.

Ela olhou irritada para Hildemara.

– Nem preciso lhe perguntar. Você nunca quer nada, não é?

Nada tão barato como linha vermelha e uma caixa de lápis, Hildemara queria dizer, mas aí a mãe podia perguntar o que ela realmente queria, e ela teria de ouvir por que não podia ter.

No dia seguinte, Hildemara foi à biblioteca e pegou a biografia de Florence Nightingale. Leu-a na longa caminhada para casa, bem devagar, sabendo que teria tarefas que preencheriam o restante da tarde e a noite. Entrou em casa pela porta de tela nos fundos e enfiou o livro embaixo do colchão antes de ir ajudar a mãe a preparar o jantar. Pôs a mesa, fez a salada, mais tarde tirou a mesa e esquentou água para lavar os pratos. Cloe pegou sua pasta de fotos brilhosas de revistas de cinema e folheou os modelos de vestido, enquanto Rikka desenhava o pai lendo, sentado na poltrona. A mãe botou na mesa a caixa de material para escrever.

Cartas, cartas, cartas. Ela estava sempre escrevendo para alguém. Às vezes Hildemara ficava pensando se a mãe amava todas aquelas pessoas ao redor do mundo mais que a própria família.

O pai foi para a cama cedo. A mãe, logo depois.

– Não fiquem acordadas até tarde, meninas.

Quando Cloe e Rikka terminaram, Hildemara tirou o livro debaixo do colchão.

– Vou para a cama daqui a pouco.

A mãe estava na bancada da cozinha abrindo uma massa de torta quando Hildemara entrou pela porta da frente. A biografia que tinha escondido estava em cima da mesa da cozinha. O rosto de Hildemara ficou quente e vermelho quando a mãe olhou para ela por sobre os ombros.

– Vi seu colchão meio levantado e apalpei um livro. Achei que fosse algum de Jane Austen, *Orgulho e preconceito* ou *Razão e sensibilidade*. Era isso que eu achei que você leria.

– É uma biografia, mamãe. Florence Nightingale era enfermeira.

– Eu sei o que é! E sei quem ela foi.

Hildemara pegou o livro e caminhou para a porta dos fundos.

– Ponha o livro na mesa, Hildemara.

– É da biblioteca, mamãe. Preciso devolver.

– Só precisa devolver no fim da semana, a menos que já tenha terminado de ler – disse a mãe, forrando um prato de torta com a massa. – Já terminou? – e apertou a massa, jogando sobre ela um pote de cerejas sem caroço.

– Já, mamãe.

Hildie ficou vendo a mãe cobrir a torta com outra camada de massa. Levou poucos segundos para cobrir as cerejas, cortar as sobras, apertar as bordas e fazer buracos em cima. A mãe abriu o forno, pôs a torta lá dentro e bateu a porta com força.

– Acho que eu nunca vou conseguir fazer uma torta tão rápido e tão boa como a sua, mamãe.

– Provavelmente não – disse a mãe, jogando a toalha sobre o ombro e endireitando o corpo com as mãos na cintura. – Mas não é isso que você quer fazer, é?

Hildemara abaixou a cabeça.

– É? – a mãe levantou a voz.

– Não, mamãe.

– Quantas vezes você leu esse livro? – a mãe esticou o queixo para frente, apontando para a biografia ofensiva. – Duas vezes? Três?

Hildemara achou melhor não responder. Já estava se sentindo muito exposta ali, com o coração aberto.

– Não é a Florence Nightingale que fascina você, é? É *ser enfermeira*. Aposto que anda sonhando com isso desde que a sra. King veio até aqui com todas aquelas histórias. Deixe-me lhe dizer uma coisa, Hildemara Rose. Ela encheu sua cabeça com um monte de bobagens românticas. Vou lhe contar o que é ser enfermeira de verdade. Uma enfermeira nada mais é que uma servente. Passei a maior parte da vida esfregando o chão, limpando cozinhas e lavando roupa. Gostaria de ver você fazendo algo mais com esse seu cérebro além de passar o resto da vida esvaziando comadres e trocando lençóis! Se quiser saber a minha opinião, não vejo a enfermagem como nenhum progresso em comparação a como eu comecei!

Hildemara ficou magoada e zangada ao mesmo tempo.

– Enfermagem não é só lidar com comadre e lençol, mamãe. É uma profissão honrada. Eu estaria ajudando as pessoas.

– Isso é o que você faz melhor, não é? *Ajudar* as pessoas. *Servir* às pessoas. Você já é boa como servente. Deus sabe que tem sido minha serva nos últimos seis anos. Por mais que eu exija, você nunca reclama.

Parecia que a mãe tinha raiva disso.

– Você e o papai dão um duro danado. Por que eu reclamaria de fazer a minha parte?

– A sua parte! Você tem feito mais do que a sua parte.

– Você precisava de ajuda, mamãe.

– Eu não preciso da sua ajuda.

Hildie piscou para evitar as lágrimas, porque sabia que a mãe ficaria ainda mais irritada se a visse chorar.

– Nunca consigo agradar você, por mais que eu faça. Não sei por que me esforço tanto.

– Eu também não! O que você quer? Uma medalha por ser uma mártir?

– Não, mas um pouco de aprovação da sua parte seria bom.

A mãe piscou, suspirou e enfiou as mãos nos bolsos do avental.

– A vida não é agradar as pessoas, Hildemara. É saber quem você é, o que quer da vida e ir atrás disso.

Como ela podia fazer a mãe entender?

– Para mim, a vida é fazer a vontade de Deus, mamãe. É amar o próximo. É servir.

A mãe piscou de novo.

– Essa é a primeira afirmação direta que você já me disse, Hildemara Rose. – Ela deu um sorriso triste. – Pena que não concordamos.

– Desculpe, mamãe.

Os olhos da mãe faiscaram.

– Lá vem você de novo, pedindo desculpas. É melhor aprender agora mesmo que não deve pedir desculpas por ser quem você é.

Ela pegou um pano de prato, secou a bancada e o jogou dentro da pia.

– Se quiser fazer o curso de enfermagem, é melhor encontrar um trabalho e começar a economizar, porque eu não vou pagá-lo.

Por algum motivo, a rejeição não doeu tanto quanto Hildemara esperava.

– Eu não pedi isso.

– É, não pediu. Mas você nunca pediria, não é? Nunca acreditaria que tem direito a alguma coisa. – Ela empurrou o livro em cima da mesa. – Pegue o livro!

Hildie pegou-o e ficou olhando para ele um longo tempo. Quando levantou a cabeça, a mãe estava olhando para ela de modo estranho.

– Tem uma coisa boa que saiu dessa conversa, Hildemara Rose. Pelo menos agora eu sei que você não vai ficar agarrada ao meu avental nem vivendo sob o meu teto pelo resto da vida. Não vai acabar fugindo ou ficar sentada no gelo até congelar. Você está prestes a deixar o ninho agora, minha menina. Vai sair voando daqui muito em breve. – Ela sorriu com os olhos brilhando, cheios de lágrimas. – E isso me agrada. Isso me agrada muito, muito mesmo!

Hildemara subiu no beliche, abraçou o livro e chorou. Não importava o que havia pensado antes, agora ela sabia que a mãe mal podia esperar para se livrar dela.

Hildemara perdeu Elizabeth para Bernie no primeiro dia do colegial. Ela sempre suspeitou que a amiga tinha uma paixão secreta pelo irmão, mas ele nunca demonstrara interesse por ela. Estava entretido demais nos esportes e em fazer molecagens com os amigos para se interessar por meninas. No primeiro dia do primeiro ano, Hildie se sentou na grama com Elizabeth, conversando sobre a segunda temporada do Pandemônio de Verão, como seu pai chamava a colônia de férias na fazenda, e sobre seus sonhos de fazer o curso de enfermagem. Bernie parou ao lado delas com um olhar estranho.

– Oi, Bernie – disse Hildemara, protegendo os olhos do sol. – O que está fazendo aqui na área do primeiro ano?

– Por que não me apresenta a sua amiga, Hildie?

Ela achou que ele não estava falando sério, mas entrou na brincadeira.

– Elizabeth Kenney, este é meu irmão mais velho, Bernhard Niclas Waltert. Bernie, esta é Elizabeth. E agora, o que você quer? Estamos conversando e você está nos interrompendo.

Ele se abaixou, com os olhos fixos em Elizabeth.

– Você mudou muito nesse verão.

O rosto de Elizabeth ficou rosa-escuro. Ela abaixou a cabeça e olhou para ele por sob os cílios.

– Para melhor, espero.

Ele deu um sorriso largo.

– Ah, sim.

Irritada, Hildemara olhou feio para ele.

– Você não tem nada para fazer, Bernie? Estou vendo Eddie e Wallie ali, jogando basquete.

Ele se sentou e se apoiou no cotovelo.

– Você não tem que estudar, Hildie? Ou algum outro lugar para ir?

Ele não olhou para ela quando disse isso, e Elizabeth também não tirou os olhos dele. Bernie podia muito bem ter dito: "Desapareça!"

– Nós estávamos conversando, Bernie.

Ele fez um bico e continuou olhando para Elizabeth.

– Você se importa se eu ficar aqui?

– Não – Elizabeth parecia estar com falta de ar. – Claro que não.

Hildemara revirou os olhos. Olhou para o irmão e para a melhor amiga e soube que tudo tinha mudado numa fração de segundo. Quando se levantou, nenhum dos dois notou. Quando foi andando, nenhum dos dois a chamou de volta. No fim das aulas, viu Bernie andando ao lado de Elizabeth, carregando no ombro os livros dela. Hildemara os chamou, mas nenhum dos dois ouviu.

Bernie tinha a escola inteira atrás dele. Por que tinha de escolher logo Elizabeth?

– Obrigada – ela murmurou baixinho. – Obrigada por roubar minha única amiga.

Ela encontrou Cloe e Rikka do outro lado da estrada, perto da escola primária.

– Vão indo na frente. Tenho que fazer uma coisa.

A mãe tinha dito que ela deveria ganhar dinheiro para o curso de enfermagem, e não havia melhor hora para começar do que agora. Assim que as irmãs partiram para casa, Hildemara esfregou a palma das mãos na saia para secar o suor e entrou na Drogaria Pitt. Passou alguns minutos olhando as coisas até tomar coragem de perguntar à sra. Pitt se ela queria contratar alguém para trabalhar atrás do balcão servindo vaca-preta e *milk shake*.

A sra. Pitt estava secando um copo.

– Você conhece alguém para fazer isso?

Hildie engoliu em seco.

– Eu.

A senhora deu risada.

– Pode começar amanhã. Tem muitas outras coisas por aqui que eu prefiro fazer a servir vaca-preta e *milk shake* para adolescentes. – Ela gritou bem alto. – Ouviu isso, Howard? Hildemara Waltert começa a trabalhar para nós amanhã. – E piscou para a garota. – Vou lhe mostrar tudo. É bem simples. E com você trabalhando aqui, podemos atrair mais adolescentes.

Hildemara não quis dizer para ela não esperar grande coisa.

No longo caminho de volta, ela ficou animada com aquele sucesso. Curtiu seu segredo enquanto fazia, apressada, suas tarefas.

Hildie botou a mesa e se sentou para jantar, louca para dar a notícia, mas todos tinham muita coisa para dizer. Bernie disse que tinha se atrasado porque acompanhara Elizabeth Kenney até a casa dela, e então entrou e comeu biscoitos com leite a convite da mãe dela. Clotilde pediu para a mãe lhe dar um dólar para comprar tecido. Rikka ficou olhando para o espaço, sem dúvida pensando em um novo desenho que queria fazer, e então a mãe lhe chamou a atenção para que ela acordasse e comesse.

O jantar estava quase acabando quando finalmente houve um intervalo na conversa para Hildie anunciar a novidade.

– Arrumei um emprego.

O pai levantou a cabeça.

– Um emprego?

– Começo a trabalhar amanhã, depois da escola, na sorveteria dentro da Drogaria Pitt.

A mãe sorriu.

– É mesmo?

O pai limpou a boca com o guardanapo.

– Não gostei da ideia. Você tem seus estudos. E a sua mãe, como fica? Ela precisa da sua ajuda na casa.

– Não preciso não – disse a mãe, jogando o guardanapo na mesa. – E, se precisar, tenho outras duas filhas que podem fazer isso.

Clotilde olhou de lado para Hildemara.

– Obrigada.

Rikka continuou comendo, com a cabeça longe.

O pai franziu a testa para a mãe.

– Você sabia disso?

Ela se levantou e começou a tirar a mesa.

– Tinha de acontecer mais cedo ou mais tarde, não tinha? Os filhos não vivem à custa dos pais para sempre. Pelo menos não deveriam.

– Por que eu vou ter que trabalhar e Bernie não? – reclamou Clotilde.

Bernie largou o garfo.

– Podemos trocar quando você quiser. Eu alimento as galinhas e ponho a mesa. Você pode ajudar o papai com o arado, plantando e colhendo.

– Eu trabalho! Fui eu que fiz essa camisa que você está usando!

O pai deu um soco na mesa.

– Já chega!

A mãe deu um sorriso de lado, que se desfez quando o pai olhou para ela da cabeceira da mesa.

– Você sabia que a Hildemara estava procurando emprego?

– Eu disse que ela devia procurar.

– Por quê?

– Pergunte para ela. Ela pode falar por si mesma. – A mãe olhou friamente para Hildie, com as sobrancelhas levantadas e ar desafiador. – Não pode?

Aquilo não soou como uma pergunta.

O pai olhou fixo para Hildemara.

– E então?

Ela respirou fundo, querendo desacelerar o coração, e explicou seus planos para o futuro. Quando terminou, todos ficaram atônitos, olhando para ela.

O pai quebrou o silêncio.

– Ah, bom. Por que não disse logo?

– Já que ainda não está trabalhando, pode ajudar a tirar a mesa, Hildemara.

A mãe não disse mais nada até lhe dar o último prato para secar.

– A que horas você planeja estudar? Vai precisar manter as notas altas.

– Entre as aulas. No intervalo do almoço. Só vou trabalhar até as seis.

– Vai ter de esquentar seu jantar quando chegar em casa.

– Eu me viro.

Hildemara esperava que a mãe dissesse que sentiria falta dela na casa. Devia saber que isso não aconteceria.

– Acho que é bom abrir uma poupança no banco, para não gastar o dinheiro.

– Já tinha planejado fazer isso com meu primeiro pagamento.

– Ótimo.

A mãe deixou Hildemara terminando a arrumação da cozinha e foi se sentar no balanço da varanda.

O pai disse que a Depressão não duraria para sempre, mas os tempos difíceis trouxeram mais vendedores ambulantes à sua porta. Os fazendeiros eram os que estavam em melhor situação, pois sabiam cultivar a própria comida. Mesmo com o preço baixo das amêndoas e passas, o pai e a mãe não se preocupavam na hora de botar comida na mesa. O pai tinha dinheiro suficiente para pagar o financiamento e os impostos.

– Se faltar, posso arrumar trabalho – disse a mãe. – O sr. Smith me ofereceu emprego na padaria dele.

– Você não vai trabalhar para ele, vai?

– Ele jura que não teve nada a ver com o incêndio que destruiu a padaria dos Herkner.

– E você acreditou.

– É você quem vive me dizendo para não julgar as pessoas, Niclas.

– Há julgamento e há discernimento.

A mãe suspirou.

– Eu disse que não, mas, se precisarmos de dinheiro, sei onde arranjar trabalho.

– Comece a cozinhar mais aqui. Leve seus *beignets* e suas *Torten* para Hardesty. Ele os venderia para você.

A mãe deu uma risadinha.

– Se você quiser *beignets* e *Torten*, ou qualquer outra coisa, Niclas, é só dizer.

– Pois estou dizendo.

Ele a puxou para o colo e cochichou no ouvido dela.

Enquanto os outros iam ao cinema, Hildemara trabalhava. Conheceu mais estudantes trabalhando no balcão da sorveteria do que nos oito anos e meio de escola em Murietta. Quando o filme acabava, eles atravessavam a rua, sentavam-se às mesas, tomavam refrigerante e conversavam. Alguns adultos deixavam gorjetas de cinco centavos.

Ela gostava de trabalhar. Gostava da agitação dos adolescentes, entrando e saindo da loja. Gostava de ganhar dinheiro, de saber que a cada dia de trabalho chegava mais perto de seu objetivo. Ela anotava os pedidos, fazia os *milk shakes* e as vacas-pretas, lavava os copos, limpava os balcões e ao mesmo tempo sonhava com o dia em que usaria uniforme e quepe brancos e andaria pelos corredores de um hospital, levando alento aos enfermos. Quem sabe um dia não iria para a China, para servir num hospital missionário, ou cuidaria de bebês doentes no Congo Belga, ou ajudaria um belo e dedicado médico a controlar uma epidemia na Índia?

A sra. King apareceu com uma lista de compras do dr. Whiting. Enquanto esperava o sr. Pitt atendê-la, sentou-se ao balcão da sorveteria e pediu uma Coca-Cola. Hildemara lhe contou que queria fazer o curso de enfermagem no Hospital Merritt, em Oakland.

— Isso é maravilhoso, Hildemara! Quando estiver perto de se formar, escreverei uma carta de recomendação para você.

O primeiro ano no colégio passou num misto de estudo e trabalho. Quando chegou o Pandemônio de Verão mais uma vez, Hildie perguntou para a mãe se ela conseguiria dar conta de tudo sem a ajuda dela. A mãe, é claro, disse que sim. Hildemara arrumou um segundo emprego na granja dos Fulsome, depenando aves para o mercado. Pagavam-na por ave, então Hildie aprendeu a trabalhar com rapidez.

Ela guardava cada moedinha e sabia exatamente quanto tinha de economizar para pagar o curso e o uniforme. Também precisaria das ferramentas de seu ofício: um relógio de bolso com ponteiro de segundos para contar os batimentos cardíacos e uma caneta-tinteiro para escrever os dados vitais na ficha dos pacientes. A mãe e o pai já tinham feito planos para mandar Bernie para a universidade quando ele se formasse no colégio, no fim do próximo ano. Cada dólar extra seria para sustentá-lo na universidade.

Hildie tinha visto o pai dar um dólar para Bernie mais de uma vez, para que ele levasse Elizabeth ao cinema na sexta-feira à noite.

— Ele é jovem, precisa se divertir um pouco.

A mãe também viu e protestou.

— E as meninas? Elas também são jovens e querem se divertir. Vai dar um dólar para elas toda vez que pedirem?

Hildemara cobriu os ouvidos com as mãos. Detestava ouvir as discussões dos pais sobre dinheiro. Jurou que jamais pediria um centavo a eles. Ganharia dinheiro do seu jeito.

27

1932

Bernie se formou com distinção. Do primeiro dia na escola em Murietta até o último, o irmão de Hildemara tinha sido uma estrela de primeira grandeza.

Elizabeth ficou com a família durante a cerimônia. Hildie a ouviu fungar e lhe deu um lenço. Elizabeth não veria muito Bernie naquele verão. A mãe queria que ele ficasse por perto para organizar a equipe de trabalho do Pandemônio de Verão, e o pai precisava dele para a colheita.

Uma vez por semana, eles o liberavam para ir até a cidade ver Elizabeth. Era comum voltar deprimido para casa.

– Queria não ter que ir para uma universidade tão longe.

A mãe retrucou:

– Se fosse perto, não estudaria nada. Estaria ocupado demais perseguindo a saia da Elizabeth.

Clotilde deu uma risadinha.

– Ele não precisa persegui-la.

O rosto de Bernie ficou vermelho.

– Cale a boca, Cloe – disse, levantando-se da mesa.

Elizabeth ia à sorveteria quase todos os dias no verão e lamentava que sentia muita saudade de Bernie. Hildemara deixava a amiga falar.

Quando as aulas recomeçaram, ela ia para o trabalho com Hildemara, sentava-se ao balcão e fazia o dever de casa.

— Você vai ver, Hildie. Seu irmão vai conhecer uma garota bonita na faculdade e esquecer de mim. Ainda faltam dois anos para a nossa formatura!

— Ele escreve mais para você do que para os meus pais.

— Na semana passada ele só escreveu duas vezes.

— Bem, é duas vezes mais do que escreveu para casa, e faz um mês que ele foi embora.

Quando Bernie voltou para casa no Natal, passou mais tempo em Murietta, na casa dos Kenney, do que em casa. Pelo menos até a mãe bater o pé.

— Já que estamos pagando seus estudos na universidade, você pode muito bem ajudar por aqui.

— Mamãe! Não vejo a Elizabeth desde o verão, e mesmo assim não nos vimos muito naquela época. Ela pode perder o interesse se eu não...

— O telhado precisa de conserto e precisamos cavar uma fossa nova, além de cobrir a velha. Se você tiver tempo depois de fazer essas coisas, aí pode ir namorar a srta. Kenney, embora eu ache que ela já está comendo na sua mão.

O pai não foi tão incisivo em relação a Bernie passar mais tempo em casa.

— Ele está apaixonado, Marta. Afrouxe um pouco as rédeas.

— Ele terá muito tempo para galopar atrás de Elizabeth depois que terminar a faculdade. E aí terá alguma coisa para oferecer.

O Pandemônio de Verão fazia tanto sucesso que a mãe organizava uma edição por ano. O que veio logo após o primeiro ano de Bernie na universidade foi o quinto. Ele já havia deixado para trás a caça à narceja, as brincadeiras no canal, em que a água agora lhe batia no umbigo, e o comando do grupo de "molengas da cidade". Trabalhava ao lado do pai nos dias longos e quentes de irrigação e colheita, depois saía com os amigos na bicicleta que a mãe lhe dera no primeiro ano por "manter os garotos na linha".

Hildemara não foi recompensada por ajudar a mãe a cozinhar, limpar e lavar roupa. Ela também cuidava de qualquer necessidade de primeiros socorros, mas com isso não se importava.

Os meninos iam chegando, irmãos mais novos e amigos de amigos. O pai nunca perdia a paciência com os meninos novos.

Hildemara queria muito que a mãe tivesse paciência com ela, mas parecia que só diminuía a cada ano que passava. Marta dava ordens ríspidas e esperava que Hildie adivinhasse o que ela queria antes mesmo de querer. Hildemara procurava agradá-la, mas nunca sabia quando a mãe estava satisfeita – ela nunca lhe dizia nada. Para uma mulher que não tinha papas na língua para nenhuma outra coisa, ela quase nunca dizia o que pensava da filha mais velha. Talvez fosse melhor não dizer.

Hildemara continuou engordando suas economias nos anos de colégio. Assim que Clotilde passou para o colegial, a mãe começou a falar em mandá-la para uma escola de estilismo. Hildemara tinha de ouvir as duas conversando sobre isso durante o jantar. Clotilde estava de olho no Instituto de Artes Otis, e a mãe parecia cogitar ajudá-la com as despesas. Como se isso não fosse bastante sal nas feridas, ela teve de ouvir a mãe incentivando Rikka a passar mais tempo desenhando e pintando para poder ter um portfólio para apresentar ao conselho da Escola de Belas-Artes da Califórnia.

A mãe nunca disse para Cloe ou Rikka arrumarem um emprego e pagarem seus estudos.

1934

Quando a turma de Hildie teve o Dia de Folga, ela fez horas extras na Drogaria Pitt em vez de se divertir com os amigos. Clotilde apareceu para tomar um refrigerante depois da escola e gastou parte da mesada que a mãe agora lhe dava.

– A mamãe vai a Modesto fazer compras. Você devia ir também e escolher alguma coisa para vestir no dia da formatura. Tem boas lojas de vestidos lá.

– Ela não se ofereceu para comprar meu vestido de formatura, e não vou gastar um centavo da minha poupança.

– O que você vai usar?

– O vestido que uso na igreja.

– Aquela coisa velha? Hildie, você não pode fazer isso! Todo mundo vai usar uma roupa nova, especial.

– Ora, eu não vou e não me importo. – Ela não tinha nenhuma intenção de desperdiçar seu dinheiro arduamente ganho num vestido novo. – Não faz mal, Cloe. Cinco minutos depois de eu receber meu diploma, ninguém mais vai lembrar o que eu estava usando.

– E de quem é a culpa? A única coisa que você faz é enfiar a cara nos livros e trabalhar aqui – Clotilde abanou a mão com desprezo.

Aborrecida, Hildemara olhou para a irmã por cima do balcão.

– Quer saber de uma coisa, Cloe? Eu trabalhei todas as horas e todos os dias que pude e mal consegui economizar o suficiente para um ano do curso de enfermagem. *Um ano*, Cloe! E leva *três anos* para se tornar enfermeira. – Ela sentiu as lágrimas se formando, abaixou o rosto e ficou esfregando o balcão até conseguir controlar as emoções. – Bernie, você e Rikki têm tudo de bandeja.

– Você devia conversar com a mamãe. Ela vai ajudá-la.

– Foi a mamãe quem disse que eu tinha de trabalhar para pagar o curso. Ela acha que enfermagem é uma espécie de servidão. – Hildemara balançou a cabeça. – Não posso pedir nada para ela, Cloe. Bernie ainda tem mais dois anos na universidade. Você vai para o Instituto de Artes Otis, e Rikki vai para San Francisco alguns anos depois. O papai e a mamãe não têm tanto dinheiro assim. Não posso pedir nada a ela.

– O que a mamãe sempre diz? Quem não arrisca não petisca.

– Vou me arriscar indo para Oakland e rezar para que Deus me dê o resto de que preciso.

Ela não queria pedir para a mãe porque sabia que a resposta seria não.

– Você é mais teimosa que ela.

Cloe terminou sua Coca e foi embora.

Na noite que antecedeu a formatura, Hildemara chegou em casa exausta e deprimida. Talvez pudesse faltar à cerimônia e pegar o diploma depois. Podia dizer que estava doente. Seria bom dormir o dia inteiro, se a mãe deixasse.

Quando entrou pela porta dos fundos, viu um vestido de organza azul pendurado no pé do beliche. Cloe apareceu na porta da cozinha.

– É para a sua formatura. O que achou?

Hildemara largou a mala com os livros e apertou os lábios trêmulos com as mãos fechadas.

Cloe a empurrou para dentro do quarto.

– Venha, experimente. Mal posso esperar para ver como ficou.

– Onde você arrumou isso?

– Onde você acha? Fui eu que fiz! – Cloe se agitou em volta dela, tirando o suéter da irmã. – Nunca trabalhei tanto em uma peça.

Hildemara ainda não havia tirado completamente o vestido da escola e Cloe já estava lhe enfiando o novo pela cabeça, puxando-o para baixo. Ela apertou de um lado e depois do outro.

– Só precisa de alguns ajustes e ficará perfeito. Estamos há dias trabalhando nele!

– Estamos?

– A mamãe comprou o tecido e eu desenhei o modelo. Nós duas o costuramos. Não haverá nenhum outro igual. – Ela se afastou um pouco, admirando sua obra. – Está fabuloso! – Franziu a testa. – Qual é o problema? Por que está chorando?

Hildemara se sentou na cama de Rikka, pegou o vestido que havia tirado e tentou parar de chorar.

– Você gostou, não gostou? – Cloe parecia preocupada.

Hildemara fez que sim com a cabeça.

– Eu sabia que ia gostar. – Cloe já parecia segura outra vez. – E sabia que você queria um vestido novo para a formatura, mas que preferiria morrer a pedir – e deu risada, satisfeita. – Você disse que as pessoas não se lembrariam de você cinco minutos depois da formatura, mas elas vão se lembrar desse vestido. E algum dia você poderá dizer que foi a primeira modelo de Clotilde Waltert.

Hildie riu e abraçou a irmã.

Quando tentou agradecer à mãe mais tarde, ela fez um gesto com a mão como se não fosse nada.

— Bernhard ganhou um terno novo para a formatura dele. Você precisava de um vestido. Não quero que as pessoas digam que não cuido bem dos meus filhos.

Hildemara não falou mais nada. Quando pôs o vestido no dia seguinte, o pai sorriu e meneou a cabeça em sinal de aprovação.

— Você está linda.

Hildie se virou para ele.

— O vestido é que é lindo.

Ele pôs as mãos nos ombros dela.

— *Você* é linda. Quando atravessar aquele tablado e pegar o seu diploma, dará muito orgulho para sua mãe e para mim. Sua mãe nunca teve essa oportunidade, Hildemara. O pai dela a tirou da escola quando tinha doze anos. Por isso ela faz tanta questão de que todos os filhos estudem. — Ele levantou o queixo da filha. — Não diga a ela que contei que ela não fez o colegial. É uma mágoa muito grande que ela tem.

— A mamãe tem o equivalente a um diploma universitário, papai. Ela fala quatro línguas e administra uma escola todos os verões. Não recebi resposta do Merritt ainda. Talvez fique trabalhando na farmácia dos Pitt e morando em casa o resto da vida.

Isso certamente não agradaria à mãe dela.

— A resposta deve chegar logo, e tenho certeza de que será aquela que você espera.

Uma buzina tocou duas vezes. Ele deu um tapinha no rosto dela.

— É melhor você ir. A mamãe está esperando para levá-la para a cidade.

Hildemara abraçou o pai.

— Ela vai voltar para pegar Cloe e Rikki assim que me deixar lá. Você vai andando para a cidade ou vai de carona com ela mais tarde?

Ele fez uma careta.

— Vou de carro com ela. Que Deus tenha piedade de mim. Não quero perder a formatura da minha filha.

A mãe não disse uma palavra no caminho para a cidade. Hildemara tentou de novo lhe agradecer pelo vestido, mas ela apertou os lábios e balançou a cabeça, sem tirar os olhos da estrada à sua frente.

Quando Hildemara subiu no tablado aquela noite para receber o diploma, com seu novo vestido de organza, olhou para o mar de rostos na plateia. Avistou a mãe, o pai, Clotilde e Rikka sentados na segunda fileira. O pai, Cloe e Rikki bateram palmas e gritaram vivas. A mãe ficou com as mãos juntas no colo, de cabeça baixa, e Hildie não pôde ver seu rosto.

Querida Rosie,

Hildemara Rose se formou no colegial hoje. Quando recebeu o diploma, tive medo de envergonhá-la com minhas lágrimas. Estou muito orgulhosa dela! É a primeira menina do meu lado da família a terminar o colégio.

Se Deus quiser, e se as colheitas forem boas, ela vai continuar a estudar. Eu queria que ela fosse para a universidade, mas está decidida a fazer o curso de enfermagem. Ainda tem o espírito de servir. Sonha em ser a nova Florence Nightingale. Se a Escola de Enfermagem do Hospital Samuel Merritt recusá-la, juro que vou até lá e abro aquelas portas com as próprias mãos.

– Tem uma carta para você em cima da mesa.

A mãe indicou com a cabeça o envelope apoiado num vidro de compota cheio de rosas.

Com o coração aos pulos, Hildie leu o remetente: "Escola de Enfermagem do Hospital Samuel Merritt".

A mãe espiou por cima dos óculos enquanto consertava um macacão do pai.

– Só vai saber o que diz se abrir.

Com as mãos trêmulas, Hildemara pegou uma faca da gaveta e abriu o envelope com todo cuidado. A animação se desfez quando leu. A mãe largou a costura no colo.

– O que é? Eles não querem você?

– Atendo a todas as exigências, menos uma: não tenho dezoito anos.

Ela só faria dezoito em janeiro. Teria de esperar o próximo curso começar, no outono seguinte.

– Você não precisa ter dezoito anos para ir para esse lugar aqui – disse a mãe, tirando outro envelope do bolso do avental e entregando-o para ela.

Já estava aberto. Hildemara leu o impresso em relevo no canto esquerdo.

– Universidade da Califórnia em Berkeley? Mamãe, não posso ir para lá.

– Por que não?

Hildemara teve vontade de chorar de tanta frustração.

– Porque ainda estou economizando para o curso de enfermagem! – e jogou a carta na mesa da cozinha. – Além disso, a universidade não é para alguém como eu.

Ela foi para a porta dos fundos, lutando contra as lágrimas.

A mãe jogou o macacão no chão e se levantou.

– Nunca mais diga uma coisa dessas! Juro que encho você de tapas se fizer isso! – Ela pegou a carta da mesa e a segurou embaixo do nariz de Hildemara. – Você tem cérebro! Você tem notas! Por que não poderia ir para a universidade?

Hildemara chorou, frustrada.

– A anuidade, os livros, a hospedagem em um dormitório e as refeições... Mal economizei para pagar o uniforme e um ano do Merritt. E é para lá que eu quero ir! Depois de seis meses de curso, o hospital começa a me pagar. Terei de economizar cada centavo para pagar o segundo e o terceiro anos!

A mãe balançou o envelope no ar.

– Isto aqui é a Universidade da Califórnia em Berkeley, Hildemara! – ela elevou a voz, frustrada. – Uma *universidade*!

Era óbvio que a mãe não estava prestando atenção.

– É um ano, mamãe, e não terei nada no fim desse ano.

– Nada? O que quer dizer com *nada*? Você terá cursado um ano em uma das melhores universidades do país! – Ela balançou o envelope de novo. – Isso vale mais do que...

A mãe parou de falar e virou de costas.

Hildemara apertou os lábios para não chorar.

– Mais do que três anos do curso de enfermagem, mamãe? É isso, não é?

A mãe cerrou os punhos e socou a mesa da cozinha com tanta força que chegou a quicar no chão. De ombros curvados, xingou duas vezes em alemão.

Pela primeira vez, Hildemara não se acovardou e disse o que pensava.

– Você deixa Cloe e Rikki terem os sonhos delas, mas eu não tenho esse direito, não é, mamãe? Por mais que eu me esforce, nunca vou conseguir satisfazer suas expectativas. Mas agora não me importo mais com isso. Eu quero ser enfermeira, mamãe. – Alguma coisa explodiu dentro dela e ela gritou. – *Enfermeira!*

A mãe esfregou o rosto e bufou.

– Eu sei, mas vai ter de esperar, não vai? Enquanto está esperando, por que desperdiçar seu tempo na farmácia, se pode ir para Berkeley? Até um semestre...

– O dinheiro que eu economizei é para a escola de enfermagem.

– Então eu mando você para lá! Eu pago um ano!

– Já percebi como você gosta dessa ideia. Fique com o seu dinheiro! Gaste com Cloe e Rikka. O Instituto de Artes Otis e a Escola de Belas--Artes da Califórnia devem custar tanto quanto a universidade. E você prometeu a elas.

A mãe olhou para ela furiosa, com os olhos muito brilhantes.

– Jamais lhe ocorreu que eu a ajudaria, não é?

– Você não está oferecendo ajuda, mamãe! Está me mandando para onde *você* gostaria de ir!

Assim que essas palavras lhe saíram da boca, ela percebeu como eram verdadeiras. Estavam estampadas na expressão da mãe.

Marta sentou-se e pôs as mãos no rosto.

– Talvez eu esteja.

Ela deu um longo suspiro e cruzou os braços sobre a mesa.

Hildemara já ia pedir desculpas, mas se conteve. Sentiu uma súbita onda de pena da mãe e puxou uma cadeira para se sentar ao lado dela.

– O que você teria estudado, mamãe?

– *Qualquer* coisa. *Tudo*. – Ela abanou a mão como se espantasse uma mosca. – Mas isso são águas passadas – e olhou de lado para Hildemara. – O que você planeja fazer no ano que vem?

– Trabalhar e economizar.

A mãe curvou os ombros.

– Fui mais dura com você do que com as outras porque achei que devia ser. Bem, finalmente você me enfrentou. Tenho de lhe dar esse crédito.

Ela se levantou e deu as costas para Hildemara. Pegou a costura, sentou-se de novo e recomeçou a costurar o macacão do pai.

Hildemara conseguiu trabalho melhor na Loja de Caminhões Wheeler, na rodovia. O expediente era longo, e ela ganhava boas gorjetas. Quando chegava em casa, muitas vezes encontrava a mãe sentada à mesa escrevendo cartas, ou, às vezes, anotações no diário com capa de couro marrom.

— Como foi seu dia? — a mãe perguntava, sem levantar a cabeça.

— Bom.

Parecia que as duas não tinham nada para dizer uma à outra.

Quando finalmente chegou a hora de Hildemara partir, ela juntou as poucas coisas de que ia precisar e comprou a passagem de trem para Oakland. A mãe fez bife Wellington para o jantar. Hildemara agradeceu aquele banquete na véspera de sua viagem. A mãe sacudiu os ombros.

— Fizemos a mesma coisa para o Bernhard.

Cloe pulou da cadeira assim que o jantar terminou.

— Fique aí, Hildie!

Ela correu para o quarto da frente e voltou com uma pilha de presentes embrulhados, pondo-os na frente da irmã.

— O que é isso tudo?

— O que você acha, sua boba? Seus presentes de despedida!

Clotilde deu um sorriso de orelha a orelha e bateu palmas quando se sentou.

— Abra o meu primeiro! É o maior de todos.

— Mais uma criação de Clotilde?

Hildemara ficou sem ar quando tirou do embrulho um vestido azul-
-marinho de punhos brancos e botões vermelhos. No fundo da caixa, havia um cinto vermelho, sapatos de salto e uma bolsa, também vermelhos.

— Você vai ficar maravilhosa!

O pai deu-lhe uma pequena Bíblia de couro preto com uma fita vermelha.

— Se ler todas as manhãs e à noite, será como se estivéssemos todos juntos aqui na sala, *ja*? Como fazemos desde que você era bebê.

Hildemara deu a volta na mesa e beijou o pai.

Bernie deu cinco dólares para a irmã.

– Devia ter sido para a sua formatura, mas antes tarde do que nunca.

Ele disse que ganhara um bom dinheiro vendendo as mudas enxertadas de limão e laranja para um horto em Sacramento.

– Planejo gastar uma pequena fortuna no anel de noivado da Elizabeth.

– Não roube a cena de sua irmã. – A mãe apontou com a cabeça para os dois presentes que Hildemara ainda não tinha visto. – Tem mais dois para abrir, Hildemara Rose.

Rikka tinha emoldurado um desenho da mãe costurando e do pai lendo a Bíblia. Os olhos de Hildemara se encheram de lágrimas.

– Um dia vou fazer uma pintura a óleo para você, Hildie. Se quiser.

– Quero sim, mas não me peça para devolver este desenho.

O último presente era uma caixa pequena, embrulhada em papel pardo, com um laço de fita vermelha.

– Este é o seu, mamãe?

– Deve ser, já que abriu os de todos os outros.

A mãe juntou as mãos com força na mesa.

Hildemara ficou muda quando abriu.

– É um relógio de bolso com ponteiro de segundos, como aqueles que usam nas corridas – a mãe explicou para os outros.

Hildie olhou para ela através das lágrimas, incapaz de pronunciar uma palavra sequer. Teve vontade de abraçá-la, de beijá-la.

A mãe se levantou de repente.

– Clotilde, tire as caixas e o papel daí. Rikka, você pode ajudar a tirar a mesa esta noite.

Quando Hildie acordou na manhã seguinte, o pai disse que a levaria de carroça até a estação de trem.

– Preciso ir até lá comprar suprimentos de qualquer maneira.

– Onde está a mamãe?

Hildemara queria falar com ela antes de ir embora.

– Dormindo.

– Ela nunca fez isso.

A porta fechada do quarto parecia a muralha de um forte.

O pai ficou na plataforma esperando com Hildie até o trem apitar e o maquinista chamar todos a bordo. Segurou os ombros dela com força e beijou a filha uma vez.

– Um meu – e então beijou a outra face – e um da mamãe.

Ele pegou a mala e deu para ela, com os olhos marejados.

– Que Deus a acompanhe. Não se esqueça de conversar com ele.

– Não vou esquecer, papai – ela disse, com lágrimas no rosto. – Mas não pude agradecer à mamãe. Ontem não consegui falar nada.

– Não precisava dizer nada, Hildemara. – O pai ficou com a voz entrecortada. Acenou e foi embora, falando por cima do ombro. – Agora vá. Seja o orgulho de todos nós!

E saiu da plataforma a passos largos.

Hildemara subiu no trem e encontrou um lugar. O coração deu um pulo quando o trem partiu e começou a avançar lentamente nos trilhos. Ela viu rapidamente o pai sentado na boleia da carroça. Ele secou os olhos e desamarrou as rédeas. Quando soou o apito do trem, Hildemara levantou a mão e acenou. O pai não olhou para trás nem uma vez.

28

1935

A Casa Farrelly das Enfermeiras ficava no terreno do Hospital Samuel Merritt. Hildie ficou olhando para o grandioso prédio de tijolos de quatro andares, em forma de U, que seria seu lar nos próximos três anos. Estava muito animada quando perguntou o caminho para a sala da diretora.

A sra. Kaufman era um palmo mais alta e bem mais encorpada que Hildemara. Usava o cabelo escuro bem curto, vestia um paletó escuro, blusa branca e não usava joias. Ela recebeu Hildemara com um forte aperto de mão e lhe deu uma pilha de roupas.

– Este é seu uniforme, srta. Waltert. Há uma lavanderia aqui. O seu saco de roupa suja tem seu nome bem à mostra? Cuide para não perder nada. Lembre-se de tirar todas as joias e não use perfume.

Ela explicou que pulseiras e anéis eram portadores de bactérias e que perfumes incomodavam os pacientes no ambiente antisséptico do hospital.

– Ainda bem que seu cabelo é curto. Algumas meninas reclamam muito de ter que cortar, mas cabelo curto é mais higiênico e mais fácil de manter limpo sem aquela trabalheira toda. Trate de mantê-lo sempre acima do colarinho. Você tem um relógio de bolso e uma caneta-tinteiro?

– Sim, senhora.

– Ande sempre com os dois no bolso do uniforme. Vai precisar deles.

Ela pegou o telefone.

– Diga para a srta. Boutacoff que a caloura dela chegou.

E, dirigindo-se a Hildemara, explicou:

– *Caloura* é a aluna de enfermagem em período de experiência. Cada aluna nova tem uma irmã mais velha para recebê-la e para responder a todas as dúvidas que possa ter.

Hildemara ouviu o guincho de solas de borracha no piso de linóleo no corredor e viu uma expressão de irritação no rosto da sra. Kaufman.

Uma mulher magra e alta entrou na sala. O cabelo preto encaracolado emoldurava um rosto malicioso, dominado por olhos pretos e sobrancelhas arqueadas.

– Srta. Jasia Boutacoff, esta é sua irmãzinha, srta. Hildemara Waltert. Por favor, trate de ensinar-lhe bons hábitos, srta. Boutacoff. Estão dispensadas.

A sra. Kaufman começou a remexer uma pilha de papéis sobre a mesa. Jasia levou Hildemara pelo corredor.

– Vou mostrar tudo a você. Orientá-la em seu novo ambiente. – Os olhos negros faiscaram. – Vamos – ela fez sinal para Hildie segui-la. – Regra número um. – Jasia se aproximou e sussurrou bem alto. – Nunca contrarie a sra. Kaufman. Eu deveria ter escrito uma carta de boas-vindas para você, mas nunca fui muito de escrever cartas.

Ela estalou a língua e piscou.

Hildie tinha de dar dois passos para cada um de Jasia.

– Lembro-me do meu primeiro dia – disse ela. – Eu estava morrendo de medo. A generala me apavorava.

– Generala?

– Kaufman. É assim que a chamamos. Pelas costas, é claro. De qualquer forma, só fui conhecer minha irmã mais velha na segunda semana. Ela me esqueceu completamente. Ora, ora. Tive de aprender toda a rotina do jeito mais difícil: cometendo erros. Muitos e muitos erros. Não conquistei a generala. Estou contando os dias para receber meu certificado e poder sair das redondezas infernais de Farrelly Hall. Se tiver sorte, conseguirei emprego como enfermeira particular de algum velho solitário e rico, com um pé na cova e o outro numa casca de banana. – Ela deu risada. – Você devia ver a sua cara, Waltert. Estou brincando!

Jasia subiu a escada pulando dois degraus de cada vez. Hildie correu atrás dela.

– Vamos começar no último andar e descer. Aliás, me chame de Boots, mas nunca na frente da generala. Ela esfolaria você viva. Temos de chamar umas às outras de srta. Fulana de Tal. Tudo muito educado e correto. Venha logo! Me acompanhe! Essa vai ser uma excursão relâmpago! – Ela deu risada de novo. – Você está bufando que nem uma locomotiva a vapor.

Boots levou Hildemara de um grande auditório para uma sala de estar, biblioteca, cozinha, duas salas de aula e o laboratório dietético. Hildie tinha de correr para alcançá-la e imaginava se seria tudo assim. O dormitório das enfermeiras ficava no segundo andar. No terceiro, havia uma varanda-dormitório aberta, com catres, e mais um auditório.

– As pessoas vêm e vão por aqui vinte e quatro horas por dia sem parar, mas você vai se acostumar. De qualquer modo, vai levar um tempo para se mudar para cá, se passar pelo período de experiência. Nos primeiros seis meses, todas da equipe farão o possível para expulsá-la, e qualquer uma sem ânimo e dedicação é mandada embora! Você parece meio magra. É melhor botar mais carne nesses ossos. Ah, esqueci de dizer: pode usar o rádio e o piano. Você toca? Não? Droga! Precisamos de alguém aqui para começar um coral.

Boots apontava para um lado e para o outro e não parava de correr.

– Aí dentro tem uma máquina de costura. Nas estantes, uma biblioteca de livros de ficção. Duzentos livros, mas você não vai ter tempo de ler nenhum. Uma revista no banheiro, talvez. Que moleza! Vamos logo! Mexa-se, Waltert! – Ela riu naturalmente, sem ofegar nem um pouco. – Vai precisar aprender a voar, se quiser ser uma boa enfermeira.

Ela desceu a escada muito rápido, de cabeça erguida, sem segurar no corrimão. Admirada, Hildemara foi atrás, num ritmo mais prudente.

Boots ficou esperando-a lá embaixo, então cochichou para ela.

– Como já sabe, a generala fica no primeiro andar, guardando os portões para o mundo lá fora – ela apontou. – Ela tem uma ajudante, a sra.

Bishop – e apontou para outra sala. – Bishop é um amor. Se você se atrasar, ela a põe para dentro sem que ninguém veja. Mas tome cuidado. Não queremos que ela seja demitida. Venha. Agora vamos descer para a Ala das Calouras, ou a Masmorra, como eu chamo.

O corredor estava lotado de alunas novas que procuravam seus quartos.

– Você ficará aqui embaixo, na escuridão, por seis meses, com uma companheira de quarto que, esperamos, seja mais divertida do que a minha – ela deu uma estremecida teatral. – Faça um favor para quem quer que ela seja e mantenha tudo guardado e arrumado. Nessas celas mal temos lugar para mudar de ideia, que dirá para mudar de roupa. – O sapato dela guinchou quando parou de andar. – É aqui que eu deixo você. Este humilde teto é seu novo lar! Aproveite! – e acenou alegremente.

Hildie enfiou a cabeça num quarto com duas camas estreitas e duas cômodas minúsculas.

– Ah, antes que eu me esqueça, o cômodo mais importante do prédio, o banheiro coletivo, fica mais adiante no corredor, à direita. À esquerda fica a minúscula cozinha que terá de dividir com vinte colegas. Mas é claro que haverá menos alunas no fim do mês.

Com essas palavras de estímulo, Boots consultou o relógio de bolso e deu um grito.

– Minha santa! Preciso correr! Meu turno começa em quinze minutos! Um médico bonitinho... – ela levantou e abaixou as sobrancelhas. – Até mais! – Correu para a escada e o sapato guinchou de novo. – Se tiver alguma dúvida ou problema, fale comigo!

Sua voz ecoou no corredor. As meninas enfiaram a cabeça na porta para ver quem estava fazendo todo aquele barulho, mas Boots já havia sumido escada acima.

Hildemara entrou em seu novo lar rindo baixinho. Não era menor que o quarto que dividia com Cloe e Rikka. E ali só teria uma companheira de quarto.

Sorrindo, Hildie tirou da mala o vestido azul-marinho de punhos brancos, o sapato, a bolsa e o cinto vermelhos, e botou tudo na gaveta de baixo da cômoda. Pôs outros dois vestidos na segunda gaveta, com a roupa de baixo. Desdobrou as roupas que a sra. Kaufman havia lhe dado e ficou admirando o vestido listrado azul e branco, de mangas bufantes. Nas dobras da roupa, havia um par de punhos removíveis e um colarinho, duros de tanta goma. Um avental inteiro, meias-calças brancas de seda e sapatos de sola grossa brancos completavam o conjunto. Hildie passou a mão na roupa e seu coração se encheu de orgulho. Não tinha o quepe de enfermeira, ainda não. Teria de conquistá-lo. Mas mesmo assim mal podia esperar para usar o uniforme na manhã seguinte, na primeira aula de orientação.

Keely Sullivan, uma menina ruiva e cheia de sardas, de Nevada, chegou uma hora depois e tirou suas coisas da mala. Nas horas seguintes, Hildie conheceu Tillie Rapp, Charmain Fortier, Agatha Martin e Carol Waller. Todas se apertaram no quarto para contar como e por que tinham resolvido cursar enfermagem. Tillie, como Hildemara, sonhava ser a nova Florence Nightingale, enquanto Agatha queria se casar com um médico rico.

— Você pode ficar com os médicos — disse Charmain, encostada no batente da porta, de braços cruzados. — Meu pai é médico. Prefiro muito mais um fazendeiro. Os fazendeiros ficam em casa!

— Fazendeiros são sem graça!

— O quê? — Hildemara fingiu se ofender. — Meu irmão é fazendeiro. Um metro e oitenta e cinco, louro de olhos azuis, astro de futebol americano, basquete e beisebol no nosso colégio. Está no último ano da faculdade agora.

Os olhos de Charmain brilharam.

— Quando é que vou conhecê-lo?

— Posso levá-la ao casamento dele. Ele vai se casar com a minha melhor amiga.

Todas deram risada. Continuaram conversando no jantar na cantina e até bem depois de escurecer, empolgadas demais para dormir.

— Apaguem as luzes, senhoritas! — gritou Bishop do corredor. — Vão ter de acordar cedo amanhã!

Um pouco depois da meia-noite, a última menina saiu de fininho do quarto de Hildemara e Keely. Hildemara botou as mãos atrás da cabeça e sorriu no escuro. Pela primeira vez na vida, sentia-se completa e absolutamente em casa.

Tudo aconteceu muito depressa nos primeiros meses. Hildie levantava-se às cinco da manhã, entrava na fila para tomar uma ducha e ter algum tempo diante do espelho ou na pia. Precisava estar no hospital às seis e meia, pronta para a inspeção do uniforme às sete. Depois disso, ajudava a levar as bandejas com o café da manhã dos pacientes e tinha aula de como arrumar a cama: lençóis dobrados em ângulos retos e tão esticados que se podia fazer uma moeda quicar em cima.

Hildemara e as outras calouras seguiam a generala feito patinhas pelos corredores do hospital. Paravam para ser apresentadas aos pacientes e aprendiam várias técnicas importantes: medir e anotar temperatura e pulso, trocar curativos, dar banho no leito e fazer massagens. Hildemara viu um homem nu pela primeira vez e sentiu o rosto queimar. A sra. Kaufman se aproximou quando Hildie saía do quarto em fila com as outras alunas.

– Você vai superar esse constrangimento logo, logo, srta. Waltert.

No fim da primeira semana, Hildemara foi designada para uma ala específica e se apresentou à enfermeira que lhe daria as aulas dali por diante e escreveria um relatório diário de seu progresso para a sra. Kaufman. Bem na hora em que achava que tinha conquistado certa simpatia da enfermeira, Hildie era encaminhada a outra.

Depois do almoço na cantina, Hildemara assistia às aulas da generala ou de vários médicos. No início eram aulas de ética, anatomia e bacteriologia, depois de história da enfermagem, matéria médica e dietética. Muitas vezes sentia o bafo quente da generala na nuca e temia ser rejeitada.

– Não chamamos de Mês Infernal à toa. – Boots levantou a caneca de chocolate quente como um brinde. – Parabéns por ter passado por isso.

Apesar de chamarem umas às outras pelo nome correto no horário de trabalho, Boots era Boots em todos os outros momentos. Ela inventou apelidos para todas. Tillie virou Covinhas; Charmain, Betty Boop; Keely virou Ruiva. Agatha, com seus seios volumosos, passou a ser Pomba, e Boots resolveu chamar Hildie de Flo, por causa de Florence Nightingale.

As coisas não ficaram mais fáceis à medida que os dias se passavam, mas Hildemara entrou na rotina. Levantava-se antes do nascer do sol, tomava uma ducha, vestia-se, tomava café da manhã, cantava e rezava na capela da sala de recreação, passava pela inspeção de uniforme, ficava quatro horas na enfermaria, tinha meia hora de intervalo para o almoço na cantina – às vezes passava essa meia hora de pé na fila, e o resultado era que ficava com fome –, outras quatro horas atendendo os pacientes, uma ducha demorada com xampu para se desinfetar antes do jantar, aula até as nove, estudo até as onze e caía na cama bem na hora em que a sra. Bishop gritava: "Hora de apagar as luzes, senhoritas!"

Ela rezava sempre. *Deus, ajude-me a enfrentar isso. Deus, permita que eu não fique vermelha, para não constranger este jovem durante o banho de esponja. Deus, ajude-me a passar na prova. Deus, não permita que eu seja expulsa! Prefiro me matar a ir para casa com o rabo entre as pernas e ter meu sonho despedaçado! Por favor, por favor, por favor, Senhor, me ajude!*

– Srta. Sullivan! – a voz da generala ecoou do corredor. – Aonde pensa que vai a essa hora da noite?

Ouviu-se uma resposta abafada. Hildemara mal tinha levantado a cabeça do livro que estava estudando enquanto Keely se enfeitava para encontrar um jovem estudante de medicina.

– Calouras não namoram, srta. Sullivan! Pare de pensar em homens e pense na enfermagem.

Mais palavras abafadas de Keely.

– Não me importa se marcou um encontro com o apóstolo Paulo! Se sair desta residência sem permissão, pode levar suas coisas junto, porque não vai mais poder entrar. Está me ouvindo?

Todas na Ala das Calouras ouviram a generala.

Keely voltou para o quarto, bateu a porta e se afundou na cama, aos prantos.

– Estou farta dessa supervigilância! Eu tinha um encontro com Atwood esta noite.

– Atwood?

– É aquele interno bonitinho da ala de obstetrícia por quem todas nos apaixonamos. Bem, todas menos você, eu acho. Ele vai pensar que dei o bolo nele!

– Explique para ele amanhã.

Hildemara estava cansada demais para se preocupar com isso, então pôs o livro na cômoda, virou de lado e adormeceu. Sonhou com suturas, facas, instrumentos e com um médico frustrado, parado ao lado de um paciente inconsciente e gritando para ela: "Ele ainda nem está depilado e pronto!"

O tempo todo, ela trabalhava e repassava os detalhes de procedimentos como irrigação de traqueia, enema de bário, instilação de solução salina gota a gota por sonda retal, fazendo relatórios concisos e adequados dos casos. Boots a chamava de burro de carga.

– Você está pálida, Flo. Eu não disse que você devia engordar um pouco? Vá com mais calma, senão acabará doente.

Ela pôs o braço no ombro de Hildie a caminho do hospital.

– Srta. Waltert – bafejou a generala no ouvido dela.

Hildemara levantou a cabeça de estalo e ficou vermelha, mas ninguém riu. Estavam todas sentadas, já um pouco exaustas, procurando manter os olhos abertos e a atenção concentrada na história da medicina narrada pelo dr. Herod Bria, cuja voz monótona soava como um zumbido constante. Hildie olhou disfarçadamente para o relógio de bolso e gemeu baixinho. Nove e quinze. O velho Bria já devia ter terminado sua aula torturante e enrolada há quinze minutos, mas continuava embalado, consultando uma pilha de anotações que ainda tinha de apresentar.

Ela ouviu um grito abafado quando a generala beliscou Keely. O barulho fez o dr. Bria olhar para o relógio na parede, em vez de para seu monte de anotações.

– Já chega por hoje, moças. Perdoem-me por ter passado da hora. Obrigado pela atenção.

Todas se apressaram e passaram espremidas pela porta. Boots, que era notívaga, esperava no quarto de Hildemara para saber como tinha sido seu dia. Hildie suspirou e a empurrou para o lado para poder se esticar na cama.

– E olha que eu costumava adorar história da enfermagem...

Keely pegou a escova e a pasta de dentes.

– Aquele velho esquisito adora ouvir a própria voz! – e desapareceu no corredor.

Boots deu um sorriso felino para Hildie e ronronou.

– Talvez o nosso amado dr. Bria esteja precisando de uma lição de pontualidade.

Na noite seguinte, Hildemara se esforçou para ficar acordada e atenta, e o dr. Bria deu aula até o alarme soar tão alto que todas as alunas pularam nas cadeiras. O sino estridente continuou a tocar quando a generala atravessou furiosa a sala, arrancou o pano que cobria John Bones, o esqueleto humano pendurado, e tentou tirar o relógio despertador da bacia dele. Ossos chacoalhavam e batiam enquanto o esqueleto dançava.

As meninas apertaram os lábios, os músculos chegaram a doer de tanto que se controlavam, mas ninguém deu risada quando a generala ergueu o relógio e rosnou.

– Quem fez isso?

Todas olharam em volta e balançaram a cabeça. A generala marchou por uma fila e voltou pela outra, analisando cada rosto à procura de sinais.

– Sinto muito, dr. Bria. Que falta de educação...

– Está tudo bem, sra. Kaufman. São *mesmo* nove horas.

A sra. Kaufman liberou a turma e ficou parada na porta, observando cada uma que passava. Hildie desceu correndo, voou pelo corredor da Ala das Calouras e as solas de borracha guincharam quando parou na porta do quarto.

Boots estava recostada na cama dela.

– Ah, a aula terminou na hora hoje – e deu risada.

– Foi *você*.

Ela olhou para Hildie ofendida e com cara de surpresa.

– Acha que eu faria uma coisa dessas?

Hildemara fechou a porta rapidamente, antes de começar a rir.

– Não conheço mais ninguém por aqui que faria uma brincadeira como essa.

Keely entrou e também fechou a porta depressa.

– *Psiu!* A generala está parada no pé da escada.

Boots suspirou.

– Ai, ai! Minha batata está assando.

Ficaram surpresas de ouvir uma profunda gargalhada, que acabou logo, como se alguém subisse correndo a escada.

– Ora, quem diria? – disse Boots, com a voz arrastada. – E eu que pensei que a cara da generala racharia se ela sorrisse uma vez na vida.

– É bom ter compaixão, srta. Waltert, mas você deve manter uma distância profissional – disse a sra. Standish diante da porta fechada do quarto de um paciente. – Senão não vai resistir.

Ela apertou o braço de Hildie e seguiu pelo corredor.

Até Boots lhe avisara para não se apegar demais aos pacientes.

– Alguns vão morrer, Flo, e, se você se deixar envolver demais, vai ficar sempre com o coração partido. E assim não vai conseguir ser uma boa enfermeira, querida.

Hildemara tentava manter distância, mas sabia que seus pacientes tinham outras necessidades além das físicas, especialmente aqueles que já estavam no hospital há mais de uma semana sem receber visitas.

Ela sentiu o olhar quente do sr. Franklin enquanto trocava os lençóis sujos dele.

– Bela maneira de tratar um velho. Enchem-no de óleo de rícino e depois o prendem aqui.

– Era isso ou deixar seu encanamento entupido.

Surpreendentemente, ele deu risada.

– Bom, do meu ponto de vista, você ficou com a pior parte do negócio.

Boots trabalhou numa ala com ela.

– Verifique o sr. Howard no 2B, Flo. Ele gosta de cutucar fiapos, está sempre mexendo nos curativos.

Dali, Boots pediu que ela conferisse os sinais vitais do sr. Littlefield.

– Anime-o um pouco. Ele se recusa obstinadamente a melhorar.

Quando Hildie se apresentou para trabalhar na manhã seguinte, Boots disse que ela tinha de se apresentar a um paciente num quarto particular.

– Ele está aqui há uma semana. Uma cara nova talvez o alegre.

– Qual é o histórico dele?

– É médico e não gosta das regras do hospital.

Hildie ficou boquiaberta quando encontrou seu paciente perto da janela, completamente nu, grunhindo e xingando, tentando abri-la.

– Precisa de ajuda, dr. Turner?

– Como é que se consegue um pouco de ar aqui?

– A enfermeira abre a janela assim que o paciente volta para a cama. – Ela passou por ele e conseguiu abrir um pouco a janela. – Que tal?

Então verificou seus sinais vitais, anotou-os no prontuário e saiu para pegar a bandeja com o almoço.

– Bolo de carne! – ele gemeu em voz alta. – O que eu não daria por um bife com batatas!

Ela voltou para pegar a bandeja e encontrou cascas de amendoim pelo chão e um saco meio cheio deles na mesinha ao lado. Limpou tudo enquanto ele cochilava.

Na manhã seguinte, ela lhe deu banho na cama e trocou os lençóis. Ele se agarrou à grade.

– Está tentando me jogar de cabeça no chão?

– Andei pensando nisso.

Ele deu risada por cima do ombro.

– Vou cooperar mais amanhã.

E cooperou mesmo. Ele se sentou com o tornozelo apoiado no joelho enquanto Hildie tirava rapidamente a roupa de cama.

– O que está acontecendo, srta. Waltert? – era a generala parada na porta.

O dr. Turner abaixou o pé, batendo-o com força no chão.

– É assim que faz a cama? Pondo um pobre doente sentado, pegando vento?

– Ele quis assim, senhora.

– Ora, não é ele quem resolve isso. Não queremos que o senhor pegue uma pneumonia, não é, dr. Turner? Volte para a cama! – Ela olhou furiosa para Hildie antes de sair do quarto. – Volto daqui a alguns minutos para verificar.

Hildemara rolou o dr. Turner para um lado, depois para o outro, para puxar os lençóis bem esticados e prendê-los bem. Quando a sra. Kaufman voltou, ele estava de costas, com as mãos postas sobre o peito feito um defunto num caixão e um brilho animado demais nos olhos, que fechou quando a generala se aproximou.

– Muito bom, srta. Waltert. Tenha um bom dia, dr. Turner.

Quando ela saiu do quarto, Hildie respirou de novo.

– Espie o corredor – sussurrou o dr. Turner. – Avise-me quando ela desaparecer.

Hildie enfiou a cabeça na porta, viu a generala seguir a passos largos pelo corredor, parar rapidamente na sala das enfermeiras e ir para a escada.

– Ela já foi. – Hildie ouviu uma barulheira e virou para ver o que era. – O que o senhor está fazendo?

O dr. Turner esperneou até soltar os lençóis que ela tinha prendido com tanto cuidado.

– Ahhhh... Muito, muito melhor – e sorriu de orelha a orelha para ela.

Ela teve vontade de sufocá-lo com o travesseiro ou de bater na cabeça dele com o saco de amendoins que alguém havia levado escondido.

– Deviam ter uma ala especial para os médicos! Com algemas!

Ela ouviu a risada dele quando saiu pelo corredor.

– O doutor foi embora. Pode ficar com a srta. Fullbright agora. Ela está naquele lado do corredor, à esquerda.

Outra paciente em quarto particular que não parecia nada doente. Hildemara levava-lhe a bandeja com as refeições e preparava-lhe o banho. A srta. Fullbright tomava um banho demorado sem a ajuda de ninguém todas as manhãs, enquanto Hildie trocava a roupa de cama. A mulher lia sem parar, ao som de um rádio que tocava música clássica na mesa de cabeceira. O único remédio que tomava era uma aspirina por dia, dose infantil.

No quinto dia, Hildie a encontrou vestida, fazendo a mala.

– Estou muito feliz que seus exames estejam em ordem, srta. Fullbright.

– Exames? – ela riu. – Ah, aquilo – e dobrou um vestido de seda, botando-o na mala. – Apenas exames de rotina, não tenho nenhuma queixa. Sou saudável como um cavalo – e deu uma risadinha. – Não se espante tanto. Sou enfermeira também. Na verdade, enfermeira-chefe. Não neste hospital, é claro. Não teria nenhuma privacidade. – Ela deu três romances para Hildie. – Pode colocá-los na biblioteca das enfermeiras. Já os li – ela sorriu. – É simples, srta. Waltert. Trabalho duro o ano inteiro, supervisiono uma equipe de alunas de enfermagem, como você. Preciso me afastar e tirar umas férias de vez em quando. Então, a cada poucos anos, ligo para a minha amiga e fico internada aqui uma semana, faço um *checkup* de rotina e descanso bastante, com serviço de quarto enquanto isso.

Serviço de quarto? Hildie se lembrou do comentário da mãe sobre as enfermeiras não passarem de criadas.

– Nenhum dos meus amigos sabe onde estou, e assim consigo ler pelo simples prazer de ler.

Ela fechou a mala, prendendo os fechos.

– Não se esqueça do seu rádio.

– É da minha amiga. Ela vem pegar mais tarde.

A srta. Fullbright tirou a mala da cama e a carregou com facilidade.

– Você foi muito eficiente, srta. Waltert. Henny vai ficar satisfeita com o meu relatório.

– Henny?

– Heneka e eu somos amigas há séculos. – Ela chegou mais perto e cochichou. – Acho que você e as outras calouras a chamam de generala.

E saiu do quarto rindo.

29

1936

O período de experiência de seis meses foi extenuante e sofrido. Keely Sullivan foi expulsa quando a sra. Kaufman a pegou saindo escondida para outro encontro. Charmain Fortier descobriu que não suportava ver sangue. Tillie Rapp resolveu voltar para casa e se casar com o namorado. Quando chegou a hora da cerimônia, em que receberiam o quepe de enfermeira, só restavam quinze das vinte e duas que haviam chegado com tantas esperanças. A sra. Kaufman informou a Hildemara que ela seguiria na frente da procissão, como a Dama da Lâmpada, Florence Nightingale, a mãe das enfermeiras.

– Eu sabia que você conseguiria, Flo!

Boots prendeu o quepe de enfermeira na cabeça de Hildie e a ajudou a vestir a tão cobiçada capa azul-marinho com bordas vermelhas e a insígnia HSM em vermelho na gola chinesa.

– Estou muito orgulhosa de você! – Ela beijou Hildemara. – Mantenha essa luz bem alta.

As outras alunas de enfermagem tinham amigos e familiares na plateia.

– Onde está sua família? – Boots olhou em volta. – Quero conhecer aquele seu irmão bonitão.

— Eles não puderam vir.

Todos deram desculpas convenientes. A mãe disse que sairia muito caro para a família inteira ir de trem. O pai tinha trabalho demais e não podia largar a fazenda. A mãe tinha de fazer o planejamento do Pandemônio de Verão. As meninas nem se incomodaram, e Bernie e Elizabeth estavam planejando o casamento. Aquela cerimônia não era exatamente a formatura, não é? Era só o fim do período de experiência, certo? Nada muito importante. Não para eles, de qualquer maneira.

Cloe escreveu para ela.

O pessoal quer saber quando você vem para casa. Estamos com saudade. Não a vemos desde o Natal.

Hildemara respondeu.

Ninguém sentiu tanta saudade assim, já que não vieram para a cerimônia do quepe...

O pai escreveu um recado.

Suas palavras machucam, Hildemara. Você realmente nos condena assim? Sua mãe trabalha duro. Eu não posso sair do sítio. Venha para casa quando puder. Sentimos muito a sua falta.

Com amor, papai

Cheia de culpa, Hildemara finalmente foi passar um fim de semana em casa. A última pessoa que esperava encontrar na estação de ônibus de Murietta era a mãe. Ela fechou o livro que estava lendo e se levantou quando Hildie desceu os degraus.

— Ora, ora, então aqui está a grande Dama da Lâmpada.

Aquilo era desprezo ou despeito da mãe?

— Foi uma honra, mamãe, ser a primeira da turma.

Hildie carregou a mala até o carro sem olhar para trás. Pôs a mala no banco de trás, sentou-se no da frente, cerrou os dentes e jurou que não diria mais nem uma palavra. Mágoa e raiva ferviam dentro dela, ameaçando transbordar e estragar o pouco tempo que passaria em casa.

A mãe entrou no carro e ligou o motor. Foi a viagem toda sem dizer nada. Entrou na propriedade, e Hildie quebrou o silêncio.

– Estou vendo que têm um trator novo.

A mãe estacionou o carro e o único sinal que deu de ter ouvido o que Hildemara disse foi um retesamento do maxilar. Hildie desceu, pegou a mala e bateu a porta. A caminho da porta dos fundos, notou coisas que nunca tinha visto antes. A casa precisava de pintura. O rasgo na porta de tela havia aumentado, deixando passar moscas. O telhado sobre a varanda dos quartos fora remendado.

Cloe escancarou a porta e saiu correndo.

– Espere só até ver o seu quarto!

O beliche fora substituído por duas camas de solteiro, cobertas com mantas coloridas. Entre elas, havia uma cômoda embutida de quatro gavetas, sobre a qual repousava um lampião de latão, a querosene. Hildie estava tão acostumada com a luz elétrica que tinha esquecido que a varanda nunca tivera fiação.

– O que você acha? Não é maravilhoso?

Depois de viver naquele ambiente asséptico de Farrelly Hall e nos corredores polidos do hospital, Hildemara notou as paredes inacabadas e sem pintura, as madeiras encardidas e o chão com areia. Pensou em alguma coisa para dizer.

– Quem fez as mantas?

– Eu. Mamãe comprou o tecido, é claro.

– É claro.

Então Hildie entendeu. Não havia lugar para ela.

– Onde eu vou dormir?

– No sofá da sala de estar. – A mãe passou por ela e parou na porta da cozinha. – A vida não para, você sabe. Agora que você tem vida própria, não tem por que não nos espalharmos um pouco e aproveitarmos o espaço extra por aqui, não acha? Não há lei que impeça suas irmãs de terem o mesmo conforto que você tem naquele grandioso prédio de tijolos sobre o qual escreveu – declarou e bateu a porta atrás de si.

Hildemara desejou ter ficado em Oakland. A mãe tinha conseguido fazer com que ela se sentisse pequena e mesquinha.

– Está lindo, Cloe – disse, tentando conter as lágrimas. – Você fez um belo trabalho nessas mantas.

Diferentes daquela velha coberta que Hildemara usava, essas cobriam a cama toda. Cloe e Rikka não teriam de se encolher para aquecer os pés.

– Onde está o papai?

– Ajudando os Musashi. A bomba deles quebrou de novo.

Hildie reuniu coragem, foi para a sala e se sentou no sofá cheio de calombos. Tudo parecia igual, mas agora ela via as coisas com outros olhos. Para todo canto que olhava, via lugares propícios ao desenvolvimento de bactérias. Uma mancha de comida no sofá, madeiras sem acabamento, marcas de terra trazida do campo e do celeiro, certamente cheia de estrume, o linóleo descascando num canto da cozinha, as pilhas de jornais, a cortina manchada e desbotada pelo sol, o gato dormindo no meio da mesa da cozinha, onde todos comiam.

Se Hildie havia aprendido uma coisa nos últimos meses, era que o que as pessoas não conheciam podia fazer mal a elas.

O pai entrou pela porta da frente.

– Vi a mamãe chegar de carro.

Hildie correu para ele e deu-lhe um abraço bem forte.

– Hildemara Rose – ele disse com a voz embargada. – Como você cresceu!

Ele cheirava a esterco de cavalo, graxa de motor, poeira e transpiração saudável. Hildie chorou de prazer ao ver aquele rosto sorridente.

– Preciso voltar para o trabalho, mas queria lhe dar as boas-vindas em casa.

– Eu vou com você.

Hildie seguiu o pai até o outro lado da estrada e acenou para as meninas Musashi, que trabalhavam no campo. Enquanto o pai trabalhava na bomba, ela lhe contou sobre as aulas que tinha, sobre os pacientes, os médicos, as meninas.

Ele riu da brincadeira de Boots com o esqueleto.

– Você parece feliz, Hildemara.

– Nunca fui tão feliz, papai! Estou no lugar que Deus escolheu para mim.

– Vou acabar aqui num minuto. Por que não vai ajudar sua mãe?

A mãe dispensou a ajuda dela.

– Deixe que eu faço sozinha. Assim é muito mais rápido.

Cloe tinha de estudar. Rikka saíra para algum lugar, para fazer um novo desenho. Bernie estava na cidade com Elizabeth. Hildie sentou-se no sofá e leu uma das velhas revistas de cinema da coleção de Cloe. Tinha várias páginas arrancadas. Ela largou a revista e pegou outra. A mesma coisa. Recolheu todas as revistas velhas e levou-as para queimar na fossa que Bernie cavara no ano anterior. Gatos perambulavam por toda parte. Será que ainda se alimentavam dos ratos do celeiro? Ou será que a mãe lhes dava o leite excedente da vaca que tinha acrescentado ao rebanho?

Hildie entrou de novo para fugir do calor. Sentia falta do vento fresco que soprava do mar pela baía de San Francisco. Não ficou à vontade sentada na sala de estar enquanto a mãe trabalhava na cozinha, de costas retas, com as mãos agitadas cumprindo as tarefas. Hildie não sabia o que dizer. Silêncio e inatividade lhe davam nos nervos.

– Posso pôr a mesa?
– Por favor!

Hildie abriu o armário e tirou os pratos.

– Esse prato devia ir para o lixo.
– Por quê? O que há de errado com ele?
– Está rachado.
– E daí?
– Rachaduras são viveiros de germes, mamãe.
– Ponha-o de volta no armário se não serve para você.

Zangada, Hildie pegou o prato, saiu pela porta dos fundos e o jogou na fossa do lixo.

Quando voltou, a mãe olhou furiosa para ela.

– Está satisfeita agora, Hildemara?
– Pelo menos ninguém vai ficar doente.
– Nós comemos naquele prato por dez anos e ninguém ficou doente!

Bernie chegou em casa e abraçou Hildemara.

– Não vou ficar para o jantar, mamãe. Vou levar Elizabeth ao cinema. – Ele se virou para Hildie. – Quer vir conosco?

Ela ficou muito tentada a aceitar.

– Vou ficar aqui só dois dias, Bernie. Gostaria de passá-los com toda a família. Diga oi para a Elizabeth por mim. Quem sabe da próxima vez.

Todos conversaram durante o jantar, menos a mãe. Cloe falou por duas, e Rikka queria saber do curso de enfermagem. Hildie contou a elas sobre a cerimônia do quepe e o uniforme novo. Não falou nada de ter sido a Dama da Lâmpada nem a primeira da turma. Esperou que a mãe dissesse alguma coisa, mas ela não disse.

Hildie ficou acordada na cama a maior parte da noite, olhando para o teto. Quando finalmente adormeceu, a mãe entrou na cozinha e acendeu um lampião. Ela deixou o pavio curto e andou na ponta dos pés, encheu o bule de café, fez pãezinhos, bateu ovos. O pai apareceu, puxando os suspensórios. Eles cochicharam em alemão. Hildemara ficou de olhos fechados, fingindo que estava dormindo. Assim que os dois terminaram de tomar o café da manhã, saíram para cumprir seus afazeres. Que bom que a mãe deixava Cloe e Rikka dormirem até mais tarde. Hildie nunca teve esse privilégio.

Ela se vestiu, acendeu o fogo no forno a lenha e esquentou uma panela grande de água. Comeu um pãozinho e tomou café enquanto esperava a água ferver. Encheu um balde de água quente, pegou uma barra de sabão e um esfregão, ficou de joelhos e começou a esfregar o linóleo.

– O que você pensa que está fazendo?

A mãe estava parada atrás dela, segurando um balde de leite.

– Ajudando, espero.

Hildie torceu uma água marrom do esfregão. Teria de ficar esfregando uma semana para deixar aquele chão limpo. Fez uma careta só de pensar em quantos germes tinham sido trazidos pelas botas de trabalho do pai.

A mãe derramou leite quando bateu com o balde na mesa.

– Passamos dois dias limpando esta casa para a sua visita! Sinto muito que não seja o bastante para você!

Hildie não sabia se pedia desculpas ou se agradecia, e resolveu que nem uma coisa nem outra adiantaria.

– É isso que você aprende no curso de enfermagem? Como esfregar o chão?

Irritada com o desprezo da mãe, Hildie se sentou nos calcanhares.

– E lavar comadres, mamãe. Não se esqueça disso.

– Levante-se daí!

Hildie levantou, pegou o balde com água suja e saiu pela porta dos fundos. Bateu a porta de tela e jogou a água sobre o canteiro de flores da mãe. Jogou o balde num canto e saiu para andar, uma longa caminhada até o Grand Junction, onde se sentou e ficou observando, hipnotizada, o fluxo da água. Como era possível amar a mãe e odiá-la ao mesmo tempo?

Quando voltou, a casa estava deserta. Encontrou o pai no celeiro afiando uma enxada. O ruído forte e agudo do metal contra a pedra combinou com o que Hildie sentia. Quando o pai a viu, ele parou.

– Você não foi ao cinema com a mamãe e as meninas.

– Não fui convidada.

Ele balançou a cabeça e largou a enxada.

– Elas queriam que você fosse.

– Como eu podia adivinhar, papai?

Ele franziu a testa.

– Sinto muito ninguém ter ido à sua cerimônia do quepe, Hildemara. Mas vamos à sua formatura.

O velho Babo acordou e latiu quando o carro da mãe entrou na fazenda. Bernie estava dirigindo; Cloe e Rikka, histéricas de tanto rir quando pararam. Todos desceram. Mesmo a mãe sorria, até ver Hildie sentada num fardo de feno no celeiro.

– Onde foi que você se meteu?

– Fui até o Grand Junction.

– Você perdeu um bom filme.

A mãe foi em direção à casa.

– Eu teria ido se tivesse sido convidada!

– Você teria sido convidada se estivesse em casa.

O pai bufou e balançou a cabeça.

Hildemara foi para a casa. Tinha arrumado o quarto de Cloe e Rikka mais cedo. Quando entrou pela porta de trás, levantou a ponta de uma das mantas.

– Fiz a cama com cantos quadrados. É assim que fazemos no hospital. Fica tudo bem preso desse jeito. E fica bonito e arrumado, não fica?

Rikka se jogou na cama, deitada com os braços atrás da cabeça.

– A mamãe acha que você está importante demais para nós agora.

— Ela disse isso?

— Ela disse que você não quis botar um prato rachado na mesa. Disse que você jogou fora um dos pratos mais bonitos dela porque achou que não servia para você comer nele.

— Eu não queria que ninguém da família comesse num prato rachado. Rachaduras são terreno fértil para germes.

— O que são germes? — Rikka sacudiu os ombros.

— São organismos vivos tão pequenos que a gente não vê, mas grandes o suficiente para nos deixar muito, muito doentes. Vi pacientes com diarreia, vômito, febre e calafrios...

— Fique quieta! — sibilou Cloe. — Você já feriu os sentimentos da mamãe o bastante por hoje.

— E nunca passou pela cabeça de vocês que os meus sentimentos poderiam ficar feridos quando ninguém apareceu para a minha cerimônia do quepe?

— Não é uma formatura!

— Era importante para mim.

— Você só fez implicar desde que chegou em casa.

— Do que você está falando, Cloe?

— Ontem à noite, no jantar, você reclamou da conserva da mamãe!

Havia mofo crescendo na superfície da geleia de marmelo. Ao ver que Hildie não tocou nela, a mãe quis saber por que não era mais sua geleia favorita. Hildie disse por quê. A mãe raspou o mofo e pôs o vidro na mesa de novo.

— Pronto. Que tal, srta. Nightingale?

Hildie quis explicar.

— Você nunca viu alguém envenenado por comida.

Cloe fez cara feia.

— Como se o que a mamãe cozinha pudesse fazer alguém adoecer!

A mãe apareceu na porta.

— O que vocês duas estão discutindo?

— Nada — Hildie e Cloe responderam juntas.

— Bem, guardem esse *nada* para vocês!

Ela olhou furiosa para Hildemara e saiu pela porta de trás com um cesto de roupa suja. Hildemara sabia que a mãe ouvira tudo.

Hildie ficou praticamente sem falar o resto do tempo que passou em casa. Foi à igreja com a família e sentou-se ao lado de Elizabeth e Bernie. Voltou andando para casa com o pai.

– Parece que tem muita coisa aí na sua cabeça, Hildemara.

– Coisa demais, não dá para falar.

– Eu sei como é isso.

A mãe levou Hildemara de carro para a estação de ônibus. Hildie estava nervosa, com sentimento de culpa.

– Sinto muito, mamãe. Não pretendi insultar sua cozinha, nem seu trabalho em casa, nem...

– Sinto muito, sinto muito, sinto muito!

A mãe pisou mais fundo no acelerador.

Hildemara quase disse que sentia muito de novo, mas mordeu a língua.

– É difícil acabar com velhos hábitos.

A mãe tirou o pé do acelerador.

– O mundo é sujo, Hildemara Rose. Nunca será limpo e arrumado como você quer que seja. Vai ter de encontrar um jeito de conviver com isso.

Hildie endireitou as costas, piscou para evitar as lágrimas, ficou espiando pela janela os vinhedos e pomares passarem voando. Estava sentada a meio metro da mãe e sentia que havia um milhão de quilômetros entre elas.

A mãe estacionou perto da estação rodoviária e ficou com as mãos na direção, com o motor em ponto morto.

– Você vem passar a Páscoa em casa?

– Você gostaria que eu viesse?

– O que você acha?

Hildie achava que a mãe preferiria que ela ficasse em Oakland.

30

Agora que o período de experiência havia terminado, Hildemara mudara para o andar mais alto do dormitório das alunas. Sua nova acomodação consistia em dois quartos, com quatro alunas dormindo em cada um, separados por um banheiro com uma privada, uma pia e uma banheira.

– Que paraíso!

Ela mal teve tempo de conhecer suas novas colegas de quarto. Uma delas foi embora depois de um mês, arrumou suas coisas e desapareceu discretamente depois de um turno da noite.

As semanas se passavam na agitação de turnos de oito horas de trabalho, palestras de médicos, aulas e provas. Quando Hildie ficou com a garganta inflamada, a sra. Kaufman internou-a no hospital para fazer uma amigdalectomia. Isso deu a Hildie a desculpa de que precisava para não ir para casa na Páscoa.

Depois de recuperada, ordenaram-lhe que fosse trabalhar com a sra. Jones na enfermaria geral.

– Ela é um burro de carga – disse Boots. – Velha como Matusalém. Serviu na Grande Guerra e deve conhecer mais de medicina do que metade dos médicos deste hospital, mas estou avisando: Jones vai querer que você se ocupe o tempo todo. Quando terminar seus afazeres, procure alguma coisa para fazer para ajudar, senão ela vai arrancar sua pele, fritá-la, assá-la e comê-la viva no café da manhã. Ou no almoço. O que vier primeiro!

Hildie encontrava costas para esfregar, travesseiros para afofar, comadres para lavar, armários para limpar, roupas de cama para organizar.

Chegou um novo paciente, que apertou a campainha poucos minutos depois. Hildie o atendeu correndo. Ele abanava a mão freneticamente.

– Uma bacia.

Ela a segurou enquanto o homem tossiu violentamente, engasgou e cuspiu. Depois caiu de novo na cama.

– Estou muito cansado desta tosse.

O peito dele chiou. Estava muito pálido. Hildie fez uma anotação no prontuário do sr. Douglas.

Outro paciente tocou a campainha, e Hildemara o ajudou com a comadre. Quando levava o recipiente para o lavatório, Jones apareceu.

– Deixe-me ver isso.

Chocada, Hildemara deu a comadre para ela, imaginando por que alguém ia querer ver aquela porcaria. Como se não bastasse, Jones a ergueu até perto do rosto e a cheirou.

– Para mim isso está com cheiro de febre tifoide – disse, preocupada. – Vamos mandar uma amostra disso para o laboratório.

– Não precisamos da ordem de um médico?

– Ele não está aqui agora, está? Vou preencher o pedido para o laboratório. Vamos levar logo, antes que ele possa criar caso por causa disso.

A sra. Jones levou a amostra pessoalmente para o laboratório.

O médico entrou furioso na enfermaria e perguntou quem ela pensava que era para preencher pedidos de exames de laboratório e dar ordens. Ela não era médica, era? Jones esperou que a fúria dele passasse e então lhe entregou o resultado do exame. Ele ficou vermelho e, sem se desculpar, lhe devolveu o resultado.

– O paciente terá de ficar em quarentena.

– Já providenciamos isso, doutor.

Ele saiu irritado da enfermaria.

Boots deu risada quando Hildie lhe contou o que acontecera.

– Ela já enfrentou mais de um médico de igual para igual. Não suporta idiotas, por mais estudados que sejam. Quando vê algum traço de sangue, ou de pus, fica em cima. E graças a Deus ela é assim. Você já viu alguma vez um médico parar para espiar dentro das comadres? Ha! Esse dia ainda está para chegar!

Na manhã seguinte, o sr. Douglas tocou a campainha novamente, assim que Hildie se apresentou para trabalhar. Todo curvado, devastado de dor, ele tossiu. Exausto, mal conseguia cuspir na bacia que ela segurava. Hildie esfregou-lhe as costas e disse palavras suaves para acalmá-lo. Jones estava parada na porta. Quando ele caiu deitado de novo, sem ar, ela fechou a cortina em volta da cama. Dessa vez não precisou pedir. Hildemara lhe estendeu a bacia, que Jones mal olhou.

– Há quanto tempo está com essa tosse, sr. Douglas?

– Há uns dois meses, eu acho. Não lembro direito... – ele arfou.

– Tempo demais. Só posso dizer isso – resmungou o companheiro de quarto dele. – Passa a noite toda tossindo e não me deixa dormir.

– Desculpe por isso – e o sr. Douglas começou a tossir outra vez.

– Vocês não podem fazer alguma coisa por ele? – perguntou o companheiro de quarto.

Jones tirou Hildemara de perto da cama e ocupou o lugar dela. Pôs a mão nas costas do paciente. Quando ele parou de tossir, ela deixou que cuspisse na bacia outra vez.

– Procure descansar. Vamos mudá-lo para um quarto particular.

Hildemara secou a testa do sr. Douglas enquanto Jones lia o prontuário no pé da cama. Colocou-o de volta no lugar com um brilho de fúria no olhar. Disfarçou rapidamente suas emoções e deu um tapinha no pé do sr. Douglas. Fez sinal para Hildemara sair e fechou a porta quando saiu também.

– Se isso for bronquite, eu engulo meu quepe!

– O que acha que ele tem?

– Tuberculose.

Na manhã seguinte, apareceu outro médico, furioso e pronto para tirar sangue dela.

– Soube que você pôs meu paciente em quarentena.

– Estou protegendo meus pacientes e as enfermeiras do contágio.

– Sabe ler um prontuário, sra. Jones? – perguntou o médico, quase esfregando o papel no rosto dela. – Consegue ler aqui, *bron-qui-te*?

– Se o sr. Douglas tiver mesmo bronquite, serei a primeira a ficar feliz. Mas, até ver o resultado dos exames, tenho de tomar certas precauções.

– Você extrapolou sua autoridade e vou mandar demiti-la!

O jaleco branco adejou quando ele saiu pelo corredor. Jones virou-se calmamente para Hildie e para as outras duas enfermeiras que estavam na sala.

– Todas as medidas de segurança contra o contágio serão mantidas até que o sr. Douglas seja removido de nossa enfermaria ou que provem que estou errada. Está claro, senhoritas?

– Sim, senhora.

Jones foi cuidar de seus afazeres sem uma única ruga de preocupação na testa.

O sr. Douglas desapareceu da enfermaria alguns dias depois.

A tensão aumentou e os ânimos se acirraram entre as colegas de quarto.

– Você tem uma cômoda, Patrice. Então use-a!

– A minha raquete de tênis não cabe aqui.

– Quando é que você tem tempo para jogar tênis? Quer me explicar isso?

– Vocês querem fazer o favor de calar a boca? Estou tentando estudar.

– Espere só até ir trabalhar na pediatria. Aquela srta. Brown é uma solteirona frustrada. Nunca dá folga para ninguém. Terei muita sorte se arrumar um namorado.

Hildemara desistiu, passou a estudar na biblioteca e a dormir na varanda do andar de cima. Enfermeiras chegavam e iam embora. Ela encontrava Boots na cantina muitas vezes.

– Quando você se formar, poderá morar fora daqui. Podíamos dividir um lugar pequeno, perto do hospital.

Boots levou Hildemara para a ala pediátrica no primeiro dia.

– Calmo e silencioso, não é? – ela deu um largo sorriso.

O único ruído que se ouvia no corredor era o da sola de borracha dos sapatos delas. Um carrinho guinchou. Uma porta se abriu. Outro carrinho de bandejas com o café da manhã. O tinir metálico de facas, garfos e colheres. Vozes abafadas. Todos os sons habituais de um hospital funcionando. A porta que dava para a ala pediátrica estava logo à frente.

Boots deu uma risadinha quando botou a mão na porta e a abriu.

– Segure-se bem, Flo! Você já vai descobrir por que essa seção é mais isolada e à prova de som!

Hildemara parou, atacada pelos gritos das crianças. Berros agudos e altos, baixos e tristes, gemidos tempestuosos e lamentos invadiram seu coração. Uma voz se destacava entre as outras, gritando: "Mamãe, eu quero a minha mamãe!" Aquele lamento percorria o corredor de quarto em quarto, como uma onda.

Hildemara não sabia se cobria o rosto ou os ouvidos.

– Não sei se vou conseguir fazer isso, Boots.

A amiga fez uma careta.

– Sei que é difícil, Flo, mas você ainda não viu a ala dos pacientes terminais. Eu também chorei, mas você vai se acostumar. Seque as lágrimas, querida. Ponha um sorriso no rosto e trate de se ocupar. Elas precisam de você. Nós nos vemos mais tarde na cantina.

A srta. Brown reuniu as enfermeiras e apresentou Hildemara, depois as levou de paciente em paciente, numa ronda. Explicou cada diagnóstico, cada tratamento e cada histórico doméstico antes de conversar com cada um dos pacientes. O coração de Hildemara se partiu com tantos pacientes tão jovens, alguns na ala de amígdalas, outros na de cirurgias. Ela examinou uma apendicectomia, uma cirurgia de hérnia, uma plástica de lábio leporino. Uma criança tinha problemas para mamar; outra, pneumonia; outra, gripe. Ela viu casos de poliomielite, distrofia, subnutrição, e também a sala dos bebês prematuros, que precisavam de mais cuidados e de tratamento especializado. Durante o tempo todo que viram aquele sofrimento, a srta. Brown sorria. Conversava com cada um dos pacientes e conhecia a história de todos eles. Dava uma batidinha num bumbum aqui, acariciava uma testa acolá. Segurava as mãozinhas estendidas, apertava o dedão do pé, pegava outro pequenino e aconchegava-o um pouco no colo, esfregava-lhe as costas antes de colocá-lo no leito de novo.

— Ela é como uma segunda mãe – sussurrou uma das enfermeiras para Hildemara.

Uma mãe com habilidades de enfermeira além do normal.

No fim da tarde, Hildemara foi ver um menininho que sofrera graves queimaduras. Encontrou a srta. Brown sentada ao lado da cama dele, segurando-lhe a mão e contando uma história.

— Pensei que já tivesse acabado seu turno, srta. Brown.

— Eu moro a uma quadra daqui. A enfermeira Cooper disse que o Brian perguntou por mim.

Hildemara ficou imaginando se um dia seria uma enfermeira tão boa quanto a srta. Brown.

— Não exija tanto de si mesma, Flo – Boots disse, tomando café na cantina naquele fim de tarde. – Você está indo bem. Melhor que a maioria, aliás.

— Eu sonho com meus pacientes.

— Bem, é melhor parar com isso. Não será nada útil para eles se não tiver uma boa noite de sono. – Ela pôs a xícara na mesa. – Você precisa aprender tudo que puder e esquecê-los quando sair da enfermaria. Se não fizer isso, seus dias de enfermagem estarão contados.

Hildemara acordou uma noite com o rosto coberto de lágrimas e o coração disparado. Estava sonhando com Brian, que o pai dele o pusera sobre um aquecedor no chão. Ela tentou correr para impedi-lo, mas seus pés estavam acorrentados. Tentou arrancar as correntes, soluçando. Tremendo, secou o rosto e sentou-se na cama.

A varanda-dormitório não ajudava muito para bloquear os barulhos do hospital. Ela ouviu a sirene de uma ambulância se aproximando. Caminhões de entrega chegavam e partiam. Uma enfermeira atravessou a varanda na ponta dos pés e afundou em um catre. Duas outras cochichavam.

Hildemara sabia que devia parar de se envolver tanto com seus pacientes. Como poderia ser uma boa enfermeira se deixava seu coração se apegar a cada paciente que atendia? Ela esfregou o rosto, exausta e triste. Lembrou-se do pai. Fechou os olhos e pôde vê-lo sentado em sua poltrona, com a Bíblia aberta e a expressão calma. Ele lhe diria para confiar no Senhor. E lhe diria para rezar.

Encolhida de lado, Hildemara rezou pelo pai. Então rezou por cada um de seus pacientes. Lembrou-se de todos os nomes, uma dúzia, duas dúzias, como se Deus a fizesse lembrar. No fim de cada oração individual, deixava que fossem, com um pensamento simples.

Brian pertence ao Senhor, meu Deus, não a mim. Eu o entrego em suas mãos poderosas e curativas. Que seja feita a sua vontade, não a minha...

Então seu corpo relaxou, e ela se sentiu em paz. No dia seguinte, não esperaria até meia-noite para rezar. Rezaria no caminho de um leito a outro. Imaginaria Jesus caminhando ao seu lado de um quarto a outro. Faria o que pudesse como enfermeira e entregaria o resto à terna misericórdia divina.

Da pediatria, Hildemara foi trabalhar na geriatria. De um extremo a outro, pensou, deprimida ao ver as compridas enfermarias, com longas filas de leitos, cheios de velhos rabugentos à direita e velhas senhoras agitadas à esquerda. Por mais que a equipe de enfermagem desse duro e trabalhasse muito, o lugar muitas vezes fedia a fezes e urina.

Hildie passou a conversar com Deus todos os dias. *Senhor, o que posso dizer para consolar Mary hoje? O que posso fazer para animar Lester?*

Alguns pacientes ficavam olhando para o vazio enquanto Hildie media os sinais vitais ou trocava as fraldas e a roupa de cama. Outros reclamavam ou espiavam pela janela, procurando um caminho de fuga. Alguns balbuciavam, falavam sozinhos. Os que ainda podiam andar vagavam pelos corredores e paravam para conversar com quem lhes desse atenção. Hildemara procurava ficar mais tempo, mas volta e meia tinha de sair correndo para atender a uma emergência. Sempre tinha trabalho demais e tempo de menos. E havia tantos necessitados...

Antes de chegarem as bandejas com o café da manhã, Hildemara ajudava a acordar os pacientes e a fazer a higiene deles. Lavava-lhes o rosto, escovava as dentaduras, alisava os lençóis e cobertores que trocaria mais tarde. Às vezes, eles não cooperavam. Quando não conseguia convencê-los, ia embora, torcendo para que deixassem que ela os ajudasse mais tarde.

A enfermeira-chefe puxou Hildemara num canto.

— Você não pode ceder, srta. Waltert. O sr. Mathers precisa mudar de posição a cada duas horas, senão vai ficar com escaras. Eu sei que ele reclama. Conheço as maldições que ele diz, feito um marinheiro bêbado. Mas você não pode deixar que isso a impeça de fazer o que é melhor para ele. Agora volte lá e seja firme!

Ela precisava ser como a mãe.

O velho Ben Tucker, um diabético que teve a perna direita amputada, virou seu paciente preferido.

Muitas vezes ele levantava a cama e punha a mesa no lugar antes de Hildemara chegar. Então sorria de orelha a orelha.

— Estava à sua espera, querida. Alimente-me ou mate-me.

— Estou vendo que dormiu bem.

— A enfermeira me acordou a noite passada e me deu um remédio para dormir.

Apesar de toda aquela animação, ele estava pálido demais. Há quanto tempo havia tomado o último analgésico?

— Como se sente?

— Com as mãos — ele brincou e estendeu as mãos, ao que ela as abaixou.

— Comporte-se. Preciso tirar seu pulso.

— Pode tirar, mas traga-o de volta, pois preciso dele.

Certa manhã, Hildemara chegou à enfermaria e descobriu que ele havia morrido calmamente, enquanto dormia. Ela ficou lá, parada ao lado do leito, chorando. A enfermeira-chefe apareceu e pôs o braço no ombro dela.

— É sua primeira morte?

Hildie fez que sim com a cabeça.

A enfermeira suspirou e se virou de frente para ela.

— Seque as lágrimas, srta. Waltert. Feche os olhos dele. Isso mesmo. Junte-lhe as mãos. Agora cubra-o com o lençol. Volte para a sala da enfermagem e ligue para o necrotério do hospital.

O trabalho curou o coração partido. Hildie tinha de cumprir horas naquele turno, outros pacientes para ver, animar e encorajar.

A enfermagem de fato não era o que ela esperava, mas ela adorava mesmo assim. Gostava de fazer parte de uma equipe que ajudava as pessoas a se recuperar e a voltar a viver. Gostava de consolar os que encaravam a morte. Gostava de se sentir útil, de que precisassem dela. Gostava de servir aos outros. Sentia que encontrara seu lugar no mundo. Tinha um objetivo. Tinha valor.

Apesar do trabalho duro, da angústia de ver tanto sofrimento e da tristeza de perder um paciente, Hildemara sabia que estava exatamente onde Deus queria que ela estivesse.

31

Quando o verão terminou, Hildemara usou parte de suas economias, conquistadas a duras penas, para ir à formatura de Bernie. Elizabeth também foi, com a mãe, o pai, Cloe e Rikka. Quando a cunhada convidou Hildemara para ser sua dama de honra no casamento, ela riu satisfeita e aceitou prontamente o convite, mas depois ficou preocupada, pensando em como arranjaria dinheiro para comprar um vestido novo.

— Minha mãe quer uma cerimônia grandiosa, mas eu quero uma coisa simples — sussurrou Elizabeth.

Bernie não poderia ter escolhido noiva melhor.

Chegou o dia do casamento e Hildemara usou o vestido azul-marinho de punhos brancos e botões vermelhos que Cloe havia feito. Usou novamente o vestido na formatura de Cloe e levou um beliscão da irmã depois da cerimônia.

— Preciso fazer um vestido novo para você.

— Pode fazer — disse Hildie, com um largo sorriso. — Imagino que você vai ficar sonhando com modelos de vestido de noiva qualquer dia desses também.

— Ah! — Cloe achava o casamento uma coisa aborrecida, uma perda de tempo e de talento. — Tenho minha carreira a construir. A mamãe vai me levar ao Instituto de Artes Otis daqui a algumas semanas. Mal posso esperar!

Clotilde parecia segura e feliz quando atravessou o palco para receber o diploma. Rindo, jogou o barrete de formatura para o alto. Seu cabelo havia escurecido um pouco, estava da cor do trigo, e ela usava um corte chanel que combinava com o rosto em formato de coração. As duas irmãs de Hildie tinham a segurança que lhe faltava até recentemente.

– Acho que a enfermagem está lhe fazendo bem, Hildie. Você parece muito feliz.

– Encontrei o meu lugar.

– Conheceu alguns rapazes?

Hildie deu risada.

– Metade dos meus pacientes são rapazes.

– Não estou falando de pacientes.

– Eu sei o que quer dizer, Cloe, mas não estou atrás de romance.

Boots se formou e foi contratada para trabalhar em tempo integral no Merritt. Hildemara continuou se encontrando com ela na cantina sempre que tinha tempo.

– Vou ficar mais um ano ou dois aqui, depois vou procurar hospitais no Havaí ou em Los Angeles. Deve ser bom viver num lugar quente e ensolarado.

O nevoeiro da baía de San Francisco estava ficando insuportável para ela.

Hildemara completou o segundo ano do curso de enfermagem. Quando começou o último ano, recebeu um bordado com as iniciais HSM para pregar na ponta do quepe. Seis meses depois, tirou esse bordado e enfiou no lugar um alfinete com uma pequena réplica de ouro da escola.

Quando não estava trabalhando, Hildie estudava para as provas. A prova final cobriria os três anos de curso. Reunia-se com as colegas da turma, que ficava cada vez menor – já tinha apenas treze alunas –, para discutir sobre procedimentos médicos e cirúrgicos, doenças, pediatria, obstetrícia, bacteriologia, matéria médica, psiquiatria, medições e dosagens.

Chegando ao fim do terceiro ano, a carga acadêmica ficou mais leve e ela passou a se concentrar mais nas ofertas de emprego, nos pré-requisitos, nos salários, nas organizações profissionais e nos cursos universitários de extensão. Hildie se lembrou do empurrão da mãe para a UCB. Talvez acabasse estudando lá, afinal.

– Vocês precisam se manter em dia com os novos métodos e as novas ideologias, senhoritas – disse a generala. – Todo ano há mudanças na medicina e na enfermagem. Aqueles que não se atualizam ficam para trás, e acabam ficando também sem emprego.

Hildemara conversou com Boots sobre isso.

– Quantas enfermeiras conseguem pagar a universidade ou têm energia para assistir às aulas e estudar depois de um dia de trabalho?

– É a vida, Flo. Lembra da srta. Brown? Foi rebaixada para enfermeira de ala porque não tem diploma universitário. – Ela encolheu os ombros. – É uma pena, mas é assim que as coisas funcionam. Se quiser uma posição de supervisora, como a sra. Kaufman, terá de cursar a universidade.

– Eu só quero ser enfermeira.

– Você já é uma boa enfermeira. – Boots se animou. – Olha, temos de arrumar uma roupa bem bonita antes da sua formatura. Faltam poucas semanas!

– Não tenho muito dinheiro.

Ela sempre admirara o modo de Boots se vestir fora de serviço. Estava sempre com alguma coisa chique e elegante.

– Encontre-me sábado de manhã. Vou levá-la para a minha loja preferida.

– Boots, eu não acho que...

– Não discuta. Você não vai usar aquele vestido azul-marinho de novo!

Elas pegaram um ônibus municipal e foram até o centro da cidade. Boots andava assobiando, com cara de quem estava aprontando alguma. Hildemara teve de se apressar para acompanhá-la.

– Chegamos!

Ela parou diante de uma igreja presbiteriana.

– Uma igreja?

Boots pegou Hildie pelo braço e deu a volta pelo lado de fora da igreja. Havia uma porta aberta com um cartaz nos degraus: "Bazar de Usados".

– Você não acreditaria nas coisas que já encontrei aqui. Venha!

Boots vasculhou as pilhas de roupas usadas com um olho especial para moda que teria impressionado Cloe. Pegou três conjuntos em questão de minutos.

– Um para seus dias de folga, um para as reuniões à tarde e um para a noite na cidade!

Ela também encontrou um chapéu que combinava com os três conjuntos e dois pares de sapatos.

Hildemara pagou as roupas e os acessórios.

– Não acredito que acabei de comprar um guarda-roupa completo por menos de seis dólares! Vou escrever para minha mãe. Talvez ela goste disso.

– Uma garota inteligente aprende onde deve comprar as coisas – disse Boots a caminho do ponto de ônibus. – Mas não ouse contar para nenhuma das outras meninas – e deu risada. – Todas elas acham que faço compras na Capwell's ou na Emporium!

Acabou que Hildemara usou as três roupas novas na semana da formatura. Na segunda-feira, a escola de enfermagem promoveu um chá da tarde para as formandas, com as maiores autoridades do hospital. Na véspera da formatura, os vips e os alunos do hospital levaram as alunas para jantar no Hotel Fairmont. As colegas de turma de Hildemara ficaram boquiabertas quando ela entrou no saguão para esperar a condução para o hotel.

– Caramba!

– Olhem só a Flo!

Hildemara ficou ruborizada quando fizeram uma roda em volta dela.

– Onde foi que você andou fazendo compras?

Ela deu de ombros e conteve a vontade de dar risada.

– Aqui e ali.

Na manhã da cerimônia de formatura, Hildie foi para a seção de correspondência torcendo para que o pai e a mãe tivessem lhe mandado uma carta. Não tinham. Foi ficando mais nervosa com o passar das horas. Tinha escrito para casa, convidando a família. Só recebeu resposta de Cloe, Bernie e Elizabeth. Os três planejavam ir no carro novo de Bernie.

Aquela tarde, Hildie e as colegas de turma tiraram as mesas do refeitório, deixaram as cadeiras enfileiradas, pegaram vasos de samambaias e palmeirinhas e montaram um palco improvisado para a formatura.

– Ei! – chamou uma das meninas, que chegou correndo para ajudar nos últimos preparativos. – Vocês nunca vão adivinhar quem vem fazer um discurso aqui hoje à noite!

– Quem?

– O dr. Bria!

– Rápido! – Hildie exclamou, fingindo estar horrorizada. – Alguém precisa trazer o John Bones e botar o alarme do relógio para funcionar!

As meninas deram risada.

– Dá até para adivinhar o que ele vai dizer – disse outra, com a mão no coração. – Ah, senhoras, será um grande prazer enunciar com minha mais meticulosa retórica todos os chavões prosaicos da minha pomposidade profissional em proporções absurdas de postulações propícias.

Elas caíram na gargalhada.

A sra. Kaufman apareceu na porta.

– Senhoritas, por favor, menos barulho. Tem gente estudando.

Quando chegou a hora de se arrumar para a cerimônia, Hildie calçou a meia de seda branca e o sapato, vestiu o uniforme novo e o quepe com o alfinete de ouro. Pôs a capa nos ombros e fechou a gola chinesa. Nervosa, ficou parada no corredor do lado de fora do refeitório, iluminado por candelabros dos dois lados do palco. Quando liderou sua turma para o salão, avistou primeiro Boots, depois viu do outro lado Bernie, Elizabeth e Cloe. Piscou surpresa ao ver o pai, depois a mãe e Rikka de pé, atrás dos dois.

Com os olhos brilhando, cheios de lágrimas, a sra. Kaufman distribuiu cartões com o juramento de Florence Nightingale, que Hildemara recitou com as colegas. Ela recebeu o certificado e outro alfinete de ouro.

Acenderam-se as luzes e todos aplaudiram. Rikka se espremeu entre as pessoas para chegar até Hildie.

– Você está tão linda de branco! Precisa posar para mim. Você está exatamente como eu imagino a Florence Nightingale. Só falta o lampião.

Bernie chegou abraçado com Elizabeth.

– Parece que você se encontrou mesmo aqui, mana.

E então a mãe estava bem diante dela, com o pai logo atrás. Ele deu um largo sorriso, com as mãos nos ombros da mãe. Será que a empurrara até lá?

— Estamos orgulhosos de você, Hildemara. Você conseguiu.

A mãe só ficou olhando para ela. Não disse uma palavra. Hildie viu que engolia em seco, como se as palavras quisessem sair, mas não pudessem. Marta levantou a mão e Hildie a agarrou. Também não conseguia falar e precisou de todo o autocontrole que tinha para não chorar.

— Ela é a maioral! — Boots apareceu e fez Hildie dar meia-volta para mais um abraço. — A melhor da turma!

Hildie apresentou todos rapidamente.

— Você vem passar um tempo em casa? — perguntou a mãe.

Surpresa com a pergunta, Hildie balançou a cabeça.

— Não. Fui contratada para trabalhar na equipe do Merritt. Tenho de começar depois de amanhã.

— Tão cedo? — O pai parecia desapontado. — Sua mãe e eu achamos que viria passar pelo menos algumas semanas conosco em casa.

— Não vou poder voltar para casa por um tempo, papai. Tenho sorte de conseguir trabalho tão cedo. Ganhei doze dólares por mês este ano e ainda preciso pagar para a Cloe os dois uniformes que ela fez.

— Um para usar, outro para lavar — sorriu Cloe, balançando a cabeça.

— E ainda terei o aluguel. Boots encontrou uma casinha a poucos quarteirões do hospital. Vamos dividir as despesas.

A mãe não disse nada, nem uma palavra, até o fim do coquetel e da cerimônia. As pessoas começaram a sair.

— Está ficando tarde — disse para o pai. — Temos de pegar o caminho para casa.

Hildie lutou contra as lágrimas.

— Fiquei muito feliz por vocês terem vindo.

— Não teríamos perdido por nada — disse o pai, dando um forte abraço na filha. — Continue rezando e lendo a Bíblia — deu um tapinha nas costas dela e a soltou.

— Está certo, papai.

Hildie abraçou a mãe.

— Obrigada por ter vindo. Significou muito para mim.

Ela sentiu a mão da mãe nas costas e depois ela desfazendo o abraço.

– Você conseguiu, Hildemara Rose. – O sorriso da mãe tinha um quê de tristeza. – Espero que a vida que escolheu a faça feliz.

Hildie inclinou-se para frente e beijou a mãe.

– Acho que vou descobrir isso logo, não é?

Querida Rosie,

Hildemara Rose agora é uma enfermeira credenciada. Foi a melhor aluna da turma e teve a honra de liderar as colegas. E ela realmente parecia Florence Nightingale, com seu uniforme branco e sua capa azul-marinho. Minha menina estava tão imponente, de cabeça erguida... Pude imaginá-la num campo de batalha segurando o lampião bem no alto, dando esperança aos feridos.

Ela não é mais uma criança tímida. Minha filha sabe qual é seu lugar no mundo. Sinto tanto orgulho dela, Rosie. A noite teria sido perfeita se não fosse pelo orador, um médico com um fôlego e tanto, que não queria descer do palanque. Tive uma dor de cabeça terrível, e ficou difícil me concentrar no que ele dizia. E depois, o empurra-empurra das pessoas só piorou tudo.

Eu queria dizer para Hildemara que estava muito orgulhosa dela, mas as palavras não saíram. Niclas falou por nós dois. Perguntei se ela viria passar uma temporada em casa, com a esperança de poder conversar com ela, mas ela já esta empregada no Hospital Merritt e já estará trabalhando oficialmente muito tempo antes de você receber esta carta. E não é só isso. Ela e a amiga, Jasia Boutacoff, acharam uma casa para alugar.

Ela é uma mulher agora, com vida própria.

Hildemara se mudou para a casa nova com Boots uma semana depois de começar a trabalhar na equipe de enfermagem do Merritt. A casa não era longe do hospital, por isso ia a pé para o trabalho todos os dias. A casa parecia um palácio se comparada ao pequeno quarto no hospital, e muito sossegada se comparada à varanda-dormitório que tinha de dividir com dezenas de enfermeiras que entravam e saíam. Mas tinha algumas desvantagens: um grande jardim para cuidar e um alto limoeiro em plena produção. O sr. Holmes, vizinho delas, disse que o locatário anterior enfiara pregos no tronco, esperando assim matar a árvore.

– Isso deve ter lhe dado mais força, ou algo parecido!

Hildie ensacava os limões todas as semanas e os deixava na cozinha do hospital.

– Temos de fazer alguma coisa com esse jardim – ela se preocupava. – Vamos ser as desleixadas do bairro.

– E quem se importa? Isso é problema do proprietário, não nosso. Ele disse que tomaria providências quando tivesse tempo.

O proprietário só apareceu no dia de receber o aluguel, e a essa altura Hildie e Boots já sabiam que o telhado tinha goteiras e que a pia da cozinha vivia entupida. O sr. Dawson disse que mandaria alguém para consertar.

– Ele vai consertar sim, quando o inferno congelar.

Boots chamou um amigo para fazer o serviço e depois mandou a conta para o proprietário. O homem não pagou, então ela deduziu do pagamento do aluguel no mês seguinte. O sr. Dawson reclamou e Boots ficou cara a cara com ele na frente da casa.

Os vizinhos apareceram para ouvir a conversa. Boots chamou o sr. Holmes para testemunhar que o sr. Dawson havia concordado em deduzir uma parte do aluguel por conta dos consertos. Quando entrou na casa, Boots esfregou as mãos como se estivesse se livrando do homem. Hildie deu risada.

– Você parece a minha mãe!

Um dia, envergonhada com o estado do jardim da frente, Hildie pediu emprestados o cortador de grama e a podadeira do sr. Holmes. Lembrou--se de como o pai desprezava as pessoas que deixavam a propriedade sem cuidado e não queria ser a relapsa do quarteirão.

– Desculpe, srta. Waltert – disse o sr. Holmes balançando a cabeça –, mas eu não empresto ferramentas. Aprendi do modo mais difícil que as pessoas nunca as devolvem.

– Eu compraria um cortador e uma podadeira se pudesse, mas não tenho dinheiro.

– O que você faz da vida?

– Somos enfermeiras no Hospital Merritt.

Ele espiou o jardim delas por cima da cerca, esfregou o queixo e balançou a cabeça.

– Está mesmo um horror. Vamos fazer uma coisa. Eu tenho um velho cortador de grama no porão. Vou afiar as lâminas, botar um pouco de graxa e vocês podem ficar com ele. E darei para vocês a velha podadeira da minha mulher. É óbvio que a casa de vocês precisa de cuidados. Quanto o Dawson está cobrando de aluguel?

Hildie respondeu e o homem assobiou.

– Não admira que não sobre nada para vocês. Ele realmente meteu a faca, não é?

O sr. Holmes levou o cortador e a tesoura de poda no sábado seguinte.

– Bem afiados e prontos para usar.

Depois de uma hora, Hildie se sentou nos degraus da frente para descansar. Ele espiou por cima da cerca e perguntou como estava se comportando o cortador de grama.

– Está funcionando bem, sr. Holmes, mas eu deveria ter lhe pedido uma foice.

Hildie secou o suor da testa.

Ele deu risada.

– Está muito melhor do que antes.

– Obrigada pelo cortador e pela tesoura, sr. Holmes. Manterei sua casa abastecida de limões.

– Pode me chamar de George. E, quanto aos limões, já pego tudo que quero nos galhos que passam para o meu lado da cerca.

32

1939

"A Alemanha invade a Polônia."

Hildemara leu essa manchete quando tomava café e comia um prato de ovos mexidos. Boots apareceu arrastando os chinelos, de robe, ainda sonolenta por causa do encontro que tivera na noite anterior.

– Ai, minha cabeça – gemeu, sentando-se devagar numa cadeira na outra ponta da mesa. – Nem sei a que horas cheguei ontem à noite.

– Passava das duas da manhã.

– Então é por isso que estou com a sensação de que fui atropelada por um caminhão.

Hildie dobrou o jornal para ler a continuação da notícia na segunda página.

– Você viu isso?

Boots esfregou as têmporas.

– Ouvi no rádio a noite passada.

O pai se preocupava que uma coisa dessas pudesse acontecer. Os parentes alemães tinham escrito cartas entusiasmadas com a subida meteórica de Adolf Hitler e do Partido Nacional Socialista dos Trabalhadores

Alemães. Ele disse que um homem com tal carisma messiânico podia acabar se revelando um demônio disfarçado. A mãe achava que a Grande Guerra havia posto um fim nas guerras na Europa. O pai dizia que a natureza humana não mudava nunca.

Boots fez um gesto de pouco caso com o assunto.

– Espero que a América fique fora disso. – Certamente ela tinha outras coisas na cabeça, além do que estava acontecendo na Europa. – Eu vi um cara novo na cantina ontem – e passou os dedos no cabelo preto encaracolado. – Bonito, alto, um corpo maravilhoso, belos olhos e um sorriso capaz de deixar as meninas de pernas bambas.

Hildie levantou a cabeça do jornal e olhou para ela.

– Vocês marcaram um encontro?

– Não, ele é servente. Eu só vou atrás de médicos, advogados e chefes indígenas. Mas acho que você vai gostar dele.

Hildie ficou olhando para Boots. Elas já haviam conversado sobre isso antes. A amiga a acusava de estar se tornando antissocial. Hildie discordou, dizendo que sua vida com as enfermeiras e os pacientes no trabalho já era bem movimentada.

– Flo, você vai ficar igual à srta. Brown.

– E qual é o problema com a srta. Brown?

Boots se levantou e balançou a cabeça.

– Tenho de me arrumar.

Ela abriu a porta do quarto e se virou para Hildie.

– Vou sair depois do trabalho. Não espere por mim.

Hildie deu risada.

– Eu nunca espero.

Ela ficava com a casa só para si por mais tempo do que tinha previsto, especialmente no que dizia respeito ao trabalho para arrumar o jardim e lavar os pratos. Não se incomodava com a quietude. Quando tinha folga, dormia até mais tarde, cuidava da roupa para lavar, arrumava a casa e trabalhava no jardim. Mantinha correspondência com Cloe, que havia se mudado para Los Angeles, ou escrevia para o pai e a mãe. A mãe respondia uma vez por mês e dava notícias detalhadas de tudo que acontecia na fazenda. Quando Hildie tinha um domingo de folga, ia à igreja.

Na noite seguinte, ela estava sentada na cantina, terminando o jantar e pensando em Boots e no comentário que havia feito sobre a srta. Brown, quando sentiu que alguém a olhava. Levantou a cabeça e viu um jovem na fila, esperando a cozinheira servir seu prato. Ele combinava com a descrição que Boots fizera do "cara novo". O rapaz sorriu para ela, e Hildie abaixou a cabeça rapidamente. Encabulada e nervosa, pegou a bandeja, jogou os restos no lixo e saiu.

No dia seguinte, quando chegou à enfermaria, ela o viu ajudando a transferir um dos pacientes dela da cama para a maca, para ser levado para cirurgia. Ele tinha um corpo atlético como o de Bernie. Será que era jogador de futebol americano? Ele sorriu para ela de novo, e ela sentiu um calor no rosto. Constrangida, desviou o olhar rapidamente e foi cuidar do trabalho administrativo na sala das enfermeiras. Manteve os olhos baixos quando ele passou empurrando a maca.

Na fila do almoço, alguém falou atrás dela:

— Vi você na ala médica esta manhã.

Hildemara olhou para ele e se virou de novo para o cardápio da cantina. Pegou o que havia pedido e foi para a mesa no fundo do refeitório, onde poderia ficar sozinha. Por mais que risse do desprezo que Boots tinha pelos serventes do hospital, Hildie sabia que havia uma regra velada sobre a aproximação com eles. O que foi mesmo que a generala dissera? "Serventes trabalham com as mãos. Profissionais trabalham com as mãos, a cabeça e o coração."

— Posso me sentar aqui com você?

Hildie ficou só olhando, boquiaberta, enquanto ele punha a bandeja na mesa e se sentava, de frente para ela.

— Há alguma lei velada por aqui que diz que uma enfermeira não pode trocar mais que três palavras com um servente?

Ele lia pensamentos?

— Não.

— Uma palavra. Não melhorou nada.

O sorriso dele provocava sensações estranhas nela.

— Não costumo conversar com pessoas que não conheço. Ontem foi a primeira vez que nos vimos.

— Agora melhorou — ele deu um largo sorriso, que fez com que o coração dela saltasse no peito. — Estou no primeiro ano da UC Berkeley e pretendo cursar medicina. Achei que seria uma boa ideia trabalhar num hospital e ter uma visão diferente de minha futura carreira.

– Que bom para você.

– Vou trabalhar na ala psiquiátrica no próximo mês.

– Ouvi dizer que lá é muito tumultuado.

Ele deu risada.

– Essa é boa!

Ele ficava ainda mais bonito quando ria.

– Eu não estava brincando.

– Ah.

Ele olhou fixamente para ela, que sentiu o calor subindo pelo pescoço de novo, acompanhado de outras sensações que nunca tivera antes e que a tornavam vulnerável demais.

– Srta. Waltert – ele estendeu a mão, grande e forte como a de Bernie, mas sem os calos –, sou Cale Arundel, mas meus amigos me chamam de Trip.

Quando ele apertou a mão dela, Hildie sentiu um calor percorrendo todo o seu corpo. Ela puxou a mão rapidamente.

– Gosta de cinema, srta. Waltert?

– Quem não gosta?

– Que tal sexta à noite?

Ela olhou para ele, espantada.

– Está me convidando para sair?

– Você parece surpresa. Sim, estou convidando você para sair comigo.

Ela olhou em volta, perturbada com a atenção dele. Nunca tinha sido convidada para sair por um menino, que dirá por um homem. Por que alguém como Cale Arundel se interessaria por ela?

– Estou de plantão.

– Quando termina?

– Tenho de verificar os horários.

Ele cruzou os braços sobre a mesa e inclinou o corpo para frente, olhando para ela e achando certa graça.

– Você está hesitando porque eu sou um mero servente?

– Eu não o conheço.

– Eu também não a conheço, mas gostaria de ter a oportunidade de conhecê-la. Daí o convite.

Ela olhou para o relógio de pulso.

– Preciso voltar. Com licença.

Hildemara pegou a bandeja, jogou o resto no lixo perto da porta e saiu. Seu coração só desacelerou quando chegou à ala médica.

– O que aconteceu com você? – perguntou uma das enfermeiras.

– Nada. Por quê? Estou atrasada?

– Não, mas parece meio afobada e animada com alguma coisa.

Cale Arundel foi à enfermaria no fim da tarde. Assim que ela o viu, pegou uma prancheta e se enfiou no depósito de cama e banho para verificar a lista de lençóis, fronhas, toalhas e esfregões. Uma das enfermeiras espiou lá dentro.

– Tem alguém esperando por você na sala das enfermeiras.

Cale foi andando na direção dela.

– Vim pegar uma aspirina.

– Uma aspirina?

As enfermeiras cochichavam e riam. Hildie olhou furiosa para Cale.

– Você veio lá da ala psiquiátrica à procura de uma aspirina?

– Achei que você não me emprestaria uma camisa de força.

Ela não sorriu. Olhou bem para as outras enfermeiras e depois para ele de novo. Talvez ele entendesse a indireta e parasse de dar munição para as fofoqueiras de plantão. Ele notou as outras também, mas sacudiu os ombros como se não ligasse.

– As pessoas falam. E daí?

E daí? Era a reputação dela que estava em jogo. Constrangida e zangada, foi andando pelo corredor, e ele foi atrás. Ela parou quando estava fora da vista das outras enfermeiras, e ele ficou na frente dela.

– Está com cara de quem vai atirar em mim, srta. Waltert.

– O que está fazendo aqui?

– O que você acha?

– Não tenho a menor ideia!

– Eu verifiquei o seu horário. Você tem folga na sexta-feira. Eu gostaria de levá-la para jantar e depois ao cinema.

Ela nunca fora convidada para sair com ninguém, e a ideia daquele belo jovem, servente ou não, estar interessado nela era totalmente incompreensível.

— Não pretendo ser a vítima do que alguém acha que é uma brincadeira.

— Por que eu brincaria com uma coisa dessas?

— Não!

— Como sabe que não sou um candidato a marido se não me conhecer primeiro?

Ela empalideceu.

— O que foi que você disse?

— Boots disse que você não sairia com ninguém que não fosse um candidato a marido.

— Vou matar a Boots! — Hildemara sentiu um calor enorme no rosto. — E eu devo acreditar que você está procurando uma esposa?

— Nunca pensei muito nisso até dois dias atrás, às doze horas e quinze minutos para ser exato, quando você entrou na cantina.

Ele achava mesmo que ela acreditaria naquele papo furado?

— Vou anunciar isso, sr. Arundel. Terá mulheres fazendo fila e implorando de joelhos.

Ele chegou tão perto que ela sentiu o perfume da loção de barba.

— Não conte a ninguém. Não estou interessado em mais ninguém. Jantar e cinema. Prometo que não encosto um dedo em você, se é isso que a preocupa. — Ele levantou a mão como se fosse fazer um juramento. — Juro que sou um cavalheiro.

— Se não for, tenho um irmão mais velho que pode lhe dar uma surra.

Ele deu risada.

— Então vou considerar isso um sim. Sexta-feira, às seis em ponto — e empurrou as portas de mola, passando por elas. — Até lá.

— Espere um minuto!

Ela ouviu a campainha de um paciente. Abriu a porta, mas Cale já tinha ido para a escada. Frustrada, voltou correndo pelo corredor. Andar atrás dele no hospital só pioraria as coisas.

Boots! Ela pediria à amiga para dar um recado a ele.

— Nada feito — Boots balançou a cabeça. — Se você quer desmarcar o encontro, faça você mesma.

Hildie ficou atenta na cantina, na esperança de encontrá-lo para dizer que havia mudado de ideia, mas não o viu nos três dias seguintes.

Ela se consolou com o fato de ele não ter seu endereço. Não poderia ir pegá-la se não soubesse onde ela morava.

— Ele é bonitinho. E você não sai com ninguém desde que a conheço. — Boots fazia ovos mexidos na pequena cozinha. — Saia, divirta-se. — Ela estalou a língua e piscou. — Tente não se comportar.

Hildemara não viu Cale a semana inteira. Na sexta-feira, ficou nervosa, sem saber o que fazer. Ele talvez nem aparecesse — só que isso seria mais humilhante ainda!

— Quer sossegar, Flo? Você está parecendo um gafanhoto.

— O que eu tinha na cabeça? Eu nem conheço o cara!

— É por isso que vai sair com ele, para conhecê-lo. Depois me diga se ele beija bem.

— Não tem graça nenhuma, Boots!

Ela deu risada.

— É muito divertido provocar você.

Hildie se sentou no sofá bege de segunda mão que as duas haviam comprado e ficou cutucando a saia do vestido azul-marinho. Levantou-se de novo.

— Isso é loucura. — Ela viu um Ford T preto estacionar na frente da casa. — Ah, não, ele chegou. Não posso fazer isso, Boots.

— Não tem como escapar agora.

A amiga se ajoelhou no sofá e espiou por uma fresta da cortina.

— Minha nossa! Rosas vermelhas! Esse cara não está de brincadeira. E um carro! E eu que pensei que ele era servente.

Hildie deu uns tapas nas mãos de Boots para que ela largasse a cortina.

— Quer parar com isso? Ele vai ver você! Ele é servente sim. Estuda na UC Berkeley e vai se formar em medicina. — Ela ficou um pouco incomodada ao ver Boots olhando para ele. — Por que *você* não sai com ele?

Boots deu risada.

— Ele está na porta, Hildie. Vá abrir e deixe-o entrar.

Eles foram jantar no Lupe's, na East Fourteenth. Em uma hora, Hildie descobriu que Cale Arundel preferia ser chamado pelo apelido Trip, que crescera em Colorado Springs, que seu pai era motorista de ônibus urbano, que sua mãe tocava piano na igreja presbiteriana ali ao lado, que ele gostava de esquiar, pescar e caminhar e que passara três anos na Universidade do Colorado, em Denver.

— Pedi transferência para Berkeley porque é uma das melhores universidades do país.

Exatamente o que a mãe dela havia dito.

— Por que se transferiu tão tarde?

— Não tinha notas para entrar no primeiro ano e, mesmo se tivesse, ainda teria de pagar a taxa de transferência de outro estado. Vir para cá no último ano não foi a decisão mais inteligente que já tomei. Perdi alguns créditos com a transferência, mas queria a UCB no meu diploma e espero poder fazer residência em San Francisco.

— Por que seu apelido é Trip?

Ele deu risada.

— Posso agradecer a meu pai por isso. Ele dizia que eu sempre tropeçava nos próprios pés, até crescer mais que eles. — Ele levantou as mãos. — Mas chega de falar de mim. Quero saber de você.

Hildie não sabia o que dizer para que sua vida parecesse um pouquinho interessante. Por sorte, a garçonete chegou com o espaguete naquele momento. Trip estendeu a mão para segurar a dela.

— Você se incomoda se rezarmos?

Eles deram as mãos e ele deu graças, apertando um pouco a mão dela antes de soltar.

— A última coisa que vou dizer sobre mim é que Deus é importante. Vou à igreja todo domingo. Soube que você reza. Agora é sua vez de falar.

E enfiou o garfo no espaguete.

Com borboletas no estômago, Hildie enrolou o espaguete no garfo e desejou que tivesse pedido algo mais fácil de comer.

— Meus pais são fazendeiros em Murietta, produtores de amêndoas e passas. Tenho um irmão mais velho e duas irmãs mais novas. Bernie estudou em Sacramento. É casado com minha melhor amiga, Elizabeth. Minha irmã mais nova, Cloe, vai para o Instituto de Artes Otis, em Los Angeles. Ela pretende desenhar figurinos para cinema. Rikka, a caçula, é uma artista talentosa, mas ainda está no colégio. Quando terminei o segundo grau, vim de trem para a Escola de Enfermagem Samuel Merritt. A diretora me perguntou se eu ficaria, e eu disse que sim. Fim da história.

Trip deu um sorriso de lado.

– Duvido.

Ele largou o garfo e ficou olhando para ela.

Hildie pegou o guardanapo.

– Estou com molho de espaguete no queixo?

– Não, mas seu queixo é bonito. – Ele pegou o garfo de novo. – Desculpe, mas gosto de olhar para você.

Ninguém jamais dissera isso para ela.

Trip a levou para assistir ao filme *Ao rufar dos tambores*, com Henry Fonda e Claudette Colbert. Ele cumpriu sua palavra e não encostou nela, nem uma vez. Após o cinema, levou-a direto para casa, acompanhou-a até a porta, disse que tinha gostado muito do programa e lhe desejou boa-noite.

Ela aproveitou a deixa e entrou. Deixou a luz da varanda acesa até que ele entrasse no carro. Ficou espiando atrás da cortina enquanto Trip Arundel ia embora. *Bem, é isso.* Ela se sentou no sofá e ficou olhando para a parede.

Aquela havia sido a melhor noite de sua vida, mas ela achou que Trip devia ter se entediado até a morte. Estava louco para ir embora. Ela vestiu o pijama de flanela e tentou ler um pouco. Distraída, foi para a cama e ficou deitada, acordada, até Boots chegar, às três da madrugada.

– Não precisa andar na ponta dos pés.

– Ainda está acordada? – a voz de Boots estava meio arrastada. – Você se divertiu?

– Está parecendo que você se divertiu muito.

Boots parou na porta.

– Estou um pouco tonta, só isso. Ele me levou para dançar e depois a uma festa. E então, o que achou do Trip? É um cara legal, não é?

– É. Ele é legal.

Pareceu uma coisa bastante inofensiva para dizer à amiga embriagada. A verdade era que tinha gostado demais dele. Sentiu que o perdera quando ele lhe deu boa-noite.

– Acho que não vamos mais nos ver.

– Que pena – Boots abanou a mão. – Vou dormir antes que acabe estatelada no chão. Boa noite.

Trip ligou no dia seguinte.

– Que tal um sorvete no Eddy's?

E na noite seguinte também.

– A noite está perfeita para passear no lago Merritt.

Ele não a procurou na segunda-feira, e Hildemara sentiu o coração partido. Como podia ter se envolvido tão depressa?

No dia seguinte, ele a convidou para jantar e assistir a outro filme, mas ela recusou.

– Domingo, então. Vamos juntos à igreja?

– Ainda não sei como está o meu horário. Talvez eu faça uns turnos extras.

Trip não insistiu.

Boots voltou para casa mais cedo.

– Por que está chorando? Aquele cara fez alguma coisa para você?

– Não, ele não fez nada. Não aconteceu nada.

A amiga sentou-se no sofá.

– Ele não convidou você para sair de novo. É isso?

– Convidou sim.

Boots balançou a cabeça.

– Então, qual é o problema?

– Não vou mais sair com ele.

– Por que não? Você gosta dele. Ele gosta de você. É só juntar dois e dois...

– E eu acabo com o coração partido. Trip poderia ter qualquer mulher que quisesse, Boots. Ele é maravilhoso. Vai se formar na UCB, vai ser médico. Isso deveria fazer até você ficar alerta e prestar atenção.

Boots empurrou Hildie.

– Na próxima vez que ele a convidar, aceite.

Mas, na próxima vez que ele a convidou, ela pensou em outra desculpa esfarrapada.

– Tenho de estudar para a prova do conselho estadual.

Ela queria se manter distante, em vez de alimentar esperanças.

Um dia depois de receber a boa notícia de que passara na prova e de que, a partir daquele momento, era uma enfermeira registrada, Trip apareceu na ala médica com um buquê de margaridas que devia ter comprado na loja de presentes do hospital.

— Parabéns!

Ela pegou o buquê e o colocou em cima do balcão da sala das enfermeiras.

— Como soube?

— A Boots me contou. Você não tem plantão esta noite e não precisa estudar. Deixe-me levá-la a algum lugar para comemorarmos.

Ele disse isso suficientemente alto para que todas as enfermeiras ouvissem, mesmo que não quisessem. Hildemara ficou ruborizada, afastou-se das outras e foi andando pelo corredor.

— Não acho uma boa ideia.

Ele franziu a testa.

— Eu fiz alguma coisa? Ofendi você?

— Não.

— Por que só me responde não, Hildemara?

— Sr. Arundel!

Jones o chamou mais à frente, no corredor. Os dois conversaram em voz baixa. Trip não virou para trás para olhar para Hildemara, seguiu pelo corredor a passos largos e desapareceu atrás das portas de mola. Com um nó na garganta, Hildie foi verificar seus pacientes. Quando voltou para a sala das enfermeiras, a srta. Jones levantou a cabeça e olhou para ela.

— É uma batalha perdida para você, Hildemara.

Poucos dias depois, Trip apareceu na cantina. Hildemara pegou sua bandeja e foi se sentar atrás de um vaso com uma palmeira. Trip fez o pedido, esperou ser atendido e atravessou o salão. Botou a bandeja na mesa dela, mas não se sentou.

— A Boots disse que você não confiaria em mim se eu não tivesse referências. Então...

Ele enfiou a mão no bolso, tirou três envelopes e os pôs em cima da mesa.

— Isso é para você saber que eu não sou o lobo aguardando para comer a Chapeuzinho Vermelho.

Trip pegou a bandeja e foi embora.

Aborrecida, Hildie abriu os envelopes. Uma carta era do pastor de Trip, dizendo que ele era um jovem de moral ilibada, que frequentava a igreja todos os domingos. Outra vinha da enfermeira-chefe da ala psiquiátrica, num tom bem mais sério, recomendando o sr. Arundel por sua disposição para o trabalho, pela inteligência e compaixão. A terceira era uma petição: "Todos os abaixo assinados concordam que a srta. Hildemara Waltert, mais conhecida como Flo, deveria sair com o sr. Cale Arundel, mais conhecido como Trip, de Colorado Springs, um rapaz muito honrado". Embaixo vinham as assinaturas, a de Jasia Boutacoff primeiro, seguida pelo nome de vinte e duas outras enfermeiras, inclusive a srta. Brown e a srta. Jones!

Com a face pegando fogo, ela dobrou as cartas e as enfiou no bolso do uniforme. Tentou almoçar, mas sentiu os olhares de muitos daqueles nomes da lista sobre ela, achando graça. Trip estava sentado sozinho, no outro lado da cantina. Ele comeu depressa, jogou fora o lixo e voltou para a mesa dela. Pegou uma cadeira, virou ao contrário e montou nela com uma perna de cada lado. Cruzou os braços sobre o encosto e olhou-a bem.

— Nós nos divertimos muito, não foi? Ou será que eu estava delirando? Afinal de contas, andei trabalhando na ala psiquiátrica.

— Trip...

— Sabe, seria mais fácil se eu me casasse com você primeiro e depois a convidasse para sair.

— Não brinque comigo, por favor.

— Eu a vi muito antes de você me notar, Hildie. Você estava rezando com um de seus pacientes. Achei você a menina mais bonita que já tinha visto na vida. Perguntei para o pessoal daqui quem você era. E gostei do que as pessoas me disseram.

— Você perguntou sobre mim?

Ele fez uma careta, se desculpando.

— A Boots tem certa reputação. Eu queria saber se a companheira dela era boa-praça também. Queria saber um pouco mais sobre você antes de entrar em ação. – Ele sorriu. – Acho que você sente alguma coisa por mim, senão não estaria assim, tão assustada. Gostaria de passar mais tempo com você, de conhecê-la melhor, para que você também me conhecesse melhor. – Ele se levantou, voltou a cadeira para a posição normal e a empurrou debaixo da mesa. – A decisão é sua. Se me disser não outra vez, vou considerar que é um não. – Ele deu um sorriso triste, acariciando o rosto dela com o olhar. – Estou rezando para que diga sim.

E se afastou.

Quando Hildemara terminou seu turno, Trip estava à espera dela na frente da ala médica. Ela foi pela escada em vez de pegar o elevador. Ele a acompanhou.

– E então?

– Sim.

Ele abriu um sorriso.

– Ótimo!

Ela parou no fim da escada. Talvez ele não fosse o Casanova que ela pensara no início, mas isso não significava que o relacionamento deles daria em alguma coisa. Ele poderia sair com ela mais algumas vezes, descobrir que ela era a menina mais sem graça do mundo e questionar por que havia tido aquele trabalho todo.

A verdade é que ele tinha razão: ela estava assustada. Já estava quase apaixonada por ele. Precisava dizer alguma coisa, mas não conseguia pensar em nada que não expusesse seus sentimentos.

Trip chegou mais perto. Segurou a mão dela e entrelaçou os dedos nos dela.

– Não se preocupe tanto, Hildemara Waltert. Vamos dar um passo de cada vez e ver onde isso vai dar.

E foi o que fizeram nos seis meses seguintes, até a mãe dela ligar, dizendo que precisava dela em casa imediatamente.

– Seu pai está com câncer.

33

1940

Câncer significava que o pai estava morrendo. Hildie tinha visto pacientes definhando, morrendo lentamente, parentes chegando e indo embora, arrasados e lamentando. Câncer significava que não havia mais esperança. Câncer significava uma morte lenta e torturante. Quando é que tinham dado o diagnóstico? O que fizeram por ele? O que podia ser feito, se é que havia algo a ser feito? Quanto tempo a mãe esperou para pedir ajuda? Hildemara não a imaginava pedindo a menos que não houvesse mais esperança.

Ela se sentiu mal e ficou com medo, pensando se seria capaz de cuidar do pai. Como suportaria? Já era difícil demais ver um desconhecido sofrer.

E Trip. Ela teria de deixá-lo, e o amava tanto que chegava a sufocar. Ainda não tinha contado para ele. Talvez Deus a tivesse mantido em silêncio por algum motivo. Não tinha ideia do tempo que teria de ficar longe, e depois, quando aquilo tudo acabasse, o que aconteceria com a mãe? Uma semana antes, ela e Trip tiveram uma conversa que criou a esperança de que ele a amasse tanto quanto ela o amava.

— Podemos falar sobre o futuro quando eu me formar na Universidade da Califórnia.

— Quanto tempo falta?

— Mais um ano, talvez menos, se eu conseguir espremer alguns cursos durante as férias de verão.

Hildie quis dizer para ele que duas pessoas trabalhando juntas por um objetivo comum chegariam lá muito mais depressa do que um homem sozinho, mas perdeu a coragem.

Agora nada disso importava. Seu pai tinha precedência.

Com as manchetes dos jornais e as reportagens do rádio alardeando que os nazistas tinham invadido a Dinamarca, a Noruega, a França, a Bélgica, Luxemburgo e a Holanda, e as enfermeiras comentando que os militares poderiam ser convocados, Hildie pediu licença por emergência na família. Guardou tudo em duas malas e ligou para Trip para desmarcar o programa de sexta-feira.

— Eu tinha planejado uma noite especial.

— Sinto muito, Trip.

Ela agarrou o fone com força para não começar a chorar de novo.

— O que houve, Hildie?

— Meu pai está com câncer. Vou para casa, para cuidar dele.

— Sua casa em Murietta? Vou com você.

— Não, Trip. Não faça isso, por favor. Não vou poder pensar em nada além do papai agora. E eu...

— Eu te amo, Hildie.

Ela queria dizer que o amava também, mas isso não a impedia de ter de partir. Estava dividida entre o amor pelo pai e o amor por Trip.

— Não saia daí. Estou chegando em meia hora.

Ela entrou em pânico quando desligou. Telefonou para a rodoviária para saber os horários do ônibus, avisou à mãe a hora que chegaria a Murietta, passou a mão na cabeça e ficou pensando se deveria chamar um táxi para ir embora antes de Trip chegar. Sozinha em casa, sentiu-se vulnerável. Sabia que faria papel de boba com ele.

Ouviu as batidas na porta e quase não foi atender.

Trip bateu de novo, com mais força.

— Hildie!

Ela destrancou e abriu a porta.

Trip entrou e a segurou nos braços. Ela se agarrou a ele chorando, sabendo que ficaria muito tempo sem vê-lo, se é que o veria de novo. Ele fechou a porta empurrando-a com o pé. Ela tremia de tanto soluçar, e ele a abraçou com mais força. Ela sentiu o coração dele batendo mais forte e mais rápido.

Ela abaixou os braços e se afastou. Trip não tentou segurá-la.

— Tenho só alguns minutos antes de sair para a rodoviária.
— Deixe-me levá-la para Murietta. Gostaria de conhecer seus pais.
— Não.

Ele ficou triste.

— Por que tenho a sensação de que você está fechando a porta para mim outra vez?

Hildie não disse nada, e ele se aproximou.

— O que está havendo, Hildie?
— Eu não sei o que vou encontrar quando chegar lá, Trip. Não sei quanto tempo ficarei longe. Alguns meses? Um ano? Não tenho como saber.

Se ficasse fora tempo demais, ele poderia arrumar outra. E ela não ia querer voltar. E o que a mãe diria se ela chegasse lá com um rapaz? Não mencionara Trip em nenhuma das cartas, guardando seus sentimentos, sem compartilhá-los com ninguém, exceto com Boots, que não podia deixar de vê-los. O que Trip pensaria se a mãe dissesse o que lhe viesse à mente, como sempre fazia? "Ora, eu nunca soube que você tinha um rapaz na sua vida." E aí?

Hildie cobriu o rosto com as mãos e explodiu em choro novamente. Constrangida por deixar Trip vê-la daquele jeito, tão descontrolada, ela virou de costas. Não tinha coragem de dizer o que estava sentindo. Só pioraria as coisas. Trip tocou em seu ombro e ela se afastou. Secou o rosto e engoliu em seco.

— É melhor eu ir para casa sozinha. Terei tempo para pensar, tempo para assumir o controle das minhas emoções. Preciso planejar como vou cuidar dele.

Trip chegou por trás dela e passou as mãos em seus braços. Falou suavemente, com sensatez:

– O que seu pai e sua mãe vão pensar de mim se você chegar lá num ônibus?

Ela mordeu o lábio.

– Não vão pensar nada.

– Eu sei o que eu pensaria. Minha filha está saindo com um homem insensível que não dá a menor importância para a família dela. Nada recomendável.

Ele a fez virar de frente.

– Hildie?

– Eles não sabem da sua existência.

Ele ficou imóvel, os olhos piscando em confusão, depois mágoa.

– Você nunca contou para eles sobre nós? – Ela não respondeu. Ele soltou o ar como se tivesse levado um soco e tirou as mãos da cintura dela. – Bem, acho que isso deixa bem claro o meu lugar.

– Você não entende.

Ele recuou e levantou as mãos em sinal de rendição.

– Tudo bem. Não precisa explicar. Eu já entendi.

– Trip, por favor...

– Por favor o quê? Você não pode amar alguém em quem não confia, Hildie, e você nunca se permitiu confiar em mim. – Com os olhos rasos d'água, ele virou de costas. – Acho que eu já devia saber disso. Sou um idiota. – Ele pegou as malas dela. – É só isso? – perguntou, sem olhar para ela. – Mais alguma coisa que queira levar para casa?

Será que ele estava lhe dando uma última chance?

– Tem razão, Hildie. Eu não entendo.

Ele saiu e ela não teve escolha. Foi atrás dele, trancou a porta e entrou no carro.

Nenhum dos dois disse nada até a rodoviária. Ele parou o carro bem na frente. Quando ia abrir a porta, ela pôs a mão no braço dele.

– Não desça do carro, por favor. Eu posso descer sozinha.

Hildie tentou sorrir. Tentou dizer que os últimos seis meses tinham sido os mais felizes de toda sua vida. Tentou dizer que o amava e que jamais o esqueceria, enquanto vivesse. Em vez disso, engoliu em seco e disse simplesmente:

– Não me odeie, Trip.

– Não odeio você.

Lá se foi o "felizes para sempre"...

– Adeus, Trip.

Tremendo, Hildie pôs a mão na maçaneta da porta. Trip praguejou baixinho e a segurou.

– Só uma coisa antes de você ir – disse, enfiando os dedos no cabelo dela. – Estou querendo fazer isso há semanas – e a beijou. Não foi um beijo tímido, nem cuidadoso, nem gentil. Ele a devorou e a encheu de sensações. Quando se afastou, os dois ficaram ofegantes e atônitos. Ele passou o polegar nos lábios dela e seus olhos se encheram de lágrimas. – Para você se lembrar de mim. – Ele estendeu a mão, inclinou-se sobre ela e abriu a porta do carro. – Sinto muito sobre seu pai, Hildie.

Parada na calçada com as malas, Hildie ficou vendo Trip ir embora. Ele não olhou para trás. Nem uma vez.

Ela subiu no ônibus, achou um lugar sem ninguém ao lado, na última fila, e chorou a viagem inteira até Murietta.

A mãe estava esperando do lado de fora da rodoviária. Franziu o cenho quando viu Hildie descer os degraus, pegar as malas e ir ao seu encontro. Elas não se abraçaram. A mãe balançou a cabeça.

– Você está com uma cara horrível. Vai aguentar? Não quero que desmorone assim que entrar em casa e vir seu pai. Isso só pioraria as coisas para ele. Está me entendendo?

Disfarce. Finja que está tudo bem.

– Botei tudo para fora no caminho para cá.

– Espero que sim.

Hildie não tinha intenção de contar para a mãe que acabara de perder o amor de sua vida.

– Há quanto tempo vocês sabem do câncer? – Ela pôs as malas no banco de trás e sentou-se no da frente.

– Apareceu de repente. – A mãe deu partida no carro.

– Nenhum sintoma?

– Não sou enfermeira, Hildemara. Ele parecia um pouco amarelo para mim. Comentei isso com ele, mas seu pai disse que não tinha tempo de ir ao médico. Pelo menos não naquela época. – Ela engatou a marcha.

Amarelo? Ah, meu Deus.
– É no fígado?
– É.
Hildemara fechou os olhos por um tempo, depois espiou pela janela e torceu para a mãe não adivinhar o que ela já sabia. Não demoraria muito.
A mãe dirigia o carro mais devagar do que de costume.
– Estou contente que esteja em casa, Hildemara.
– Eu também, mamãe. Eu também.

O pai estava sentado na sala de estar, com a Bíblia aberta no colo. Hildie pôs as malas no chão e foi até ele, esforçando-se para não demonstrar o choque que sentiu com a mudança em sua aparência.
– Oi, papai.
Ele se levantou com dificuldade.
– Hildemara! Sua mãe disse que tinha uma surpresa para mim.
Ele abriu os braços e Hildie o abraçou. Envolveu o pai com firmeza, com muito carinho, controlando-se para não chorar.
– Voltei para casa, papai.
Ela passou a mão nas costas dele e ficou imaginando quanto tinha emagrecido desde o Natal. Sentiu suas vértebras, suas costelas.
O pai a segurou pelos braços e se afastou para admirá-la.
– Houve um tempo em que você não conseguia pôr os braços em volta de mim.
Ele sempre se mantivera ereto, alto, com os ombros largos e os braços fortes. Agora estava todo curvado de cansaço e de dor. Foi recuando até a poltrona e estendeu a mão trêmula para se apoiar. Hildie teve vontade de se aproximar para ajudá-lo, mas a expressão dele a impediu. Era orgulhoso, e ela já havia abalado sua dignidade com o rápido exame que fez com as mãos.
– Ele está sem apetite – disse a mãe, no meio da sala. – Mas vou botar a comida no fogo. Tenho certeza de que está com fome depois dessa longa viagem, Hildemara.
Hildie se abaixou e pegou as malas, para que o pai não visse suas lágrimas.

– Espero não ter de dormir no sofá.

– O quarto do Bernie está vago, agora que a Elizabeth e ele estão instalados na casa nova. Você pode dormir lá. Ele está no pomar. Elizabeth gosta tanto do campo quanto o seu irmão. Ela está plantando floreiras para o quarto das crianças.

– Gostaria que ela nos desse alguns netos – disse o pai, rindo.

Hildie sentiu uma pontada de tristeza. Tinha aprendido mais do que gostaria sobre algumas coisas no hospital. Para Bernie ter um filho depois da caxumba que tivera quando menino, seria necessário um milagre. Ela se lembrava dos berros de dor que ele dava quando a doença atacou seus testículos. Na época não tinha noção do que agora sabia. Será que o dr. Whiting lhes contaria algum dia? Provavelmente não, a menos que eles perguntassem.

– Eles vêm comer conosco?

– Não. Ela cozinha para os dois.

Hildie botou as malas no antigo quarto de Bernie e espiou pela tela da janela. A casa que o irmão tinha construído para a mulher era branca, com janelas amarelas. Tinha uma floreira de madeira com amor-perfeito roxo e alisso branco. Haviam construído um barracão de treliça perto da lavanderia, atrás do loureiro. Elizabeth estava lá, trabalhando nas floreiras.

– Rikka vai chegar logo da escola – a mãe gritou para se fazer ouvir com o som do rádio que o pai queria sempre ligado na sala de estar.

Tinham interrompido mais uma vez o programa musical para dar notícias desoladoras da Europa. Os alemães estavam bombardeando Paris. A Noruega se rendera. Na Itália, Mussolini declarou guerra à Grã-Bretanha e à França. Mesmo doente, o pai queria saber o que acontecia pelo mundo.

Rikka ia se formar em breve, lembrou Hildie. O pai já tinha insistido que compareceria à cerimônia, mesmo que tivesse de usar uma bengala.

Ela voltou para a sala de estar.

– Quer ajuda, mamãe?

– Não. Vá se sentar e conversar com seu pai.

Hildie sentou-se na ponta do sofá mais próxima da poltrona do pai. Olhando para ele, lembrou-se do senhor da ala geriátrica. O câncer envelhecia demais. Seu coração se partiu ao vê-lo recostar-se lentamente, com a mão apoiada de leve no abdome dilatado.

— Sua irmã caçula está indo muito bem no colégio. Tira as melhores notas em arte.

— Não é nenhuma surpresa, papai.

A mãe picou batatas descascadas dentro de uma panela.

— Um tempo atrás ela queria parar de estudar para se casar.

— Casar?! Com Paul?

Ou será que era Johnny? Hildie não conseguia lembrar. A caçula mudava de namorado mais rápido do que os bebês trocavam de fraldas.

A mãe bufou.

— Ela já teve dois namorados depois do Paul. Esse novo é o Melvin Walker. É um progresso em relação aos outros. Cinco anos mais velho que ela, tem um emprego bom e estável.

O pai sorriu.

— Ela saberá quando o homem certo aparecer, e sinto que ainda não é esse.

Hildie pensou em Trip. Ele era o homem certo. Só que não apareceu na hora certa.

A mãe pôs água na panela.

— Esse não vai desanimar tão cedo. Ele sabe o que quer e vai ficar por perto até ela entender seu valor.

O pai deu uma risadinha.

— Parece o que eu tive de fazer. — Os olhos dele brilharam quando olhou para Hildie. — Não há nada de errado com um pouco de romance. E você, Hildemara? Conheceu alguém especial?

— E ela estaria aqui se tivesse alguém?

A mãe botou a panela no fogão.

— Tive alguns namorados.

Hildie imaginou o que eles diriam se contasse que havia conhecido e se apaixonado por um homem, que sonhara em se casar e ter filhos com ele. Era melhor deixar que pensassem que não tinha sorte no amor do que saberem que havia desistido dele para cuidar do pai. Ele a mandaria de volta, e ela precisava ficar ali. Agora que o tinha visto, sabia como ele precisava dela.

O pai lhe estendeu a mão. Quando ela a segurou, sentiu os ossos através da pele áspera.

– Fiquei surpreso quando sua mãe disse que você queria voltar para casa.

Ela descobriu, um tanto admirada, que o pai não sabia que a mãe havia ligado e pedido para ela voltar. Hildie se sentiu culpada de não saber da gravidade do estado dele antes. Se tivesse ido para casa algumas vezes naqueles últimos meses, talvez percebesse os sinais e pudesse ter dado o alarme. Em vez disso, estava tão entretida com a própria vida, com Trip, que nem se incomodou.

– Bem, já estava na hora, não acha, Niclas? – A mãe pegou uma toalha. – Bem que seria bom uma ajuda por aqui.

Ela jogou a toalha na bancada e botou as mãos na cintura.

Hildie entendeu a deixa.

– Estava com saudade dos dois. Já fazia um tempo que eu queria voltar para casa. Espero que não se importem se eu ficar por aqui um ou dois meses.

– Eu sei muito bem o que está acontecendo – a voz do pai tinha um tom de raiva. – Como pôde fazer isso, Marta? Hildemara tem a vida dela.

– Trabalhar. Essa é a vida dela. Ela é enfermeira, e ótima enfermeira. Liderou a procissão da classe como a Dama da Lâmpada. Tinha de ser a melhor aluna para fazer isso. Ela tem conhecimento e nós precisamos de uma enfermeira. Por que não uma que ama você?

– Ah, Marta.

O pai parecia muito cansado e derrotado. Não reagia mais.

A mãe soltou os braços ao lado do corpo.

– É o que ela sempre quis fazer, Niclas. Você disse que era o que Deus queria que ela fizesse. Talvez exatamente para uma hora como essa. Diga para ele, Hildemara.

Hildie ouviu o tom de súplica na voz da mãe e entendeu o brilho significativo das lágrimas em seus olhos castanhos. O pai estava arrasado.

– Eu não queria me tornar um fardo, Marta.

– Você não é nenhum fardo, papai. Eu ficaria muito magoada se a mamãe não tivesse ligado para mim e tivesse chamado outra pessoa para cuidar de você. A vida já é bem curta para todos nós de qualquer maneira. O tempo é a coisa mais preciosa que temos, não é? – disse ela, segurando as mãos dele. – Não existe outro lugar em que eu preferisse estar do que aqui.

Na viagem de ônibus para Murietta, Hildie havia enterrado e velado todas as outras possibilidades.

Ele olhou bem no fundo dos olhos dela e de repente ficou imóvel.

– Nós não temos muito tempo, não é?

– Não, papai. Não temos.

A mãe virou de costas e apoiou-se na pia. Curvou os ombros trêmulos, mas não emitiu um único som.

Hildemara estava acordada, deitada no quarto da varanda, ouvindo os grilos e o pio de uma coruja no loureiro perto da casa da árvore. Rezou pelo pai. Rezou por Trip. Pediu a Deus que lhe desse a força de que ia precisar, sabendo que cada dia seria mais difícil.

Quando finalmente adormeceu, sonhou com corredores compridos e polidos. Havia alguém na porta aberta no fim do corredor, cercado de luz. Ela correu para ele e sentiu que a abraçava. Ouviu um sussurro no cabelo, dentro do coração, não de palavras, mas de descanso.

Acordou quando o galo cantou. A porta dos fundos abriu e fechou, depois a porta de tela. Hildie sentou-se na cama e viu a mãe atravessar o quintal para alimentar as galinhas.

Ela foi ao banheiro construído pelos meninos do Pandemônio de Verão, tomou uma chuveirada, escovou os dentes e o cabelo, vestiu-se e foi para a cozinha. Serviu-se de café e sentou-se à mesa, lendo a Bíblia. Cobriu o rosto, rezou pela mãe, pelo pai e pelos dias que teriam pela frente. Então se lembrou do pai sob a copa branca e florida da amendoeira na primavera, cantando um hino em alemão. Lembrou-se dele afiando as ferramentas no celeiro, cavando os canais de irrigação, sentado na carroça carregada de legumes e verduras da horta da mãe.

Hoje, Senhor, rezou ela, *dê-me a força de que preciso hoje. O Senhor criou esse dia e eu me regozijo com ele. Deus, dê-me forças.*

Quando ouviu o pai gemer, foi ficar com ele, preparada para desempenhar o papel que Deus havia lhe dado.

Querida Rosie,

Não sei se você vai receber esta carta com tudo que está acontecendo na Europa, mas preciso escrever. Niclas está com câncer. Ele está morrendo. Não posso fazer nada por ele além de ficar a seu lado e procurar dar-lhe conforto.

Não tive saída: precisei pedir à Hildemara para abdicar da vida dela e voltar para casa. Ele precisa de uma enfermeira. Está piorando a cada dia, e não suporto vê-lo com tanta dor. Ela é um enorme consolo para nós dois.

Niclas ainda insiste em ficar ouvindo o rádio, e todas as notícias são deprimentes e assustadoras. Como você sabe, melhor que eu, Hitler enlouqueceu com o poder. Não vai parar enquanto não tiver a Europa inteira nas mãos. Meu velho amigo, o chef Warner Brennholtz, retornou para Berlim alguns anos atrás. Não sei dele há dois Natais. E agora Londres está sendo bombardeada. Temo por Lady Daisy. Rezo para que as montanhas protejam você e os seus.

Todas essas coisas terríveis que estão acontecendo só fazem aumentar minha preocupação com Niclas. Tenho de ser forte por ele! Bernhard e eu precisamos continuar trabalhando no rancho, senão Niclas ficará preocupado, achando que tudo vai desmoronar. Digo para ele que isso não vai acontecer, não enquanto eu tiver forças. Mas ele sempre conseguiu ler meus pensamentos. Ele me conhece bem demais. E enxerga demais.

O mundo em guerra espelha o estado do meu coração, Rosie. Estou em guerra com Deus. Minha alma implora, mas ele não me ouve. Onde está a misericórdia de Deus? Onde está sua justiça? Niclas não merece sofrer dessa maneira...

34

Todas as noites, depois que o pai se deitava, Hildie se sentava à mesa da cozinha com a mãe. Lia a Bíblia enquanto ela escrevia cartas. Ela escrevia para Rosie Brechtwald desde onde a lembrança de Hildie chegava. A única coisa que Hildie sabia era que a mãe e Rosie tinham estudado juntas. A mãe escreveu para outras pessoas naqueles anos todos, e recebia respostas, em geral na época do Natal, de Felda Braun, Warner Brennholtz, Solange e Hervé Fournier, todos da Suíça. A mãe cortava os selos e os dava para Bernie. Uma vez o irmão perguntou por que ela escrevia para gente que nunca mais veria.

— Eu os vejo aqui — ela disse, apontando para a cabeça. — E aqui — tocando no coração.

— E, se Deus quiser, veremos todos eles de novo quando a última trombeta soar — disse o pai.

Hildie e a mãe não conversavam muito. Antes de a moça ir para a cama, punha a mão no ombro da mãe e dizia boa-noite. Às vezes a mãe respondia.

Certa manhã, depois de uma semana em casa, Hildie acordou cedo e ficou sentada à mesa do café, à espera da mãe, antes de o sol raiar.

— Vou à cidade falar com o dr. Whiting, mamãe.

– Por quê? Ele virá aqui no fim da semana.

– O papai precisa de um remédio para a dor.

A mãe serviu uma xícara de café e sentou-se à mesa.

– Ele não vai tomar nada, Hildemara. Disse que não quer passar os últimos meses de vida drogado demais para conseguir pensar com clareza.

– Ele pode mudar de ideia.

A mãe abaixou a cabeça.

– Você conhece o seu pai.

– Preciso estar preparada, caso ele mude.

– Você pode ir de carro.

Hildie riu.

– Eu iria se soubesse dirigir. Vou a pé mesmo.

– Por que nunca aprendeu? As enfermeiras ganham bem, não é? Clotilde comprou um carro na primeira semana que estava em Burbank para aquele estágio criando roupas. Até Rikka sabe dirigir.

– Eu morava a uma quadra do hospital. Se quisesse ir a qualquer outro lugar, havia sempre um ônibus por lá. Mas um dia desses eu aprendo.

– Eu podia ensinar para você.

– Agora não é o momento. – Hildie segurou a xícara com as duas mãos e ficou olhando para o café enquanto falava. – Vamos ter de trabalhar juntas, mamãe, para dar o máximo de conforto para o papai.

A mãe bateu com a xícara na mesa.

– Não quero que ele se sinta confortável. Quero que ele viva.

– Sou enfermeira, não Deus.

– E eu disse que era? Pedi a você mais do que você foi treinada para fazer?

Hildie empurrou a cadeira, pegou a xícara e o pires e os deixou na bancada.

– Lavo isso depois.

E foi para a porta dos fundos.

– Aonde você vai?

– Falar com o dr. Whiting.

– Ainda nem amanheceu.

– Já será dia quando eu chegar lá.

– Pelo amor de Deus, sente-se aí que vou preparar seu desjejum.
– Como qualquer coisa no café.
– Você sabe ser teimosa, Hildemara!
Hildie parou na porta, tremendo, e olhou para a mãe.
– Fique com raiva, mamãe. Fique furibunda de raiva! Mas direcione essa raiva para o câncer!
E então saiu e fechou a porta.
Hildie foi a pé para a cidade, segurando o casaco bem fechado. Sem pressa, sorveu o ar fresco da manhã, o cheiro da terra e dos vinhedos molhados, o murmúrio da água revolta no Grand Junction, o perfume dos eucaliptos. Parou perto das terras da casa que seu irmão e Fritz haviam incendiado. Alguém comprara a propriedade e construíra uma nova casa e um novo celeiro.
As luzes do café estavam acesas. Ela reconheceu a garçonete.
– Você é Dorothy Pietrowski, não é? Você se formou com o meu irmão, Bernie Waltert.
– Ah, é – disse a moça gorducha de cabelo castanho, dando um largo sorriso. – Eu me lembro dele: um cara alto e bonito, louro de olhos azuis. Todas as meninas eram perdidamente apaixonadas por ele. Elizabeth Kenney tirou a sorte grande. – O sorriso dela se apagou. – Mas não me lembro de você.
– Pouca gente se lembra – Hildie sorriu, estendendo-lhe a mão e se apresentando.
Dorothy não teve pressa para anotar o pedido.
– Seu pai está doente, não está?
– Como soube?
– As pessoas falam. Meu pai o respeita muito, mesmo ele sendo... – ela enrubesceu. – Desculpe.
– Um huno? – Hildie deu risada e fez pouco caso. – Somos todos americanos naturalizados e temos muito orgulho disso. Temos até bandeirinhas comemorativas e documentos para provar.
– As pessoas são muito idiotas.
Obviamente Dorothy não se incluía nesse meio. Ela sacudiu os ombros.
– O que vai querer, Hildemara?
– Quero o "especial da fazenda".

Ovos, *bacon*, salsicha, bolinhos de batata, torrada, suco de laranja e muito café quente.

Dorothy riu quando pôs o lápis atrás da orelha.

– É para já.

Hildie se lembrou das conversas da mãe e do pai sobre a guerra para acabar com todas as guerras. Lembrou-se do ano em que a padaria dos Herkner virou cinzas. Não haviam sido apenas negócios. As pessoas não voltavam de uma guerra e superavam tudo em questão de um dia ou um ano. Para alguns, não importava o tempo que uma família estava no país nem há quanto tempo havia passado na prova de cidadania. A única coisa que contava era de onde tinha vindo. E o pai vinha da Alemanha.

Dorothy reapareceu com os pratos e os botou na frente de Hildie.

– É incrível você ser tão magra.

Ela voltou para servir mais café para Hildie.

As duas conversavam toda vez que ela voltava. E Dorothy acabou sentando-se à mesa para falar de como Murietta não mudava nunca. Isso talvez fosse bom, talvez fosse ruim. Hildie falou do curso de enfermagem, do trabalho no Samuel Merritt e das pessoas que tinha conhecido. Só não falou de Trip Arundel. A sineta tocou.

– É a hora do movimento. – Dorothy se levantou. – Foi muito bom conversar com você – e pegou o bule de café. – Espero que venha mais vezes.

– Também gostei, mas acho que é a última vez que sairei de casa por algum tempo.

O dr. Whiting estava com lágrimas nos olhos.

– Ele é um homem muito orgulhoso, Hildemara. E também muito teimoso. É claro que lhe darei o que precisar. O câncer está avançando mais depressa do que eu esperava, mas isso talvez seja bom, se é que entende o que quero dizer.

Hildemara fez que sim com a cabeça.

– Não vai demorar, dr. Whiting.

– Imagino que tenha visto mortes suficientes no hospital para reconhecer os sinais.

Ele juntou a ponta dos dedos e ficou quieto, pensando. Hildemara não o pressionou. O médico se levantou e saiu da sala. Voltou alguns minutos depois e botou uma pequena caixa na mesa, entre os dois.

— Morfina. Doses suficientes para durar uma semana em circunstâncias normais. Vou encomendar mais. No início seu pai vai recusar, Hildemara. Quando fizer isso, pergunte a ele o que acharia se visse alguém que ama morrendo lentamente, com dores horríveis. Depois que ele tomar a primeira injeção, protestará menos na próxima. Pode chegar até a pedi-la. É uma das substâncias que mais viciam, mas, nessas circunstâncias, isso não importa.

Hildemara se levantou e piscou para não chorar.

— Obrigada, doutor — e pegou a caixa. — Qual é a dosagem que o senhor receita?

— Vou deixar por sua conta. — O dr. Whiting pigarreou. — Dê ao Niclas quanto achar que ele precisa. Prometo que, quando estiver tudo acabado, não questionarei seu julgamento.

Hildemara levou alguns segundos para entender o que ele queria dizer. Achou que suas pernas não a sustentariam.

— Não posso fazer isso.

— Você diz isso agora.

— Não vou fazer isso!

O dr. Whiting se levantou, deu a volta na mesa e abraçou Hildie. Deu-lhe tapinhas nas costas, e então ela chorou. Depois que Hildemara conseguiu se recuperar, ele abriu a porta e foi com ela até a sala de espera.

— Vou visitá-los no fim da semana.

Ela voltou a pé para casa, sentindo que tinha um peso de cinquenta quilos na bolsa, e não uma caixinha branca contendo ampolas de morfina.

A mãe ficava com o pai todas as tardes. Hildemara sabia que eles precisavam de um tempo sozinhos e ia visitar Elizabeth. A casa que o pai e Bernie haviam construído possuía alicerces de concreto e encanamento. Na cozinha, havia um grande fogão branco com bancadas construídas dos dois lados. Tinham uma geladeira de verdade, não uma caixa de gelo; um banheiro com pia, vaso sanitário e banheira, com um chuveiro em cima. A sala de estar não era grande, mas era aconchegante, com um sofá e uma poltrona, mesinha de centro, mesa lateral, dois abajures e um rádio, que Elizabeth ouvia. Tinha apenas um quarto, mas, fora isso, era mais ou menos do tamanho da casa que Hildie tinha compartilhado com Boots.

— Por enquanto, é perfeita para nós — disse Elizabeth, olhando em volta, feliz como uma recém-casada. — Mas vamos precisar de mais espaço quando tivermos filhos.

Hildemara desviou o olhar.

— Você tem o dedo verde. Olhe só todas aquelas flores nas floreiras e nos canteiros.

Elizabeth deu risada.

— Quem poderia imaginar que eu daria para uma coisa tão valiosa como fazer as coisas crescerem? — Ela ficou séria. — Mal posso esperar para ter um filho. — Enrubesceu e abaixou a cabeça. — Estamos tentando. Esperávamos ter uma boa notícia antes do seu pai... — Ela levantou a cabeça com os olhos marejados. — Um bebê ia alegrá-lo, não acha?

Hildemara olhou para o café.

Elizabeth pôs a mão no braço de Hildie.

— Estou muito contente de você estar aqui, Hildie. Senti sua falta. — Ela apertou o braço da amiga e o soltou. — Sei que é horrível admitir isso, mas fiquei apavorada de pensar que sua mãe pudesse querer que eu ajudasse a cuidar do seu pai. Não entendo nada de enfermagem e, sinceramente, sua mãe sabe ser um pouco agressiva às vezes.

Hildie sorriu para ela.

— Um pouco? Às vezes? Ela ainda me intimida diariamente!

— Sua mãe é incrível, Hildie. Ela sabe administrar este lugar tanto quanto o seu pai. Ela deu para Bernie uma lista do que precisa ser feito, quando, como e com quem entrar em contato quando as amêndoas e passas estiverem prontas para ser vendidas. Tinha tudo isso escrito no diário dela.

Hildemara sabia que o pai não tinha com o que se preocupar na fazenda. Outro dia ele dissera que tinha certeza de que Bernie podia cuidar muito bem das coisas para a mãe, se ela deixasse. Então Hildie imaginou se a mãe já estava se preparando para quando o pai morresse, mas não teve coragem de perguntar.

Boots escreveu.

Encontrei o Trip outro dia. Ele perguntou de você e do seu pai. Perguntou se você planejava voltar para o Merritt. Eu disse que não sabia e que você também não devia saber ainda. Você devia escrever para ele, Flo. O pobrezinho parece uma alma penada.

Hildie juntou coragem e escreveu para Trip. Uma carta curta e concentrada no pai e na mãe, em Bernie e Elizabeth, na sensação de estar em casa depois de quatro anos longe. Comentou que sua cidadezinha não mudara quase nada. Escreveu uma página. Uma semana depois, a carta foi devolvida com o carimbo de "Destinatário não encontrado".

O pai perdeu o constrangimento depois de algumas semanas, e Hildemara passou a dar banho nele e a trocar a roupa de cama. Ela deu para a mãe um molde da camisola usada pelos pacientes no hospital.
— Isso vai facilitar as coisas para ele e para mim.
A mãe confeccionou uma na mesma hora. A flanela o mantinha aquecido, assim como as meias, macias, que a mãe tricotara para ele.
Certa manhã ele pegou a mão da filha e deu-lhe um tapinha fraco.
— Deus a fez enfermeira bem na hora, não foi? Ele sabia que eu ia precisar de você.
Ela beijou a mão dele e a apertou contra o rosto.
— Eu te amo, papai. Queria que você não tivesse de passar por isso.
— Eu sei para onde vou. Não tenho medo. Sua mãe vai precisar de você, Hildemara Rose.
— Vou ficar aqui, papai.
— Por um tempo. Não para sempre.

— A morfina faz a gente dormir. Não quero passar o pouco tempo que me resta nos braços de Morfeu.

Mas, quando a dor ficou insuportável, o pai finalmente cedeu e deixou Hildie aplicar-lhe uma injeção.

Ela ligou para Cloe, que voltou para casa dois dias depois. Largou as malas no antigo quarto, passou uma hora sentada ao lado da cama do pai e depois foi procurar Hildie.

— Ele quer ver você.

Hildie preparou a injeção de morfina.

A mãe entrava e saía do quarto. Não estava mais dormindo com ele.

— Toda vez que mudo de posição ou me mexo, ele sofre.

Quando o pai gritava de dor, a mãe ficava angustiada. Andava de um lado para o outro, muito pálida, e mordia o polegar até sangrar.

— Não pode dar alguma coisa para ele?

— Já dei, mamãe.

— Então não foi o bastante, devia dar mais.

— Marta...

A mãe sempre ouvia a voz do pai, que já não passava de um sussurro. Ela olhou feio para Hildemara e voltou para o quarto. O pai conversou com ela baixinho, em alemão. Hildie se apoiou na bancada da pia, cobriu o rosto com as mãos e tentou não chorar.

— Você nunca me amou, Niclas — a mãe disse com a voz dilacerada, cheia de sofrimento. — Você se casou comigo por causa do meu dinheiro.

Dessa vez o pai falou mais alto.

— Você acha mesmo que há dinheiro neste mundo que me fizesse casar com uma mulher tão mal-humorada?

Hildie foi até a porta e teve vontade de gritar para os dois não perderem tempo discutindo, não agora, tão perto do fim.

— Como você pode brincar numa hora dessas?

A mãe já ia se levantar, mas o pai a segurou pelo pulso. Ela podia se libertar facilmente, mas não fez isso.

— Marta — ele disse com a voz rouca —, não vá embora. Não tenho mais força para segurá-la.

Ela se afundou na cadeira e começou a chorar, então o pai murmurou:

— Eu não deixaria você se Deus não estivesse me chamando.

E acariciou a cabeça dela. Sua mão tremia de fraqueza. A mãe levantou a cabeça, e ele tocou o rosto dela.

– Eu me aqueci com o seu fogo.

Ele disse outras coisas, baixinho, em alemão. Ela segurou a mão dele aberta, encostada no rosto. Hildemara recuou e deu meia-volta.

Como a mãe podia não sentir que o pai a amava? Hildemara o vira demonstrar isso de mil formas. Jamais tinha ouvido a mãe ou o pai dizerem em voz alta, na frente dos outros, "Eu te amo", mas nunca duvidou, nem por um momento, que eles se amassem.

A mãe saiu do quarto e fez sinal para Hildie entrar.

Ela segurou a mão dele, olhou para o relógio de pulso e rezou até chegar a hora de lhe dar outra injeção. Quando saiu do quarto, a mãe estava sentada à mesa da cozinha, com a testa encostada nos braços cruzados. Hildie não sabia quem precisava mais dela, se a mãe ou o pai. Sabia como cuidar do pai, como consolá-lo. Mas a mãe sempre fora um mistério para ela.

Aquela noite o pai entrou em coma. Hildemara ficou no quarto, mudando a posição dele carinhosamente a cada duas horas. A mãe reclamou.

– O que você está fazendo? Deixe-o quieto! Pelo amor de Deus, Hildemara, deixe-o em paz!

Hildemara teve vontade de levantar e gritar com a mãe. Em vez disso, continuou seu trabalho e falou com a voz mais baixa e calma possível:

– É preciso mudá-lo de posição a cada duas horas, mamãe, senão ele ficará com escaras.

Depois disso, a mãe passou a ajudá-la. Elas trabalhavam em turnos. O rosto da mãe estava branco e frio como o mármore.

O cheiro da morte pairava no quarto. Hildie verificava o pulso e a respiração do pai intermitentemente. Rezava baixinho quando cuidava dele. *Deus, tenha piedade. Deus, faça com que isso acabe logo. Deus, leve o papai para casa. Jesus, Jesus, eu não posso fazer isso. Deus, dê-me forças. Por favor... Por favor, Senhor.*

Hildie trocou a roupa de cama e a camisola do pai. Imaginava se as pessoas sentiam dor quando estavam em coma. Não sabia se devia aplicar mais uma injeção ou não. Quando ligou para o dr. Whiting e perguntou, ele disse que também não sabia.

– É a minha vez, mamãe.

– Não – ela respondeu com firmeza. – Você já fez o bastante. Vá descansar. Vou ficar um pouco mais.

– Eu acordo você se...

A mãe balançou a cabeça.

– Não discuta comigo agora, Hildemara Rose. – Ela segurou a mão do marido e sussurrou com a voz entrecortada: – Agora não.

Hildie entrou no quarto e soube que o pai tinha ido para casa, antes mesmo de encostar a mão na testa dele. Ele tinha uma expressão serena, e todos os músculos do rosto estavam relaxados. Agora estava branco em vez de cinza, com a pele esticada sobre as maçãs do rosto e o maxilar, os olhos fechados e encovados. Ela sentiu alívio, mas depois se envergonhou.

– Ele se foi, mamãe.

– Eu sei.

– Quando foi?

A mãe não respondeu. Só ficou ali, sentada, segurando a mão dele e olhando para ele.

Hildemara pôs a mão na testa do pai e viu que estava fria. Sentiu uma onda de angústia se avolumar e lhe apertar a garganta, mas lutou contra ela.

O pai havia morrido há horas, e ela só ficou pensando quanto da mãe tinha ido embora com ele.

Hildemara escreveu para Boots uma noite depois que o pai foi levado para a funerária. A mãe tinha ido para a cama e ficado lá o dia inteiro. Cloe alimentou as galinhas, ordenhou a vaca e cuidou dos coelhos. Quando Bernie disse para Hildie que ela não precisava se encarregar dos afazeres da fazenda, ela gritou para ele que tinha de fazer alguma coisa para não enlouquecer e caiu em seus braços, aos prantos.

– O papai se foi. Ele morreu. Eu pensava que ele viveria para sempre.

A mãe já havia tomado todas as providências, é claro. Nada de caixão aberto; o pai não queria. Uma homenagem simples na igreja, para quem quisesse comparecer. A cidade inteira apareceu, assim como a última pessoa que Hildie esperava ver.

Trip ficou esperando do lado de fora da igreja, depois da cerimônia. O coração de Hildie deu um salto e foi parar na garganta. Ele estava muito elegante e bonito, de terno preto, com o chapéu nas mãos. Segurava-o pela aba e rodava-o lentamente. As pessoas se amontoaram em volta da mãe. Hildemara ficou ao lado dela, Bernie e Elizabeth do outro. Cloe e Rikka ficaram logo atrás. Havia muita gente: o dr. Whiting e a sra. King, professores, diretores de escola, comerciantes, fazendeiros, a família Musashi. Os Herkner vieram de San Francisco e trouxeram Fritz. Todos tinham uma história para contar sobre o pai, lembranças para compartilhar.

– Niclas ajudou a plantar o meu pomar...
– ... amava a Deus...
– ... nos ajudou quando chegamos de Oklahoma...
– ... sabia como liderar uma equipe de colhedores e liberá-los satisfeitos no fim da estação, com um sorriso estampado no rosto...
– Eu sempre soube que podia confiar nele...

A mãe franziu a testa para Hildemara.

– Pare de apertar meu braço com tanta força.

Hildie se desculpou e largou o braço dela. Não viu Trip na fila dos pêsames e achou que já tivesse ido embora.

A mãe a cutucou.

– O sr. Endicott está falando com você.

Hildie sentiu o rosto pegar fogo quando agradeceu as palavras do homem. Avistou Trip de novo, um pouco afastado da fila.

– Com licença, mamãe. Preciso falar com alguém. Volto logo.

Ela se afastou e deixou Cloe tomar seu lugar.

Foi abrindo caminho no meio das pessoas, respondendo às condolências, indo na direção de Trip. Quando finalmente o alcançou, não conseguiu falar. Abriu e fechou a boca como um peixe morrendo fora d'água.

Os olhos dele estavam cheios de lágrimas.

– Sinto muito pelo seu pai, Hildemara. Gostaria de tê-lo conhecido.

Aquelas palavras a fizeram lembrar que pecara por omissão. Não tinha mencionado Trip para o pai, nem uma vez.

– Obrigada por ter vindo.

Como ele soubera do funeral? Boots estava trabalhando em Los Angeles havia um mês.

E foi como se ele lesse seus pensamentos.

– Boots ligou e me contou.

Hildie olhou para trás, para a mãe, com medo de que Trip visse mais em sua expressão do que queria que ele soubesse. Ela o amava demais, teve vontade de gritar diante do sofrimento que era vê-lo de novo.

– Você parece cansada, Hildie.

– E estou. – *Exausta. De corpo e alma.* – Minha mãe também está.

– Pode nos apresentar?

Hildie hesitou, não respondeu logo, e ele fez um bico, decepcionado.

– Não se preocupe. Não contarei nada sobre nós.

Nós.

As pessoas já tinham se dispersado e foi mais fácil para os dois chegarem aonde a mãe estava, acompanhada de Bernie, Elizabeth, Cloe e Rikka.

– Mamãe, quero que conheça um amigo meu, do Merritt.

Ela apresentou Trip como Cale Arundel. Ele estendeu a mão e falou carinhosamente com a mãe, com a mão dela entre as suas. A mãe agradeceu por ele ter vindo de tão longe e olhou para Hildemara, como se esperasse uma explicação do motivo pelo qual ele fizera isso.

– Venha, mamãe. – Bernie pegou a mão dela e a pôs sobre seu braço dobrado, enquanto olhava significativamente para Hildemara. – Vamos para casa.

Trip tocou de leve no braço de Hildemara.

– Vem comigo até meu carro?

– Já vou indo, Bernie.

Foram andando. Trip deslizou a mão pelo braço de Hildie, segurou a mão dela, mas ela se afastou. Quando pararam ao lado do carro dele, ela levantou a cabeça.

– Foi muita bondade sua vir de tão longe, Trip.

– Posso lhe dar uma carona para casa. Assim teremos alguns minutos para conversar.

– Não posso – Hildemara ficou sem voz.

– Você vai voltar?

– Não sei.

Lágrimas escorreram pelo rosto de Hildie, e ela as secou, impaciente. Depois daqueles meses difíceis vendo o pai morrer, suas emoções estavam completamente confusas. Não podia voltar para Oakland e retomar sua vida de onde a deixara. Parecia quase imoral fazer isso quando tantos estavam morrendo, quando o pai havia acabado de ser posto no túmulo. Ela não podia deixar a mãe sozinha. Rikka iria embora com Melvin. Cloe voltaria para Hollywood, totalmente comprometida com a criação de figurinos e com o namoro com seu produtor. Bernie e Elizabeth não poderiam fazer todo o trabalho. Alguém tinha de ficar e cuidar da mãe. Mas não era só isso que fervilhava em sua cabeça. A guerra! Todos falavam da guerra. Homens morriam nas guerras. Era melhor não amar Trip mais do que já o amava. Ninguém sabia o que poderia acontecer dali para frente.

– Não, acho que não vou voltar. Não agora. A mamãe precisa de mim.

Ela não conseguia olhar para ele, porque sabia que tudo que sentia estaria estampado em seu rosto. Viu a mãe olhando fixo para ela, sentada no banco da frente do carro.

– Preciso ir, Trip – e recuou alguns passos. – Dê lembranças a todos por mim. Diga que estou com saudades.

Quando Hildie entrou no carro, a mãe não olhou para ela. Ficou lá sentada, com as costas retas, olhando para frente, no banco do carona. Bernie deu partida no motor.

– Onde está a Rikka?

Cloe não parava de olhar para Hildie.

– Ela vai para casa de carro com o Melvin.

Bernie virou para trás.

– Cale vai nos seguir até em casa?

– Não – Hildie respondeu e, antes que alguém perguntasse se ela o tinha convidado, acrescentou depressa: – Ele tem uma longa viagem de volta para Oakland.

Ela espiou pela janela e torceu para que ninguém visse suas lágrimas ou mencionasse o nome de Trip outra vez.

– Ele pareceu um cara legal, pelo pouco que pude perceber no minuto que passou conosco.

– Ele é mais bonito do que a maioria dos atores que conheci – disse Cloe sem sorrir, continuando a olhar desconfiada para a irmã, com a testa franzida.

– Todas as mulheres do hospital eram apaixonadas por ele.

– E ele veio de lá até Murietta...

– Cale a boca, Bernie – disse Cloe.

A mãe ficou quieta.

Quando todas as visitas foram embora, ela foi para a cama. Hildie foi vê-la mais tarde, e ela estava deitada de costas, bem acordada, olhando fixo para o teto.

– Quer que eu fique aqui e converse um pouco com você, mamãe?

– Não.

Hildie adormeceu no sofá. Acordou com o luar entrando pela janela e achou que tinha ouvido alguém gritar lá fora. Levantou-se apressada e foi ver a mãe, que não estava na cama. Botou o casaco e saiu em disparada pela porta dos fundos. Os gritos vinham do pomar. Bernie estava no jardim.

– É a mamãe?

– É. – Ele a segurou pelo braço. – Deixe-a sozinha. Ela precisa desabafar de alguma maneira. – Hildemara viu o brilho das lágrimas no rosto dele. – Ela ficou se controlando por muito tempo. Deixe-a gritar. Deixe que soque a terra.

Hildemara ouviu o que a mãe dizia.

– Ela está amaldiçoando Deus.

– Só esta noite. Depois vai se apegar a ele novamente. Volte para casa. Ela vai entrar quando estiver pronta.

– O que você vai fazer?

– O papai me pediu para tomar conta dela.

35

1941

Não tinha se passado uma semana desde que o pai morrera e a mãe já havia voltado ao trabalho. Ela se levantava quando o sol nascia, fazia café, depois saía para ordenhar a vaca, alimentar as galinhas e recolher os ovos. Cloe voltou para Hollywood. Rikka voltou para a escola. Bernie cuidava dos negócios da fazenda. Elizabeth cuidava dos canteiros de mudas no viveiro de treliça e mantinha a horta livre de pragas e ervas daninhas.

As pessoas continuaram a visitá-los, e todos levavam alguma coisa: cozidos, bolos, salada de batata alemã, geleias e compotas caseiras, casca de melancia em conserva, vidros de abricós, pêssegos e cerejas. A mãe tinha levado presentes para as famílias necessitadas aqueles anos todos e agora estava colhendo o que plantara.

Nervosa por não ter nada para fazer, Hildemara passou a trabalhar na casa. Esfregava o chão da cozinha, tirava tudo dos armários e esfregava as prateleiras, limpava o fogão e a pia. Raspava a tinta descascada das paredes e resolveu que era hora de renovar as coisas um pouco. Usou parte de suas economias para comprar uma tinta amarela bem alegre, a mesma cor que a mãe escolhera no início e que desbotara com o tempo. Elizabeth tinha feito umas cortinas bonitas para a casa dela. Por que a mãe também não podia ter as dela? Hildemara comprou o tecido e convocou a ajuda de Elizabeth na renovação das cortinas da sala de estar, da cozinha e do quarto. Acrescentou rendas transparentes para mãe poder abrir as janelas sem deixar a poeira entrar ou a luz do sol desbotar o sofá, agora coberto com uma capa de algodão florido também confeccionada por elas. Fez belas almofadas decorativas azuis e amarelas, com bordas rendadas. A mãe nunca tivera almofadas antes.

Marta ainda cozinhava. Hildemara encomendou uma toalha de mesa rendada no estilo quacre e punha um arranjo de flores recém-colhidas na mesa todos os dias.

Se a mãe notou alguma dessas mudanças, nunca disse nada. Hildemara não sabia se lhe ajudavam a aliviar a dor ou não.

Ela pegou o saco de retalhos e começou a confeccionar um tapete. A mistura de cores alegraria a sala de estar. Quando escreveu para Cloe contando o que planejava fazer, a irmã mandou uma caixa cheia de retalhos. O trabalho preenchia as noites longas e silenciosas de Hildemara. Precisava trabalhar, senão não dormia. Sofria com a morte do pai e se preocupava com a mãe.

E não conseguia tirar Trip da cabeça.

Mesmo quando caía exausta na cama, tinha dificuldade para dormir. Ficava lá, acordada, imaginando o que ele estaria fazendo, se teria conhecido outra. Claro que acabaria conhecendo. Ela não podia voltar. Não podia deixar a mãe sozinha.

Certa noite, a mãe largou o livro que estava lendo e balançou a cabeça.

— Você vai levar meses para terminar de fazer esse tapete, Hildemara. Por que começou?

— Porque vai alegrar a sala de estar. Olhe só para as cores, mamãe. Se fôssemos ao cinema, veríamos alguns desses tecidos nos figurinos. A Rikka vai pintar os Alpes num quadro para você. Vamos pendurá-lo bem ali, naquela parede. Vai dar...

— Esta casa é minha, Hildemara. Não é sua.

Hildie deu um grito abafado ao espetar o dedo com a agulha. Fez uma careta de dor e chupou o dedo.

– Eu sei, mamãe. Só estou tentando arrumar um pouco as coisas, torná-las mais...

– Eu gosto das paredes amarelas. Gosto das novas cortinas. Mas já chega.

– Você não quer o tapete? – Hildemara não conseguiu impedir que a mágoa crescesse dentro de si. – O que eu vou fazer com todos esses tecidos?

– Deixe na caixa.

– O tapete está...

– Com um tamanho bom para pôr embaixo da pia.

Os olhos de Hildemara transbordaram.

– O que está querendo dizer, mamãe?

Ela sabia, mas queria que a mãe dissesse. Queria tudo às claras.

– Não preciso de uma serva, Hildemara. E certamente não preciso de uma enfermeira!

As palavras dela calaram profundamente.

– Você não precisa de mim. Não é isso que está tentando dizer?

A emoção percorreu o rosto da mãe como uma tempestade, depois ela adotou uma expressão dura.

– Está bem, Hildemara Rose. Se é disso que precisa, eu vou dizer. Não preciso de você. Não quero que fique aqui. Quanto mais cedo você for embora, melhor para nós duas!

Ir embora? Para onde? O rosto de Hildemara se desmanchou.

– Foi você quem pediu que eu voltasse para casa!

– Para cuidar do seu pai! Você cuidou e agora ele não está mais aqui. Eu sei me cuidar sozinha!

– Eu só quero ajudar.

– Não. Você quer bancar a mártir.

– Isso não é verdade!

– Então o que mais pode ser? Por que ficar dois meses fazendo todas essas coisas que você sempre detestou?

– Eu não queria que você ficasse sozinha! – Ela explodiu em choro.

– A última vez que olhei, Bernie e Elizabeth estavam morando a alguns metros da minha porta dos fundos. – A mãe apertou com força os braços da poltrona. – Você estudou para ser enfermeira. Você me disse que era o que queria para a sua vida! Então por que ainda está aqui?

Por que não voltou a praticar enfermagem? Antes de eu pedir a sua ajuda, você tinha vida própria. Sua ajuda não é mais necessária. Por que continua aqui? – Ela se levantou, contorcendo o rosto. – *Vá viver sua vida e deixe que eu continue com a minha!*

Foi para o quarto que compartilhava com o pai e bateu a porta.

Hildemara jogou o tapete na caixa de retalhos, saiu correndo pela porta dos fundos e foi para o antigo quarto de Bernie. Cobriu a cabeça e soluçou. *Voltar? Voltar para o quê?* Tinha terminado com Trip. Se algum dia tivera uma chance de ser feliz, tudo acabou no dia em que ele apareceu no funeral do pai. Se voltasse para o Merritt, talvez o visse novamente. Alguma outra mulher já deveria ter dito sim para ele. Como suportaria vê-lo de novo? E agora a mãe havia demonstrado o que realmente sentia. Mal podia esperar para se ver livre da filha.

Mas o que ela esperava?

Fez as malas, tomou uma ducha e foi conversar com Bernie e Elizabeth.

– Preciso de uma carona amanhã de manhã.

– Para onde você vai?

– Vou voltar para Oakland.

Aquela noite não conseguiu dormir. Quando começou a amanhecer, foi até a cozinha e fez café.

A mãe apareceu.

– Acordou cedo.

– Vou embora hoje.

– Quer comer alguma coisa antes de ir?

Se Hildie esperava que a mãe mudasse de ideia, ali estava a resposta.

– Não, obrigada.

A mãe se serviu de uma xícara de café.

– Vou me vestir para levar você até a rodoviária.

– O Bernie vai me levar.

– Ah. – Ela se sentou e deu um longo suspiro. – Bem, faça como quiser.

Quando chegou a hora de ir, Hildemara parou na porta dos fundos.

– Até logo, mamãe.

– Escreva.

Bernie pegou a estrada e passou na frente da casa, então Hildie viu a mãe parada na varanda. Ela levantou a mão. Hildie sentiu pouco alívio com aquele pequeno gesto.

– Sinto muito, Hildie. – Bernie dirigia como a mãe, rápido, seguro, de cabeça erguida e olhando bem para frente. – Você vai ficar bem? – ele olhou para ela rapidamente.

– Muito bem.

A srta. Jones havia dito que guardaria o lugar dela. Quanto ao resto, teria de esperar para ver quanto sofrimento seria capaz de suportar antes de fugir.

Sem Boots, Hildie não tinha onde morar. A sra. Kaufman lhe ofereceu um lugar em Farrelly Hall.

– Pode ficar o tempo que precisar, Hildemara.

Não era exatamente um lugar que se pudesse chamar de lar, mas Hildie se sentia à vontade ali. Teria de procurar saber se alguém precisava de uma companheira de quarto.

Jones a pôs para trabalhar de imediato.

– Andamos com falta de pessoal, e isso vai piorar se entrarmos na guerra. Não podemos ignorar Hitler para sempre, e o exército vai precisar de enfermeiras.

Hildie mergulhou no trabalho. Sentiu-se útil de novo. A mãe podia não precisar dela, mas havia muita gente que precisava. E ela adorava o que fazia, adorava seus pacientes. Fazia turnos extras e trabalhava seis dias por semana.

Boots ligou de Los Angeles.

– O que está fazendo aí em Farrelly Hall? Pensei que a essa altura já estivesse casada com o Trip.

– Não tenho visto o Trip.

– Está se escondendo atrás da dedicação à enfermagem?

– Já faz muito tempo, Boots. Duvido que ele se lembre de mim.

– Você é mesmo uma idiota.

Na sala da enfermagem, dois dias depois, Hildemara ouviu um barulho, como se alguém tivesse batido na porta dupla de mola para entrar. Seu coração deu um salto ao ver Trip andando a passos largos no corredor. Ele parecia louco. Ela não o vira desde que voltara para o Merritt, duas semanas antes. Tinha evitado ir à cantina, com medo de dar de cara com ele.

– Olá, Trip. Como vai?

Ele a agarrou pelo pulso e continuou andando.

– Com licença, senhoras.

E foi quase a arrastando pelo corredor. Abriu a porta de um depósito de roupa de cama e a empurrou para dentro.

– Trip, eu...

Ele fechou a porta com o pé, a abraçou e então lhe deu um beijo. O quepe de enfermeira caiu para o lado e ficou preso por um grampo. Ele levantou a cabeça e ela tentou dizer alguma coisa. Ele a beijou de novo, dessa vez mais profundamente. Ele a segurava tão apertado que ela não precisava imaginar como ele estava se sentindo. Ela encolheu os dedos dos pés dentro dos sapatos brancos. Os dois bateram numa prateleira, e ele se afastou um pouco.

– Desculpe.

Ofegante, olhou para ela. Já ia beijá-la outra vez quando alguém bateu de leve à porta.

– Cuidado com os lençóis aí dentro!

As solas de borracha de Jones guincharam no piso de linóleo do corredor.

– Case-se comigo.

– Está bem.

Ele levantou a cabeça de estalo.

– Está bem?

– Sim. – Hildie se aproximou e enfiou a mão no cabelo dele. – Sim. Por favor. – Ela puxou a cabeça dele para baixo. – Não pare.

Ele a segurou pelos pulsos e puxou suas mãos para baixo.

– Esperava ter essa recepção em Murietta. – Entortou os lábios num largo sorriso de lado. – Você me deu a impressão de que nunca mais voltaria. – O olhar dele ficou mais profundo. – Boots me ligou.

– Vou ter de agradecer a ela.

– A mamãe não precisa mais de você? – ele a provocou carinhosamente, enquanto tentava consertar o estrago, pondo o quepe de novo na cabeça dela. O coração de Hildie galopava, descompassado.

– A mamãe me pôs para fora de casa.

– Deus abençoe a mamãe. – Ele segurou o queixo dela com ternura e passou o polegar de leve sobre seus lábios inchados. – Vou escrever uma carta de agradecimento para ela. – E a beijou novamente, como se não conseguisse resistir.

Eles ouviram mais uma batida na porta, mas dessa vez não foi de leve, e sim uma batida forte, com os nós dos dedos.

– Já chega, sr. Arundel. Temos muito trabalho a fazer por aqui.

Trip abriu a porta.

– Sim, senhora.

– Apague esse sorriso satisfeito do rosto e saia da minha ala. – Ela examinou Hildemara de cima a baixo. – Arrume o cabelo. O quê? Não tem aliança? – Ela olhou para Trip. – Você está mesmo com boas intenções, não está?

– Sim, senhora!

Dando risada, Trip bateu na porta de mola de novo e foi embora. Hildie também riu, exultante.

Trip queria comprar um solitário, mas Hildie o convenceu a não fazer isso.

– Não vou poder usar no trabalho. Anéis trabalhados juntam bactéria, e um solitário vai enganchar nos lençóis quando eu arrumar as camas.

Então ele escolheu uma aliança de platina com uma fileira de pequeninos diamantes. O casamento seria discreto, na igreja em Oakland, logo que as aulas acabassem na faculdade, em junho.

Trip arrumou mais um emprego de meio expediente, limpando janelas, para poder economizar e comprar uma casa. Hildemara pegou mais turnos. Os dois mal se encontravam, a não ser quando iam para a igreja juntos, aos domingos.

Passaram-se semanas e Hildie começou a se sentir sem ânimo. Tinha calafrios de dia e vivia de suéter. À noite sofria de suadouros. Trip pôs a mão na testa dela uma noite.

– Você está quente.

– Devo ter pegado um resfriado ou alguma coisa assim.

Ele a levou de volta para o apartamento que ela dividia com uma enfermeira da ala pulmonar. Ele insistiu para que ela parasse de trabalhar tanto, para que tirasse folga pelo menos dois dias por semana. Ela reduziu os turnos, mas nunca parecia descansada. Quando ele a levou para jogar boliche, ela mal conseguiu levantar a bola e lançá-la na pista. Deixou-a cair duas vezes, vendo-a seguir em câmera lenta pela canaleta.

– Desculpe, é que estou cansada demais esta noite.

– Cuidar do seu pai foi bem pesado para você, Hildie. – Trip entrelaçou os dedos nos dela. – E você perdeu ainda mais peso depois que voltou para cá.

Ela sabia disso e estava procurando comer mais. O peito doía, não conseguia respirar fundo. Deprimida, tirou alguns dias de folga. Trip foi para o apartamento dela e abriu latas de sopa de galinha.

– Chega de plantões extras, Hildie. Prometa. Você está exausta.

– Pare de se preocupar, Trip.

Jones passou-lhe um pito quando ela apareceu na enfermaria depois de alguns dias de descanso.

– Desça agora mesmo e consulte um médico da equipe – disse, pegando o telefone. – Vá, Hildemara. Estou ligando para dizer que você já está indo.

O médico botou o estetoscópio no peito dela e analisou os sintomas. Ela achava difícil encher os pulmões de ar. Doía quando respirava. Ele bateu no peito dela com o nó dos dedos e auscultou novamente, muito sério.

– Derrame pleural.

Líquido nos pulmões.

– Pneumonia?

Ele não quis responder, e Hildemara sentiu o corpo inteiro gelar. Quando ele ordenou que se internasse e pediu raios x, ela não protestou. Não conseguia tirar o sr. Douglas da cabeça, e mais dois pacientes de que ela havia cuidado tinham sido transferidos da ala médica para a quarentena desde então.

Trip apareceu antes que ela comunicasse que não queria visitas. Hildemara não tinha parado de chorar desde que se internara no hospital. Ao vê-lo, levantou a mão.

– Fique longe de mim.

– O quê?

– Saia daqui, Trip.
– O que você tem?
Ela puxou o lençol para cobrir a boca.
– Acho que estou com tuberculose.
Ele ficou branco. Os dois sabiam que uma aluna de enfermagem tinha morrido da doença no ano anterior. Dois outros pacientes com bronquite haviam sido diagnosticados com tuberculose.
Trip continuou indo visitá-la. Ela puxou o fio e apertou a campainha diversas vezes. Uma enfermeira chegou correndo.
– Tire-o daqui. Agora!
– Hildie!
Soluçando e puxando o lençol por cima do rosto, ela virou de costas para ele.
A enfermeira acompanhou Trip para fora do quarto e voltou.
– Não é melhor esperar os resultados chegarem antes de...?
– E me arriscar a expor alguém? Você devia estar usando uma máscara! E mantenha as pessoas longe daqui!
Ela não teve de perguntar ao médico o que os raios x revelavam – pôde ver claramente na expressão dele.
– Temos de enviar uma amostra para o laboratório para ter certeza.
Não chegou a ser um alívio. Ele aspirou o líquido do pulmão infectado e o mandou para o laboratório, onde o injetariam num rato. O médico ordenou que Hildie fosse transferida para a unidade de contágio.
Trip apareceu imediatamente. Ela se recusou a vê-lo. Ele escreveu um bilhete e o entregou para uma enfermeira.

Nós nos beijamos centenas de vezes, Hildie. Eu já fiquei exposto! Deixe-me entrar para vê-la. Deixe-me fazer-lhe companhia. Deixe-me segurar sua mão...

Chorando, Hildie insistiu para que lhe dessem luvas e máscara antes de escrever a resposta.

Eu não sabia que estava com tuberculose! Você não pode entrar. Não me peça de novo. Já está sendo difícil demais. Eu te amo. Vá embora!

Ela não queria correr nenhum risco de infectá-lo nem a qualquer outra pessoa.

Passou as semanas seguintes na ala de isolamento, à espera dos resultados. Trip continuou indo lá.

– Você é a mulher mais teimosa e voluntariosa que eu conheço – gritou ele da porta.

O exame deu positivo.

36

— Ainda não sabemos muita coisa sobre a tuberculose – disse o médico, como se pedisse desculpas.

Algumas enfermeiras tinham morrido nos últimos anos. Era óbvio que ele não queria alimentar falsas esperanças.

Hildemara sabia que tinha pouca chance de sobreviver com seu histórico de pneumonia.

— Deve fazer repouso absoluto.

Ela deu uma risada triste. Como se não estivesse repousando na cama há semanas!

— O Merritt não tem uma ala de contágio específica para tuberculose, de modo que você será transferida para um sanatório. Há alguns para escolher, mas terá de tomar sua decisão logo, caso contrário os administradores do hospital decidirão por você.

Embora Hildie tivesse contraído a tuberculose já trabalhando, ainda não tinham resolvido se a administração do Hospital Merritt pagaria pelo tratamento. Como não queria acumular dívidas, ela escolheu o lugar mais barato, Arroyo del Valle, um sanatório no interior, nas montanhas Livermore. Ofereceram-lhe ajuda financeira. Se ela sobrevivesse, ia precisar. Hildie ficou imaginando quem teria de pagar as contas se ela morresse. Os cidadãos, é claro. Os impostos. E teve vergonha.

Trip reclamou.

– Há um hospital melhor bem aqui na região da baía.

Ele estava no corredor, conversando com ela através de uma nesga da porta.

Hildie não queria contar a ele seus motivos. Para que gastar dinheiro se não viveria mesmo?

– Vou estar melhor no campo, com espaço e ar puro à minha volta.

– Vou falar com o reverendo Mathias. Ele pode celebrar o casamento aqui mesmo no hospital. Jones seria nossa testemunha.

– Não!

– Por que não?

– Você sabe por que não. Não existe cura, Trip.

– Estou rezando por você. Fiz a igreja inteira rezar por você. Minha família está rezando. A igreja deles está rezando. Sua mãe, Bernie, Elizabeth...

– Pare com isso, Trip! – Ela sentia dor a cada respiração, mas o coração doía ainda mais. Arfou um tempo até recuperar o fôlego para falar. – E se não for a vontade de Deus?

Ele empurrou a porta e entrou.

– Você está desistindo. Não ouse desistir!

Apareceu uma enfermeira quase que imediatamente.

– Você não pode ficar aqui!

– Eu vou embora por enquanto, Hildie, mas não vou longe. – Quando a enfermeira o pegou pelo braço, ele se livrou com um tranco. – Dê-me um minuto! – Deixou a enfermeira num canto, foi até a cama e agarrou Hildemara pelos pulsos no momento em que ela cobria a boca com o lençol. – Eu amo você, Hildie. Nada vai mudar isso, nunca. Na saúde e na doença. Juro diante de Deus e dessa testemunha – e apontou com a cabeça para a enfermeira, que chamava os seguranças no corredor. – Enquanto vivermos.

Ele acariciou os pulsos de Hildie antes de soltá-la. Dois homens apareceram no corredor. Ele levantou as mãos.

– Estou saindo.

– Para o chuveiro imediatamente – disse um deles.

Hildemara imaginou se a morte por tuberculose era tão dolorosa quanto a causada pelo câncer, ou se morreria de coração partido primeiro.

A primeira carta que chegou ao Arroyo para Hildemara foi de sua mãe. Só uma linha.

Vou aí assim que a colheita da uva terminar. Trate de melhorar.

Típico da mãe, dar uma ordem.

Várias outras enfermeiras tinham sido enviadas para o Arroyo. Todas se deram bem. Hildie achou que era porque tinham muita coisa em comum. Elas conversavam sobre enfermagem, família, amigos, médicos, casos em que tinham trabalhado. Divertiam-se com jogos, liam livros, passavam um tempo lá fora, ao sol, e dormiam. Para as outras pessoas, provavelmente parecia uma temporada de férias.

A extração do fluido era como uma tortura lenta. Ela sofria de suores noturnos e febre muito alta. Depois de passar algumas semanas em repouso, continuava se sentindo fraca. A frustração e o desgosto só faziam aumentar a depressão, à medida que o tempo passava e ela não sentia nenhuma melhora.

Trip foi visitá-la. Ela desistiu de mantê-lo longe.

Sua companheira de quarto, Ilea, também enfermeira, dividia com Hildie e com quem aparecesse para visitá-las a deliciosa comida feita pela mãe: frango frito, salada de batata e biscoitos com pingos de chocolate. Seu noivo a visitava com frequência. Algumas pacientes tinham marido; poucas tinham filhos. Uma das que tinham morreu uma semana depois da chegada de Hildie ao hospital. Nem todos os namorados e maridos eram tão leais como Trip – alguns nunca apareciam.

A mãe escreveu de novo.

Vou assim que vendermos as amêndoas.

Hildie respondeu.

Não se sinta obrigada a vir. É uma viagem longa e eu não sou grande companhia.

Uma semana depois, a mãe apareceu sem avisar.

Surpresa, Hildemara levantou a cabeça e viu a mãe parada ao lado dela.

– Mamãe?

O olhar dela significava encrenca.

– Você é minha filha. Pensou que eu não viria?

Hildie tossiu num lenço. A mãe se sentou lentamente, olhando para ela sem expressão. Quando o ataque de tosse terminou, Hildemara deitou-se, exaurida.

– Desculpe – e viu uma faísca passar pelos olhos da mãe. – Desculpe por dizer desculpe.

Hildie deu um sorriso débil.

A mãe tinha levado presentes. Cloe havia mandado uma bela camisola com renda na barra e um roupão de banho elegante e caro, como o de uma estrela de Hollywood. Tinha posto um bilhete no meio da roupa dobrada.

Isso era para sua noite de núpcias. Acho que o Trip não vai se importar se você usar agora.

Cloe tinha tanta esperança quanto Hildemara.

Rikka mandou quadros: Cloe sentada à máquina de costura, a mãe na direção do seu Ford T, Bernie enxertando uma árvore, Elizabeth na horta, o pai embaixo das amendoeiras floridas, de braços abertos, olhando para cima. Ela pintara até um de Hildie sentada nos galhos mais altos do cinamomo, recostada no tronco, com um sorriso de Mona Lisa. O último era um autorretrato em forma de caricatura, de uma moça com avental de pintora desenhando um homem nu, que se parecia demais com Melvin. Hildie deu risada e teve outro ataque de tosse, dessa vez mais demorado.

A mãe fizera um cobertor rosa de crochê. Hildemara alisou-o sobre as pernas.

– É lindo. Obrigada por ter vindo até aqui me ver.

– Você pensou que eu não viria, não é?

Ela deu de ombros.

– Eu não esperava.

A mãe olhou para as montanhas e os carvalhos lá fora.
— Este lugar é bonito e tranquilo.
— É.

Um bom lugar para morrer. Às vezes Hildie rezava para Deus levá-la. Trip poderia seguir a vida, e ela não sentiria que estava vivendo no fundo de um poço. Uma vez o pai disse que a morte era a porta do céu se abrindo.

Elas conversaram sobre o sítio. Bernie e Elizabeth ainda esperavam ter um bebê. Hildemara não quis tirar a esperança deles contando para a mãe que provavelmente isso não aconteceria.

A mãe falou do pai e de como ele amava Hildie. Conversaram sobre Cloe e sobre as estrelas de cinema que tinha conhecido. Ela gostava de citar nomes como Errol Flynn, Olivia de Havilland, Bette Davis, Tyrone Power, Alice Faye. Tinha finalmente conseguido o emprego dos sonhos e estava criando figurinos para o cinema. Era apresentada a muitos astros nas festas, antes e depois das produções.

Outras pacientes apareceram, cumprimentaram Hildemara, apresentaram-se a Marta, conversaram um pouco e foram repousar ao sol.

— Você fez boas amizades, Hildemara.
— Procuramos dar apoio umas às outras.
— E o Trip?
— Ele vem uma vez por semana, quando não está tendo aula ou trabalhando. Ainda precisa de algumas horas para poder se formar. Algumas matérias não foram transferidas do Colorado. Assim que terminar os estudos, vai pegar mais turnos no hospital. Ele ainda não tem dinheiro para pagar o curso de medicina.

A mãe relaxou e as linhas da boca se suavizaram. Alisou as partes amassadas do vestido florido de algodão e juntou as mãos no colo.

— Ótimo. Agora você só tem de ficar boa.
— Isso não cabe a mim.

Os olhos da mãe faiscaram.
— Sim. Cabe sim.

Hildemara nem tentou argumentar. Sabia mais de tuberculose do que a mãe podia imaginar. Para que contar a ela o que a doença fazia com os pulmões das pessoas? Bastava Hildie não ter mais esperanças. Por que acabar com as esperanças da mãe?

Perturbada, a mãe se levantou.

— Bem, apesar de detestar ter de dizer isso, é melhor eu ir. É uma longa viagem de volta para Murietta.

Hildemara afastou o cobertor e começou a se levantar.

— Não, Hildemara Rose. Trate de ficar aí sentada, aproveitando o sol. — A mãe recuou, pendurou o suéter de lã no braço e pegou a velha bolsa branca. — Antes de ir, preciso lhe dizer uma coisa. — Ela se abaixou e segurou o queixo da filha. — Encontre coragem para lutar e agarre-se à vida!

Hildemara desviou o rosto bruscamente e olhou furiosa para a mãe, com lágrimas nos olhos.

— Estou fazendo o melhor que posso.

A mãe endireitou as costas com uma expressão de desdém, zombeteira.

— É mesmo? Não é o que vejo. Você passou as últimas duas horas aí sentada, com pena de si mesma.

— Eu nunca disse que...

— Não precisava dizer nada. Vejo isso escrito em seu rosto. Você desistiu! — Ela balançou a cabeça. — Jamais pensei que algum de meus filhos se transformaria numa pessoa covarde, mas aí está você, se rendendo. Assim como... — Ela apertou os lábios. — Para que gastar meu fôlego?

Magoada e furiosa, Hildemara se apoiou na cadeira e levantou.

— Muito obrigada pela sua compaixão, mamãe. Agora saia daqui.

Com o coração disparado, ficou vendo a mãe ir embora. Marta olhou para trás uma vez, com um sorriso arrogante.

O sangue percorreu com força as veias de Hildie pela primeira vez em semanas. Ela se sentou de novo, trêmula, de punhos cerrados. Embolou o cobertor rosa e o jogou no chão.

O médico a examinou aquela tarde.

— Você está corada de novo, srta. Waltert. Creio que esteja virando a página.

Querida Rosie,
Fui ao Arroyo del Valle para ver Hildemara Rose. Ela estava pálida como mamãe ficou e com as mesmas olheiras profundas.

Não vi nenhuma vida nos olhos dela assim que cheguei. Fiquei apavorada. Parecia não se importar se viveria ou morreria.
　Tive vontade de sacudi-la. Em vez disso, disse que ela era covarde. Fiquei com o coração partido, mas zombei de minha filha e a humilhei. Graças a Deus ela reagiu e ficou furiosa. Os olhos dela cuspiram fogo, e eu quase dei risada de felicidade. É melhor que ela me odeie por um tempo do que desista da vida e seja posta precocemente numa cova. Ela estava tentando se levantar quando eu me afastei. Mal tinha forças para isso, mas pelo menos ficou corada. Espero que esse fogo só faça crescer a cada dia.

O estado de Hildemara melhorou, mas ela tinha de combater a depressão diante dos meses que se passavam. Algumas pacientes morreram. Ela se concentrou nas que estavam melhorando ou comemorando a remissão. Trip escrevia diariamente, mas as cartas não compensavam a falta de beijos e abraços.

Assim que você estiver fora dessa prisão, vamos nos casar.

Ela começou a ter sonhos que a faziam despertar transpirando muito, mas não era o tipo de suor que a tuberculose provocava. Não discutia mais com Trip.
　À noite, enquanto as outras dormiam, ela se ajoelhava ao pé da cama, espiava a lua e as estrelas pela janela e conversava com Deus. Ou com o pai. Passava horas lendo a pequena Bíblia de couro preto que o pai lhe dera quando ela iniciou o curso de enfermagem, e copiava os versículos que prometiam um futuro e davam esperança. Quando a lombada começava a se desfazer, ela pedia fita adesiva para remendá-la.
　Levou um tempo, mas a raiva que sentia pela mãe passou. A mãe era apenas a mãe. Hildie precisava perder a esperança de que um dia teria com ela o mesmo relacionamento que tinham Cloe ou Rikka. As duas irmãs sempre tiveram a maior parte do amor dela. Mas isso porque eram leoas como a mãe. Nada era capaz de impedi-las de ir atrás do que queriam.

Hildie ficava imaginando se a mãe um dia lhe daria valor por ter conseguido tudo sozinha.

Jones foi visitá-la.

– O segredo da longevidade, minha menina, é ter uma doença crônica bem cedo na vida. Eu sobrevivi à gripe espanhola. Com isso adquiri a consciência de que a vida é muito frágil. Quando você sair daqui, e vai sair, passará a cuidar melhor de si. Quando sair daqui, trate de voltar para o Merritt. Quero você de volta na minha enfermaria.

Boots escrevia sempre. Disse que tinha conhecido alguém – dessa vez um paciente.

Uma noite fiz massagem nas costas dele. Uma coisa levou à outra. Digamos simplesmente que, se alguém nos visse naquela hora, eu perderia meu emprego. Ele diz que me ama, Flo. Diz que quer se casar comigo. Só de pensar em pronunciar "Até que a morte nos separe", começo a suar frio.

Poucas semanas depois, ela escreveu de novo dizendo que tinha terminado com ele.

Devo ter cometido o maior erro da minha vida, mas agora é tarde. Algumas pessoas não estão preparadas para se acomodar. Acho que sou uma delas.

Boots foi trabalhar em Honolulu.

Ondas, areia e muitos corpos bronzeados. Ai, ai. Acho que estou no paraíso.

Poucas semanas depois, chegou mais uma carta.

O que deu em mim para aceitar este emprego? Já vi a ilha inteira duas vezes. Pena que não sou enfermeira do exército – há muitos soldados bonitinhos por aqui. Mas não aguento mais. Parece que vivo na cabeça de um alfinete no meio do oceano Pacífico. Espere aí, por que eu me sentiria assim? Porque é verdade! Estou enviando meu currículo para o continente. Quem poderia imaginar que eu teria um ataque de claustrofobia no paraíso?

Seis meses haviam se passado quando Hildemara recebeu permissão para deixar o sanatório. Ela fez as malas.

– De hoje em diante, o dia 1º de dezembro de 1941 será uma data para comemorar.

Trip carregou a mala dela até o carro e instalou-a confortavelmente no banco da frente. Quando começou a ajeitar o cobertor sobre as pernas dela, ela reclamou:

– Estou boa, lembra?

Ele deu um largo sorriso e um beijo firme nela, o primeiro em oito meses. Sentou-se no banco do motorista, inclinou o corpo e a abraçou.

– Vamos experimentar isso de novo.

Pôs a mão dela aberta sobre seu peito. Ela sentiu o coração dele batendo acelerado, como o dela. Ele lhe acariciou o rosto com os olhos negros.

– É melhor começarmos a fazer planos para o casamento agora. Não há mais desculpas.

– Não consigo pensar em nenhuma.

Seis dias depois, os japoneses atacaram Pearl Harbor.

37

Hildemara se casou com Trip no dia 21 de dezembro de 1941. Bernie e Elizabeth foram com a mãe. Melvin levou Rikka de carro. Saíram logo depois da cerimônia para pegar a balsa para San Francisco. Cloe lamentou não poder ir – estava trabalhando numa produtora em mais um capa e espada, dessa vez com Tyrone Power.

– Costuramos dia e noite para aprontar os figurinos para a filmagem...

O tempo ruim e a falta de dinheiro impediram os pais de Trip de sair do Colorado.

Muitos amigos da igreja compareceram e levaram presentes. As diaconisas prepararam uma recepção no salão social. Todos falavam da guerra, e alguns homens que estavam no salão da congregação já tinham se alistado para prestar o serviço militar. A mãe deu para os recém-casados uma toalha de mesa de crochê com cinquenta dólares escondidos numa dobra. Eles usaram esse dinheiro para comprar passagens de trem para Denver.

A mãe e o pai de Trip fizeram Hildemara se sentir mais como uma filha que não viam há muito tempo do que como uma nora. Quando Hildie perguntou como a sogra preferia que ela chamasse os dois, ela descartou Otis e Marg e escolheu o modo como Trip se dirigia a eles: papai e mamãe.

– Cuidado! – disse Trip dando risada. – O papai está inventando formas de entreter você.

Quando o pai de Trip prendeu um trenó na traseira do carro, Hildie deslizou com ele pela East Moreno até o lago Prospect. Em poucas semanas, ela aprendeu o básico de patinação no gelo e esqui.

Eles tiveram pouco tempo sozinhos na pequena casa de um quarto só. O quarto de Trip era bem parecido com o de Hildie – uma varanda convertida, nos fundos. Pelo menos o dele tinha venezianas para a neve, em vez de janelas com tela. Não tinham problemas para se aquecer.

– Vamos ter de voltar logo para a Califórnia, para você começar a faculdade de medicina.

Hildie passou os dedos no cabelo castanho de Trip. Os pais dele tinham saído para visitar alguns amigos e deixaram os dois sozinhos o dia inteiro. Tinham passado a manhã toda na cama, sem se preocupar em não fazer barulho.

Trip pegou a mão dela e a beijou.

– Eu me alistei, Hildie.

O coração dela gelou.

– O que você disse?

– Fui ao centro de alistamento segunda-feira e assinei os papéis.

Ela soltou a mão dele e se sentou.

– Ah, Trip, diga que não fez isso. Estamos casados só há três semanas!

Tudo tinha conspirado para mantê-los separados por tanto tempo... A doença do pai, depois a dela, e agora ele tinha se alistado para partir e combater numa guerra? Como pôde fazer isso?

– Está frio – disse Trip, puxando-a para que ela se deitasse novamente e passando a perna por cima da dela para prendê-la na posição. – Todos os homens fisicamente capazes estão se alistando. Como eu podia deixar de fazer a minha parte?

– Então você se alista sem me dizer nada? Sou sua mulher!

– Hildie...

– Solte-me!

Ele a soltou. Ela vestiu o robe, saiu do quarto e parou na frente do aquecedor. Teria de entrar nele para derreter o gelo que sentia por dentro. Trip também foi para a sala, fechou a porta e ficou atrás de Hildie, passando as mãos nos braços dela.

— Eu devia ter lhe contado. Desculpe não ter feito isso. Tive medo de deixar você me convencer do contrário.

Ela afastou as mãos de Trip e virou-se de frente para ele, com lágrimas escorrendo pelo rosto.

— É assim que vai ser nosso casamento? Você toma decisões que mudam completamente nossa vida e só me conta depois? — Ela teve um lampejo. — Seus pais sabiam, não é? Por isso nos deixaram sozinhos hoje. — Fechou os olhos. — Por isso sua mãe foi para a cama mais cedo ontem e seu pai estava tão sério.

— Nosso país está precisando de soldados. O recrutador acha que vou acabar como paramédico, pelo meu histórico de curso e pelo tempo que trabalhei no hospital. Eu posso ser útil. — Ele segurou o rosto dela com expressão de sofrimento. — Não posso ficar aqui, em segurança e feliz, fazendo amor com você a cada chance que tenho, enquanto outros arriscam a vida pela nossa liberdade. Essa é uma batalha pela sobrevivência da América, Hildie, não uma briga qualquer num país estrangeiro, em algum lugar do qual nunca ouvimos falar.

Ela sentiu o corpo reagir com uma tremedeira. Também tinha lido os jornais. Se os japoneses invadissem a Califórnia e a Alemanha dominasse a Europa, o mundo inteiro estaria em guerra.

— Você está certo. Vou me alistar também. Jones disse um ano atrás que o exército ia precisar de enfermeiras.

Trip a largou e ficou muito vermelho.

— Só por cima do meu cadáver! Você não vai se alistar no exército!

Ela riu, incrédula.

— Você pode, mas eu não? Tenho mais formação que você, Trip. Não espere que eu fique sentada em casa esperando, se meu marido pode estar entre os feridos!

— Eu quero que você fique segura!

— Eu queria a mesma coisa para você, mas você fez o que bem entendeu. E agora estou de acordo: o país precisa de nós.

— Não...

Ele pôs as mãos na cabeça e virou para trás. Hildie acariciou-lhe as costas.

— Se o que está em jogo é a nossa liberdade, não podemos todos fazer parte disso?

Ele se virou para ela, pálido.

— Não faça nada ainda. Prometa. Vamos rezar para Deus nos indicar o caminho.

— Você rezou?

— *É claro!* — Ele segurou o rosto dela. — Tenho rezado desde o dia 7 de dezembro para saber o que fazer.

— E nunca me incluiu.

Trip fez uma careta.

— Não farei isso de novo. Preste atenção, por favor. Um de nós se alistando agora já basta. Dê um tempo, vamos rezar e ver o que Deus quer para você.

Tudo aconteceu mais rápido do que eles esperavam. Trip foi convocado e Hildie foi com ele para Camp Barkeley, no Texas, depois para Fort Riley, no Kansas, e então para Fort Lewis, em Washington. Ela morava em pensões enquanto ele ficava nos alojamentos do quartel. Quando ele tinha um dia de folga, os dois ficavam no quarto dela, sedentos um do outro. Dezenas de milhares de soldados da marinha foram enviados para o Pacífico, para lutar contra os japoneses, e o exército se preparou para invadir a Europa. Trip recebeu ordem de ir para a Escola de Candidatos a Oficial.

— Desta vez você não pode vir comigo, Hildie. Não vou poder vê-la e não quero você morando com desconhecidos. Quero que vá para casa.

Que casa? Onde? Ela não sabia se voltava a trabalhar no Merritt, onde ficaria cercada de amigos, ou para Colorado Springs, para viver com os sogros, ou para casa em Murietta, se a mãe permitisse. Nenhum lugar seria um lar sem Trip. Ficaria em Tacoma até resolver o que fazer.

Trip vestiu a farda, e ela ficou sentada na beirada da cama com a camisola que Cloe fizera. Ele se abaixou e deu-lhe um beijo.

— Talvez até lá Deus tenha respondido às minhas preces.

Passou os dedos no rosto dela e saiu.

Hildie não precisou perguntar o que ele queria dizer, mesmo sem nunca ter dito suas orações em voz alta. Ele queria que ela engravidasse. Não queria apenas um filho, queria que ela não pudesse se alistar no exército.

Ela cobriu os olhos com a mão e pediu a Deus proteção para o marido. Se a leve náusea matinal que estava sentindo nos últimos dias fosse algum sinal, Deus já devia ter atendido às preces de Trip. Talvez tivessem algo para comemorar, em vez de passar o tempo todo se preocupando com o que o futuro traria. O futuro podia ser um filho! Mas aquele enjoo também podia ser de medo do que poderia acontecer com Trip.

Hildemara esperou mais um mês antes de marcar uma consulta. O médico confirmou que ela estava grávida. Orgulhosa de estar carregando um filho de Trip, ficou com as mãos na barriga, no ônibus de volta para o apartamento.

Ela ia para casa, para Murietta. Não queria ser mais uma preocupação para Trip, e ele não ia querer que ela vivesse sozinha com um bebê a caminho. *Deus resolveu, Trip. Você vai ser papai. Vou voltar para casa, para a minha mãe...* O primeiro neto dela! Talvez a mãe ficasse tão contente que seria capaz de se orgulhar.

Rikka tinha ido para casa para ver Melvin antes que ele fosse para o acampamento dos fuzileiros navais, depois voltou para San Francisco. Tinha parado de pegar matérias em tempo integral na Escola de Belas-Artes da Califórnia, para poder escolher o que estudaria. Conseguiu um emprego de garçonete num restaurante badalado e adorava viver em San Francisco. Dizia que amava Melvin, mas não tinha intenção nenhuma de se tornar mulher de um fazendeiro em Murietta. Era esperar para ver o que venceria: o amor ou a sede de viver. Com a fixação de Rikka pela vida da cidade, Hildemara supôs que teria espaço suficiente para ela e para o bebê.

Só uma tola faz suposições.

38

1942

Hildie deixou o baú e a mala na estação de trem e foi andando para casa. Quis fazer uma surpresa para a mãe e bateu à porta da frente. Não reconheceu a mulher que abriu a porta.

Ela ficou parada, boquiaberta.

– Quem é a senhora?

– Faço a mesma pergunta.

– Sou Hildemara Arundel.

– Não conheço nenhum Arundel.

– Waltert. Minha mãe é Marta Waltert.

– Ah – a expressão dela desanuviou e ela abriu a porta de tela. – Entre, por favor. Sua mãe não mora mais aqui, está na casa dos fundos. – Ela apoiou o braço de Hildie. – Pronto. Sente-se aqui. Está parecendo meio cansada.

– Quem é a senhora?

– Donna Martin.

Ela deu um tapinha no ombro de Hildie, serviu-lhe um copo de limonada e saiu para chamar a mãe.

Um minuto depois, Marta entrou correndo pela porta dos fundos.

– O que você está fazendo aqui, Hildemara?

– O Trip foi para a Escola de Candidatos a Oficial. Ele disse que eu não podia ir com ele, então quis voltar para casa! – e caiu no choro.

– Venha.

A mãe fez Hildie se levantar, pediu desculpas para Donna Martin pela intrusão, empurrou Hildie pela porta dos fundos, nos degraus, e seguiram pelo caminho até a casa. Abriu a porta lateral, que dava na cozinha.

– Pena que você não teve a ideia de escrever primeiro, em vez de aparecer assim, de surpresa, e bater à porta da frente.

– Pensei que seria bem-vinda – Hildemara secou o rosto. – Eu devia saber. – Ela olhou em volta. – Você está morando aqui? Onde estão o Bernie e a Elizabeth?

A mãe serviu mais um copo de limonada e bateu com ele na frente de Hildie, na pequena mesa da cozinha.

– Você está com cara de quem não dorme há uma semana.

– Mamãe!

A mãe se sentou e juntou as mãos sobre a mesa.

– Hitch e Donna Martin estão aqui de meeiros. Eles têm quatro filhos. Eu não preciso de muito espaço, por isso lhes dei a casa grande. Ficarão mais bem instalados lá, com mais espaço, em vez de viverem numa barraca como aconteceu conosco.

– E o Bernie e a Elizabeth?

– O governo levou os Musashi embora. O Bernie e a Elizabeth mudaram para a casa deles.

– Levou-os embora? Para onde?

– Para um campo de concentração em Pomona. Ouvimos dizer que vão mandá-los para outro campo de concentração, no Wyoming, um lugar pior ainda. Enviamos cobertores e casacos a eles na semana passada. Espero que recebam. O governo age como se todos os japoneses fossem espiões. Estou surpresa de não terem mandado um ônibus para pegar todos os alemães e italianos que vivem por aqui e nos levar para algum acampamento no fim do mundo, no vale da Morte. – Ela levantou as mãos e balançou a cabeça. – As pessoas enlouquecem na guerra. Elas se deixam dominar pelo medo. De qualquer maneira, Hitch e Donna são pessoas boas e trabalhadoras. O seu pai falava muito bem do Hitch.

Eles vieram para cá quando Oklahoma virou pó e passaram dificuldades desde que chegaram à Califórnia. Eu sei bem o que é isso. Hitch conhece lavoura e criação, por isso o contratei para administrar este lugar. Foi assim que seu pai e eu começamos quando viemos para a Califórnia, como meeiros. Você se lembra daquele tempo em que moramos perto do canal de irrigação, naquela casa-barraca que seu pai construiu? Vou tratar os Martin melhor do que fomos tratados, isso eu posso lhe garantir.

– Então você está morando aqui.

– Estou. Está bom para mim. Os Martin vão manter nossa terra arrumada e bem cuidada, como seu pai fazia quando estava bem.

Hildie se irritou.

– O Bernie fez isso muito bem.

– Sim, o Bernie fez um bom trabalho. Não estou dizendo que ele não fez. E fará um bom trabalho do outro lado da estrada também.

– Eu posso ajudar.

– Não, aqui não. O quê? Agora que voltou para casa, está pensando que vou expulsar os Martin para você poder se mudar para cá e brincar de fazendeira? Não. Esta casa tem só um quarto, Hildemara, e não quero dividi-lo. Não preciso de você aqui na fazenda.

Os lábios de Hildemara tremeram.

– Você nunca pensou que eu poderia precisar de você?

A mãe botou as mãos sobre as de Hildie e as segurou com força.

– Não, você não precisa. Já faz um tempo que você se vira sozinha. – Hildie se desvencilhou. – Volte para o Merritt, volte a trabalhar, volte para os seus amigos! Assim o tempo vai passar mais depressa.

Era nisso que dava pensar que seria bem-vinda em casa.

– Não posso voltar a trabalhar.

– Por que não?

– Porque estou grávida.

A mãe recostou-se na cadeira.

– Ah. Bem, isso muda as coisas. – Ela sorriu e seu olhar ficou um pouco mais suave. – Você e Elizabeth terão muito que conversar. Vá até lá. Eles ficarão contentes de vê-la. E há muito espaço na casa dos Musashi. Ele construiu um dormitório para as meninas, lembra?

A mãe foi com ela.

– Vejam só quem apareceu por aqui!

Era bem típico dela dizer isso.

Bernie atravessou o quintal a passos largos, agarrou Hildie e rodopiou com ela, tirando seus pés do chão. Ela deu risada pela primeira vez em semanas.

– Ponha-me no chão, Bernie!

– Cuidado, Bernhard. Sua irmã está esperando um bebê.

Ele soltou Hildie.

– Caramba! Está de quanto tempo?

– Três meses.

Ela viu a mãe atravessar a estrada de volta. Quase podia imaginá-la passando uma mão na outra por ter resolvido as coisas tão depressa.

– Elizabeth está de seis meses. Continua enjoando muito todas as manhãs. Pensei que ela tinha escrito para você. A carta deve ter se perdido com todo aquele seu vai e vem atrás daquele seu marido.

Ele passou o braço no ombro dela e a levou para a casa dos Musashi.

– Ela vai adorar ver você. Anda muito sozinha. – Bernie parou, com a cara muito séria. – É melhor eu avisá-la logo, caso você queira mudar de ideia sobre ficar aqui conosco. Já atiraram pedras em nossas janelas. O velho Hutchinson me chamou de amante de japonês ontem. Acho que eu entendo. O filho dele morreu em Pearl Harbor, mas tente explicar para ele que os Musashi não tiveram nada a ver com isso. As pessoas veem espiões japoneses atrás de cada arbusto, e alguns alemães também. Está entendendo o que estou dizendo, Hildie?

– Estou.

O medo tornava algumas pessoas imbecis.

Elizabeth estava na frente da pia e deu meia-volta quando Bernie e Hildie entraram. Hildemara deu uma longa e boa olhada nela. *Milagres acontecem*, pensou. Torcia para que aquela gravidez fosse um deles.

– Hildie – disse Elizabeth, baixinho. – Estou muito contente que tenha vindo.

As duas se abraçaram. Quando Hildie olhou nos olhos de Elizabeth, a amiga corou e desviou o olhar. Ela teve vontade de chorar.

Bernie a levou de volta para a estação de trem no Ford T da mãe, para pegar a bagagem. Ele teve de levantar o baú sozinho para colocá-lo no banco de trás.

— Você tem mais tralha do que na última vez que veio para casa!

— A sra. Henderson, proprietária da casa onde eu morava, fez uma liquidação antes de eu sair de Tacoma. Ela vai pôr a casa à venda para morar com a filha. Eu a ajudei a descer as caixas do sótão e a botar preço em tudo. Não dava para acreditar no tanto de coisas que ela acumulou durante todos esses anos. Até os locatários deixaram pertences. O marido dela também tinha uma loja. Vendia todo tipo de mercadoria, inclusive louça. O sótão dela estava abarrotado! Ela me deu doze jogos de jantar de mostruário da loja: Royal Doulton, Wedgwood, Spode e Villeroy & Boch. E também algumas toalhas de linho. Podemos usar tudo, se você e a Elizabeth quiserem.

— Vamos guardar seu baú no celeiro. Guarde todas essas coisas bonitas para quando você e o Trip montarem sua casa. A Elizabeth empacotou todos os pratos e utensílios de cozinha dos Musashi. Estamos usando os nossos.

Bernie parecia ter menos segurança na vida do que ela.

— O que vocês vão fazer quando os Musashi voltarem?

— Resolveremos isso quando chegar a hora.

Com os Martin morando na casa grande e administrando a fazenda, Bernie estava sem casa e sem trabalho.

— De quem foi a ideia de se mudarem para a casa dos Musashi?

— A mamãe e eu tivemos essa ideia ao mesmo tempo. Pensei nisso no dia em que os vi indo para a cidade com uma mala cada um. Não era justo.

— Obrigada por me hospedar, Bernie.

Ele fez uma careta para ela.

— Você acha que eu deixaria minha irmã grávida sem teto?

— A mamãe deixaria.

Ele se irritou.

— Que coisa feia de dizer.

Ela ficou envergonhada e se pôs na defensiva.

— Eu nunca tinha ouvido falar dos Martin. A última coisa que eu soube foi que você estava administrando a fazenda.

— As coisas mudam. — Ele deu uma risada triste. — Eu chorei quando vi os Musashi indo embora. A mamãe ficou uma fera. Disse que não era justo. Escreveu cartas e falou com todas as pessoas que pôde. Foi de carro até Sacramento para falar com alguém do governo. Eles quiseram saber de onde *ela* era. Resolvemos manter a fazenda dos Musashi funcionando. Se não pagarmos os impostos, eles vão perder esse lugar. A mamãe, a Elizabeth e eu decidimos que essa era a melhor forma de enfrentar as coisas agora. Os Martin são boa gente, Hildie. Vão cuidar do lugar como se fosse deles, e a mamãe está bem instalada na casa menor.

Enquanto Bernie carregava o baú para o celeiro, Hildie levou a mala para a casa. Elizabeth tinha posto a mesa. Deu uma olhada para Hildie por cima do ombro e virou-se de novo para o fogão.

— Tem alguma coisa cheirando muito bem aí.

— Ensopado — a voz de Elizabeth parecia embargada.

Elizabeth quase não falou durante o jantar. Bernie contou tudo que precisava fazer na terra dos Musashi. Hildie comentou sobre as mudanças que teve de fazer, seguindo Trip.

— Não há lugar no alojamento para os alunos da Escola de Candidatos a Oficial.

Ela encolheu os ombros e procurou não pensar em quantos meses levaria para ver Trip novamente.

— Eu tentei me alistar — disse Bernie, jogando o guardanapo na mesa. — Sou forte como um touro, mas não me aceitaram. Já tinha dois fatores contra antes de entrar por aquela porta. Sou o único filho homem e fazendeiro. Mas talvez haja outro motivo para não me quererem. Bernhard Waltert não é exatamente um nome americano, não é? — Ele se levantou. — Tenho de trabalhar.

Hildie olhou para a porta se fechando e depois para Elizabeth, que estava com cara de cachorro magro.

— As coisas estão tão ruins assim?

— Alguém chamou o Bernie de covarde a última vez que ele foi à cidade.

Hildie pôs o prato dele em cima do dela e começou a tirar a mesa.

— Idiotas!

— Eu posso lavar a louça, Hildie.

— Quero fazer a minha parte enquanto estiver aqui. Você cozinhou, eu lavo a louça.

Elizabeth abaixou a cabeça.

– Você sabe, não é?

Hildie ficou de frente para a pia e fechou os olhos. Queria fingir que não tinha entendido. Secou as mãos, voltou e se sentou à mesa. Elizabeth não conseguia olhar para ela.

– Quem é o pai?

Os ombros da cunhada deram um solavanco, como se ela tivesse recebido um golpe.

– Eu o amo, você sabe.

O coração de Hildie se partiu. Teve vontade de sacudir Elizabeth.

– Quem?

A cunhada levantou a cabeça, com os olhos arregalados e a boca tremendo.

– Bernie. Eu amo o Bernie!

A voz dela falhou e ela cobriu o rosto.

– Ele sabe?

– Como você soube?

Hildie mentiu.

– Pela sua cara quando entrei por aquela porta, pelo fato de não conseguir olhar nos meus olhos. O Bernie sabe?

Elizabeth balançou a cabeça.

– Ele sabe que tem alguma coisa errada. – Secou as lágrimas com a mão. – Ele não entende por que eu choro o tempo todo. O médico disse que tem a ver com os hormônios. – Ela levantou a cabeça, com cara de medo. – Você vai contar para ele?

– Não vou ser eu quem vai contar para o meu irmão uma coisa que vai fazer o coração dele em pedaços. O segredo é seu, Elizabeth, não meu. – Mas ela precisava saber. – Você ainda não me disse quem é o pai.

– Eddie Rinckel.

O melhor amigo de Bernie?

– Ah, Elizabeth... – Hildie levantou e se afastou. – Como pôde fazer uma coisa dessas?

Ela chegou a ficar enjoada. Teve vontade de dar um tapa em Elizabeth, de gritar com ela.

– Você me odeia?

Hildie fechou os olhos.

– É. Acho que sim.

Tremendo, ela voltou para a pia para lavar os pratos. Elizabeth se levantou em silêncio e foi para o quarto que dividia com Bernie.

Mais tarde, deitada na cama, ouvindo os ruídos da noite, Hildemara chorou.

De repente, Bernie abriu a porta.

– Fogo! Venha, preciso de ajuda!

Hildie pegou o robe e correu. Elizabeth trabalhou ao lado de Bernie. Os Martin, todos os seis, e a mãe, de camisola, chegaram com pás. Levaram uma hora, mas conseguiram apagar o incêndio que tinha começado no campo de alfafa.

A mãe jogou a comprida trança para trás e limpou a fuligem da frente da camisola.

– Precisamos de outro cachorro.

Babo morrera quando Hildemara estava na escola de enfermagem. Bernie deu uma risada cínica.

– Que sejam dois, mamãe.

39

Trip telefonou uma noite, bem tarde. Hildemara ficou felicíssima ao ouvir a voz dele.

– Recebi sua carta. Só posso falar alguns minutos. Por isso, preste atenção. Quero você em segurança. Volte para o Colorado e vá morar com os meus pais. Eles adorariam ter você lá.

Ela não devia ter contado a ele sobre o incêndio nem que tinham pintado "Amante de japa" em vermelho na parede do celeiro.

– Não vou dar as costas para os meus amigos. Os Musashi são tão americanos quanto você e eu. São nossos vizinhos há anos. O sr. Musashi ensinou meu pai a podar amendoeiras e videiras. Papai consertava a bomba do poço e o caminhão deles. Estudei com as meninas. O Bernie jogava futebol americano e basquete...

– Hildie...

– Não se preocupe comigo. Eu sei me cuidar.

Bernie, sentado à mesa da cozinha com Elizabeth, deu risada.

– Ela está começando a falar como a mamãe.

– Pedradas nas janelas? Fogo no campo? – Trip disse, irritado. – Está parecendo que você vive numa zona de guerra.

– Pode ser, mas é uma guerra diferente da que você está vivendo. – Os olhos de Hildie se encheram de lágrimas, mas ela procurou se tranquilizar. – As coisas vão se acalmar. As pessoas nos conhecem aqui há anos, Trip. Papai era muito querido, mesmo sendo alemão. – Ela não conseguiu disfarçar o aborrecimento na voz. – Estamos enfrentando isso muito bem e mantendo a fazenda em ordem. Trate de se cuidar.

Ela secou as lágrimas que escorreram só de pensar no que Trip enfrentaria em pouco tempo. O medo era um companheiro constante, que lhe tirava o sono e lhe roubava o apetite. Havia outras tristezas também. Elizabeth era uma. Hildemara se esforçava para evitar a decepção e a sensação de ter sido traída, pelo bem de Bernie.

– Tenho de ir.

Hildie ouviu vozes ao fundo e sabia que devia ter se formado uma fila diante do telefone.

– Trip! – A voz dela falhou. Ela não queria encerrar a conversa com uma discussão. – Eu te amo.

– Eu também te amo. Cuide do nosso bebê.

Ela ouviu um tom diferente na voz dele.

– Você já recebeu as ordens, não é?

– Estamos de partida.

– Quando?

– Logo. Se alguma coisa acontecer comigo...

– Não diga isso! Não se atreva!

– Eu te amo, Hildie. Cuide-se.

Ele desligou.

Quando ela botou o fone no gancho, suas mãos tremiam. Foi como uma pancada no coração pensar que talvez jamais ouvisse a voz de Trip novamente.

Bem cedo na manhã seguinte, antes de o sol nascer, Bernie espiou Hildemara por cima da xícara de café.

– Você está com uma cara horrível. Tem enjoo matinal também?

– Simplesmente não consigo dormir de tanta preocupação.

– Elizabeth não se sente bem e não quer levantar.

Ele deu uma olhada rápida para a porta do quarto e depois diretamente para Hildie.

— Vocês duas discutiram, se desentenderam?
— Não. Por que discutiríamos?
Ele botou a xícara na mesa devagar.
— Eu sei sobre o bebê.
— Ah, Bernie.
Ela cobriu a boca com a mão e sentiu vontade de chorar só de olhar para a expressão dele.
— É minha culpa, sabe? — Ele fez uma careta. — Descobri, depois que nos casamos, que eu não podia ter filhos. — Ele olhou para ela de novo. — Nós tentamos. O médico me disse que caxumba pode deixar o homem... Bem, você sabe, imprestável.
— Não diga isso.
— Sou um covarde, Hildie. Não tive coragem de contar a verdade para a Elizabeth. Tive medo de perdê-la. E provavelmente é o que vai acontecer, de qualquer maneira.
Ela nunca tinha visto o irmão tão desesperançado.
— Ela diz que ama você — disse Hildie, pousando a mão em cima da dele. — E eu acredito nela.
— Foi o Eddie — os olhos dele se encheram de lágrimas. — Ele mesmo me contou.
Hildemara se irritou.
— Ele se vangloriou disso?
— Não, muito pelo contrário. Eu sabia que alguma coisa o estava perturbando. Saímos para beber antes de ele partir para o treinamento. Ele se alistou nos fuzileiros navais. Estava com aquele medo do último minuto, não sabia se tinha coragem suficiente. Tomou um porre tão grande que mal conseguia ficar de pé. Quando o deixei em casa, ele não parava de dizer que estava muito arrependido, que desejava que eu o matasse, que assim os japoneses nem teriam o trabalho. Quando perguntei que diabos ele estava dizendo, ele me contou.
— Ele devia ter ficado de boca fechada!
Bernie deu um sorriso triste.
— Ele é apaixonado pela Elizabeth desde antes de virmos para a cidade. Eu é que a roubei dele, não o contrário.
— Isso não é desculpa. Para nenhum deles dois.

Bernie olhou furioso para ela e esfregou a cabeça, agitado.

– Não julgue a Elizabeth. As pessoas estavam dizendo coisas horríveis para ela na cidade, que eu era um covarde por não ter me alistado, que somos amantes de japoneses, e chamando a mamãe de nazista imunda. O Eddie disse para eles calarem a boca e saírem do caminho, então deu uma carona para ela até em casa. Só que eles não voltaram direto para cá. Ela estava apavorada, pensando no que eu poderia fazer quando descobrisse. E ele sabia que eu iria para a cidade e teria mais do que uma discussão com alguns deles... – Bernie esfregou o rosto. – Enfim, eles pararam no Grand Junction. Ele só queria acalmá-la antes de trazê-la para casa. Começaram a conversar sobre os bons e velhos tempos. Ela ainda estava chorando, muito abalada. Ele a abraçou, tentando acalmá-la. Foi assim que começou, eu acho. E simplesmente não acabou ali. – Bernie franziu o rosto, angustiado. – Não consegui odiá-lo, nem mesmo quando ele me contou. Que direito tenho eu de jogar pedra em qualquer um? – Os olhos dele ficaram marejados. – Ele morreu, sabia? Foi feito em pedaços em alguma droga de ilha no Pacífico Sul. Costumava me dizer que queria ir à praia. "Vamos para Santa Cruz", ele dizia. Bem, ele morreu numa praia.

Hildie cobriu o rosto com as mãos e soluçou. Só conseguia pensar que Trip estava a caminho da Europa. Tinha repetido milhões de vezes para si mesma que ele era um paramédico. Graças a Deus não era um fuzileiro naval. Não o colocariam na linha de frente. Ele ficaria atrás, atendendo os feridos.

Bernie agarrou os ombros dela.

– Seja gentil com a minha mulher. Ela está se remoendo de culpa. E eu a amo, a amo demais. No que me diz respeito, o bebê que ela carrega é meu.

Hildie levantou a cabeça.

– Talvez seja melhor contar para ela.

– Contar o quê?

– Tudo.

Ele balançou a cabeça.

– Ela pode me deixar.

Hildie debruçou-se sobre a mesa e segurou o rosto dele.

– Você não a deixou.

Ele afastou o rosto e se levantou.

– Dois erros não fazem a coisa certa, minha irmã.

– De que serve o amor sem confiança?

– Do que vocês estão falando?

Elizabeth apareceu na porta do quarto, ainda de camisola, com os braços em volta do corpo. Parecia doente e amedrontada, pálida e estressada. Olhou para Hildie e depois para Bernie, desolada.

– Você...?

– Se ela contou que o bebê não é meu? Não, meu doce. Ela não contou nada. Eu já sabia.

Elizabeth gemeu, como se estivesse sufocando, e recuou, cobrindo o rosto com as mãos.

Bernie puxou uma cadeira.

– Sente-se aqui comigo. Nós precisamos conversar.

Hildie não suportou o sofrimento que viu na expressão dos dois, a culpa, a vergonha, o coração despedaçado. E se levantou.

– Eu amo vocês dois.

Ela foi lá para fora, sentou-se na cadeira da sra. Musashi, na frente da casa, e ficou assistindo ao nascer do sol enquanto Bernie e Elizabeth conversavam. Não ouviu nenhum grito, nenhum berro, como faziam a mãe e o pai. Ficou preocupada com o silêncio e foi espiar pela janela. Elizabeth estava sentada no colo de Bernie, com os braços em volta do pescoço dele. Ele a segurava com firmeza, acariciando-lhe as costas, e os dois choravam.

Hildie ficou aliviada. Sentiu inveja dos dois por poderem ficar juntos durante aquela guerra, por não terem de se separar. Não gostava de sentir isso. Saiu para uma longa caminhada pelo pomar de nogueiras da sra. Musashi. Agradeceu a Deus por Bernie e Elizabeth estarem bem. Rezou pela segurança de Trip. Passou as mãos no ventre e pediu que seu bebê nascesse forte e saudável. Rezou para que a próxima batalha mudasse o rumo da guerra e que ela acabasse logo.

Pensar em Trip provocava uma série de emoções: preocupação, medo, esperança, desejo, uma solidão sofrida e a vontade de tê-lo de volta ao seu lado. *Deus, por favor, traga-o de volta para mim. Traga-o de volta para casa inteiro.*

O verão estava chegando ao fim, e as pessoas da cidade tinham mais um motivo para não gostar de Bernie, da mãe e de qualquer outra pessoa na situação deles. O racionamento privara todos de alimentos, mas os fazendeiros tinham fartura. Os quarenta acres de amêndoas e passas da mãe, e sua horta de meio acre, além das galinhas e dos coelhos, produziam o suficiente para alimentar as duas famílias e ainda sobrar bastante para vender. Bernie cuidou do pomar de nozes, dos vinhedos e de dois acres de produtos. Ele ia sempre a Merced vender tomate, abóbora, cebola e cenoura. Os Musashi tinham duas vacas, ambas saudáveis, cem galinhas, uma dúzia de coelhos e quatro cabras. Bernie acrescentou um cachorro. Deu-lhe o nome de Matador, de brincadeira, mas os passantes acreditavam e mantinham distância. Com alimento sempre abundante, a mãe disse que deviam dar tudo o que sobrasse para os vizinhos e amigos na cidade, e vender apenas o necessário para pagar o financiamento e os impostos das duas fazendas.

Hildemara ficou viçosa com a gravidez. Elizabeth também. As duas riam, andando feito patas pela propriedade. Os meses foram se passando e ficou mais difícil para elas limparem a horta. O filho de Bernie e Elizabeth nasceu em setembro. Deram-lhe o nome de Edward Niclas Waltert.

A mãe verificava a caixa de correio todos os dias. Hildemara ia até lá para pegar a correspondência. A mãe examinava todos os envelopes e suspirava profundamente.

Quando Hildemara entrou em trabalho de parto, Bernie foi chamar a mãe. Em vez de pegar o carro e ir até a cidade chamar o dr. Whiting, ela atravessou a estrada e foi ajudar o bebê a nascer. A condição de Hildemara estava adiantada demais, e ela nem pôde reclamar. Marta já tinha dito a Elizabeth o que fazer.

A mãe inclinou-se sobre Hildie e secou-lhe o suor da testa.

– Pode gritar se quiser.

Hildie sabia que a mãe esperava que ela fizesse pior do que Elizabeth, que havia berrado, soluçado e implorado para que a dor passasse. Hildie já tinha estado em salas de parto de hospitais e sabia o que a esperava. Não tinha nenhuma intenção de piorar tudo para os que estavam à sua volta. Não olhou para a mãe nem deu ouvidos a nada do que ela dizia. Concentrou-se no avanço do trabalho de parto, suportando a dor em silêncio e fazendo força quando o corpo pedia.

— Você tem um filho, Hildemara Rose. — A mãe lavou e secou o bebê, depois o colocou nos braços de Hildie. — Como ele vai se chamar?

Exausta, Hildie sorriu olhando para o rostinho perfeito do filho.

— O Trip gosta do nome Charles.

Ela escreveu para o marido no dia seguinte.

Nosso filho chegou no dia 15 de dezembro. Charles Cale Arundel tem pulmões muito saudáveis! A mamãe diz que consegue ouvi-lo do outro lado da estrada. Ele e Eddie vão formar uma dupla e tanto...

Ela escrevia todos os dias, às vezes de modo que parecesse que era Charles quem estava escrevendo.

Papai, venha logo para casa. Mal posso esperar para conhecê-lo. Você tem de me ensinar a jogar basquete e beisebol...

Hildie não esperava que o parto a debilitasse tanto. Ou talvez fosse a mamada noturna que a deixava exausta. Elizabeth já estava muito ativa poucos dias depois de dar à luz, mas Hildemara sentia um cansaço muito grande, o tempo todo. Temia uma recaída da tuberculose.

A mãe ia visitá-la todos os dias.

— Trate de dormir um pouco. Deixe-me segurar meu neto.

Querida Rosie,

Hildemara Rose me deu meu segundo neto. O nome dele é Charles Cale Arundel. Ela se saiu muito bem. Não gritou nem ficou reclamando. A única vez que derramou uma lágrima foi quando segurou o filho recém-nascido nos braços. Depois chorou rios de alegria.

Lembro-me de quando Hildemara nasceu, no chão da cabana, naquela terra gelada dos campos de trigo de Manitoba. Como eu chorei! Acho que xinguei Niclas quando ele voltou para casa e me encontrou lá. Pobre homem! Nunca dei mole para ninguém, especialmente para os que mais amo.

Minha menina se saiu melhor que eu, mas estou preocupada. Hildemara não recuperou a saúde como Elizabeth. Está muito pálida e exaurida. Dar de mamar a cada duas horas é realmente exaustivo, e temo que minha menina possa adoecer de novo. Eu me ofereço para ajudar, mas ela faz cara feia para mim e acabo voltando para casa. Então às vezes levo o jantar, só para dar um descanso para essas duas meninas.

Hildemara Rose e eu nos damos bem, mas existe um muro entre nós. Sei que fui eu que o construí. Duvido que ela tenha me perdoado pelas palavras duras que lhe disse no sanatório, mas não vou pedir desculpas. Talvez tenha de provocá-la de novo. Farei o que for preciso para mantê-la animada. Ah, mas dói muito fazer isso. Fico pensando se um dia ela vai conseguir me entender...

Depois de passar quase um mês de cama, Hildie começou a recuperar as forças. A mãe fez uma espécie de tipoia para que ela pudesse carregar Charles quando se ocupasse das tarefas domésticas. Ele passeava feliz, aninhado e seguro contra o peito de Hildie. Quando ele ficou grande demais para ser carregado na tipoia, a mãe inventou uma espécie de mochila para ser usada nas costas. Quando ele começou a engatinhar, Hildie e Elizabeth se revezavam tomando conta de seus "pequenos exploradores".

Bernie dava risada quando os dois engatinhavam pela casa.

— Eles precisam de sol, mas acho que vamos ter de enjaulá-los.

Os Aliados avançavam. Batalhas explodiam na Alemanha e no Pacífico Sul. Hildie ficava pensando se a guerra acabaria um dia e se Trip voltaria para casa.

40

1944

Finalmente a guerra começou a virar a favor dos Aliados, e a cada dia surgia uma nova esperança quando ouviam o rádio.

Bernie começou a fazer planos.

– Não vamos ficar em Murietta. Quando a guerra acabar, os Musashi vão voltar. Estará tudo pronto para eles, e vamos procurar um lugar para nós. Ganhei um bom dinheiro com aquelas árvores que enxertei. Árvores de limão, laranja e lima – ele deu risada. – Gostaria de ter meu próprio viveiro, fazer enxertos. Quero experimentar um pouco para ver o que mais posso criar. Eu podia fazer paisagismo. Talvez seja interessante morar mais perto de Sacramento ou San Jose, ou no ensolarado sul da Califórnia, perto de todos aqueles astros e estrelas de cinema sobre os quais a Cloe tanto escreve. Eles devem ter dinheiro para gastar.

Hildemara não sabia o que fazer. Escrevia para Trip todos os dias e não recebia uma carta havia semanas. Toda vez que um carro apontava na estrada, o coração dela subia na garganta, com medo de que o carro parasse, um oficial do exército descesse e batesse na porta dela. Eddie Rinckel não fora o único da cidade morto na guerra. Tony Reboli morrera no Dia D. Outros dois meninos do Pandemônio de Verão da mãe também, e Fritz perdera uma perna ao pisar numa mina em Guadalcanal.

Hildie sabia que Trip havia sobrevivido ao Dia D. Quando ele chegou a Paris, já era capitão. Suas cartas, poucas e muito espaçadas, eram cheias de palavras de amor, lembranças do tempo que tiveram juntos e saudades. Ele não escrevia sobre o futuro.

Os jornais noticiavam que dezenas de milhares de soldados morriam nos campos de batalha da Europa e nas ilhas antes desconhecidas do Pacífico Sul. Nos Estados Unidos, o preconceito se agravou. Hildemara continuou a ir à igreja com a mãe. Deixava Charlie em casa com Bernie e Elizabeth, que tinham parado de ir. Poucas pessoas falavam com Hildemara – e só porque sabiam que Trip estava servindo no exército. Quase ninguém falava com a mãe. Velhos amigos, que os conheciam havia anos, mantinham distância, ficavam olhando e cochichando. A mãe sentava olhando para frente o tempo todo, prestando atenção no sermão, com a Bíblia do pai aberta no colo.

Foi Hildemara quem ficou furiosa. Depois de todas as coisas boas que a mãe tinha feito por aquela gente naqueles anos todos, agora eles lhe davam as costas?

– Pensei que fossem nossos amigos!

– E eram. E serão de novo, quando a guerra terminar. Desde que vençamos, é claro. Se perdermos, estaremos todos na mesma canoa furada.

– Amigos só nas horas boas, mamãe. Não são amigos de verdade.

– Eles estão com medo. O medo torna as pessoas más, faz com que fiquem burras.

– Não invente desculpas para eles!

Hildemara espiou pela janela do carro, com os braços cruzados sobre o peito, magoada e furiosa.

A mãe deu de ombros enquanto dirigia.

– Quando isso tudo acabar, não guardaremos rancor contra eles.

Hildemara virou para ela, exasperada.

– *Você* não vai guardar. Eu não quero mais saber desses... desses hipócritas!

O rosto da mãe ficou vermelho.

– O que você ganha julgando, Hildemara Rose? – Ela deu uma guinada brusca para entrar na fazenda. Hildemara foi jogada contra a porta do carro. – Continue assim e vai acabar tão mesquinha e burra quanto eles!

A mãe pisou no freio com tanta força que Hildie teve de se segurar no painel para não bater a cabeça.

– Mamãe! Está querendo nos matar?

– Apenas meta um pouco de juízo nessa cabeça. – Ela abriu a porta com um empurrão e desceu do carro. – O que acha que o seu pai lhe diria? *Dê a outra face!* É isso que ele diria.

Hildie saltou do carro e bateu a porta.

– Nunca pensei que ouviria isso da sua boca!

A mãe bateu a porta dela com mais força ainda.

– Bem, ouviu.

E saiu pisando duro na direção da casa.

Hildemara se arrependeu de ter posto lenha na fogueira.

– Por que não vamos a Atwater no próximo domingo? – perguntou para a mãe. – Ninguém nos conhece em Atwater! Ninguém vai ficar cochichando sobre nós lá!

A mãe deu meia-volta e parou.

– Não seja tão burra, Hildemara. Eu ainda tenho sotaque suíço.

Magoada com a crítica, Hildie revidou gritando.

– Suíço, mamãe, não é alemão! Os suíços são neutros!

– Neutros!... – ela bufou com desprezo. – Você não sabe de nada. Onde você pensa que os alemães obtêm munição? Como acha que as mercadorias passam da Alemanha para a Itália? Como se isso já não fosse bem ruim, as pessoas por aqui não sabem a diferença entre os sotaques suíço, alemão e sueco!

Hildie curvou os ombros.

– Eu não volto mais àquela igreja.

– Ora, muito bem! Trate de fugir, se quiser. Vá se esconder! Mas eu vou voltar, e vou continuar indo lá! E qualquer dia desses serei enterrada no cemitério da igreja. Trate de providenciar isso! Está me ouvindo, Hildemara Rose?

– Estou ouvindo, mamãe! Eles provavelmente vão cuspir no seu túmulo!

– Que cuspam. Faz as flores crescerem!

Ela entrou e bateu a porta da casa.

Bernie estava no jardim, do outro lado da estrada.

– Que escarcéu foi esse? Deu para ouvir daqui você e a mamãe gritando.

– Ela está impossível!

Bernie deu risada quando Hildie passou por ele feito ventania.

– Nunca pensei que chegaria o dia em que você responderia aos gritos para a mamãe.

– Não me serviu para nada, não é?

41

1945

Franklin Roosevelt continuou presidente, iniciando seu quarto mandato, com Harry Truman como o novo vice-presidente. Londres foi atingida pelas bombas V-1. A mãe escreveu para uma amiga em Kew Gardens. Os boatos sobre campos de concentração nazistas que exterminavam judeus foram confirmados. Oficiais alemães falharam num atentado contra Hitler e foram enforcados. Os soldados americanos avançavam sobre Berlim.

Finalmente a Alemanha se rendeu, mas a guerra continuou contra o Japão. Milhares de pessoas morreram, enquanto as tropas americanas lutavam para recuperar diversas ilhas no Pacífico.

Trip escreveu de Berlim.

Estou voltando para casa.

Ele não sabia quando chegaria, mas seria mandado para a cidade onde tinha se alistado, por isso, se quisesse estar na estação de trem para recebê-lo, Hildie precisava voltar para o Colorado. A felicidade dela virou pânico quando viu que a carta tinha levado doze dias para chegar.

Bernie a levou até a estação de trem para comprar as passagens. Ela rezou para encontrar lugar num vagão-dormitório, de modo que ela e o filho, com dois anos, pudessem descansar na viagem de três dias até o Colorado.

Quando chegaram, Hildie tinha perdido peso por causa do enjoo na viagem e estava exausta. O trem parou em Denver no meio da tarde e ela teve de baldear para o aerodinâmico Eagle até Colorado Springs. Com Charlie no colo e carregando a mala, ela chegou bem na hora. Todos os músculos do corpo doíam. Ela mudou Charlie de braço.

Os sogros estavam na plataforma à espera dela em Colorado Springs. Hildemara chorou de alívio ao vê-los. A sogra deu-lhe um breve abraço e pegou Charlie.

— Ah, ele é lindo! Igualzinho ao pai dele nessa idade.

Ela beijou o rostinho gorducho do menino, e o sogro abraçou Hildie.

— Alguma notícia?

Ela tinha sonhado ver Trip ali com eles.

— Ainda não, mas ele deve estar voltando para casa logo.

O sogro pegou a mala.

— Só uma?

— O Bernie vai mandar tudo para cá assim que soubermos onde vamos morar.

Ela perdeu as forças e cambaleou. O sogro a segurou pelo cotovelo e a examinou, preocupado.

— Você vai direto para a cama quando chegarmos em casa. Parece que não dorme há três dias.

— O Charlie não dormiu muito no trem.

Ele sorriu.

— Bem, agora você tem reforços, então pode descansar até o Trip chegar.

Hildie adormeceu assim que encostou a cabeça no travesseiro de Trip, no quarto da varanda. Acordou com alguém acariciando-lhe o rosto. Quando abriu os olhos, viu Trip debruçado sobre ela, sorrindo. Achou que estava sonhando, até ele falar.

— Oi, dorminhoca.

Ela levantou a mão, tocou o rosto dele e o abraçou, soluçando. Ele a segurou com firmeza, afastou a cabeça dela para trás e a beijou. Ela sentiu um gosto salgado e percebeu que os dois estavam chorando.

Constrangido, ele sussurrou por entre os cabelos dela:
– Senti tanto a sua falta, Hildie.
Ela ouviu lágrimas na voz dele, se aconchegou na curva de seu pescoço e sentiu o cheiro do marido.
– Você voltou para casa. Graças a Deus, você está de volta.
Ela sentiu o tremor nas mãos dele. Se os sogros não estivessem ali ao lado, se não fosse por Charlie, que tinha começado a chorar, ela teria sido mais ousada. Chegou para trás, sorrindo, inebriada com a visão do marido. Ele parecia cansado. O rosto não tinha mudado, mas os olhos pareciam mais velhos, desgastados pela guerra.
– O que achou do seu filho?
– Ele é perfeito. Está sentado no tapete da cozinha, brincando com as colheres de pau da mamãe. Ou estava. Tentei pegá-lo no colo, mas ele não gostou muito da ideia.
– Ele ainda não conhece você, mas vai se acostumar.
Ela não parava de tocá-lo, de acariciá-lo, e o coração ficava apertado, num misto de cansaço, sofrimento e felicidade. O olhar dele ficou sério.
– É melhor parar. – Ele segurou as mãos dela e as beijou. – Eu a quero tanto que chega a doer, Hildie. – E encostou a testa na dela. – Eu sei o que gostaria de fazer com você agora mesmo, mas não quero matar meus pais de choque...
A sogra preparou um almoço maravilhoso. Todos se sentaram à mesa e agradeceram a Deus pela volta de Trip. Ele deu comida na boca de Charlie.
– Dizem que a comida é o caminho mais rápido para o coração de um homem.
Brincou de aviãozinho com o filho e todos deram risada. Hildie não conseguia tirar os olhos do marido.
O sogro se levantou.
– Que tal levarmos esse rapazinho para dar um passeio, meu bem?
A sogra empilhou os pratos e os colocou dentro da pia.
– O ar puro vai fazer bem para ele. Deixe os pratos aí, Hildie. Você e o Trip têm muita coisa para pôr em dia.
E saíram com Charlie no carrinho que haviam comprado antes de Hildie chegar. O sol estava quente quando Trip e o pai carregaram o carrinho pelos degraus da frente, seguidos pela mãe.

— Vamos dar uma volta no lago Prospect — avisou o pai dele. — O Charlie vai gostar de ver as crianças brincando.

— Os Hart ainda não o viram — disse a mãe. — Vamos aproveitar para dar uma passada na casa deles também.

— Não se preocupem se ficarmos fora umas duas horas — o pai piscou para Trip. — Vamos cuidar do Charlie. E você, cuide de sua esposa.

Hildie ficou vendo os três subirem a Avenida East Moreno. Trip pegou a mão dela, puxou-a para dentro e fechou a porta. Encostou-se nela, dando um sorriso de orelha a orelha.

— Duas horas, o papai disse.

Ela corou.

— Eu adoro seus pais.

Eles aproveitaram ao máximo o resto da tarde.

Hildie teve seis dias perfeitos com Trip antes de ele ter de se apresentar na base militar. Os pais dele foram com ela até a estação de trem. A sogra carregou Charlie para Hildie poder caminhar acompanhando o vagão, com a mão no vidro da janela, a de Trip do outro lado.

— Nos veremos em poucos dias, Trip.

Os olhos dele se encheram de lágrimas. Fez um gesto com os lábios: *Amo você*. Olhou para os pais, que estavam atrás, e se afastou.

Ninguém disse nada na volta para casa. Hildemara teve um pressentimento, mas não quis falar. A sogra pegou Charlie assim que entraram na casa.

— Deixe-me ficar com ele um pouco, está bem?

Ela parecia prestes a cair no choro. Levou Charlie para o quarto, em vez de pô-lo no tapete para brincar. O coração de Hildie bateu mais rápido.

— Sente-se, querida — disse o sogro, pondo a mão no ombro dela.

— Qual é o problema?

— O Trip não conseguiu lhe contar.

Hildie começou a tremer por dentro, e então o medo cresceu e se espalhou. Tinha lido os jornais, mas não queria acreditar.

— Contar o quê?

Ela mal conseguiu pronunciar essas palavras. A guerra na Europa tinha acabado. Trip fizera a parte dele.

– O Trip recebeu ordens. Vai ser mandado para o Pacífico Sul.

Arrasada e com raiva, Hildemara voltou para Murietta. A mãe e o pai de Trip queriam que ela ficasse com eles em Colorado Springs, mas ela disse que Bernie e Elizabeth precisavam de ajuda para cuidar da propriedade dos Musashi. Um lampejo passou pelos olhos do sogro ao ouvir o nome japonês, mas ele não questionou.

Reinstalada, Hildie não suportava ler o jornal nem escutar o rádio. À noite, Bernie ligava o aparelho e então era inevitável. As mortes aumentavam com os navios afundados pelos camicases. Cada ilha recapturada custava dezenas de milhares de vidas. Mesmo assim, com seu antigo código de honra, o Japão se recusava a capitular. A cada invasão, as estimativas chegavam a cem mil soldados americanos mortos na batalha para derrotar os japoneses em seu próprio território. Quantos já haviam sido mortos na Normandia, no norte da África, na Itália, na Alemanha? Milhões! A Europa fora devastada pela guerra.

Trip escreveu.

O mar está revolto. Estou enjoado há dias. Desse jeito, não sirvo muito para nada.

Quanto tempo levaria para que seu navio chegasse à costa do Japão e ele participasse de mais uma invasão pelo mar, com a cruz vermelha no capacete branco como um alvo perfeito para o fogo inimigo?

A mãe disse que não adiantava nada se preocupar, mas Hildie não conseguia parar de pensar. Ela se preocupava achando que o navio de Trip seria atingido por um camicase, que afundaria e seu marido ficaria perdido no mar, à deriva, e depois morreria afogado ou devorado por tubarões. Ela se preocupava pensando que o navio dele chegaria ao Japão, ou a alguma ilha no fim do mundo, e ele pisaria numa mina e explodiria em pedaços, como o pobre Eddie Rinckel e uma dúzia de outros que ela conhecia dos tempos de escola.

– Você vai acabar adoecendo de novo, Hildemara Rose. – A mãe estava sentada à mesa dos Musashi, com um copo de limonada diante de si. – Você não pode mudar nada. Seu marido vai voltar ou não. Essa preocupação toda não vai ajudá-lo. Você precisa parar de chorar pelos cantos como uma alma perdida, escondida aqui dentro de casa. A Elizabeth está precisando de ajuda por aqui, caso não tenha notado.

– Deixe-me em paz, mamãe. O que você sabe sobre amar alguém como eu amo o Trip?

Ela se arrependeu do que disse assim que as palavras lhe saíram da boca.

– Ah, amor. Então é disso que se trata? De amor? – A mãe fez cara de deboche. – Está parecendo mais autocomiseração, olhando daqui. E uma boa desculpa para não arcar com a sua parte. Quem você pensa que é, alguma duquesa? Deixando todo o trabalho nas costas do Bernie e da Elizabeth porque seu marido voltou da Europa e foi mandado para o Pacífico? Está pensando que é a única que sofre? O Trip ficaria orgulhoso de você, não ficaria? Vendo-a aí sentada, chorando e deixando a Elizabeth cuidar de dois bebês. Dois não, três. Ele não ia adorar isso?

– *Pare!*

A mãe se levantou e espatifou o copo de limonada dentro da pia.

– Não. Pare você! *Mein Gott*! Isso é uma guerra! As pessoas que desistem e se entregam não sobrevivem! Você sabe o que seu pai dizia sobre a preocupação. É pecado, Hildemara! Demonstra sua falta de fé em Deus! Sabe o que seu pai me disse antes de morrer? Disse que, toda vez que eu sentisse que ia começar a me preocupar, era para eu rezar. *Rezar!* É isso que eu faço! Às vezes aos berros! Eu me agarro à fé com as duas mãos e rezo. Alguns dias é mais difícil, mas, por Deus, eu rezo!

– Eu não sou você.

– Não, não é – a mãe suspirou. – Nunca esperei que fosse. Só não queria que ficasse como...

Hildemara percebeu a mudança no tom de voz e levantou a cabeça.

– Como quem?

– Deixe para lá – a mãe balançou a cabeça e ficou com os olhos marejados. – Às vezes a única coisa que podemos fazer é rezar – ela olhou para Hildemara – e torcer pelo melhor. – Foi para a porta. – Diga à Elizabeth que sinto muito pelo copo quebrado. Vou comprar outro.

A mãe saiu e bateu a porta.

Hildemara recolheu os cacos da pia e os jogou fora. Vestiu o avental e saiu para ajudar Elizabeth a limpar a horta. Dava para ouvir Charlie e Eddie brincando no cercado que Bernie fizera. Elizabeth levantou a cabeça e protegeu os olhos do sol com a mão.

— Vi sua mãe entrar para conversar com você. Você está bem?

— Vou sobreviver.

Ela se abaixou e passou a mão na cabeça de Charlie. O que quer que acontecesse, ela sabia que, pelo bem dele, teria de fazer mais do que apenas sobreviver.

No dia 6 de agosto de 1945, os Estados Unidos jogaram a bomba atômica em Hiroshima. Hildie estava com Bernie e Elizabeth, ouvindo o rádio. Havia rumores de que algo grandioso aconteceria, mas ninguém nunca imaginou que aquela destruição toda fosse possível.

— Agora eles vão se render.

Bernie estava convencido disso.

Mas os japoneses não se renderam.

Três dias depois, outra bomba foi lançada, em Nagasaki, depois de deixarem cair folhetos avisando o que ia acontecer. Bernie comemorou quando os japoneses se renderam. Elizabeth e Hildemara dançaram pela cozinha, enquanto Eddie e Charlie observavam, de olhos arregalados, sem entender aquela algazarra toda.

Dois dias depois, o Comando de Defesa Ocidental revogou as ordens de restrição contra os nipo-americanos. Os Musashi voltariam para casa em breve, mas Bernie não parecia nada preocupado. Elizabeth e ele começaram a fazer planos de ir mais para o norte, mais perto de Sacramento.

Hildemara recebeu uma carta de Trip. O navio dele aportaria em San Francisco, mas a data ainda era incerta.

Fique em Murietta. Eu irei até você...

Será que ele ia querer voltar para o Colorado ou ficar na Califórnia? Será que ia querer começar a faculdade de medicina logo que chegasse?

Se assim fosse, ela teria de arrumar um emprego e ajudar a pagar os estudos dele. Mas o que faria com Charles? Eles tinham de decidir tantas coisas... Mas ela só saberia quando Trip voltasse para casa.

O telefone tocou e ela correu para atender.

– Você sabia que não há táxis em Murietta?

– Trip!

– Pelo menos não encontrei nenhum. Como é que um civil consegue uma condução por aqui?

– Onde você está?

Ela soluçava de felicidade.

– Na estação de trem de Murietta.

– Vamos já para aí!

Ela correu lá para fora.

– *Bernie!*

Pela primeira vez na vida, Hildie desejou ter seguido o conselho da mãe e aprendido a dirigir.

A caminho da cidade, ela gritou:

– Você não pode ir mais depressa?

Bernie deu uma risadinha.

– Se eu for mais depressa, vamos acabar caindo numa vala. – Os olhos dele brilhavam de tanto que ele se divertia. – Estranhei você não querer trazer o Charlie.

– Ah, não! – ela berrou. Tinha deixado o menino sozinho no tapete! – Temos de voltar!

– Esqueceu-se dele, hein? – Bernie ria sem parar. – Simplesmente largou o menino lá, com a porta escancarada. Ele deve ter saído. Provavelmente estará comendo terra ou brincando no esterco. Ele pode cair num canal, você sabe, ou ser atropelado. Grande mãe você me saiu...

– *Bernie!*

Ele deu um empurrão nela.

– Ele está ótimo, sua idiota. Acalme-se! A Elizabeth o levou para a horta. Ele e Eddie devem estar escalando as grades do cercado, tentando escapar. Sabia que você esqueceu de desligar o telefone? Simplesmente deixou o pobre do Trip pendurado na linha.

– O que eu vou dizer para ele? O que ele vai pensar de mim?

Bernie deu risada.

– Duvido que ele esteja pensando em qualquer coisa além de botar as mãos na mulher dele de novo.

Trip nem deu chance para Hildie respirar, quanto mais explicar por que não tinha levado Charlie. Ela ria e chorava e dizia que estava muito feliz de vê-lo de novo. Ele estava esbelto e em forma, muito bonito de uniforme, mas ela mal podia esperar para vê-lo sem ele.

– Você disse *civil*.

– E sou, mas toda minha roupa de civil está dentro daquele baú.

– Ah, esqueci.

Bernie sorriu de orelha a orelha.

– Parece que ela anda esquecendo muitas coisas ultimamente.

A mãe apareceu para dar as boas-vindas a Trip. Tinha ido à cidade, comprado um pernil de carneiro e queria ajudar a preparar um jantar de comemoração. Hildie correu até o celeiro e pegou uma toalha de mesa e a louça para o jantar. Bernie e Trip levaram os filhos para fora para brincar, enquanto a mãe, Hildie e Elizabeth arrumavam a mesa.

A mãe gostou dos pratos.

– Lady Daisy tinha pratos iguais a esses.

E passou a mão na borda de um prato Royal Doulton antes de colocá-lo sobre a mesa.

Os Martin apareceram. A casa ficou apinhada, estourando de tanta gente. Todos riam, conversavam e passavam os pratos de pernil de cordeiro, purê de batata, cenoura e ervilhas uns para os outros. A mãe se lembrara até da conserva de maçã com hortelã. Trip picou a cenoura para Charles, que cuspiu tudo no chão, provocando mais risadas.

– Vamos ter de cuidar de seus modos à mesa.

Conversaram também sobre questões mais sérias. Trip perguntou o que Bernie pretendia fazer quando os Musashi voltassem.

– Começar a arrumar as malas.

Todos pararam de falar. Hitch e Donna trocaram olhares. A mãe falou.

– Hitch, você e Donna não precisam se preocupar. Temos um contrato.

– Nós nunca assinamos nada, Marta. E o Bernie é seu filho...

– Eu dei a minha palavra.

Hitch parecia constrangido.

– O Bernie, a Elizabeth e o bebê vão precisar de um lugar para morar. O que eles vão fazer?

A mãe sorriu.

– Pergunte a eles.

Bernie pegou a mão de Elizabeth.

– Temos conversado sobre mudar para Sacramento e montar um viveiro. Tenho algumas economias. Não é muito, mas é o bastante para começar. – Ele deu um sorriso para a mãe, como se pedisse desculpas. – É o que eu sempre quis fazer.

A mãe retrucou.

– E por acaso algum dia eu disse que não podia fazer isso? – Ela se virou para Trip. – E vocês dois? Para onde vão?

Trip estava sério.

– Podemos voltar para Colorado Springs por um tempo, até eu resolver o que vou fazer pelo resto da vida.

Hildie ficou surpresa.

– E a faculdade de medicina?

– A Normandia matou esse meu projeto. Vi todo o sangue que precisava ver. Chega – ele balançou a cabeça. – E também acho que nunca mais vou poder trabalhar num hospital.

A mãe pegou o prato de purê de batata e o passou para Donna.

– Vai dar tudo certo – ela olhou para Hildemara. – Não se preocupe.

42

Na sexta-feira à tarde, Hildie ouviu um veículo pesado vindo pela estrada. Endireitou as costas ali no canteiro de abobrinha e espanou a roupa. Um ônibus do exército parou e ficou com o motor ligado na frente da fazenda. Hildie pegou Charlie no colo, apoiado na cintura, e correu para o jardim.

O sr. Musashi desceu do ônibus e a sra. Musashi veio logo atrás. George e as meninas, todos mais altos, desceram também, meio tímidos e inseguros. Bernie saiu do celeiro. Elizabeth abriu a porta de tela e foi para fora. Quando o ônibus foi embora, a mãe atravessou a estrada.

Os Musashi ficaram lá, parados, muito juntos, em silêncio, olhando para a casa, o celeiro, o pomar e o campo. Estavam esquisitos com as roupas fornecidas pelo governo. Hildie sentiu os olhos se enchendo de lágrimas. Parecia que ninguém sabia o que fazer, o que dizer. Bernie falou com eles.

— Está tudo praticamente do jeito que vocês deixaram, sr. Musashi.

Eles ficaram só olhando para ele, sem dizer nada. Hildemara não conseguiu deduzir nada pela expressão deles. A família nunca parecera tão estranha e tão vulnerável.

Bernie olhou para trás, para Elizabeth. Hildie entregou Charlie para Trip e foi falar com Betsy. Agora ela era uma bela jovem, um palmo mais alta do que na última vez em que Hildie a vira.

– Vamos levar seus pais para dentro, Betsy. Vocês todos devem estar muito cansados. Podemos fazer um chá. A Elizabeth andou fazendo biscoitos a manhã inteira.

– Você também mora aqui? – Betsy perguntou, olhando friamente para Hildie.

A mãe se adiantou e falou com o sr. e a sra. Musashi.

– Só até vocês voltarem – ela explicou com a voz firme. – Bernhard mudou para a casa de vocês logo depois que o governo veio buscá-los. Ele ficou trabalhando nas duas propriedades até eu contratar os Martin para administrar a minha. Sem isso, meu filho teria se matado de trabalhar para manter os dois sítios funcionando. Ele fez um bom trabalho para vocês, sr. Musashi. Conte para ele, Bernhard!

Bernie ficou ruborizado.

– Mamãe...

– Você não está vendo? Eles não entendem! Pensam que você roubou a propriedade deles. – Ela se virou para Betsy. – Explique já para os seus pais. O financiamento e os impostos estão pagos, e o que sobrou da colheita do ano passado é o bastante para manter sua família até o ano que vem. Nós estávamos à sua espera. A fazenda ainda é de vocês.

Betsy começou a chorar. Dobrou o corpo numa mesura profunda, abanando as mãos na frente da boca. O sr. Musashi olhou para ela e disse alguma coisa, muito sério. Ela balançou a cabeça e falou em japonês com ele. Ele olhou para Bernhard e para a mãe. Olhou para Elizabeth, para Hildemara e para Trip. Não disse nada. A sra. Musashi falou baixinho em japonês. Betsy respondeu. Lágrimas escorreram pelo rosto da sra. Musashi. O sr. Musashi dobrou o corpo numa mesura, e então a mulher e os filhos fizeram o mesmo.

A mãe estava consternada.

– E seus irmãos, Betsy? – Ninguém mais teve coragem de perguntar. – Quando é que eles voltam para casa?

Betsy sorriu, os olhos escuros brilharam, mas foi o sr. Musashi quem respondeu:

– Os dois bons soldados, muitas homenagens por terem lutado contra os alemães – e percebeu o que tinha dito. – Perdão, sra. Waltert. Mil desculpas. Não estou pensando com clareza.

– Não precisa se desculpar, sr. Musashi. Eu sou suíça, não alemã, e Niclas achava que Hitler criaria mais problemas do que o Kaiser. Ele teria orgulho dos seus filhos.

Hildie e Trip voltaram para Oakland. Ficaram em um hotel até encontrar uma pequena casa para alugar na Rua Quigley. Charlie ainda encrencava com o fato de ter de dividir Hildie com Trip. Tinha se acostumado a dormir com Hildemara e a tê-la só para si. Agora que não tinha mais exclusividade, fazia um escândalo quando era posto no quarto dele. Dividida entre o marido e o filho, Hildie procurava agradar aos dois. Mesmo assim, quando Charlie chorava, ela pulava e ia consolá-lo. As interrupções aconteciam muitas vezes, todas as noites. Trip ficou frustrado.

– Ele sabe exatamente a hora de estragar tudo, não é?

No fim do primeiro mês em casa, Trip não aguentava mais. Quando Charlie choramingou, ele segurou Hildie e a prendeu na cama.

– Deixe-o chorar.

– Ele precisa de mim.

– Precisa nada. Você só está piorando as coisas. Ele precisa aprender que não pode tê-la toda hora.

– Ele não entende!

– Ele entende muito bem. Tudo que ele precisa fazer é chorar para ter sua vontade satisfeita.

– Isso não é justo. Ele é apenas um bebê.

– Ele é *nosso* filho, Hildie. Não é mais só seu. Eu sou o pai dele. Ouça o que eu digo.

O choro de Charlie se transformou em gritos de raiva. Hildie começou a chorar. Ela queria tapar os ouvidos ou berrar com ele.

– Não ceda.

Trip a segurou firme, com o braço atravessado sobre o peito dela, prendendo as pernas nas dela.

– Largue-me, Trip.

Ele deu um suspiro, soltou-a e virou de costas.

Hildie se sentou na beirada da cama, com a cabeça apoiada nas mãos e o coração na boca. Os gritos de Charlie mudaram. Ele chorava e depois parava, como se procurasse ouvir os passos dela no corredor. Então chorava de novo.

– Mamãe... Mamãe...

Ele gemeu baixinho, depois o silêncio ocupou a casa. Hildie se encolheu de lado na cama. Trip não encostou nela o resto da noite. Ela sentiu o muro entre os dois, como uma força física.

Charlie não era o único que tinha dificuldade para se adaptar.

Trip tinha pesadelos constantes. Gemia, agitava-se, gritava. Quando Hildie tocava no ombro dele, querendo acalmá-lo, ele acordava sobressaltado. Sempre saía dos pesadelos com um tranco, tremendo. Nunca falava sobre os sonhos. Às vezes se levantava, ia até a sala de estar e sentava lá, com a luz acesa e os olhos vidrados.

Hildie saía do quarto e ia ficar com ele.

– Com o que sonhou?

Talvez falar sobre isso desfizesse o poder que os pesadelos tinham sobre ele.

– Com a guerra.

– Pode me contar?

– Não!

Ele parecia desolado e desesperado.

Certa vez, ela foi para a sala e o encontrou chorando, com a cabeça apoiada nas mãos e os dedos enfiados no cabelo. Ela se sentou ao seu lado e pôs a mão em suas costas. Ele levantou de repente e se afastou.

– Volte para a cama, Hildemara.

– Eu amo você.

– Eu sei. Eu também te amo. Mas isso não resolve.

– Se não pode conversar comigo sobre o que aconteceu, terá de falar com alguém.

– Com o tempo isso passa.

Os pesadelos continuaram. Trip entrou para a academia de polícia e parece que isso só piorou tudo, apesar de ele se sentir atraído pela profissão. Será que era o canto da sereia que o destruiria? Às vezes ele bebia para conseguir dormir.

Hildie não suportava mais aquela preocupação. Afetava-lhe o sono e o apetite. Foi procurar o reverendo Mathias.

Soluçando, contou tudo para ele, até que às vezes, quando faziam amor, Trip parecia estar tentando afastar os demônios.

– Às vezes ele me assusta. Não sei o que fazer para ajudá-lo. Ele não compartilha nada comigo.

O pastor perguntou e Hildemara se lembrou de todos os lugares para onde tinha enviado cartas. O reverendo Mathias ficou pensando um tempo, com expressão muito séria.

– Nós devíamos estar seguindo os passos um do outro. Normandia. Paris. Alemanha. Berlim. Posso imaginar o que ele viu, Hildemara. Eu também vi. Eu era capelão.

Quando o reverendo Mathias apareceu para jantar, Trip encarou Hildie com fúria no olhar, mas não disse nada embaraçoso sobre a interferência da mulher. Hildemara pegou Charlie e saiu para uma longa caminhada, para os dois poderem conversar. Quando voltou, eles estavam com os olhos vermelhos. Depois que se despediram do reverendo Mathias, Trip a beijou como costumava beijá-la. Hildie não perguntou o que tinham conversado. Não queria saber de nenhum outro detalhe além dos que já eram de seu conhecimento.

Aquela noite seu marido dormiu a noite inteira, sem gritar nem se agitar. Ela acordou no meio da madrugada, viu que ele estava completamente imóvel e teve medo de que tivesse morrido. Acendeu a luz e viu a expressão de paz em seu rosto. Ele parecia jovem de novo, como antes de partir para a guerra. Na manhã seguinte, parecia descansado, mas ela sabia que a guerra o tinha abalado e mudado de maneira indelével.

Trip passou a se encontrar com o reverendo uma vez por semana, para tomar um café e simplesmente conversar. Mesmo assim, havia dias em que Hildie via uma mudança no olhar do marido e sabia que ele estava revivendo aqueles horrores novamente. Algumas feridas se abriam e tinham de ser suturadas com paciência e oração. Ela lamentava a perda do jovem que ele tinha sido, o Trip boa-praça e sem preocupações, queria com facilidade. Aquele homem desaparecera nas praias da Normandia e um outro voltara em seu lugar, empedernido pela guerra, cínico a respeito das coisas do mundo e com um desejo feroz de proteger a ela e ao filho de todo mal.

Trip se deu muito bem na academia de polícia. O diploma universitário e seu histórico científico fizeram dele o candidato perfeito para a medicina legal. Ele concordou em ser transferido para a nova cadeia de Santa Rita, pois lá podia trabalhar num laboratório, estudando e analisando provas.

Para não ficarem separados pela longa distância entre a casa e o trabalho de Trip, Hildie procurou um imóvel para alugar perto da prisão. Eles se mudaram para uma casa maior, com um jardim maior, perto de onde ele trabalhava. Era em Paxtown, uma pequena comunidade de fazendeiros aninhada nas montanhas de East Bay, que ficava a três quilômetros de distância e tinha uma quitanda, uma loja de departamentos e um cinema, entre outras comodidades, incluindo uma igreja.

As telas metálicas com concertina no topo e os guardas no portão da prisão deixavam Hildemara desconcertada. Trip já tinha visto aquilo antes.

– Desta vez eles servem para prender os bandidos.

Esse seu comentário lacônico deu a Hildie um primeiro lampejo do que ele vira, do que assombrara suas noites por tanto tempo. Eles nunca conversavam sobre aqueles anos em que ele servira ao exército.

As mulheres da vizinhança apareciam com biscoitos e ensopados, além de convites para levar Charlie para brincar com seus filhos e filhas.

Muitos maridos também tinham lutado na guerra. Eles conversavam sobre os problemas como a mãe e o pai dela falavam sobre plantações, com camaradagem e esperança no futuro. Hildie e Trip iam a festas, churrascos e jogos de cartas. Ela convidava as mulheres para tomar café e para chás da tarde. As pessoas sempre falavam "daqueles japoneses sujos", e Hildemara falava da família Musashi, de Andrew e Patrick servindo na Europa. Então algumas mulheres pararam de convidá-la para frequentar a casa delas.

– Fico só pensando o que elas diriam se soubessem que meu pai veio da Alemanha e que minha mãe é suíça.

Se não fosse a correspondência que a mãe trocava com Rosie Brechtwald, eles não saberiam que os suíços tinham ameaçado explodir o principal túnel de entrada no país se um alemão sequer aparecesse ali. Mas isso não os impediu de continuar ganhando dinheiro com a guerra, vendendo munição para os alemães e transportando mercadorias entre o Terceiro Reich e Mussolini. Rosie disse que era a única maneira de continuarem livres. A mãe lamentou que aquela liberdade estivesse sendo comprada com dinheiro de sangue.

– Não conte para elas – ordenou Trip. – Não é da conta de ninguém.

Ele mantinha o revólver da polícia carregado e guardado bem alto, fora do alcance de Charlie, mas suficientemente perto para poder pegá-lo com rapidez. Hildie ficava pensando se trabalhar em investigações de homicídio era bom para ele, mas o marido parecia adorar o trabalho de botar criminosos na prisão.

Depois de ir ver algumas terras que estavam à venda na região, Trip foi ficando cada vez mais desanimado e desesperançado.

– Vou estar em idade de me aposentar quando conseguirmos juntar dinheiro para comprar uma propriedade!

– Poderíamos juntar o suficiente se eu trabalhasse no hospital dos veteranos nos arredores de Livermore.

Trip não gostou da ideia.

– E o Charlie?

– Eu poderia trabalhar no turno da noite de vez em quando, para ver se funciona.

Ela não contou que achava que estava grávida de novo.

43

1947

Hildie teve a filha do casal, Carolyn, na primavera. Carolyn não era um bebê tão fácil como Charlie. Tinha cólicas e chorava quase o tempo todo. Hildemara quase sentiu alívio quando pôde voltar a trabalhar, depois de dois meses de licença.

No início, Trip reclamou:

— Largue esse emprego, Hildie — e passou a mão na penugem macia da cabeça de Carolyn. — Pense na bebê.

— Posso dormir até tarde nos fins de semana. Ainda temos de economizar muito mais para comprar nossa terra.

— Você está exausta.

— LaVonne disse que cuidaria de Charlie e Carolyn dois dias por semana. Posso mudar para turnos diurnos. Isso vai facilitar as coisas.

— E quando poderemos estar juntos? Na hora do jantar?

— Só estou trabalhando meio expediente, Trip.

— E a sua saúde?

— Eu estou bem, Trip. Estou mesmo. Não poderia estar melhor.

E era verdade.

Naquele momento.

1948

Charlie, quatro anos mais velho, adorava a irmã e gostava de brincar com ela. Conforme foi crescendo, Carolyn aprendeu a sair do berço e a ir para a cama dos pais. Hildie tinha de se levantar para carregá-la de volta para o berço.
– Quando é que essa menina vai dormir a noite inteira?
Trip deu risada.
– Acho que é melhor amarrá-la.
Em vez disso, eles passaram a trancar a porta do quarto. Às vezes, Hildie se levantava de manhã e encontrava Carolyn encolhida em seu cobertor, do lado de fora da porta.

1950

– Você está abatida, Hildie. Precisa descansar mais.
– Estou tentando.
Mesmo assim, ela não conseguia recuperar o sono perdido, nem passando os fins de semana na cama.
Trip foi promovido. Agora tenente, recebia um salário maior.
– Pare de trabalhar. Fique em casa. Não queremos que adoeça de novo.
Ela sabia disso melhor que ele. E dessa vez talvez não conseguisse mais sair do hospital. Atendendo ao pedido de Trip, Hildie pediu demissão. Procurou dormir mais, porém não tinha sono, diante dos temores crescentes.
Como era enfermeira, conhecia os sinais, mesmo tendo tentado ignorá-los nos últimos meses. Começou a perder peso de novo. Precisava de muita força de vontade para executar até as tarefas domésticas mais fáceis. Acordava com suadouros e febre. Quando a tosse começou, ela desistiu e disse a Trip que tinha de voltar para o Arroyo.

1951

Hildie já estava no sanatório de Arroyo havia dois meses e sabia que não estava melhorando. Deitada na cama, viu todos os sonhos de Trip indo por água abaixo conforme as despesas aumentavam. Ele teve de contratar uma babá para tomar conta de Charlie e Carolyn até que chegasse em casa do trabalho todas as tardes. Tinha de buscar Charlie na escola todos os dias, cozinhar, lavar a roupa, arrumar a casa, cuidar do jardim. Qualquer tempo livre ele passava com ela, deixando os filhos com LaVonne Haversal.

– Se vou morrer, Trip, quero morrer em casa.

O rosto dele se contorceu em agonia.

– Não fale assim.

O médico tinha avisado aos dois que a depressão podia ser o pior inimigo dela.

– Eu rezo, Trip. Rezo mesmo. Vivo pedindo a Deus para me dar respostas.

E só vinha uma resposta, sempre. Parecia uma piada de mau gosto. Trip rezava, e a solução que vinha era a mesma que Hildemara temia pronunciar em voz alta.

– Ela não virá.

– Ela é sua mãe. Pensa que não faria nada para ajudá-la?

– Eu disse a ela que jamais lhe pediria ajuda.

– É a única maneira de levá-la para casa, Hildie. Ou você vai deixar o seu orgulho atrapalhar?

– Ela nunca me ajudou antes. Por que faria isso agora, e nessas circunstâncias?

– Só vamos saber quando perguntarmos – ele disse, segurando as mãos dela. – Acho que ela vai surpreendê-la.

Trip ligou para Marta enquanto Hildie engolia o orgulho e pensava por que Deus a pusera tão para baixo. Trip achava que ela temia que a mãe dissesse não. Mas Hildie temia que ela dissesse sim.

Assim que Trip contou para Marta que ela estava doente e pediu ajuda, Hildemara soube que qualquer respeito que tivesse conquistado deixaria de existir. A mãe a acharia uma covarde outra vez, fraca demais para se manter sobre os próprios pés, incapaz de ser boa esposa e boa mãe.

Se Marta fosse para lá, Hildemara teria de ficar na cama vendo-a assumir suas responsabilidades. E a mãe faria tudo melhor do que Hildemara jamais fizera, porque ela sempre conseguia fazer tudo com perfeição. Mesmo sem o pai, o sítio funcionava como uma máquina bem azeitada. Era a mãe que daria asas a Charlie. Ela provavelmente ensinaria Carolyn a ler antes de completar quatro anos.

Doente e indefesa, Hildemara teria de ver a vida que ela adorava sendo tomada pela mãe. Até a coisa em que mais se destacava, a parte da vida na qual mais provara seu valor, lhe seria tirada pela mãe.

A mãe se tornaria a enfermeira.

Marta

44

Marta estava no pomar de amendoeiras, sob a copa toda florida de branco, sentindo o perfume forte da primavera no ar. Lá no alto, as abelhas zumbiam coletando néctar e espalhando pólen, promessa de uma boa colheita aquele ano. As pétalas caíam feito flocos de neve em volta dela, cobriam o solo arenoso e traziam lembranças da Suíça. Não demoraria muito para as tenras folhinhas verdes recém-nascidas ficarem num tom de verde mais escuro, e as amêndoas começarem a se formar em pequenos bulbos.

Niclas costumava ficar no pomar como ela estava agora, olhando para cima, através dos galhos cobertos de branco, para o azul do céu. Ele sempre agradeceu a Deus pela terra, pelo pomar e pelo vinhedo, dando crédito ao Todo-Poderoso por prover a ele e a toda sua família. Jamais tivera certeza de que teria alguma coisa, nem mesmo ela.

Como sentia saudade dele! Marta pensara que os anos amenizariam a dor de tê-lo perdido. Em parte amenizaram, só que não do jeito que ela queria. Não conseguia mais se lembrar de cada detalhe do rosto dele, do tom exato de azul dos seus olhos. Não se lembrava da sensação de suas mãos nela, do abandono quando se uniam como marido e mulher. Não se lembrava do som de sua voz.

Mas se lembrava claramente daquelas últimas semanas nas quais Niclas sofrera tanto e se esforçara tanto para não demonstrar, porque sabia que ela o observava em agonia sem poder fazer nada, com uma raiva contra Deus que só fazia crescer. À medida que o câncer lhe destruía os músculos do corpo e o deixava só pele e osso, a fé dele ficava mais forte e mais inabalável.

– Deus não vai abandoná-la, Marta.

Ela acreditou porque acreditava em Niclas.

Ele não temia a morte, mas não queria deixá-la. Quando ela entendeu a preocupação dele, disse que tinha se dado muito bem sozinha e que não precisava de ninguém para cuidar dela. Os olhos dele se iluminaram de riso.

– Ah, Marta, Marta...

Quando ela chorou, ele segurou as mãos dela, sem força.

– Não considere isso um fim – murmurou, e essas foram suas últimas palavras antes de entrar em coma.

Ela ficou sentada ao lado dele até que parasse de respirar.

Niclas era tão vigoroso. Ela esperava que envelhecessem juntos. Os filhos tinham crescido e cada um seguira sua vida. Ela pensava que Niclas e ela teriam muitos anos felizes juntos, só os dois, finalmente, com tempo ilimitado para conversar, tempo juntos sem interrupções. Perdê-lo já era difícil demais, ainda mais presenciando a terrível crueldade do modo como ele se fora. Ela disse para Deus, sem meias palavras, o que pensava sobre isso. Um homem bom e temente a Deus, como Niclas, não deveria sofrer daquele jeito. Ela saía de casa e ia para aquele pomar noite após noite clamando por Deus, cheia de raiva, inquirindo-o furiosamente, socando o chão de tanto sofrimento.

Sem parar de lamentar a perda de Niclas, seguiu para outras tristezas contidas e acumuladas: a violência do pai dela, a vida da mãe, sempre doente, o suicídio da irmã. Arrancou de dentro todos os ressentimentos e mágoas.

E Deus deixou que ela expurgasse tudo. Em sua misericórdia, ele não a destruiu. Em vez disso, ela sentiu o sussurro do vento, o silêncio, e ele bem próximo, participando com sua presença reconfortante.

Marta se apegou à promessa de Niclas. Como ainda amava aquele homem... E eles se encontrariam de novo, não por qualquer coisa que ela ou Niclas tivessem feito nesta vida para concretizar isso, mas porque Jesus os tinha a ambos na palma de sua mão todo-poderosa. Os dois comungavam em Cristo e sempre comungariam, embora ela tivesse de suportar aquela separação física pelo tempo que Deus quisesse. O Senhor já tinha determinado o dia de sua morte, e Marta tinha a sensação de que ainda demoraria muito.

Passadas aquelas primeiras semanas de sofrimento depois da morte de Niclas, quando ela finalmente se exauriu e secou de tanto chorar, Marta começou a ver Deus em tudo à sua volta. Os olhos dela se abriram para a beleza daquele lugar, para a ternura de sua família e dos amigos que ainda ofereciam ajuda e consolo, para Hitch e Donna Martin, que a auxiliavam no trabalho. Dava longos passeios de carro para pensar e conversava com Deus facilmente enquanto rodava. Pediu-lhe perdão pelo comportamento rebelde e se arrependeu. Enquanto ela vociferava, Deus espalhava graças sobre ela, cuidando, protegendo e sendo carinhoso, quando ela manifestava o que tinha de pior.

E agora ela ria, sabendo que Niclas ficaria muito surpreso e satisfeito se pudesse ver essa sua mudança. Marta não rezava só antes das refeições. Ela rezava o tempo todo. Quando abria os olhos de manhã, pedia a Deus para cuidar do seu dia e orientá-la. Quando fechava os olhos à noite, agradecia-lhe. De manhã até a noite, buscava sempre sua orientação.

Mesmo assim, a solidão às vezes chegava sorrateira, como hoje, agarrando-lhe o pescoço e fazendo o coração palpitar com uma estranha sensação de pânico. Ela nunca fora de contar ou de depender exclusivamente do marido, mas ele tinha se tornado parte integrante de sua existência. Niclas agora estava no céu, e ela continuava presa à terra. Jesus estava com ela, mas ela não podia vê-lo, não podia tocá-lo. Marta nunca fora de muitos abraços e beijos com ninguém, exceto com Niclas, e agora sentia falta do toque humano.

Por que essa inquietação dentro dela? Estava fraquejando ou apenas enfrentando uma fase difícil?

Sentia falta de tantas coisas... De ficar observando os filhos ou os meninos do Pandemônio de Verão caçando insetos e sapos, ou atravessando o celeiro em pernas de pau.

Sentia falta do som das risadas e dos gritos deles quando brincavam de pega-pega ou saíam para brincar à noite, ao luar. Agora, a única coisa que preenchia o silêncio era o zumbido das abelhas. O ar, puro e refrescante, estava parado; não havia vento.

Marta se recriminou. Não tinha paciência para a autocomiseração nos outros, e muito menos em si mesma. Tinha começado sua jornada sozinha, não tinha?

"Olhe só os pássaros, *Liebling*. A águia voa sozinha", dissera-lhe a mãe todos aqueles anos atrás. Muito bem. A vida não era justa. E daí? A vida era difícil. Mas nem por isso ela precisava se tornar uma velha resmungona, arrastando os pés o dia inteiro. Ela alçaria voo batendo as asas, como uma águia; correria sem ficar cansada; andaria sem desmaiar. Voaria sozinha e confiaria em Deus para manter seu espírito sempre voando. Consideraria tudo aquilo felicidade.

Tinha muitas bênçãos para somar. Os filhos haviam crescido fortes e construído os próprios ninhos e famílias. O viveiro de Bernhard e Elizabeth em Sacramento estava indo bem. Os estúdios de cinema requisitavam Clotilde por sua experiência na criação de figurinos. Rikka, sempre sonhadora e adorável, continuava com Melvin a seus pés. Quanto tempo levaria para aquele pobre jovem entender que Rikka amava a arte acima de qualquer coisa?

Só Hildemara ainda a preocupava. Marta não tinha paz quando pensava nela. A filha mais velha não parecia nada bem na última vez em que a vira. E há quantos meses fora isso? É claro que tudo podia ter mudado para melhor a essa altura. Dos quatro, Hildemara era a que menos falava da própria vida, mantendo distância. Ou era só imaginação de Marta?

Sentia uma saudade imensa de Hildemara, mas, se a filha queria manter distância, tudo bem. Marta não meteria o nariz onde não era chamada. Pelo menos Hildemara sabia como se cuidar, especialmente se aprendesse que manter a casa não era tão importante como cuidar da própria saúde.

Marta deu uma risadinha e balançou a cabeça, lembrando-se de como Hildemara tinha chegado em casa, vinda do curso de enfermagem, e passado as férias inteiras escovando e esfregando tudo que via pela frente:

pisos, paredes, bancadas, prateleiras. Estava obcecada por livrar a fazenda dos germes, como se isso fosse possível. Marta sentiu-se insultada na época, ficou irritadíssima e não conseguiu se controlar.

Ela lembrava muitas vezes o dia em que Hildemara saíra de casa. Naquele dia, Marta a pressionara demais. Havia magoado a filha e a deixado furiosa. Hildemara nunca fazia nada com facilidade, e provocar sua raiva tinha servido bem para Marta motivar a menina. Se conseguisse deixá-la bem furiosa, a filha esquecia o medo. Mas agora ela imaginava se aquela raiva persistia, mesmo depois que as bênçãos se tornaram aparentes. Esperava que não.

A raiva também não tinha funcionado com ela? Será que teria deixado Steffisburg se não estivesse furiosa com o pai? Ou será que foi por orgulho?

A filha fora uma bênção de Deus durante a doença de Niclas. Hildemara provara seu grande valor naqueles últimos meses, tão difíceis. Tinha conhecimento, era eficiente e transbordava de compaixão. Não deixava a emoção governar. Foi como um bálsamo naquela casa. Uma ou duas vezes, enfrentou Marta nos cuidados com seu paciente. Não devia ter sido nada fácil para Hildemara assistir à morte do pai. Marta sentia muito orgulho dela.

Contudo, nas semanas seguintes à morte de Niclas, Marta reconheceu a ameaça crescente que pairava sobre ela e a filha. Hildemara ficou lá para fazer companhia à mãe, para lhe servir, o que para Marta foi um consolo. Tinha se acostumado a que a filha fizesse as coisas para ela. Mas Deus abriu seus olhos e ela ficou furiosa. Marta, que havia jurado jamais servir a ninguém, estava transformando a filha em uma serva. Sua consciência a perseguiu sem dó. A mãe tinha libertado a filha e agora a prenderia numa jaula? Por que uma mulher fisicamente saudável precisava de uma enfermeira? Mortificada, viu como Hildemara cozinhava, limpava e cuidava de tudo. A atividade constante e a busca de coisas novas para fazer revelavam o turbilhão interno da filha. E Marta sentiu aquilo como uma pancada.

Hildemara não pertence a este lugar. Liberte-a!

Quanto mais Marta pensava nisso, mais furiosa ficava – consigo mesma, mais do que com Hildemara. Sentiu vergonha agora ao lembrar o tempo que levou para fazer o que era certo. Tinha expulsado Hildemara de casa. Ficou com o coração partido, mas uma boa mãe ensina os filhos a voar.

Alguns, como sua irmã Elise, nunca batiam as asas. Outros, como Hildemara, precisavam ser empurrados até a beira do ninho para aprender a voar. Marta lamentou ter pressionado tanto a filha, mas, se não tivesse feito isso, onde elas estariam agora? Ela sentada na cadeira de balanço, como a rainha de Sabá, lendo por puro prazer, enquanto a filha trabalhava naquele tapete de retalhos até ficar com as mãos em carne viva? Deus nos livre!

Se ao menos tivesse tido a capacidade de enxotar Hildemara com o jeito doce de sua mãe, com bênçãos, em vez de uma mentira: "Eu não quero você aqui".

Marta muitas vezes se espantava com as diferenças entre ela e a filha mais velha. Muito tempo atrás, ela decidira que não seria serva de ninguém. Hildemara seguira a carreira da servidão. Servir aos outros parecia ser de sua natureza. Marta tivera medo de ser atraída de volta para casa pela doença da mãe e pela dependência de Elise. Hildemara tinha ido para casa por vontade própria e se dedicara de coração a cuidar do pai – e da mãe, como acabou acontecendo.

O pai de Marta havia cortado as asas da mãe dela e a aprisionado numa gaiola. Fez com que trabalhasse até perder a saúde. Se tivesse oportunidade, ele teria feito o mesmo com Marta. A mãe sabia disso tão bem quanto a filha. Marta ficava sempre aflita, sua consciência a atormentava. Como pôde deixar a mãe, doente como estava, e sair em busca de seu sonho? Como ousava gozar sua liberdade à custa de quem amava tanto? A mãe entendeu a sensação de culpa que prendia Marta e a livrou dela.

"Você tem a minha bênção, Marta. Faço isso de todo o coração, sem restrições."

Tinham se passado muitos e muitos anos, e Marta sempre se agarrou àquelas palavras.

"Você tem o meu amor."

As palavras tinham poder. As do pai esmagavam, acabrunhavam. As da mãe elevavam o espírito e a libertaram para encontrar seu caminho no mundo. Talvez se a mãe dela soubesse até que distância de casa Marta iria, ela voltasse atrás. Talvez essa tivesse sido mais uma razão para manter Elise tão próxima, cortando as asas dela sem querer e impedindo-a de voar.

Muitas vezes, Marta sentira vontade de manter Hildemara por perto. Doente desde o nascimento, um bebezinho frágil e propenso a doenças, Hildemara Rose cortava o coração de Marta. Ela quis proteger e cobrir a menina de amor. Que trágico desperdício seria se tivesse cedido a essa vontade! Não, Marta disse para si mesma com firmeza, não poderia incapacitar a filha. Tinha feito a coisa certa ao abafar aqueles desejos.

Bernhard, Clotilde e Rikka tinham nascido com o espírito independente. Hildemara Rose já chegara ao mundo dependente. Se a decisão fosse inteiramente dela, talvez ainda estivesse em casa, trabalhando para a mãe, esquecendo-se de viver a própria vida. Marta não estava disposta a esperar e ver os anos se passarem, nem a assistir a um padrão antigo renascendo. Sua mãe agira certo com ela, mas não com Elise. Marta não podia se permitir cometer o mesmo erro com Hildemara Rose.

Por que será que estava pensando tanto na menina ultimamente? Jamais teria paz com ela?

Era hora de parar de tentar adivinhar se havia feito a coisa certa ou não. Fizera o melhor possível com cada um dos filhos. Precisava tomar outras decisões. Precisava pensar na própria vida.

Por mais que tivesse aprendido a amar o pomar e o vinhedo, aquele sítio era o sonho de Niclas, não o dela. Ficava inquieta ali. E os planos que havia abandonado tanto tempo atrás? Será que não tinha mais idade para retomá-los? Ou eram grandes demais para ela agora? Ela quisera ter um hotel. Agora não dava a mínima importância para isso, mas que tal estudar? Ficou imaginando o que as pessoas diriam se uma mulher da idade dela aparecesse para uma aula na faculdade. Por outro lado, por que se importaria com o que os outros pensam? Algum dia tinha se importado com isso?

Será que a admitiriam sem o diploma do segundo grau? Sem dúvida a fariam passar por provas. Que fizessem. Ela sabia mais do que qualquer adolescente de dezoito anos que tinha conhecido ao longo da vida. Então não tinha lido e relido os livros da escola dos filhos enquanto eles dormiam?

Talvez estivesse sendo apenas uma velha tola. Será que o diploma do segundo grau importava tanto assim agora? Devia apenas superar o fato de não ter um e pronto. Podia continuar lendo todos os livros da biblioteca, um a um, até perder a visão e cair morta.

Autocomiseração de novo. *Senhor, não deixe que eu adquira esse hábito revoltante. E aproveitando a oportunidade, meu Deus, eu não sei o que fazer. Mas parece uma perda de tempo imensa ficar aqui e continuar como estou. Pago um salário justo aos Martin e tenho mais que o suficiente para viver, mas sinto... O quê? O que é que eu sinto? Nem sei mais o que eu quero, por que continuo vivendo. Antigamente, tudo parecia tão certo na minha cabeça...*

Hildemara.

Ela viu a filha outra vez, mentalmente. O que tem ela? Havia arestas a aparar entre as duas, mas Marta não sabia o que fazer quanto a isso. Não tinha muita certeza do que era e nenhuma intenção de se desculpar por ter sido dura com ela, quando essa dureza era necessária.

O que tem Hildemara, Senhor? O que está tentando me dizer? Explique-me logo!

– Sra. Waltert!

Hitch Martin foi ao encontro dela. Niclas tinha razão quanto ao homem de Oklahoma ser um trabalhador dedicado e de confiança. Ele mantinha a propriedade do jeito que Niclas gostaria, e Marta não se importava de lhe pagar um salário maior do que pagavam na região.

– Donna e eu estamos de saída para comprar suprimentos e queremos saber se precisa de alguma coisa.

Educados, sempre respeitosos e atenciosos, Donna e o marido nunca deixavam de perguntar, mesmo sabendo que a resposta era sempre a mesma.

– Não preciso de nada, Hitch.

Marta gostava de ter desculpas prontas para entrar no carro e dar um passeio.

Hitch pôs as mãos na cintura e ficou admirando as árvores.

– Está parecendo que a colheita vai ser muito boa, não?

As colmeias próximas dali estavam agitadas.

– Está mesmo.

Se não viesse um vento forte ou uma chuva tardia para estragar tudo. As abelhas certamente estavam fazendo o seu trabalho.

— Espero um dia ter um lugar como este para mim. — Ele olhou para ela de lado, timidamente. — Caso não tenha dito recentemente, sra. Waltert, sou muito grato por a senhora ter me contratado e nos deixado usar a casa grande.

Hitch parecia mais em forma do que quando fora contratado. Comida boa e farta, um teto decente sobre a cabeça e menos preocupações quanto aos cuidados dos quatro filhos – tudo isso provocava mudanças.

— Nosso arranjo foi bom tanto para mim como para vocês.

Talvez até mais para ela, que tinha horas livres para fazer o que quisesse, e por isso era grata. Lembrava-se de como era morar numa barraca cheia de frestas, com quatro filhos e apenas um celeiro para os momentos de privacidade com o marido. Lembrou-se de ter passado três anos trabalhando feito uma escrava, em verões escaldantes e invernos gelados, para um homem que os enganara com sua justa parcela dos lucros. Ela jurou que nunca trataria daquela forma quem quer que trabalhasse para ela. Os Martin eram boas pessoas, e ela pretendia fazer com que prosperassem.

Parecia que Hitch não tinha pressa nenhuma de sair.

— Ouça só essas abelhas.

— Teremos bastante mel para vender.

Em breve ela fumegaria as colmeias para tirar o mel. Donna centrifugava os favos, enchia e etiquetava os vidros para vendê-los.

— Não há nada mais saboroso que mel de amendoeiras, madame. Ah, a propósito, quando estava vindo para cá, ouvi seu telefone tocar.

Devia ser uma das amigas da igreja precisando que ela cozinhasse alguma coisa para alguém doente ou necessitado.

— Quem quer que seja, ligará de novo.

Marta e Hitch conversaram sobre os negócios da fazenda na volta para casa. O moinho precisava de conserto. Teriam de começar a cavar os canais de irrigação em breve. Agora que tinham um banheiro com chuveiro dentro da casa, a pequena construção com a bomba-d'água podia ser convertida em algo mais útil. O celeiro precisaria de pintura no próximo ano. Ela podia empregar mais mão de obra para aquele projeto se ele precisasse.

– Não quero vê-lo no alto de uma escada de extensão, Hitch.

Ele deu risada e disse que mandaria um dos filhos subir para fazer o trabalho.

Hitch comentou que o trator estava enguiçando de novo, mas que ele podia consertá-lo, se tivesse as peças. A mãe lhe deu permissão para comprar o que precisasse. Ela sempre tinha uma lista de tarefas, mas ele tinha começado a prever seus pedidos e a fazer o trabalho antes mesmo de receber as ordens. Era um bom homem, um bom fazendeiro.

Depois que os Martin partiram na velha caminhonete, Marta ficou andando por lá. As árvores frutíferas ao lado da casa grande tinham crescido. Ela e Donna fariam compota de pêssego e pera. As ameixas renderiam bastante se fossem secas ou utilizadas para fazer geleia. Havia uma boa quantidade de maçãs para alimentar os filhos de Donna, em fase de crescimento, e para as crianças dos vizinhos também. E haveria igualmente muitas laranjas e limões.

Agora que Donna estava cuidando das galinhas, dos coelhos e da horta, Marta tinha pouca coisa para fazer. Na véspera havia lavado roupa, e aquela manhã assou pão para ela e para os Martin. Podia passar o resto da tarde terminando o quebra-cabeça de cinco mil peças que Bernhard e Elizabeth haviam lhe dado no Natal anterior. Bernhard havia dado risada e dito que aquilo era para mantê-la ocupada e longe do pé de Hitch Martin por algum tempo. Ela calculou quantas horas já tinha gasto com o passatempo e gemeu. Todo aquele trabalho, para quê? Para desmontar quando terminasse, guardar de novo na caixa e dar para alguém que tivesse tempo para se distrair.

Meu Deus, ajude-me. Não quero passar a vida montando quebra-cabeças e vendo televisão. Terei tempo bastante para isso quando ficar realmente velha. Aos oitenta e cinco ou noventa anos.

O telefone tocou.

Marta deixou a porta de tela bater quando entrou. Atendeu no quarto toque.

– É o Trip, dona Marta.

Ela soube pela voz dele que as notícias não eram boas.

– Hildemara está doente de novo, não está?

Ela se sentou numa cadeira da cozinha. Talvez houvesse um motivo para ela estar pensando tanto na filha mais velha ultimamente.

– Ela voltou para o hospital.
– Então deve começar a melhorar.
– Ela já está lá há dois meses e não houve melhora.
Dois meses!
– E você só me diz isso agora?
– A Hildie pensou que voltaria para casa em algumas semanas. Ela não queria que se preocupasse. Nós dois esperávamos...
Ele parou de falar de novo.
Mentira, tudo aquilo era mentira, mas Marta podia imaginar a preocupação no rosto dele e tratou de se acalmar.
– Como é que você está se virando sozinho com as crianças?
– Uma vizinha toma conta deles enquanto estou no trabalho.
Uma vizinha. Ora, isso não era maravilhoso? Hildemara e Trip preferiam ter uma estranha cuidando dos filhos a ligar para ela e pedir ajuda. Como isso tinha acontecido? Marta apoiou os cotovelos na mesa. Segurou o fone com uma das mãos e esfregou a testa com a outra. Sentiu uma dor de cabeça chegando. Era melhor falar antes de não poder mais.
– Imagino que ela precise de tempo.
– Tempo. – A voz dele ficou entrecortada. – Ela só se preocupa com as contas do hospital e que eu fique com dívidas. – Ele pigarreou. – Ela diz que, se vai morrer, quer morrer em casa.
Marta sentiu um calor crescendo dentro de si. Então Hildemara havia desistido de novo.
– Faça Hildemara lembrar que tem um marido e dois filhos para cuidar. Que ainda não cumpriu sua missão na vida.
– Desta vez está pior. Querer viver nem sempre adianta.
Parecia que Hildemara não era a única que desistira de lutar. Marta pensou em sua mãe. Será que ela queria viver? Ou tinha desistido também? Tinha ficado cansada demais com a luta de se agarrar à vida, até por Elise, e por isso se rendera?
– Precisamos de sua ajuda, dona Marta.
– Se está me pedindo para ir aí e ajudar a enterrá-la, a resposta é não.
Ele deu um suspiro ruidoso e xingou. O tom de voz ficou áspero.
– Bem que a Hildie disse que você não ia ajudá-la.
Aquelas palavras calaram fundo. Marta teve vontade de dizer que ajudaria Hildemara mais do que a filha poderia entender, mas isso não

auxiliaria Trip a enfrentar o que estava acontecendo nem faria Hildemara melhorar.

Ela endireitou os ombros, afastou a cadeira para trás e se levantou.

– Se minha filha é capaz de se agarrar a antigos ressentimentos por tanto tempo, com a ajuda de Deus ela será capaz de se agarrar à vida também, Trip Arundel.

– Eu não devia ter ligado – ele soou derrotado.

– Não. Você devia ter ligado antes! O problema é que não posso fazer nada de imediato.

Ela tinha coisas a resolver e precisaria trabalhar rápido. Ela e Hitch Martin haviam feito um acordo de cavalheiros. Talvez fosse hora de botar tudo por escrito. Precisaria conversar com ele antes, e depois com um advogado. Queria ter certeza de que as coisas ficariam muito bem explicadas, para que nem ela nem os Martin saíssem prejudicados.

– Desculpe – Trip gaguejou com a voz embargada.

O genro parecia tão cansado e desesperançado que Marta sentiu a dor crescer dentro de si. Será que ia mesmo perder a filha? Teria de ver Hildemara sofrer como a mãe tinha sofrido, lutando para respirar, tossindo sangue num lenço?

– Estamos tendo esta conversa agora. Então vamos rezar muito e pedir para os outros rezarem conosco. Tenho um grupo grande de mulheres com tempo de sobra para orar. Venha para Murietta, Trip. Terei de tomar algumas providências por aqui. Mas venha. Está me ouvindo?

– Sim, senhora.

– Ótimo. Vamos nos sentar sob o loureiro e conversar sobre o que eu posso e o que eu não posso fazer.

Trip disse que iria de carro para lá no sábado, com as crianças.

Marta se sentou e escreveu uma lista no diário. Prioridades antes de mais nada. "Conversar com Hitch e Donna sobre a administração do sítio." Hitch havia dito que um dia gostaria de ter um lugar como aquele. Administrar a fazenda na ausência dela o impulsionaria na direção desse objetivo. Precisariam de um contrato legal para a proteção dos dois. Charles Landau tinha boa reputação como advogado. Ela tinha uma conta na loja de ferragens e na de ração e grãos. Daria permissão a Hitch para pegar o que fosse preciso sem ter de falar com ela antes. Precisava fazer uma cópia do roteiro de manutenção do sítio contido no diário e dá-la para Hitch também, apesar de parecer que ele já o conhecia. Niclas queria ter certeza de que ela sabia o que era preciso fazer e quando, durante o ano inteiro.

Marta passou o dia todo pensando nos negócios do sítio e nas coisas que teria de resolver. Preocupações zumbiam-lhe como moscas no cérebro, e ela as afastava com orações. Exausta, foi para a cama, mas não conseguiu dormir. Assim que acordasse, conversaria com Hitch e Donna, depois iria à cidade marcar uma consulta com Charles Landau e cuidar das contas nas lojas. Aborrecida, disse para si mesma que parasse de pensar e tratasse de descansar um pouco.

Hildemara não queria que Trip ligasse. "Bem que a Hildie disse que você não ia ajudá-la." Será que a filha acreditava realmente nisso?

Deitada no quarto escuro, Marta avaliou seus atos do passado. Pediu a Deus que a ajudasse a enxergar com os olhos de Hildemara e, quando fez isso, teve uma dúvida. *Será que Hildemara sabe como eu a amo?*

Desejou ter sido uma pessoa mais gentil, como a mãe dela, alguém que orasse e confiasse em Deus desde o princípio, por pior que fosse a situação. A vida com o pai de Marta tinha sido terrível. Nada agradava àquele homem. No entanto, sua mãe o tratava com respeito e carinho. Ela trabalhava muito, jamais reclamava, nunca cedia ao desespero e continuava a amá-lo, mesmo quando ele mostrava seu pior lado. Marta entendia que tinha tornado a vida da mãe ainda mais difícil. De pavio curto, teimosa, voluntariosa, nunca foi uma criança fácil. Brigava com o pai, recusava-se a ser dócil, mesmo quando ele batia nela. Quantas vezes a mãe entrara no meio, implorando, tentando protegê-la?

A mãe só magoara Marta uma vez. "Você é mais parecida com seu pai do que comigo."

Na época, Marta se sentira ofendida, mas devia ter prestado atenção. Devia ter lhe servido de aviso! As palavras duras, a raiva incontida, o desejo de conquistar seus objetivos a qualquer custo – não havia herdado tudo aquilo do pai? A mãe não tivera intenção de magoá-la. Queria apenas que Marta visse o pai de outra maneira, sem ódio, sem condená-lo.

Será que Hildemara a via do mesmo jeito? Será que a via como uma pessoa inflexível, sempre insatisfeita com os esforços da filha, sempre à procura de defeitos, insensível, incapaz de amar? Se Hildemara achava que não podia pedir ajuda, isso não esclarecia tudo?

Como é que tamanho mal-entendido havia crescido entre elas?

Sim, reconheceu Marta, tinha magoado a filha algumas vezes, mas para torná-la mais forte, não para destruí-la. Será que estava tão determinada a fazer com que Hildemara se levantasse e reagisse que havia se tornado tão intratável, cruel e insensível como o próprio pai? Por Deus, não!

Ela via claramente que tinha sido mais dura com Hildemara do que com os outros filhos. Tinha feito isso por amor. Tinha feito isso para salvar Hildemara do destino de Elise. Não queria que sua menina crescesse com medo do mundo, escondida dentro de uma casa controlada por um tirano, totalmente dependente da mãe.

E Hildemara não tinha crescido assim.

Marta sempre odiara o pai. Estava descobrindo agora que nunca o perdoara. Quando ele enviou o telegrama dizendo que ela voltasse para casa, ela queimou a mensagem e desejou que ele fosse para o inferno. Como ousava esperar que Hildemara a perdoasse, se não conseguia perdoar o próprio pai?

O sofrimento se apoderou de Marta com tanta força que ela se sentou e curvou as costas para frente.

Nunca encostara a mão em Hildemara nem batera nela com um cinto até tirar sangue, como o pai havia feito com ela. Nunca a chamara de feia nem dissera que ela era burra. Nunca dissera que ela não tinha o direito de estudar, que educação seria um desperdício no caso dela. Nunca fizera Hildemara trabalhar para depois ficar com o que ela ganhasse. Desprezada e rejeitada pelo pai, Marta reagira, extravasara a fúria por ele ter tentado enterrar seu espírito sob a avalanche de suas próprias decepções.

E a mãe a embalara com palavras de estímulo. A mãe a mantivera de cabeça erguida para que ela pudesse respirar. Mandou-a para longe porque sabia que, se ela ficasse, se tornaria exatamente como ele: insatisfeito, egoísta, cruel, alguém que punha a culpa nos outros por tudo que não dava certo em sua vida.

Ela sempre fora o bode expiatório do pai.

E você fez dele o seu.

Marta levantou-se da cama, foi até a janela e espiou o jardim iluminado pelo luar, as portas fechadas do celeiro, as amendoeiras cobertas pelo véu branco da florada.

Será que ela teria saído da Suíça e partido em sua jornada se não fosse o pai? Sempre creditara à mãe sua liberdade, mas o pai teve sua parte também. Ela era a filha menos querida. Hermann era o primogênito. Elise, linda como um anjo.

Agora podia entender como tratara os filhos de modo diferente. Teve orgulho de Bernhard, seu primeiro filho. Clotilde era muito viçosa, possuía um espírito independente desde que nascera. Nada segurava aquela menina. E Rikka, com sua beleza etérea e seu fascínio quase infantil pelas criações de Deus, era como uma estrela caída do céu, não parecia deste mundo. Não tinha medo de nada. Podia vagar e flutuar pela vida, deliciada com suas maravilhas, vendo sombras, mas ignorando todas.

E onde Hildemara se encaixava?

Hildemara, a menorzinha, a menos vivaz, a mais dependente, lutara desde o começo – para viver, para crescer e mais tarde para encontrar um sonho, para construir a própria vida, para desabrochar. E agora precisava lutar para sobreviver. Se não tinha coragem de fazer isso sozinha, Marta precisava descobrir um modo de lhe dar essa coragem.

Teve um lampejo de lembrança, de Hildemara correndo para casa, apavorada porque o sr. Kimball havia tentado estuprá-la. Mas agora Marta se dava conta de que ela brigara e conseguira se libertar de um homem adulto que era mais forte que Niclas. Tinha sido suficientemente inteligente para fugir correndo. Aquele dia, Hildemara demonstrou muito vigor e presença de espírito, e em outros momentos também. Tinha tomado a iniciativa de arrumar um emprego. Disse que não iria para a universidade e partiu para o curso de enfermagem. Seguiu Trip de uma base a outra, montou casa em cidades desconhecidas, fez novos amigos. Atravessou o país sozinha e voltou para casa para ajudar Bernhard e Elizabeth a manter a terra dos Musashi, apesar das ameaças, dos incêndios e dos tijolos que jogavam nas janelas.

Minha filha tem coragem, Senhor!

Apesar das aparências, e mesmo detestando ter de admitir, Marta sempre tivera uma pequena preferência por Hildemara sobre os outros filhos. Desde o momento em que a filha viera ao mundo, Marta se ligara profundamente a ela. "Ela é parecida com a mãe", Niclas dissera, sem querer estabelecendo as bases do relacionamento entre elas. Todas as coisas cruéis que o pai havia dito sobre a aparência dela se avolumaram dentro de si quando viu que Hildemara Rose não era bonita. E que, como Elise, era frágil.

Mas Hildemara não continuaria assim. Marta resolvera, naquela primeira semana assustadora, que não enfraqueceria Hildemara Rose como sua mãe havia enfraquecido Elise.

E agora estava pensando se não tinha pressionado demais Hildemara e, fazendo isso, acabado por afastar a filha.

Oh, Deus, será que consigo trazê-la para perto de mim outra vez?

Hildemara tinha a constituição da mãe de Marta. E agora parecia que tinha a doença dela também. Será que teria o mesmo destino?

Por favor, Senhor, dê-me tempo.

Ela cobriu o rosto e rezou. *Oh, Deus, gostaria de ter sido mais parecida com minha mãe para criar Hildemara, e menos com meu pai. Talvez tivesse conseguido tornar minha filha forte sem feri-la. Mas agora não posso voltar atrás e desfazer o passado. Hildemara Rose não acredita em mim, não me entende. E isso é culpa minha, não dela. Será que ela entende que sinto orgulho dela e de suas realizações? Será que ela me conhece?*

Ela é capaz.

Marta abaixou as mãos, abriu a cortina e olhou para as estrelas.

– Jesus – murmurou –, será que ela terá disposição de percorrer metade da distância que nos separa?

Que importância tem isso?

Marta abaixou a cabeça. Era apenas seu orgulho se intrometendo de novo.

Hildemara tinha trabalhado duro e se saído bem. Teve seus momentos de desespero quando quis desistir, mas reagiu quando a esperança se apresentou, levantando-se de novo. Ela não era Elise. Podia ficar deprimida, mas não se entregaria. Não se Marta pudesse colaborar.

Hildemara podia ser mais apagada do que Bernhard, que pensava que podia dominar o mundo, menos segura de si do que a fogosa Clotilde, em sua busca de fama e sucesso, e não tão intuitiva e talentosa como Rikka, que via o mundo através de olhos angelicais. Mesmo assim, Hildemara tinha fibra. Possuía dons próprios.

Marta levantou o queixo novamente.

Minha filha tem o coração de uma serva, que deve agradá-lo, Senhor. Como seu filho, ela é humilde, mas não é nada covarde. Pode estar como um bambu quebrado agora, com o vento gelado da morte no rosto, mas, o Senhor não permitirá que seu espírito esmoreça. O Senhor disse isso e eu acredito. Mas dê-me um tempo com ela, Senhor. Eu imploro. Ajude-me a consertar meu relacionamento com ela. O Senhor sabe que lutei a vida inteira para não ser uma serva. Eu confesso. Sempre odiei a simples ideia de ser uma serva!

Uma brisa suave entrou pela janela aberta, como se Deus sussurrasse para ela. Marta secou as lágrimas do rosto.

– Senhor – ela sussurrou também –, ensine-me como servir à minha filha.

Marta levantou-se bem cedo na manhã seguinte e rezou. Saiu pela porta lateral que dava para o jardim e deixou o jornal aberto na mesa da cozinha. Deu a volta pela frente da casa grande e bateu à porta principal. Quando Donna abriu, Marta pediu para conversar com ela e com Hitch sobre um assunto importante. Os dois ficaram nervosos quando a convidaram para se sentar à mesa com eles e tomar uma xícara de café fresco. Marta contou o que estava acontecendo com Hildemara e que estava pensando em fazer certas mudanças no sítio. Hitch ficou desolado.

Donna olhou triste para ele e deu um sorriso forçado para Marta.

– Com a morte do seu marido e tudo, e como sua filha precisa de você, é compreensível que queira vender a propriedade.

– Não vou vendê-la. Eu queria oferecer um contrato para vocês cuidarem do lugar. Digam-me o que querem e eu lhes direi do que preciso. E o advogado Charles Landau porá tudo no papel, para não haver nenhuma dúvida.

Hitch levantou a cabeça.

– Não vai vendê-la?

– Foi o que eu disse. – Ela olhou com ar de zombaria para Donna. – É melhor mandá-lo limpar os ouvidos. – E se virou para Hitch outra vez. – Pode ser que eu precise vendê-la em algum momento, mas nesse caso vocês terão preferência na compra. Isto é, se quiserem.

– Nós não temos dinheiro – ele disse, num tom pessimista.

– Como conheço seu bom trabalho, posso até me dispor a não anunciar a propriedade, para nenhum banqueiro acabar dando o melhor lance e ficar com ela.

Ela olhou para os dois.

– E então?

– Sim! – disse Hitch, com um sorriso de orelha a orelha.

– Por favor – Donna completou, com o rosto iluminado.

Resolvida a questão, Marta foi até a cidade de carro para acertar os detalhes.

E então, obedecendo a um impulso, seguiu até Merced e foi fazer compras.

Aquela noite, ela escreveu para Rosie e lhe contou sobre o estado de Hildemara.

Andei pensando em Lady Daisy, nas tardes que passávamos em Kew Gardens e em nossos chás no conservatório. Acho que está na hora de compartilhar algumas dessas experiências com Hildemara Rose. Por isso fui até Merced e passei por todas as lojas, mas não consegui encontrar uma coisa de qualidade como eu queria.

Depois de passar horas procurando, desanimei. Na verdade, me aborreci. Acabei indo parar numa lojinha, mas bastou uma olhada em volta e já estava pronta para ir embora. Felizmente, a proprietária me impediu. Era Gertrude! Suíça, de Berna! Ficamos horas conversando.

Eu havia esquecido completamente por que tinha ido até Merced e de repente nós duas notamos a hora. Ela tinha de fechar a loja e eu precisava voltar para Murietta. Antes de sair, finalmente consegui lhe contar o que eu estava procurando e por quê. Gertrude foi até o quarto dos fundos e voltou com uma caixa velha e empoeirada, cheia de pratos. Disse que tinha se esquecido deles até aquele momento.

Eu agora sou a orgulhosa proprietária de um jogo de chá Royal Albert Lady Carlyle: quatro pratinhos, quatro xícaras e pires! Gertrude também me vendeu delicadas colheres e garfos, que valem cada dólar que ela arrancou de mim. Vou fazer todos aqueles doces e salgados maravilhosos para Hildemara Rose, os mesmos que um dia servi para Lady Daisy. Vou lhe servir chá indiano e enfeitá-lo com creme e uma boa conversa.

Se Deus quiser, vou reconquistar minha filha.

Nota da autora

Caro leitor,

Desde que me converti ao cristianismo, minhas histórias começam com as batalhas que tenho travado neste meu caminho da fé ou com problemas que ainda não resolvi. Foi assim que esta série de dois livros começou. Eu queria explorar o que provocou a rixa entre minha avó e minha mãe nos últimos anos de vida de minha avó. Teria sido um simples mal-entendido que as duas nunca tiveram tempo de esclarecer? Ou era algo mais profundo, que havia crescido ao longo dos anos?

Muitos acontecimentos desta história foram inspirados na pesquisa que fiz da história da minha família e em coisas que li nos diários de minha mãe ou vivi pessoalmente.

Por exemplo, quando eu tinha três anos, minha mãe teve tuberculose, exatamente como Hildie. Papai a trouxe do sanatório para casa, e vovó Wulff veio morar conosco para ajudar. Foi difícil para todos. Uma criança não é capaz de entender doenças contagiosas. Passei muito tempo achando que minha mãe não me amava. Ela nunca me abraçava nem me beijava. Mantinha distância para proteger os filhos, mas levei anos para entender que o que parecia rejeição na verdade era uma prova de sacrifício por amor.

Enquanto refletíamos sobre o passado, meu marido, Rick, e eu resolvemos fazer uma viagem até a Suíça, terra natal de minha avó. Vários anos antes, tínhamos ido para a Suécia conhecer muitos parentes do Rick pelo lado materno. Eu sabia que não teria a mesma oportunidade na Suíça, mas queria ver o lugar onde vivera minha avó. Visitamos Berna, onde minha avó cursou a escola de prendas domésticas, e Interlaken, onde trabalhou no restaurante de um hotel. Quando comentei com nossa guia que minha avó vinha da pequena cidade de Steffisburg, perto de Thun, ela e o motorista do ônibus resolveram fazer uma surpresa para nós. Pegaram um caminho alternativo, entraram em Steffisburg e pararam na frente da igreja luterana centenária que a família de minha avó deve ter frequentado. Rick e eu posamos na frente do mapa de Steffisburg para tirar uma foto antes de passear em volta da igreja e de nos sentar no santuário. Subimos e descemos a rua principal da cidade e tiramos muitas fotos. Foi um momento extremamente precioso para mim. Quando saíamos da cidade, avistamos o Castelo Thun, outro lugar que minha avó mencionara.

Revendo fotografias de família, deparei-me com várias de minha mãe e dos irmãos dela. Sig era o mais velho, depois vinha minha mãe, Margaret e Elsie. A minha foto preferida foi tirada na fazenda no vale Central, onde minha avó e meu avô cultivavam amendoeiras e videiras. Eles secavam as uvas para fazer passas. Quando meu irmão e eu éramos pequenos, passávamos algumas semanas todos os verões na fazenda, correndo, brincando e nadando nos canais de irrigação que atravessavam a parte de trás da propriedade.

Minha mãe foi para Fresno para fazer o curso de enfermagem e depois trabalhou no Hospital Alta Bates, em Berkeley. Meu pai trabalhava como servente de hospital em regime de meio expediente. Ele me contou, achando graça, que ia à enfermaria de minha mãe para pedir aspirina. As enfermeiras não namoravam serventes, mas ele acabou conquistando minha mãe. Pouco tempo depois de casados, ele foi convocado para a guerra e serviu como paramédico na Europa. Foi na terceira leva para a Normandia e lutou na Alemanha nos últimos dias da Segunda Guerra Mundial.

Meus pais gostavam de acampar e queriam que meu irmão e eu víssemos o máximo possível do país. Todo ano eles reservavam as férias para nos levar para visitar todos os parques nacionais que conseguissem espremer em duas semanas. Muitas vezes convidavam a vovó Wulff para ir conosco. Quando meu irmão e eu adormecíamos no banco de trás, a vovó e a mamãe nos cutucavam: "Acordem, dorminhocos. Espiem pela janela! Talvez nunca mais vejam esta parte do país". A cada dois ou três anos, fazíamos a viagem de Pleasanton, na Califórnia, até Colorado Springs, terra natal de meu pai, para visitar a vovó e o vovô King. Infelizmente, vovó King morreu quando eu tinha seis anos.

Sou abençoada de ter tantas lembranças maravilhosas de minha família, muitas das quais incluem a vovó Wulff. Eu sabia que havia momentos de tensão e estresse entre meus pais e minha avó, mas todas as famílias passam por isso. A maior parte consegue resolvê-los. Às vezes desentendimentos pequenos assumem proporções exageradas quando não são resolvidos.

Só Deus consegue enxergar o coração humano. Não conseguimos enxergar completamente nem o nosso próprio coração. Minha mãe e minha avó eram cristãs fervorosas. As duas passaram a vida inteira servindo aos outros. Ambas eram mulheres admiráveis, de personalidade forte, que eu amava muito. Ainda as amo e sinto falta delas. Resolvi acreditar que minha avó perdoou minha mãe no fim por qualquer mágoa que houvesse entre as duas. Resolvi acreditar que ela simplesmente não teve tempo, ou voz, para dizer isso. Sei que minha mãe a amou até o fim da própria vida.

Este livro foi uma jornada de três anos em busca de me sentir em paz com a mágoa que existiu entre minha mãe e minha avó, com as causas possíveis, as formas pelas quais elas podem ter se desentendido, como poderiam ter feito as pazes. Jesus nos ensina a amar uns aos outros, mas às vezes o amor não vem embalado como queremos. Às vezes, o medo precisa ser posto de lado para podermos dividir as mágoas do passado que moldaram nossa vida, para podermos viver em liberdade uns com os outros. E às vezes não reconhecemos o amor quando ele é oferecido.

    Algum dia, quando eu passar desta vida para a outra, espero que minha mãe e minha avó estejam ao lado de Jesus para me receber em casa. Assim como eu vou estar esperando quando minha filha amada chegar, e a filha dela depois, e todas as gerações futuras.

Francine Rivers

Guia para discussão

1. Marta certamente teve uma infância difícil. Que fatores a influenciaram mais, de forma negativa e positiva? De que maneira essas influências moldaram a mulher que ela se tornou?
2. Como o relacionamento de Marta com o pai influenciou suas crenças iniciais sobre Deus e as expectativas dele? Em que isso difere do modo como a mãe dela vê Deus? O que parece provocar a maior impressão na maneira como Marta vê Deus? Isso muda no decorrer da história? Em caso afirmativo, o que provoca essa mudança?
3. No fim do capítulo 4, a mãe de Marta abençoa a filha quando ela sai de casa para seguir seu caminho pelo mundo. De que maneiras, verbais ou não, seus pais abençoaram você? Se isso não ocorreu, o que você desejaria que eles tivessem lhe dito? De que maneira você fez, ou espera fazer um dia, a mesma coisa por seus filhos?
4. Alguém já disse que as mulheres muitas vezes se casam com uma versão do próprio pai. De que forma Niclas é parecido e diferente do pai de Marta? De que maneira Niclas era ao mesmo tempo passivo e agressivo? Marta às vezes parece ter certo ressentimento em relação a Niclas. Isso é justo?
5. Marta tem dificuldade para confiar em Niclas por causa da maneira como o pai dela tratava a mãe. Como você acha que Niclas se

sente com isso? De que modo, bom ou ruim, sua família afetou seu casamento ou suas amizades mais íntimas?

6. Niclas pede para Marta vender a pensão que ela havia comprado, a realização do sonho de uma vida inteira. Esse pedido é válido? O que você pensa do modo como Niclas toma a decisão e a comunica para Marta? Se você fosse Marta, o que teria feito nessa situação? Você já enfrentou decisão semelhante em seu casamento ou em sua família?

7. Às vezes Marta torna difícil para Niclas ser o chefe da família. Marta se vê como companheira de Niclas? Você acha que ele a vê dessa maneira? Como ele consegue amar Marta apesar da natureza às vezes irritante dela?

8. Por que Marta nunca diz para Niclas, nem para qualquer um da família, que os ama? Como Marta demonstra e recebe amor?

9. De muitas maneiras, Marta é parecida com a mulher descrita em Provérbios 31. Quais das qualidades descritas nessa passagem você vê nela? Quais ela não tem?

10. Depois de resgatar Elise dos Meyer no capítulo 5, Marta diz para a amiga: "Juro por Deus, Rosie, que se algum dia eu tiver a felicidade de ter uma filha, vou criá-la forte o bastante para saber se defender sozinha!" Como a dinâmica da família de Marta funciona mais tarde na vida dela, quando ela tem seus filhos?

11. Marta ama Hildemara profundamente. Mas, de todos os filhos, ela é a que provavelmente se sente menos amada. Por quê? Tratar os filhos de formas *diferentes* é a mesma coisa que *preferir* um filho ao outro? Que desafios tornam mais difícil criar todos os filhos exatamente da mesma forma? Até que ponto os pais devem tentar fazer isso?

12. Alguma vez você já sentiu, assim como Hildemara, que outras pessoas de sua família receberam injustamente uma parcela maior de amor, de ajuda financeira ou de algum outro recurso valioso? Como você reagiu? Que conselho daria para alguém nessa situação?

13. Depois do incidente de Hildemara com a professora, sra. Ransom, ela conta para o pai que rezava muito, mas que suas orações não mudavam a situação. Niclas responde: "As orações fizeram você mu-

dar, Hildemara". O que ele quis dizer com isso? Você já teve uma experiência parecida com essa?

14. Por que Marta é tão contrária à decisão de Hildemara de fazer o curso de enfermagem? Ela muda de ideia sobre a profissão que a filha escolheu?
15. Hildemara mantém Trip a distância por vários meses. Por que você acha que ela faz isso? O que a faz finalmente admitir que o ama?
16. Trip, como muitos homens da geração dele, tem experiências trágicas na Segunda Guerra Mundial, que modificam sua vida. Você já ouviu histórias sobre homens da sua família que foram afetados dessa maneira? Algum de seus entes queridos esteve envolvido em guerras mais recentes? Até que ponto isso afetou sua família?
17. A tuberculose é uma doença muito mais rara atualmente do que era no tempo de Marta e Hildemara. Contudo, doenças crônicas, às vezes fatais, jamais estiveram tão presentes como agora. Sua família já foi afetada por doenças sérias? Comente sobre o desgaste que as doenças podem causar na dinâmica familiar, independentemente da "convivência saudável" que a família possa ter no início.
18. Se você pudesse mudar uma única coisa na maneira como foi criado, o que mudaria? Se você tem filhos, há alguma coisa que gostaria de poder mudar em seu modo de criá-los? Que passo daria para conseguir isso?
19. No fim do livro, Marta decide, com a ajuda de Deus, recomeçar seu relacionamento com Hildemara. Você acha que ela vai conseguir? Por que sim, ou por que não? Como você acha que Hildemara vai reagir? Há esperança para esse relacionamento?
20. Se você pudesse conversar com Marta e Hildemara, o que gostaria de dizer a cada uma delas? Há alguém em sua família com quem precise conversar sobre erros ou mal-entendidos do passado que ainda afetam vocês atualmente? Se tiver problemas não resolvidos com um ente querido que já morreu, com quem você poderia conversar para tentar resolver isso?